有爱的青春陪伴者

晚风逐月

上 相逢不如相忘

春与鸢 著

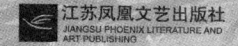

（全2册）

江苏凤凰文艺出版社

图书在版编目（CIP）数据

晚风逐月：全2册 / 春与鸢著. -- 南京：江苏凤凰文艺出版社，2023.3
　ISBN 978-7-5594-7386-8

Ⅰ.①晚… Ⅱ.①春… Ⅲ.①长篇小说－中国－当代 Ⅳ.①I247.5

中国版本图书馆CIP数据核字(2022)第243217号

晚风逐月（全2册）

春与鸢 著

责任编辑	王昕宁
特约编辑	姜　姜
责任校对	言　一
出版发行	江苏凤凰文艺出版社
	南京市中央路165号，邮编：210009
网　　址	http://www.jswenyi.com
印　　刷	长沙鸿安印刷有限公司
开　　本	880mm×1230mm　1/32
印　　张	20
字　　数	672千字
版　　次	2023年3月第1版
印　　次	2023年3月第1次印刷
书　　号	ISBN 978-7-5594-7386-8
定　　价	65.80元（全2册）

江苏凤凰文艺版图书凡印刷、装订错误，可向出版社调换，联系电话025-83280257

目 录

CONTENTS

第一章 ✦ 001
重逢

第二章 ✦ 034
暗夜前行

第三章 ✦ 064
风暗涌月停歇

第四章 ✦ 100
素圈戒指

第五章 ✦ 133
玫瑰生根

第六章 ✦ 167
乌托邦的新路

第七章 ✦ 200
初雪共白头

第八章 ✦ 228
奶油夹心蛋糕

第九章 ✦ 261
缝合的过往

第十章 ✦ 286
崭新的裂痕

目 录

CONTENTS

第十一章 ✦ 331
月光消散

第十二章 ✦ 352
灰色月亮与纯真孩童

第十三章 ✦ 373
停下的风与向阳的月

第十四章 ✦ 401
不想再迟到

第十五章 ✦ 428
爱恨交织

第十六章 ✦ 457
这次换你追我

第十七章 ✦ 482
一笔勾销的结束

番外一 ✦ 507
永不分离的开始

番外二 ✦ 548
我也可以做你的避风港

番外三 ✦ 587
岁月温柔

番外四 ✦ 627
季司颜

第一章

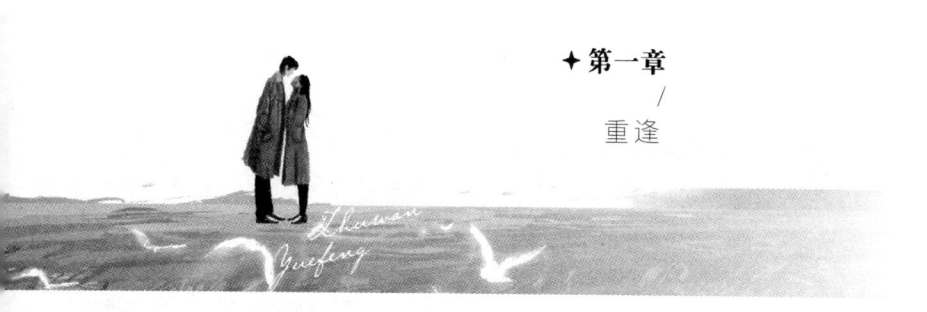

重逢

黎京夏季多雨，今年尤甚。

空气又湿又闷，连带着低气压盘桓数日，叫人心头也蒙上一层雨水，擦也擦不干净。

司月被人从豪庭门苑赶出来已经有一刻钟，她用力握着一把单薄的透明伞，走在荒凉无人的街道上。

这里来往车少，也没有公交车站。

司月看了一眼手机，离这里最近的公交站台还有五百米。她轻轻咬牙一鼓作气迈步向前，却力不从心，刚快走了两步又缓了下来，甚至不用弯腰去看，就知道脚后跟一定已是一片血淋淋的。

早上出门前不该穿这双高跟鞋的，要不是和司洵那臭小子吵昏了头，她也不至于头昏脑涨地穿了这双鞋。

可是现在说什么都晚了。

算了，今天倒霉的事情已经够多。

司月忍着痛总算是走到了公交站台，侧身站在一块小得可怜的挡板下。

公交车还要十分钟进站。

绵密的雨水被风卷着拼命朝她纤细修长的小腿上打，一阵强过一阵，仿若在比赛。

司月却好像毫不在意，慢慢偏头看向一侧的玻璃橱窗。

上面模糊地倒映着一个落魄的女人。

乌黑的头发本该是整齐服帖地绾在后脑勺，现在却被骤风吹得十分凌乱。无数碎发随风胡乱地拍在脸上，却挡不住那一双剪秋目，潋滟透着水光。身上是一套最简单不过的工作套裙，白色修身衬衫加上黑色包臀裙。

身形是一等一的窈窕修长，士气却也是一等一的颓废低迷。

——"你穿成这样是要来勾引我老公吗？"

——"特地挑下雨天来，怎么还想搞湿身诱惑？"

——"你这种贱坏子我见多了！以为出卖身体就能飞上枝头变凤凰了？"

——"真是贱心贱梦！不要脸！"

女客户尖锐刺耳的话犹在耳边，司月心头沉得像吊着个秤砣。明明她只是礼貌地接下了女客户的丈夫递过来的一杯水，却好像终于被女客户抓住了什么把柄，然后一下被打成了蓄意勾引男人的贱货。

可这雨不是她要下的，衣服也不是她想穿的而是公司规定要穿的，甚至这客户也是所有人挑剩下的。

她能有什么办法？她一个连试用期都还没过的小设计师能有什么办法？

公交站台外的雨越下越大，浓密的雨帘将这小小的站台与世界彻底隔绝。司月大脑缓缓放空，正想偷偷歇一口气，一阵紧密的手机来电铃声却又猝不及防地将她拉回这残忍的现实世界。

她低头看去，是王经理。

"你好，王经理，我是司月。"司月擦了擦手机上的水珠，然后接起电话，她一颗心有些不安，等着电话那头的狂风暴雨。

"司月，你怎么回事啊！"王经理是个年近五十的干练女人，在设计组做了许多年，说起话来从来都是直来直去不带半点拐弯抹角。

"是李女士打电话投诉我了吗？"司月心口一紧，猜测刚刚的客户估计已经把自己给投诉了。

"投诉你？"王经理声调讽刺地一提，"她把我们整个设计组都投诉了！说我们专门派狐狸精勾引她老公！"

"不是的，王经理……"司月两只手紧紧握住手机正要解释——

"我当然知道你不会勾引她老公。"王经理也是气坏了，嗓门压不住，"第一次去她家勘测的时候,我也去了的,她紧张她老公的那个样,恨不得把全天下女人都说成勾引她老公的狐狸精!"

司月嘴巴微微一滞,才发现王经理是在为自己说话:"谢谢王经理,我下次一定会——"

"没有下次了。"王经理虽然也是知道司月的为人的,但有些事情不是人情就能说得清的,她缓缓地呼了一口气,才沉声说道,"司月你也知道,这个客户家你去了好几次了。

"次次去,次次被投诉。但之前都是投诉给我的,我知道你的情况所以帮你压下来了。

"但是这次她直接投诉到上面去了。用的理由也不是你试图勾引她老公,而是说你业务能力极差,根本无法满足她的要求。你现在还在试用期,应该知道这样的投诉对你来说有多严重。"

王经理又叹了一口气:"你还不知道,公司马上就要开始人事大清扫了。新董事长估摸着这两天就要上任,到时候就是谁也顾不上谁了。"

王经理刚说完,电话里就陷入了一阵无言的沉默。

司月指尖微微泛白,眼神有些无措地看向车站外。暴雨仿佛誓要颠倒整个世界,她什么也看不到,看不到自己的出路,也看不到自己的归路。

"好的,王经理,"司月忽然轻声说道,"我明白的。这段时间谢谢你了。"

王经理听着电话里平静而又温和的声音,竟也不忍心感叹道:"司月你太苦了,找个人帮帮你吧。"

司月嘴角微微扬起:"王经理,我没事的,公交车快来了,我先挂了。"

"你别坐公交车了,打车吧,给你报销。"

"不是试用期不给——"

"打吧,我给你报。"王经理最后说了一句,就重重地挂断了手机。

彻骨的寒意终于顺着司月苍白的脚踝攀上了身躯,她缓缓地放下手机,轻叹一口气。

"不喜欢下雨。"司月喃喃说道。

玻璃橱窗里,那个纤瘦的影子认真地把头发捋顺了,然后朝着疾驰而来的公交车伸出了手。

辰逸集团总部在黎京地段最好的市中心，一幢拔地而起的辉煌大厦坐落在烟波浩渺的黎江江畔，由此及外，便是繁华的商业圈。

司月每次去顶楼送资料的时候，都会偷偷地在角落的楼梯间朝下看。傍晚黄昏的时候最好看，万千灯光化作细碎星辰坠入黎江，每一秒都美得惊心动魄。

从前有个男人也会陪着她在那个角落看夜景，他喜欢从后面抱着她，陪她在那里站一会儿。

"去我办公室看不是更好吗？"

"不合适。"司月笑着朝他扬起脸。

"哪里不合适？"

"哪里都不合适。"

所以后来到底是哪里不合适呢？司月想了很久。

也许就是哪里都不合适吧。

"到了，小姐！"一个粗砺的声音在前方响起，司月一瞬间回过神，才发现自己还在公交车上。

视线快速转向车外，辰逸集团四个金牌标志近在眼前。

雨停了，但天还是很阴。

司月这才清醒过来，她到始发站了。

"谢谢师傅。"她立马抬头朝司机师傅道了谢，然后站起来下车。

一路上空调开得足，现在她身上已经干了。

司月心思沉重地站在路边等着绿灯，忽然余光瞥见了几个鬼鬼祟祟又熟悉的身影，隐在人头攒动的街口。

一瞬间，浑身的鸡皮疙瘩全都冒了出来，她手指紧紧握住手机，目光不敢再往那里偏移半分。

司月心里疯狂地祈求着他们没有看到自己，身子却在这闷热的天气里僵硬成了一块冰。

红灯变绿灯。

熙熙攘攘的行人裹挟着司月一起朝对面走去，顷刻间女人就没入了人流，消散无踪。

司月走得很快，快到她将脚跟凌迟的痛感当作了逃命的响铃。

那痛感越甚，她就越能逃命。

大雨初停，闷热像一张让人无处可逃的网，网住每个人的呼吸。

司月闷着头一步不停地往前走，她一口气紧紧憋在口中，不敢松懈大意。

"嘀——"一道清脆的刷卡声响起，公司的闸机立马打开。

司月口中憋着的一口气正要呼出，忽然一双蛮横的大手用力按住了她的肩膀，然后将她狠狠地拽了出来。

"贱女人你往哪里跑！"

一个满脸络腮胡子的矮胖男人拉着司月的胳膊把她往外拽："你以为我们找不到你公司？"

司月先是发出一声惊恐的尖叫，然后奋力地抓住一旁的闸机想要摆脱那个男人的控制。

"你放开我！"她愤怒地大喊。

那人却丝毫不为所动，用力地把她往外拖。

"我要报警！"司月又是一声，身子拖着不肯和他走。

那男人一听，果真停下了脚步，手指却还是用力地钳住司月的手臂不肯松，说："你爸爸欠我们八十万跑没影了，你去哪里报警都没用！"

"那你找他去，关我什么事！"司月奋力地想要从男人的手掌里挣脱出来。

"你要给你爸还债知不知道！"那个矮胖男人忽然冷笑了一声，"我早和你说过了，你要是还不起钱卖身也行，你这小贱人会的肯定特别多——"

"你们是谁！我已经报警了！"忽然一个男人的声音从旁边传来。

司月忍着手臂的痛转头看去，徐岩一个大步走上来就把矮胖男人的手打了回去。

"我是辰逸的保安，你们现在已经严重影响了公司的运营，警察马上就到了。"

徐岩将司月掩在身后，义正词严地说道："如果你们继续在这里骚扰我司员工的话，我保证你们一定会吃不了兜着走。"

公司现下正是人多的时候，一见大厅里出了事，大家纷纷都靠了过来看热闹。

"你算老几？"矮胖男人反呛道，手指直戳徐岩的脸。

"我不算老几，"徐岩正声说道，"但你们这是违法行为。警察马上就到了，你们不着急走就等着吧。"

虽然这几个流氓看起来不是吃素的，但现在是在司月的公司里，人多势众，他们并没有胜算。

几个手下闻言有些不确定地看了一眼那个为首的矮胖男人。

"行，行，司月你给我等着，你是知道把我们惹恼的后果的！"矮胖男人一双鼠目恶狠狠地盯着司月看了好一会儿，然后阴险地朝她的方向啐了一口，"我现在给你机会、给你脸你不要，到时候别怪我强人所难，把你送去……"

"你要找去找司南田，别来找我。"司月压着颤抖的声音愤怒地朝他们说道，这是在公司，她不想把事情闹大。

"司南田？"他冰冷地哼笑了一声，随后一字一顿地说，"父债子偿，你躲不过。"

矮胖男人话音刚落，就招了招手，然后带着几个小弟离开了辰逸的大厅。他本来就是来警告司月的，目的已经达到。

司月看着那几个人离开了公司，身子霎时一软，牙齿却还是狠狠咬着唇不肯松。

"没事了，大家都散了吧。"徐岩朝围观群众说道。

可是大家却好像都还意犹未尽，交头接耳地议论着这个站在大厅中央满身狼狈的女人。

她长得很漂亮，身上却是显而易见的狼狈。

可没人在意司月的感受到底如何，他们或许更想知道这个女人的故事到底还有多离奇。

"还准备在这里看多久！都不用上班的吗？"

忽然一声严厉的呵斥从围观人群的最后方传了过来，司月的目光也随着众人一起投了过去。

公司的徐经理正一脸不满地看着大厅的混乱情况，他一会儿满脸愤怒地呵斥着人群回去上班，一会儿又满脸歉意地朝身边的男人努力解释着什么。

那是一个围观人群没几个人认识的男人。

除了司月。

男人一身烟灰色西装，衬得身形更颀长俊逸。珍珠白的高定衬衫，纽扣严谨地扣到最上面一颗。眉眼是冰山冷雪般的沉凝，映衬着一双看不穿的黑色眸子。

他嘴唇微不可察地抿起，目光却在落在司月身上的第二秒，就看去其他地方。

"上楼。"季岑风只淡淡说了两个字，就离开了这里。

徐经理一听，忙不迭地跟了上去："好的好的，季总。"离开大厅的时候，还狠狠地回头剜了徐岩一眼。

季岑风大步走进了专用电梯里，伸手按了顶层。

电梯门合上，一股显而易见的低气压四处蔓延，徐经理沉默地站在一旁不敢说话，光滑的脑门早已密密麻麻地爬满了汗珠。

季岑风今天第一天上任，居然就让他看到了公司这么混乱的场面。

徐经理早就听闻这位新来的董事长是出了名的多疑难搞，所以他也早早地做好了一切准备。

可本来定好了是后天正式入职，谁知道这位季大少爷却偏偏不按常理出牌非要今天突然来公司，一下就打了徐经理一个措手不及。

可他此刻虽是后悔莫及，却又无能为力。

"徐建生。"季岑风忽然开口。

徐经理一个激灵回过神，立马应道："季总您有什么吩咐？"

男人眼眸轻轻地瞥向他。

"刚刚外面那两个人——"

徐经理心头一紧，等着他吩咐："季总您要怎么处理？"

电梯到达顶楼，季岑风眼神利落地收回，随后大步走出了电梯。

"辞了。"

司月知道自己迟早会遇见季岑风。

但是，她没想到是在这样的场景下。她被人抓着骂贱人，骂不要脸，她浑身上下没有一丁点的自尊可言。

二十二岁的司月无法接受这样出现在季岑风的面前，她要强又要脸，怎么肯让心爱的人知道她背后是那样的泥泞与灰暗。

但是二十五岁的司月可以接受。她接受自己狼狈不堪、失魂落魄，也接受自己与那个曾经亲密无间的男人,变成陌生人。没什么不能接受的,如果不能,那就是生活的毒打还不够。

"司月,这个给你。"徐岩从保安室的医药箱里翻出了一盒创可贴。

"谢谢。"司月坐在一旁的小板凳上,伸手接了过去,足尖微微勾着高跟鞋,露出一截白皙的后跟,一小块皮肤早已被磨得稀烂,鞋跟对应的位置也都沾了血。

可司月却像是个没有感情的机器人,平静地撕开创可贴贴上脚后跟的伤口,然后重新穿上高跟鞋。

"今天谢谢你了,徐岩。"司月站起身子就要离开保安室。

徐岩挠了挠后脑勺:"没事,保护公司员工本来就是我应该做的。只是今天太不凑巧了,正好碰上了新来的董事长。"

司月知道他是在说季岑风。

那个男人上楼后,消息就飞速传遍了整个公司。

大家都知道公司会来一位新董事长,但是谁也没有想到来的会是这么一位长相外形绝佳的单身男人。

他还是像从前一样,尽管站在人群里,但仍耀眼得发亮。

却也不像从前一样,现在那双眉眼冷得像结冰的湖底,看一眼就让人发寒,完全不敢靠近。

"不过今天的事你别担心了。"徐岩笑着把司月往门口送,"我晚上去问问我叔叔这位新来的大佛到底是什么来头,明天告诉你。"

司月朝他望了一眼,没说话只笑着点了点头,然后走出了公司。

明天她应该还会来上班,但是再过几天的话,就不确定了。

回到出租屋的时候,司洵还在床上打游戏。

司月心情不好,没和他多说话,径直走进里屋去换衣服。

这身衣服今天湿了又干,贴在她的身上,让人非常难受。

司月快速地洗了一个澡,然后换了身轻便的衣服走到厨房热了点饭。

"走了,司洵。"她将热好的饭装进保温盒里,朝司洵喊道。

"等下!等下!"司洵打游戏打得正热闹,笑得灿烂。

司月心里忍着气,站在门口等他。

五分钟过去了。

"司洵,走了。"

"等下!"司洵不耐烦地喊道。

司月的手指紧紧地握住保温盒的手柄,一句话也说不出。

狭小的出租屋里,灯光昏暗,司洵却好像根本不在意似的没心没肺,整日里不是在家里打游戏,就是出去和朋友鬼混。唯一算得上是正经事的就是每天夜里在朋友的酒吧兼一会儿职。

不过赚的那几个钱也会被他自己迅速地花光。

司南田欠债跑了个没影,留下一个烂摊子给他们,偏偏又在这个时候,李水琴生了病。

司月这才不得不辞了在夏川做了三年的工作回到黎京照顾李水琴。

本来以为能在辰逸顺利度过试用期稳定下来的,谁知道,人背连老天爷都与她对着干。

遇上那样一个难缠的客户,彻底断了她的路。

司洵在游戏中愤慨杀敌,两只眼睛瞪得圆亮。

司月越看越气,直接将保温盒重重地放在了桌子上:"司洵,是不是把妈饿死,你会更开心一点?"

"等下等下,不行吗?"司洵满口不耐烦,情绪却随着游戏胜利忽然又推向高潮,"哈哈哈哈哈,赢啦!"

司洵一跃而起,完全忘记了正在和他生气的司月。他一个箭步冲到司月面前将她抱了起来转了一圈:"赢啦!姐!"

司洵随即将司月轻轻放下,乖巧地拎起保温盒:"走走,去给妈送饭,你要把妈饿死啊,司月。"

司月看着又瞬间变脸的弟弟,一时间无话可说,只能敲了敲他的头,说:"走吧。"

两个人到医院的时候,李水琴正在和隔壁床的病友谈得兴起。

"妈,吃饭。"司月刚走进病房把保温盒放下,就看见李水琴两眼放光,朝她招了招手,"过来过来。"

"怎么了?"司月放下饭盒走了过去,这才发现今天隔壁床换了个老太太。

"你看,这就是我们家司月。"李水琴一脸骄傲地朝那个新来的老太太炫耀道,"怎么样?够漂亮吧!"

旁边的老太太也当真看直了眼,喃喃道:"厉害啊小李,你家闺女真的漂亮。"

"那当然了,随我。"李水琴美滋滋地说,"就是二十五岁了还单身,我都急死了。"

旁边的老太太此刻恨不得把眼珠子黏在司月身上,上上下下左左右右地打量着她。

"吃饭了,妈。"司月就知道,李水琴又开始变着法地要给她找对象了。

李水琴看她一脸不高兴,阴阳怪气地说她:"你一天天的眼界高,我也没看你傍上谁啊。"

司月面无表情地给她拆筷子,摆菜:"非得傍上谁日子才能过吗?"

李水琴不情不愿地拿起筷子吃饭,小声嘀咕道:"那你说说我们现在过的是人过的日子吗?"她张口吃着饭,偷偷朝司月递眼色,"隔壁床那老太太,家里有钱,她孙子今年三十五岁了还没对象,你还不抓紧点。"

"抓紧什么?"

"抓紧和人处处啊。"

"她知道我们家情况吗?"司月反问她。

"哎,你管人家知不知——"

"妈!"司月忽然提高音量,吓了李水琴一跳。

李水琴紧张地看了隔壁床老太太一眼,压低嗓门:"你声音小点,别表现得那么没素质。"

司月没理她,朝她笑了笑,音调还是没减半分:"我爸欠的钱我们什么时候能还上?他逃命也不能把我们都拉上吧!"

司月的声音不偏不倚地全都落入了隔壁床老太太的耳里,老人家登时一愣,然后不可置信地在李水琴和司月的脸上扫了两下,目光立马转到了别处。

没过两分钟,老太太就以出门散步的理由离开了病房。

病房门一关上,李水琴就把筷子一甩,冷下脸:"司月你什么意思啊?是不是要把我气死你才开心啊?"

"我要是想把你气死,我月初就不会辞了夏川的工作回黎京。"司月平静地说着,"而且李水琴我告诉你,不要总想着把我嫁出去换钱。"

"那我养你干吗?"李水琴无语,冷冷地说,"你岂不是不值钱?"

"对,你记住就好。"司月把她吃完的碗筷收好。

一直站在一旁玩游戏的司洵终于回过了魂:"姐,你干吗不去找你那老相好?我记得你大四在黎京实习的时候,交的那个男朋友就特别有钱,你现在回来了干吗不去找他?"

司月抬眼看着一脸认真的司洵,心里好像被人硬生生地掀开了一道口子,伤人者却还毫无察觉满脸无辜。

"我和他不可能的。"司月忍着心里的不适说道。

她收起保温盒就要往门外走。

"不是吧,姐。"司洵一把拉住她的手臂,"你不会是拉不下脸吧?拜托,人家是什么样的家庭啊,你还非要和他讲平等,怎么可能平等得了啊?靠男人轻轻松松的不是很好吗?真搞不懂你。"

司洵丝毫不觉得自己的价值观有什么问题,还扯了扯司月的衣袖,要她回答。

司月眼神冷冷地落在光洁无瑕的地面上,心里却再没泛起任何一点情绪。

——"司月,你不值钱啊,找不到好男人长那么漂亮有什么用?"

——"姐,我没钱了,给我点钱用用。"

——"姐,你能去找你男朋友借点钱给我用吗?"

——"你爸再不还钱,我就找人把你卖了!"

司月有时候不知道,这三年自己是怎么过来的。

那个曾经把自尊看得比天还大的女人,如今是怎么做到平静地接受这些不堪入耳的语句的。

她不知道,她的心很麻木。

"我和他不可能的。"司月抬眼看了看司洵,然后抽出了自己的手。

病房门关上的最后一秒,她听到李水琴不耐烦的声音:"死丫头,脚后跟都破成那样了,自己去买点药水擦擦!"

司月记得,她曾经很喜欢黎京的夏天,白日是炙热的蒸腾,夜晚是沁人的阴凉,就算下雨也是干脆利落,轰轰烈烈下个三天三夜,然后便是绝好的大晴天。

  大四那年她在辰逸实习,遇见了刚从 M 国硕士毕业回来的季岑风。

  谁都说她不过是季岑风随便玩玩的一只小鸟,他是高高在上的集团大少爷,她是落魄清贫的黎京金丝雀。他图她美貌,她贪他钱权。

  可司月偏要让所有人知道,他们是真心相爱,她和他从来都是平等的,所以她不收他任何礼物,不借他任何名势,不在公司以季岑风女朋友的头衔行任何方便。

  那个时候,她以为只要坚守住自尊,就可以和季岑风谈一场公平清白的恋爱。

  谁知道她爱他爱得炽烈,最后却也被这炽烈伤及筋骨。

  他们从来都是不平等的。

  就连分手都是。

  季岑风甚至不愿意再听她任何的解释,他叫她出去,她就真的再也见不到他。

  晚风终于带着终日不散的湿气慢慢散去,司月拿着棉签有一下没一下地给自己的脚后跟消毒。

  她不想回到那个让人压抑到无法呼吸的家里,所以买完药水之后就在附近的公园找了一条长椅坐下。

  消毒药水刺激着她被撕裂的伤口,疼得她心口一阵阵紧缩。

  她细眉微皱,忍着痛给两只脚的伤口都消了毒。

  微风卷过,伤口处也不知是痛还是冰凉,激得司月轻"咝"了一声。

  忽然,一阵熟悉又清浅的气味顺着风飘到了司月的鼻间,是一种混杂着淡淡雪松的木调香气,闻起来禁忌而又疏离。

  司月情不自禁地朝身后看去。

  昏暗的路灯下,有一个穿着烟灰色西装的男人,他身边还紧紧地跟着一个衣着华丽的女人。

  两个人交谈的声音不大不小,正好能够传到司月的耳朵。

  "那不是你前女友司月吗?"女人故作惊讶地问道。

  "不记得。"

司月第二天早上换了一双合脚的高跟鞋。

脚后跟贴了厚厚的创可贴，她一手扶着鞋柜一手去拿包。

"姐你不吃早饭了啊？"司淘慢悠悠地从餐厅里晃出来，伸手给她递包子。

"不吃了，要迟到了。"司月朝他摆摆手，"我得先走了。"

"哦，好的，姐路上小心。"司淘给她开门。

"你在家好好的，别出去乱玩。"司月走之前敲了敲他脑门。

司淘笑着躲到一边："姐你快走吧，我听话！"

司月也不去管他说的到底是真是假，只能连走带小跑地朝公交车站奔去。

今天早上一睁开眼就已是七点四十分，吓得她连早饭都来不及吃就立马出门，幸好公交车来得及时，她总算是赶在七点五十九分刷卡进了公司大楼。她捂着狂跳的心口，整个人藏在电梯的角落平缓呼吸。

"三十六楼，到了。"温柔的电子音响起，司月随着众人一起下了电梯。

她踩着高跟鞋走到自己的位置上，轻轻弯腰先把包放下，然后去茶水间接水喝。可她拿着空杯子还没走出两步，王经理就从办公室里探出身子，表情严肃地喊她过去。

司月脚步一滞，似乎意识到了什么，转身把杯子放下，就走进了王经理的办公室。

"门带上，坐。"王经理摘下老花镜，表情凝重。

司月把门关上后，坐在了办公桌对面的椅子上："王经理，是处罚结果下来了吗？"

她声音里并没有多少沮丧，听起来好像是在问王经理，今天天气怎么样。

王经理则是长长叹了一口气，声音带着些哑："司月，这次我真是没办法了。昨天你就那么巧在新来的董事长面前出了事。"

王经理把桌上的文件朝司月面前推了推，司月低头一看，是她的辞退处分。

"本来被投诉的事情，也并不是百分之百辞退的，但是现在你这档子事被捅到上面去了，而且你家里欠债，债主闹到公司来，实在是有点不像话了。"

司月也知道，昨天的事情一出，她八九不离十在这里也待不久了。

"好的，王经理，抱歉给你惹麻烦了，我接受公司的决定。"司月甚至还有些安慰王经理似的轻轻扬起嘴角，"那我一会儿就去人事部办离职。"

"行。"王经理也没多留她。

司月拿着文件回到自己位置上的时候，整个人好像放空了一般沉寂了两分钟。

她应该反抗一下的，应该去找领导再据理力争一下的，就算那个人是季岑风又怎么样？

——在他的面前声泪俱下地求他不要辞退自己，把自己彻底放在与他不平等的位置上，求他怜悯自己。难道不应该这样去试一试吗？

司月的手指紧紧地抓住面前的桌子，指尖因失血泛白。

她以为她已经把自尊和要强全都收起来了；她以为她这辈子可以为了司洵、司南田、李水琴放弃司月这个人了；她以为这个世界上，不会再有一个想要和季岑风站在同一个位置的司月了；她以为她已经做好这样的准备了的。

司月的手指慢慢地松开了桌面，轻吸了一口气，然后起身朝人事部走去。

她还做不到，还做不到去祈求他的怜悯。

辰逸的确是设计行业里顶尖的龙头老大，但是司月想要的，只是活下去。

只是活下去的话，随便在哪家公司都可以。

司月很快就去人事部办理了离职手续，所有的卡也都一并上交。

临近中午的时候，她将手头剩下的一点工作也全部移交了。

"司月。"

忽然，一个声音从办公桌后方响起，司月抬起头看去，是徐岩。

她正在收拾桌子的动作立马停了下来："你怎么上来了？现在不是还没下班吗？"

话刚问出口，司月就觉得有些不对劲。

徐岩今天并没有穿保安制服，脸上的表情也不似平时那么阳光。她心里有些不安，直接问道："发生什么事了吗？"

徐岩支支吾吾的，却只问她："你也被辞退了吗？"

一句话把他自己也暴露了。

司月心下一沉，才意识到昨天的事情大概也连累到徐岩了。

"你昨天只是为了帮我，为什么连你也被辞退？"她眼神不解。

徐岩也是郁闷地摇摇头："我叔叔昨晚下班的时候就跟我说估计要把我和你全都辞退，但昨天晚上他也只是说大概率，毕竟还没发文件。

"我叔叔说如果被辞退了估计就是因为昨天下午的闹剧,季总新官上任三把火,总是要烧一烧的。

"果真今天早上我来上班,文件就下来了。"

徐岩有些丧气地摇摇头,随后又立马担心地看着司月:"那司月你怎么办?你被辞退了要怎么办?"

"我会重新找工作的。"司月语气有些严肃地和他说道,"但是你不应该被我连累。"

她目光沉沉地看着徐岩,仿佛在思索什么,随后便毫不犹豫地站起身子往外走。

"司月你去干吗?"徐岩连忙去追她。

司月走到电梯前按下上楼键,回头去看他:"谢谢你昨天帮我,真的,但是你不应该被我连累被辞职。"

话音刚落,电梯门就缓缓打开,她抬脚踏进去,徐岩惊讶地看着她直接按下了最高层的按键。

直到电梯门又重新合上,徐岩因吃惊而张大的嘴巴才慢慢闭合。他这才意识到,司月要去找季岑风,那个昨天刚踏入辰逸就掀起滔天巨浪的男人。

可是徐岩刚刚还没说完他打听到的所有消息——今天早上下来的,不仅仅是他和司月两个人的辞退处分。

徐建生刚刚告诉他,季岑风今天早上至少开出了各个部门各个职位人员的三十多份辞退文书。

没有人知道他是从哪里抓住这些人的把柄的,但可以肯定的是,辰逸从此以后,不再会是从前那样风平浪静了。

"季总,这份是我们后勤部门去年的财务报表,这边的是前年的。"一个头发半谢的中年男人正小心谨慎地将手里的文件递到季岑风的办公桌上。

偌大的办公室里,零零散散地站了快二十号人。

空调稳定而又安静地运行着,室内气温26℃,正是凉爽惬意的温度,但是谁都知道,那些黑色西装下的白衬衫早已被冷汗浸湿。

办公桌后的男人手指轻轻翻动了两页财务报表,声音清冷:"李原,请审计团队也查一下后勤部门的账。"

他不过随意看了几眼后勤部的账本就又将一个部门列入了重新审计的队伍。桌子前那个半秃的男人登时冷汗直冒,声音都打着战说道:"季、季总,我们后勤部的账最是谨慎不敢弄错的,真的不用劳烦审计再来做一遍了。"

他脸上堆着难看的笑容,心里的恐惧一览无余。

季岑风轻轻合上账本,身子后仰靠在宽大的椅子里朝他说道:"账本做得是真的很完美。"

半秃男人连忙点点头附和道:"账本肯定不敢有差错的。"随后两只眼睛有些害怕又有些期待地看着季岑风,等着他收回刚刚的命令。

"但是,"季岑风话锋一转,狭长的双眼微微眯起,连带着整个办公室的气压都低了三分,"账越漂亮,就越有问题。"

他声音一落,那个半秃男人只觉得双腿一软,再也说不出任何话。

一早上季岑风都在查整个辰逸的旧账,他离开的这三年,季如许的年纪越来越大,也越来越力不从心。那些吃里爬外、贪污糊弄的小人便趁机横行拼命吸血。

但是季岑风现在既然回来了,那么他不会允许任何肮脏的事情继续发生在他的眼皮底下。

"季先生,先吃午饭吧。"李原把还没来得及汇报的部门文书都先收了上来,然后放那些人回去。

季岑风伸手松开了领口处第一颗纽扣,正要开口说话,忽然门口的秘书打电话进来。

"季总,门口有一位叫司月的女士没有预约希望能见您一面,我请她先去预约,但是她不肯,请问——"

"叫她进来。"季岑风按下通话键说道。

李原微微侧头看他,没有说话。

"等会儿再吃午饭。"季岑风朝李原说道。他左手摸到衬衫最上面一颗纽扣,又将它重新扣了起来。

"好的,季总。"李原随即应下。

司月在门口等了很久,她知道今天一旦走出这家公司,就再也不可能和季岑风说得上话。

她也不想说。

但是她没办法看着徐岩就这样不明不白地被自己连累。

"司月小姐,季总请你进去。"门口的秘书终于给了司月一个好消息。

司月温柔地朝秘书笑了一下,秘书心里不禁唏嘘,今天从这扇门出来的,就没有一个不是哭丧着脸的。

"谢谢你。"司月朝秘书说道,然后打开了那扇门。

这么久了,她又能再一次这样直视这个男人。

他单薄的眼皮淡漠地掀开,身子微微后靠在黑色的椅背上,嘴角有一丝并未掩饰的不耐烦,在看见司月的瞬间,加深加重。

"季总,您好。"

司月手指紧紧地蜷起,指尖深陷在柔软的肉里。

隔了三年的岁月,两个曾经可以亲密依偎在一起的人,却以这种尖锐而又冷漠的方式重新见面,着实有些可笑。

可司月不是来怀旧的。

"你只有五分钟时间,说完就请出去。"季岑风看了她一眼,然后拿起后勤部的账本翻了起来。他声音带着点淡淡的疲倦,更多的却是冰冷勿近的漠然。

"好的,季总。"司月并不在意,"我只是想和您澄清一下,保安部的徐岩昨天是为了保护我才和那些流氓起冲突的。

"我才是那些人的目标,所以下午我离职之后,那些人也不会再找上门,季总可以放心。"

季岑风的手指缓缓地翻页,没搭话。

他身后是一整面巨大的落地窗户,正值中午,明亮的阳光透过窗户洒进办公室。

司月可以毫不费劲地看见楼下奔流的黎江,往来船只小如羽毛,顺着这一川江水朝远处漂去。

每个人都有各自要奔赴的方向,司月也有自己的。

"季总,我希望公司能撤回对徐岩的开除决定,"司月轻声而又有力地说道,"这对他不公平。那些人完全是冲着我来的,闹剧也是因我而起。徐岩只是想保护我而已。"

女人说话时身板挺得很直,眼眸里是不掺杂任何私人感情的公事公办。

季岑风将账本合上,抬眼看向她,看她如何和自己说话,看她如何看着自己。

尘埃缓慢地在金色的光束里跳舞,这一刻,办公室里静得令人窒息。

而下一秒,便是一声不轻不重的嗤笑:"司月,你可真是一如既往地招男人保护啊。"

"为什么没告诉我这件事?"季岑风站在角落的楼梯间里问司月。

司月面带得意地朝他笑道:"根本不用你出手啊,刘组长已经帮我出气了。那份文稿就是何柳不小心弄坏的,组长一查监控就知道了。"

"刘组长帮你出的头?"季岑风伸手把司月揽在怀里,不甚乐意地压低眸,"你宁愿去请别的男人帮你也不愿意找我是吗?"

"不是的,岑风,"司月伸手揽住他的脖子,"你也只是个小小的市场部职工,怎么帮我呢?"

女人眼里闪过一丝狡黠,她明明知道季岑风是辰逸的大少爷,只是在基层待几个月很快就会升职,却还是用这个理由敷衍他。

敷衍他。

——出了事从来不肯朝他伸手,受了委屈更是不会对他说半个字。

所有人都一边羡慕司月找了个好依靠,却又一边在背后嫉妒得发狠骂她是只不要脸的麻雀。

只有季岑风知道,司月什么都不肯要。

她不要他的帮助,也不要他的怜悯。她像一根坚韧不易摧毁的芦苇,风情地摇曳在宽阔的黎江江畔。

司月从不肯向他求助。

这么多年,也还是一样。

她轻而易举地接受自己被辞退的结果,却大张旗鼓地冲上来花费宝贵的五分钟,试图挽救一个不相干的男人。

季岑风目光凉凉地落在她的身上,表情没有任何波澜。

"如果是给别人求情的话,那你现在可以出去了。"男人声音淡得像把小刀，刺痛听者的心脏。

司月看着这个冷漠的男人，心口好像被什么东西顶住，闷得慌。

"很抱歉，季总，我不是故意来浪费您的时间的。只是徐岩什么都没有做错，唯一的错就是帮了我。昨天的闹剧和他没有半点关系，请您一定要调查清楚，不要误伤了好人。"

"误伤了好人？"季岑风低笑了一下。

司月心里一颤。

她不知道自己哪里说错了。

"徐岩是徐建生的侄子你不会不知道吧？他本来就是徐建生强行塞进来的，请问司月小姐，我把这样一个走后门进公司的人辞退，哪一点是在误伤好人？"

季岑风不缓不急地继续说道："还是说，司月小姐以为我是在针对你，觉得我是忘不了对你的旧情，所以才连累的徐岩吗？"

他轻描淡写的话语像毒蛇吐出芯子的"咝咝"声，那声音嘶哑细小，却声声落在司月的心里。

秘书小姐想得没错，今天没有一个人能笑着从季岑风的办公室里走出去。

司月到家的时候，不过下午三点半。

司洵正在卧室里呼呼大睡，她也没打招呼就径直走进了自己的房间。

不过半个多月的实习，她本来也没多少东西，少得可怜的几本设计书孤零零地躺在箱子里，现下被她放在了房间的角落。

工作没了。

刚回黎京的第一份工作，就这么没了。

司月关上了卧室的门，连窗帘也一并拉上了。室内顿时陷入了昏昏沉沉的黑暗里。她把套裙和衬衫随意地脱了扔在床边，然后一言不发地上了床。

单薄的被子里是个一动不动的身影。

她好像很快就睡了过去，两条皱起的眉毛却忘记了如何展开。

下午的阳光穿过窗帘未合上的缝隙静静地落在了司月的枕边。

那里有一条将干未干的水痕。

"姐，姐，你回来啦？"

卧室门口传来了一阵敲门声。

"你今天怎么这么早就下班啦。"说话的是司洵，声音懒洋洋的。

司月从沉重的梦里醒来，脑子清醒了几秒钟，才沙哑地开口："等下。"

她说着便打开了灯，突如其来的光亮刺得她眼睛一眯，她适应了一会儿才慢慢下了床去找衣服穿。

"姐，你今天怎么这么早就下班啦？"见房门开了，司洵就笑嘻嘻地凑上去问她。

司月看了他一眼，便绕过他朝厨房走去找水喝。

"被辞退了。"她淡淡地说道，然后给自己倒了一杯冷水仰头喝下。

"什么？"司洵吓得不轻，像只兔子一样跳起来立马冲到厨房，"姐你被辞退了？"

司月刚醒来，听见司洵的大嗓门，她不由得皱紧了眉："耳朵聋了。"

"不是。"司洵一看司月居然还是这副不紧不慢的样子，心里更急了，"姐，你被辞退了怎么一点不着急呢？"

"我着什么急？"司月放下水杯，抬头去看这个一米八几身无长物天天在家里消耗氧气的弟弟，认真地反问他，"司洵你几岁了？"

"二十二岁。"司洵条件反射地回道，"不是，姐你问这个干吗？"

"没什么，就是觉得二十二岁的男人是不是该靠自己吃饭了？"

"姐，你怎么又说这个了啊？"司洵一听到关于让自己去赚钱的话就不耐烦，"我不是有工作吗？"

"酒吧那个？"

"干吗？"司洵的脸拉下来，"姐，如果你要说你瞧不起我的工作，那我真的要和你好好说说。你别总是看不起我们这些卖酒的，遇到有钱的大爷大手一挥，我一晚上挣的比你一个月还多！"司洵不屑地哼了一声。

"那你赚过吗？"

"当然啊！"

"那钱呢？"

司洵一时语塞："钱……不总是要花掉的吗？"

司月看着司洵一副理直气壮的模样，心里深感无力却又无可奈何："所以你赚的钱只负责你自己吃喝玩乐,而我赚的钱,不仅要给爸还债,给妈治病,还要负责你和我的吃喝。

"司洵你觉得这样合适吗?

"我就天生要这样被你们作践吗?"

司月不知道为什么,刚起来情绪就这么急地涌上来。她手指紧紧地握住空玻璃杯,身子轻微地颤抖着。

司洵避开她直白而又尖锐的眼神。

"都叫你去找季岑风了。"他还是不死心地嘀咕,"我昨天听酒吧的人说了,季岑风前两天在我们那个酒吧消费了几十万。你要是能和他重新在一起,我们还要这么辛苦吗?"

"我说了我不可能和他重新在一起的。"司月忍着心里的气说道。

司洵忽地也发起了火:"姐你为什么永远把自己那么当回事?我们这种人生下来不就是低人一等的吗?我在酒吧卖酒也是被人骂被人笑。姐你为什么就不能委屈一下自己,牺牲一下自己,救救我们全家呢!"

司洵两只眼睛通红,却还是不敢看司月。

"你去酒吧工作,那是因为你贪图和你的朋友玩乐,你要是不想被人践踏被人笑,那你上一份保安的工作为什么不做下去?"

"我不喜欢那个工作。"司洵呛道。

"我们不是天生低人一等吗?"司月看他,"你有什么资格说不喜欢?"

司月常常和司洵吵架,小的时候吵,大了也还是吵。

以前院子里的大人看到司月被气得腮帮子鼓起,还总是笑着问司洵:"小家伙可以啊,你姐姐这么温柔的性子都能被你气得脸颊鼓鼓的啊?"

后来的时候,他们也常常吵,但是再也不是为了一颗糖或者一个玩具了,永远的话题,就只有一个——钱。

没钱的话,就会一直吵。

李水琴没生病的那会儿,司南田没逃命的那会儿,一家人吵得更厉害。

四个人坐在一张矮矮的小方桌前,吵得不可开交。

两盘少得可怜的素菜,够支撑四个人吵一晚上的热量。吵完之后一家人互相谁也不理,然后各走各的,回房睡觉。

司月很长一段时间，看不到这条路的出口。

直到大四实习那年，也只到大四实习那年。

和司洵大吵一架的结果，就是他站在厨房里泪珠子直掉，司月一边冷着脸，一边给他做晚饭。

"盐。"司月用手指戳戳司洵的胳膊。

司洵一边抽泣，一边去旁边给她拿盐。

司月接过盐，没好气地说一声"谢谢"。

司洵却还是和她较劲，不肯服软。

直到两碗简单的炒饭做好，司月端上了桌子："有没有小狗要来吃这碗？"

司洵站在厨房狠狠瞪她一眼，然后走过去一屁股坐下去端起碗就吃，边吃还边骂司月："我恨死你了。"

两个人吃完饭后，就去给李水琴送了饭。

今晚司洵要去酒吧上班。

"我跟你一块儿吧。"司月拉住正要出门的司洵。

他穿了一件套头衫，戴上帽子回头看她。

"干吗，你还要去监视我上班啊？"司洵翻了个白眼。

司月一边换鞋子，一边回他："我今天心情很差，不能去你那里喝两杯吗？"她穿上鞋子就推司洵往外面走，"员工家属是八八折，对吧？"

司洵迟疑地点了点头，被她推着往前走。

"行，那我只点一杯是不是也可以坐整夜？"

…………

司月是第一次去司洵工作的酒吧，从前只是听司洵说过这个酒吧有多么多么厉害，她也没有太上心。但是今天站在酒吧门口，她确认司洵说的是实话。

酒吧就坐落在黎京最繁华的不夜城，一栋高楼。

"酒吧只是这边的一小部分业务，上面还有夜总会、歌厅和酒店。怎么样？你弟弟我是不是很厉害，在大型企业就职？"司洵得意扬扬地看她。

司月难得地点了点头："厉害。"

两个人一起走进酒吧。

司月让司洵去忙，自己寻了个角落的位置要了一杯饮料。司洵就是在卡座间服务卖酒的，他等级不够，进不了包厢。

在家里懒懒散散的弟弟换上了黑色背心的制服就忙碌了起来，司月忽然觉得自己下午说的话有点重了。

天色已晚，酒吧里却迎来了最热闹的时候。

司月一个人静静地坐在卡座里看着设计公司的招聘信息，忽然听到了一阵嘈杂的声音。

服务员小哥殷勤地说道："肖先生，包间已经准备好了，您请跟我来。"

那位肖先生爽朗地笑了笑，朝身边的人说道："岑风，这次一定给我机会好好招待你。"

"好啊。"那个男人淡淡地回道。

坐在卡座里的司月身子一僵，甚至不敢回头看。

只听到那个男人又说道："今天坐外面卡座吧。"

肖川说："你确定？外面人多嘈杂啊。"

"不可以吗？"

"当然可以啊。"肖川并不在意，伸手叫那个服务员看看还有没有多人座的卡座。

包厢服务员看着人满为患的卡座一脸愁容，最后把目光锁定在一个人坐着的司月身上。

"肖先生，您今晚没有预订卡座，所以请问下您同意拼桌吗？"

"可以。"季岑风无所谓地说道。

肖川更是没意见，今晚一切主随客便。

包厢服务员得了令之后，立马喜笑颜开，快步走到司月的身边，说："请问这位小姐，您介意和这边的几位客人拼桌吗？"

介意，十分介意。

司月露出一个没有感情的笑容。

"没关系，我这边结好账了，我也正准备走的。"司月伸手拿过自己的包，就要起身离开。

"司月姐！"忽然一声清脆的喊声从那群人中传出来。

司月听着声音有些耳熟,却又想不出到底是谁。

"司月姐!"又是一声激动的叫声,一个高高瘦瘦打扮异常前卫的小姑娘终于从人群中蹦了出来,直接冲到了司月的面前。

司月疑惑地看着面前这张妆容甚浓的脸,认了好一会儿,才迟疑地叫出口:"诗韵?"

季诗韵乐不可支,一点也不生分地挽上了司月的胳膊:"司月姐,我好想你啊!"

季诗韵是季岑风的堂妹,三年前因为家里人出国做生意,所以让初三的季诗韵在季岑风家里暂住过几个月。

小姑娘整天天马行空,不爱读书只喜欢捣鼓化妆品。

那个时候司月去过季岑风家几回,回回被小姑娘抓住按在房间里化妆几个小时,司月也不反抗,陪着小姑娘一起玩。

后来季诗韵飞去 M 国读高中,司月就再也没见过她。

"既然认识那就一起坐啊。"季诗韵连忙招呼着众人也往里面坐。

那边的人也没有拒绝,就从卡座两端开始落座,司月这下是想走也走不了了,只能认命地坐下来。

"那个,我和……你哥哥已经分手了。"司月趁着人还没坐定,小声对着季诗韵说道,怕她还搞不清楚状况。

"我知道啊。"季诗韵一脸不在乎,"我喜欢司月姐,你是我朋友,我们不能在一起喝酒吗?而且两个人只是分开了,又不是变成仇人了,是吧,司月姐?"

司月迟疑了一会儿,其实,也和仇人差不多了,她中午刚被那人羞辱了一通。

"而且狠狠宰一宰前男友,岂不是很快乐?"季诗韵也凑到司月耳边嘀咕,她细长的眉毛高高挑起,伸手招呼,"服务员,点酒!"

显然她忘了一件事,今晚并不是她的岑风哥哥请客,而是冤大头肖川。

季岑风前几天请他们在这里玩过一晚上,但是那天晚上来的人多,肖川总觉得不得劲。

于是今晚他喊了几个亲近的朋友一起吃饭,除了季岑风和季诗韵,还有一个女人。

五个人在卡座坐定后，季诗韵就站起来热情地给大家伙做介绍。

"司月姐，我姐。"

司月微微朝大家颔首，却没有开口说话。

一股清冷而又熟悉的气味正似有若无地从她的斜后方传来，司月的身子像是被这紧密编织的细网层层缠绕住，收紧又收紧。

她丝毫不能动弹。

因为那个中午开除她的男人，正好整以暇地坐在她的旁边。

她身子坐得直，看不见他的目光，也不敢特意回头去看。

"肖川不用介绍了吧，你和岑风哥哥在一起的时候，他也常来家里吃饭，是岑风哥哥最好的朋友。"季诗韵笑嘻嘻地说，"最后那个是'小凤'，在追岑风哥哥。"

季诗韵介绍完就乐呵呵地坐下来，假装看不见那个被她叫作"小凤"的女人脸色变得异常难看。

司月目光落在"小凤"的身上。她见过这个女人，那天在公园的时候，"小凤"就跟在季岑风的身后，和她轻轻点头打了招呼，便收回了目光。

司月显然是没有领会到季诗韵刚刚那番话的精华，对面的女人轻蔑地瞥了司月一眼，声音带着些不容忽视的高傲说道："我叫许秋，是岑风的朋友，我们两家是世交。"

"你为什么不介绍你的小名'小凤'？"季诗韵故意追问道。

许秋明显有些不高兴了，偏头朝季岑风看去。季岑风却一句话也没说，纤长的手指在叠起的腿上轻敲着，没有要为谁出头的想法。

见这剑拔弩张的气氛，司月才发现季诗韵大概是很不喜欢这位正在追求季岑风的女人。

所以她这么热情地对自己，恐怕也只是打击许秋的方式之一吧。司月心情忽然有些许低落。

"您好，请问您这边要上——"一旁刚赶来的卡座服务员忽然开口，话却只说了一半便卡在了嗓子眼里。

季诗韵抬眼去看那服务员，脱口而出："怎么，看见美女不会说话了？"

司月循声看去。

竟然是司洵！

下一秒，她移开目光，又正好与季岑风意味不明的目光撞了个正着。

男人的眼神没有半点波澜，他从容地伸手拿起桌子上的水杯轻抿了一口，然后慢条斯理地拈起桌子上的酒单开始点单。

司月不知道自己是怎么度过这短短的几分钟点单时间的。

酒吧里所有的嘈杂与纷乱全都离她远去，她好像被丢进了一个燃烧殆尽的火炉里，苟延残喘。

她自认可以理智而又平静地去面对这位昔日恋人，两个人分开，终究是各有各的错。

但是司月没想到，季岑风不仅要让她看着，还要让她痛着。他把酒单上的每种酒都点了一遍，然后又加了十瓶最贵的红酒。

肖川一开始还想拦着说喝不了这么多，却在季岑风的淡淡一瞥下收了声。

"既然今天高兴，那就让这位小兄弟多拿点提成不好吗？"季岑风抬眼看着一旁笑得合不拢嘴的司洵，淡淡地说道。

司洵心里早就乐疯了。

"季先生！您稍等，这边马上就给您送过来！"司洵得意地朝司月眨了眨眼，然后连蹦带跳地拿着酒单奔去了后面。

司月的指甲深深地陷在手心里，觉得始终有一道尖锐的目光，在一旁刺痛着她。

点完单后，再没有人开口说话。

卡座里的气氛，霎时间变得有些怪异。

这种沉默像异常锋利的小刀子，一片一片削着司月的肉，让她无法呼吸。

肖川当年是看着季岑风和司月在一起又分开的，现在看着两人再见面是这样的情形，心里也是咋舌。

因为有一件事情，他预料错了。

他以为季岑风完全不会对这个女人再有任何反应的。毕竟当年和司月分开之后，季岑风就直接去 M 国接手季家产业的海外部分，今年是因为季如许身体不行了，他才不得不回来的。

而过去的三年里，肖川再没听到过这个女人的名字。司月这个人就好像季岑风生命里的一颗沙子，被风吹走，多年之后，谁还记得。

但是，刚刚那个服务员分明就是司月的弟弟，而季岑风有意点了这么多的酒，够司洵狠狠赚上一笔了。

这个行为让人不得不深思了。

肖川将目光转到司月身上，三年过去了，她却好像并没有特别大的变化，依然是温柔而又惹人怜爱的模样，一双潋滟眉眼扬起便会风情万种。

但是她现在的脸色，却并不好看。

司月清楚地感知到，那个坐在她身边连眼神都不肯多给她一个的男人，刚刚在狠狠地羞辱她。

他分明知道她从前不肯接受他的帮助，却有一个可以为了钱放弃所有尊严的弟弟。

司洵以前就没少找季岑风要钱，不管要多少，季岑风都没有拒绝过。

这事情两人一直瞒着司月，司洵是不敢被姐姐知道，季岑风则是为了顾及司月的面子。

但是自从和司月分开后，季岑风就没给过司洵钱了。

能让司洵这种坐吃山空游手好闲的人来酒吧打工，可以想象得到他们家的生活已经困难到了哪种地步。

季岑风清楚地知道，当着司月的面，让司洵喜笑颜开地接受他的施舍，便能让她感到最大的羞辱。

震耳欲聋的音乐声刺激着司月的神经，她的身子因这样的羞辱而微微发颤。

这份羞辱不是来自司南田，不是来自李水琴，也不是来自司洵，它不来自任何一种她曾经耳熟能详的骂声里，而是来自那个曾经拥着她看落日晚霞的男人，那个曾经对她温柔细语的男人。

记忆和现实像两股水火不相容的势力在司月的身体里交相碰撞，她牙关紧紧地咬着，终于在快要支撑不下去的最后一秒，轻声说道："抱歉，我要先走了。"

司月从始至终都是隐忍沉静的模样，就连仓皇逃跑的一瞬间，都还礼貌地朝季岑风说道："季先生，可以让一下吗？"

季岑风嘴角微微扬起，从容起身站到了卡座的外面。

她狠狠掐住手心，步子稳稳地从他身边走过。

"谢谢。"擦肩而过时,司月甚至还礼貌地扬起脸朝他笑了一下,然后便迅速地消失。

那声"谢谢"就像是个欲盖弥彰的标签,轻轻贴在布满裂痕的杯子上。

风还没吹,就已摇摇欲坠。

司月以为自己已经可以接受在季岑风的面前失去所有的尊严,但是她没想到,当这份尊严是由这个男人亲手丢弃的时候,她却还是慌乱地露了怯。

热闹非常的酒吧里,没有人在意那个匆匆离去的女人。

刚刚还降至冰点的气氛,在许秋坐到季岑风的身侧后,重新热闹了起来。

一切就好像一阵风,吹过了,谁也不在意。

直到一道刺耳的玻璃砸碎声在酒吧里响起。

吧台不远处,有两个男人扭打在了一起。

肖川循着声音望了过去,顿时有些紧张地看了季岑风一眼:"好像是司洵和人打起来了。"

季岑风波澜不惊地瞥了肖川一眼,偏头问季诗韵:"你刚刚说你过几天要去哪里玩?"

司月是半夜三点接到警察的电话的。

警察在电话里说司洵和人打架,现在被送到医院去了。

司月吓得整个人僵直了,最后只能手抖地握住电话,机械地对警察说"谢谢"和"对不起"。

半夜拦了一辆出租车,司月一路狂奔,终于在一家私人医院的VIP病房里,看到了被包扎成粽子的司洵,身子蜷缩起来像一只虾米。

司月紧紧捂住嘴巴,站在病房外看着司洵,眼泪猝不及防地就掉落了下来。

"你是司洵的姐姐吗?"一个警察看见司月站在病房门口,走了上来。

司月忍住眼泪:"我是。"

她声音沙哑,里面是掩饰不了的慌乱。

警察看着司月现在的样子显然有些不忍心,但他还是不得不说:"你弟弟在酒吧和人打架。"

司月擦掉脸上的眼泪:"警官,我弟弟是被人打了吗?"

警察顿了一下:"你弟弟是被人打了,但是通过我们调取的酒吧监控来看,是你弟弟先动的手。"

司月心口一紧:"他为什么要和别人打架?"

"据我们调查所知,你弟弟今天晚上赚了一笔不少的钱,有个叫李成的和他一起在酒吧工作,他眼红你弟弟,然后说了不少不中听的话,所以你弟弟就出手打人了。

"拦都拦不住,把酒吧好多东西也都砸了,警察来了才肯停手。"

司月无措地又看了病房里的司洵一眼,声音带着些愧疚:"请问那个李成现在怎么样了?"

"也在医院躺着呢,不比你弟弟好多少。"警察语气严肃地教育道,"你以后得好好管管你弟弟,这么大的人了还在酒吧和人打架。还好人家同意赔钱私下调解,不然你弟弟肯定是要进去关几天的。"

警察说到钱,司月这才忽然意识到一件事,仓促地又看了一眼这家宽敞明亮的医院。

刚刚来的时候并没有想太多,只是按照警察说的地址匆忙赶来,现在她才发现这根本不是一般的医院,而是价格极其昂贵的私人医院。

"警察先生,请问司洵为什么会被送到这家医院,李成也在这里吗?"

警察皱眉看了司月一眼:"你想什么呢?这是私人医院,李成现在在市人民医院躺着呢。"

"那司洵为什么在这里?"

"那个帮忙的男人不是你家亲戚吗?"警察有些纳闷,"他帮你们付了不少钱呢,你弟弟的医疗费、李成的医疗费,还有赔给酒吧的设备损失费和经营损失费,七七八八加起来快有十五六万吧。"

司月越听心越凉,脸上失去血色。

——"他帮你们付了不少钱呢。"

——"七七八八加起来快有十五六万吧。"

司月耳边不断重复回响着这两句话,整个人仿佛失去力气,再多问一句的勇气都没有了。

十五六万……

她连零头都没有。

司月感觉天旋地转。

"行了,你进病房里等着吧。那个人刚刚去楼下录笔录了,他也是现场目击者之一,"警察看了一眼时间,"这会儿应该快回来了,没事的话我就先走了。"

病房里有一张姜黄色的沙发,稳妥地卧在病床一侧。

司洵还在沉睡,室内的灯光被调成了昏暗的暖黄色,低低地照在他被人打断的鼻梁上。

季岑风左手插在口袋里,在病房门前,停下脚步。

那个女人正倚靠在沙发上,一头乌黑的长发从她的右侧肩膀落下,却没能遮住她此时此刻的脆弱。

如羽的睫毛映下一道晦涩不明的阴影遮在她纤细的鼻梁上,认真看的话,能看见那阴影正微微轻颤。

她穿了一件纯白的衬衫,下面是条浅蓝色的牛仔裤,衬衫下摆松松地收进纤瘦的腰肢里,阴暗光影里,显得更加无助。

她右手轻轻握住司洵那只正在打点滴的手,左手撑着床边,指尖惨白。

一切都像是沉浸在旧电影的沉默里,时光很慢,熬两个人的心力。

"砰砰!"

季岑风敲门。

司月侧头看去。

她没有过多的惊讶,更没有过多的愤怒。

季岑风并没有进来,只看了一眼里面的司洵。

"出来。"

他的声音又低又缓,让司月跟他出来。

两个人走到走廊的尽头,那里有一扇窗,却看不见星星和月亮。

"谢谢你,我会还钱给你的。"司月开口就是还钱。她声音有气无力,语速也很缓慢。

她顾不上去问季岑风为什么要帮司洵,顾不上去问季岑风晚上为什么要羞辱她。

那些曾经在她心里掀起过或大或小波澜的情绪全在此刻为现实让了路。

为什么羞辱你,很重要吗?

为什么帮司洵，很重要吗？

不重要，司月清楚得很。

"可能没办法一下还完，但是半年之内肯定可以的，"司月声音轻轻的，"利息也会按照银行的标准付的，你不用担心。"

她说完话抬头看向季岑风，才发现他根本没有在听她说话。

他眼神穿过那扇窗户落在外面的街道上。

半夜三点，黎京夜未眠。

汽车不时地从宽阔明亮的马路上飞驰而过，声音却传不到两个人的耳边，很奇怪，像是在看一场默片。

意外地熬人。

"我现在就写一张欠条吧。"司月也不想去管季岑风到底有没有在听自己说话，转身要去病房里找纸笔。

男人的目光这才从窗外收回，沉沉地落在女人的背影上。

不一会儿，女人就折返回来。

"写好了。"司月从病房拿来纸笔后就在季岑风的面前写下欠条，只有金额部分空着，"具体金额是多少可以麻烦你告诉我一下吗？"

季岑风漠然地看了她一眼："不记得了。"

司月笔尖一顿，却也不想再和他继续纠缠："我先写十六万吧。如果到时候你发现少算了可以告诉我，我不会欠账的。"

她认真地签上了自己的名字，把欠条折了两下递给了季岑风。

男人身子没动，垂眸看着那张单薄的欠条。

她手指很细，轻轻拈在纸张的一边。

季岑风微微哂笑了一下，将欠条收下："随便。"

司月也没再和他多说，径直走进病房。

司洵睡得很熟，身子也不似之前那般痛苦地蜷缩在一起了。四点的时候医生又来看了一眼，交代了些注意事项，就让司月先回家休息，这里时时刻刻都会有人看着。

司月确实累极了，她对医生说了谢谢之后，便打算回家睡一会儿。

不然很可能在李水琴和司洵倒下之前，她先阵亡。

走出医院的时候，天色还是朦胧的雾青。

清晨的黎京有一点冷，司月站在街口等车。

这里和之前的豪庭门苑一样，位置偏僻，她叫了一辆车也要十分钟后才能到。

此时司月根本没有耐心在这儿等待十分钟，想想现在面临的麻烦，就生无可恋。

不仅司南田欠下的八十万没还，眼下又欠了十六万。

而司家唯一挣钱的她，没有工作。

一个个沉重的担子压在司月的心里，她像一条被人挂满石头的鱼，挣扎着、挣扎着，快要力竭而亡，却又哪块石头都丢不下。

——"你没想过和你的家庭脱离关系吗？"

——"你没理由为他们活一辈子的。"

——"司月，你要想想你自己啊！"

在夏川的时候，同司月一起住职工宿舍的苏甜就不止一次这样问过司月——你为什么放不下？

司月没法回答她。

她也想一走了之，从此不管这些烂摊子的。

她想的。

金色的阳光穿过云朵照在司月的眼眸上，她静静地看着远方，没有方向。

十分钟过了。

手机传来一条消息：

【司机已取消订单：抱歉，你那里太远了我绕过去赚不到几个钱，我直接取消了，你找其他车子吧。】

司月面无表情地按下手机，抬脚往前走，连司机都比她懂得及时止损的道理，她什么时候能懂呢？

医院前是一条宽阔的柏油马路，两侧栽着整整齐齐的梧桐树。

司月慢慢地沿着路往前走，忽然听到了一声清脆的鸣笛声。

她朝路边让了让，却发现那辆黑色的卡宴缓缓地停在了她的面前。

后排的车窗落下，是季岑风。

他的侧脸掩在阴暗的车厢里："上车。"

司月站在车外,看着他。

寂静的清晨,无人的车道,对视的她和他。

一切都变得缓慢而又悠长,夏风卷起司月额前的碎发,她不明白。

很多不明白。

"为什么?"

男人的目光缓缓地移到了她的脚上,司月跟着低头这才发现,她后脚跟的伤口不知什么时候裂开了。

鲜血染红了一小片皮肤,她却毫无知觉。

"我不希望在收回我的债务之前,看到债务人死亡。虽然十六万对我来说根本不算什么,但是对你来说,好像很痛苦。"

他声音冷得像碎裂的冰碴,直直坠在人的心里,他的目光堂而皇之地看着她的双眼,让她的局促无处可逃。

司月久久地看着他玩味而又残忍的眼神。她今天好像明白了一件事,如果说被公司辞退是她的错,与季岑风没有任何关系,那么昨天晚上在酒吧以及刚刚的对话,都十分有力地向她证明了一件事——

她以为他们过去了。

但他没有。

并且他还要变本加厉地羞辱她。

✦ 第二章

暗夜前行

和季岑风在一起的第一天,司月就知道,她要割舍掉一部分的自己,随时准备好接受他看似随意的询问。

——"你们组昨天出去聚餐了?"

——"昨天和你一起回学校的男生也是你朋友?"

——"今天有什么安排?"

季岑风不相信任何人,是司月后来才得出的结论。

他没办法相信任何人,除了他自己。

司月本来以为只是她做得不够好,让季岑风没有安全感。直到那天她看见季岑风交代人去给几家新到手的公司做财务审核和职工背景调查。

"为什么对待这几家公司也要这么谨慎,这不是你爸爸转赠给你的吗?能出什么问题?"

季岑风坐在沙发上看着司月轻笑,他伸出手拉着她坐到了他的怀里:"司月,你知道吗?人和人之间,是没有信任的。"

——"人和人之间,是没有信任的。"

这句话司月那时没听懂,也并不认同。

但是她后来明白了,这句话的正确说法应该是:季岑风和所有人之间,都是没有信任的。

他不信任任何人,他无法信任任何人。

所以司月直接写了一张欠条给季岑风,毕竟在季岑风的心里,她司月是个不折不扣的撒谎精。

"谢谢你季先生,但是不用了。"

司月最终还是保住了最后一点脸面,因为后面恰好来了一辆空着的出租车。

她回家后,就直接倒头睡到了第二天中午。

一晚上连着两次遇见那个男人,再加上司洵的事情已然耗尽了她的精力。家里冷冷清清的。

司月坐在桌子前拿了一支笔,开始计算开支。

当务之急,是找工作。

司月算了一笔账,按照普通的设计师月工资来算,再减去杂七杂八的生活费、医药费,半年她最多存下四五万,离欠季岑风的钱还差很多。

她必须想办法,再打一份工。

等到司洵的伤口好一些之后,她会给他办转院手续。那家私人医院的医疗费贵到令人发指,她甚至怀疑季岑风是故意带司洵到这贵的医院里治疗。

司月两条眉毛纠结地皱到一起,上次发出去的简历仍然是石沉大海,空空如也的邮箱里只有几条未读垃圾短信。

一切的倒霉到底是从什么时候开始的呢?

司月有些丧气地躺在床上,看着星星点点发霉的天花板。

是从司南田开始赌博的那天起吗?那太遥远了,遥远到司月甚至记不得那一天李水琴在家里和司南田吵了多久。

他们从天亮吵到天黑,又从天黑吵到天亮。

吵到最后司南田认输,又赶去和狐朋狗友开新的赌局。

有时候赢钱了,司南田就给司月买公主裙,抱着司月问喜不喜欢,司月笑得两眼眯起,说喜欢得不得了。怎么会不喜欢呢?总是被班里小朋友骂穷酸的司月怎么会不喜欢呢?

是从李水琴认识的新牌友是有钱人的情妇开始的吗?

每天听着那新牌讲那些奢侈的生活,李水琴也日日同司月讲,最开始还埋怨司月为什么和季岑风分了手,骂她不知好歹。后来发现司月和季岑风彻底没戏后，李水琴又开始明里暗里叫她去找有钱男人。

司月不理她，她就追到夏川去，一边骂骂咧咧地说司月装清高，一边又给实习工资低到可怜的司月塞几百块钱，说是给自己晚年投资，叫司月多吃点。

司洵更是年纪轻玩性大，价值观被李水琴带偏了。

长大了没钱了，他便在司月耳边重复李水琴的话："姐，姐，你去找季岑风和好啊。"

他一面帮着司月赶走图谋不轨的恶心同事，一面又心有不甘地叫她回头去找季岑风。

日日月月，年年岁岁。

煎熬与困惑，与日俱增。

司月以为她熬过来了，她放弃考研，毕业便出来找工作。她以为只要她努力一点，就可以以一种局外人的身份尽她作为司家人的职责。

但是一朝梦醒，司南田欠债外逃，李水琴被追债的打伤，一条腿断了，昏迷不醒。

司月当时接到司洵慌慌张张打来的电话时，顷刻间只觉得倾盆大雨劈头盖脸。

她吓得浑身冰凉面无血色。

局外人，怎么可能。你司月到死都是司家的人。

李水琴昏迷了三天，左腿彻底地废了，还检查出了胰腺癌，中期。

她一住入医院里，就走不掉了。

她走不掉了，司月也走不掉了。

命运扯一张天罗地网，网住她，折磨她，要叫她好看。

要她为逃跑付出代价，要她生不如死。

是她不想走吗？

司月想走的，但怎么走？

丢下身患癌症的李水琴走吗？丢下连饭都不会做的司洵走吗？

如果能丢下的话，那太好了。

但那就不是司月了。

司月丢不下，她笑着和骂她是狐狸精的客户一遍遍解释，她笑着和羞辱她的季岑风说谢谢。

那个眉眼里永远温柔、永远轻声细语的司月,在无人看见的沼泽里艰难前行。

无数根荆条紧紧缠绕着她,她无处可逃,无处可躲。

一路上丢弃的东西太多,自我,自尊。

所有曾经塑造过那个让季岑风爱上的司月的品格,都在这条路上,因为负担不起而慢慢被丢弃。

下一个又是丢弃什么呢?

司月躺在床上沉沉地合上了双眼。

她不知道。

她还有更多的事情要去做,哪里有空回答这些无聊的问题。

司月是在找工作后的第三天接到王经理的电话的,那天她刚从两场面试里脱身,精疲力竭地在卧室看下一场面试的地点。

忽然手机响了起来,司月连忙直起身子去拿手机,生怕错过任何和工作有关的消息。

可屏幕上是明晃晃的三个字"王经理"。

为什么会是王经理?司月的目光在那三个字上停顿了好几秒。

她已经被辰逸开除了,离职手续也早就办理妥当,那王经理为什么还会找她?

司月想不明白,接通了电话。

王经理:"是司月吗?"

"是我,王经理,请问有什么事吗?"司月的目光落在地上。

王经理好似心情不错,笑了几声:"就是想和你说个好消息,公司那边撤消了对你的开除决定,如果你愿意的话,可以继续回来公司上班。"

王经理郑重地补充道:"正式职工哦。"

"撤消了对我的开除决定?"司月有些不可思议,"这是为什么?"

"就知道你会问。"王经理心情惬意地解释,"搁以前,试用期被客户投诉多次,肯定是会被辞退的。但是我之前也和你说过,辰逸变天了。新的董事长来了之后,不仅是你,连带着我好几个与我一起升上来的老朋友都或多或少地受到了影响,离开不算是最可怕的,季总直接送了两个平时贪污严重的进了局子。

"辰逸真的变天了,不过也是有好处的。以前对于试用期的员工犯错从来都是一刀切,根本没人在意到底是谁的错,反正想进辰逸的人永远不缺。但是昨天上面下命令了,以后所有员工的对错判罚都会由新成立的督查组重新审核了。

"你的客户今天就被查出来有问题,之前就被好几家设计公司拉黑过,所以这次也算你走运。"

王经理在电话里认真解释了一通:"我今天就是来通知你这个消息的,待会儿就把文件正式发给你,不过接不接受都是你的权利。"

司月手指慢慢收紧,没有立马答应。

这倒是让王经理有些意外:"我以为你会很高兴地答应我。司月,你是已经找到工作了吗?"

"没有。"这两天的面试不是没出结果就是被拒绝,司月这几天其实已经有些濒临崩溃了。

"那你为什么犹豫?"王经理语气加重,"我知道你家里情况不好,缺钱,能回辰逸可是难得的机会。"

司月不知道自己在纠结些什么。

"司月,我不明白你现在在犹豫什么,但是我站在长辈的角度给你一个建议,不要让无谓的烦恼挡住你前行的脚步。"王经理又开口说道,"你要什么就要目标明确,犹犹豫豫最后就会什么都没有。"

王经理的话掷地有声地落在了司月的心里,她这才发现自己竟然在纠结些根本不应该纠结的小事。

司月顿生几分悔意,轻咬了下牙关。片刻之后,她笃定的声音便响起在了电话里:"好的,王经理,我接受。"

王经理这才满意地笑了笑:"行,那我期待在公司再见到你。"

"谢谢你,王经理。"

司月刚说完,电话那端就挂了。

一种无法言说的异样缓慢地弥漫在了司月的心头。

她说不出来是什么感受,却又实在被闷得无法呼吸。

她刚刚到底在犹豫什么?是害怕再和那个人重新扯上关系吗?还是害怕

再次被他羞辱?

司月瞬间回想到了很多个狼狈的瞬间,一切的倒霉到底是从什么时候开始的呢?

她目光沉静地落在昏暗逼仄的狭小卧室里,缓缓呼出了一口气。

大概就是从重新遇见季岑风的那一刻开始的吧。

从她发现,她还无法接受那个男人对她的厌恶和羞辱开始的吧。

室内安静得吓人,司月隐在阴暗的一隅,沉默了很久,忽然低低地轻笑了一声。

她笑了一声,又是一声。

有什么不能接受的呢?她和他,早就已经是天壤之别。

司月早就知道的,背负着太多的东西,注定是走不远路的。

她抬眼看了看时间,快到晚上了。

司月起身朝厨房走去,一会儿要先给李水琴送饭,今天是司洵出院的日子,她还要去接他。

夜色笼着一片晦涩的灯光,照在那个脚步匆匆的女人身上,她今天走得异常快,一头乌黑的长发散落在看不见的晚风里;她今天也走得异常轻,再也看不见前几日步伐沉重的半分痕迹。

因为只有司月自己知道,那个在沼泽地里艰难前行的女人,今晚,又丢掉了一样东西。

司月很快就重新回到辰逸上班,但是她没想到仅仅离开了公司不过一个星期,这里就发生了翻天覆地的变化。

两张明晃晃的公告被贴在一楼大厅最显眼的位置,那两个司月曾经只听过名字的高管在季岑风来了之后,不仅丢了工作,还入了狱。

一路走到人事部报到,却已经见不到当时离职时帮她办理手续的同事,一个陌生而又勤快的小姑娘坐在了那个位置上问司月要身份证。

"请问之前这边的工作人员呢?"

小姑娘一边手脚麻利地帮她录入身份信息,一边头也不抬地说道:"被辞退啦,听说是常常迟到早退但是一直被包庇,所以连带着人事部的部长也一起离职了。"

司月心里一阵讶异，却又觉得这的确是季岑风做得出来的事情。

只不过他好像变了，变得更加多疑，变得更加冷血。

顺利地入职之后，司月被分配到了新的工作小组，王经理特地出来和她交代工作。

"司月，你也算是我一直带出来的，今天恭喜你成为正式员工。"

司月站起身子和王经理轻握了一下手："谢谢你，王经理。"

王经理爽快地笑了一下："但是你也别高兴得太早。"她抬起手扬了扬一份厚厚的文件，"有没有听说过温时修？"

"温时修？"司月一愣，"那个去年在M国获得建筑设计大奖的设计师吗？"

"没错，他前段时间刚从M国回来，要和我们辰逸合作一个美术馆设计案，你有没有兴趣加入这个组？"

司月眼里少有地散发出了一种发自内心的光芒，认真地点了点头："我想做这个案子。"

大四那年，司月在辰逸实习了一年。

——"以后想继续做什么？"

——"想要继续读书，有机会的话拿奖学金出国念设计。"

——"好啊，到时候我们一起出国。"

——"真的吗？那太好了！岑风！"

那太好了！岑风！

司月有时候还会梦见那天晚上，她被他强行拉进他的办公室里。

她忘了所有的顾忌和季岑风谈她的梦想。

她想要念最有名的设计学院，和最厉害的设计师合作，做最出色的司月；她想要用尽全力向一个人奔去，尽管她知道，那人很远，那路很难。

那天晚上他拥着她在办公室的落地窗前说了很多话，他办公室有一张宽大的翻毛皮沙发，她坐在他的怀里，正正好。

一切都是正正好。

只有司月不够好。

司月很快就知道了加入这个设计组有多困难。

温时修甚至人还没到黎京，准备工作就已经让司月和组里的其他成员累到够呛。

加班加点变成家常便饭，甚至好几次司洞忘了给李水琴送饭，责备的电话都会打到司月这里来。

但是司月陷入了一种焦虑而又躁动的狂欢里。

一方面她全身心地投入到了她最喜欢的事业里，另一方面这又意味她根本没有固定的时间去找合适的兼职了。

即使辰逸的正式职工工资很高，但是半年内凑够还给季岑风的十六万仍然相去甚远。

直到那天傍晚五点，设计组难得地按时下班。

因为所有的准备工作都已经就绪，温时修明天就会正式来上班。

司月的手机收到了一条短信。

发信人是李原。

她匆匆回家的脚步停顿了几秒，她知道李原——季岑风身边的那个助理。

但是他为什么会给她发消息？

司月心头迟疑了两秒，点了开来。

【司月小姐你好，我是季总的助理李原。季总今天晚上八点有一场慈善晚会缺一个女伴，不知道司月小姐有没有兴趣？只需要三个小时，时薪两万。】

李原的短信简单直接，季岑风花钱买她三个小时。

伴着晚风，行人匆匆地在司月身边掠过，她稍稍侧身让到了人行道的一边。

手机没有熄屏，司月又认真地把短信读了三遍。

季岑风买她三个小时，时薪两万。

只要她今天晚上去一下，就可以轻而易举地拿到六万元。

这点钱对于季岑风来说根本不算什么，但对于司月来讲却是一笔很难获得的钱。

王经理的话忽然又响在了司月的耳畔：

——"司月，我不明白你现在在犹豫什么，但是我站在长辈的角度给你一个建议，不要让无谓的烦恼挡住你前行的脚步。"

——"你要什么就要目标明确，犹犹豫豫最后就会什么都没有。"

她现在想要什么？

她想要赚钱。

那她还在犹豫什么？

没什么可犹豫的。

司月长长地吸了一口气，利索地点开了信息回复。

【好的，李助理，请问我需要做什么？】

消息发出去后，甚至没给司月任何等待的煎熬。几乎是下一秒，她就收到了回复：

【晚上六点五十，司月小姐在家等候即可，什么都不需要准备。】

什么都不需要准备。

那很好，司月也没什么可以准备的。

她一路面色寻常地到了家，先抓紧时间去给李水琴送了饭，然后问了几句司洵的伤口恢复情况。

司洵懒懒地躺在床上，除了受伤那条手臂还不能太过用力，其余的地方都已恢复得差不多。

司月不想让他知道她今天晚上要去赚季岑风的钱，于是早早地就和他打了招呼说去加班，然后便一个人站在了小区门口等。

她还穿着早上上班时的衣服，一件白色衬衫收在纤细的腰里，下面是一条黑色包臀裙。

司月身板挺直地站在昏黄的街灯下，白天扎了一天的头发此时被她放下松松地散在身后，微微卷起。

她不说话，双眸淡淡地垂下，看自己落在地上的影子。

她看了没一会儿，就听到了一个年轻男人的声音。

"司月小姐。"

司月抬头看去，正是李原。他穿一身正式的黑色西装，小跑到她的面前，伸手请她往车上走。

"请上车吧。"

"好，谢谢。"司月朝他微微点头，笑了笑，然后坐上了黑色的卡宴。

李原见她上车后，目光恍了两秒。

那女人分明没有浓妆艳抹，更没有蓄意摆弄，但就是，美得让他移不开眼。

可李原到底是季岑风身边的人，恍神也不过是片刻的事情，很快他也跟着上了车。

司月上车之后,才发现,季岑风也坐在里面。

他低头在看一本厚厚的文件,连招呼都没和她打。

司月自觉地坐在了靠近车门的地方,两眼直直地看着窗外。

车内很静,谁也没有开口说话。

后排与前排之间的隔板是合上的,司月心里有些难以平复的紧张,即使她知道她只是来赚钱的,即使她知道,她不该再对季岑风有任何的期待,但是她没办法控制自己的情绪。她很紧张,她不想撒谎。

"啪!"

一声轻响。

身旁的男人慢慢地合上了文件,随手将文件放到了身旁的位置上,好似随意般问道:"司月小姐,很缺钱吗?"

明知故问。

"对。"司月如实回答,"很缺钱。"

她偏过头去看他。

季岑风淡漠的眉眼隐在光线不明的车厢里,他眸里微微闪动着司月无法探究的情绪,严实扣起的衬衫纽扣将他所有的人情味扫除殆尽。

他太冷了,冷到司月无法靠近。

"我以为司月小姐这样的人,是永远也不会向人求助低头的。"季岑风左手搭在他交叠而起的膝盖上,右手随意地落在两人的位置中间。

一种油然而生的压迫感无声地朝司月这边慢慢逼近。

"人都是会变的。"司月轻轻回道。

"是吗?"季岑风讥诮地反问,似乎是对她的回答并不满意,"那喜欢撒谎的人也会变吗?"

他幽黑的目光像一条锋利的鞭子甩在司月的脸上,这个女人细眉淡唇,表情没有任何波动。

"我不知道,"司月诚实地回答,"但是撒谎的人至少应该得到一个解释的机会。"

"解释的机会?"季岑风低低地笑了一声,"要是已经给过一次了呢?"

他清晰而又尖锐的字句像一道道看不见的细绳,慢慢收紧在司月毫无防备的脖颈上。

而她只能紧紧抓住这一根拉着她游往岸边的绳索,却又被这绳索牢牢扼住。

——"我再问你最后一遍,你今天晚上去哪里了?"
——"我在加班。"
——"没骗我?"
——"……没有。"
——"好,很好,司月,记住你今晚说的话。"

司月把那晚的话记了很多年,一个字不差,给过一次解释的机会了,她还是选择撒谎,她一直都知道,是她辜负了季岑风。

"那就没有机会了。"

安静的车厢里,响起了司月最后的答案。

一股暗流涌动的恨意在这压抑的氛围里肆意横行,而司月选择投降,她轻而易举地投降,轻而易举地认输,她不为自己的过去做任何的争辩,是她一开始就接受了这个男人的多疑。

也是她辜负了这个男人的信任。

不论理由为何,误会为何,司月接受这样的结局。

季岑风再没和她说过一句话,司月想着,他该是满意了,开心了。

卡宴一路顺畅地到达了黎明山庄,今晚的慈善晚宴在这里举办。

车子一停,李原便走去季岑风那边开门,却没想到出来的男人脸色比雷雨天的沉云还要阴冷。

季岑风一句话不说径直走进了前面的大厅。

李原心里一颤,却也不知是发生了什么,只能按照原本的计划带着司月先去后面的包厢化妆换衣服。

司月一路上看到了不少前来参加慈善晚宴的客人,竟有不少是当年知道她和季岑风在一起的故人。

坐在化妆间的最后一秒,她忽然明白了季岑风让她来做这份工作的原因。

他没那么善良,想要帮她尽快还债;他也没那么大度,看着这个当年辜负过他的女人在他面前如常生活。他想要带着如今这个落魄而又走投无路的女人，去会一会当年私下里嫉妒她到发疯的故人。

他要告诉他们，看当年那只倔强自爱的黎京金丝雀，现在还不是低眉顺眼地倚在他的臂弯。

化妆间里有一个小姑娘，见到李原领着司月进来后，就热情地和司月打招呼。

"司月小姐你好，我是你今天的化妆师。你可以叫我小梨，梨子的梨。"

"你好，小梨。"司月朝她打招呼道。

李原站定在门口没再进去："司月小姐你先在这里化妆换衣服，一会儿八点的时候……季总会来接你。"

他犹豫了一会儿还是按照既定的安排说道，不过刚刚季岑风下车时的脸色，让他很是怀疑季岑风是否还会来化妆间接司月小姐。

但他还是掩下了脸上所有的困惑，朝司月点了点头："那我先出去了。"

房门轻轻关上，小梨便愉快地忙活了起来："司月小姐你先坐这里吧。"她稍微调整了一下座椅的高度，让司月坐上去。

司月顺从地按照她说的做，冷白调的LED灯镜里，一张巴掌大的鹅蛋脸因为没有化妆而略显苍白。

小梨帮司月先把头发扎起，嘴上还忙不迭地夸赞道："司月小姐好漂亮。"

"谢谢。"司月礼貌回道。

"我可不是在说阿谀奉承的话哦，"小梨年纪不大，说话也不是老腔滑调，"虽然我的确会夸所有的客人啦，但是司月小姐你真的好漂亮。"

小梨老练地先给司月做了一下脸部清洁，然后迅速地开始上妆。

小梨倒是真的没说假话。司月的五官妩媚而又端正，不需要去做任何的脸型和五官修饰，只要顺着她的眉眼去画就好。

不过短短半个小时，司月再睁开眼的时候，镜子里的那个女人让人惊艳。

修长上挑的青黛眉下，是一双水光潋滟的含情目；小巧挺翘的鼻尖侧面，落一颗漫不经心的点砂痣；略显苍白的嘴唇被浓墨重彩地画成张扬妩媚的大红唇，她不过轻轻眨了眨眼睛，却似有万种风情从无言的眸中缓缓溢出。

小梨一时间也看呆了："司月姐，你美绝了。"

司月朝她笑了一下:"是你的技术好。"

小梨害羞一笑,又连忙给她做头发。

造型做完之后,小梨就拿出了那条李原提前给她的裙子:"司月小姐,你换这条裙子,我先出去。"

"好,谢谢。"

司月应下后便起身去看那条裙子。

这是一条黑色的长裙,胸前两条交叉的肩带,下面是一顺到底的裙身,简单并且不暴露。

司月挺满意的,伸手便开始脱身上的衬衫,谁知道刚解了两颗纽扣就听见门口一阵敲门声,吓得她又立马扣了回去。

"司月姐!"一个肆无忌惮的叫声在门口响起。

司月一下就认出了声音的主人,连忙上前去开门。

门一打开,就看到穿着黑色小礼服的季诗韵,季诗韵给她一个热烈的熊抱,将她推进了房间里。

"诗韵?"司月有些讶异地看着她,语气里还有些意外的高兴。

季诗韵一脸浓妆,一身小黑裙。

"天啊,司月姐,你不知道我刚刚得知岑风哥哥带的是你的时候有多高兴!"季诗韵语调激动地说,"你怎么来了也不告诉我一声呀!"

司月笑着回她:"我不知道你也在啊。"

"太棒了,我今晚终于不用独自和那个女人战斗了!"季诗韵一脸谢天谢地的表情。

司月看着她的表情思索了片刻:"你说许秋?"

"是啊。"季诗韵挑了挑眉,不屑地说,"自傲又自负的女人,我真是对她一点好感都没有,偏偏她又赖在岑风哥哥身边不肯走,真是要把我气死。"

司月平静地看着季诗韵发牢骚,心里却没有任何看法。

她抬眼确认了一下时间:"诗韵,我要换衣服了。"

"哦对,你今晚穿什么?"季诗韵这才发现那件挂在房间中央的黑色长裙,"我的妈,这裙子也太寡淡了吧!"

司月愣了半秒没说话,有一种不祥的预感。

果然季诗韵话音刚落,就拉着司月往自己的化妆间走:"司月姐,我有衣服给你穿！"

司月和季诗韵说了很久，都没能阻止她给自己换衣服。

不依不饶的季诗韵坚决不同意司月穿那件被她定义为寡淡的黑色长裙。

直到她得意扬扬地给司月看季岑风回给她的"随便"两个字，司月才算是屈服。

左右是为了赚那六万块钱，穿什么又有什么关系。

晚上八点整，季岑风准时敲响了化妆间的门，李原谨慎地跟在一侧，将自己隐身于不远处的黑暗里。

最先出来的，是季诗韵，她一脸得意扬扬地朝季岑风眨了眨眼睛，却被那个男人沉郁的眼神吓退到了一边。

再接着出来的，就是司月。

她没有穿那条他指定的黑色长裙，只是他没想到，季诗韵这么大胆，让她换了这样一条裙子。

两根似有若无的纤细吊带，落在一对纤长笔直的锁骨上。紧致贴身的香槟色丝绒裙顺着她白皙无瑕的胸口一路向下，完美地勾勒出了司月盈盈不及一握的腰身，反光丝绒在金碧辉煌的灯光下，泛出令人恍神的白亮光泽，裙身戛然而止在女人大腿的部位。

她脚上是一双红底黑色高跟鞋，映在金黄璀璨的灯光里，朝季岑风慢慢走来。

"季先生？"

她唤他季先生。

男人眼眸终于闪动了一下，然后面无表情地朝大厅走去。

领着司月离开化妆室的时候，季诗韵不自觉地打了个寒噤。

一切都和司月预想的没有差。

如果说还有什么差错的话，那便是那些人见风使舵的速度。

在发觉她已经不再是那个被季岑风紧紧护住的司月后，第一时间便彻底撕开了伪善的面具，围绕在司月的身边，以一种尖锐刺耳的方式恶语相向。

"司月你真的好厉害，这么多年了还能牢牢攀住季岑风这棵大树。"

"哪有那么厉害,中间不也被踹了几年吗?哦,对了,你以前不是说只靠自己的吗?现在怎么又觍着脸回来了?"

"所以你当年真的是在外面偷人了?"

"啧啧,你这女人真的有够厉害啊,攀着季岑风这棵大树,还不满足去找下一家,现在怎么还有脸回来?"

"所以说装什么清纯,现在还不是'啪啪'打脸!"

"贪图富贵也要有底线啊,三心二意难怪你从前被踢。"

一群曾经的看客围在司月的身边肆无忌惮地攻击着她,从前有多眼红她能跟在季岑风的身边,现在就有多畅快地看她忍气吞声,一言不发。

季岑风嘴角衔着一抹残忍而又漠然的笑,冷眼看着司月独自面对所有的恶意与嘲讽。他落在女人腰间的手指却也不断慢慢收力,他能感觉到,司月的身子越绷越紧。

可司月做好准备了的,不管对面的人说什么,只要今晚让季岑风看得开心了,她就能拿到那六万块钱。

"岑风哥哥。"忽然,一道娇俏的叫声从不远处传来。

众人这才停下越来越猛烈的语言攻击,回头看了过去。

司月偷偷缓一口气,谁知道目光刚抬起,就碰上了男人阴冷的眸子。

他手臂硬得像一块铁板,牢牢地栓桔住她所有的行动。寒意透过他修长的指尖渗进司月的背脊,她忍不住轻轻地向前倾试图远离他。

但是,季岑风怎么可能让她如愿。

他掐着她的腰身强迫她和众人一起转过去,迎面看到的便是脸色极其难看的许秋。

她穿一条浅粉色大裙摆礼裙,整个人明艳靓丽,却在看见司月的瞬间,脸色骤变。

可到底是大户人家的女人,在公共场合再怎么样也不会失了面子。

许秋忍下心里的愤怒和质疑,笑着挽上了季岑风的另一条胳膊,娇嗔道:"岑风哥哥,你怎么没找我做你的女伴啊?"

她的声音柔弱无害,眼神却好像带刺的刀,假借无意的外壳用力刺进司月的心里。

"啊,这不是司月吗?"

恶意再次抬头。

许秋一脸欢迎地拉起了司月的手："你还能和岑风哥哥这样和平地相处真是太好了，我当年听说你背着岑风哥哥和别的男人在一起时真是害怕极了。"

"你知道的，没有人可以背叛季岑风。"

她脸上仍还是笑意盈盈，背地里她的獠牙却迫不及待地探出了头。

肩颈一阵颤意袭来，司月咬紧牙关还是维持住了嘴角一抹艰难的笑，但她其实有些撑不下去了，想要找个无人的地方喘一口气。

面前是步步紧逼的许秋，身后是不肯放手的季岑风。

这六万块钱，没那么好挣。

"抱歉，我想去一下洗手间。"司月挣扎了片刻还是抬眼看了一下季岑风，男人也静静地垂眸回看她。

看这个眉眼缱绻的女人平静地接受了这一晚上所有的恶言恶语，"苟延残喘"地倚在他的身畔。

她身子失了温度，眼神失了斗志。

节节败退。

有的人却没如意料中的那般快意。季岑风眉眼压下，语气中隐着些许的躁意："去吧。"

他手臂一松，司月就好像一条从渔网中逃生的游鱼一般，毫不犹豫地离开了他的身边。

男人的目光无意识地跟着她消失在了大厅的尽头，这才听到许秋一直在问他："岑风哥哥，下周我爸爸回来，你要来家里吃饭吗？"

季岑风抽出被许秋拉着的手："抱歉，失陪一会儿。"然后便头也不回地离开了大厅。

装饰奢华的洗手间，司月躲在紧闭的隔间里，大口大口地呼吸。

她胸口急促地起伏，好像要把刚刚缺失的氧气全部补回来。

冰冷的墙面勉强支撑着司月无力的身子，她闭上眼都还能看见那些人幸灾乐祸的笑脸。

虚情假意的、不屑掩饰的、得意忘形的、唾弃鄙夷的。

她做好了准备的。

她做好了的。

只是没想到,真正被那个男人强迫着接受所有的恶意时,她的心还是不可控制地痛了一下。

昏黄奢靡的灯光落在她脸上,她最终还是深吸了一口气,掩饰了所有的情绪与不堪。

走出洗手间,司月沿着走廊朝大厅走去。

尖细的高跟鞋落在昂贵的地毯上,一切沉闷地发不出声。

司月低着头练习了几下微笑,嘴角却好像提前罢工,怎么也不肯撑完这剩下的一小段时间了。

她有些心烦意乱,脚步也越走越快。

谁知道一旁的转弯处,忽然走出来一个男人。

司月一个急刹,下一秒,站立不稳的身子直直地朝那个男人身上扑去。那个男人也是眼疾手快,一把将快要坠地的她抱在了怀中。

司月脚踝吃痛,轻轻"咝"了一声,正想要扶着男人的手臂站起来,谁知道一股透着些许怒意的力量,顷刻间便强势地拉上了她的手臂,将她狠狠地拉出了那人的怀抱。

司月一阵天旋地转看不清形势,只能紧紧抱住后来那人的腰身才不至于跌下去。她咬着牙重新站稳,这才发现抱着她的,正是季岑风。

那个忽然冒出的男人也回了神,一脸关切地问:"小姐,你没事吧?"

司月正要开口——

"她没事。"季岑风浅笑着和那个男人微微点头,然后带着司月走出了大厅。

他一路脚步都没停,司月最开始还能勉强跟上两步,后来便越来越力不从心,每走一步都是冷汗直冒。

季岑风审视地回看了她一眼,随后直接将人打横抱了起来。

司机早已在车里等候,季岑风将司月丢进座位后也上了车,吩咐司机回去。

坐上车的司月终于能弯下身子去揉自己的脚踝,好在刚刚崴得并不是很严重,坐下按摩了一会儿之后痛感就消失了许多。

而她身侧的男人自从上车后便一言未发,司月不自觉地又朝门边靠了靠,她也不想同他说话。

一种沉闷至极的氛围萦绕在远远分坐在车厢两端的两人周身,喷涌而出的冷气便在两人间肆意横行。

司月知道自己不该生气,她只是来赚钱的,但是她控制不了。

车辆平缓地驶进了司月家的小区,停在了一幢老旧的楼房前。

司月伸手打开了门,却在下车的前一秒,平静地说道:"季先生不用把钱打给我了,记在要还给你的账上就好。"

她甚至没有回头去看他,她不想看他。

男人目光沉沉,语气冷淡到像凛着光的薄刃:"司月小姐,看起来给男人办事很熟练。"

他似乎并没有从今晚的活动中收获足够的快意,所以就连分开前的最后一秒也要让她难堪地离开。

闻言,司月握着门把的手指忽然就松了开来,她转过身子直直对上了那紧盯着她的双眸,轻笑了一下:"是啊,所以季先生下次有需要,还可以来找我。"

那天晚上的事情就好像一场短暂而尖锐的梦,经常闪现在司月混混沌沌的午休时分,本来就短的四十分钟休息,她总是睡到一半就再也睡不下去,但是她早已无暇去想那些遥不可及的东西,她有更重要的事情要做。

温时修前段日子就正式入驻了辰逸的设计小组,好巧不巧,正是那天晚上伸手扶了司月的男人。他是M籍华人,毕业于司月最向往的设计学院,去年凭借博士毕业作品一举获得全美建筑设计大奖,今年就被辰逸盛情邀请,前来合作完成黎京美术馆的设计。

一切都是司月曾经设想过的人生轨迹,只不过这个人不是她自己,而是另一个活生生存在于自己身边的人。

司月趁着午休时间还未结束,一个人坐在咖啡间里翻看温时修的作品集。

其实她早就听说过温时修,只是当他真的出现在自己的眼前时,她还是惊异于他无与伦比的才华。

"司月?"咖啡间的移门被人打开。

司月差点被咖啡烫到,嘴上轻咝着回过了头,是温时修。

他穿一件纯白色的短衫,眉眼温和平易近人,半点也没有国际知名设计师的架子。

"温组长。"司月站起身子。

"都说了别叫我温组长,叫我Jason或者时修都可以。"温时修按着司月的肩膀让她坐下去。

午休时间,咖啡间里并没有什么人,温时修给自己也泡了一杯咖啡,然后坐在了司月的身边。

"在看我的作品集?"他饶有兴趣地凑过去。

一种淡淡的清茶香气萦绕在司月的鼻间,她不动声色地向后靠了一些:"嗯。"

温时修随手翻了翻,似是勾起了他一些很不错的回忆,整个人笑意盈盈的。

"以后有机会带你去看看真的,这家咖啡厅是我大学毕业参与的第一个设计,老板是我曾经的室友,他家的咖啡真是M国上西区一绝,你一定要去尝尝。"

司月轻轻"哇"了一声,却也没有做更多的回应。温时修这个人就好像她曾经的一个梦,梦很美,但是她已经不做了。

"我一直都没找到机会问你,上次你为什么会出现在慈善晚宴上?"温时修见她无话要说,就主动提起了上次的事。

司月微微偏头,轻抿了一下嘴唇:"为了赚钱。"

"赚钱?"温时修眉峰一挑,笑着问道,"我还不知道去慈善晚会也能赚钱?难道是你做季岑风的女伴,他就会给你钱?"

司月点了点头:"大概就是这样。"

"你很缺钱?"温时修微微倚靠在座椅背上,一双清明的眼眸逆着光看司月。

那天晚上她被季岑风带走的时候,温时修对着他们离去的背影看了好久。他不是一个喜欢多管闲事的人,但是这个女人的身影却在他的脑海里留了很久。

很奇妙,更奇妙的是,第二天他来辰逸上班,居然发现司月是自己设计小组里的一员。

"对,我缺钱。"司月一点也没有想要掩饰自己的窘迫,"所以我必须要努力工作。"

她抬头看了一眼墙上的挂钟:"温组长,午休时间快结束了,我先走了。"她说着就站起身要往门口走。

坐在里面的男人忽然开口:"司月,你想不想做我的特别助理?"

司月扶住门框的手忽然僵住,转身看着温时修。

"我本来就是要在小组里挑一个人做我的特别助理的,工作会更忙一些,但工资是你现在的两倍。"温时修站起身,和她一起往外走,"不是因为我想要帮你,而是司月,我很欣赏你的工作能力。"

司月一整天都处于一种很久没有的兴奋当中,温时修当真没骗她,下午就和王经理说了特别助理的事情。

她不知道温时修的真实目的到底是什么,但是她对自己的能力没有半分怀疑。

当年在黎京念完大学时,她拿着专业排名第一的成绩本该继续念研究生,有机会的话还会申请国外的奖学金进一步深造,由于家庭的原因她放弃了保研的资格选择工作,但她从来没有放弃过对设计的追求。

辰逸的正式职工工资本来就高,再加上特别助理的双倍加成,司月心里又算了一笔账,半年内一定可以先把季岑风的钱还上,然后再请那些追债的人缓一缓。

无论如何,司月看到了一条前方透着光的路,她知道这路并不好走,并不容易,但是这一次,她至少看见了希望。

晚上八点加班结束,司月上了地铁回家。这段时间司洵也是格外懂事,没再忘记给李水琴送饭了。

晚风吹走了行人一天的疲惫,所有的愁绪都被远远地抛在了身后。

司月一路心情大好地进了居民楼。

楼梯间里灯光昏暗,年代已久的墙面在夏季的蒸烤下散发出令人不适的气味。

司月屏着呼吸朝楼上走去,迫不及待地想把这个好消息告诉司洵。

走到家门口,司月却停下了脚步,那里有一双破旧的男士皮鞋,鞋面上的褶皱嵌着难以去除的污垢,脚后跟已经磨破了。

是司南田回来了。

司月在昏暗的门口静站了两分钟，心里不知在想着什么，脸上的笑容已不复存在。

司南田自从欠债出逃之后，只回来过一次。

就是李水琴被人打断腿的那次，他大哭着跪在那群讨债的人脚下，求他们再宽限一些时日。

司南田一会儿痛哭流涕保证自己一定很快就会还上钱，一会儿又发疯般指着被打断腿的李水琴说那条腿能抵二十万。

司月永远也忘不了那个晚上，金钱将人逼成了好似没有尊严的动物——讨债的是来势汹汹的恶狼，欠债的是没皮没脸的猪狗。

猪狗哪有廉耻，今天能指着老婆的断腿问值不值二十万，明天就能把女儿推出去，问买不买。

司月觉得一阵窒息，忽然才想起来司洵应该也在家里，她立马回过神来急急忙忙地去开门。

大门"哐当"打开，狭小的餐厅里正坐着两个人。

司洵见姐姐回来，立马跳下椅子跑到门口来接她："姐你下班啦！"

他拎过司月手里的包放在鞋柜上，然后拉着司月往餐桌旁坐。

司月一直没说话，狠狠地盯着那个居然还敢出现的司南田。

司南田显然也觉得理亏，表情很是卑微地笑着，朝司月打招呼："月月越来越漂亮啦！"

司月根本没搭理殷勤的他，冷冷地问道："司南田你还回来干吗？你把我们一家害成这样还不够吗？"

司南田尴尬地笑了两声："月月，我是你爸爸啊，你怎么能这样和爸爸说话呢？"

司月厌恶地看着他："司南田，你没资格做人爸爸。你现在就从这里出去。"她尽力忍着愤怒。

司南田混浊的眼珠转了转，立马伸手去拉司月想叫她坐下。

司月用力地甩开了他的手："司南田！你到底要不要脸？你把妈害成那样就甩手不管一个人去逃命，你到底有没有考虑过我们要怎么活？

"讨债的隔三岔五地来骚扰我们，你知不知道我差点连工作都没了啊！"

司南田一看司月开始朝他大叫,心里也有些不爽,忽地站起身,朝她喊道:"司月你朝我嚷嚷什么?我想要这样的吗?你以为我在外面躲躲藏藏很轻松吗?"

"躲躲藏藏?"司月冷笑了一声,"司南田你敢发誓你出去躲债的这段时间没有赌博?"

司洵看着两人剑拔弩张的样子,悄悄地站在司月身边拉住了她的手。

司南田一时被问到了命门,支支吾吾就是说不清楚,最后只能眼露凶光骂道:"司月你算什么!要不是老子把你养这么大供你读书供你吃喝,你现在能长这么好?"

"一点不感激老子就算了,还在这里和我大喊大叫!"

"你才是最自私的那个!"

"一点忙都帮不上,司月你真不值钱!"

司南田两眼猩红地骂着司月,他像一只虚张声势的老鼠,带着臭水沟里的恶心在人间张牙舞爪。

司月听着他的话气得浑身发抖,无法呼吸。

"司南田,你不配做人。"她嗓子仿佛滴血,一字一顿地说出这句话。

司南田听到这话居然还笑了起来,一脸无赖地阴森说道:"司月,我不配做人,你也不配做人。我们司家本来就是苟活在这世上的,你一直都知道的。

"而且我今天回来就是告诉你,那八十万我没本事挣钱还上,所以你现在必须再给我十万块钱。"

司月不可置信地看着张口又是要钱的司南田:"你疯了!"

"我没疯!"司南田反呛道,"我最近发现了一个新的赌场,前两天刚刚大赢了一把!司月,你相信我,你借我十万块钱,我这次一定能把八十万赢回来!"

司月看着这个已然疯魔的男人,彻底死了心。

回想从前,司南田也不是一直都这么坏的。

他从前虽然喜欢赌,但都有节制。

他彻底发疯是在三年前被两个出老千的骗子骗了全部家底,他便像疯了一样到处去找那两个人,找不到之后就把自己钉死在了赌桌上。

一局又一局。

赌博就好像一把悬在人脖子上的剑，很多时候，你分明知道自己要输了，分明知道要倾家荡产了，但那把剑却逼着你，逼着你赌了一局又一局，输得连人皮都一并落下，一脚踏进去，就永远都走不出来。

司月通体冰冷。

"你滚出去。"她伸手指着门，忍着愤怒说道。

司南田咬牙切齿地看着不肯给钱的司月，心下怒意涌起，竟伸手就一个巴掌要落下来。

还好司洵反应够快，一个箭步冲上去将司南田的手打了回去："爸！你怎么能这样！"

司南田被打得往后踉跄了两步。

"好，好。"他狠狠地看着这两个人，阴冷地笑了起来，"上次把你妈一条腿打断了才给我们再宽限一个月，现在日子快到了，我看这次是你们谁倒霉！"

司南田放完话就打开门走了出去，老旧的铁门被狠狠砸在墙面上发出了一声刺耳的嗡鸣。

司月看着那个消失在门口的身影，终于撑不住，扶着餐桌跌坐在椅子上。

屋子很静。

司洵也不敢说话，空气仿佛变得格外稀薄，每喘一口都要耗费额外的力气。桌上的饭菜早就凉透，青菜蔫蔫的，看起来令人作呕。

司月沉默地在那里坐了很久，她本来是有一个好消息要和司洵分享的，今天本来是很开心的。

司洵关上门，慢慢走到司月的身边蹲了下来，拉了拉她的手："姐，我的伤好了，过两天我再去找个工作吧。"

一直没说话的司月终于抬起头，眼角通红，却硬是咬着牙没哭出声。

司月拉起他刚刚挡住司南田一击的手臂，抬起一看，果然红了一大片。

"我出门买药膏。"她声音带着些沙哑，说完就站起了身。

司洵没有阻止，同样沉默地站到了一边。

楼下的小公园里，司月又坐在了那条长椅上。

一盏路灯半明半昧地照着她低低垂下的眼眸，很肿。

她好像一个人哭了很久。

不远处的拐角里，有一辆黑色卡宴，同样停了很久。

"先生，今晚的晚宴还请司月小姐去吗？"

"不用了。"

不知道是不是司南田的话提醒了司月，自从他又一次消失后，司月总觉得，有人跟踪她。

尤其是做了温时修的助理之后，她常常很晚下班，公司到地铁口的那一段路还算繁华，但下了地铁往家走的那一段路没有路灯，还得经过一个小公园，最后才能到达小区。

司月清楚地记得，那群人第一次殴打李水琴的时候，就是在李水琴一个人外出买菜时，偏僻的菜市场后面是一条死胡同，李水琴说自己只是经过那胡同口就被人强行拖了进去。

而眼下的确离宽限的时间越来越近了。

上次那个人说过了，这一次的目标，就是她。

"司月？司月？"

安静的会议室里，温时修轻轻喊了旁边走神的女人两声。

司月立马回过神，连声和温时修说抱歉。

温时修倒是一点没责怪她的意思，他先叫小组的其他人出去，然后满足地伸了个大懒腰。

"是不是最近太累了？"他抬眼看了看挂钟，"原来又晚上七点了啊。"

"不是，是我自己的问题。"司月有些担忧地看了一眼外面乌黑的天，却一点办法都没有。

"你最近好像有什么心事？"温时修起身去给她倒了一杯水，然后靠着她身边的桌子，"好几次都是晚上的时候望着外面走神，家里有什么急事吗？"

"没有。"司月否认。

"撒谎。"温时修一眼就看穿。

司月不知该怎么回答。

"倒也不是我想追问你的隐私，只是如果你不说出自己的问题的话，我就没办法帮你解决,我想你应该很需要这个工作的对吧?"温时修缓缓说着自己的理由,司月看了他一眼,竟觉得没什么必要去骗他。

司月眼眸垂下了半秒:"我最近大概是被追债的人盯上了,不过也就是这一阵子的事,躲过去应该就好了。这段时间可不可以让我按时下班,趁着天亮先回家,回家之后我会继续工作的,绝对不会拖累进程。"

她眉头轻轻皱着,解释道。

温时修这才意识到这个麻烦并不小。

"欠了多少?"

司月抿唇没说话。

温时修看了一眼刚刚讨论完的设计方案,忽然站起了身:"既然你不肯说,那今天晚上我送你回家吧。"

"不用。"司月立马站起身来拒绝,"温组长,真的不用。"

司月虽然知道温时修能送自己回家是再好不过的,但她没那么没有自知之明,温时修也没有理由这样帮她。

"走啦。"温时修没管她,直接推着她往门外走。

司月一路上说了很多次拒绝的话,都被温时修挡了回去。

"走吧,我的车就在前面。"男人拍了拍她的肩膀让她放松,"别那么紧张,我又不是大灰狼。"

温时修走到自己的车前,打开了车门。

"上车吧。"他微微偏着头示意司月,脸上是真诚自然的明朗表情,却好像一道刺眼的光,司月无法靠近。

她好像失去了接受别人对她好的能力,她害怕被别人善待,害怕接受别人的馈赠。

因为她知道,她还不起。

"叮!"

忽然手机响起一声提示音,司月收到了一条消息。

她低头点开一看,上面只有简短的两个字。

【上来。】

一个没有存的号码,一条没头没尾的短信。

下一秒,又进来了一条短信。

【时薪两万。】

温时修看着司月还愣在门口:"上车啊,司月。"

女人嘴巴微微张开,而后轻吸了一口气对他说道:"抱歉,温组长,我今晚可能还有点事。"

"什么事?不是都下班了吗?"温时修有些不解,却好像忽然又想到了什么似的,"你又要去赚钱了?"

司月点了点头。

"季岑风?"

"嗯。"

司月话音落下,温时修忽然也沉默了。

她没办法在这种辜负别人好意的愧疚里,继续待着了。她选择逃跑。

"温组长,回家路上注意安全。"她朝温时修轻轻笑了一下,然后便有些心虚地走向停车场的电梯。

她不敢随意接受别人的好意,却又在拒绝的瞬间落荒而逃。

电梯门缓缓打开,司月走了进去。冰冷的白炽灯光从顶端照下,女人微微敛眸镇定了两秒,然后伸手按了顶层键。

那里她去过一次,印象很不好,稀里糊涂被那个男人抓住了痛点讽刺了一通,然后满身狼狈地被辞退了。

电梯抵达顶楼的时候,门口的秘书室也已经空了。

司月有些奇怪,因为她早就听说季岑风常常在这里工作到很晚,所以所有的秘书和助理也会一直跟到最后。

但是今晚怎么没人了?那季岑风还在办公室里吗?

司月试探地伸手敲了敲门。

"进来。"

他在。

司月心口不自觉地收紧了片刻。

她不知道今晚又是怎样的戏码。他打算怎么羞辱她,她不知道,她只知道自己需要钱。

司月没再迟疑,轻轻把门推开。

办公室的顶灯没有开,只有季岑风办公桌前的落地灯亮着,莹莹亮亮的,将落地窗前的那个男人层层笼罩。

窗外无数条闪着灯光的船只缓慢地在波澜壮阔的黎江上移动，美得像一条在银河里流动的灯带。

他静默地坐在位置上，低头快速地签着什么文件。男人情绪好像并不是很好，翻页的手很重，最后直接将一本文件丢进了身旁的垃圾桶里。

司月站在门口没说话，静静地看着季岑风，等着他开口。他真的变了很多，轮廓身形都变得更加成熟，情绪也渐渐地让人更加难以猜透，最重要的是他的性格，变得更加多疑极端了。

多疑的人很可悲，一颗心，谁也交不出去。

办公室里的冷气平稳地打在司月裸露的小腿上，她踩着五厘米的高跟鞋，站了十分钟。她宁愿这样不说话，站十个小时，赚他二十万，但是季岑风又怎么会让她如愿。

不一会儿，男人便从文件里抬起了头。他合上笔套，将笔和文件推至一边，然后便轻轻地倚靠在了黑色的椅背上，向那个女人投去了目光。

谁也没有开口说话，谁也没有避开眼神。

他卧在明处，她在暗处，他们隔了这么多年的怨恨与痛，第一次这样平静地望着彼此。

为什么总是忘不掉呢？为什么总是会在无数个午夜梦回，想起那个他和她依偎在那张沙发上的夜晚呢？

司月后来想了很久，也许正是因为他们分开得那样痛苦而又不堪，才叫她如此刻骨铭心地记了这么多年。

那季岑风呢？他也是吗？

他为什么忽然现在出现，然后想方设法地抓住她、折磨她？

他也忘不了吗？

司月不知道。

窗外五彩斑斓的霓虹灯朦胧地照着室内一片氤氲，季岑风眉宇轻轻压下。

"过来。"

司月踩着高跟鞋走到了他的对面。

"过来。"又是一声。

她顿了一下，绕过桌子走到了他的身边。

季岑风偏头看了一眼旁边的椅子："坐过来。"然后便从抽屉里又拿出了一份文件。

司月不知道他又要做什么，只能听他的话将椅子拉到离他不远的地方，同他一起看这份文件。

是黎京美术馆的项目进程。

她疑惑地看了季岑风一眼，季岑风却直接握着她的座椅扶手将她整个人拉近。

两把座椅轻轻地碰撞了一下，一阵熟悉的雪松香丝毫不讲道理地涌入司月的鼻尖，她紧紧地抓住了他的手臂。

他手臂很有力，撑住了她身子所有的重量。

男人低头看了她一眼没有理会，直接把文件丢在了她的面前。

"你给我汇报。"

说完毫无感情的五个字，男人便闭上了双眼靠着椅背。

司月连忙坐直了身子，偏头看了一眼已经闭上双眼的男人，然后伸手拿起了那份文件。

心跳失了旋律，她心里又空又慌张。

她敛了敛眼里的神情，慢慢地念着这份由温时修交上去的进程报告，不知道季岑风今晚又是打的什么算盘。

办公室里，很安静，只有司月读报告的声音。她嗓音清清浅浅的，好像流过竹林的淙淙小溪。这份报告她也参与了撰写，所以很多内容很熟悉，念起来并不费劲。

光线昏暗的办公室里，暧昧的灯光像一张隐形的被子，朦胧地披在两人的身上。偌大的落地窗前是两片交织在一起的影子，就好像很多年前的那个晚上，季岑风温柔地将司月压在那张翻毛皮的沙发上反复地亲吻着。

她刚刚还在和他说她无限美好的梦想，下一秒就被男人抱拥在怀里，他手臂是那样有力，紧紧锢着她柔软的腰肢，他贴着她，她贴着他。

那天晚上亲密的时候，他们会想到三年后的今天吗？

司月念着念着，慢慢地走了神，声音越来越小，最后湮灭在了这无比沉静的夜幕里。她仍是垂着头看着文件，视线却被回忆越拉越远。

一束清冷的目光不知何时落在了她微微垂下的侧脸上，顺着女人纤长的眼睫慢慢向下，转过微翘的鼻尖，最后落在了丰润的红唇上，一张一合，露出一小片白皙的贝齿，唇红齿白，看得人心烦。

室内的温度忽然骤降了几分，司月背脊莫名一阵战栗。她才猛然发现，面前的男人正不甚满意地盯着她。

"读报告都会走神，这就是你工作的态度吗？"

司月刚被回忆带起的一点温情转瞬就被眼前这个男人浇了个通体冰凉，她手指勾着一页将翻未翻的文件，不自觉地捻动了一下纸张。

季岑风直接坐直了身子："你坐到旁边的沙发去吧。"

司月身子一怔。

季岑风伸手拿回了文件，再未看她。

司月这才心里一沉，也没答话径直走到了办公桌旁边的单人沙发上。

他不是从前的季岑风，她也不是从前的司月了。

女人听话地坐进松软的沙发里，再没多说一句话。

此刻办公室只剩下季岑风翻动文件的声音了。

窗外的"银河"孜孜不倦地奔流着涌入未知的方向，鳞次栉比的高楼大厦也在夜幕中流转了无数的七彩霓虹。

黎京夜很美，可有人无心欣赏。

季岑风工作到了很晚，这是司月没想到的；司月等得睡着了，也是季岑风没想到的。

屋里的灯光很暗，她瘦瘦小小的，靠在宽大沙发的一角，好像不经意地就能将她落在这片不起眼的阴暗里。

她纤细的眉毛不甚安宁地在睡梦中紧蹙着，一双如鸦羽般的睫毛也跟着时不时地轻颤几下，白皙的小腿紧紧交叠在一起，皮肤上浅浅起了一层鸡皮疙瘩。

在这样的空调房里睡觉，该是会冷的。

男人站在她面前居高临下地看着她，他看了很久，一言未发。

女人忽然从睡梦中惊醒，身子小幅度地轻颤了一下，数秒后她缓缓睁眼，看见了一双黑色的皮鞋。

司月慢慢掀起眼皮朝上望去，正好对上了男人越来越近的双眸。

他身子下弯，两只手从容地落在了她身侧的沙发扶手上。

气味再一次袭来,与这沙发将她前后夹击。

司月暗自收敛了呼吸,双脚跟着不自觉地微微后退,却只听见男人戏谑地问道:"我以为你在我这里会很警惕。"

那灯光很暗,司月看不清这个男人的心到底有多狠;那灯光又很亮,他眼里的每一分恨意都格外清晰。

司月的指甲深深陷在她惨白无力的掌心里,声音却还是一如既往地平静:"我没什么好警惕的。"

她仿佛故意在和他较劲。

男人显然没预料到她破罐子破摔,他狭长的双眸微微眯起。

司月的嘴角浅浅地勾起了一个自嘲的笑,她空洞而又无望的双眼直直对上了这个紧紧逼近的男人。

她柔声说道:"因为司月,不值钱。"

第三章

风暗涌月停歇

十五岁那年，季岑风一个人去了 M 国读书。

季如许自此十年没再见过他。所有人都说季如许福气大，儿子如此出类拔萃，年年成绩第一考上全 M 国最厉害的大学，研究生时还双修了经济学与建筑设计双学位，不叛逆不乖张，是季家未来的顶梁柱。

季如许一直都知道，季岑风以后一定是季家的顶梁柱，但是他也知道，十年不肯回家见他的儿子，怎么会不叛逆、不乖张。

季岑风明明每年都会回国，却从来没有去看过他。季如许没问过季岑风为什么不回家，季岑风也从来没有解释过。那是一种残忍而又默契的约定，将薄如蝉翼的亲情悬在一根将松未松的绳索上。

拿绳的人，正是季岑风。

直到十年后，季如许如约收到了那封同意去辰逸任职的回信，他那颗一直虚虚悬着多年的心，才终于放了下来。

他没指望季岑风原谅他，他只想季岑风能回来，继承家业。季如许可以失去一个深爱他的儿子，却绝不能失去一个能够撑起季氏的接班人。那根从来都握在季岑风手里名叫亲情的绳索，在季如许的眼里，叫颜面。而季如许从不允许自己颜面扫地，从前是，现在也是。

晚上十二点，一辆黑色卡宴缓缓地驶回了明宜公馆。

车辆沿着湖边朝车库开去，李原坐在副驾驶远远地看着那幢灯火辉煌的别墅。

临湖的那一面是整块的落地玻璃，明亮而又璀璨的灯光从别墅的落地窗中透出，张扬而又恣意地在夜幕中展现一幅精美绝伦的画卷，然后再借由宁静的湖水上下倒映，将这震撼轻而易举地加倍。

第一次来这里的时候，李原便被这幢精美的别墅而深深震撼。后来他才知道，这竟是出自季岑风之手。

听说他当年回来的时候便设计了这幢别墅，却在开工后没多久一个人离开去了M国，直到三年后重新回来，他才住进了这幢别墅。

司机将车子稳稳地停在了别墅楼下，李原收回目光，立马下车将车后座的门打开。

里面坐了两个人。

季岑风先下了车，而后出来的便是肖川，两人一前一后，很快就消失在夜幕里。

家里没有人，但灯都亮着，这是管家每天离开前要做的最后一件事。

季岑风不喜欢在家里看到其他人，所以管家和用人也会尽量地与他避开。

季岑风进了客厅，便脱下了黑色的西装外套，手指拈着衬衫最上面一颗纽扣，然后解开。

肖川是熟客了，他打着哈欠慢悠悠地朝厨房走去。

"季岑风，你这个人真是没道德。"他一边从厨房里挑了一瓶红酒，一边朝客厅里的人抱怨道。

季岑风脸色不太好，没搭理这话，一个人坐在客厅的沙发里，等着肖川。

等了一会儿，他忽然站起身，从桌上拿起遥控器，将这别墅里的大灯关了，只留了客厅一盏小小的落地灯。

肖川暴躁道："你抠门抠到家了啊，我一来就连灯都给我关了！"

他骂骂咧咧地从厨房里拎出了一瓶红酒和两个杯子，看见季岑风一个人坐在那盏落地灯的旁边，眼神阴冷地瞥着他。

肖川冷不丁打了个寒噤，边走边说："怎么，你今晚打算在这里暗杀我？"

季岑风还是没和他搭话，一个人转头看着屋外乌漆墨黑的湖面，不知道在想什么。

肖川把东西放下，慵懒地窝进他旁边的单人沙发，然后长长地叹了一口气："说吧，你今晚找我喝酒到底是为了什么？"

他一双狡黠的眼睛得意地看着那个眉眼低沉的男人，一晚上了，从上车开始就没变过。虽然说平时季岑风就不是一个好相处的人，但是今天尤甚。

季岑风心情很不好，肖川一眼就看得出来。

"就找你来喝酒不行吗？"季岑风终于转过了身子，拿起红酒给肖川和他自己一人倒了一杯。

肖川低低地笑了两声，没那么容易被他糊弄："这大晚上的你把我叫来你家，不真说点事情应该说不去吧。"

季岑风轻呷了一口红酒，转过头去看他。

肖川得意地朝季岑风眨了眨眼睛："既然你不肯说，那要不我来问问？"

他见季岑风还是没有反应，胆子也更大了。

肖川脸上的笑意忽然消失无踪，一双眸子紧盯着季岑风，缓缓开口："如果我没猜错的话，你这车刚刚送过司月回家吧？"

因为他从上车的第一秒，就闻到了一种不属于季岑风的味道。

肖川一直以为，季岑风早就忘记了那个女人，直到那天在酒吧，他才知道自己大错特错。

季岑风从没忘记过司月，也对，那样爱过、恨过的女人，怎么可能就这么轻易地忘记。

但是肖川不明白，季岑风现在为什么又要这样和她针锋相对。

"介意吗？"那个脸色阴沉的男人朝他晃了晃手中的烟，终于开口说了今晚的第一句真话。

肖川挑挑眉："给我也来一根。"

两人默契地穿过空旷的客厅走出了别墅，湖边很静，连风声都听不到。

所有的灯光都被季岑风熄灭了，幽黑冷寂的湖边，有两个星星点点的火光，忽明忽暗。

季岑风轻咬着烟，目光不知道落在了远方的何处，他双手插在口袋里微微倚靠在一旁的墙边。

"你们怎么回事？"肖川低着头片刻，然后转过脸去看季岑风，"为什么还纠缠在一起？"

半明半昧的星火微微笼着一片模糊的光影落在那个男人敛起的眉眼上，他眉头轻皱着，目光是无法明晰的幽暗。

"我和她本来就没结束。"季岑风低头掐下烟身，忽然开口。

"什么意思？"肖川不解，"你打算重新和她在一起？"

男人脸色模糊地隐在浓稠的夜色里，只一双黑亮的眸子回看着肖川。那眼眸很亮，却叫肖川看不清任何的情绪。

他选择不回答这个问题。

肖川心里有些不好的预感，又追问道："你忘了当年你们闹得有多难堪了吗？那个叫什么名字的男人，当年吓得立马出了国到现在都不敢回来，司月也一个人去了夏川没了消息。你更是绝，都答应了你爸要回来接手季氏，结果分手之后一话不说就回了M国。"

肖川撂下一句话："季岑风，你们俩不适合。"

说实话，肖川并不恨司月，相反，他还很佩服司月。

即使当年两个人闹得那样难堪无可化解，肖川也无法指责司月做得不对。

只是在季岑风的标准里，她的确是犯下了无可原谅的过失，所以肖川也不会为了她说话。

许秋说得没错，没人可以背叛季岑风——如果你想要待在他的身边，你就必须遵守他的规则。

宁静的湖面上，忽然起了一阵风。

季岑风掐灭了烟，朝肖川轻笑了一声："怎么会忘。"

他怎么会忘记，更何况那是他这辈子唯一一次给一个骗子解释的机会。

而她却那么轻易地又骗了他一次。

"那你说你和她没结束是什么意思？"

"字面意思。"

肖川眉头皱起，正要继续问——

"不过你千万别误会，"季岑风好像忽然从一晚上的郁结里走了出来，缓缓说道，"我可不是什么大慈善家。"

肖川看着他的表情，心里忽觉自己刚刚的想法全错了。他根本不是要和司月和好。

"我是说，"季岑风重新眯起了冷漠而又狭长的眼睛，看着风浪骤起的湖面说道,"我和那个女人,没完。"

他差点又一次被她精湛的演技骗了,那个女人楚楚可怜地和他说"司月不值钱",假装诚意地给他写欠条,穿着暴露在晚会上试图勾引其他男人。

司月还是司月,那么多年过去了,就算被追债又如何,就算穷困潦倒到那种地步又如何。她还是那个会把别人的真心玩弄于股掌之间的女人,她披着温柔善良的外衣用谎言掩饰着自己永不满足的欲望。

她还是那个司月,那个把尖刃插在他心口上的司月。

肖川听着季岑风的话,后背顿生冷汗,可身边的人却好像已然获得了开解,正大步朝屋里走去。

别墅灯亮起,一切又恢复了属于季岑风的金碧辉煌。

除了那盏孤零零的,落地灯。

它轻易让人忆起某个模糊的场景,两片交织的影子,一片轻浅的呼吸,鼻间会闻到淡淡的玫瑰香,若隐若现,勾着人的魂魄,丝丝缕缕,从每一根发丝间漾出。

单薄的衬衫映着一小片内衣的轮廓,看不清颜色,约莫是纯白,白皙清瘦的脚背绷得笔直,穿着一双黑色的高跟鞋,走起路来,"嗒嗒",像妖女坠在月光里的吟唱,她有一把好嗓子。

她扬起头来看他的时候,眼中尽是潋滟的水光,然后借一小片暧昧灯光,向他胸口狠狠刺去。

一刀,又一刀。

一刀,又一刀。

男人慢慢踱步到落地窗前,仰头喝完了杯中剩下的红酒。窗外是亮如白昼的湖景,每一片涟漪都被他收入眼底。

他慢条斯理地又解了一颗衬衫的纽扣,然后轻轻放下了酒杯。

很好,一切都很好。

除了刚刚被他狠狠踢翻在地的——落地灯。

司月的预感没错,那天晚上司洵下班回家跟她说,他也被人跟踪了。

"就走到公园的那一小段路。"司洵脱下身上的保安外套随手扔到了椅子上,整个人仿佛累瘫了一样躺在小沙发上,"一盏破灯不亮,我差点吓个半死。"

"你看见人了吗?"司月给他倒了一杯水。

司洵端起杯子就大口大口地喝了起来,然后伸手擦了擦嘴角:"我哪能看见,乌漆墨黑的。我往回走的时候一直感觉有个人在跟着我,不是我多疑啊姐,是真的,那脚步声一直窸窸窣窣的,我走快点他也走快点,我走慢点他也走慢点,刚刚差点把我吓死!"

司洵现在还心有余悸,愤愤地骂了几句。

司月坐在他对面的椅子上,没有说话。她牙齿轻咬着嘴唇,脑海里又情不自禁地想起了司南田走之前的话——

"上次把你妈一条腿打断了才给我们再宽限一个月,现在日子快到了,我看这次是你们谁倒霉!"

司南田说的话很难听,但也不全是错的。

那些追债的人的确已经多宽限了他们一个月,而这一次,他们依然交不出这么多钱。这些前来跟踪的人不过就是为了警告他们,让他们趁早还钱。

司月不知道,这一次他们的耐心什么时候会彻底消失。

她手肘撑在膝盖上,两只手捂住了脸,眼睛紧紧地闭着,却不知道到底要从哪里再去找这么多的钱。

"姐,钱本来也不是我们借的。"司洵小声地抱怨道,"凭什么找不到爸就要找我们的麻烦啊。"

司月手指插入发间,抬眼去看他:"还做着梦呢。"

司洵垂眼没说话。

"欠债的才不管什么法律道德,他只想要钱,谁管用什么手段。"

"那报警吧,上次妈被打的时候就不应该听爸的话忍着,"司洵两只眼睛怨恨地耷拉着,"就应该报警把那些人全都抓起来!"

司洵吼了一声:"我恨死爸了!"

可他自己也知道,报警解决不了他们的问题,最多就是把那几个收债的喽啰抓进去,他们还可能面临报复。更何况现在李水琴生着病,他们哪里也去不了。他们上次能打断李水琴的腿,这次就能照他们说的那样,把司月绑过去……

司洵一想到这儿,不禁头皮发麻,转眼去看司月。

司月并没有太多的表情，细眉轻皱着，看看屋子里漆黑的角落，没有说话，好像在思索什么。

"姐，我们到底怎么办？"

司洵还是开了口。

到底怎么办？司月也想知道怎么办。

没有人会借钱给他们，司家的名声从司南田开始赌博的那一天起就被他自己踩在了脚底下。

司月闭上双眸，深深地吸了一口气，仿佛做了什么决定。

"司洵，我们先还十五万，再请他们给我们点时间吧。"

她声音轻得好像飘在空中的烟尘，一碰就散。

司洵却好像看到了一点希望，兴奋地问道："姐，你哪儿来的这么多钱？"

司月顿了一下："没有，我明天去和一个朋友借。"

"哪个朋友这么有钱啊？"司洵不禁来了兴趣，"男的还是女的？"

司月不想搭理他。

"不会是季岑风吧！"司洵脸上露出一丝喜不自禁的表情，他又想到了那次在酒吧时两个人坐在一起的场景，他就知道这两人根本就没断。

谁知道司月瞬间冷了脸色，声音带着警告说道："再问我就不去借了。"

"好好好。"司洵瞬间投降，他两只手高高举起，眼里却是藏不住的窃喜。

因为如果司月能重新回到季岑风的身边，那么他能解决的，就远远不止这些问题了。

司月的确打算去找季岑风借钱。

也不算是借钱，上次说好还给他的十六万就是半年的期限。

只是那时候她不想和这个人有过多的牵连，所以拿到钱之后都会先还给他。

慈善晚会的三个小时加上办公室的三个小时，一共十二万，再加上司月自己手里的三万块钱，正好可以凑十五万。

司月也不确定这十五万到底能不能求那些人再宽限他们一些日子，但是她没办法了。

她真的没办法了。

这段时间一直紧绷的神经已经让她身心俱疲,每天不仅要忙于繁重的工作,还必须时刻小心谨慎地防止被人跟踪。

即使温时修已经尽可能地让她每天下午五点下班,但是司月知道,那些人狠了心要下手的话,她必定是难逃生天。

司月觉得那一根根嵌在她身上的绳索,越来越重,越来越紧,她脚步仿佛渐渐沉入泥泞的沼泽中。

下一步,向前还是向下,司月不得而知。

第二天上班的时候,司月就给李原打了电话。

李原很快就接起了电话,这倒是司月没有想到的。

"司月小姐,你好。"

司月站在楼梯间里回道:"李助理,你好。"

"请问司月小姐是有什么事要找季总吗?"李原做事从来都是干净利落,说起话来也不会拐弯抹角,这一点让司月很是欣赏。

"是,请问季总今天能抽十分钟见一下我吗?"司月站在楼梯间的窗边朝下面看。

这是三十六层,虽然没有顶楼高,但一眼望过去的风景却也是绝佳。

只是可惜了,今天是个暴雨天,黎京灰蒙蒙一片,任凭老天宣泄着怒气。

"你稍等一下,我查一下行程。"

"好。"

司月心口有些紧张地"怦怦"跳了起来,很害怕季岑风不愿见她,那就糟糕了。

"司月小姐。"

电话那头忽然传来了声音,司月立马握紧了手机等着李原说话。

"晚上七点可以吗?季总今天晚上在外面有一个私人晚宴,大约七点结束可以见一下司月小姐。"

晚上七点。

司月心里踌躇了半秒,还是立马说:"好。可以麻烦你发我一下地址吗?"

"好的,没问题,一会儿我就发到你的手机上。"

"谢谢你,李助理。"

电话一挂，司月一口长长的气才敢呼出来。她身子倚靠在冰冷的墙面上，手机下一秒就收到了李原的短信。

她点开一看，是一个很偏远的私人餐厅。但是没关系，再偏远她今天都一定要和季岑风见面，她需要这笔钱。

下班的时候，司月特地把今晚的加班工作全部提前做完才走。大雨"哗啦啦"地下了一整天丝毫没见任何收敛的迹象。

司月用力撑着一把透明的伞，顶着狂风暴雨走出了公司大楼。

外面已经站满了等车的人，下班高峰期加上暴雨，整个市中心的交通都在瘫痪的边缘徘徊。

明明才下午五点多，天色却已乌黑一片，积雨云沉沉地压在城市的天空，把人们心里最后一丝躁意都逼到了发泄的尽头。

司月心里也憋着一口气无处发泄，她足足等了一刻钟，才终于拦到了一辆空着的出租车。

关上车门的一瞬间，她整个身子立刻松软了三分，连带着声音都变得更小。

司机师傅问了两遍才听清楚她要去哪里。那地方很远，最快也要一个小时。

车子开起来的时候，司月的心终于慢慢地沉静了下来。她偏头倚靠在被雨水奋力冲刷的玻璃上，看窗外一片模糊不清的世界。

这雨真大，像那天她从豪庭门苑被赶出来时那般大。那天她很倒霉，她被投诉、被欺负、第二天还被辞退。

司月闭上眼睛，摇了摇头，她不喜欢这样的下雨天，很倒霉。

六点半的时候，车到了那家餐厅的大门外。

司月付过钱后下了车，可雨仍然没有半分减小的趋势，反而有种趁着天黑肆意倾洒的苗头。

她用力抓着伞防止被大风刮走，一步一步地朝餐厅走去。

餐厅位于一小片竹林的后方，面积不大，远远看过去更像是一幢私人别墅，沿着竹林里的一条小路走上几分钟就能到达。

司月穿着高跟鞋走在湿滑的鹅卵石小路上很是小心翼翼，再加上大风呼啸，她不得不低着头谨慎地寻着些略微平坦的地方走。

一步一步，她走得又慢又难。

直到她的眼前出现了一双黑色的鞋子。

她慢慢停下了脚步。

那不是一双该出现在这种地方的鞋子——老旧的运动球鞋，上面沾满了泥泞和污垢。裤腿被随意地挽到小腿，上面溅着星星点点的红色油漆。

司月身子开始发抖。

她脸色惨白地抬起头来，对上那人凶残的目光，一声尖叫还未喊出口，就被那人一记重重的耳光扇倒在地。雨伞连带着身子摔入了一旁冰冷的泥地里，司月觉得天旋地转。

她大脑瞬间失去了意识，身子被人又一次拎起。

"救命啊——"一声女人凄厉的尖叫划破了这片竹林。

那人却丝毫没有畏惧，又重重地扇了司月一巴掌，然后大声对着旁边喊道："过来，用绳子把她绑起来！动作快点！"

司月疯了一样想要挣脱那人的禁锢，她拼命地大喊着，可是这里离那餐厅还有百米距离，黑夜骤雨，狂风呼啸，没人能听得见司月的求救。

几个大汉很快就把司月狠狠抓住摁在地上，那人一脚踩在司月的背上，厉声叫其他人动作麻利点。

司月的脸被死死地摁在地上，她远远看着那个灯火明亮的远方，却再也发不出一点声响了。

泪水混杂着暴雨冲刷在她的脸上，身上。

她仿佛看见了那个背负着重重荆条的小姑娘站在不远处的沼泽朝她招手。

"司月，司月，你还走吗？"

"你要放弃了吗？"

"很疼吧？"

"我也是。"

我也是，我也是。

司月泪流满面。

那天，她以为下一步，是向前的。

没想到，是向下的。

她小时候是什么样的呢？

司月很少去想了，一个贫穷且充满争吵的童年，真是没什么好回忆的。

只有一个澡堂子，司月总是想起来。

那时候他们住在黎京的乡下，家旁边不远的地方有一家澡堂子。冬天的时候，李水琴会带着她和司洵去洗澡。到了门口的时候，李水琴就招呼男澡堂里的搓背叔叔看着点司洵，然后自己带着司月去另一边洗。

澡堂的水很烫，人很挤，李水琴一看到有水龙头空着就立马推着司月去抢。

司月不好意思，还要走到人家旁边问：你还用吗？

李水琴就会笑她什么都抢不过人家，洗澡都比别人慢半拍。

但是司月很喜欢和李水琴去洗澡，尤其是冬天，洗得身子热热的、烫烫的，然后拉着李水琴的手和司洵一起走回家。

冬天的黎京格外冷，每次走到路对面的小商店时，司月总能摸到自己湿漉漉的头发上有脆脆的冰。

她和司洵会乖乖地站在小商店门口，等着李水琴给他们买一小瓶黄桃酸奶。

两个人头对头，用两根吸管一起喝。

那酸奶很好喝，可是司月后来再也没喝过了。

也许是太冷了。

司月太冷了。

什么东西又湿又黏地一直蹭在她的身上、脸上。她的脸颊好痛，身上好痛。到处湿漉漉的，雨水也重重地砸向她。

司月忽然惶恐地睁开眼，才发现自己正被人拖着走！

她奋力地挣扎了一下身子，可是她的双手双脚全都被用绳子紧紧地捆了起来。拉着她的人显然也发现她醒过来了，他停下了脚步蹲在了司月的身边，笑容阴森："怎么样，司月？我说话算话，来找你了。"

司月终于看清了他的脸，正是那个满脸络腮胡子的矮胖男人。

那天也下暴雨，那天也是他和她。

"我今天就会还钱给你！"司月声音沙哑地喊道，整个身子开始不自觉地战栗。雨水顺着她的脸颊落下，浸润在早已湿透的衬衫里。

矮胖男人却根本不信她的话。

"你有钱早就会还了，能拖到现在！"

"我真的有钱，八十万我现在就可以还你！"司月声嘶力竭地喊道。

谁知道矮胖男人忽然"咯咯咯"地笑了起来,反问一句:"小姑娘,真的吗?"

"真的!"

他一双鼠眼阴险地眯起,舌头恶心地舔了舔黄牙,随后狠狠地说道:"我要是信你,那我这么多年就白干了!"

那人说完便立刻站了起来,再也不听司月任何解释。

司月心生恐惧,又开始大叫:"救命啊——"

矮胖男人显然是厌烦了这一套,伸出了右脚想要狠狠地踢司月。

司月整个人惊恐地缩在一起,双眼紧闭。

大雨剥夺了她所有感官,她将自己彻底放逐了黑色的地带里。

那里没有光,只有无穷无尽的黑暗。

"砰砰砰!"

几声闷响。

她意料之中的痛却并没有到来。

司月痛苦地睁开双眼,模模糊糊地看到了一个身影。

那人走进她的黑色地带,朝她伸出了一只手。

那手冷冰冰的,那人也冷冰冰的。

"你走不走?"他的声音回响在那片无边无尽的黑暗里,世间万物,褪色无声。

她犹豫了一下:"走的。"

那人冷哼了一声,把她抱了起来。

司月并没有晕倒,只是一时之间,醒不过来。

她听见季岑风大声地喊她的名字,然后把她抱进了车里。

她太痛了,心痛到无法抑制。为什么明明已经那么辛苦那么累了,她却总还是走不出那片沼泽?

藤蔓缠绕着她的手臂,淤泥吞噬着她的双腿,她站在黑暗里无助地大哭,她像个十岁的孩子一样号啕大哭。

她明明拼了命地要给自己打造一座避风港,她明明可以像所有活在光明里的人一样,有一个美好无瑕的未来,偏偏她什么都得不到。

不仅得不到，那吃人的沼泽还逼着她一件一件割舍掉身上的所有。

她丢了爱人，丢了心，丢了尊严，还差点丢了命。

可那藤蔓早已长在了她的身上，连着筋通着血。

拔一根，要痛十年。

那个小姑娘缓缓地跌坐在了泥泞里，两眼无望地看着黑色远方。

"司月，到哪里算停呢？"

"这里吗？"

"要停吗？"

"要停吗？"

"要停吗？"

可司月刚要回答，一阵熟悉的铃声却把她拉回了现实。

是她的手机。

司月被紧紧地裹在一张羊毛毯里，头上的雨水早已不再往下滴。

她睁开猩红的眼睛，就要去找自己的手机。

一双修长的手忽然出现在了她的眼前，将手机递给她："你弟弟。"

司月声音沙哑地说了声"谢谢"，连忙接通了电话。

她有一种不祥的预感，司洵从来不在这个时候给她打电话。

"姐，你快回家吧。"

司洵只说了一句话。

他嗓子低得不像话，声音钝得像磨人的刀。可他又没有大喊大叫，这刀却也狠狠地砍在司月的心上。

她嘴唇霎时惨白，双眼哀求地看着季岑风："岑风，"一句话还没说完，眼泪就像断了线的珍珠重重落下，"你送我回家好不好？"

男人眉头阴冷地皱起："司月，你看看你现在是什么样子，你现在应该先去医院，我已经报警了，警察会在医院给你做笔录。"

"我不想去医院，我想要回家。"司月双手无力地落下，求他，"季岑风，我求求你了，送我回家好不好？"

"去医院。"他态度固执得可怕。

"我不要！"司月忽然尖叫了起来。

她的神经早在刚刚就绷到了极点，她没办法正常思考了。

她疯狂地扯下了裹在身上的毯子，伸手就要去开自己那侧的车门。

"司月，你疯了！"

季岑风一把将她拉进了怀里，紧紧禁锢着这个有些失去理智的女人，压着怒气："你现在这个样子必须去医院知不知道！"

他声音不自觉地加重，手臂却在触碰到女人的瞬间，松了几分力气。

她太冷了，也太瘦了，瘦到他觉得几乎可以不费任何力气就能将她折断。

可司月却是铁了心要回家，她冷冷地看向那个抱住她的男人，声音狠绝："季岑风，我不要你管我！你算是我什么人，我不要你管我！"

她几乎发泄似的朝男人大喊，瘦小的身子却只能无力地挣扎几下。

男人眼眸里风浪骤起，紧紧地攥着司月的手腕，声线残忍："我不管你，你以为你能逃得过刚刚那些人吗？"

"刚刚不是你一直在喊我让我过来救你吗？"

"司月！你清醒点！"

男人的声音宛如惊雷炸裂在司月的脑海里，她愣怔了几秒，忽然急促地喘息了起来。

季岑风连忙将她松开一些，沉声喊道："司月，呼吸！司月，呼吸！"

司月的手指紧紧地抓住季岑风的手臂，整个人都在不住地颤抖，季岑风也反手握住她的手臂。

半分钟之后，司月终于在男人的喊声中慢慢平缓了呼吸。

她双耳烫得好像着火，连带着整个身子都好像坠进了熊熊燃烧的火焰。

她好痛啊。

"岑风。"

又是一滴眼泪。

"我家，出事了。"

季岑风最后还是妥协了，让司机先去了司月家。

司月说得没错，她家出事了。车子还没驶进小区的时候，就看见有不少人聚集在了大门口。再往前去，就能看见两辆闪烁着警灯的警车。司机开不进去只能把车先停在门口，谁知道司月直接冲下了车，一个人朝小区里面跑去。

她浑身还是湿透的，高跟鞋早就不知所终，两只脚踩在粗糙的水泥地上，却一点也感觉不到痛。

她越往前跑，人越多。

人越多，她心越冷。

阴暗潮湿的楼梯间，每一级楼梯都是司月通往地狱的台阶，她浑身冰冷地一级级踩上。

终于在最后一个拐弯处，看到了司洵，还有跪坐在地上的李水琴。

司月的手指紧紧地抓住冰冷的扶手，双腿却是再也用不上半分力气。

门口处的警察朝司月问话，她却只能震惊而又茫然地看着四周，哑口无言。

触目惊心的红漆被泼在了家里的每一个角落，就连门外的楼梯间也没有放过，墙上写了很多字，又大又恶心，像一把把尖锐的刃，刺在他们每个人的眼睛里。

司洵终于看到了司月。

她满脸狼狈，脸颊高高肿起，衣衫沾满泥泞，鞋子不知所终。

可他呢？他也好不到哪里去，鲜血顺着他的裤腿滑落，凝结在泼满红漆的水泥地面。

冰冷的楼梯间里，三个被残忍鞭挞的人无声对望。

到底该谁来安慰谁呢？

谁也没有资格。

那个站在楼梯上的女人终于支撑不住，重重地跌坐在了地上。

她太累了。

司月缓缓地闭上了眼睛，剧烈痛感从四肢百骸传来。

如果，她不是司月，就好了。

冷寂的楼梯间陷入了凝滞。绝望游走在每个人的体内，然后死死拽着他们，节节下沉。

忽然，一阵缓慢的脚步声响了起来，司月睁开眼睛缓慢地回头望去。

那个衣衫矜贵的男人正掩在她身后晦涩不明的阴影里，看着她，看着她失魂落魄地跌坐在地上，看着她衣衫不整、面容绝望。

季岑风插在口袋里的手指忽然紧紧握住，一个疯狂的想法闪现在了他的脑海里。

他想，他是恨她的。

他想，他是不会放过她的。

男人先和警察交代了些什么，警察随后点头先回了屋里。他而后重新走向司月，慢慢地弯下了身子，看着她。他想起了很多个曾经和司月在一起的日子，尤其是，那天晚上。

他抱着她在那扇落地窗前，她眼角盈着泪，乌黑的头发散落在他炽热的臂弯里。

她一遍一遍地喊着他的名字，却又在无尽的快意中破碎成了无数的轻声慢吟。

他是真心喜欢过司月的，也是真心恨司月的。

他躺在ICU的病床上，司月却一边对他撒谎在加班，一边又出现在了另一个男人的生日宴上。

她穿一条黑色连衣裙言笑晏晏地捧着生日蛋糕，昏黄的烛光照在她姣好的面容上。

她轻声对那人说：生日快乐。

季岑风就知道，他这辈子都没办法原谅司月了。

即使他远走M国三年，即使她如今狼狈不堪到如此地步。

可那又算什么呢？

季岑风不会原谅司月。

死寂的楼梯间里，那个漠然的男人忽然无声地勾起了一个笑。他朝着地上的女人缓缓伸出了一只手，声音缱绻："司月，要不要，嫁给我？"

司月麻木地抬起双眼，声音沙哑："什么？"

"我说，嫁给我，我给你家人最基本的庇护。"

"……为什么？"

季岑风的眼里飞快地闪过了一丝残忍的快意，就连声音都带着戏谑般的迫不及待："因为我想亲眼看着，你司月如今到底有多痛苦。"

隐在黑暗里的男人终于露出了鲜血淋漓的獠牙，他亲眼看着这个身陷地狱的女人痛苦不堪，然后抓准机会要一睹她如今落魄的模样。

可再落魄还会比现在更落魄吗？

她缓慢地转头看了一眼身后的惨败景象，却也跟着笑了起来，笑着笑着，却又掉起了眼泪。

不会了。

"要停吗？"

"要停吗？"

沼泽地里的那个小姑娘又一次回头问她。

"要停的。"

"要停的。"

这一次，真的要停了。

跌坐在冰冷地上的女人，低着头收起了自己所有的悲愤与绝望。她轻轻地搭上了男人伸出的手，用力握紧。

"一言为定。"

一言为定，让我生不如死。

那天，那个苦苦挣扎在沼泽里的小姑娘，消失了。

她变成了司南田和李水琴的好女儿，司淘的好姐姐，季岑风的好妻子。

但就是没有人是司月了，真好，再也不用做司月了。

警察很快就到了司月家，几个警察态度十分认真地询问了家里刚刚发生的事情。

这笔债是司南田欠的，只不过因为之前害怕被打击报复，所以他们一直没有选择报警。

但是现在不一样了，季岑风不仅报了警，还要求追查到底。

昏暗杂乱的屋子里，几个警察正在拍照取证。

司月从卧室里拿了一些重要的证件，就走出了屋子。

男人站在门口等她。脏乱破败的楼梯间里，就连灯光都是灰蒙蒙的，他双眸漠然地敛起，冷静地看着这一切，他不属于这种地方。

"今天警察拍照我没办法收东西，可能过几天还要再回来一次。"司月身上还穿着那件脏到透顶的衣服，但她整个人的情绪都低到了谷底，实在是没心情去管它。

"你要收什么？"季岑风问她。

"……我的衣服。"

"别收了。"季岑风示意她下楼，"反正也不是什么值钱的东西。"

司月手里捏着手机和证件，也没和他吵。

两个人一前一后下了楼。

李水琴和司洵受的伤比较严重，季岑风已经让人把他们送到医院。

走到楼下时，司机已经将车子开了进来。

季岑风也没管司月，一个人先上了车，却瞥见司月站在车门口踌躇了半天。

"怎么，麻烦解决了，后悔了？"他按下车窗看着她。

"不是的，"司月看了一眼自己的衣服，"我害怕把你的车弄脏。"

季岑风一听，忽然就笑了一下："想多了，这车早就已经被你弄脏了。"

司月沉默地站在车外，看着里面那个对她毫不客气的男人，她忽然意识到，她和季岑风之间的天平倾斜了。从前尚且能勉强维持势均力敌，但从今晚那一刻起，这天平彻底地倾斜了。

司月落在低处仰望他，是他给她所有的庇护，而她不应该有任何的怨言，这是她自己的选择。

女人嘴唇翕动了两下，也没有再说其他的话，平静地上了车。

车子很快就平稳地驶上了公路，司月这才发现，雨停了。

街上熙熙攘攘地拥着出来散步的人，家人、亲人、朋友，三三两两结伴而行。

司月的目光久久地落在窗外，心里却麻木得没有半分想法。

她不知道自己要去什么地方，也不知道自己今晚会睡在哪里。但是她真的好累好累，只想找一个安全的地方，好好地睡一觉。

车子到达明宜公馆的时候，司月差点睡着。李原在车外喊了好几声，她才从疲累中醒过来。

"司月小姐，到了。"李原打开车门示意她下车。

她才发现季岑风已经一个人往前走了。

她连忙朝李原说了声"谢谢"，然后下车跟了上去。男人走得很快，没有半分等人的意思。

司月甚至来不及看一眼这金碧辉煌的别墅，只能埋头快步跟着。

一直到门口的时候，她才看到那个男人为她开着门。他眼眸漠然地看着她，嘴角有些不耐烦地抿起。

"抱歉。"

季岑风没理她的道歉："上楼。"

司月在门口脱了鞋,便跟着他穿过了偌大的客厅,沿着楼梯上了二楼。

他进了一间卧室。

司月顿时在门口停下了脚步。

这很明显是一个男人的卧室,灰冷色调的墙面带来了极大的压迫感,所有的家具都是极简单的设计,明明卧室的面积很大,却只克制地放了很少的家具。卧室门的对面便是整面墙的落地窗,司月的目光看过去,可以窥见楼下的整片湖面。

这是季岑风的卧室。

"需要我请你进来吗?"季岑风看着司月愣在门口,便慢慢踱步到了她的面前。

男人高大的身影完全将她包裹,他站得很近。

近到司月多走一步都会撞进他的怀抱。

所以司月,退了一步。

不过她现在,有点后悔了。

因为季岑风的浑身温度骤然冷了好几度,他一手扶着门框,一手插在口袋里,慢慢地弯下了身子,审视她。

看她要如何故作柔弱,再欲擒故纵。

雪松木的气息像无数个危险的触手,从那男人的身旁释出,勾勾绕绕地缠上了她的腰。

司月投降。

"我可以先洗澡吗?"

她选择求和。

季岑风挑了挑眉尾,终于重新站直了身子。他伸手指了指房间的里面,语气冷到不像话:"一会儿有人会给你拿衣服。"

"好,谢谢。"

司月再也顾不上这到底是谁的房间,快步走进了浴室。

"咔哒"一声落锁,司月瘫坐在了一旁的椅子上,所有的防备与警惕,在这一刻,轰然崩塌。

她急促地喘了几口气,然后深深地呼了出来。

她手上甚至还紧紧地握着自己的手机和证件。

司月,你安全了。

你安全了。

她在椅子上坐了好一会儿,然后才抬眼去看这间浴室。

简约而又冷淡,一切都是无比和谐一致,就连住在这里的主人,也是个情感冷到极点的男人,你看不出他的任何喜好,察觉不了他的任何温度。

司月深吸了一口气,没精力再去管这么多了。

浴室里有一个很大的浴缸和一间淋浴室,司月脱了衣服走进了淋浴室。

细密的水珠从头顶重重喷下,司月情不自禁地"嗞"了一声。她的脸好痛。

热水冲刷在她微微肿起的脸颊上,将那痛感瞬间放大,她轻咬着牙齿,用力将身上的泥浆全部洗去。

她足足洗了四十分钟。

直到浑身都被热气侵蚀,直到她完全将那个泥泞里的司月洗去。

她静默地站在浴室的全身镜前,看着里面那张陌生而又熟悉的脸庞。

"从今以后,你就不是,从前那个司月了。"

她轻声念道。

"知道了。"

一双盈着亮光的眸微微垂下,司月迈着光洁的双腿走到了门口。

那里有刚刚送进来的衣服。

司月拎起衣服才发现,居然只有一条纯白的内裤和一条浅藕色的吊带真丝睡裙。她头皮有一瞬间发麻,手指紧紧捏着那极细的吊带。明亮的灯光下,她唇色接近一种失血的惨白。

片刻后,司月将衣服穿上了。

她已经没有什么可犹豫的了。

季岑风在阳台上打了很久的电话,李原给他汇报了警局调查取证的进程以及李水琴和司洵的住院情况。

谁知道他电话都打完这么久,里面的人还没出来。

季岑风将手机丢在桌子上,正打算再去问问她到底还要待多久,他的手刚抬起,浴室的门,就打开了。

迎面袭来的,就是一阵带着玫瑰香气的水汽,淡淡柔柔地肆意涌入他的鼻息。

男人的喉结微动，这才看清那个面色有些漠然的女人。

她头发还有些湿，被她随意地绾着，左脸微微地肿起，唇瓣被热气蒸得鲜艳欲滴，通体雪白的肌肤穿着一条极短的真丝睡裙，两弯月牙状的褶皱松松垂在女人的胸前，水珠顺着她白皙的大腿一路向下，滑过脚跟，然后无声地浸润在柔软的地毯上。

盈白细腻的肌肤隐隐透着热气的微红，整个人水得不像话。

司月微愣。

她没想到季岑风就站在门口。

"我洗好了。"

她声音浅浅的，头也微微地垂着，没有看他。

谁知道季岑风却没有半点要让她舒坦离开的心思，他忽然弯下身子，极近地靠着她，看她眼里一闪而过的慌张。

"帮我把衬衫解开。"他淡淡开口，眼神却攫着女人的视线。

"解开吗？"司月抬眼看着他，可她此刻早已心如死灰，没有任何男人期待的惊慌失措。

"还要我说第二遍吗？"

司月收了声。

她纤细的手指慢慢地捏上了他的第一颗纽扣，有些无法控制地手抖。

解开一颗，又一颗。

直到最后一颗。

季岑风一直保持着靠近她鼻尖的姿势，完整地欣赏了她所有的麻木失魄。

他很满意。

季岑风随后丝毫不遮掩地在司月的面前将衬衫脱了下来。紧实有力的肌肉像一张群山起伏的画卷，随着男人丢下衬衫的动作展开在司月的眼前。

司月虚虚地闭上了双眼。

"你在干什么？"男人忽然出声。

司月心里一紧，慢慢睁开了眼睛，却看见季岑风正慢条斯理地穿一件新衬衫。

"还是说，"他一边扣着扣子，一边慢条斯理地问道，"你以为，我很迫不及待?"

他脸上的戏谑毫不遮掩。

司月呆呆地站在原地,这才发现,他根本就是在耍她。

季岑风看着她的样子,忽然低低地笑了起来,那笑声又低又尖锐,密密地扎在司月的心上。

他将衬衫慢慢地扣好,伸手捏住了司月的下巴。

季岑风忽然收敛了所有虚情假意的笑容,沉声警告道:"不过,我还是要提醒你,一会儿医生来的时候,不必穿得这么暴露。

"收起你喜欢勾引人的爱好,我可没有和别人分享的怪癖。"

季岑风阴恻恻地说完这两句话,就拿起自己的手机离开了卧室。

压抑冷寂的气息从四面八方沉沉袭来,司月手脚冰凉地站在原地,到底还是喃喃说了一句:"我没有喜欢勾引别人的爱好。"

季岑风很快就离开了别墅,司月站在落地窗前清楚地看见李原站在楼下的车旁等着他。

不是她刚刚坐的那辆车了,他换了一辆。

司月沉默地在落地窗前站了一会儿,然后走进了衣帽间。

里面真的多了很多女士衣服,她随意地看了一眼,换上了一件纯白的短衫和短裤,去了楼下客厅。

客厅面积很大,还被特意做了挑高,足足有两层楼那么高。

司月坐在落地窗前的沙发上,静静地等着医生。

窗外是一片宁静的湖,两侧栽着高高的梧桐木,昏黄的灯光给湖水披上了一层金色的薄衫。

没有暴雨,没有泥泞。

司月沉默地靠在温暖的沙发里,再也无法移开眼神。

这里是人间风浪的避风港。

是她这么多年,从未有过的——避风港。

还是上次那家私人医院。

司洵早已轻车熟路,他一边乐呵呵地让李水琴放宽心,一边笑嘻嘻地和漂亮小护士调情。

"你没骗我吧,他们之前就好上啦?"李水琴手臂的伤刚刚消完毒,整个人龇着脸龇着牙地往病床上躺。

"当然啦,我亲眼看到的。"司洵一本正经地说,"他们两个人在我之前工作的那个酒吧一起喝酒,两人好着呢。"

"可为什么那死丫头还一直不肯去找他?"

"唉,脸面呗。"司洵不屑地笑了笑,"你又不是不知道,我们家最要脸的就是我姐。她之前和姐夫闹那么厉害,现在怎么可能主动再去找他。"

司洵两眼泛着狡黠的光:"不过说来也是巧,虽然家里被追债的搞成那样,我们几个也被打得够呛,但是居然能把姐给劝服了,也是不亏!"

李水琴在一旁也"嘿嘿"地笑了起来:"也是,那个季岑风看起来怪吓人的,到最后还不是被我们家司月迷得七荤八素的,上赶着要娶她。"

"就是,"司洵附和道,"啧啧,妈,以后你就等着享福吧!"

李水琴看着司洵一脸得意样,自己也忍不住偷笑了起来。

一旁的小护士认真地给司洵的伤口消毒完了就退了出去,司洵刚准备懒洋洋地躺下,忽然发现门口来了人。

"姐夫!"

季岑风皱了皱眉头,他并不习惯这个称号。

司洵一个弹跳从病床上蹦了下来,却在落地的瞬间捂着受伤的小腿,轻呼:"哐,忘记伤口了。"

司洵一边骂骂咧咧,一边又觍起一个阳光灿烂的笑脸朝门口走去:"姐夫,你怎么来啦?"

季岑风黑着脸瞥了他一眼,没说话,直接走进了病房里。

他是来找李水琴的。

纵使李水琴知道季岑风帮了他们全家,该是个好人,但是在看见这个男人的瞬间,她后背还是绷了起来,整个人端正地坐在病床上,手心发汗。

"季先生,谢谢你帮了我们家这么多。"李水琴看着季岑风坐在了她对面的沙发上,还是真心地和他道谢,"我腿不方便,没办法站着,实在是不好意思。"

"没关系。"季岑风淡淡地说道,目光落在李水琴的腿上,"也是被追债的打的？"

"嗯。"李水琴点点头,有些不愿意回想那段往事。

"什么时候？"可季岑风并没打算考虑她的感受。

司洵看着李水琴沉默下去,立马说道:"就一个多月前,我妈被追债的拉到小巷子里打断了腿。"

"为什么不报警？"

司洵挠了挠头,声音弱了些:"不敢。不报警的话,那些人还能多宽限一个月;报警的话,被打的就不只是我妈了。"

司洵的声音越说越小,脸上的笑容也早就不翼而飞。

坐在沙发上的男人脸上却没有流露出半点可以称之为同情的表情,他双腿矜贵地叠起,冷冷地看着这两个人,开口说道:"我今天来是想要告诉你们一些事情。"

司洵和李水琴快速对望了一眼,他们根本不在乎季岑风是否对他们的遭遇抱有同情,他们的确是想听另一件事情。

"你们所有的治疗费、住院费,出院以后的住处,我都会安排好。司南田的八十万欠债我也会解决。"

李水琴又和司洵对看了一眼,两个人脸上都是抑制不住的狂喜,只靠牙关紧紧咬着才没在季岑风的面前过分失态。

"但条件是——"季岑风的声音忽然有了些许的起伏,李水琴紧张地望过去。

"司月要嫁给我。"

李水琴:"没问题！"

司洵:"没问题！"

几乎是异口同声,病床上的两个人没有半分犹豫。

季岑风幽黑的双眸在两个几欲欣喜若狂的人脸上慢慢扫过,手指轻轻地在膝盖上敲动。

那两个人根本不关心他为何娶司月,也根本不在意司月是否愿意嫁给他,他们只关心自己是否能够从那个女人身上得到想要的利益,却忘了那个人也是他们的亲人。

亲人。

季岑风心里嗤笑了一声，也对，他怎么会对亲人抱有希望。他早已看得很清楚了，不是吗？

"那个……"李水琴忽然出声，她两只手紧紧地攥住盖在腿上的被子，咽了一下口水，"结婚的话，婚礼、聘礼什么的……"

她声音透着不太确定的轻颤，眼神里却还是无可抑制的欲望。

司洵本不敢再追问这些细节的问题，没想到还是李水琴勇敢地问了出来，他便也悄悄地竖起了耳朵，看着沙发上那人。

季岑风靠在沙发里听完了李水琴的所有话，眼神晦涩不明地扫过了对面那两张满怀期待的脸庞，轻笑了一下："也可以。"

李水琴和司洵几欲笑出声。

"——那司南田的欠债，你们的住院费以及之后的房子就都免了吧，我按照黎京聘礼的标准给你们准备一份大礼，如何？"

黎京的标准？李水琴心里轰然，身子有些发抖地看着这个阴晴不定的男人，忽然有些后怕。

司洵本来雀跃难忍的情绪也在一瞬间被浇灭无，黎京最不讲究嫁妆回礼这一套了，要真算下来，估计连二十万都没有。

"选哪个？"季岑风有些失了耐心。

"那……那还是不要了，"李水琴带着些余悸地说道，"我们……我们本来也不看重这些的。"

季岑风满意地看着这两个人的反应，点了点头。

"既然你们没有意见，那么过两天我会请李原去你们的新住处取户口本。"

"我可以送过去！"季岑风的话刚说完，司洵就迫不及待地主动请缨，"那个，我顺便也看看我姐。"

季岑风的目光缓缓地落在略显心虚的司洵身上，没有揭穿："请便。"然后便头也不回地离开了病房。

他觉得恶心。

回到家里的时候，已经是凌晨一点。

管家今日得了命令没有提前离开，此时正毕恭毕敬地等在玄关处："季先生回来了。"

"嗯。"季岑风脱下外套就要往里面走,"医生来过了?"

"来过了,给司月小姐的脸上还有身上的伤都上过药了,说主要都是些皮外伤,养两天就好了。"

"行,你回去吧。"季岑风换了鞋朝里面走,"怎么灯都关——"

他话还没说完,在走进客厅的第一秒就看到了那个缩成一团睡在沙发上的女人。

他转过身子看着管家。

管家连忙压着声音解释道:"我和司月小姐说了,让她睡在主卧,但是她不肯。"

季岑风眉眼低低地压着又看了过去,司月换了一件宽松的白色短衫,两条修长白皙的腿叠放在灰色的沙发上,手臂紧紧地抱着一个柔软的抱枕,整个人蜷缩在一起防备得厉害。

"你先回去吧。"他沉声说道。

管家如蒙大赦:"好的,季先生。"然后快步离开了别墅。

客厅里的大灯全都关了,她只留了一盏昏黄的落地灯,那盏曾经被他踢翻在地的——落地灯。

小小的一团光影笼罩在那个女人的面容上,微微肿起的左脸颊,在药膏的作用下已消退不少。

他这才发现,原来她的手臂和小腿上,还有很多大大小小的瘀青和擦伤,显眼的药水大面积地涂在那些伤口上,整个人脆弱得不堪一击。

男人沉寂在黑暗里,没有靠近半步。

那光亮实在太过刺眼,刺眼到他甚至没有办法将它熄灭。

他手指无意识地紧紧握起,面无表情地最后看了她一眼,转头上了楼。

"砰"一声闷响。

这避风港,平静再难安享。

司月很久没有这么安稳地睡过一觉了。

再也不用担心第二天是否会有人尾随跟踪,再也不用担心温时修是否能让她按时下班。

不用被李水琴咄咄逼人地喊着去勾引男人,也不用再听司洵埋怨她自视清高的碎碎念。

她卸下了所有曾经深深嵌在她肩头的重负，然后浑身疲累地窝在这一处避风港，休眠。

休眠。

直到被站在沙发边的两个人惊醒。

做饭阿姨只是轻轻地碰了一下司月的手臂，司月却如同触电般地醒了过来。

一声小小的惊叫响起在这偌大的客厅里，阿姨差点把手上的粥摔飞。

司月怔怔地看着两个人，满头的思绪宛如凝滞的江水，怎么也化不开。

倒是管家反应快，连忙让阿姨先把粥放在桌上。

"司月小姐，已经早上十点了，阿姨害怕你昨晚太累没吃饭今天会胃不舒服，所以给你做了点粥。

"但是看你一直还在睡，所以冒昧地想叫你起来。"

管家是个四十出头的女人，穿着一身黑色的制服裙，轻言细语地朝司月解释道。

一旁的做饭阿姨有些讶异地看了管家一眼，却没敢再说话。

她哪里来的胆子提醒家里的女主人吃早饭，还不是因为早上的时候季先生特地打电话到家里问司月小姐有没有起来吃饭。

她只能如实回答说没有，谁知道季先生好像很生气的样子，冷冷地撂下一句让她现在就起来吃，便挂了电话。

这才把她急得不知所措，请来了管家一起喊司月小姐起来。

司月听完了管家的解释，睡意也消散了大半，连忙坐起身子朝做饭阿姨道了歉："抱歉，刚刚吓到你了。"

"唉，哪有的事。"做饭阿姨一看司月小姐居然意外地好讲话，心里一根弦也松了下来，"司月小姐早上有什么想吃的，我现在就去做。"

"没关系，我喝粥就好了。"司月站起了身，转头看了看窗外。

明亮的阳光透过两层楼高的落地窗温柔地铺满了整个客厅，窗外是涟漪泛起的澄净湖面，微风卷着两侧的梧桐木枝丫轻巧摇摆。

一切都是风平浪静的避风港，司月站在客厅里，微微有些恍神。

她昨天还住在那间逼仄潮湿的筒子楼里，被人抓住在阴冷泥泞的地上拖行。

今天就出现在了这里。

人生真的很奇妙。

昨天以前的那个司月，她与那个男人分开了整整三年，口口声声说着她和他不可能了，却仍是拼了命地想要保住自己与他之间最后一丝平等的可能。

而今天往后的那个司月，她住进了他的家里，成为他的妻子。

他说我娶你，她说好。

可是那个女人清楚地知道，从今往后，他们再也无法真正地在一起了。

很可悲，也很可怜。

但是司月不后悔。

她累了。

"司月小姐要先上楼洗漱吗？"管家走在司月身前领着她往楼上走。

"好。"司月顺从地点了点头，跟她上了楼。

管家站在季岑风的房间门口，眼神忽然犹豫了一下，仿佛有话要说。

"怎么了？"司月转头问她。

管家纠结了一下，还是转达了季先生的吩咐："季先生今早走的时候，有话要和司月小姐说。"

"什么？"

"他说，"管家顿了一下，将语气尽量柔化，"他说，司月小姐不必这么装清高睡沙发，嫁都嫁了，做给谁看。"

管家虽然见惯了季先生平时冷淡对人的样子，但是听他这样和别人说话倒真是第一次。更何况这样的话，他明明可以自己告诉司月小姐，却偏偏让她代为转告。

摆明了就是让家里的所有人都知道，司月小姐，并不是他想要明媒正娶的妻子。

管家说完话后，大气也不敢出。

谁知道对面的女人竟十分认真地听了进去，末了还轻轻地说了句："好的，谢谢。"然后便转身走进了卧室里。

房门轻轻合上，司月还是没有任何表情，她平静地刷完牙洗完了脸，然后走出卧室。

做饭阿姨本以为女人只是表面绷着情绪，内心定是有些不高兴，谁知道女人走进餐厅的时候还问她可不可以去外面吃。

阿姨立马点头："司月小姐，我帮你端出去吧。"

"好，谢谢了。"

司月穿过客厅通向湖边的推拉门，在一棵梧桐树下的桌边坐了下来。

她两条腿收在宽阔的椅子上，慢慢地喝起了粥。

阿姨做得很清淡，她很喜欢。

时间临近中午，阳光落在泛起涟漪的湖面上仿若一条条金色的帷幔，随着清风轻罗曼舞。

女人微微眯着眼睛，感受着夏日的暖风吹拂在她的脸庞上。

风很暖，夹杂着不知名的淡淡花香，隐隐约约地飘进了她千疮百孔的心里。

司月有一点贪恋这样温暖的人间。

她在阴冷的沼泽里，待太久了。

这一次，她选择投降。

"好的，会收起所有感情，做你很听话的司月的。"

女人慢慢闭上双眼，又一次沉沉睡了过去。

这天阳光很好，风里都带着醉人的芬芳。

辰逸顶楼气氛压抑紧张的会议室里，有一个男人不经意地看着自己手机上传来的照片走了神。

"季总？"站在前面汇报的部门经理身后浸湿了汗水，瑟瑟发声。

季岑风面无表情地收起手机，起身朝门口走去。

"散会。"

司月今天请了假，所以她干脆一不做二不休睡了个昏天黑地。

卧室里的床很大，她靠在最右侧，睡得很沉稳。

午饭随便吃了点，她胃口并不是很好。

阿姨和管家做完自己的事之后很快就离开了别墅，季先生并不喜欢她们在家里多待。

一觉再醒来的时候，窗外天色还是亮的。

司月轻轻伸展了一下身子，手臂和小腿还有些酸痛，倒是脸感觉好多了。

她把脸埋在被子里胡乱地揉了揉,然后伸出一只白皙的手臂去摸床头柜的手机。

"啪嗒"一声,手机落地了。

司月扶着床沿探出半边身子正要去拿,忽然卧室的房门开了。

她一下愣在了原地。

一只修长的手轻轻地将她的手机,捡了起来。

司月的目光慢慢上移,季岑风回来了。

好早,明明才下午五点。

男人西装革履地站在她的面前,手指轻轻捏着她手机的一角,低头无声地看着她。她还是穿着昨天晚上那件藕色的真丝吊带,肩带被她无意识地蹭到了臂膀的中央,宽松的领口盈盈落在雪白的身前,被那一头落下的乌发,隐隐遮住,一双媚眼惺忪,带着些后知后觉的惊讶,正看着他。

一种无法言说的暗流在四目对视的沉寂里涌动,那旋涡悄无声息,拉着人无声下坠。

季岑风手指蜷缩了片刻,慢慢蹲下了身子。

冰冷的手机随即轻轻抵上了司月纤瘦的下颌,女人便依着他缓缓上移的力道,抬起了头。

乌羽般的睫毛打下一片晦涩不明的阴影落在挺翘的鼻梁上,红润的唇便不自觉地微张。

无知又无畏。

男人眼里掠过一丝轻蔑,声音低缓:"司月,你真的——"

温热的气息从他的齿间缓缓喷出,酥酥麻麻地落在司月裸露的肩颈上。

她身后迅速地爬上了一层薄薄的鸡皮疙瘩,红唇上下轻碰:"什么?"

玫瑰花香便攀着冰冰凉凉的手机,慢慢缠上了那人的指尖。

越攀越上,越往上,越危险。

季岑风无声地冷笑了一下,将她的手机直接丢在了床头柜上。

"哐当"一声,无情又决绝。

"换身衣服,晚上有人来。"他脸上的笑意转瞬即逝,站起身朝衣帽间走了过去。

卧室霎时又恢复了沉寂。

司月看着他的背影，无声地舒了一口气。

司月换完衣服出门的时候，季岑风已经坐在客厅里听李原做简报了。

他换了一件干净的衬衫，眉头轻拢着，对李原说着些什么。

司月走下楼梯，和李原微微点头打了招呼。季岑风侧头看了李原一眼，身旁做汇报的李原忽然冷汗直下。

"今天就到这里。"季岑风伸手打断了李原的汇报。

李原头皮发麻地说了声"好"，然后迅速地合上了文件等着其他的吩咐。

"下次不用来家里做简报了。"男人淡淡地丢下一句话，起身朝湖边走去。

李原身子一滞，却也迅速地回了一声"知道了"，便头也不回地离开了别墅。

司月连楼梯都还没下完，刚刚坐在客厅里的两个人就全都消散得无影无踪，她没有任何的反应，慢慢走向厨房。

阿姨正在做饭。

"司月小姐，您怎么到这里来了？"阿姨一边笑呵呵地看着她，一边利索地洗着菜，"有什么想吃的吗？"

司月摇了摇头："都可以。"

她只是不知道要待在这个家里哪个地方，季岑风在的时候，她好像无处可去。

阿姨看着静静站在门口的司月，心里不禁咋舌。

昨天就听管家说季先生带了女人回来，她虽然在季家做的时间并不长，但是季岑风的行事风格她却是印象深刻。

除了做饭和收拾，她不可以在任何不该出现的时间出现。

而季岑风的社交圈子小到除了每日会前来汇报工作的李助理和偶尔出现的肖先生，家里没有来过任何客人。

更不要说是女人。

所以今天早上她来做饭的时候，就对这个季先生带来的女人充满了好奇心。

能被季岑风直接娶回来的女人，会是什么样的？

李阿姨猜想过很多种，骄纵的财团大小姐？蛮横的富家小公主？

但就是没想到，会是司月小姐这样的。

一张巴掌大的娇俏脸，长一双欲说还休的潋滟眼，柔顺乌黑的长发散在白皙的肩头，待人礼貌，还会和她们说抱歉和谢谢。

更离奇的是，季先生却并不是很喜欢她，说起话来字里行间都是浓浓的讥讽，就连司月小姐独自睡在沙发也没有过问半句，反而讥诮她故作清高。

真是神奇。

最让李阿姨觉得神奇的是，她居然一点也不讨厌这个被季先生讽刺为故作清高的女人，司月小姐有一种无法言说的亲和感，眉眼温柔得能掐出水，看着人的时候，让人不自觉往下坠。

季先生怎么会不喜欢呢？李阿姨不太明白。

司月正想问有没有什么能帮忙的，忽然身后传来一个熟悉的声音。

"姐！"

司月的身子瞬间僵在了原地。

"姐，你怎么在这儿啊？"司洵满脸漾着收不住的笑意，朝她跑了过来。

司月这才慢慢地转过身子，真的是司洵。

他穿着一条短裤，小腿上还扎扎实实包着纱布，但是整个人跑过来的样子全然不像是个受了伤的人。

"司洵？"

"是我啊，姐。"司洵伸手敲了敲司月的脑门，开玩笑道，"怎么，姐你现在变成有钱人了就把我和妈忘啦！"

司月脸色有些不太好看，声音却还是很平静："没有，昨天不是说还在医院吗？今天怎么就出来了？"

"我能有啥毛病，这腿伤又不严重。"司洵"嘿嘿"一笑，整个人像是摇晃过度的开瓶汽水，得意与欢愉的气泡争先恐后地从他的笑容里洋溢出来。

他该是很开心的。

如愿了。

司月点了点头："没事就好，妈也好吗？"

"好啊。"司洵不假思索地回道，"好吃好喝供着，医生护士哪个不重视，高级套间，妈说她那么多年的睡觉磨牙都好了！"

"好。"司月不知道还要说什么，明明是很好的，为什么她却没什么可以说的呢？

她不知道。

但是司洵显然根本没察觉出司月的不对劲，拉着她的胳膊说道："姐，你带我去家里转转吧，这别墅也太大了吧！牛啊。

"我知道季岑风有钱，但是没想到他这么有钱！

司洵激动得就差整个人都跳了起来。

司月刚想着怎么拒绝他，忽然身后传来了一个男人的声音——

"两人叙旧的话，不如让我也听听？"

季岑风单手插在口袋里，站在离他们不远的地方，浅笑道。

司洵立马弯下腰"哈哈"地凑了过去："没问题啊，姐夫。"

男人目光轻瞥了一眼司月，然后和司洵一起朝餐厅走去。

司月手指微微陷进了掌心，挪着沉重的脚步跟了上去。

她没想到，季岑风说的客人，是司洵。

宽阔的餐厅里，三人分坐在大理石餐桌的三面。略显冷调的灯光从极具设计感的灯具中倾洒而下。

司月有些不知所措。

她无法预判司洵要和季岑风说什么，却也知道，她无法阻止司洵。

她不能阻止，也不该阻止。

司洵一坐上餐桌就利索地交出了司月的户口本："姐夫，这是我姐的户口本。"

季岑风看了一眼，将它随手放在了一边："吃饭吧。"

"好嘞。"司洵乖巧得可怕。

李阿姨把菜一一端上来就离开了餐厅。

司月吃得很少也很慢，她心思还是有些飘忽。从前是不想让季岑风瞧不起自己，所以不愿意让司洵从他那里得到不该有的好处。

但是现在呢？

她自己已经屈服了，难道还要在意司洵会如何让自己丢脸面吗？

司月轻抿了一下嘴唇，她没资格要求司洵为她保留最后一点颜面。司洵要什么就自己去要，季岑风给不给那是他的事，与她无关。

司月心里慢慢顺过来了这个道理，便也不想再担心司洵到底会讲些什么。

晚上阿姨做了蟹黄豆腐羹，司月舀了一碗低头喝了起来。

季岑风扫了一眼一直不肯抬头说话的女人，脸色并不是很好看。一种无声涌动的暗自角力在两人之间你来我往,谁也不肯开口说话。

偏偏司洵是个极其没有眼力见的,他见没人开口,便兴致勃勃地朝季岑风说道:"姐夫,你知道我姐之前在夏川的时候,有多少男人追她吗?"

司洵的嗓门好像一个惊天巨雷,直直地砸在了司月的心里。

女人喝羹的手腕一抖,差点泼了出来。

"有多少?"谁知道季岑风却意外地接了茬,他身子颇为惬意地靠在椅背上,一抹不易察觉的目光凉凉地落在了司月的身上。

司洵就知道季岑风肯定对这个话题感兴趣,他心里得意一笑便准备让季岑风知道他姐到底有多受欢迎。

"我姐当年在夏川的公司时,从实习到正式工作,追求者就没停过。最有钱的那个还要数他们公司的小少爷。

"当年他追我姐的时候,直接给她买了一套房,就等我姐点头签字了。"

司月手指紧紧握着汤勺,说不出一句话。

"但是我姐当然不可能同意了,那个人说是二十八岁,但看起来跟我爸差不多大,一脸横肉那丑样,连我都看不上。"

司洵表情极其夸张,手舞足蹈:"然后我姐就狠狠地拒绝了他,后来他也结婚了。但是最离谱的姐夫你知道是什么吗?"

季岑风目光朝他投去,示意他继续讲下去。

"最离谱的是,那男人结婚后还对我姐纠缠不清!"

司洵一脸不屑,然后笑呵呵地对着季岑风说道:"我姐怎么可能同意呢?要知道我姐可是从来都没有忘记姐夫你啊,这三年间她就没和任何异性朋友走近过,就等着你呢!"

季岑风手指缓缓地抚着手里的杯壁,目光沉沉地落在那个仍然一言不发的女人身上。

她表现得很抗拒。

"是吗?"季岑风嘴角噙着一抹似有若无的哂笑,他要那个一直不肯说话的女人,回答他。

司洵也停了嘴里的话,兴致昂扬地朝司月看去。

女人轻轻地放下了汤勺,抬起了头。

司月看了一眼朝她拼命使眼色的司洵。

司月轻轻地吸了一口气,将目光转向了季岑风。

"我是拒绝了那个公司的小少爷,但是并没有三年都想着你。"女人认认真真地回答了这个问题,没有半分假话。

男人噙在嘴边的哂笑瞬间便冷了三分,就连司洵的后背都僵了起来。

一顿饭最后还是不欢而散。

司洵气得在门口拉着司月讲了好半天。

"姐,我求求你了,你会不会说话啊!"

"我说实话。"司月心里也有点不高兴,"你下次可不可以不要乱讲话?"

"拜托,是我乱讲话,还是你乱讲话?"司洵差点气死,"我在拼命说你好话啊!说你有魅力说你抢手啊,不然你怎么勾住季岑风的心啊!"

司月心里有些闷闷的:"那你也不能瞎说吧,我什么时候三年一直想着他了?"

"你想没想你自己心里清楚!"司洵翻了个白眼,"算了,我也不想和你说了,反正你自己好自为之啊姐,珍惜现在来之不易的生活懂不懂?"

司月看了他一眼,没说话。

司洵气得无语,最后却还是不得不继续叮嘱道:"姐,既然你这次想开了,那就别总是和自己闹别扭了。"

"我知道你一直不愿意这么做,但是事情既然已经成定局了,就不要再拿着以前那套道德标准要求自己了好吗?"

司洵敲了敲司月的脑门:"姐,算我求你了。"

司月静静地站在门前,没有说话。司洵说得没错,她不该再拿着以前那套标准要求自己了,不然到最后,痛苦的只有她自己。

"知道了。"司月低低地说道。

司洵这才眉开眼笑,紧紧地抱了她一下:"爱你,姐!"

送走司洵,司月慢吞吞地回了卧室。

季岑风正在脱衬衫,也没理她。

司月大概知道刚刚吃饭的时候,她说的话惹他不高兴了。

她站在门口踌躇了几秒钟,忽然开口:"要我帮你放水吗?"

她声音软软的，带着些不太确定的轻颤，纤细的手指紧张地握在冰冷的门把手上，看着他。

男人解衬衫的手指微微顿了一下，然后慢慢走到了她的身边。

一种阴郁的氛围浓浓笼罩在了司月的身边，她有些后悔了。

季岑风低头看了司月片刻，嘴角爬上了一丝阴沉："你这么会，难道是因为以前伺候过别人？"

司月嘴巴微微讶异地张开，思绪慢了好几拍。

她手心湿热，沁出了些许薄汗，诚实地回答道："没有。不过——"

司月顿了片刻，好像忽然有些领会到了季岑风话里的某些深层含义，再加上他晚上吃饭时似乎对那户口本并不在意。本着尽职尽责的原则，司月表情慎重地抬起了头："原来我和你这样是算这种关系吗？"

季岑风没说话，只冷眼瞧着她。

司月却是总算明白了这个男人的打算，才觉得司洵晚上把户口本送来真是过分自作多情、自取其辱了。

"抱歉，户口本我会自己收好的，司洵他不知道。"

司月话音刚落，卧室里的空气瞬间便有些微妙地凝滞。季岑风深深地看了她一眼，冷笑道："真有你的，司月。"

✦ 第四章

素圈戒指

司月昨天晚上到最后也还是没要回自己的户口本,不仅没要回,还被季岑风冷脸面对了一晚上。

他是真的要娶她的,不是随便说说。

宽大的床上睡着两个像是隔着银河的人,司月的心里却不知道到底该作何感想。

她要嫁给他了,却永远不可能和他在一起。

多讽刺。

可司月做了选择的,她知道她该做什么,不该做什么。昨天晚上不也是很平安地度过了吗?季岑风再狠,也不过是喜欢时时刻刻提醒她,她不再是从前那个司月了。

可那又怎么样呢?她得到了她想要的避风港,就不应该再奢求那么多了。

司月很清楚。

一觉醒来,是早上六点。

司月昨天特地查了一下从别墅怎么去公司,离这里最近的公交车站也有五公里,她必须要先打车坐到公交车站,然后再换乘公交车。算下来通勤时间至少要一个半小时。

所以司月悄悄定了一个声音很小的闹铃,并在闹铃响起的第一秒就翻身按灭了手机。

女人动作异常轻缓地将被子掀开起身下床,她甚至连大气都不敢呼。

谁知道就在她右脚踩上地毯的下一秒,卧室门就突然被人从外面打了开来。

司月闻声偏头看去,季岑风穿着一身黑色的运动服,手臂和腰腹的肌肉被修身的衣服勾勒得清晰可见。

他发梢间盈润着淡淡的湿热,一双幽黑的眸子不甚在意地扫过她,然后便大步朝浴室走去。

她眨了眨眼,这才意识到季岑风比她起得还要早。

司月在床上静静地又坐了一会儿,直到浴室的水声消失,那个男人裸着上身走出来的时候,她才轻声地说了句早安,然后假装镇定地朝浴室走去。

浴室里弥漫着淡淡的男士香水的味道,是季岑风最常用的那种,司月简单地绾起头发,快速洗漱完。

衣帽间里整整齐齐地挂了很多女人的衣服,司月挑了一套最简单的套装。

浅蓝色的真丝衬衫,领口是略带设计感的开襟,微微露出一排纤细笔直的锁骨。下身是一条白色包臀裙,完美贴合在司月的腰臀上。

换完衣服之后,司月发现已经快六点半了,她脚步略显匆忙地从楼上下来,发现季岑风还在餐厅慢悠悠地喝咖啡。

但是她还要赶公交车。

"抱歉,我要先走了。"司月还是先和男人打了声招呼,便准备先行离开。

"坐下吃饭。"季岑风没看她。

"可是我要——"

"司月。"男人目光抬起看着她。

司月脚步瞬间停在原地。

"好。"

她乖乖地坐在了餐桌的另一边吃起了早饭。

阳光透过整面玻璃照射在光洁的大理石桌面上,一切安宁美好得不像话。季岑风慢慢喝完了杯子里的咖啡,忽然从桌子上递给了司月一个小盒子。

"什么?"司月有些惊讶地看过去。

那是一个极其简单的小方盒，上面没有任何的标签和字。

季岑风漫不经心地站起身，边穿上了外套边说道："戴上。"

司月这才伸手打开了盒子。

那是一枚小小的，银色戒指。

纤细圆润的戒身没有任何多余的设计，银色素圈浅浅地插在黑色的丝绒垫上，微弱地折射着些许浅金色的阳光。

司月心口不自觉地轻缩了一下，抬头去看他。

季岑风拿起自己的手机，一边朝门口走去，一边说道："走了。"

司月也来不及多想，只能跟着他一起朝门口走去。

李原正等在车辆的旁边，那是一辆黑色的迈巴赫，司月没有多言，静静地跟着季岑风上了车。

她手里还紧紧地捏着那一方小盒子，心跳得厉害。

"还需要我帮你戴上吗？"男人见她还是没有动作，声音带着些讥诮就落了下来。

司月微微咬了下嘴唇："不用。"然后听话地将戒指戴在了无名指上。

又细又莹亮，就是有点大。

司月指尖在那戒指上轻轻地抚摸了两下，然后收回了手指。

没什么好介意的。

她目光顺着黑色的坐垫落在了男人翻看文件的手上，他纤长有力的指节正快速翻动着今日的行程。

他没戴戒指。

季岑风似乎是察觉到了女人的目光，忽然合上了文件，偏头看向了司月。

男人眉眼里带着些晨起的湿气，高挺的鼻梁下是一张漠然的唇。

"昨天晚上你倒是提醒了我，"季岑风淡淡开口，"鉴于你喜欢勾引男人的过去，我觉得给你一些束缚是很有必要的。"

"关于这枚戒指你不需要想太多，它唯一的作用就是提醒你。"

"我没有和别人，分享女人的癖好。"

他字字句句说得轻描淡写，却又字字句句重重落在司月的心里。

女人右手又一次不自觉地抚上了那枚纤细圆润的戒指，轻轻地应了一声："好。"

司月忽然开口问道:"那是不是,可以在公司不提到我和你的关系?前提是我会时刻谨记我的身份。"

她一口气微微吊着,看向季岑风。

男人眼神轻飘飘地从她身上掠过:"随你。"

司月轻轻地呼出了那口气。

太好了。

最起码在公司里,还能保存"司月"最后的半分颜面。

车子平稳地沿着公路朝公司驶去,越靠近黎京市区,街道也就变得越加拥堵。

司机等在平庄路的红绿灯时,司月忽然对季岑风说道:"季先生,可以在公司前面的那个拐弯就把我放下吗?

"那一小段路我可以自己走过去。"

女人一脸温柔地看过来,她一头长发被松松地绾着,阳光透过车窗晕染在她澄净清澈的眼眸上。

她微微眨眼,等着他的回答。

季岑风却忽然意识到了一件事。

她问是否可以不在公司提及她与他的关系,根本就不是随口一提,她只是单纯地想要在公司,和他划清界限而已。

绿灯亮起,车辆又缓缓地继续朝公司驶去。

男人无声地将视线完全收回到了自己的文件上,朝着司机开口道:"现在就让她下车。"

司月是想要在公司前面的那个路口下车的,而不是离公司还有一两公里的平庄路。

……………

也不知道季岑风是真没听懂还是装没听懂,一副阴恻恻的样子还叫她上班别迟到,辰逸不养闲人。

气得司月只能对着满眼车来车往的大马路,做了三个深呼吸。

算了,反正他的目的本来也不是让她舒舒服服地做季夫人,司月心里有数。

她稍稍平息了胸口的郁闷之后,看了眼时间,已经七点四十五了,现在再去坐公交车已经不现实了。

司月站在路边看向川流不息的大马路，决定跑去公司。

一两公里跑得快的话，十五分钟应该可以到。

她心里做了决定，便立马快步朝公司的方向跑了起来。

晨风卷着一天伊始的热闹吹在司月的脸庞上，身边尽是脚步匆忙目光坚毅的行人，密密麻麻的电瓶车停在宽阔的路口等红灯变绿，然后随着无数的车辆汇入匆匆忙忙的上班潮。

每个人都那么目标明确地奔向自己的方向，他们哪有时间去分心搭理那些你情我愿的儿女情长。

那是留给夜晚的，而不是现在。

司月有些恍惚地同那些路人一起站在偌大的十字路口，她居然觉得心里某个尘封的念想在蠢蠢欲动。

那感觉很奇妙，当生活褪去所有的污浊与腌臜之后，人本心的动力便越加清晰地呈现在了眼前。

她不必再为生活而烦恼苦闷，也不必再为躲债而胆战心惊。

一种原始而又热烈的情绪慢慢在心里苏醒，她什么都没有了，但是她还有她的才华和梦想。

那像一根甩在悬崖边的绳子，它告诉司月，你的人生，并不是一败涂地。

从前不得已掩埋的东西，现在不正是好时机吗？

司月皱眉站在那个川流不息的十字路口，忽然轻轻地笑了起来。

七点四十八分，她大步朝前方继续跑了起来。

一声清脆的鸣笛声从司月的后方响起，她微微偏头，看见温时修的车子缓缓停在了她的身边。

"司月，上车。"

"好。"

司月没有任何犹豫，她冷寂的内心燃起了一团久违的火光，带着她往前方走去。

司月快速地上了温时修的车："谢谢你。"

温时修偏头朝她笑了笑，声音爽朗："没想到会在这里碰见你，你从前不是在公司门前的那个公交车站下车吗？还是说搬家了？"

温时修以为她是因为躲债所以搬了家。

"嗯，我不住从前那个地方了。"司月也没想和他解释太多。

绿灯亮起，车子快速地朝前驶去，温时修的手指有些愉悦地轻轻敲打在皮质的方向盘上，他其实有一个好消息要告诉司月。

但是他想等到中午的时候，单独在咖啡间告诉她。

司月两眼望着窗外飞速掠过的风景，嘴角不自觉地微微上扬。

司月，人生还是有盼头的，不是吗？

女人两眼漾着金色的阳光，却在目光收回的下一秒，看见了一辆黑色的迈巴赫。

它正朝着和他们完全相反的方向，疾驰。

当天早晨七点五十九分，司月又一次压着上班的最后一秒打卡成功。

她和温时修相视一笑，快步朝电梯走去。

当下正是人流量最大的时候，两人一边聊天一边等着电梯从三十六楼下来。

两分钟后，电梯门开。

司月抬脚迈进电梯间时，看见了一个黑着脸匆匆走进公司大厅的男人。

他的目光与她有零点零一秒的相交，司月却精准地向那个男人传递了一条信息——上班别迟到，辰逸不养闲人。

温时修发现，司月和之前不一样了。

她再没有在开会讨论的时候走过一秒神，反而完全将精力投入到了工作中。

一早上温时修刚和上层开完会，就看见司月坐在办公桌前认真地画图。

她两只眼睛紧紧地随着电脑上的线条上下转动着，纤细的手指利落地操作着键盘和鼠标。

"在画第六版的草图吗？"温时修站在司月的身后看她的电脑，他想要一会儿和她说件事。

"嗯。"司月一边点着头，一边还在飞快地画着，上午的时候她脑海里忽然有了一个想法，所以有些迫不及待地将它画下来。

温时修没有说话，静静地站在她的身后看着。

黎京美术馆的设计方案从开始设计到现在已经提交上去了很多个版本，

说实话辰逸对于温时修的能力没有丝毫的怀疑，所以这个案子前进路上最大的阻力便是来自温时修自己。

他一遍又一遍地推翻自己的想法，然后一次又一次地交出更加令人惊艳的方案。

但温时修还是觉得不够，那个辉煌而又大气的黎京美术馆总有一团朦朦胧胧的影子摇曳在他的脑海深处。

可每次的设计方案出来之后，他又觉得，总有哪里不是他想象的样子。

它该是辉煌壮阔的，却又不应有过分的奢靡精致；它该是大气朴素的，却又不是粗制滥造的简单。

那光影像一团蒙了纱的幻象，深深地印刻在温时修的脑海里，他一遍一遍地将设计图重复修改，却又一遍一遍地自我否决。

直到他看见司月的这幅设计图。

线条是粗犷的模样，潦草地勾勒出一个朴素却又不失格调的轮廓，细节却是克制的精致，将这美术馆的大气与不拘展现得淋漓尽致。

那脑海中的幻象忽然清晰了三分，温时修一声惊呼出口，吓得司月差点丢掉了手里的数位笔。

"司月，你是从哪里来的灵感？"男人两只眼睛不舍地在这幅草图上来来回回查看，他生怕这幅草图也是转瞬即逝的幻象，连忙催司月快点保存。

"我一直有点保存的。"司月抬眼看着温时修这般激动的表情，心里有些难忍的雀跃。

她虽然一直知道温时修关于这座美术馆的设计理念，但是她之前的确是被烦念缠身无法用心思考，今天忽然就想到了那幅她曾经最喜欢的景象。

大气而又不拘小节，精致而又不失质朴。

"温组长，我带你去看个东西吧。"司月将草图又保存了一遍，然后起身带着温时修一起朝电梯走去。

她带他来到了顶层。

此时正是午休的时间，大楼里的人大部分都去了楼下吃饭。

司月带着温时修穿过长长的走廊，然后侧身走进了顶楼的楼梯间，空空荡荡的，好似一个被热闹遗忘的空间。

司月静静地走到明亮的落地窗前，目光长久地望着楼下奔腾不息的黎江，那江水浩浩荡荡，日夜奔流着汇入未知的远方。

"你的灵感是源自这里？"温时修走上前，同她并肩看着黎江。

"你看那边。"司月伸手指了指略微远离市区的地方，那里是一片颇为壮观的芦苇群，摇摇曳曳，在暖风的吹拂下恣意生长。

"那是？"温时修不知道那种植物的名字。

"芦苇。"司月说道，"生长在黎江畔的芦苇，秆子又细又长却坚硬，柔软的花穗随风温柔摇摆。

"迎风站在奔流不息的黎江畔，朴素大气，却又温柔坚忍。"

司月侧过身子瞧着那个有些看出神的男人，声音充满了希冀："是不是很像你想象中的黎京美术馆？"

温时修双眼牢牢地看着那片随风摇摆的芦苇群，心也好像随着那芦苇一起摇摆。那个一直模模糊糊隐藏在他脑海中的美术馆，忽然和司月的那幅设计天衣无缝地重合在了一起。

"司月，"男人声音带着些无法压抑的激动，"司月，你真的太棒了！"他声音没有丝毫的收敛，在这空旷的楼梯间里回荡。

温时修高兴得差点就要手舞足蹈，他直接拉起了司月的手要和她一起下楼继续画图。

司月手指一僵，连忙抽了出来。

温时修这才意识到自己有些高兴得过了头："抱歉，司月，我就是太高兴了！"

"我知道。"司月也知道他不是故意的，"走吧，我也想快点完成设计图！"

两人正要转身朝门口走去，忽然"砰"一声巨响，楼梯间的门被人重重地关上了。

温时修疑惑地看了一眼，然后三步并作两步走过去打开了门，没有人。

"没人？"他转过头来对司月说道。

司月也没想那么多，只想快点下楼画图："估计是有人走错了，我们快下楼吧。"

"好。"温时修嘴角高高扬起，跟着司月一起回到了办公室。

整个下午司月都和温时修在办公室里设计着草图，思绪就好像爆发的洪水，一旦开了闸就无法停息。

直到下午五点的时候，温时修从外面接了一通电话回来，才准备强行让司月休息一会儿。

他发现中午的时候由于太过兴奋，差点忘了要告诉司月那个好消息。

"司月，咖啡。"男人回来的时候顺便买了两杯咖啡。

司月轻快地说了一声谢谢，然后又准备继续画图。

"休息一下吧。"温时修走到她的对面俯身看着她。

女人眼里闪烁着星光一般的灵动光芒，乌黑的头发有一些松松地从发髻落下，微卷在脸颊的两侧。

"你再不休息我就合上你电脑了？"温时修笑着威胁她。

司月无奈，只能乖乖接过了咖啡。

温时修慢慢走到她身旁的椅子坐了下来，他轻轻吸了口气，然后开口道："司月，我昨天从M国那边的账户转了一笔外汇过来。"

司月眉头微皱了一下，不明白他为什么要和她讲这个。

"你家里是不是欠了债？"温时修问道。

"那个已经——"司月刚要说已经解决了。

对面的男人忽然表情严肃了几分说道："我不是想要管你的私事，只是自从上次之后我一直都很担心你。

"司月，我不知道你具体欠了多少，先转了两百万过来，如果不够的话我明天再去转。

"反正都是要欠钱，不如欠我的，我不着急用钱的。"

温时修一口气把话说完，生怕司月拒绝他。

他两只眼睛带着些鼓励地看着司月，他想要帮这个女人。

谁知道司月听完他的话后，却并没表现出意料之中的惊讶与喜悦。

她感激地朝他笑了一下："谢谢你，温组长。"

"你可以叫我时修。"

"时修。"司月的右手又不自觉地抚上了自己的戒指，她抬眼看着面前这个想要帮她的男人，心头不知道是什么滋味。

"但是我的麻烦已经解决了。"

"解决了？"温时修有些不解，忽然看到了司月的左手无名指，那里有一枚小小的、细细的银色戒指。

只是那戒指实在太过不起眼,映衬在司月白皙的手指上,竟让他到现在才发现。

"司月,你……"温时修吃惊地看着那枚戒指,一时不知道该说什么。

"嗯,我……"司月纠结了一下,因为还没领证所以应该不算是结婚,"我订婚了。"

"为什么这么突然?"温时修心里忽然有了一些后知后觉的痛感,他不知道为什么。

"没什么,就是——"司月刚准备随便糊弄过去,忽然手机响起来。

她拿起一看,是季岑风的短信,上面只有短短的四个字。

【下班,现在。】

她甚至能想象出他说这话的语气,一定是刻薄又冰冷。

"抱歉,温组长,我要先走了。"司月拿起电脑,"不过我晚上会把初步的设计图画出来的,你不用担心。"

温时修怔怔地坐在原地,一个字也说不出。

他以为他可以像季岑风那样帮司月的,他甚至不需要司月帮他做任何事情,但好像有一个人抢先了一步。

温时修紧紧地握住了手里的咖啡杯,看着司月离开了办公室。

季岑风果然已经在地下停车场的迈巴赫里等着了。司月有些好奇,他从前都是要在公司加班到深夜,为什么这段时间这么反常地每日按时下班。

司月坐进车子里。

车很快驶出了停车场,她一点也不想去探究季岑风的心情。车子一平稳,她就立马又打开了笔记本电脑。

季岑风今天好像尤其沉默,一路上也没和她说一句话。

司月到了家之后,便一个人去了湖边的桌上继续工作。季岑风也没半点要叫她吃晚饭的意思,一个人吃完之后就去了书房工作。

夜幕降下,湖边的灯光隆重地照着屋外一个小小的影子。她从下班回来之后就亢奋地一直工作到了现在,直到刚刚把这一版的草图全部画完,她才无限惬意地舒了一口气。

司月低头看了眼时间,居然已经晚上十一点。

她回头看了看二楼的卧室,灯还亮着,快速地收起电脑走进了别墅,看来季岑风今晚的心情着实不错,一点也没有来打扰自己。

司月将笔记本电脑放在客厅之后,便轻手轻脚地上了楼,担心他已经睡了。

可卧室门一打开,里面并没有人,应该还在书房。

也好。

一直到司月洗完澡吹干头发,季岑风都没有出现。

司月犹豫了一下,没有关灯,然后钻进了被子里。左右他们都是一张床上的两个陌生人,倒也没有等着他一起睡觉的必要。

莹亮的灯光柔和地照在女人合起的眉眼上,她微湿的乌发些许贴在裸露的肩头,放在枕侧的左手无名指上有一个小小的素圈戒指,微弱地折射了一片银色的光。

本该会很快睡去的,只是司月没想到,那个男人这么快就回了卧室,快到她甚至还没有让自己彻底进入沉睡,快到她现在不知该如何保持沉睡。

房间的灯,忽地暗了。

身旁的那侧床垫也紧跟着陷下去了半分。

司月不禁有些紧张她轻咬住了牙齿,因为她分明察觉到了一些隐隐的怒意,可她又不知道这男人的怒意从何而来。

季岑风躺下之后,司月还是没有动,她双眼紧闭着,希望他能快点睡过去,但是下一秒,她就知道不可能了。因为那股冷冽的雪松木香,正缓慢而又压抑地朝她袭来,男人滚烫的胸膛紧密无间地贴上了她的后背。

司月停止了呼吸。

她好像一只猝不及防被拉入深海的飞鸟,那潮水汹涌扑向她的瞬间,她就彻底慌了神。

司月身子紧绷得像一块铁板,不知该作何反应。

被睡衣遮住的地方还算有救,可她裸露的肩头和手臂,却仿若被男人的炽热反复煎烤。

那火苗舐舐着隐忍而又沉默的愤怒,顺着男人缓缓抚上她肩头的手,一路蔓延。

直到寻着她柔若无骨的手指。

司月什么也听不见什么也看不见了,她一颗心脏"扑通扑通",她所有思索的能力都消失。

因为她分明清晰地感觉到,季岑风用力地撑开了她僵硬的手指,然后,一根一根蛮不讲理地将他的手指,用力嵌入。

紧紧与她十指相扣。

司月第二天早上醒来的时候,身边已经没有人。她洗漱穿戴完毕之后,才看见季岑风正坐在餐厅里看公司简报,他穿一身裁剪精细的衬衫,钻石袖扣卷在小臂上三寸,露出一截纤长紧实的肌肉。

他眉骨带着些不易察觉的倦意,整个人沉在淡淡的漠然里,阳光笼在他身上,也增不了半分的暖意。

和昨晚那个炽热的男人,截然不同。

司月心里甚至有些怀疑,昨晚是否只是她在做梦。她走到餐桌前,和季岑风说了早安,季岑风瞥了她一眼没说话。

两人吃完早餐后便一起上了车,司月这才知道他接下来一个月都要出差。

"收起你脸上的笑,我会找人看着你的。"季岑风忽然偏过头朝司月说道。

司月当真以为自己笑了出来,连忙冷了脸色,这才发现那个男人是在诈她。

"知道了。"司月转脸看着窗外,声音有些闷闷的,"不过为什么要找人看着我?"

她又转过头来。

季岑风慢慢放下了手里的文件,也回看她:"司月,你是不是忘记了一件事?"

"我不相信你啊。"

男人的声音缓缓地落在司月的耳边,像一根细极了的针,无声地扎进司月的心里。

对啊,季岑风不相信司月。

她怎么会忘呢?那是他们所有分道扬镳的开始,他不信她,他们就永远都没有未来。

车缓慢地停进了停车场。

几人下车后,李原跟着季岑风大步走到了专用电梯前,司月一个人踩着高跟鞋朝员工电梯走去。那短短数十米的距离,就像是他们两个人生之间永远也无法越过的鸿沟。

可是不知道为什么,司月低头看着那枚小小的银色戒指时,脑海里还是不可抑制地想起了昨天晚上。

他宽大而又有力的手掌,轻而易举地将她的惊慌失措完全包住,沉缓而又温热的呼吸打在她敏感而又冰冷的后颈,那一根根手指紧紧纠缠住她无助的指尖,久久也不肯放下。

是他要拉着她的。

"叮"一声清脆的响声,电梯门开。

司月这才回过神来,她脸颊一片浅浅的绯红迅速敛去,面无表情地朝电梯里走去。

电梯门缓缓合上,冰冷的白炽灯从顶端照下,司月收紧了拿着包的手指,长长地呼了一口气。

她不该想这些的。

季岑风当天晚上果然没有和司月一起回家,司机倒是接了命令要每天接送她。

司月本来以为这样就可以每天加班到晚一点再回去,谁知道司机早就被告知必须每天下午五点送她回家。

"晚一点也不行吗?"司月坐在后座问道。

"不行。"开车的司机师傅看起来四十多,平时便是少言寡语,但是做起事来很认真,"季先生出差前特地叮嘱了,必须每天五点送司月小姐回家。"

"可他现在人不在。"

"不在也是一样的,司月小姐。"司机很是固执。

司月坐在宽大的后座上,没了办法,但好在这段时间她和温时修的设计进展有了很大的突破,对方也没有再问起关于她戒指的事情,而是一心一意地和她一起扑在了黎京美术馆的设计上。

司月每天晚上回家都会继续在客厅工作到很晚,她好像真的幸运地抓住了这根悬崖上的绳索,它告诉她,司月,人生还是有盼头的。

于是她完全投入进这忘我的工作里,试图摆脱一些不该想的烦恼。

一个月很快就过去了,黎京美术馆的案子也顺利进入了最后的审核阶段,接下来他们要做的就是等着上面的决定。

温时修将文件全部上交之后,轻车熟路地避过正在午休的同事们,慢慢打开咖啡间的门。

果不其然,司月正在这里喝咖啡。

"司月。"温时修从后面喊她的名字。

司月微微偏头便看见他满眼胜利的笑意:"都交上去了吗?"

"是啊。"温时修大步走到她的面前,"恭喜你,完成了人生中第一个美术馆的设计!"他声音透着澄澈的温润,眉眼里尽是喜悦与鼓励。

咖啡的热气熨烫着司月的眼眶,她鼻头有些发酸:"不是我一个人做的,大家每个人都出了力。"

"但是,最初的灵感是来自你的。"温时修一点也不吝啬地将一件艺术作品最宝贵的东西归给了她。

司月还是没忍住眼角湿润了片刻,然后开心地笑了起来。她不常这样袒露真心的笑,更多的时候,是不得不笑。

午后的阳光透过洁白的百叶窗落在女人弯起的眉眼上,她眼角红红的,透着几分难忍的欣慰,嘴角却不自觉地上扬,头发散落了绺分在白皙的脸颊,而后又被她松松地绾在了耳后。

一些都好像是沉浸在浓稠蜂蜜里的场景,温时修有些出了神。她的笑颜与眉眼都被染上了一层无法言喻的金色,在阳光下闪闪发光。

司月笑了一会儿,轻轻抿了一口咖啡,两只手端着杯子,那枚小小的戒指,很显眼。

温时修脸上的笑意顿时落了三分。

"关于那件事,你不打算做点什么回应吗?"他声音没了刚刚的兴奋,眼神沉沉地落在司月的身上。

司月瞥了一眼她的戒指,知道温时修指的是什么。

自从季岑风出差之后,她每日都是独自坐着家里的车上下班,说来也是巧,公司里的人只认得季岑风之前坐的卡宴,却没多少人知道他后来换了那辆迈巴赫。

而那个从前只穿廉价快销品牌的司月,又那么巧地每日坐着迈巴赫上下班。一个落魄欠债的漂亮女人,一枚廉价随意的银色戒指,再加上一辆来路不明的迈巴赫，足以让人们在脑海中勾勒出一个丰富多彩的故事了。

而故事的男主角，谁也不知道，所以越传越离谱。

司月忙于工作的这一个月，也没少听到各种各样的流言蜚语。那话说得很难听，毕竟没人想给一个靠美貌上位的女人完美的结局。

他们希望她是傍上了某个无法向她给出承诺的老男人，他们希望她住在华丽冰冷的别墅里每日忍气吞声。

因为从来没有人见过到底是哪个男人来接的司月，所以那谣言也像长了翅膀，在嫉妒泛滥的森林里，越飞越高。

名声曾经对她来说很重要，她曾经那么辛苦那么艰难地要一个好名声，要一个好背景，但是到头来她得到了什么？

她为了不让季岑风知道她那个破败腐烂的家庭，撒了谎，救出了差点坐牢的司洵，然后却那样讽刺地彻底失去了季岑风。

司月沉默了片刻，抬头朝温时修轻笑了一下："我说过一次不是，他们不信，所以我也没什么好解释的了。"

温时修手指蜷缩，那么对他呢，她也没什么好解释的吗？

"他对你好吗？"温时修缓缓问道。

司月低头转了转戒指："他帮了我。"

"所以你嫁给了他？"

司月没有回答。

这个世界上不是所有的事情都可以这么简单地回答的，如果那个人不是季岑风，她也会答应吗？

她不知道。

刚刚还沉浸在愉悦的庆祝氛围里，此时却凝滞地陷入了无言的沉寂里。太阳失了力度，连光线也变得苍白无力。

就在两人准备结束这沉默的尴尬离开时，忽然一阵刺耳的八卦声从门外清晰传来：

"我听说她傍的是那个已经五十多的设计家，就是那个叫什么刘宇的。"

"真的假的？就是前段时间和隔壁部门有合作的那个？"

"对啊，我听人家说有一次看见他俩一起坐电梯下楼。要不然她怎么能在这次设计案里做得么好，之前天天心不在焉的，现在一下又变成黑马冲出来。"

"怪不得啊,原来是傍上知名设计师了啊,牛啊这个女人,这么老的都下得去嘴。"

"哈哈哈,这就是你没人家厉害的地方了吧!"

"真是厉害,长得一副温柔清冷的模样,在公司里还非要立才女的人设,原来都是装的,真恶心。"

"你可小心点,温组长可看重她了。人家那不是盖的,一手勾着老头子,一手还能和温组长有来有往,得罪了她,够你好受的!"

"哎呀,我好怕啊,哈哈哈。"

....

大概就是这样的流言蜚语。

司月晚上回家的时候,脑海里还不断回想着那两个人的声音。

他们说她找了个又老又丑的老头子,她澄清过一次便不想再说,但为什么他们一定要连她的心血也一并侮辱,说美术馆的灵感根本不是她想的。即使温时修说了无数次这次黎京美术馆的设计最终灵感是她,也还是没有人愿意相信。

他们相信她用美色勾人,相信她落魄不要脸,就是不肯相信她有才华,能设计得出耀眼的作品。

漆黑车窗上,女人脸色难看得不像话。

车子沉在浓稠的夜色下,缓缓驶进了明宜公馆。司月下车的时候,发现门口还有一辆车。

季岑风回来了。

她看了看一如往常般平静的湖面,面无表情地朝家里走去。

卧室亮着灯。

"回来了。"司月站在门口看着他。

他脸上带着些长途奔波的疲累,单薄的眼皮敛着淡淡的倦色,外套被丢在沙发上,领带刚解了一半。

"过来。"季岑风说道。

司月走近。

男人将双手松松插在口袋里。

他不言语。

司月抬头看了他一眼，他好像真的很累。她纤细的手指松松绕在他的领带上，三两下将它抽了下来。

季岑风还是没动静，眼皮缓缓地垂下，不知是在看她，还是在假寐。

司月沉寂了两秒，伸手帮他一颗一颗解起了衬衫纽扣。

最后一颗，解开。

司月再抬头看他，才发现他不知什么时候早已经重新睁开了眼，看着她，又或者说，审视着她。

平缓而又清浅的鼻息在两人无声的凝视间，你来我往，季岑风慢慢伸手捏住司月的下巴。

"最近有勾引男人吗？"

"没有。"

"撒谎。"

司月早该知道，所有的事情都逃不过季岑风的耳朵，更何况那是他的公司。

那些千奇百怪的流言已然被她听见过多次，那便不难想象，会如何流传到季岑风的耳朵里。

男人从浴室里出来的时候，司月还坐在沙发上，连姿势都没有变。一双娇嫩白皙的脚踝在柔软的地毯里，目光有些放空地望着窗外，不知在想什么。

今夜风大，湖面坠着金光波澜骤起，梧桐树叶浸着夜色无声呜咽，一切都是暗流涌动的前奏。

季岑风坐在了司月的对面，他没有穿上衣，未干的水珠顺着男人紧实分明的肌肉流下，越过两条清晰可见的人鱼线，最后浸润在黑色的长裤里。

"温时修。"他眸色深不见底，嘴唇轻启念起了这个名字。

司月抬头去看他。

"看来你们相处得不错。"季岑风看着她。

"他是我的上司。"

"上司？"季岑风淡淡地笑了一声，身子微微后仰靠在沙发里，"听司洵讲，你不是最擅长勾引上司的吗？"

"没有。"司月声音轻轻的，眼神里有一种无力的平静，任由季岑风信或是不信。

季岑风脸上的笑意没有变,眼里的审视却越加严厉:"那我为什么听说你和他关系不一般?"

司月大概知道是公司里的话传到他耳朵里了。

"流言蜚语,季先生也都会信吗?"

"我吗?"季岑风手指交错叠在膝盖上,"本来是不信的,但是无风不起浪,更何况司月你不是前科累累吗?"

对面的女人今晚脸色有点苍白,却还是把身板坐得笔挺,平静地看着他,回答他的每一个问题。

"我和温时修没关系。"司月语气没有任何波澜,"季先生如果听过全部的流言的话,那应该也听说过这些吧。

"我跟了一个五十多岁的知名设计师。

"为了钱,我连这么大年纪的人都下得了口,我没有礼义廉耻,不要脸。

"他根本不会娶我,所以连一枚值钱的戒指舍不得给我买。

"黎京美术馆的设计也不是我的功劳,我根本没有半点才华。

"所有的设计都是那个男人帮我的,我只是个可耻的抄袭者。"

司月的语调冷得不像话,她一句一句地回忆着那些人加在她头上的帽子,一顶又一顶,又重又恶心。

季岑风眼神变得幽深黑寂,一言不发地看着她。

"季先生,还有好多。"司月心里像堵了一团巨大的棉花,她只能勉强地攫取着一些稀薄的氧气,轻声说道,"这么多流言,要信也不该只信一条的,对吧?

"如果你不相信我说的,你也可以问问其他人,毕竟我——"

"够了。"季岑风冷冷打断了她的话。

司月也瞬间收了声,他眼神里有种阴翳而又难解的情绪,司月看不懂。

他信吗?她不知道。

一股阴冷的湿气顺着司月的小腿往上攀,她心底有些寒凉。

季岑风意味深长地看了她一眼,径直起身离开了卧室。房门重重地合上,他再也没回来过。

司月看着那扇紧闭的房门,半分钟后才迟缓地呼了一口气。

她忽然发现，那些流言蜚语，并不是毫无分量的。

晚上下了一场又急又狠的雨。

雨滴重重地砸在别墅的整片落地窗上，仿佛誓要打破这片虚伪的避风港。

一个冷寂的影子却无声地站在湖边的那片屋檐下，冰冷的雨滴借着晚风直直吹在他的脚踝上，也没有半点的退让。

他穿了一件浅灰色的睡衣，整个人掩在屋檐下的那片阴暗里，气氛凝滞。手指间燃着那半点火光照亮了一片晦涩不明的眉眼。

季岑风睡不着。

他不知道，事情是怎么变成这样的；他也不知道，司月是怎么变成这样的。

那个女人万分平静地接受了那些刺耳难听的流言蜚语，然后一条一条地念给他听。她再也不是那个会站在经理办公室门口和上司据理力争的女人了。

那个时候的司月穿一双不合适的高跟鞋，眼角猩红地对着办公室里那个男人正声说道："设计是我一个人做的，没有抄袭任何人。"

经理却根本不在意她这样的小实习生，辰逸这种行业的龙头老大，实习生便像是任人宰割的韭菜，一年还没结束，下一年的就匆匆忙忙地又长了出来。他看第一眼就觉得这么有灵气的设计怎么可能出自一个大四的学生之手，便轻蔑而又随意地在会议上说她定是抄袭了什么小众设计。

谁知道她居然不依不饶，在会后还跟了过去，信誓旦旦地说自己没有抄袭，还要叫他道歉。

道歉，怎么可能？经理根本没把司月看在眼里，他轻佻地看了她两眼，反而让司月心生了几分怯意。

"那你进来，把门关上。"

经理嘴角浮现了一抹恶心的笑意，司月却说："我进来，但门不会关。"

"那你出去。"

"为什么？"

"因为我叫你滚啊！"经理也彻底动了怒，伸手就把司月往门外推，嘴里还叫嚣着你明天别来上班了。

那么小小的一个女人，腰肢细得像风中的芦苇，穿着高跟鞋走两步都觉得不适应，一个人默默地坐在楼梯间里掉眼泪。

一点声音也没有，一只手捂住嘴巴好像只是在大喘气，眼泪掉得像断了线的珠子，又害怕破坏了化好的妆，擦起来都是那么小心翼翼。

她哭了小半天，然后嘴里还振振有词道"没抄袭就是没抄袭"。

谁知道身后忽然出现一个男人，声音低低地说道："我信你。"

司月红肿着一双眼睛抬头望去，男人背着光站在她的面前，面容深深地藏在看不清楚的阴影里。

他说："我信你。"

季岑风后来想了很多次，他为什么会说出那句话。

他也不知道，就好像被那个女人的哭声迷住了心窍一般，脑海里都是她红着眼睛据理力争的样子。

她腰板挺得那样直，要一个公道。

那个时候的司月像一张精致漂亮的卡片，她要漂亮要名声，要脸面要前途。她像一只忙前忙后的蜜蜂，一边修补着破败不堪的家庭，一边给自己的未来添砖加瓦。

他喜欢她身上那种蓬勃向上永远不屈不挠的张力，他也愿意陪着她带着她，从那个狼狈不堪的家庭里走出来。

她说要去M国念书，要读最好的设计学院，要做有名的设计师。

他就找人去联系了M国的学校，甚至买好了学校附近的房子。司月喜欢玫瑰花，那幢房子的前院里就栽满了玫瑰花。

那个时候他在两地飞来飞去，司月只以为他是在出差。

她却不知道，他亲自挑选了好多品种的玫瑰花种在了院子里，最靠近门厅的那一株还是他亲手种下的。

最后一次从M国飞回的时候，他赶了最早的一班飞机想要给司月一个惊喜。

谁知道一路大雾浓重，他在下高速的最后一个出口出了车祸。

六辆车子连环相撞，他被送到医院的时候就陷入了昏迷。

季如许吓得在病床前冲医生怒吼，叫他们一定要让自己的儿子醒过来。当天晚上的时候，季岑风就醒了过来，他睁开眼睛说的第一句话，就是要自己的手机。

他想见司月。

刚刚快要死掉的十个小时里，他只想见司月。

但是电话没有人接。

季岑风后来想过，如果那天他没给司月打那通电话会怎么样？如果那时他忍住了那股冲动没有叫人去找司月，会怎么样？

她会不会跟着他一起飞去了M国，他们应该会结婚的，季岑风想着。

毕竟他那个时候，那么想娶她。

但是这世上哪有那么多的如果。

他叫人去找了司月，看到她穿着一身黑色的小裙子站在酒吧的包间里。她手里是一个生日蛋糕，言笑晏晏地朝一个陌生男人说着：生日快乐。

她不接他的电话，在给另一个男人过生日。

他在为了他们的未来四处奔波，受伤严重到被送进ICU抢救时，她在给另一个男人过生日。

季岑风拔掉输液管冲出医院的时候，季如许差点和他打起来。可他执拗得要死，要亲眼看到才算数。

车子开到半路的时候，季岑风收到了司月给他发的短信：

【抱歉，刚刚在加班没有看到你的电话，现在已经回学校啦。你下飞机了吗？今天早点休息。】

他眼里阴沉得能滴出血，声音颤抖着叫司机快点开。

司月没想到季岑风直接来找她了，她连衣服都还没来得及换，一下楼就看到了满脸苍白的季岑风。

她甚至还没来得及问他怎么了，就听到他强忍着怒意的声音。

他两只手狠狠地抓住她的胳膊，眼睛绝望地看着她那身黑色的裙子。

"我再问你最后一遍，你今天晚上去哪里了？"他手指难以控制地颤抖，司月痛得无法动弹。

"我在加班。"她眉头轻蹙着，心里却是虚得慌。

"没骗我？"男人的嘴唇开始迅速失血。

"……没有。"

季岑风狠狠地凝视着她，看她如何朝他撒谎，看她如何背叛他。

"好，很好，司月。记住你今晚说的话。"

那大概是他们最后一次以平等的身份对话了。

季岑风看着这无论如何都不肯说真话的女人，彻底寒了心。

她从头到尾，都不知道那场车祸，也并不知道那个晚上发生了什么。

她知道又有什么用呢？

季岑风永远不会原谅背叛他的人，更何况，是那个他决定要与她一起走下去的人。

当年季如许也是这么说的，他说相信我，相信我，可他那样自私地因为自己的傲慢和自大，背叛了整个家庭。

季岑风早就知道，做出决定的那个瞬间，命运的闸刀就已经落下了。背后的理由是否感人肺腑，那把落下的闸刀也再不可能重新抬起。

她做了她的决定，他也就做了他的决定。

晚风猎猎地吹过他指尖燃烬的烟蒂，一簇火苗跳起，他又点了一根。

都是她自找的。

是她自甘堕落，才变成了现在这副模样的。

与他何干。

天空忽然炸裂了几声惊雷，季岑风微微抬头朝上看去。

下雨的夜，很亮。

那惊雷伴随着凌厉的闪电划破在沉寂的夜幕中，轻而易举地就能惊醒那些脆弱的心灵。

季岑风牙齿轻轻咬着刚刚点燃的烟蒂，目光远远地看着天。

"轰——"又是一声惊雷。

这晚上怕是不会停了。

他忽然收回了视线，伸手直接掐灭了烟。一缕青烟朝夜空散去，他快步走进了别墅。

寒气淡淡地萦绕在身周，季岑风伸手打开卧室门的下一秒，就看见了一个刚刚惊醒、满脸苍白的女人。

司月手指紧紧地抓着被子的一角，声音还有些余颤："我、我起来喝水。"

司月后半夜睡得很不安稳，醒来了很多次。

夏夜的惊雷异常执着，连带着刺眼的闪电一遍一遍出现在司月的梦里。

"司洵，你让我进去！"

"姐姐，我够不着！"

"司洵！"小女孩的叫声已然带了哭腔。

"啊——"又是一声惊雷。

"司洵，让我进去！"

"姐姐，我够不着门啊！"

六岁的司月被死死关在大门外，阴霾的乌云沉沉压在司月的头顶，她坐在门口的台阶上大哭着，叫司洵给她开门。

可是三岁的司洵怎么够得着，他拼了命地在里面大叫"姐姐姐姐"，可那又有什么用呢。

破败老旧的院子里，老天都懒得多看一眼。

那个被暴雨淋透的小姑娘，最后吓得晕倒在了满是泥泞的台阶上。

怪得了谁呢？

司南田和李水琴出门吃喜酒，司月在门口收拾晾干的衣服，突如其来的一阵大风将门轰然关上，还不等司月反应过来，刚刚还是白天的外面忽然就什么都看不见了。

司月吓得连忙要往家里跑，才发现大门已经被紧紧关上。

要去怪三岁的司洵没有想到站在凳子上来开门吗？还是要怪司月出门不带钥匙？

谁也怪不了。

司月很早就明白了一个道理，有些痛苦与不堪降临到你的头上时，那并不是你的错。

它就是降临了，你要么挺过去，要么挺不过去。

不必怪别人。

早上六点的时候，司月就醒了过来。

这一晚上几乎没睡，她轻轻地翻身看了一眼身边的男人，他今天倒是没有和往常一样出门跑步。

昨天晚上回家的时候，他就很疲累，再加上半夜才回来睡觉，没有起来也实属正常。

司月轻手轻脚地掀开被子下了床，她简单地洗漱了一下，便从柜子里抽了一条毯子走出了房门。

阿姨还没有来做早饭,整个别墅里空荡荡的。

司月踩着柔软而又厚重的地毯,慢慢打开了通往湖边的那扇门。

昨晚当真是轰轰烈烈下了一场大雨,今早的湖水比昨天暴涨了不少。

晨风卷着那股不知名的花香又一次落在了司月的鼻间,她松松地披着那条毯子,坐在了湖边的长椅上。

六点的阳光还没有炽热得令人烦躁,轻轻柔柔地混杂着凉爽的晨风穿过司月的脸颊与脖颈。

她有些贪婪地深吸了一口气,甚至还能感觉到丝丝从湖水里升起的湿意。一夜未睡的惊慌与烦躁就这样慢慢地被带着些凉意的清晨压下,司月缓缓合上了眼睛。

微卷的长发在冰冷的晨光中泛出点点不切实际的光泽,白色的羊毛小毯也不知何时松松落下了肩头。

她眉眼总是不自觉地轻轻拢着,好像永远有烦不完的心事。

阿姨进到别墅的时候,一眼就看到了站在客厅落地窗前的季先生,他穿着浅灰色的睡衣一动不动。

阿姨原本以为季先生是在看窗外的湖景,没想到她刚往前走了两步,就看到了落地窗外,那个闭着眼睡着了的司月小姐。

司月睡得很熟,就连毛毯落下了也不知道。阳光穿过她头顶的梧桐树叶,轻轻摇晃在她白皙的肩头,真丝睡裙被风微微鼓起,整个人美得好像一幅风景画,叫人看一眼都要沉溺进去。

"司月小姐这样会着凉的呀。"阿姨换好鞋子朝别墅里面走去,季岑风这才意识到有人来了。

他收回视线,转身朝楼上走去。

阿姨微微讶异地愣在了原地,这才意识到自己今天是否多嘴了。

可那个上楼的男人忽然又转回了身子,声音沉沉:"你去叫她进来。"

今天是周六,不用上班。

司月本来以为忙碌了一整个月的设计案之后,可以好好地躲在家里休息几天,却没想到吃早饭的时候,季岑风和她说晚上一起出门吃饭。

"就我和你吗?"司月问道。

季岑风看了她一眼："想多了。"

司月眼睛眨了眨，脸上还是毫无表情。

从昨天晚上开始就这样了，除了被惊雷吓醒的那个瞬间，她好像落入了一张沉闷的网，紧紧网住了她的所有喜怒哀乐。

季岑风和她说什么，她都是这样淡淡的，也不知道心里到底在想什么。

两人吃完饭之后，季岑风也没同她多说话，她也没打算问是和什么人吃饭。因为和谁吃饭、为何吃饭，她都是可有可无的人，要么被当作空气人站一晚上，要么被当作发泄的工具人骂一晚上。

左右不需要她做什么准备。

下午的时候，家里来了不少人，季岑风让管家在家里等着，自己就提前出了门。

来的都是给司月化妆弄衣服的，她也不反抗更是不说话，静静地坐在客厅里，任由那些人随意在她脸上发挥。

估计是感受到了司月低沉的情绪，来化妆弄衣服的人也全都不敢说话，整个家里沉浸在一种莫名的沉默里。

直到司月做完所有妆造，从卧室里换好衣服出来的时候，终于有个小丫头看愣了神，开口呼了声："好漂亮。"

司月才仿佛有些回神，从那张沉闷的网里抬起头，嘴角微微地拉扯了一下："是吗？"

可那笑容也是转瞬即逝，她眼眸轻轻地垂下，坐在了沙发上。

家里的人很快都走光了，又只剩了司月一人。

她拿出手机静静地翻看着昨天汇总发过去的设计方案，那是他们整个组一个月的心血，更是她一笔一画勾勒出的草图。

一百多页的PDF，司月从第一页开始一张一张地看，每一张她都知道当时的他们经历了什么争论了什么又妥协了什么。

从最初那个只有寥寥几笔的草图，到后来慢慢有些精细模样的勾勒，再结合了温时修的想法。

司月不明白，为什么连她身边的最后一样东西，他们都要狠狠地，踩上一脚。

一百多页，司月一直慢慢翻到了最后一页。

她甚至没有察觉到季岑风什么时候进了别墅，又是什么时候站在了她的身后。

直到她翻到最后一页的时候，男人才淡淡地出声：“看完了吗？看完了出门。”

司月这才后知后觉地抬起头，一滴眼泪就猝不及防地顺着她扬起的眼角，掉了下来。

掉得那么干净又利落，麻木又无情。

"看完了。"司月平静地站起身子，一句话都没有多说。

季岑风眼眸里不易察觉地波动了几分，然后便转身朝门外走去。

今天是季如许的六十岁生日，司月自从下了车后就乖乖地跟在季岑风的身边，她轻轻地挽上了男人的臂膀，却又不敢用半分的力气，只虚虚地搭着。他只要快走一步，就能把她远远地落在身后，就像三年前，他只要说再也不想见她，她就再也见不到他。

整座酒店都被季如许包了下来，季岑风一进门便有一群又一群的人拥上来企图和他聊上几句。司月安静地站在一边，就好像一个没有感情的机器人。

季岑风言语寡淡地和那些人说了几句，可他总觉得身边的女人好像随时会消失一样，她只用几根手指搭在他的手臂上，那甚至不叫搭上，也许只是轻轻地触碰着，好像生怕和自己有过多的接触一般。

季岑风心里莫名地起了一阵躁意，连带着对前来和他说话的人都有些失了耐心。他手中的香槟很快就见了底，四处游走的服务生便利索地又帮他换上了一杯新的。司月明明是一副低眉顺眼的模样，可偏偏季岑风无论怎么看都觉得很不快。

"怎么，带你出来不开心？"他低头轻睨着司月。

"没有。"司月摇摇头，也抬眼看着他。

她没有在闹脾气更没有在和季岑风赌气。

"那你为什么哭丧着一张脸？"

"真的吗？"司月认真地想了半秒钟，然后扬起了一个笑。

她嘴唇软软的，透着红润的光，眼里有些很难察觉的猩红，配上这淡淡的一抹笑，竟然让人轻易起了想要把她揉进怀里的保护欲。

季岑风倏地皱了眉头,语气不怎么好:"别笑了,很难看。"

司月一愣,立马又冷了脸。

可她今天太乖了,逆来顺受,他说什么便是什么,什么也不会反抗。

季岑风手指紧紧捏着杯壁,重重地将杯子放在了桌子上。

司月还是亦步亦趋地跟着季岑风到处见客人,大部分都是司月不认识的客人,所以她只要在一旁安静地待着就好。可是下一秒,司月就看到了一群熟悉的面孔。

还是上一次慈善晚宴的时候,季岑风带她去见过的——故人。

他们本来正聚在一起说话,在看到季岑风的瞬间,便转身要朝这边走来。

司月的手心不自觉地收紧,却在发现自己不小心拉到季岑风的下一秒,又立马恢复正常。

这是她该受的,这是季岑风想看到的。

司月知道。

不承想那个男人忽然冷漠地抽回了胳膊,他目光寡淡地落在司月的脸上:"司月,你真的很扫兴。"

司月想得没错,只要他想,他就能轻而易举地从自己的身边走开。就像现在,他嫌弃她太过扫兴,甚至连看别人嘲笑她的戏码都觉得索然无味了。

那群人本来还一副看好戏的模样想要和司月说上几句,谁知道季岑风直接将司月丢在了一旁,他们便也对她彻底失了兴趣,纷纷围到了季岑风的身边。

司月在原地站了一会儿,她发现季岑风今晚应该是不需要她了。

她摸了摸自己有些冰冷的手臂,慢慢朝露台走去。经过酒水台的时候,司月停下了脚步。

那里整齐地摆放了很多种不同种类的酒,她不太常喝也不懂,最后拿了一杯很像是季岑风刚刚喝过的那种,一个人走上露台。

露台上聚了一些在喝酒聊天的人,司月找了一张角落里的沙发,一个人隐在夜色中。

那是一张灰色沙发,因为角落位置的限制,只能孤零零的,和司月一样。

很好,她很喜欢的。

司月坐在这一个无人打扰的角落,抬手喝了一口酒。

第一口,她就重重地呛出了眼泪。酒极烈,入口便像火球炸裂,灼着司月毫无准备的思绪,然后勾动着整个身体咳了起来。

她极为克制地压抑着自己的咳嗽,握着酒杯的指尖瞬间苍白,一阵痛彻肺腑的咳嗽之后,眼里已经朦朦胧胧地氤起了水汽。

司月脑海里不知为何又想起了那天晚上,温时修说她的画稿正是他想要的东西之后,她满脑子的兴奋与快乐。

她一回到家就不吃不喝地又画了四五个小时,才拿出了那个最初的版本,随后便是和温时修还有其他同事没日没夜修改、加细设计稿的一个月。即使她每天都会五点下班,但是她从来不会让自己多休息一分钟。

因为司月清楚地知道,这是她贫瘠的生命里唯一还属于她自己的东西,她怎么忍心玷污或者怠慢。

这一个月里,她不是没有听说过那些谣言。

最开始还只是针对她那枚戒指和迈巴赫的,但她真的没什么可解释的。

直接和他们说自己嫁给了季岑风吗?可他们并没有领证。她什么都没有,一切都紧紧地握在那个男人的手里。

他想让他们知道什么,他们才会知道什么。

所以她无法解释。

但是司月没有想到,随着黎京美术馆设计案的一步步推进,谣言开始朝着她无法预料的方向推进了。

不知道什么时候,她慢慢变成了人们口中盗窃他人灵感的小偷,他们甚至没有任何的证据,只需要一张嘴到处传播。

五十多岁的知名设计师和年轻貌美的女人,为了补偿她的委屈,帮着她设计了黎京美术馆。多么天衣无缝而又自圆其说的谣言,即使温时修和司月都说过这个作品的灵感是如何得来的,都没办法让那些人相信,因为他们只相信自己愿意相信的东西。

所以她更加麻木地投入在工作里,她以为只要她逼着自己不去在乎,她就不会受到伤害的。

直到昨天晚上,他们提交了美术馆的最终方案。

直到昨天晚上,他亲口逼着她说出那些谣言。

司月才知道,心还是会痛的,它来得又迟又急,要补上那过去的三十个日日夜夜被她刻意压抑的所有。

第二口,她喝得义无反顾。

辛辣依旧,她却没有再那么狼狈地咳嗽,眼角被酒气熏红变得湿润。

司月抬头又是一口。

露台上的晚风习习,卷着所有的喧闹与光亮离司月远去,她一个人藏在这个偏僻的角落里,舔舐伤口。

硬骨,早就被抽走。

司月,也不再是司月。

她如今就是一只只会攀附权贵的金丝雀,哪里配得上什么不屈不挠清白傲骨。

司月明白这个道理,所以她偷偷藏起来,不想再被别人笑话。

笑话她又当又立,什么都要。

一杯酒很快见了底,司月视线模糊看不清东西,她怔怔地握着空酒杯顿了两秒,然后起身朝里面走去。

又是一杯,满满当当。

她脚步有些凌乱,却还是一路微扶着墙走回了沙发,只是这一次,不再是她一个人了。

许秋拿酒的时候,恰好看见了眼神有些飘忽的司月——一个人,好像还有些喝醉了。

许秋远远地看了一眼正在和季如许说话的季岑风,然后默默地拉着身边的男人,跟了过去。

司月想着,自己果然是喝多了。

要不然眼前怎么会突然出现两个人:一个穿着香槟色丝绒吊带短裙,一个穿着黑色西装。

好像那个时候的,她和他。

可她恍了恍神,又看了一眼。

那个女人的脸却不是她的。

"许秋?"司月喃喃说道。

许秋有些好笑:"你叫我名字干吗?"她声音又尖又厉,带着些瞧不起人的不客气。

司月眨了眨眼睛才发现,她面前真的站了两个人,她还都认识。一个是许秋,一个是辰逸另一个组的设计总监。

"你认识她?"那个设计总监也有些意外,他端着一杯酒在司月面前不屑地晃了晃。

"我怎么可能认识她?"许秋看着司月今天一个人落单,脸上的鄙夷连掩饰都懒得掩饰了,"我只是听说过她不少烂事。"

"烂事?"

"她不是你们公司的吗?"许秋瞥了那男人一眼,"就是她从前和男人撒谎劈腿的事。"

她甚至不想说是和季岑风,害怕玷污了他。

那个设计总监一脸惊讶和恍然大悟,语气掩不住地八卦说道:"怪不得,原来是有前科啊。"

"怪不得什么?"许秋问他。

那男人看着一直抬着头却没有说话的司月,胆子更是大了起来:"许秋小姐你还不知道吗?最近公司里都传疯了,说她搭上了那个和辰逸有合作的设计师,听说被那正室打压得很惨呢。"

"真的假的?"许秋嘴上表示着怀疑,但是眼里的恶心十分明显。

而坐在沙发上的司月一直抬头看着他们,一句话都没说。

她不可以反驳的,这是季岑风想要看到的。

司月手指有些微微颤抖地把酒杯拿了起来,这一次,她仰头一口全部喝光了。

那炽热的撕裂感顺着她的食道下行,将麻木冰冷的司月劈成了两个鲜血淋漓的灵魂:一个面无表情地站在所有人的面前,机械地接受着所有的恶意与嘲笑;一个躲在无人看见的角落,哭得瑟瑟发抖。

她有些看不清了,不知道是被酒呛的还是什么。他们还说了很多,很多添油加醋是非不分的谣言,她有些还听得见,有些又听不见了。

来来往往的热闹与笑声,将这一块阴暗的角落彻底遗弃,司月想要回家。

季如许趁着难得见到季岑风的机会,催他结婚。

"许秋是我从小看着长大的,性格也好能力也强。"他声音带着些沙哑,上次从医院出来也没多少天。

季岑风微微靠在一侧,没有说话。

"我身子不好,也不知道还能撑多久,只是想在我走之前看到你能成家我才安心。"季如许的手指落在季岑风的身畔,犹豫了一会儿也还是没放上去。

"撑个二十年肯定没问题。"季岑风淡淡说道。

季如许一怔,眼神带着些不满却又不敢露出来,只能继续说道:"许秋这孩子对你的心意你也是知道的,当年你一声不吭就又去了M国,她也是没有任何怨言等你的。"

"是吗?"季岑风哂笑了一下,"她之前不是要和沈家的儿子结婚,结果沈家后来被调查,她才没嫁的吗?"

"那也不是她的错。"

"那就是我有错?"季岑风声音冰冷得像尖锐的刃,丝毫不肯让季如许得半寸的安心。

季如许脸色顿时沉了几分:"季岑风,那你想要和谁结婚?你今天带来的那个吗?"季如许早就知道,儿子又和那女人纠缠到了一起。

他并不在意季岑风到底和谁恋爱喜欢谁,但是绝对不可以和那些没有利用价值的人结婚。

季岑风听到这话之后,森然地冷笑了一下。他知道季如许一直都没有死心,但是他没想到季如许居然还敢找人查他。

"季如许,有些事情我觉得应该和你说得再清楚一点。"季岑风眼眸里隐着无法言明的恨意,声音阴冷。

"我回来,是因为你求我回来,救救你,不是因为我姓季。"

他一字一顿,像根根尖锐的针狠狠刺入季如许的心。

季如许左手紧紧地握住一小块摇摇欲坠的桌板,看着季岑风决绝地转头离去。

季如许知道这一天终究会到来,只是他没想到,会来得这么快。当年那个疯狂朝他喊着我恨你的孩子,一转眼,就长这么大了。

季岑风是透过一扇窗户找到司月的。

他在偌大的酒店大厅里一言不发地快步走着,却怎么也找不到那个被他丢下的人。

直到他看见那扇不起眼的窗户,那扇通向露台偏僻角落的窗户。

窗户里,一个沉默的女人无言陷在那张灰色的沙发里,一头乌黑的长发被精致地盘在脑后,森冷的月光莹莹落在她微微垂下的脖颈上。

她的面前站了两个人,正抱胸轻睨着她,嬉笑怒骂。

季岑风收紧手指,大步朝露台走去。

"什么不是的?本来就是你抄袭别人的设计,还不肯承认。"

许秋看着刚刚明明一直没有说话的司月忽然开口否认,心里一阵恼火:"你这么不要脸的女人我还是第一次见。"

"不是的,"司月手指冰凉地抓住沙发,抬头平静地看着许秋,"我不是抄的。"

她语气还是没有波澜的清冷,就是眼眸有些模糊了,氲了些不明不白的水汽,约莫是有些醉了。

"就你能有那种水平?"那个男人也不客气地说道,"真以为大家看不出来吗?你之前在公司被人追债大家都看到的,现在就忽然坐上迈巴赫了?"

"不是的。"司月来来回回还是只有这一句话。她一直抬着头,却已经有些看不清对面到底是何人了。

也许是月亮,也许是许秋,也许是她自己。

许秋却好像有些被她的反应激怒似的,从来都只有她讥讽、瞧不起别人的份。谁知道司月喝醉了,居然这样硬。她心底烦躁,一想到季岑风还带女人来酒会,心里的气就更不打一处来。许秋余光瞥到自己手里还剩下小半杯的香槟,手指暗暗收紧。

可她转头看了下四周,却忽然看见了季岑风,心里的邪念倏地压了下去,表情立马柔和了不少:"岑——"

"司月。"

可季岑风根本没有看许秋一眼,他走到司月的面前,沉沉地喊她的名字。

"司月。"又是一声。

司月这才慢慢地转过头,看着那个站在她面前的男人。她眼神有些涣散,却又有着难以言说的倔强,那样直直看着他。

不知是在和谁较劲。

季岑风站定了两秒,忽然俯身将她的杯子放到了一边,然后将人打横抱了起来。

"季岑风!"许秋有些难以忍受地低声喊了一句。

季岑风径直绕过了她,抱着司月朝外面走去。

思绪凝滞的大脑顿时失了所有的方向,司月两只手紧紧地抱住季岑风的脖颈生怕自己摔下。

他身上萦绕着熟悉而又清新的雪松木香,她冰冷的手指贪婪地抓住那一小块衬衫。

半晌,她将自己的头深深地埋进了他的胸膛。

司月后来大概知道,她没有她以为的那么坚韧不拔,只不过从前事情还没有变得如此糟糕的时候,她尚能装得波澜不惊游刃有余,而现在所有腌臜事要拖着她下地狱的时候,她才慌张地成了那个纸糊的假老虎,拉住了季岑风的手。

又或许那个男人从见到她的第一天就知道,她没她装得那么坚强,要不然又怎么会一个人躲在清冷的楼梯间里偷偷哭泣。他从来都知道,却从未说破过。

他是真心想要带着这个满身韧劲的女人成长的,却没想到三年后的今天,她被生活折磨得片甲不留。

可若是真的屈服了,便也不会有任何痛苦,怕就怕她心里还有一股熄不灭的火,反复炙烤着她。

黑色的车辆沉沉地汇入浓稠的夜色里,怀里的女人已经睡着了。

她睡得并不安稳,两只手还是紧紧抱着季岑风的脖颈不肯松下。

可男人大概知道,她为什么没有办法安稳地睡下,因为三年前那个会对她说"我信你"的季岑风,再也不会出现了。

第五章

玫瑰生根

爱一个新的人，就像揭开一团新买的毛线，顺畅又轻松。

那要是遇见了从前那个人呢？

不知道，正在解，线很乱，心很痛。

司月知道，自己犯了一个很愚蠢的错误。她不应该为了那些谣言伤心，更不应该放任自己喝酒，失控正是从设计方案交上去的那天开始的。

用以麻痹自己的忙碌工作忽然结束，而后又那么直接地听见那些刺耳谣言，回家后季岑风的不信任，逼得她又一句一句说出那些难听的话。

最后便是她忘乎所以拿起的那杯酒。

她不该喝那杯酒的。

司月甚至不记得昨天晚上具体发生了些什么事情，但是第二天早上醒来还有些红肿的双眼却告诉她：你哭过了。

在谁的面前，哭了多久，说了什么，她通通都不记得了。

这很糟糕。

因为她知道，司月的眼泪在季岑风的眼里，不过是欺骗示弱的幌子。

而她不想自取其辱。

好在司月早上起来的时候，身边的人已经不在了。她走出房间之后，只看见桌子上放着她一个人的早餐。

"季先生吃过了吗？"司月坐在餐桌上对阿姨说道。

"是啊，季先生今天早上五点的飞机飞 M 国。"阿姨端着热牛奶出来。

"哦。"司月点了点头，今天是周日，但是季岑风没有周末，他总是很忙。

司月安静地吃完了早餐，然后拖着她的小毯子又坐到了湖边的长椅上，她好像把这里当成了一个用来疗伤的地方。

她清楚地记得那天晚上，他第一次把她带到这个家，满身泥泞的她，艰难地找到了一个避风港。司月收起双腿抱在怀里，下巴轻轻地磕在膝盖上。她什么也不想做，只想在这里，发一会儿呆。

季岑风到第二天早上都没有回来，司月一个人吃了早饭，然后坐车上班，她穿着一件白色的衬衫和黑色的包臀裙，外面还套了件修身的西装外套。

自从上次那场大雨之后，黎京的气温就开始慢慢降了，中午和下午都还好，但是早晨已经开始透着几分不容忽视的寒意了。

一到办公室，司月就把自己的桌子好好整理了一下，之前每天忙着画图位置上有一点乱。

温时修不知道什么时候走了进来，他今天穿了件黑色的外套，整个人都显得十分利索。

"早呀。"

"早呀。"司月一边收着东西，一边朝他打着招呼。

她今天没扎头发，乌亮的发丝就垂在身后，衬得那一方小巧的侧脸越加温柔。

"今天怎么心情这么好开始整理桌子了？"温时修靠在她的桌子旁边，笑着看她忙活。

司月微微愣了一下："是啊，就是心情好随便收收。"

她脸上还带着司月式标准的笑容，淡淡的，却又笑不到人心里的那种。

"下午的开会准备好了吗？"温时修双手插在口袋里。今天下午是他们设计组的报告会，要全面地总结这次黎京美术馆设计案的工作，司月作为最主要的贡献者下午少不了要说几句。

"嗯。"司月点了点头。

"会议会被全程直播给公司的上层和美术馆的投资方，但是不用紧张，按照你自己的节奏去讲就好。"

"好的。"司月轻声应道。

温时修点了点头,目光却有些凝重地落在她的身上。公司里的风言风语一直就没断过,她却一直这样平静得可怕。温时修有时候甚至不知道,司月为什么从来不失态。

她从来不和他诉苦,也从来不在他面前生气和伤心,她就好像一个无底的黑洞一般,轻而易举地吞咽下所有的负面情绪,然后摆出一个温柔无虞的微笑说着:"我没事啊。"

温时修有时候觉得很挫败,却又不知道该从何下手。他觉得他和她至少算是朋友,可她却从来没对他敞开过心扉。

下午三点的时候,司月最后一次看了看他们的设计方案,然后跟着小组的其他人一起进了会议室。

加上王经理和温时修,一共十个人。

王经理简单地开了一个头之后,会议就由温时修主持。他先介绍了一遍黎京美术馆最开始的设想和要求,以及他最初对于这个美术馆的设定,在最终的版本确定之前,他们一共报废了五个不同思路的设计,最后才确定了司月的这个版本。

"既然这样,就让最终方案的灵感贡献者司月来给我们讲讲她的想法吧。"温时修站在投影仪的旁边朝司月鼓励地点了点头。

司月便站起来朝前面走去。

她脱下那件黑色的外套,衬衫袖口被整齐地叠在小臂的中央,右手拿着无线遥控器,配合着投影幕布上的PPT讲起了自己关于这座美术馆的设计灵感。

这是一个真实产生在司月脑海里的灵感,所以不论是在怎么样的场景里,她都可以将这个故事完整地讲出来。

关于黎江,关于那片芦苇,关于所有的温柔与坚忍。

司月认真地阐述了她关于这个方案的最初灵感,她甚至在一刹那间,感受到那种被自己的设计取悦的快乐,那是一种无法言说的闪光时刻,极快地在她灰暗的心头闪过一片火花。

司月的状态越来越好，她慢慢地从那个最初的点子讲到了他们是如何对美术馆的主体进行设计的。

投影仪的光影随着女人的手指不停地切换下一张，但是很快有一些目光就被慢慢地吸引到了女人的身上，一截白皙修长的手臂不时划过莹亮的屏幕，女人姣好的身段在这巨大的光影下显得尤为耀眼。

而她引人入胜的讲解和由内而外散发出的热情，仿佛在她的脸上镀上了一层才华的高光，她不仅有一张让人看了挪不开眼的脸，还有一份闪烁着无限光芒的才华。

司月整整讲了二十分钟，从头到尾完整地将黎京美术馆的设计方案有理有条地阐述了一遍。她轻轻放下无线遥控器，就看见下面的温时修用力地给她鼓起了掌。

但是那掌声很稀疏，投影仪关闭的瞬间，司月看见了很多双不善的眼睛。

司月的汇报结束之后，王经理又做了一些简短的总结，现在他们的任务就是等着上边和美术馆那里的反馈，然后再做进一步的计划。

办公室后面的摄像头很快就被关闭了。

"这里是一份公司的反馈调查报告，"王经理从桌子上拿了一沓文件分发下去，"你们现在正好在这边填一下，我一会儿来拿。"

王经理说完就先和温时修走了出去。

司月拿起一支笔，便准备填文件。

很快她就感觉到，会议室里的氛围变了味。

一开始还只是窸窸窣窣的小声讨论，后来有人假装不经意地大声说了几句，再后来声音便越来越大，丝毫没有掩饰了。

"唉，有人真的是命好，给上级汇报的时候单独拎出来作报告。"

"你好酸啊，谁叫这是人家想出来的方案呢。"

司月低头填表的手顿了顿，却又立马继续动了起来，因为她不想再为这件事起任何的情绪波澜了。这很糟糕，让自己被一个可笑的谣言随意摆弄。

"她想出来的？哈哈哈，我看她之前在这边实习的时候差点都没通过，现在就能一下想出一个这么好的方案了？真是牛啊！"

"那你有什么办法呢？谁叫人家漂亮有本事，你要是愿意你也可以去找个老头子抱一下啊。"

"哈哈哈哈哈哈，恶心死我了！"

会议室里俨然形成了一个天然的联盟，所谓的正义者们毫不掩饰地表达着他们对于司月的厌恶。

司月的眼神短暂地落在了自己的戒指上，然后很快就错开了目光。

"我没有傍金主，也没有抄袭别人的设计。"司月抬起头，淡淡地朝他们说道。她目光里没有半分憎恶和怨恨，和从前的司月一样，就连解释都是风轻云淡的模样。

刚刚还喧闹不已的会议室忽然变得安静，那群人有些不可思议地互相看了看。

可这静默也只维持了不到一分钟，忽然有人问道："那你以前那么穷，哪有钱坐迈巴赫？"

司月收了笔，没说话。

旁边那人见她没话说了，也酸溜溜地问道："这还不是傍金主了？那我问你人家娶你了没有啊？"

司月手指微微动了动，他倒是真的还没娶她。

"看吧，看吧。"那人声音更大了，"你这结婚戒指都戴上了，人家都不肯娶你，怎么可能是什么正经人啊。"

"就是，而且你每天都戴着不觉得害臊吗？"

洁白的纸张被女人的手指重重捏住，司月就知道，解释也是没用。他们不刨根问底到你只剩最后一条底裤，绝对不会信你。甚至是问到了最后，也有可能不会信你。

司月直接站起了身，朝门外走去。

"说不过就走了啊，真有你的！"

"有本事让别人娶了你啊！"

司月面无表情地从那群人的身边走过，忽然紧闭的会议室大门被人从外打了开来。

一个男人的声音随即响起："司月，今天提前下班，民政局一会儿要关门了。"

站在门口的女人瞬间僵直了身子，她一脸不可置信地望着站在她面前的季岑风。

他穿着一身深蓝的格纹西装，外套少有地没有扣起，被他插在口袋里的手腕松松夹在身后。

男人眼下有一丝不易察觉的青色，好像很久没有睡过一个好觉一般。

他目光淡淡地落在发愣的司月身上，催了她一句："已经下午四点半了，再不去就要等明天了。"

司月甚至不用回头去看会议室里其他人的表情，那种无法掩饰的畏惧与后悔已然无比清晰地透过这死寂一般的沉默传到了司月的心里。

而她并没有去欣赏别人难堪的喜好。

"好。"司月轻轻地应了一声，然后快步走到了季岑风的身边。

车子一路顺畅地从公司驶出，季岑风还在忙碌地翻看着手里的文件。

他周日早上不是飞去了 M 国吗？怎么今天下午就回来了？

司月不知道。

她转过头看着窗外熙熙攘攘的街头，忽然伸手按下了面前的车窗，一阵暖风便迫不及待地涌入了平静的车厢。

季岑风偏头看了她一眼，没有说话。

司月有些出神地看着车外，叽叽喳喳的小孩子，热热闹闹的岔路口。

她忘记穿上早上带来的那件外套，手指却也不像往常那般冰冷。

那个忙于工作的男人忽然"啪"的一声合上了手里的文件，司月轻抿着唇转头看去。

她看见夕阳落在他高挺鼻梁上的灰色阴影，她看见暖风吹拂他额前碎发，她还看见了那个男人眼里无可忽视的认真神色。

他手指轻轻点着膝盖上的美术馆设计图，缓声说道："做得漂亮，司月。"

领号，拍照，填文件，签字，拿证。

司月没想到，结婚可以是这么简单的一件事，整个过程连十分钟都不到。

季岑风仿佛在签自己需要签的无数份文件中的一份，遒劲有力地在文件下方签上了他的名字。

工作人员将钢印戳在结婚证上后，一手朝一个方向递一本。谁知道司月刚准备拿自己的那本时，一双大手就直接将两本都收了过去。

司月抬头望去，只看见季岑风已经站起了身子，低头轻睨着她："你拿着也没用。"

司月甚至都没来得及看他们刚刚拍的照片。

从民政局领完证之后，车子便往家里开。一路上李原都在和季岑风汇报着一些昨天在 M 国的工作事宜。

司月这才知道，他昨晚抵达 M 国之后去见了很重要的投资商，参观了工厂，然后便又片刻没休息地坐了最早的一班飞机回了黎京，在办公室听了她的汇报全程。

怪不得今天看见他的时候，他整个人有种说不出的疲惫。

两人到家之后，季岑风就先回了卧室。

司月看见湖边有几个人正在挖土，便有些好奇地推门走了出去。

管家也在一旁。

"这是在做什么？"

管家一回头看见是司月小姐，脸上盈着笑说道："司月小姐，我们这边湖边要栽花。"

"栽花？"司月看着旁边的确有四五个工人在翻土。

这边是湖边的一片空地，她之前都没有注意到。

"是啊，先生之前说湖边有点空，让我们随便栽点东西，今天就找人来了。"

司月轻轻地"啊"了一声，充满兴趣地朝那边看去。

"看起来是要栽好大一片啊。"

"是啊，"管家给司月指了指方向，"主要就是面向别墅的这一面。"

"那要栽什么花呀？"

"还没定呢。"管家两只眼也笑成一条线，她拉着司月到一旁的桌子上，"花匠带了好多花种子，先生也没说要栽哪种，我们到时候就让花匠自己搭配。"

司月看着桌上放了很多种不同的花种子，她伸手随意翻动了几袋。

洋桔梗，三色堇，矢车菊，月见草。

各种各样的种子倒真是不少。

司月手指正准备收回，忽然在层层堆叠的袋子下看到了一个不起眼的小袋子，上面写着两个字：玫瑰。

她目光闪动，转头轻声问道："可以种玫瑰吗？"

管家顺着她的手指望过去："当然可以，先生本来就没有说要种什么。"

一旁的花匠听到两人的谈话，一边撒着草木灰，一边笑呵呵地说道："小姐好眼光哦，我们带来的玫瑰种子都是经过培育的，现在一年四季都能开花。"

"是吗？"司月眼里有些小雀跃，"那一会儿我可以来栽这个吗？"

"当然啦。"

司月脸上露出一种发自心底的开心，她眉眼弯弯的，眼眸里好像有不一样的光。

管家看她这几天一直阴郁，此刻终于又能笑起来了，心里也跟着高兴，只不过司月小姐就连这样的笑容，从来也只是展露三分。

她从没看到过司月小姐放肆随意地大笑过，就连现在这样的时刻，司月小姐嘴角也是绷着几分克制，只有眼睛里能看出雀跃的光。

"那我先去楼上换衣服。"司月说着就往别墅里走。

她的嘴有些克制地抿起，但是脚步却暴露了她的所有心情。司月轻快地上了楼梯，然后在那紧闭的卧室门前，停了一会儿。

她收敛了脸上的笑意，然后轻轻推开了门。

季岑风刚从浴室里出来，头发湿漉漉地垂在他沉郁的眉眼上。空调的冷风直直对着他没穿衣服的上身，他却好像感觉不到冷似的。

季岑风偏头看了眼站在门口一脸有话要说的司月，两人不约而同地顿了几秒。

"我不缺门童。"男人垂手拿起了手机，朝她说道。

司月心里沉了一口气，不与他计较。

"那个，季先生，楼下在种花。"她认真地朝他说道。

季岑风意味不明地看了她一眼，然后慢悠悠地走到了她的身边。他身上带着刚洗过澡的清香，整个人有种说不出的慵懒和随意。

可他偏偏又不说话，就垂眸打量着她。

司月抬起头，嘴角扬了个不算放肆的笑，带着些请求地问道："我可以去种点玫瑰吗？"

季岑风这才知道她在这里磨蹭半天是要做什么，男人眼皮漠然地掀起，转身朝床边走去："随你。"

司月按捺住心里的喜悦，快速地说了声"谢谢"，然后便走进了衣帽间。

季岑风拉上窗帘准备睡觉的时候,正好看见司月换了一身轻便的衣服,小兔子般一溜烟地跑出了卧室。

她都没敢再朝季岑风这里看一眼,好像生怕他又会阻止她一般。

季岑风眉头有些不悦地皱起,把手机朝旁边一丢,沉沉睡了过去。

他一觉睡了不过三个小时,醒来的时候,卧室里一片漆黑,拿起手机一看,已经晚上八点半。

他从床上起来拉开了窗帘,落地窗前可以很清楚地看到楼下的湖边,有团小影子。

下午花匠早就弄完了所有的栽种,那片土地看样子也都撒上花种了。司月一个人坐在湖边的椅子上,开着电脑不知道又在做什么,两条细眉皱着,一会儿思考一会儿又在电脑上打些什么,披在身上的毛毯早就不知掉到哪儿去了,银白的月光就洒在她纤细的锁骨上。

季岑风从床边拿起睡衣,一边穿着一边朝楼下走去。

季岑风到楼下客厅的时候,司月就看到了。

她连忙从外面进来,声音柔柔地喊他:"季先生。"

季岑风脚步一滞,偏过头看她。

"阿姨今天有急事,"司月朝里面边走边说,"但是看你下午在卧室休息不方便去打扰你,我自作主张让她先回去了。"

季岑风转过身子来看着她,让她往下说。

"很抱歉,但是我看阿姨当时挺着急的,"司月往厨房继续走着,"我也不知道你什么时候会醒,所以和她说今天的晚饭我来做就好。"

司月有些不安地等着季岑风的反应,只是当时看到阿姨接到电话差点哭出来,又不敢去打扰季岑风休息,她才自作主张让阿姨先走的。

男人沉默地看着那张有些不安的小脸,他眼眸里不知为何闪过了一丝怀疑,但他倒也没有深究,只是淡淡地"嗯"了一声。

司月偷偷松了口气,然后便快步朝厨房走去。

家里其实什么都有,食材每天阿姨都会补充。司月回想了下之前季岑风会吃什么不吃什么,然后便简单地做了几个菜。

一道排骨萝卜汤,一道西红柿炒鸡蛋,还有一个阿姨之前煮好放在冰箱的海鲜羹。

司月把菜端上餐桌后，季岑风就开始吃饭。

司月本来以为他会对她的手艺讥讽一番，但是这个男人今天好像格外好说话，端起碗就开始吃，根本没打算理她。

餐厅里没有人说话，灯光缓缓地流淌在两个人之间。

司月却第一次觉得，在这个家里吃饭，不是上刑场，他们只是普普通通地在一起吃顿饭，他不会冷言冷语地嘲讽她，她也没有忍气吞声地顺从他。

他们是平等的。

最起码在这个无声的瞬间，司月用这种妄想取悦了自己零点零一秒。

她眉眼带着些甜意地微微扬起，低头去喝手里的汤。

晚上收拾完碗筷之后，司月就先回了房间。

司洵居然难得地给她来了电话。

司洵："喂，姐啊。"

司月坐在阳台通着电话，夜里有些凉了，她穿了件大外套，两条腿蜷起收在衣服里。

"司洵。"她应道。

"姐，我最近换工作啦！"电话里司洵的笑意挡不住，说完话还在止不住地笑。

司月只知道她刚住到季岑风家里的时候，司洵跟她说过一回。

季岑风给他们在黎京市中心的地段买了一套三居室让他们搬了进去，李水琴就在那家私人医院住下了。

司洵那个时候和她说过他找了份在酒店推行李的活，那家酒店星级很高，待遇也不错。司洵那个时候说起来还高兴得不得了。

"不是之前在酒店做的吗？现在不做了？"司月问道。

"不做啦，那个工作太无聊了，"司洵满不在乎地说道，"我又重新找了个。"

"什么？"

"调酒师。"

"调酒师？"司月有些疑虑地顿了顿，然后又问道，"是在酒吧吗？"她倒不是很想让司洵再回到那种乌烟瘴气的地方。

"是也不是啊。"司洵说道,"是那家酒店楼下的酒吧,来的都是高级客人,不是以前那种鱼龙混杂的。"

"你自己找的?"司月一眼就看出来司洵没这个本事找这么好的工作,"我记得你以前在酒吧学的那点调酒伎俩顶多骗骗小姑娘,人家大酒店的吧台会要你吗?"

司洵一听司月质疑的语气,心里有些不满:"姐,凭什么你能过那种锦衣玉食的生活,我就不能过得好啊?你住的是什么样的豪宅,我和妈住的是什么普通房子。一个小小的三居室,也就比之前的出租屋好了一点而已。"

司月有些不敢相信地听着司洵说的话,他就好像一个猛然间看到巨大财富的小孩子,一张口便再也收不回去了。

"司洵……"可她却又不知道该怎么接,她自己也不过是依附着季岑风生活,没资格去说司洵。

"好了好了,姐,"司洵无赖道,"我也不想和你发脾气的,本来心情好好的。今天我打电话就是想问问你,你和姐夫周末要不要来家里吃饭啊?妈最近身子好点了,不用天天住医院了。"

"真的吗?"司月听到李水琴的消息,眼里还是不由自主地流露出了一些开心。

其实在搬到季岑风家里之后,她好像有些故意折磨自己似的不再过多地过问司洵和李水琴的事。

她觉得自己为了那个家已经付出了所有的东西了。从内心深处来讲,司月其实是有一点恨的,她不是什么"圣母""白莲花",能够一辈子无怨无悔地为家庭奉献,她也会觉得受伤,也会觉得恨。

但是她同时又很矛盾,在听到李水琴身体变好了之后,心里又忍不住地高兴。

"是周六还是周日啊?"司月问道。

"看姐夫啊,我们反正都在家。"

"好,那我到时候问问吧。"

"行,姐,那我挂了。"

"嗯。"

司月挂了电话之后,坐在阳台上静静地看着天空。今晚的月亮特别亮,像一枚闪闪发光的硬币，散发着阴柔而又澄澈的光。

司月放下手机之后，便走到书房的门口，她轻轻敲了敲门。

"进来。"

季岑风正在里面工作。

"我想和你说件事。"

男人停下手里的工作看着她。

"我妈妈这周末想请你去家里吃饭，不知道你哪天有空？"司月手指有些紧张地抓着门把手。

季岑风眼眸微微暗了一下，看着司月又表现出了那副温柔无害的样子，随后目光便回到了电脑上，语气很淡："没空。"

说实话，司月倒并没有很伤心。

本来季岑风就没理由去他们家吃饭，一切都是他施舍的，那句"谢谢"他也不需要。

"谢谢"和"不用谢"，在你我之间是平等的立场上才有实质的意义，但当天平完全倾斜的时候，被施舍者的那句"谢谢"则显得毫无意义。

不过是用来欺骗自己的障眼法。

司月明白这个道理。

晚上十一点的时候，季岑风就回卧室睡觉了，司月还是规规矩矩地睡在她那一小块地方。

手臂夹着被子放在脸颊旁边，双腿防备性地蜷起。

季岑风关掉台灯，上了床。

男人的那侧微微下陷，黑暗里，司月睁开了眼睛。

她静静地看着房间里黑暗的一角，被子上的手指不自觉地收紧。

一种似有若无的温度慢慢沿着沉默的枕畔爬上了司月的手臂、脸颊。

男人翻了一个身，司月却不知道他翻身对着哪里。

是背对着她吗？还是面对着她？

司月不知道。

寂静无声的卧室里，司月的呼吸变得缓慢而又绵长，她应该就这样睡去的，可她睡不着，她有话想说，却又不敢说。

她知道她不该说的。她轻轻地咬住嘴唇，思绪却好像点燃的枯草，一发不可收拾。

她身子不自觉地随着焦灼犹豫地蜷动着,忽然身后传来了一个略显不耐烦的声音:"有话快说,明天我还要上班。"

无意识动了几下的女人在听到男人的声音后僵硬了三秒,终于慢吞吞地转过了身子。

司月的两只手不知道什么时候默默收回了被子里,她身子虽然转向了季岑风,但是整个人变成了只有一颗脑袋露在外面的极端防备模式。

转过去时,她才发现,身旁的男人原来是转向了她。

司月轻轻屏住呼吸,季岑风正在距离她不到二十厘米的地方,无声地看着她。

黑夜里的男人,与白天有着明显的不同。她看不清他的五官,看不清他的喜怒哀乐,却能那么清晰地感受到他所有温热而又鲜活的呼吸,像一张细密而又柔软的网,屏蔽了所有的冷言冷语,不知不觉将她牵入温柔的陷阱。

司月隐在被子里的手指不自觉地握成了一个小团。

"岑风。"

她双眸轻轻迎上男人的目光,刚要继续说话,却忽然看见对面的男人淡淡地笑了一下。

"司月。"他低低地喊了一声她的名字。

又或者他并不是在喊她,只是一声含着讽刺与自嘲的喟叹,那声音很淡,却听得司月很慌。

季岑风忽然就低低地笑了起来,司月看不清他的表情,却觉得他的每一声笑都好像一把无形的利刃,割在她毫无防备的心上。

司月的身子慢慢变得僵硬。

"你想要什么?"季岑风问道。

他的声音宛若冬日里的一盆冰水,兜头从司月的头上淋下。

可男人却并没有打算听她的答案,又或者说他根本不想听她所谓的谎言。

季岑风忽然靠近了司月,他手臂半撑在司月的身边,整个人从上而下地看着她。

他靠得那样近,近到司月失措的呼吸毫无防备地打在他的鼻间。她双眼疑惑而又惊惧地看着忽然变脸的男人,却又无话可说。

可季岑风没有半点想要放过她的迹象,他一只手用力抓住司月的手腕提起,然后慢慢沉下了那双审视的眸子。

炙热的呼吸狠狠地鞭打在女人的皮肤上,引起了一阵无可抑制的战栗。

"岑风。"司月克制着声音的抖动,又一次轻声唤道。

她用力抽动了一下手腕却是无能为力,瘦小的身子被男人完全地压制住,就连多动一分都是奢求。

"这不就是你想要的吗?"季岑风的鼻尖紧紧地抵住司月的脸颊,附在她的耳边说道。

——下午回家时故作乖巧地问自己能不能种玫瑰,晚上支开阿姨亲手给自己下厨,睡前来问自己要不要去家里吃饭,就连睡觉的时候也开始惺惺作态,想要引起自己的注意力。

"司月,你可真是处心积虑啊。"他缓慢的话语好似沉重的碾磨,一点一点压在她的心上。

司月紧紧咬着牙齿,看着面前这个对她冷嘲热讽的男人,心里忽然彻底就冷了。

是她错了。

是司月错了。

那不过是一个太过巧合的救场,那不过是一句极不走心的夸赞,那不过是一顿他懒得说话的晚餐,她和他之间,从来都是那个夜晚就约定好的模样。

他做她的救世主,她做他的笼中雀。

是司月错了。

是她错了。

男人那双阴翳的眼眸不知何时看向了司月。司月发现,靠得近的话,夜晚也能看清人的眼睛。

他眼里是带着审视的讥讽,连带着呼吸都是轻佻的模样。

可那真实而又炽热的体温却一遍一遍炙烤着司月濒临崩溃的思维,她很想哭,却又没资格哭,季岑风的金丝雀,不应该哭。

"是啊,"司月的声音轻得好像一缕烟,风一吹就散了,"这就是我想要的。"

女人话音刚落,一双柔软的唇就靠了上来。

她轻轻挺着身子吻上了季岑风,可也只不过一瞬间,男人就狠狠地扼住了她的下巴，他力气大得几欲将司月的骨头捏碎，审视着她。

司月有些吃痛地皱起双眉，声音却还是带着自暴自弃的轻描淡写："不用故作清高，不是你教我的吗？"

她嘴角微微地上扬，笑得那样好看。

睡裙的肩带早就被弄得滑落了肩头，被子也被掀到了腰上。

季岑风一只手扼住她的下巴，一只手摁在她的枕侧，整个人陷入了无端而又压抑的沉默里。忽然，一双手臂轻盈地钩上了他的脖颈，司月又一次将他拉了下来。

温暖而又潮湿的触感肆无忌惮地叠上了季岑风的唇，他紧扣着司月下巴的手僵了一下，随后便用力地按在了她的脑后。

司月一声轻叹，便轻易落入了一个极端狂躁的吻里。

他丝毫没有怜香惜玉的意思，整个人重重地压上了司月的身子。两只原本放在上面的手也径直掐上了她的腰，将她完全握住。司月被他抱着不自觉地轻挺，却又被男人强势地压了下去。

所有的呼吸与思绪全部破碎，连带着身子也一并放弃挣扎。

她太软了，软得像一抔稍纵即逝的春水，荡漾着荡漾着就能从男人的怀里流走；可她也太冷了，冷得像一块寒结多年的冰石，那男人无论如何也化不开了。

司月紧紧抱住他的脖颈，彻底放弃了挣扎，任由自己随着他共同沉沦。

月光静默地穿过偌大的玻璃窗照在那两个相互纠缠的身影上，她不快乐，他也不快乐，可他们却又那样用力地纠缠在一起，不死不休。

炽热的手顺着司月的脖颈下滑，男人却在抚上她胸口的下一秒，果断地收回了手。

季岑风两条青筋暴露的手臂紧紧撑在司月的耳边，一双湿漉漉的黑眸盯着她好似暗夜深海，波涛汹涌。

身下的女人轻喘着平复了些许的呼吸，随后便扬起了那双蒙眬潋滟的眼。她毫不后退地同他对视，被他凌虐过的红唇还浮起了一点笑意。

"是这样吗？季先生？"她轻声问他，好似真的在向他讨教，"这是你想要的司月吗？"

她笑得那样温柔，却又那样残忍，眼圈止不住地发红。

黑暗里，男人的粗喘变得格外清晰。司月冰冷的手掌缓慢而又轻柔地握住了他的手臂，那寒意冷得他心底发凉。

她刚刚还叫他岑风，岑风，现在又变成了季先生。

"对不起，我下次记住了。"司月轻轻地说道。那声音分明带着些刻骨的疼痛，却又好似什么都没有发生一般，沉默地坠入了深渊里。

对不起，我明明知道和你说谢谢是我无端的妄想，可我还是那样鬼迷心窍想要谢谢你，认可我的设计。下次记住了，这样同你慢慢靠近的非分之想不会再有了。

司月是季岑风的金丝雀，他们不是可以坐在一起聊天的夫妻。

身下的女人慢慢沉寂到了凝重无声的黑暗里，季岑风忽然觉得发慌，他觉得心里像是被什么东西掏空了一般，慌得他看着身下的这个女人却是无能为力。

他该说点什么，该说：是啊，你司月不就是这种人吗？

你明明就是那种可以一边骗着男朋友，一边给别的男人过生日的女人，你有什么资格伤心，你有什么脸面伤心？你明明就已经彻底地把自尊踩在了脚底下才跟在我身边的，为什么还要摆出一副委屈的模样，在这里装腔作势？你以为我看不出你今天的得寸进尺吗？你以为我不知道你在小心翼翼地试探什么吗？

季岑风有太多太多可以狠狠刺她一刀的话了，可是为什么，他连一句都说不出？

女人的笑容像一味钻心蚀骨的慢性毒药，缓慢而又剧烈地顺着季岑风的心脉蔓延。

季岑风骤然坐起了身子。

"砰"一声闷响。

这卧室，彻底安静。

李原不是没有半夜接过季岑风的电话，但只是因为改行程的这种小事，倒是头一回。

"要取消掉和FUTIS总裁的见面吗？"

"对，周日中午我必须回到黎京。"

"但是FUTIS那边我们约了很久才——"

"取消掉。"

"好的，季先生，知道了。"

书房里，穿着浅灰色睡衣的男人挂了电话。

月光比早些时候，更亮了，莹莹地铺进毫无遮挡的书房里，衬得一切更为阴凉。

季岑风重重放下了手机，在书房里坐了一会儿，才起身朝卧室走去。

司月还是像一切都没有发生过一般侧卧在小小的角落里，她脸上是平静到看不出丝毫伤心痕迹的模样，鼻尖的微红却还是暴露了她所有发泄过的情绪。

季岑风缓步走到她的床头，目光沉沉地落下："我重新看了下行程，周日有空。"

他心口闷着一口气，站在司月的旁边。

可是那个女人，甚至连眼睛都没有睁开："不用麻烦了，季先生。"

很奇怪，第二天起来的时候，一切还是最初的模样。

季岑风仍然是敛着一双漠然到极致的眸同司月说话，司月也没有半分因为昨晚的事情而闹脾气。

她还是会朝着季岑风笑，帮他拿衣服，跟着他的脚步上车。

司月平静到可怕。

季岑风也没有再提起周日的行程。

司月知道，那是他能做出的最大的让步，但是被她拒绝了，而季岑风绝不会再一次妥协，这不是他们之间应有的关系。

他们就应该像现在这样，他坐在车里沉默地看着公司的文件，然后随着李原一起从专用电梯上去，做他高高在上的董事长。

而司月则乖乖听从接受他所有的指责与不满，然后笑着和他说"知道了"，而不是"谢谢"。

电梯上行至三十六楼，司月回到自己的办公桌。

办公室今天的气氛很不对劲，就连平时不喜欢过多关注他人的司月也察觉到了，又或者根本不是她自己察觉到的。

司月走进咖啡间接水的时候，忽然有一个男同事走了进来，正是昨天下午在会议室里叫得最欢的那人。

司月接完水,正要绕过他走出去,忽然那人就出了声。

"司月。"他声音有些犹豫,明显带着颤,两只手紧紧地握着垂在身侧,眼神似乎不敢直视司月。

司月缓下脚步,把手里的水放在了桌子上:"有事吗,陈河?"

司月知道,昨天季岑风来过之后,她从此以后就不会再听到任何关于她的流言蜚语,但是她显然忘记了季岑风这个名字在这些人心里的分量,重到足以让他们悔恨到狠狠扇过去的自己几个巴掌,然后痛心疾首地走到她的面前,请求她的原谅。

"对不起。"

他的眼睛慢慢地对上了司月,没看到她半分的趾高气扬和幸灾乐祸。

这让陈河既有些意外,又有些觉得格外受到了侮辱。他觉得司月甚至连讽刺都懒得讽刺他,这让他陷入了更沉重的懊恼中。

"没关系。"司月轻声说道,甚至还朝他淡淡地笑了一下。

她端起杯子就要走出去,陈河忽然又拦下了她。

"司月,我……"他的头又低低地垂了下去,语气有些冲动,仿佛这段并不是提前准备好的。

"还有事吗?"司月其实并不想与他纠缠,道不道歉,说实话对她来说也不重要。她已受过污蔑,也伤心过了,那些人的道歉不过也只是看在季岑风的面子上,而对于她本人来说,那些道歉并不真诚,甚至并不善意。

"我的确是很嫉妒你。"陈河有些破罐子破摔地说道,忽然就带着些怨气看向了司月,"我本来也并不相信他们传的那些话,但温组长总是最看重你,你又那么巧地想出了温组长最喜欢的方案。

"好像所有的好事都是那么轻松地就被你拿下,你人长得漂亮,却看不上公司里的任何人。温组长初来乍到,就总是对你那么照顾。再加上你实习期差点没过是大家有目共睹的事实,偏偏又那么出人意料地做出这么好的作品。"

陈河眼里的怨气忽然消散全无,只剩下满满的不解:"司月你可能没办法理解,我从小没人管,一个人吃了很多苦才熬到今天这个位置,不像你,好像什么都能轻而易举获得。"

"我一开始也是不相信你的那些谣言的,但慢慢地,我的想法就变了,我变得很扭曲,甚至不在意那些到底是不是真的,只是试图说服自己,你并没有才华,人品也并不高尚。似乎这样能让自己好受一点。但是昨天我知道我真的错了。"陈河咬了咬牙关,沉沉地叹了一口气,"你能嫁给季岑风真的很厉害,你的设计应该也是真的。"

他重重说道:"对不起,司月。"

陈河脸上显露出了一种很是颓靡的表情,那种表情司月很熟悉,就像是无数次试图挣扎出泥潭却又失败的样子。

司月相信这一次的道歉有那么一点点的真心。

"陈河,"她声音淡淡的,眼里却没了刚刚的笑,"我没你想象的那么幸运。"

陈河有些不相信地偏过头去。

"甚至可能比你,还要更惨一些。"

陈河的嘴巴不自觉地微张,司月却没有再说更多,而是绕过他走出了咖啡间。

打开电脑,司月的目光久久地落在空白的桌面上。

那个瞬间她很庆幸,陷在泥潭里那么久的司月,至少没有变成恶魔,没有变成靠拉踩嫉恨别人来获得生存能量的恶魔,那很可怕,面目很狰狞,而司月不想要。

下午下班的时候,司月看到车上只有司机才知道季岑风又去M国出差了。

她安静地上了车回家。

由于黎京美术馆的设计方案还没有完全通过,所以这一周的工作量还算好。

周五下班前夕,司月收到了温时修发来的画展邀请函。

她刚刚点开图片想要看清楚,温时修就神不知鬼不觉地出现在了她的身后。

"温组长。"司月压着嗓子惊呼了一声,眉眼里还有些被吓到的余悸。

温时修连忙朝她轻声道歉:"不过你总是喊我温组长,是不是太见外了点?"

司月轻笑着回道:"在公司还是叫你温组长比较合适。"

"那不在公司你可以叫我时修吗?"男人嘴角带着暖暖的笑意,从她身边拉了一把椅子过来坐下。

司月思索了一下:"温时修吧。"

"行。"温时修果断地点点头,然后催她看他刚刚发的邮件,"看看这个邀请函。"

司月转过身子,快速点开了那封邮件。

里面是一张云舒美术展的邀请函,地点就是黎京的一家高级酒店。

"云舒?"司月眼里闪出了一丝激动与不可置信,快速地转过头来看着温时修。

温时修慢条斯理地点点头,故意勾着她的兴趣说道:"她前段时间就和我说了会在黎京办私人美术展,问我要不要去。我本来这周六是想在家休息的,但是突然想到你之前说过你很喜欢这个画家,所以就来问问你。"

温时修脸上难得地展现出了一丝狡黠,他嘴角笑开,等着司月的回答。

司月小心翼翼地试探道:"温组长你会去这个美术展吗?如果去的话方便带着我吗?"

司月上大学的时候就听说过云舒的名声,她算是 M 国新潮画派的代表人物,当年司月还曾经用她的画作为灵感设计过一次小组作业。

而云舒本人又是较为低调的性子,关于她的采访和报道都不是很多。她自己也很少公开画展,更多的就是和要好的同行开一些私人画展。这些私人画展没有极为亲近的人脉或者关系的话,根本进不去。

司月没想到,当下竟然就有这样一个机会摆在她的眼前,她没办法强装淡定。

温时修看着面前这个女人的表情,极为满意地点了点头,然后拿出了自己的手机:"看看吧。"

他的手机上是他和云舒的消息对话。

云舒:【时修,这周日,南城酒店608。】

温时修:【介意我带一个朋友吗?】

云舒:【当然不介意。你在黎京居然这么快就交到了朋友,是女孩子吗?】

温时修:【是的,过两天带给你看。】

云舒:【好,时修。正好我也可以帮你把把关。】

温时修：【好啊，那到时候见，云舒。】

司月一看到云舒说"当然不介意"，眼里就已染上了一层笑意。她抬头看着温时修："谢谢你，温时修。"

温时修扬了扬眉："那周日早上我去接你。"

司月点了点，忽然又说："算了，还是我自己去吧。"

温时修愣了一下，显然是意识到了什么："他连你正常的出行都要管吗？"

"没有。"司月语气沉下几分，却又立马笑了起来，"不去想不高兴的事啦，我只是不想惹麻烦。"

温时修垂眸静了片刻："好，听你的。"

到周日，司月都没有收到任何关于季岑风的消息，他这次就好像上次出差一个月一般，一走就杳无音信。

没有音信也好。

司月很早就起来，特意从衣柜里挑了一条看上去正式却又没那么严肃的裙子。

白色的无袖雪纺衫下，搭配了一条黑色的鱼尾裙。那鱼尾裁剪极为惊艳，顺着司月盈盈不足一握的细腰，勾勒出了她完美的臀型，最后收紧在小腿的上方，散出一小片花般的裙摆。

走起路来，就好像一尾美人鱼，她踩着一双红底白面的高跟鞋，窈窈窕窕，散发了一种让人挪不开眼的风情韵味。

司月今天也只是化了极淡的妆，一头顺滑的长发落在肩上，整个人说不出的柔。

"南城酒店，麻烦了。"司月上了车就和司机说了地址。

"好的，司月小姐。"司机没有任何迟疑，快速地将车子开出了别墅。

到达南城酒店的时候，正好是早上八点半。

司月一下车就看见了温时修，他穿了一件灰色的衬衫，头发被晨风微微吹起，整个人挺拔地站在酒店门口。

"司月小姐，需要我在这里等你吗？"司机问道。

"不用的，我大概是下午两点结束，可以麻烦你到时候来接我吗？"司月站在车外朝司机说道。

"没问题。"

"麻烦了。"

司月说完便转身朝酒店走去。

温时修远远地看着她,眼里噙满了笑意。

"早。"

"早。"他一手虚虚揽着司月的腰朝酒店走去,一边缓缓地说道,"司月,你今天很漂亮。"

司月压着些心头的雀跃笑了笑:"很明显吗?我只是今天来见云舒画家实在是有些激动,不敢穿得太过随意。"

温时修看着她有些懊恼又有些害羞的样子,毫不收敛地笑了起来:"没有,很可爱。"

司月有些嗔怪地看了他一眼,却也无暇去理会他的取笑,因为她随着温时修上了酒店六楼之后,远远地就看见了云舒住着的那个房间。

608。

"记得待会儿把手机静音。"温时修提醒道。

"哦,好。"司月立马拿出了手机,直接关了机。

"那我们进去了?"

"好。"司月心口慢慢加速,克制地压住嘴角藏不住的笑意,跟着温时修走进了云舒的房间。

被关掉的手机安静地躺在提包的角落里,应该不会有人给她打电话。

这是一间很大的总统套房,司月跟着温时修进去的时候,里面已经坐了好几个人,有男有女正在悠闲地坐在沙发上聊天。

有个男人率先看到了温时修,便高声朝他打招呼:"Jason好久不见!"

温时修立马也朝他挥了挥手:"你什么时候来的国内?"

那人一跃而起走到了他的身边,眼神有些猜测地看了司月一眼,然后又转回到了温时修的身上,凑在他耳边低声道:"不是吧,你们搞这么大!这么多年了你居然还是没选云——"

"这是我同事,司月。"温时修有些刻意地打断了那人的话。

那人讪讪地住了口,然后仔细去看司月。他脸上立马换了极度热情的笑:"司月你好啊,我是Jason的朋友,你可以叫我Seb。"

"Seb？"司月小声重复了一遍，然后忽然想到什么似的问道，"你就是画《十二少女》的那个画家 Seb 吗？"

Seb 得意地点点头："你觉得那幅画怎么样？"

司月认真地点了点头："我很喜欢里面睡觉的那个小姑娘，画得很天真。"

"哦。"Seb 狡黠地朝温时修眨了眨眼，又对司月说，"要不下次我带你去我的画室玩玩怎么样？"

"你的画室？"

司月刚要接口，温时修忽然就拍了拍 Seb 的肩膀："别带坏小姑娘。"

Seb 看着温时修有些紧张的样子，不由得冷笑了一声，又凑到他耳边说道："云舒知道你带女人来吗？"

"知道。"

"服了你们俩了，多少年了分分合合就是不肯在一起。"

"我们从来没在一起过。"温时修纠正他。

"那云舒呢，你就这样放任她不管吗？"Seb 脸色有些不好。

温时修看了一眼司月："你先去那边看看已经展出来的画，我一会儿去找你。"

"嗯，好。"司月求之不得，一个人朝那边展示的画作走了过去。

Seb 的目光久久地落在司月的背影上，有些阴阳怪气："云舒跟了你那么久，没有一句怨言，你这一回国就找了新的人，温时修，你没有心。"

温时修的脸色也跟着沉了下去："我从来没有和云舒在一起过，所以对她也没有任何的愧疚。你不必这样激我。"

"你……"

"Seb，不用再说了，再说的话，连朋友都没得做了。"

房间的客厅里，大大小小放了很多幅云舒的画。随着人越来越多，大家便开始缓慢地在整个房间里走动起来。

司月兴奋地沉浸在这种私人画展的氛围里，她就好像一个刚刚落入糖罐的小朋友，满眼是迫不及待的激动，恨不得能一下看完全部的作品。

云舒的画作大部分都是十分抽象的表达，不同的人总能看出不同的意味，所以才会格外惹人关注。

司月的脚步缓缓转过了大半个客厅，忽然停在了一幅画前，那是一幅极小的画，纸张同其他的画作相比，也有了一些年头。

灰色与棕色是这幅画的主色调，浓稠而又凌乱的线条杂乱分布在这幅画的绝大部分位置。乍一眼看上去，有一种说不出的压抑感，那线条仿佛一座难以逾越的大山沉沉地压着人的心头让人喘不过气。

但是这幅画偏偏又不是要表达这样的想法，凌乱繁复的压抑线条下，云舒巧妙地落了几点若隐若现的银色光点，那光点好似挂在遥远天边的银河，隐匿在晦涩不明的夜幕下。你若是看得久了，却又能感觉那银河忽地就落在了你的眼前。

引得你不自觉慢慢靠近。

司月久久地站在这幅画的面前，心口好像也被这压抑的线条死死压住。

她忽然想到了很多个李水琴和司南田争吵的夜晚。她一个人卧在炎热潮湿的狭小卧室里，看着窗外的星星。那些所有有关于贫穷和侮辱的争吵将那个小小的司月紧紧捆绑，她却如此渴望地看着窗外的星星，告诉自己，司月，你的人生不是这样的。

她总是在等一个天明，在等一个离开家去公司实习的天明。她知道那里有一个人会拉着她的手，朝更加光明的地方走去。那个时候的司月是初出茅庐的小姑娘，她拼着一身冲劲就想在这个妖魔鬼怪并行的社会里立足。

可一切哪里有那么容易呢？

她因为忍不了污蔑同经理吵了架，却被要求第二天别再来上班，她一个人忍着眼泪跑到了没有人的楼梯间里小声哭泣。

是那个男人说："我信你。"

他两只手插在口袋里，慢慢地走到了司月下方的楼梯，然后弯下身子看着她："但是眼泪并不会帮你。"

司月顿时收了哭声，抬起一双红通通的眼睛看着他。

是什么时候喜欢上他的呢？司月后来才知道，大概就是第一眼看见季岑风的时候。

不是他慢慢走到她身旁让她看清楚自己容貌的时候，而是他背着光同她说"我信你"的时候。

从此以后，她便紧紧地追随在那道光的身边。

她用尽全力地想要加快步伐跟在那个男人的身边，却因为太过害怕他发现自己身处泥泞的肮脏，而欺骗了他。

思绪被沉沉地卷进这幅无声的画中，司月身边不知何时走来了一个女人。

"你也喜欢这幅画？"那女人问道。

司月缓缓转头。

那是一个个头并不高的女人，她穿着一条宽松的亚麻长裙，头发短至耳边。

"嗯。"司月轻声应道。

"你想到了什么？"那个女人转头看着她。

司月两眼还是有些无可自拔般地看着那幅画作，低声说道："看到了我的过去。"

她声音小小的，又缓又慢，却那么清晰地落在身旁的女人耳里。

"好像我曾经困顿黑暗的过去，也有一个人像那颗星星一样，指引着我。"

"那现在呢？"女人又问，"你和你的星星在一起了吗？"

她目光里是极致的恬淡，浅笑着看着神色倏地暗下去的司月。

"没有。"

那声"没有"好像一把锋利的匕首，血淋淋地插在司月的心口。

"我也是。"一旁的女人渐渐敛了笑意，转头同司月一起去看那幅画，"我也还没有和我的星星在一起。"

司月眼角微红，再次转过头看向身旁的女人，她仿佛有一种强大而又无可动摇的力量，就像一棵巍然挺立的松柏，不会随着飓风摇摆半分。

"但是我不会放弃的。"女人忽然也转回了身子看着司月，"我跟了那颗星星八年，他从没回头看过我。但是我不会放弃的。"

司月惊异地微张着嘴，却又在下一秒喃喃问道："为什么？"

女人带着些娇憨地耸肩笑了笑，"因为从他是我星星的那一刻起，我就不会放弃他了。

"你知道吗？人这一生其实很短暂但又充满了迷乱双眼的诱惑。嫉妒、仇恨、快乐、绝望，它们都会在不同的时段遮住人们的双眼，但从我看见星星的那一天开始，我就知道，我这一辈子，只有他了。

"司月小姐，希望你也能最终回到你的星星身边。"

女人恬静地笑着。

司月手指蜷缩:"你怎么知道我叫司月?"

"因为我是云舒,你是时修带来的朋友。"

"云舒?"司月眼睛微微瞪大,"你就是云舒?"

"嗯。"云舒脸上笑意漾开,点了点头,"这幅画是我八年前画的,如果你喜欢的话,可以送给你。"

"不用了。"司月连忙拒绝,"看来这幅画对你有很大的意义。"

云舒点了点头:"但我的信念很坚定,所以我觉得司月小姐可能会更需要它。"

司月的目光又一次沉沉地落在了那一小张画作上。

她想起了那天的那个吻,他带着嘲讽与审视的吻,愤怒而又轻蔑地落在她的唇间;她又想起了那天的最后一句话,他平静地告诉自己,他看错了行程。

愤怒、伤心、绝望、纠结,轮番出现在了自己的眼前,司月目光久久地盯着那抹星光,她不知道,所有的这些情绪都抹去之后,她和季岑风之间,到底是什么?

画展一直持续到了十二点,云舒叫了酒店的客房服务请大家一起吃午餐。

温时修帮司月推开椅子,低声同她抱歉道:"不好意思,遇见了几个熟人多聊了一会儿。"

"没关系的,"司月摆摆手,"我今天看得很开心,谢谢你了。"

"那就好。"

季岑风下飞机的时候,正是黎京当地时间中午十二点,李原马不停蹄地开着车送季岑风回家。

后视镜里,忙碌了整整一个星期的男人正难得地坐在位置上闭目养神,他微微皱起的眉间隐着一股淡淡的倦意,眼下有片不易察觉的青色。

李原一路平稳地开着车,约莫十二点四十分的时候,就到了明宜公馆。

"到了,季先生。"他轻声说道。

后座的男人一听到声响立马睁开了眼睛:"行,今天你先回去吧。"

季岑风说完之后就大步下了车,他深深地吸了一口气,压下了这几天的疲累,然后朝家里走去。

家里今天来了客人。

季岑风一进门就看见了正在客厅看电视的司洵，他将外套递给一旁迎上的管家，然后便简短地朝司洵点了下头，朝卧室走去。

卧室里没有人，他快速地洗了个澡，然后换了身新的衣服下楼。

"姐夫，你回来啦！"司洵看季岑风从卧室里出来，便一脸笑嘻嘻地迎了上去。

季岑风"嗯"了一声，和他一同走到了客厅的沙发坐了下来。他抬眼看了一眼客厅："你姐呢？"

"我姐？"司洵愣了下，立马说道，"我刚刚来的时候也没看见我姐，就是管家给开的门。"

"你中午来的时候她就不在家吗？"季岑风伸手拿起了杯子喝了口水。

"不在啊，要不我给她打个电话吧。"司洵小心翼翼地询问着季岑风的意见，他倒是有点奇怪，怎么请他和妈到家里来吃饭，姐却不在家。

更奇怪的是，看起来季岑风并不知道他姐姐去哪里了。

司洵看了眼季岑风，季岑风的手指捏着水杯似是默许了他的建议。

司洵也不犹豫，直接就给司月打了过去。

一个，两个，她都没接。

"怎么会，关机了。"

"关机了？"季岑风有些重重地放下了手里的杯子。

司洵吓了一跳："嗯，关机了，我要不再——"

可司洵话还没说完，季岑风就直接站起了身，快步走到卧室从桌子上拿起手机。

那个号码他从未拨出过，却连想都不用想就能快速地打出。

"对不起，您所拨打的电话已关机，请稍后再拨。"

甜美的女声机械地响起，男人手指紧紧地握住手机，然后便拨给了司机。

"司月今天用车了吗？"

司机："先生您回来了吗？是需要我现在去机场接您吗？"

"司月今天有没有用车？"

男人忽然有些失去耐心。

司机声音一顿，立马回道："司月小姐今天早上八点坐车去了南城酒店，说是让我下午两点去接她。"

季岑风不等他说完,直接挂了电话。

他一手拎过自己的外套,然后面色阴沉地朝门外走去。

"姐夫,联系上我姐了吗?"司洵一见季岑风走了出来便连忙问道。一直在厨房里帮忙的李水琴不知何时也推着轮椅走了出来。

季岑风扫了他们一眼:"你们自己先吃,吃完就走吧。"他说完就径直走出了别墅。

司洵愣了一下看向李水琴,却也是不知道到底发生了什么。

一辆黑色的汽车很快就开出了明宜公馆,低沉的发动机声暴躁地轰鸣在这沉闷的午后,明明已经到初秋了,黎京的午后却还是这般闷热。

司月和大家简单地吃完午饭之后,今天的画展就算是结束了。

一群人——和云舒道别,便离开了房间。

"时修。"看着正要和司月一起离开的温时修,云舒轻声喊道。

温时修转过身子:"有什么事吗?"

云舒笑了笑:"我可以和你单独说几句吗,时修?"

温时修眸色不清地盯着面前的女人,忽然松了口,朝司月说道:"你在这里等我一下,我很快回来。"

司月点了点头:"没关系,我自己先走也是可以的。"现在才一点,离她和司机说好的时间还差不少,但是她也可以自己坐车回家。

"我很快就会回来的,司月。"温时修又回头看了她一眼,然后快步跟着云舒走进卧室。

套房大厅里顿时就只剩下司月一个人,司月轻轻靠在门边的柜子上,忽然想起了自己关机的手机。她从包里拿出来之后就开了机,几个未接电话很快就跳了出来。

几个司洵的,还有……季岑风的。

他为什么也会给自己打电话?

司月的心底不由得闪过一丝不安,可她还没来得及多想,就听到了温时修的声音。

"走吧,司月。"他一个人从卧室里走了出来,脸上的表情并不是很开心。

"你们聊完了？"

"嗯，走吧。"温时修伸手帮她开了门。

司月朝他轻轻地笑了一下："谢谢。"然后便率先走出了房间。

灯光昏黄的走廊里，隐隐地弥漫着一种冷冽松香木的气味，司月心口忽然像是被人用力地揪起一般，剧烈地"怦怦"跳了起来。

温时修跟着走出房门的时候便看见司月满眼惊惧，僵站在原地，他疑惑地开口："司月，怎么了？"

这时，一个语气寒凉的男声嗤笑道："司月，真有你的。"

她本来就是这样的人，不是吗？

他三年前不就知道得清清楚楚了吗？

可为什么看见她和那个男人从酒店房间里走出来的时候，他还是好像被人撕裂了一般，连一句话都说不出。

"岑风，"司月后背出了一层汗，她自己都可以预料到，季岑风看到这样的场景会认为什么，"不是你想的那样。"

司月朝前走了好几步，急急地去寻季岑风的眼睛，想叫他听她的解释。

可是季岑风哪里还听得进她半句话，他一只手拉过司月的胳膊，冰冷的手指仿佛钢铁一般深深嵌在她的皮肉里，嘴角勾起一抹没有温度的笑意："原来是和温设计师在一起，害我好担心。"

他明明是在和司月说话，目光却落在从房里走出来的男人身上。

司月忍着心里的颤意轻轻拉上了季岑风的胳膊，强装平静地对温时修说道："谢谢温组长今天带我来看云舒的画展，那我就先走了。"

她甚至还朝温时修笑了笑，似乎是想让他放心。

可温时修却分明看见那个男人的眼里妒火大作。

他朝着司月走近一步："没事吗？"

"温设计师会不会想太多？"季岑风的手紧紧锢上了司月的腰际，"我是司月的丈夫，她和我在一起怎么会有事？"

温时修却还是执着地看着司月："司月？"他要得到她的回答。

两股诡秘而又危险的气息在这昏暗沉寂的走廊里，互相角力，司月觉得自己像是一张脆弱的纸张，再待一秒都会被这撕扯的力量彻底摧毁。

"没事的，温组长你别想太多。"司月顺从地靠在季岑风的怀里，朝温时修说道,"那我们明天公司见吧。"

温时修没说话。

司月便拉着季岑风的手臂朝电梯走去。

"叮"一声电梯门开。

两人无声地走进了轿厢里。司月远远地站在电梯的另一端,那股危险而又蠢蠢欲动的气息无孔不入地从季岑风的身边向她袭来,她后背冷冷地出了一层汗。

"岑风。"她身子绷紧,想要解释。

"叮"一声响,一楼到了。

季岑风像是根本没听到司月的声音一般大步走了出去,他甚至看都没看她,仿佛她只是多余。

司月知道,他真的生气了。

她小跑着跟了上去,终于在他坐进驾驶座的下一秒上了车。

一声压抑的轰响,车子便朝马路上开了过去。司月一颗心慌得着不了地,两只手暗自握紧在身侧。

"我只是和温组长一起去看了私人画展。"汽车的轰鸣声不绝于耳,司月只能放大了嗓音朝季岑风说道,"你如果不信的话,可以看我的邮箱,是一个叫作云舒的画家。

"对不起,是我没有提前告诉你我的动向。但是,我和温时修什么关系都没有。"

司月的声音落下,她脸颊甚至有些缺氧的微红。

可正在开车的男人却丝毫不为所动,一句话都不说,眉眼里却凝着风雨欲来的死寂。

"岑风?"司月又喊了一声。

男人忽然加速转弯,灵巧的豪车在空旷的街道上留下了一串刺耳的摩擦声,打断了司月所有的解释。

车子在别墅门前猛地停下。

季岑风一只手拉着司月的手腕快步朝别墅里面走去,司月甚至来不及在门口将高跟鞋脱下,就被他拉着带回到了卧室。

卧室门"砰"地关上，季岑风松了手。他站在离她一米多的距离外，冷冷地审视着司月。

她头发有些凌乱地散落在肩头，明明已经够狼狈地被他一路拉到卧室，眼睛却还是那样不肯屈服地看着他。

司月牙关紧咬地站在季岑风的面前回看他，一种不知从何而来的执拗猛烈地冲击着她的心口。

不是已经完全屈服要听话地跟在他的身边吗？不是已经彻底放弃了同这个男人在一起的念头只做他的金丝雀了吗？

为什么？

为什么她还是这么强烈地想要和他解释清楚？

司月不知道。

她只知道，她如果不说清楚，她会死。

"季先生，"司月声音强撑着冷静，手臂却不住地发抖，"我今天只是和温时修去看了云舒的私人画展，南城酒店608是云舒订的房间。"

"你如果想查一定能查得到，你也可以去看酒店的监控，那段时间有很多人在那间套房里。"

"我跟着温时修一起去纯粹是因为那是云舒的私人画展，是温时修带着我才可以进去的。"

"我和温时修没有任何的——"

"司月。"季岑风低低地发声。

司月顿时收了声，眼里透着无法控制的惶恐与伤心。

"是不是你无时无刻都不能没有男人？"季岑风忽然大步走到司月的面前，将她禁锢在了冰冷的墙面上。

男人的手臂用力地撑在她耳侧的墙边，似是要把她逼进无路可退的绝路。

可司月却还是一点都没有退却的意思，她直直地看着男人逼近的眉眼，就连声调都没有失去半分："季岑风，我和温时修不是你想的那种关系。"

寒冷顺着坚硬的墙壁强势地渗入了司月的肩头，她忍着心里的翻涌情绪慢慢从自己的包里拿出了手机。

"咔嗒"一声轻响。

"如果你不相信我的话，我可以请温时修发我几张当时的照片，那确实是私人美术展,里面不止我和他。"

司月的声音几不可察地染上了颤意,这是她最后的底牌了,如果他连这个也不愿意相信的话,那她真的就无能为力了。

"照片?"

季岑风眉尾轻抬,讥讽地重复了一遍。

他目光没有离开司月半分,手指顺着司月的指尖拿过她的手机。

可他却连看都没有看,仿佛根本不在意那个房间里是否真的有画展。他只是看见司月同那个男人在一起的时候,原来笑得那么开心。

季岑风拿着她手机的手指慢慢收紧,一字一顿道:"司月,你的照片,我三年前就不想再看到了。"

他话音刚落,那手机便"哐当"一声,落了地。

那手机好似也狠狠地坠落在了司月的心头,她像一只被人一再摁入水中的飞鸟,一次又一次,快要失去了求救的力气。

男人的身子随即果断地离开了司月,连带着那股燃着怒火的温度也一并抽离女人的身周。

他眼里的愤怒与憎恶好似从未出现过一般全部消失殆尽,取而代之的,又是那份熟悉的冷漠与轻蔑。所有的暴躁与失控都不是他该有的模样,季岑风连多一分的情绪都不肯再给她。

"司月,别痴心妄想。"他低睨着这个眉眼还不肯屈服的女人,"你那天答应我的时候,就应该知道来我身边过的是什么日子。所以收起你另攀高枝的心,别再让我抓到。"

季岑风说完这些话后,就再也没多看司月,径直离开了卧室。

窗外的白纱无声地扰动了几分,听见死寂难耐的房间里,有一声几不可闻的嗤笑。

司月没有想到,分居来得这样快。

她沉默地收拾了卧室里一些衣物,然后搬去了楼下的客房。

季岑风早已不在别墅里,这幢金碧辉煌的别墅像一座巨大的笼子。可笑的是,这里住的不仅是可怜的金丝雀,还有那个情绪难猜的季岑风。

他把自己和金丝雀关在同一座巨大的笼子里,不知道是要时时刻刻折磨着这只小鸟,还是他自己。

楼下的客房就在客厅的最南边,落地窗直直对着湖边那片刚刚栽种过花朵的地方。

司月沉默地收完东西,然后便久久地站在窗户前。

她以为她可以像最开始那样完全沉默地接受来自那个男人所有的恨与恶。就像最初还没有嫁给他的时候,她可以笑着面对所有人的冷嘲热讽只为赚那几万块钱。

甚至在他伸出那双誓要让她生不如死的手时,她还能那样温柔地朝他露出一个笑,然后搭上自己的手。那个心里没有一丝亮的司月,什么也不会再让她痛,什么也不会再让她哭。

她只想彻底地摆脱那片要拉着她下地狱的沼泽,苟且地活在这个温暖的人间。

但是为什么?为什么明明她已经得到了她最想要的东西,却还是这样痛苦与伤心?

司月不明白。

那天夜里,黎京下了入秋以来最大的一场雨。

寒风裹着秋意十足的冷峻肆无忌惮地横行在每一片尚有余温的土地上。

司月站在寒风肆意的湖边,任由自己的头发被无情肆虐。灯光明亮地照着这一片孤独又无声的影子,然后将她沉沉地坠入无边的湖面,那影子随着皱起的水波上下翻滚,好似有无数被束缚的野兽猛烈挣扎。

呼啸而至的暴雨毫不留情地砸在每一片赤裸的土地上,所有不被庇护的灵魂今晚都难逃磨难。

风雨里,有一道瘦小的影子瑟瑟发抖,她两只眼睛紧紧盯着那片湿润的土地,那是她亲手栽下的玫瑰花。

冷风猎猎地从司月的耳边刮过,她忽然听见了云舒的声音。

——"你知道吗?人这一生其实很短暂但是又充满了迷乱双眼的诱惑。"

——"嫉妒、仇恨、快乐、绝望,它们都会在不同的时段遮蔽住人们的双眼。"

——"但是从我看见星星的那一天开始,我就知道,我这一辈子,只有他了。"

那个在风中瑟瑟发抖的女人忽然慢慢弯下了腰，她手指紧紧扣着自己冰冷的手机，上面有一条司洵刚刚发来的消息：

【姐，为什么姐夫今天请我们去你家吃饭你不在？你去哪里了？】

那行小小的字彻底唤醒了司月内心最深处的涌动。

她亲手拨开了所有遮蔽住她双眼的绝望、伤心、痛苦和麻木，然后看到了那个男人在逼仄的楼梯间朝她伸出的手，那个男人为司洵垫付的医药费，那个男人在办公室对她说下班领证，那个男人对她说："做得漂亮，司月。"

最后的最后，是一个愤怒的吻。

司月仰起头，任雨水打在脸庞上。

她看见一朵小小的玫瑰冲破所有虚伪的阻拦，那样生机勃勃地在这个暴雨的夜晚，发了芽。

而她心如刀割。

因为她知道，她心里的那朵玫瑰今晚同样发了芽。

而那玫瑰的名字，是司月还爱季岑风。

在乎，就会痛苦。

不在乎，就不会痛苦。

好简单的道理，但这世上有几个人能做到。

第六章

乌托邦的新路

司月早上起来的时候,就发现自己有些发烧了。

她睁眼时一阵眩晕,连带着坐起来的时候,仿佛头有千斤重,偏向哪里就要倒向哪里。

她挣扎着出了房门,在抽屉里找到了一支温度计。

司月扶着沙发坐在了一角,然后将温度计放入了腋下。

她整个人昏昏沉沉的,感觉天旋地转,不得不整个身子半靠着沙发闭上了眼睛。

"司月小姐?"忽然一个熟悉的声音从司月的身旁响起。

司月挣扎着睁开了眼睛,才发现是做饭阿姨。

"司月小姐,你生病了?"阿姨刚在厨房做完早餐,出来就看见司月有些难受地窝在沙发上。

司月点了点头,声音小小的:"没事,我量一下体温。"

"要不要叫医生来看看?"阿姨看着她有些惨白的小脸有些担心,"季先生知道吗?"

"不知道。"司月忽然想起来什么,她手指慢慢搭上了阿姨的手,"阿姨,可以帮我和季先生说一声,我今天不去上班了,就不用他等我了。"

阿姨愣了一下,随后接道:"好。"

"不用告诉他我生病了。"

"……这个也不说吗?"

"我没事。家里有退烧药吗?阿姨你一会儿可以拿一点给我吗?"司月伸手指了指身后的那个房间,"我搬到这边了,别送错了。"

阿姨这才发现司月从季先生的主卧搬出来了,她似乎是知道了些什么,嘴巴张了张,最后还是无奈地点了点头,她不可以过问主人家的事的。

"好,司月小姐,我现在就去拿药。"阿姨关切地拍了拍司月的手。

司月看了一眼时间,原来才早上六点,季岑风现在应该在后山跑步,怪不得没有看见他。

她扶着沙发站了起来,然后慢慢地走回房间。

司月给王经理打了个电话请假,然后吃了阿姨送进来的退烧药。发烧温度并没有很高不需要去医院,但整个人也并不舒服,一直晕乎乎的。

司月请完假吃完药后正准备再睡一会儿,忽然就接到了温时修的电话。她侧卧在床上,将手机放在了耳侧。

"喂,温组长。"司月声音闷闷的,有些没力气。

"要不要去医院,司月?"温时修一上来就问道。

司月迟缓了好一会儿才问道:"你怎么知道我生病了?"

"我和王经理在一起。"温时修说道,"今天美术馆那边做决定了,所以我们早点过去和他们开会。你生病去过医院了吗?"

"没有,感冒而已。"司月说道。

她眼睛有些半闭着,几欲又睡过去。

电话那头的人犹豫了一会儿,还是问道:"昨天回家之后,他有对你怎么样吗?"

司月脑子里满是糨糊,闷声说道:"吵了一架,不过没事了。"

温时修有些不快地呼了口气,声音沉沉道:"如果我能早一点就好了。"

"什么?"司月有些没听明白他说的话。

温时修没再重复,只叮嘱道:"司月,如果需要去医院的话,给我打电话好吗?"

司月眼睛完全闭上了,她迷迷糊糊地说了一声"嗯",再之后的,她也不记得了。

一觉睡了六七个小时，司月都不知道自己怎么能睡这么久。

她睁眼起来的时候，已经是下午三点。

她睡出了一身的汗，整个人却好像缓过来了一些。

司月去浴室洗了一个澡，除了头还有些晕，其他的似乎都好了。她把头发擦干之后，就去厨房倒了杯水，然后蜷着身子坐在了客厅的沙发上。

她小口小口喝着水，眼睛有些放空地看着窗外。

"咔嗒！"

忽然，门口传来开门声。

司月转过头看去，是季岑风回来了。

他为什么今天会回来得这么早？

司月有些不知所措地放下手里的杯子，刚要说话，季岑风却好似没看到她一样，直接上了楼。

她手指紧紧捏在杯壁上，轻轻叹了口气。

她没有回房间，而是继续坐在沙发上，像在等着什么，又好像没有。

过了十几分钟，楼上卧室的门又打开。季岑风换了一件衬衫，慢慢地走下楼。

他头发还有些微湿，眼神淡淡地走到了司月的面前。

司月看着他。

"收拾一下，一会儿出门。"他语调还是一如既往地冷漠，两只手在给自己打着领带。

司月眨了眨眼睛："好。"

季岑风选择回到从前，选择忽视掉那段他失控的记忆，这不是他会做出的事情。

"我来吗？"司月站起身子，走到他的身边。她发烧才好，整个人还没什么力气，就连说话都软软的。

男人的手指忽然就停了下来，他双眸久久地看着面前的这个女人，然后松开了手。

司月接过他系了一半的领带，眼神认真地落在结扣上。

男人低下头，或许是靠得有些近了，温热细密的呼吸缓缓地打在司月的额间。她纤细的手指绕着深蓝的领带，不经意时会擦过他那微微滚动的喉结。

司月也选择回到从前，选择忽视掉那些她直视过的真心，在这样的关系里，真心只会添乱。

他们不平等，真心就会变成下贱。

"好了。"司月系紧领带，然后轻轻地抚平了几下。

"需要我穿什么样的衣服吗？"司月忽然想到什么，问。

"不需要，穿你平常的衣服就好。"季岑风退了一步说道，"去换衣服，我在门口等你。"

"好。"

司月还是穿了最普通的白衬衫和黑裙，是她上班最常见的打扮，头发梳顺散在身后，就跟着季岑风出了门。

一路无言。

谁也没有提起昨晚的事情，就好像是那阵下过的暴雨，来时轰轰烈烈，第二天又是绝好的大晴天。

车子一路朝着黎京市的南边驶去，最后停在了一片空旷的工地上。

季岑风也没有多解释，就率先下了车。

黎京美术馆的方案今天早上已经通过了美术馆方的同意，下午的时候那边的主管人就约了辰逸这边的负责人来看场地。

但是没想到辰逸的董事长也跟着一起来了。

"季先生今天亲自来看我们美术馆的项目，真是有失远迎。"工地上一个穿着西装的男人一看到季岑风过来便立马迎了上去。

季岑风同他握了一下手："陈总。"

这陈总是黎京美术馆的总负责人，今天王经理和温时修一大早就和他又深入讨论了一下美术馆的设计和施工，中午的时候他就给辰逸发去了回执，说是十分满意这份设计，请设计团队的人员下午一起来看看场地，好为下一步的工作做准备。

司月今天正好没去上班，所以什么都不知道，下了车之后，她才看见远处的工地上已经站了不少人在参观。

"那季先生请跟我这边来。"陈总热情地邀请季岑风跟着他参观黎京美术馆即将要开工的场地。

季岑风点了点头，大步跟着走了过去。

这是一片还没有被完全夷平的工地，上面大大小小有不少坑地和沙丘。不仅松软不说，里面还有不少大小不一的石块。由于这里还没有开始任何的施工，所以就像是一块荒废的场地而已。

陈总有些激动地带着季岑风往里面走去，男人踩上松软难走的沙地时，不经意地回看了一眼司月。

她今天还是穿的高跟鞋，踩上沙地的瞬间，整个身子就变得极为谨慎，手臂微微张开保持着平衡，尽力地跟着他们的脚步。

"季先生？"陈总看季岑风慢下了脚步，忽然回头喊道，"您来这边高点的地方看，看得清楚。"

"好。"季岑风沉声应道，快步跟了上去。

陈总慷慨激昂地跟季岑风说了一大堆关于美术馆之后的建造计划，每一块场地的处理和布置也都详细地做了解说。

但是身旁的男人似乎有些心不在焉，沉声应过几次之后，眼神便总是朝身后看去。

司月上不去两人站着的高地，索性没上去。

她转身看了看远处的那一群人，果真是王经理和温时修，还有小组里其他的同事。

"司月！"温时修老远就看见了站在荒芜空地上的司月，他立马离开了正跟着王经理参观的大部队，朝这边走来。

司月也朝他挥了挥手，往那边走去，但是她走得很慢，每一步都要小心翼翼。

"你今天怎么过来了？"温时修小跑着来到司月的身边，认真端详了一下她的脸色，"身体不是不好吗？为什么还来？"

司月其实也不知道季岑风为什么要带她过来。她朝温时修笑了笑："不知道，季先生让我来我就跟着来了。"

温时修的目光越过司月，看见那个和陈总站在不远处的男人也正面色不善地回看着他。

男人一身笔挺矜贵的深蓝色西装，站在高处睨着司月和温时修。

温时修嘴角浅浅勾了一下，对司月说道："那边太高了你不方便上去，跟我去北边看看吧。"

"好。"司月正想着要和大部队集合,便点了点头。

"你扶着我的手臂。这里石块很多,他应该提醒你不要穿高跟鞋的。"

司月犹豫了一下,温时修直接伸出了自己的手臂:"搭着手臂吧。"

"好,谢谢你。"司月眉眼弯起,又朝他笑了一下。她今天的确是没什么力气,要是真的踩到什么石头那就糟糕了。

女人的手指轻轻搭上了温时修的手臂,跟着他朝北边走去。

温时修眉眼里染上了一层暗喜,带着司月往前的那一秒,他快速地看了一眼不远处的那个男人。上面的男人早就收回了目光,可温时修还是清晰地看到,他垂在身侧的手臂,在微微发颤。

"小心点。"温时修收回了目光。

对于司月这样一个第一次参与如此大型建筑设计的新人来讲,她可能并不知道现场勘查的重要性。但是温时修知道,季岑风一定不是无缘无故就带司月来的。

可重点是,他什么都不告诉司月,他把司月带过来却又不管她。

温时修目光微微偏向正在认真走路的女人,他知道,他不是完全没有机会的。

司月很快就和设计组的其他人员会合了,他们正在看场馆北边的地势。

"司月,你来啦。"陈河率先和她打了招呼。

上次的事件过去之后,虽然其他人再没敢说三道四,但是除了陈河,其他人就好像缩头乌龟一般,沉默不语,仿佛只要司月不追究,他们就没有做过那些事一般。

司月也朝陈河点了点头。

一群人在王经理的带领下看着这边的场地情况,忽然一个男人的声音从不远处传来:"温设计师、王经理!"

一个戴着安全帽的男人气喘吁吁地跑过来:"陈总找你们有事!"

"现在吗?"王经理问。

"是啊。"那男人指了指远处的工地办公室,"陈总在那边等你们了!"

王经理点了点头,朝大家说道:"你们先在这一片自己看看,注意安全这边石头、沙地多。"随后便和温时修一起朝工地办公室走去。

大家只能有些百无聊赖地待在原地。

王经理和温时修走后不久,季岑风就走了过来。

公司里的人平时都很难见到季岑风,更何况他本人是出了名的手腕狠,所以现在看见他朝这边走来,一群人倒是有些不知所措,目光纷纷落在了司月的身上,以为他是来找她。

谁知道季岑风根本就没看司月一眼,他语气淡淡地问着有没有人能介绍一下美术馆在这边的基础布局。

陈河看了司月一眼,又看了看季岑风。他发现这两人仿佛不认识一般,一点眼神交流都没有。

他暗自困惑了半秒,然后举起了手:"季、季总,我来给您介绍吧。"

季岑风瞥了他一眼,示意他过来:"那就你讲吧。"

陈河心里登时一个激灵,整个人都要烧起来一般激动地小跑到了季岑风的面前,然后带着大家一起朝前走。

司月也就跟着大部队往前走。

但季岑风和她这般冷漠的样子却好像一根燃了火的引信,很快她就听到了那些原本已经闭嘴的人又开始了新的揣测。

"他们是不是夫妻感情不好?"

"是啊,一点交流都没有,好像陌生人。"

"哪里是陌生人啊,更像是仇人啊。"

"是啊是啊,怎么会这样?"

"哈哈哈,绝了,司月这个女人我就说不简单。"

司月默默地跟在后面听着,却是一点都没有生气,因为他们说的,好像都是真的。

"季总,您来这边看。"陈河领着大伙走上了一个略陡的坡地,"从这边看过去就是美术馆之后的主体部分。"

季岑风跟着陈河上了坡地。

其他人也纷纷朝坡地上走,司月跟在队伍的最后面,有些艰难地朝上走着。

忽然,一个女人有些阴阳怪气地小声朝司月说道:"季夫人,你怎么上不来啊?"她声音控制得很小,仗着司月落在队伍的后面别人注意不到。

司月还没来得及说话,又有一个人偷偷开腔:"季总为什么连看都不看你一眼?你真是他老婆吗?"

司月不想和这些人吵架，谁知道她刚要继续往上走，高跟鞋却忽然踩到了一块极其光滑坚硬的大石块。

光秃秃的坡地上，一点可以支撑的东西都没有。司月一声短暂的尖叫，高跟鞋就折着脆弱的脚踝叫她跌落在了沙地上。

好在她并没有爬得很高，身子坠落在地面的一瞬间，她双手笔直地撑在了沙地上，只是脚踝却是实打实扭伤了。

众人听到声响后纷纷转了过来。

那几个冷嘲热讽的忽然有些害怕，他们目光紧张地落在季岑风的身上，观察着他的一举一动。

季岑风显然也听到了这一声惊呼，一下就看见了那个跌落在沙地上面容有些痛苦的女人。

一旁紧张地察言观色的人却忽然间松了口气，因为他们在季岑风的脸上没有看到半分的焦灼与关心。

季岑风同其他人站在一起冷眼看着这一幕，没有说话。

季岑风仿佛又看见了那个对着温时修温柔地笑起，然后伸手搭在他手臂上前行的女人，她对那个男人笑得那样温柔——她根本不需要自己。

季岑风手指紧紧地在口袋里握着，他嘴角冷漠地抿起，没有任何动作。

司月有些吃痛地轻嘶着，脚踝却是动弹不得。她伸手准备撑着地面爬起来，却发现手掌更痛，抬起手掌，这才发现刚刚摔倒的时候手掌被这沙地磨出了血。

她牙齿轻咬着嘴唇，正准备再试着站起来的时候，身后传来了一阵慌乱的脚步声。

"司月。"

她抬头望去，看见温时修满脸担心地跑了过来，他一点也顾不上地上的脏乱，单膝跪在了她身边。

"没事吧？"温时修焦虑地问道。他伸手正打算将司月从地上抱起来，忽然一只大手用力地拉住了他的手腕。

温时修抬眼望去，才看到是满脸阴沉的季岑风。

"不麻烦你了。"季岑风语调还是未失半点风度的冷静，但是那只握住温时修的手却在失控中无限加大了力度。

温时修也没有收回自己的手，冷静地转头看着季岑风说道："季总今天穿着西装应该不太方便。"

"方便。"季岑风说着就单手解开了自己的西装纽扣。

他看也没再看温时修一眼，俯身抱起了司月。

季岑风走得很快，快到他不希望那个男人的眼光再多停留在司月的脸上一秒。他紧紧地抱着女人，心却在无数个疯狂抽痛的瞬间暴露了他的情绪。

他看见司月痛苦皱起的眉头，他看见司月擦破渗血的手掌，他看见她粘满沙粒的小腿，他还看见她自始至终都没有朝他投来的目光。

这一次，司月没有选择向他求救，她看向了温时修。

意识到这点的男人，忽然慌乱无比。

季岑风抱着司月很快就走到了车旁，司机老远看到两人走过来，就拉开了车门。

"季先生，去医院是吗？"

"是。"季岑风只说了简短的一个字，然后将司月轻轻地放进了后座。

司月两只手上全是沙石混杂着血迹，小腿上也粘了不少，胳膊撑着车门，整张小脸还有些吃痛地皱起。

季岑风从后面抽了一盒湿纸巾，直接拉过了司月的手。

司月手臂僵着，不肯顺从他。

那个抗拒的动作瞬间就给季岑风心里的火添了一把柴，那烈焰顺着他的心脏瞬间肆虐到了四周。

司月瞬间似乎也察觉到了些许不妥，咬着牙关轻声解释道："一会儿到医院处理就好了，不麻烦季先生了。"

季先生，季先生，又是季先生。

男人手里紧紧捏着湿纸巾，他不知道什么时候司月这张嘴可以这么轻易地就挑起他的情绪。

"别动。"他又拉回了那只想要收回去的手，整张脸黑得吓人，仿佛摔下去的不是司月，而是他自己。

司月也随即收了声，她不想和他争辩。

季岑风将司月的手握在手心，他修长有力的手指温热地包裹住她那带血的手掌，冰凉的湿纸巾就轻轻落了下来。

"咝——"司月忍不住地战栗了起来，眉头克制地皱起。

"疼吗？"季岑风关心人也是冷冰冰的。

司月对上他的眼睛，立马说道："不疼。"

她一点都没有和他吵，也没有怪他为什么不第一时间上来抱她，明明很疼也会说不疼。

季岑风有些心烦意乱。

"疼就说，装什么不疼。"他话是这么说，手上的动作却更轻了。

帮她把两只手上粘的细沙石稍稍处理过之后，季岑风又抽了几张湿纸巾出来，他俯下身子直接握住了司月的小腿。

"季先生！"司月有些慌张地想要收回腿，季岑风这一次却没给她机会，他避开了她受伤的脚踝，将高跟鞋脱下之后，把她的腿拉到了座位上。

司月还是固执地想要收回自己的腿，因为她现在的姿势实在是太不雅了。她背靠着车门，两条腿被季岑风摁在座位上动弹不得。

"你腿上的沙子准备怎么办？是不处理，还是等着医生帮你处理？"他两只手好似不断升温的烙铁，牢牢地熨帖在司月的小腿上。

季岑风丝毫没有理会她的意思，拿起湿纸巾将她小腿上的沙石也擦了下去。

近看才发现，小腿上也有不少细小的伤口，正慢慢朝外渗着血。

季岑风的手指时不时轻轻地划过司月的皮肤，她就好像一条任人宰割的鱼，看着那刀尖似有若无地划过她的身子。

司月的耳朵，红得发烫。

他们不该这般亲昵的。

但不知道为什么，司月又并没有觉得很奇怪，他还是冷漠的，就连让她说疼都带着些不知何处而来的怒气。

"来工地还穿高跟鞋。"季岑风擦完她的小腿后，又丢了一句。

可他说完的瞬间才意识到，是他没有提醒司月，也是他让司月穿平时上班的衣服的。

一种莫名的尴尬蔓延在混杂着淡淡血腥味的车厢里，司月有些无所适从地退缩了几分。她默默地将自己的小腿收了回来，手掌小心翼翼地撑了一下座椅坐正了。

季岑风也再没和她说话，丢了手上的湿纸巾。

车子很快就到了私人医院。

司机快步走下来打开门:"司月小姐你稍等一下,我去里面借一辆轮椅。"

司月:"谢谢。"

季岑风:"不用。"

两人的声音同时响起。

司月有些讶异地回了头,却看见季岑风已经从另一侧下车,然后大步走到了她身边。

"手。"他没看司月,直接伸手穿过她的后背和小腿,将她整个人抱了出来。

司月赶紧伸手抱住了他的脖颈,随着他一起朝医院里去。

他走得很慢,司月的脚踝一点也没有被晃到,有一个瞬间,她慢慢收紧了手臂。

宽敞明亮的诊疗室里,一个戴着眼镜的女医生在帮司月处理伤口。

季岑风穿过宽敞的走廊,走到吸烟区。

他手指轻捏了一根烟正要点上,忽然一个戏谑的声音伴随着脚步声在不远处响起:"哟,不得了了,辰逸集团的董事长居然一身落魄地出现在医院里,还借烟消愁?"

季岑风偏头朝声源处看去,居然是肖川。

他手指一顿,还是点燃了烟,没理肖川。

"怎么,这么久没见我,一点都不想?"肖川笑嘻嘻地凑近季岑风身边,瞧了瞧他身上的泥沙,有些嫌弃,"你亲自去工地干活啦?辰逸已经惨到这种地步了吗?"

季岑风也低头看了看自己的白衬衫,上面全是灰渍,胸前还有很大一块皱起,整个人倒真如肖川说的,一身落魄。

"你怎么在这儿?"他没理肖川的调侃。

"我?"肖川慢悠悠地伸了个懒腰,"我陪我妈来检查身体,老人家你知道的每年都要体检,惜命得很。"

季岑风点点头,没再开口说话。

"你到底怎么了啊?"肖川这才发现今天季岑风是真的有点不太对劲,整个人半死不活的。

季岑风沉寂了几秒才低声问道："一个女人向一个男人求助代表什么？"他靠在吸烟室的白墙上，偏头朝肖川看去。

肖川意味不明地打量了他几眼，脱口而出："说明她想要这个男人帮她。"

"那要是有两个男人，她只选择了其中一个？"

"那就说明这两个男人之间，她更依赖她选的那个。"肖川不假思索地说道。

季岑风整个人都没有下一步动作，明亮刺眼的冷光灯照在他垂下的眼睫上，映射出了一种苍白的错觉。

"司月选了谁？"肖川淡淡地问。

季岑风没说话。

肖川知道了答案。

男人手里那根脆弱的烟被他掐断揉烂，直至掉在地上的时候，他人才回过神来。

"你为什么来医院？"肖川终于问出了这个问题。

季岑风俯身捡起烟丢进了垃圾桶里，然后离开："司月脚崴了。"

他脚步很快，却又没有胸有成竹的底气。空旷的走廊里，传来一个带着警示的声音：

"岑风，别陷太深。"

回到诊室的时候，医生已经帮司月处理完了伤口，右脚踝扭伤，好在没有伤到筋骨，只需要在家躺着休养一个月就好，但两只手的手掌擦伤不少，有些还是很深的小伤口。

"手掌这几天都不能碰水知道吗？"医生朝司月说道。

"好的，谢谢医生。"司月两只手虽然没有包扎伤口，但也涂了药水，现在是放哪儿都不方便。

季岑风不知道什么时候又回来了，一声不吭地站在司月的身后，女人的后背都不自觉坐直了几分。

"家里人这几天多帮帮。"医生把药水放进袋子里递给司月身后的男人。

司月心里一紧，刚要说"我来"，就看见一只手从她身后伸出很是自然地接过了袋子："知道了。"

"要轮椅吗？"医生问。

"不需要。"季岑风俯下身子看着司月。

司月这一次倒是很听话地主动抱着他的脖子。男人微微用力将她整个人抱了起来。

一种刚刚被她忽视的温热与雪松木香层层地将她包裹住，就好像柔软的棉花糖衣，带着丝丝不知是不是错觉的甜意。

司月的心跳莫名加快了几分，明明今天早上他们都那么默契地选择了假装什么都没发生一般回到之前的状态，可为什么司月却觉得，这一切再也回不去了。

是因为今天她受了伤吗？还是因为他忽然又良心发现了？又或者说，在他们决定回到从前的那一刻，就根本回不去了。

他没有趾高气扬地叫她来系领带，她却主动问他要不要帮忙。

司月手指不自觉地收缩在他的颈后，她目光小心翼翼地上移，只看见那双深邃看不清的眼。

司月看不懂，她看不懂现在的季岑风。

让司月尴尬的是，回到家后，她以为可以让管家或者阿姨帮着照顾一下她的生活，谁知道季岑风直接将她抱回了楼上卧室的床。

他一边有些嫌弃地脱下了脏乱的衬衫，一边不留余地地说："我没办法忍受家里时时刻刻存在多余的人。"

彻底断了司月的念头。

她有些不知所措地坐在床上，试探地问了一句："那要不我搬去和我妈住也可以，她没有工作平时可以帮着我一点。"

背对着她脱衣服的男人忽然停了动作，转过了身子。

司月的皮肤上瞬间起了一层鸡皮疙瘩，他眼里有种明显被压抑的怒气，不知道什么时候会爆发。

"你要人帮什么？"

"……很多。"

"什么？具体？"

司月皱了皱眉，不知道他是什么意思："我没办法自己洗澡。"

面前的男人忽然笑了一下,慢慢俯下身子凝视着司月。他们明明靠得那样近,却又彼此看不清真心。

司月的手指微微蜷动,听见他说:"我可以帮你。"

季岑风进了浴室之后很快洗了澡,他随便擦了擦头发,身上的水珠还在往下滴就套上了衣服和裤子。

谁知道他走出浴室的时候,房间里已经没人了。

他看了一圈,然后就朝楼下走去。

果然那个女人很是执着,正踮着一只脚乌龟一般朝她自己的房间走去。

季岑风心里刚刚才有些平息下去的躁意腾地又起来,他大步朝楼下走去,在司月即将进门的前一秒把她整个人都打横抱了起来。

"啊——"司月一声轻叫。

季岑风没理她,把她往楼上抱。

司月连忙和他解释:"我发现我自己一个人也可以的,你看我刚刚不是一个人下楼了了吗?我的手用保鲜膜裹起来就好,不会有问题的,不麻烦你了。"

她一口气说了好多,但季岑风根本没理她。

司月有些恼也有些急,不想要季岑风帮她洗澡,因为她很害怕,这会是更深层次的羞辱。

从前尚且还能假装不知道自己的真心,彻底将自己变成麻木不仁的司月,但现在的司月很害怕,她很害怕自己会受不了更大的羞辱。

她会努力地保持和从前一样悉数接受,但是她无法确定,这一次,她的阈值在哪儿。

可季岑风没管她,直接又将她放在了床头。

"我允许你搬下楼了吗?"他忽然开始翻旧账。

男人的气息重重地从上面压下,压得司月无法呼吸。

"司月,你是不是忘了,你嫁给我了?"

她看着他,心却忽然颤了一下。

是嫁给他吗?还是卖给他呢?

司月应该明白,季岑风应该明白,可他又故意揣着明白装糊涂,这样问她。

好像他们是真的夫妻。

司月没有说话,也不知道自己该说什么。

好像既没有办法像从前那样破罐子破摔地同他说"是啊,司月就是不值钱",又没有资格和他说:"岑风,不要再伤害我了好吗?"

那株幼小而又无法忽视的嫩芽,那么痛地在那个暴雨天破土在她的心上。

司月彻底不知道,该如何面对这个男人。

她有些丧气地慢慢垂下了头,好像放弃了抵抗,又好像放弃了他。

沉默缓慢地厮磨着两个人,像一把极钝的刀,让人又痛又折磨。

季岑风不知何时起了身,垂手拿起了床头柜上的手机,拨了个电话:"李原,找个护理来家里。"

季岑风到底还是放过了司月,司月在护理师的帮助下洗完了澡。

她两只手不是很方便,走路更是困难,一个澡洗下来,足足用了一个多小时,生怕伤口进水。

她被扶着走出来的时候,还看见门口有一辆轮椅。

管家不知道什么时候也来到了卧室,看见司月出来也上去帮忙:"司月小姐先坐下,这段时间我和护理师都会在家里,你有什么事情就喊我们帮忙。"

司月点点头:"麻烦了。"

"不麻烦的,司月小姐。"

她坐在轮椅上,踌躇了一下该怎么下楼。

管家似乎是一眼看出来了,上前说道:"我已经按照季先生的吩咐,帮你把衣服东西都收回这边了。"

"都收回来了?"司月抬头望去。

管家点点头,顿了一下又说道:"倒是有一条黑色鱼尾裙,先生说不好看叫丢掉了,其他的都收回来了。"

司月:"谢谢。"

"哪里的话。"管家将司月推到卧室的桌子旁,帮她把电脑也放好,"司月小姐,我和护理师全天都会在楼下待着,你有事直接叫我们或者发个消息我们就会上来。"

"嗯。"司月点了点头。

管家和护理师就出去了。

她还没来得及看看自己的脚踝如何了，忽然手机响了起来。

是温时修。

司月接起电话："温组长？"

温时修："去过医院了吗？"

"嗯，去过了，没什么大碍。"司月低头细细看着自己的脚踝，还肿着有些红红的，她手指轻轻戳了戳，"嗯"了一声。

"怎么了？"电话里的人有些担心。

司月笑了一下："没事，去看过医生了，没伤到骨头，在家休息一段时间就好了。"

温时修那边静了几秒："司月？"

"怎么了？"司月坐起身子，忽然看见卧室的门开了，季岑风走了进来，她这才意识到现在已经很晚了。

司月手指不自觉地握紧了手机，却又很快松开。她只是正常地接朋友的电话，并没有做什么坏事，季岑风要听便听。

"如果没有你欠债的那些事，你会嫁给季岑风吗？"电话那端的人忽然抛出了一个可怕的问题。

司月本来很坦然的心情顿时紧张起来，她瞥了一眼季岑风，他正靠在离她不远的沙发上看杂志，好像并不是很在意她在和谁通话。

"为什么忽然问这个？"

"如果你没有欠债你就不会嫁给季岑风，是吗？"

"……是。"

电话那头的人忽然轻轻地笑了一下："那还来得及。"

"什么？"司月没听明白。

温时修却没纠结刚才那句话，直接说道："你脚踝受伤了，黎京美术馆接下来的施工部分你全都跟不上了。所以我想问问你，我接下来会接另一个设计的案子，你要不要跟我？"

"这个不是公司会安排吗？"

"这个项目是我拿到的，所以我可以指定我的合作伙伴，而且它是挂靠在辰逸名下的，所以你不用担心。"

温时修好似心情很好地说道："更重要的是,这个项目的合约金很高。"

司月有些心动地轻咬了下嘴唇："我可以吗?"

"你不用现在就回复我,我过几天把资料发给你,你看看再做决定。"温时修说道。

"好。"司月点了点头,唇边漾起了一抹她自己都没意识到的笑。

"那你这段时间在家好好休息。"

"好的,谢谢温组长。"司月道了别,就把电话挂了。

她把手机放在桌上,朝那边还在看杂志的男人说道:"是温组长。他只是例行问下我的脚踝怎么样,然后聊了一下工作的事。"

那个不知何时这么沉迷看杂志的男人抬头看了认真汇报的她一眼。

"不要在家里提其他男人的名字。"

司月轻轻"哦"了一声,然后便自己推着轮椅朝床那边过去。季岑风瞥了她一眼,放下杂志走了过去。

司月识趣地抬起手,季岑风就抱着她将她放在了床上。

"谢谢。"

他没理她,俯身关了灯与她一起上床。

事情忽然变得很奇怪,奇怪到司月有些不知道该如何调整自己的战术。

自从司月受伤在家里休养之后,季岑风好像没再那么尖锐地讽刺过她了。虽然他还是每天一张冷到北极的脸,但已经比从前好太多了。

原本高高肿起的脚踝也在悉心地照料下慢慢恢复,司月有时候也能自己站起来走走。只不过护理师还是比较小心,提醒她以前也崴过的话,以后会更容易崴,不可以掉以轻心。

司月很听话。

说起来,她还是挺惜命的,尤其是嫁给季岑风之后,就是想活才嫁给他的。

下午的时候,管家说花匠会来。

"这两天就入冬了,花匠来给花草做些防护。"管家一边扶着司月在湖边散步,一边说道。

司月穿了一件纯白色的高领毛衣,素面朝天,像是个小姑娘。

她走了一会儿坐在湖边的长椅上休息,玫瑰已经有些开花的迹象了,只不过天气冷，开得慢。但是红红的花骨朵，倒是格外好看。

　　黎京今年的冬天来得有些早，前段时间还能抵着秋意穿些薄衫即可，这几天却是不得不套上了厚厚的毛衣。

　　司月坐在长椅上看着清澈的湖面，感受着冬天吹来的第一把"小刀子"，有些凛冽，却并不惹人厌。

　　她微微眯起了眼睛，想起了温时修前段时间发给她的私人别墅设计案。

　　那是一个和黎京美术馆截然不同的项目，相当于温时修自己接的私人项目，但是为了方便手续文件的办理，所以挂靠在了辰逸的名下。

　　好处就是这个项目温时修是完全的主导，只需要将项目所得分一小部分给辰逸即可。

　　司月其实很心动，因为按照温时修所说，这相当于合理地接私活，并且是分红极大的私活。如果一切顺利的话，她最后可以拿到不少钱。

　　司月反反复复地将那个案子研究了十多天，因为她知道，温时修想帮她，但她并不能确定自己的能力够不够得上这次项目。

　　但温时修一直在鼓励她，说会帮着她一起。

　　她不确定，他是真的觉得她的能力做得了这次的项目，还是只想变个方法给自己钱而已。

　　这种纠结的想法有些折磨地在司月的脑子里存在了很长一段时间，温时修也没催她，只叫她好好想想。

　　晚上六点，季岑风下班回家。

　　司月和他简单地吃了晚饭之后就要回卧室，他一般这个时候还会去书房继续工作。

　　护理师今天拿了些工具陪着司月朝卧室走去，忽然被正要进书房的季岑风拦了下来。

　　"这是要做什么？"

　　护理师看了看自己手上的东西说道："司月小姐的脚踝好得差不多了，我今天教她一些按摩护理的手法，以后她可以自己随时做一做，对脚踝的骨头会有帮助的。"

　　季岑风目光落在护理师手上的热毛巾上，没说话。

护理师思索了半秒,接着说道:"家里要是有人能帮司月小姐做再好不过,那样力道会更好。"

司月眉毛微微皱了一下,想拉着护理师赶紧离开这里。

"那也教我吧。"季岑风忽然说道。

司月有些讶异地朝他看去。

季岑风却仍是面无表情,伸手带上了书房的门,然后就随着护理师去了卧室。

司月有些尴尬地躺在床上,看着季岑风侧坐在她的身边,纠结了一下轻声说道:"不用麻烦的,季先生,我自己学就可以了。"

季岑风根本没理她,抬头对着护理师问道:"怎么做?"

"那我按这条受伤的腿,季先生你用这条好的腿练习吧。"

"好。"

司月最后宛若一个被绑架的人质,两条腿一人一条被牢牢按住,动弹不得。

护理师的力道掌握得很好,她轻柔地按在司月快要恢复的脚踝上,慢慢揉捏。

但是司月的注意力却好似紧紧地勾在了被季岑风握住的那条小腿上,他干燥而又温热的手掌按在她的脚踝上,力道明明是轻得毫无压力,那片皮肤却好像一张轻易点燃的纸,在他辗转揉捏的指尖上,渐渐升温。

可他偏偏又学得那样认真,时不时还要问护理师他的手法对不对。

短短十分钟的教学,司月后背出了一层汗。

"就是这样几个简单的动作,"护理师看着季岑风已经完全记住了便问道,"季先生还有什么不明白的要问吗?"

"要多久做一次?"他手掌还握着司月纤细的脚踝没放。

"要是每天都能做最好啦,但是记不起来的话时不时做一做都是好的。"护理师一边收拾工具,一边说道,"司月小姐崴脚不是第一次了,这边的骨骼也会越来越脆弱,这样的按摩可以加强她的脚踝力量,以后也不会那么容易受伤了。"

"知道了。"季岑风说道。

护理师很快就收了东西离开了卧室。

司月一张小脸涨得发红,一等到护理师离开就急着收回自己的腿。

"别动。"季岑风没松手,反而缓慢而紧紧地将手掌贴在了她的皮肤上。

那像一场肆无忌惮燃起的大火,顺着他沉默无言的手掌点燃了司月的大脑。

他慢慢松了手,然后换到了她受伤的那一边,轻柔而又小心地揉了起来。

司月的心忍不住地跟着颤抖,她看着那个坐在床尾的男人低头静静地为她按摩。

暖黄的灯光缓慢然地落在他垂下的眼睫上,他嘴角还是那样漠然地抿起,手上却温柔得要她的命。

一下,又一下。

一下,又一下。

他不是按在司月的脚踝,他是按在她的心上。

温时修同她说:"你赚了钱,就可以不必依靠季岑风,就可以光明磊落地离开他。"

所以她犹豫,所以她纠结。

这个目标好像没有办法让她拼尽全力地再奋力一搏,但是当下的这个瞬间,她忽然想要接那个项目,想要再不知死活地搏一搏了。

她想着,赚了钱,就可以不必依靠季岑风,是不是就可以光明磊落地站在他身边了?

司月脚完全好的那天,她去了一趟李水琴家。那是她这么久以来第一次去那里。

说实话,之前一直不来,或者说不想来、不敢来,就是因为害怕看见这个房子,时时刻刻提醒自己这是季岑风给她的施舍。

再加上她心里对李水琴和有洵些怨气,所以也就一直拖着没来。

但是这几天她想好了要接温时修的那个项目之后,心里好像又寻得了一条能看到希望的路。

司月不知道这个项目到底能不能做成,也不知道季岑风这段时间的状态还能保持多久,但她想试一试。

因为那天晚上之后,季岑风每天都会在睡前帮她按摩脚踝,他还是没什么好话会说,却也没再说什么难听的话了。

司月到了李水琴家的时候，就给季岑风发了条消息告诉他。他也没回复，但是司月知道他应该看到了。

车子从家里出发，很快就在市中心附近的一个高档小区停了下来。司月下了车，才知道这根本不是司洵嘴里普通的三居室。小区里面的绿化山水做得极为精致，饶是司月从前没住过也知道这样的地段、这样的设施，房子不会便宜。

她本来想直奔李水琴家，但是在看到物业外面的售房广告时，忽然停下了脚步。

"请问，这边卖的是这个小区里的房子吗？"司月从外面推开门进去，里面坐了好几个穿着正装的工作人员。

其中一个小姑娘看见有人进来，立马热情地迎了上来："是的小姐，请问小姐的购房需求是什么？有什么具体的要求吗？"

司月没想到里面的人这么热情："我……如果是想卖这边的房子的话，你们管吗？"

"当然啦，买卖生意都做。"小姑娘引着司月往里面走，"小姐先坐，您喝点什么？"

"不用了，谢谢，我就是想来问问。"

"好的，没问题。"小姑娘还是利落地给她倒了杯茶，"请问您是这里的业主吗？我们这边既是小区的物业，也是中介公司，买卖房屋都做的。如果您是这边的业主想要卖房子找我们就更方便了。"

司月眉尾微微扬起，心里有些愉悦："那你可以帮我看看一个业主叫……李水琴的房子吗？"

"业主名叫李水琴吗？"小姑娘打开电脑查询着，"是你本人吗？"

"不是。"

小姑娘从电脑后面探出头："那小姐您不能查的，必须业主本人才可以来查。"

"……这样吗？"司月有些失望。

"不过，"小姑娘忽然对着电脑皱了皱眉头，"我们小区也没这个业主啊。"

"没有？"司月不相信，"怎么会没有？她就住在这里。"

"是不是业主不是这个人啊？"小姑娘问她。

"不是这个人？"司月喃喃重复了一遍，小声试探道，"那要不你试试这个名字，司月。"

"是你本人吗？"

"是。"

小姑娘手指飞快地查了一下："有的。"

司月愣了半秒，居然是她的名字。

"您给我看下身份证就可以和您谈卖房子的事情了。"小姑娘说道。

"小姐？小姐？"

司月一下回过神来，从包里拿出身份证。

"好嘞。"小姑娘核对完了，就把电脑屏幕推了过去，"您这是一套才买没到一年的三居室，楼层和地理位置都是小区里最好的。

"当时买入的时候是三千两百万，现在就想要转手卖掉吗？"

司月听到这个数字的时候有些吓到了："三千两百万吗？"

"是呀小姐，这套的楼层数字很吉利18幢1808号，就算是比隔壁家都贵了几百万。所以如果转手卖的话也会很好卖，毕竟住在这里的人很喜欢花钱买吉利。"

小姑娘说话利索直接。

"那如果现在拿出去卖能卖到多少呢？"

"考虑到您住了一段时间但是又不久，如果适当地操作一下可以竞卖出很不错的价格的，但是想要再赚点可能有点难。"

"我知道，那大概会折损多少？"

小姑娘掏了个计算器出来，没两秒就回道："大概一百六十万。"

"一百六十万？"司月重复道。

"是。"

司月垂下眼眸思索了起来。

小姑娘以为她不满意又连忙说道："但如果有买家很喜欢您家的房子，这个折损也会缩小的。"

"好的。"司月忽然抬起头朝她笑了笑，"可以留个联系方式吗？"

"当然可以。"

司月和中介签了一份代为卖房的合同,她没让在网上投放广告,只叫那个接待她的小姑娘帮忙留意就好,如果有人想买房子就联系她。

房子卖出去,她只要付季岑风买卖的差价即可,再加上他帮忙付的医药费、欠债,还有乱七八糟的费用,司月曾经觉得那是一个她无论如何都无法完成的任务,尤其是在追债人的咄咄相逼下。

但是季岑风却为她争取了那么多的时间。

她可以慢慢来,她可以把这些钱全都还上,她可以光明磊落地和他结束这段不公平的关系,然后,试着重新站在他的身边。

那天司月的心情特别好,帮着李水琴一起做了午饭。司洵同酒店那边请了假,回来一起吃了午饭。

只有司南田到现在还是下落不明,但是没有人想要提起他,又或者谁也不愿提起他。

午饭李水琴做了她最拿手的煲仔饭和鱼香茄子,司洵又从外面买了些现成的,一家人坐在一起和和气气地吃了一顿饭。

没有争吵,也没有阴阳怪气,所有的裂隙好像都从未出现,一层叫金钱的万能药水把所有人重新黏合到了一起。

"姐,你最近和姐夫怎么样啊?"司洵吃完了饭,懒散地躺在沙发上。

司月走到他身边坐下,拍了拍他的肚皮:"正常。"

"正常是什么意思?"司洵笑着闹她,"以前天天说着不肯回头,现在是不是觉得还是回头草香?"

司月轻掐司洵的痒肉,痒得司洵直求饶:"我错了错了,姐,哈哈哈!"

李水琴推着轮椅也停在了沙发旁边:"司月啊,你大概也可以考虑要孩子了。要知道季岑风这样的男人可不是单靠婚姻就能抓紧的,必须要个孩子才能将他完全绑住。"

"我没想把他绑住。"

"你必须把他绑住啊!"李水琴笑她,"又来了,嫁都嫁了。"

"我们都是一家人也不说二话。妈之前看你们闹得挺僵也没说,但是一个男人娶一个女人,只要是没人逼他,那那个男人绝对是想要的。"

"不管他嘴上说什么,你心里以为什么,妈是过来人,看得比你们清楚。"

司月坐在沙发上,没吱声。

李水琴又接着说道:"而且你们现在在一起也这么久了,他是不是对你更好了?"

司月沉默。

"嗯?"李水琴看她没答话,脸上笑意更甚,"那就对了嘛!你现在就应该趁着他还高兴还愿意的时候赶紧生个小孩,不然以后变数多了,你再想找机会就找不到了!"

李水琴句句说得功利,完全把司月当成一门生意在做一般,司月本来很好的心情忽然又低落下去。

"司洵?"她忽然看向了躺在一边快要睡着的司洵。

"咋啦,姐?"司洵睁开眼睛朝她看去。

"你最近有存钱吗?"

"……干吗忽然问这个?"司洵慢吞吞地坐起身子来,"现在咱家里又不欠债,妈去医院都是姐夫付的钱,我只用出点生活费就够了,干吗存钱?"

司月认真地看着他,一字一顿地说道:"司洵,从现在开始,你不要再乱花钱了,每个月发了工资存一点好吗?"

"为什么?"

"万一以后需要用钱呢?"

"姐夫不是——"

"你要靠他养一辈子吗?"

司洵看着司月又这样和他说存钱的事情,脾气也上来了:"姐你就是不想管我和妈了是不是?你自己有钱了快活了就开始嫌弃我们用你的那点钱了是不是?"

"不是的。"

"那是怎样?"司洵呛道。

"我是说万一有一天我离开季岑风了,我们所有人都没办法再依靠他了,我们能不能存一点钱,自己过日子。"

司月的声音掷地有声地落在宽敞的客厅里,李水琴顿时就有点蒙了。

"你什么意思,司月?你好日子过傻了想过回去是不是啊!"

司月忍着心头一口气,站起来朝门口走去。她换上鞋子,手指握上了门把手。

"我不是好日子过傻了想过回去,我只是跪得久了,想重新像个人一样,站起来而已。"

她说完之后,便头也不回地离开了。

这一天不欢而散,司月早早就回了家。

季岑风今晚有客人,要很晚才回来。

司月给温时修打了个电话,确定了会参加那个设计案,便坐在沙发上打开了电脑。

上面工整地列出了季岑风所有为他们付出的金钱,一项一项,没加在一起的时候司月还没有太大的感受,但是当她清楚地列出之后,那种窒息感就慢慢地涌上了心头。

好在她并不是莽夫,如果能顺利把房子转出去,再加上完成温时修的那个项目,她便可以还上大部分的钱。

其余的零零散散加起来,就不再是个遥不可及的数目了。

如果这一次可以和温时修很好地完成这个项目,对于司月来说也是一个提升名气的机会。

设计这个行业有时候很看人的名气,就好比温时修,只要拿出他的名字,就代表着品位和价值。如果她也有名气了,她便可以有更多的机会赚钱,而不是只有死工资了。

司月一晚上都在仔细地盘算着如何赚钱、能赚多少、最快什么时候能还完季岑风的钱。

她盯着电脑看得眼睛发酸,最后竟不知不觉地伏在沙发上睡了过去。

司机开车载着季岑风到家的时候已经是凌晨一点半,季岑风在后座闭目休息,李原则认真地念着明天的行程安排。

自从上个月司月小姐受伤在家休息之后,季岑风就推了所有去M国的行程。上次就临时取消了和FUTIS总裁的见面,这次又一推一个多月。

那边索性拒绝了合作,转而同另一家公司开始了谈判。

但辰逸毕竟是国内设计的龙头老大,这样的生意丢了也不会有太大的影响,只是季岑风这段时间的表现的确是给了有心人钻空子的机会。

这让李原有些难以理解。

司机平稳地将车停在了楼下:"季先生,到家了。"

后座的男人睁开了眼睛,下了车。

家里很安静,但是季岑风进门的第一眼就看见了那个穿着宽松毛衣睡在沙发上的女人。她睡得很沉,两只手收起放在脸侧,倒是没有刚来的时候,那样防备了。

她两条纤细的腿叠在沙发上,她怕冷,在家也喜欢穿袜子,一双白色的长筒袜子一直提到小腿肚,稳妥地裹着她的脚踝。

季岑风眼眸微动了一下,利落地脱下了西装外套,然后朝她的方向走去。

她也不知道在忙什么电脑都忘了关。

季岑风也没搭理,俯身就想把她抱起来。

忽然"叮"的一声,司月的手机响了起来。季岑风不自觉地转过身子,上面是一条短信。

春庭院中介李小姐:【司月小姐您好,我这边有一个客人对您的公寓感兴趣,不知道您什么时候有空可以同他约个时间聊聊卖房的价格?】

男人久久地盯着短信,直到手机屏幕"咔嚓"一声轻响,自动锁上。

他忽然抬起头看向司月的电脑。

上面是一张密密麻麻的表格,详细记录了他给司月花的所有钱,一条又一条,被她如此清晰而又界限分明地标了出来。

如何赚钱的那一栏里,有一行司月打出来的小字:同温组长一起完成别墅的案子。

男人的身子登时就僵在了原地,头脑轰然。

——"一个女人向一个男人求助代表什么?"

——"说明她想要这个男人帮她。"

——"那要是有两个男人,她只选择了其中一个?"

——"那就说明这两个男人之间,她更依赖她选的那个。"

她更依赖,她选的那个。

但那个人,不是你。

不是你季岑风。

肖川是被王乾之的电话吵醒的,凌晨四点。大冬天的,外头乌漆墨黑,肖川一边骂人，一边下楼开车。自从上次在医院看到季岑风那个样子，他就知道这下连带着他都别想过好日子了。

王乾之在黎京郊区有一家大型室内射击场，本来季岑风给他打电话的时候，王乾之也没以为是什么大事，他那里本来就二十四小时开着。既然季岑风要来玩，他就连夜开车去招待一下。

但是他没想到季岑风根本不是来消遣的。

从前和朋友一块儿来玩的时候，季岑风从来都是射得最准的那个，整个靶场就他的靶子最干净利落，枪枪落在中间的红心，从没失手过。

王乾之在门口把季岑风迎了进来之后，本来只打算待一会儿就回家继续睡觉的，谁知道他看见季岑风挑了把难度系数大、后坐力又强的枪就去了最里面一个隔间。

没过一会儿，剧烈而又凌乱的枪声便从那个隔间传了出来，王乾之瞬间头皮有点发麻。

因为按照季岑风一贯的作风，开枪快准狠，每枪的间隔也仿佛算好了一般，平均得令人讶异。王乾之开这家射击场这么多年，太能通过一个人的枪声判断他的性格和情绪了。而现在这阵剧烈而又凌乱的枪声居然是从向来都冷静到令人发指的季岑风手中传出，他顿时觉得有什么事发生了。

但他又不知道该做什么，只能有些担忧地坐在外面，看看季岑风什么时候会出来。

可随着时间慢慢过去，那里面除了要大量的子弹，枪声的密集程度只增不减。王乾之找人进去过一次，提醒季岑风这种后坐力大的枪不宜一次打太久，身子不好的人甚至有可能会被打骨折。

但那个工作人员没两分钟就面色难看地走了出来。

王乾之一眼就知道季岑风没同意，他在外面有些焦虑地走来走去，最后还是决定给肖川打电话。

他和季岑风的关系没那么好，季岑风不会听他的，但肖川应该可以。

凌晨四点半，一辆跑车急刹停在射击场的门口，肖川无语地走进来就看见了皱着眉头的王乾之。

"人呢？"

"最里面那间。"

肖川二话不说便朝里面走去,门一打开,就看见了那个男人疯了一样对着面前早已被他打烂的靶子连续开枪。

他黑色的西装外套被丢在地上,袖口挽起在青筋暴起的手臂上。

枪尾随着他猛烈而又频繁的动作一次又一次重重地打在他的右侧胸口,他却好像感觉不到任何疼痛似的片刻不停。

"季岑风。"肖川在后面喊他名字。

枪声又密又大,肖川不得不扯着嗓子喊:"季岑风!"

可前面那个男人好像没听到一般,手上动作丝毫没停,泄愤一般朝着前面漫无目的地开着枪。

肖川心里来气,也不和他杠,等了两分钟见他这枪子弹结束正要去换新的时一把抓住了他的手臂。

"季岑风,你疯了!"肖川重重将他拉离了窗口,却猝不及防地对上了一双猩红的眸子。

又狠又绝望,他一个反手甩开了肖川又要去装子弹。

"你疯啦!"肖川立马扑上去拉住了他的手,"你大半夜的在这里发疯,找死吗?"

他说着直接捶了一下季岑风刚刚撑着枪的胸口,不出意外的话,那里没有骨折肯定也是严重瘀伤了。

季岑风低低地发出了一声闷哼,他手掌紧紧地握着枪身,整个手臂都在控制不住地颤抖。

肖川看准机会一把抢下了他手里的枪,然后捡起他落在地上的外套二话不说地把他推了出去。

王乾之一看人出来了,正要问怎么回事,就被肖川一个眼神屏退了下去:"没事,不要瞎传出去就行。"

王乾之点点头:"知道,你们放心。"

肖川推着季岑风走出了射击场。

凌晨五点,天还没亮,外面刮着凛冽的大风,季岑风只穿了单薄的衬衫却丝毫感觉不到冷。

肖川一把将他塞进自己的车里,脸色也不好。

"去我那里待几天吧。"看着一直不肯说话的季岑风,肖川也没了办法,但肖川可以打包票，他这个样子肯定和那个女人有关。

真是互相纠缠，不死不休。

肖川又想起了三年前季岑风从司月学校回来的样子，大腿上那道车祸留下的伤疤才刚刚缝合了二十四个小时不到，回来的时候就重新撕裂开来鲜血直流。

医生气得只能把刚刚缝合的手术线重新拆了开来，再给他缝合一次。

本来有可能不会留下痕迹的，却硬生生叫他弄成了一条那么明显的伤疤。

肖川一直都觉得，他和司月不合适，从前是，现在也是。

不知道他把司月强行留在身边，到底是折磨司月，还是根本就是折磨他自己。

肖川开着车一路朝自己家去，天色慢慢有些亮了。

那个一直坐在副驾驶上没说话的男人忽然转过了身子："送我回家。"

他语气平静得仿佛刚刚那个疯子不是他。

肖川心里的火一下就上来了："季岑风你是不是非得把自己玩死才开心？"

"是不是三年前那个教训教不会你要离司月远点？"

"让我下车。"季岑风的语气冷到令人发指。

肖川一口气冲上来，看了一眼没人的公路直接一个急转加急刹，停在了马路边。

"你下车！"

季岑风一秒也没停就下了车。

肖川恨得头皮炸裂，却还是紧跟着也下了车。

"你站住！"肖川把季岑风拉住。

面前的那个男人狼狈得让他认不出，认不出是那个从来都高高在上、从来都冷静自持的季岑风。

"季岑风，你看看你现在变成什么样子了！"

季岑风被他拉住，转过身子反问他："我变成什么样子？"

"现在这样，为了个女人要死要活的！"肖川骂道，"之前在 M 国的时候不也好好的，把她忘得一干二净了吗？为什么回来还非要去招惹她？"

"忘得一干二净？"季岑风缓缓重复道。他胸腔里忽然闷闷地发出了几声嗤笑。

忘得一干二净，他从前也以为他是忘得一干二净的。

假装不在意地住进了那个为她买的别墅里，亲手拔掉了所有开出来的玫瑰花。他像一个冷漠到没有感情的生物，那样平静地在 M 国度过了没有司月的三年，以为这就是自己从此以后的人生，他以为他本就是这样冷血无情的人。

直到得知司月回到黎京的那个晚上，他疯魔了一般径直开去了机场，除了随身的证件和钱包，他什么都没带。

垃圾邮箱里上翻第三页，有季如许两周前发给他的邮件。

他回复了"可以"。

可季如许说他身体不好，要死了，关他什么事；辰逸经营遇难，面临困境，关他什么事。

"我回来，不过是因为司月也回来了。"季岑风喃喃开口。

"她回来了，我也想回来。"

男人的声音很轻，像一缕抓不住看不见的烟，稍纵即逝在了这凛冽的冷风里。

季岑风恨司月。

却又不只是，恨司月。

他只亲眼看到过季如许是怎么害死岑雪的，却没人教他，要怎么和心爱的人和好啊。

肖川把车开到明宜公馆的时候，天已经完全亮了。

季岑风伸手要开车门的那个瞬间，肖川忽然落了锁。

他回头望去。

肖川轻叹了口气："你但凡对她好点，都不会是这个样子。"

季岑风没说话。

锁开了，他大步离开。

家里还是静悄悄的，司月窝在沙发上还没有醒来。

季岑风换了拖鞋朝里面走去，却在经过司月的时候不小心吵醒了她。

司月有些迷糊地眨了眨眼睛，好似还带着睡意呢喃了一句："岑风。"

男人顿时停下了脚步朝她走了过去。

司月余光忽然瞥到了自己的电脑，刚有些慌张地伸手要去合电脑，却发现电脑已经没电关机了。

她谨慎地舒了一口气,发现男人并没有发觉不对劲。

季岑风走到她面前蹲了下来。

司月手肘撑着身子坐了起来:"季先生昨晚没回家吗?"

"叫我岑风。"

司月一愣,有些怀疑自己到底有没有睡醒。她两只手揉上了自己的脸,又放了下来,季岑风还在面前。

好像不是在做梦,那又是为什么?

"叫我岑风。"又是一遍。

司月有些搞不明白到底是什么状况,只能依着他叫:"岑风。"

男人点了点头,便要走。司月这才发现他眼底布满了血丝,整个人有些凌乱的疲累。

"季……岑风。"司月开口。

"还有什么事?"季岑风站起身子看她。

司月本来想问他昨天晚上去哪里了为什么这么累,却忽然又止住了嘴。她不敢问,也不该问。

"没事的。"司月从沙发上坐了起来,"就是有件事情想和你汇报一下。

"我从今天开始就恢复上班了,然后有一个新的设计项目,所以接下来一小段时间可能会很忙,想和你提前说一下。"

司月说得小心翼翼,生怕他不同意。

"不行。"

"为什么?"司月一下脱口而出,有些着急。

"我现在上楼去洗澡,你在这边等我。"季岑风说完就头也不回地上了楼,没给司月答复。

司月整个人都有些云里雾里地怔在原地,她预料到季岑风可能会对她的工作有些看法或者阻拦,但她没想到他连问都没问半个字就否决了自己。

他甚至没问是什么项目,和谁一起、要做多久。

司月心里有些不安,思索了一会儿,决定先去洗漱,左右今天她肯定是要去上班的。

季岑风很快就洗完了澡,司月进去刷牙洗脸。

她随手扎了个丸子头,然后一边刷牙,一边思索待会儿要怎么说服他。本来以为至少会在问到温时修的时候,听到他的否决,却没想到他居然一个字都没问就不同意,这实在是让司月无法理解。

洗漱完毕后,司月轻轻吸了口气平复了情绪就回到了卧室,季岑风已经换上了睡衣。

司月愣了半秒才反应过来他昨天一晚没睡现在肯定是要睡觉。

她也不想打扰他睡觉的。

"那个,我想和你讲一些关于我那个项目,"司月站在他的面前轻声说道,"大概是从现在开始,然后会一直忙到年后,但是我不会打扰到你任何的——"

"是我,季岑风。"

司月话还没讲完,就看见季岑风忽然打起了电话。

她顿时收了声,有些吃瘪。

"李原,从今天开始到过年后一个星期我开始休假,你帮司月也请假。"

司月有些不可思议地看着他,从现在开始到过年后一个星期至少是一个月,季岑风他疯了吗?

但是那个男人似乎根本不在意她的想法:"今天晚上你来一趟家里,我把剩下的工作和你交代一下。"

电话里不知道又说了什么,季岑风很快就挂了电话。

"不是,我今天还要去上班的。"司月急急地解释。

季岑风也没说话,把手机朝柜子上一丢,伸手拉起了司月的毛衣,将她剥了个干净,只剩下一件贴身短衫。

"我现在要睡觉,你上床陪我。"

"不是,怎么——"

"裤子你自己脱还是我帮你脱。"

"不是的,我今天要——"

季岑风没废话直接把她抱到了床上,伸手解了她的裤扣。

司月紧紧拉住了他的手,心脏像疯了一样加速跳动:"我自己来!"

男人松了手,随即掀开了被子。

司月彻底被弄晕了头脑,一整个早上她就好像一只被逗得团团转的乌龟,哪儿哪儿都看不清了。

她慢吞吞地进到被子之后，季岑风就直接从后面紧紧抱住了她。

他好烫。

司月身子瞬间冰冻，呼吸彻底停滞。

男人的脸颊深深地贴在司月的后脊，不知在想什么，只沉沉地靠着她。

良久之后，一个卷着浓浓倦意的声音，缓慢响在她的耳后："司月，过年陪我去见见我妈，好不好？"

第七章

初雪共白头

司月本来以为，一团毛线，她理得差不多了，路该怎么走、什么时候走，她都慢慢摸索到了一个可行的方向。

谁知道情绪稳定了一个多月的季岑风，一出手就将她好不容易理好的线团扯了个稀碎，然后告诉她，朝那个方向走。

那个她从来，都没有想过的方向。

司月以前对季岑风的家里并不是很了解，只知道他母亲去世得早，他和他父亲的关系并不好。

又或者说，季如许要是哪天死了，说不定季岑风能出门吃个饭庆祝一下。

但司月自己家里也是一团糟，所以她知道这样家庭里出来的孩子，不喜欢别人问东问西。她甚至觉得季岑风当时会和她慢慢接触，也是因为知道了她乱七八糟的家庭背景，觉得可怜才拉她一把的。

两个同样出身于糟糕家庭的孩子，总会有很多别人无法意识到的相通点的。

但是后来她才知道，季岑风和她，是天差地别。她是纸糊的老虎，风一吹就摇摇欲坠；他却是铁打的心脏，能和家里彻底割裂。

他们那么不一样，却又在那个无人知晓的楼梯间里，开始了这么长时间的互相纠葛。

司月记得，她后来在辰逸实习了半年之后，带着他们小组做成了一个很成功的案子，当天晚上就和同事们下班一起去吃饭庆祝。

那个案子季岑风给她指了很多次方向，他就好像一个未卜先知的预言家，次次能说中司月没看到的点。她当时和同事在店里吃着饭，心却早就飞到了还在公司加班的季岑风身边，她迫不及待地想要和他分享这个好消息。

明明说好九点结束饭局之后就去公司找他，司月却实在忍不住提前离开了饭局。

她到现在还记得那家四川餐馆，在公司后面的一条小巷子里，那里面有很多好吃又便宜的餐馆，但是季岑风从来没过这里。

他不喜欢脏乱的地方，甚至那里根本算不上脏乱，只是店铺密集，街道狭窄而已。

司月一个人拎着小包走出了热闹喧嚣的小餐馆，她脸上是藏不住的笑意，大大方方地展露在温柔拂面的春风里。她甚至想了很多个如何感谢他的方法，送他点东西或者帮他做些什么。

司月不知道具体要做哪个，但是她好高兴好高兴。

她要去见他。

可她欢快的脚步还没离开那条逼仄脏乱的街，她就一眼瞧见了那个站在店对面看着她的男人。

他穿着笔挺干净的西装，两只手松松插在口袋，五颜六色的霓虹灯那么艳俗地落在他的脸上，她却觉得他好看得要命。

季岑风朝她笑着，又不朝她走来。

她连矜持都忘了，匆匆就跑了过去。

"你怎么过来了，不是说好在公司等我的吗？"

季岑风低下头认真地看她："吃饱了吗？"

"吃饱了。"

"恭喜你。"

司月脸上一阵烫红，连话都说不利索："谢……谢谢你，如果不是你给我很多建议，我也不会——"

可是那天她话还没说完，季岑风就吻上了她。

他不喜欢那里的脏乱，不喜欢那里的逼仄，但他有一个喜欢的小姑娘，他想要叫她知道。

这是他们之间的第一个吻。在此之前，司月甚至不知道，他也喜欢她。

司月还有另一件她不知道的事。

就是她居然可以在睡了一整个晚上之后，又陪着季岑风睡了一个白天。

最开始的时候她整个身子都处于一级防备的战斗姿势，但是随着身后的呼吸越来越绵长越来越平缓，她才意识到，季岑风睡着了，还睡得很沉。

可他胳膊牢牢地抱住她，她哪里也去不了，随后只能迷迷糊糊地跟着睡了过去。

她不仅睡着了，醒来的时候，旁边人都没了。

司月迷迷糊糊地伸了个懒腰，发现自己的短衫不知什么时候被蹭到了胸口，她脸一红又立马给拽了下来。

清醒了几分钟后，司月穿上拖鞋走了出去。书房门没关，季岑风正在里面给李原交代接下来的工作安排。

季岑风一看到司月出来了，立马起身走了过来。

"还有半个小时，一会儿吃晚饭。"

司月眨了眨眼，不知道他为什么忽然和自己说这个。但是季岑风立马又回了书房，顺便关上了门。

司月的脑子今天给季岑风弄得乱七八糟，完全丧失了判断他情绪的功能。她叹了口气，才想起来她今天一天还没看过手机。

她下楼从茶几上拿起自己的手机，居然没有一条短信和未接来电。

司月有些郁闷。

她今天本来说好去公司和温时修一起讨论项目的，但是她一天没去，温时修也一条消息没发。

她坐在沙发上踌躇了一会儿，还是给温时修发了一条道歉短信，告诉他她可能没办法跟这个项目了。

消息发出去了二十分钟，没人回她。

司月这下心里有些凉透了，温时修应该有些生气，所以才不回她的消息的。

既然这个项目她是无缘了，那么卖房子的事情也需要缓缓了，不然卖现在也还不上那差价，还会叫季岑风发现坏事。

到底是哪一步出了问题呢？司月完全搞不明白。

"好的，季先生。"楼上传来了李原的声音。

司月坐在楼下本打算和李原说声再见的，谁知道李原走得飞快，看都没看客厅一眼。

季岑风随后也走了下来："吃饭。"

司月点点头，跟了上去。

阿姨还是做完饭就消失了，司月安静地坐在季岑风的对面吃饭。

"晚上收拾行李，要去一个月。"季岑风难得平和地和她说话。

司月的筷子顿了一下："是要去……看你妈妈吗？"

"嗯，过几天是她的忌日。"

司月本来打算晚上再和他说说看有没有变通的可能，可是不知道为什么听到他说这句话的时候，她怎么都说不出口能不能放她回去做项目这件事了。

司月轻轻地点了下头："好。"

"不过我们是要在哪里住一个月吗？"司月有些好奇，却又在话说出口的瞬间后悔了，她不该多嘴问的。

"宜乡。"季岑风接了话，"黎京的乡下，听说过吗？"

"宜乡？"司月不自觉笑起，"听说过，我家以前也是黎京乡下的。"

"那要带你回家看看吗？"季岑风抬起头看司月。

"不用不用。"司月连忙拒绝，"房子早就没了，很多年没去过那里了。"

季岑风点点头，又继续吃饭。

两个人没有再说什么话，司月心里却莫名地察觉到了一丝她无法相信的缓和。

一种针锋相对的缓和，一种剑拔弩张的缓和。

他没再处处揪着她的话语冷嘲热讽，也没再提起过从前的事情。

好像那个一直狠狠恨着司月的男人忽然就烟消云散了。

不对，并不是忽然的。

那是从上次她崴脚开始的吗？他觉得愧疚了舍不得了，觉得自己做得过分了？还是从那个吻开始的？他为什么后来没有继续下去呢？为什么又折回来告诉自己他周日有空，还把李水琴和司洵请到家里吃饭？

还是说，是那次他在公司替她解围？说她的设计案做得漂亮？

司月有些看不清了，无数个不同情绪的季岑风纷繁错乱地出现在她眼前，他太阴晴不定了，司月根本无法预知他的心态。

就连现在他忽然可以这样平和地与她相处，她也不知道能维持多久。

两人吃完饭之后，司月就在卧室里收拾行李。今年黎京的冬天比往年还要冷一些，天气预报说这两天就会下雪。

司月把行李箱打开放在衣帽间里，然后起身从衣柜里拿衣服。她的衣服好收拾，内衣、短衫、毛衣各拿上几件，然后再塞几件羽绒服。

倒是季岑风的衣服，她有些拿不准。

"你的衣服需要等明天管家来帮你收吗？"

季岑风看了她一眼，朝衣帽间走了过去："我说，你拿。"

"……好。"

季岑风跟在司月的后面一件一件地指，司月就帮他拿下来。

他大多是相似的衬衫和西装，外面再加一件黑色的外套。

"今天冬天很冷，不需要带件羽绒服什么的吗？"司月帮他把衣服塞进行李箱的另一半问道。

季岑风思索了半秒："没穿过。"

司月无语。

两人洗完澡之后已经是夜里十点，季岑风说明天早上八点出门，倒也不算很早。

司月穿着睡衣睡裤上了床，还穿着一双毛茸茸的袜子。

因为以前住的地方冬天总是很冷，司月常常睡一晚上手脚都还是冷得吓人，所以李水琴就叫她穿长袖长裤和袜子睡觉。

后来有了电热毯，司月还是保持了以前的习惯，这样一夜下来，手脚都是暖和的。

但是季岑风就不一样了，他还是和夏天一样穿一件短袖睡衣，其实家里常年恒温倒也不冷，只是司月习惯了。

关了灯之后，司月就安静地睡在了她那一侧，季岑风也没像早上那样靠过来。

司月其实有些睡不着，今天的季岑风实在是太好，当然和从前比还是不一样的，从前他会和她笑，会温柔地吻她。

但是和之前的季岑风相比，简直就是完全两个人，说实话，司月是有点开心的。

虽然她不知道他为什么变成了这样，但是司月真的真的很开心。

黑暗里，她两只眼睛亮亮地睁开，打算等这次过年回来的时候再想赚钱的事情，至少房子钱和司南田欠的八十万，她一定要还给季岑风。

一团线倒也不算是被他扯得稀乱，司月理了一天，又理出了一条思路。

这条路也好走，她眉眼微微地弯起，正要闭眼睡觉。

忽然，一双大手将她用力地拉进了怀里："没见过睡觉穿这么多的人。"

从黎京的家出发，要开足足三个小时才能到宜乡。

前两个小时还算好的，大路小路最起码平整宽阔，沿路风景从高楼耸立到小桥流水。

只是这后面的一个小时就有些折磨人了，倒也不是折磨坐车的人，而是那个开车的人。

车子沿着一条并不算陡峭的山路前行，然而道路狭窄又多弯，考验极了人的专注力，一秒没集中，下一步就是冲下悬崖的节奏。

司月本来一路上迷迷糊糊地有些要睡着了，不小心瞥了一眼车外面的万丈深渊之后吓得再也不敢睡了。

她认真地帮季岑风看着路，生怕他走神，带她一起开下悬崖。

倒是季岑风一点看不出来紧张的样子，整个人还和两个小时前一样，手指搭在方向盘上，神色淡淡地看着前面。

"醒了？"他瞥司月一眼。

"嗯。"司月点点头，"帮你看路。"

"不需要。"季岑风转着方向盘顺着山体转弯，他好像对这里的每一条路都很熟悉似的，整个过程行云流水。

"你很常开车来这里吗？"司月转过头去问他。

"嗯，拿到驾照后每年都会自己开车回来。"季岑风微微减速，前面有个急转弯，过了之后，车辆又十分顺滑地加速前行。

"你妈妈为什么会被安葬在这里?这里离你家很远,每次来看她开这么远不会不方便吗?"

"因为外公住在这里。"

"什么?"司月有些惊讶地微微瞪大了眼睛,身子坐直,"你说你外公住在这里?"

季岑风又看了她一眼:"有什么问题吗?"

"……没有,"司月身子落回座椅上,"你没和我说你外公住在这里。"

季岑风缓了几秒,说:"忘记了。"

司月沉默。

"我们会在外公家住一个月,你可以吗?"

司月无声地吸一口气:"可以。"她害怕她说不可以,季岑风会叫她在这里下车。

车子渐渐地驶入山里,后面就不再是盘山公路了。

一条平坦的水泥路铺在两片整齐的稻田中间,天色是碧蓝如洗的澄澈,连一丝阴霾都没有。

车里开着暖气,司月有些好奇地贴在车窗上看外面,她没来过这里,却发现山里面竟别有一番景致。

房子、道路都是最简单朴实的颜色,甚至可以说有些简陋,但是景色却让人惊艳。天是碧蓝的,稻田像是无边的海。一座沉静的小村庄坐落在这片群山的怀抱里,竟有几分别致的意味。

司月不禁想到了她以前住过的河水镇,也是黎京的乡下,但和这里比就差远了。

他们那里交通倒是发达一些,也因为如此,来来往往的货车特别多。

她的回忆里,河水镇没几天是晴天,天色总是灰蒙蒙的,要么下雨,要么雾霾。她也不知道河水镇到底是真的就这样,还是她记忆里的河水镇,就是这样。反正,不是什么让人拥有美好记忆的地方。

进入村子之后,季岑风沿着一条小路很快就轻车熟路地停在了一个院子前面。

这是一个极为普通的院子,大门敞开着,里面是一排平房,墙体是水泥的原色,和这里其他的房子是同样的风格。

几串颜色偏深的香肠和腊肉被挂在院子中央的架子上,司月忽然想到从前李水琴身体好的时候,过年也喜欢做这个。

几斤猪肉满满地灌进肠衣,细绳利索地分节扎起,然后用牙签在肠衣上轻轻戳几个洞排气,就变成了接下来好几个月都可以吃到的美食。只是后来李水琴没再做了,家里天天闹得鸡飞狗跳,谁也没这个心思了。

"到了,下车。"季岑风解了安全带她看去。

司月回过神,点了点头,也解开了安全带就要开车门。

"羽绒服穿上。"季岑风一把拉住了她的手。

司月这才反应过来外面该是很冷的。

"啊,我差点忘记了。"她声音软软的,低头去穿羽绒服。

果不其然,车门一打开,一阵凛冽的寒风就似刀子般刮在了司月的脸上。即使她做好了心理准备,一张小脸还是猝不及防地皱在了一起。

季岑风敞开的衣角被高高吹起,他走到车子的后边打开了后备厢。

"就是这里吗?"司月看着季岑风推着箱子走到了门口。

季岑风点了点头,拉起了司月的手往里面走。

司月被一阵干燥而又温暖的气息瞬间裹挟着朝前走去,她嘴巴惊讶地微微张开,却是一句话也说不出来。

男人的手掌很大,将她完全地包裹在内。骨节分明的手指亲密无间地契合在她的手掌上,司月不自觉想到了那个晚上,他带着些许愤怒地与她十指相扣。

只是这一次,他很轻、很平和。

仿佛他和她从没有过任何的嫌隙与分离。

那温热的触感顺着司月的手臂爬上了大脑,司月脸颊有些发热了。她偷偷地深吸了一口气,然后大步跟了上去。

季岑风将箱子放在院子中央,径直去了东边的一间小屋。

司月刚刚倒是没发现,院子的东边还有两间单独的小屋子。

季岑风刚走到门口,那屋子里就传来一个苍老却精气神十足的声音:"小风回来啦!"

司月站在季岑风的身后有些紧张地朝里面看去。

一个穿着暗灰色大棉袄的老人正从灶台后面站起身子,他头上戴着一顶厚厚的毡帽，厨房里光线暗却能清晰地看见他笑起的嘴角，两只眼睛顺着皱纹眯成了线。

"外公。"季岑风喊他。

外公两只手往身上擦了擦，走过来。

"小月。"他走到季岑风身边，目光落在了司月的脸上。

司月快速地看了季岑风一眼，她感觉到男人不轻不重地按了按她的手心："我昨天给外公打过电话的。"

司月立马明白，嘴角高高地扬起："外公好，我是司月。"

外公立马满意地"欸"了一声，笑容比刚刚还要热烈："你们先进屋子待一会儿，我这饭马上就好。"

"我来帮忙吧，外公。"司月走到厨房里四下看了看，这里灯光昏暗，只能看见灶台上放了一些肉和洗好的菜。

"不用不用。"外公说着把他们两人朝外面赶，"你们回房间休息一下，东西我都给你们洗干净了，千万别嫌弃。"

司月还是想帮忙，却被季岑风拦了下来："那我和司月先去收拾东西了。"

"去吧。"

司月只能跟着季岑风先回房间，她这才知道了外公家的整体布局。

一个大院子，院门对着的那间屋子里有一个大堂和两间卧室，站在院子里右手边是单独两间屋，一个是厨房一个是卫生间。

司月跟着季岑风走进了卧室里，那里只摆了一张床和一个小桌子。被子看得出来不是新的，但是很干净铺得也很平整。

"外公一直都是一个人住的吗？"

"嗯。"季岑风脱下外套放在桌子上。

司月点了点头，也没再问其他的。她把行李箱打开，本想拿几件常穿的衣服出来挂上，却发现屋子里并没有衣柜，要放就只能放桌子上。

她拿着衣服四处张望了一下。

"就放行李箱里吧。"季岑风似乎很是熟悉，"你在这里坐一下，一会儿吃午饭。"

"好。"

他说完就一个人走了出去。

外公果不其然正站在厨房门口笑呵呵地等他:"这么大的事,昨天才告诉外公。"

季岑风低低地"嗯"了一声:"家里还好吗?"

"当然好啦。"外公拍了拍季岑风的肩膀,声音浑厚,"又变高啦,每年回来都会变高。"

季岑风跟着外公走到了厨房里,他顺手开了屋里的灯。

"不用开,这白天看得见。"外公虽然嘴上说着,但也没阻止,"你爸爸最近怎么样?"

"挺好。"季岑风帮着外公收拾了些碗筷。

"我听说他前段时间病了。"

"死不了。"

"小风,"外公一边把肉往锅里倒,一边说道,"你妈妈的事情不能完全怪他,这么多年了你别总是对你爸爸那样。"

季岑风没说话,在这件事上他仿佛有自己的固执。

外公拿着大铲子"哐哐"炒了起来,也没再劝告。如果可以的话,这么多年过去了,季岑风早就会和季如许和解,就连他都已经原谅了这个间接害死自己女儿的男人,但季岑风却还是不肯松口。

季岑风从小就是这样,性格偏执得可怕,认准了的东西就永远不会变,所以一旦那样东西被打破,他受到的伤害也是最大。

"不说这个了。"外公拿起灶台上的佐料娴熟地撒了一些,偏头看他,"你和小月是怎么回事?"

"结婚了。"季岑风说道。

"不是这个,"外公脸上笑意减了几分,"你是不是和她生气了?她不肯来乡下住你朝她发脾气了是吗?"

"我就说不用来了不用来了,我一个人过得挺好。"

外公抬眼看他:"你现在为了我和小月闹脾气是不是不太好?"

"没闹脾气。"季岑风把碗筷拿好,站在一边,却不知道做什么了。

他那话说得一点说服力都没有,外公一下就听出来了。

"虽然说你从来都是不怎么喜欢笑,但往年回来看我却也是说话轻松平和的,可你看看你现在,"外公伸手轻拍了拍他的肩膀,"整个人紧绷着,好像在和谁较劲一般拧着,还说没和小月闹矛盾。"

季岑风这下没再说话了,昏黄的灯光穿过那个孤零零的电灯泡照在他垂下的眉眼上,似真有几分赞同。

外公手脚麻利地盛出了锅里的红烧肉,然后招呼着季岑风先端到大堂里去。

季岑风点了点头,忽然看见了放在厨房里的一袋小山楂,洗得干净锃亮,似乎是要做什么吃的。

他左手端着红烧肉,经过那袋山楂的时候顺手拿了几颗。

司月在卧室里坐了一会儿,她发现手机快没电了,只能放到角落的插座充电。

厨房那里又是两人在谈心,她也不好贸然过去打扰,就乖乖地坐在床边等着吃饭。

忽然一阵脚步声从门外传来,司月透过未关的房门看见了端着菜进来的季岑风。

"需要我帮忙吗?"司月走到卧室门口问他。

季岑风瞥了她一眼,朝她走来。

"手。"

"嗯?"

季岑风眼神示意了一下她把手伸出来,司月不明所以,只好伸出来。

一阵冰冰凉凉的触感,司月的掌心多了三颗红润鲜亮的大山楂。

她脸上一阵欣喜,抬头望去:"我喜欢吃山楂,谢谢你。"

季岑风转身又往门外走去:"外公给你的。"

外公当真是好手艺,一个人弄了四个菜还有一个汤,平平无奇地盛在大白瓷碗里,味道却是不输大厨。

"外公,真的很好吃。"司月一边夹菜,一边说道。

外公咧嘴笑得开心:"好吃啊,下次叫小风做给你吃。"

司月抬眼看了下认真吃饭的季岑风,朝外公点了点头,轻声说:"好。"

"不过为什么小风你没有戴戒指？"外公眼尖地发现，只有司月的左手无名指上有一枚极细的素圈戒指。

季岑风放下筷子，朝司月看了一眼说道："我的尺码不合适，前段时间拿去调了。"

司月心里微微放下，跟着附和："是的，外公。"

外公点了点头，又问道："可是小风，这就不是我说你了，都娶小月了，还只给人家买这么一枚简单的戒指。我记得你那公司做得挺大的，怎么就没给小月买枚大钻石戒指？"

"是我要求的。"司月声音清脆，朝季岑风微微一笑，仿佛是叫他安心，"外公，我不喜欢那种夸张的款式，而且我常常需要去现场观测，戴着钻石戒指做事也不方便的。"

"这样啊？"外公不由得赞同道，"那的确是，不过小风在其他地方没有亏待你吧？"

他笑呵呵地看着司月。

"没有。"司月也放下筷子，"岑风对我很好，对我的家人也很好。"

外公转头看了一眼一直盯着司月看的小风："那就好，那就好。"

他又夹了菜吃了起来："小月啊，你知道小风这个孩子有时候就是执拗转不过弯，认准的事情谁也改变不了。要是他平时和你吵架了，你可千万不要憋着，打电话给外公，外公帮你骂他。"

司月看着外公一本正经的样子，不禁笑了出来，可一瞥季岑风，笑意又忍了三分："好的，外公。"她也知道外公只是当着她的面帮她说说话，但她心里却有些不一样的温暖。

那很难说明，她知道外公心里还是最疼季岑风的，可就是最疼季岑风，让她觉得心暖。

二个人吃完饭后，司月帮着收拾了碗筷。

外公下午要去镇那头的老李家打牌，让季岑风和司月在家里休息休息，明天要去给季岑风的妈妈扫墓。

司月和季岑风回到卧室后，就关上了门。

山里其实有点冷。

事实上，不是有点冷，是很冷。

而且外公家里也没有安装空调，即使房门关上了，里面还是冷飕飕的，所以司月到现在都还是穿着厚厚的羽绒服，倒是季岑风早早就脱了厚重的外套，只剩里面的衬衫和薄西装。还真是精英人设不垮，司月想着自己这么怕冷，这辈子应该和精英没什么关系了。

平时两人在家的时候，季岑风也总是忙着工作，两人顶多睡前十几分钟有一段简短的交流。

但是在这什么事都干不了的山间小镇子里，两个人独处的时间一下多了十万八千倍。

司月觉得有点手足无措。

倒不是害怕和季岑风在一起，说实话她已经清晰地感受到了季岑风散发出的情绪和从前发生了天差地别的变化。

他心里还是对她有着一层戳不穿的芥蒂，还是对她有些冷冷的，但他再没那样让她伤心过了，再没用锐利狠绝的语言伤害过她。

司月心里好像下了一阵温润的细雨，那雨无声地下渗，渗进她的心里。

玫瑰花要发芽，玫瑰花要绽放。

"哐当！"

忽然一声脆响，把司月有些飞走的魂叫了回来。

季岑风把手表放在了桌子上，然后就开始脱外套。他今天没有系领带，整个人显得有些休闲。

黑色的西装外套搁在桌上，他又开始解纽扣。

"你要睡觉吗？"司月背靠着桌子问他。

"你也是。"

司月不解。

"过来，帮我。"季岑风忽然停了手。

司月愣了一下，有些没反应过来。谁知道季岑风直接朝她走了过来，他两只手松松地搭在司月身后的桌子上，身子稍微下弯将她圈在怀里。

他寡淡的眼帘有些疲倦地垂下，看起来应该是有些累了。

司月眼睛眨了眨，也没再问他。

她仔细地将他的衬衫纽扣一颗一颗解下，忽然发现他右胸口那里有一块深紫色的瘀青，还掺着些看不清楚的暗红，样子很是吓人。

季岑风抬眼看见有些讶异的司月,这才意识到自己身上的伤。他沉默地站起了身:"来陪我睡一会儿。"然后就掀开被子上了床。

司月也是无事可做,只能听了他的话。可当她正准备去箱子里拿她的长袖长裤和长筒袜子时,脑海里又忽然想到了男人昨晚的话。

——"没见过睡觉穿这么多的人。"

司月手指顿了顿,又把箱子合上了。

她只穿了一件贴身短衫和睡裤就也上了床。

一上床,司月就后悔了。

整个床铺,冷冰冰的。

又硬又冷,就连被子都透着寒风的凉意,盖上仿佛盖了一层冰。

司月的身子冷不丁地就颤了一下。

她太后悔了,她就应该让季岑风彻底知道,真的有穿这么多睡觉的人。她两只手紧紧地攥着胸前的被子,身子缩成了一团背对着季岑风,想着应该也睡不了多久,熬一熬也就过去。

司月闭上眼睛,准备睡觉。

"要我抱你吗?"

忽然,季岑风的声音从她背后响起。

司月一个激灵猛地睁开眼睛,后背僵直成一块铁板。

她不知道要如何回话。

"要的话就说出来。"季岑风却还是那样冷冷地说着。

司月甚至能感受到他那束投向她的目光,比这屋子里的温度还要低。

"……不用麻烦的。"她没转过去,眼睛看着空荡荡的门口。

"那你想要谁抱你?"

身后那个声音话锋一转,好像转进了一条他并不该进的死胡同里。

司月身子动了动,转过去。

床不大,他们之间却好像隔了很远,垂下的被子在两人之间画下一道不可逾越的银河,她在这端,他在那端。

司月看着季岑风,他也看着她。

"我不要人抱。"

司月说完就要转回去,却忽然被一双大手拽进了怀里。

季岑风后悔了，他不该问那个问题。她谁都不要——也不肯要他。

司月双手抵在他的胸前，却听见他低低地哼了一声。她这才发现她按在了他的瘀青上。

她赶紧松手，任由他把自己抱在怀里。

季岑风身子很热，是那种干燥而又稳妥的温热，慢慢地贴在司月发寒的肌肤上。她似乎有些忘了要转回到自己那一边去，有些贪婪地吸收着他的热意。

季岑风的下颌轻轻磕在司月的额头上，他手臂微微收紧："脚收起来。"

司月抬头朝他望去。

"踩在我的膝盖上。"

两个人昏昏沉沉地睡了两个小时，醒来的时候，屋外天色都有些暗了。

山里冬天黑得早，连带着所有人的作息都往前调。住在城市里总要十一二点才入睡，但在这里，人们的作息往往跟太阳同步。

天黑了，就吃饭睡觉。

外公在外面打了大半天的牌，心满意足地回家了。晚上三个人热了中午的饭，快速地吃完。

"小月在这里还习惯吗？"外公问。

"嗯嗯。"司月重重地点点头，"我家以前也是乡下的，还没有这里好。"

"以前吃过很多苦吗？"外公忽然问。

"不苦。"司月笑了笑。

季岑风看了她一眼："去房间里拿衣服，一会儿你先洗澡。"

司月看了他一眼："嗯。"

然后她转头朝外公说道："那外公我先走了，明天见。"

"好嘞。"外公朝她摆摆手。

司月走了后，外公一副了然于心的样子，朝季岑风笑笑："小风，这么怕我问小月问题呢？"

"没有，"季岑风否认，"叫她去洗澡而已。"

外公拍拍他的肩膀，目光同他一起看着关上的房门："对小月好点。"

司月很快就拿了衣服出来，外公早就回了房间。她须得一个人走出屋子，穿过漆黑的院子，然后才能到达卫生间。

山里的夜晚格外静，却又不是绝对的安静，总是会时不时地发出一些叫人摸不着头脑的声响，司月一路快走，心跳有些加速。

她倒也不是相信鬼怪，就是单纯地有点怕黑，会想着乱七八糟的东西吓自己而已。

卫生间虽然简陋，但是还算干净。她把衣服放在一旁的小板凳上，就开了水。

水很小，司月没洗头发。

擦完身子之后，冷风顺着关不严的门缝吹在身上，司月快速地穿好了衣服，准备一会儿直接冲回屋子里。

她把所有衣服都拿在手上，开门之后正准备开跑，忽然看见了一个高大的黑影子站在了她的眼前。

司月当即吓出了一身冷汗，一个趔趄却被那人及时伸手扶住。

"看见鬼了？"熟悉的声音，带着熟悉的语调。

司月顺着他没入光线的脸庞看去，才发现是等在门口的季岑风。

她身子霎时一松，思绪顿了片刻冷静道："……没，我以为是条野狗。"

季岑风僵住。

司月很快就调整了情绪："那我先回去了，你洗吧。"

她说着就朝那边的屋子走去，却发现季岑风跟在她的身后。

"你不洗澡吗？"

"走你的路。"

季岑风把司月送到卧室后，就拿了衣服去洗澡。

司月坐在床边的时候，看见了一个小小的电取暖器放在床尾的凳子上。

取暖器开着，正热烘烘地照着被褥。

司月目光微微顿了一下，站在原地轻轻地笑了起来。那好像一缕照向冰天雪地的朝阳，那么微小却又那么温暖，不管这暖意到底是来自谁，司月真真切切地感受到了。

季岑风很快就洗完回来了，他穿了一件单薄的长袖睡衣靠在桌子边喝水，笔挺高大的轮廓被极好地衬托了出来。

可是现在才晚上八点,他们却已经到了睡前的最后一步。

那种不知道要和季岑风做什么来消磨时间的紧张感又慢慢地爬上了司月的后脊,她坐在床边有一眼没一眼地看着手机,上面却没有消息。

她的手机信号不好,上网都不顺畅。

季岑风手掌轻拢着杯子,眼神毫不掩饰地落在司月的身上。

司月抬头看了他一眼,他却没有移开的意思,那目光很炙热,并不是随随便便地恰巧落在她的身上而已。

季岑风有话要说。

司月放下手机:"你有什么要说的吗?"

她也看向季岑风,等待着他发话。

季岑风将杯子轻轻放在一边,起身先去关了取暖器,然后又关了灯。

"上床。"

司月愣了一下,不明白他是什么意思。

黑暗里的那个影子却寻着了她的手臂,将她拉进了那个温暖的被窝里。

中午还是冷冰冰的床垫和被子已经被取暖器烤得干燥而又温暖,司月的腿条件反射地蜷缩起来,却又在发现被子里很温暖的下一秒,慢慢地试探着伸直。

真的很暖和。

"外公不知道我们下午睡觉了,所以晚上才把取暖器拿出来。"

黑暗里,季岑风的声音在司月的耳畔响起。

山里真的很静,小小的卧室里,关了灯,两个人仰面睡在床的两侧。司月知道,他也和她一样,正直直地看着什么都没有的天花板。

"嗯,谢谢外公,我没有怪他的意思。"司月知道季岑风是在为外公解释。

安静的呼吸浅浅地萦绕在温暖的身周,那感觉很妙,司月忍不住想要时间停下来,她想要好好地感受这一刻安宁的奢侈。

在她暴风雨的人生中,这一刻安宁的奢侈。

从前忙过奔波在弥补生活的漏洞上,而后又别无选择地落入了和季岑风的纠葛中。

司洵只看到她的生活好了,有钱了,却从来不知道,她心里从没真正地宁静过半分。

　　那种知道自己什么都不用担忧，什么都不烦恼的安宁；那种可以和身边人静静地坐在一起看着最无聊最无趣的风景，却不会心烦意乱地想着要如何讨好他、安抚他、对付他的安宁。

　　这一刻，司月感受到了。

　　她不再那样惧怕季岑风会曲解她的意图，嘲讽冷落她，也不用在这沉默里慌张地揣测他是否又在酝酿下一个难题。

　　他只是和她平静地躺在一起，同她说话而已。

　　司月脸庞慢慢地转了过去，她发现季岑风也在看她。

　　两双逐渐适应了黑暗的眼睛，那样安静地对视着。

　　"明天去看我妈妈。"他开口说道。

　　"嗯。"司月点点头，却没过问太多关于他妈妈的事情。

　　对面的那个男人眼眸忽然闪动了一下，然后紧紧地将司月搂进了自己的怀里。

　　他下巴轻轻磕在司月的头顶上，手臂将她整个人完整地收进怀抱，胸口有些不甚平静地起伏着。

　　司月能感受到他沉重缓慢的呼吸，她想，他现在是该要和她说些什么。她身子慢慢地松软在了他的怀里，紧紧地贴着他温暖的胸膛，听他鲜活而又有力的心跳。

　　司月没有想错，季岑风的确是要和她说些什么，他说了关于他的母亲，岑雪。那个从季如许一无所有的时候就跟着他在黎京闯荡的勇敢女人。

　　从小山村里出来，一眼就认定了当时身无分文却空有一腔抱负的季如许，岑雪固执地说服了当时在村里教书的外公，然后收拾行李跟着季如许去了黎京市区。

　　岑雪把自己所有的筹码都压在了季如许身上，每日跟着他进货物，不管遭受多少白眼和羞辱，都会笑着和季如许说："没关系，以后就好了。"

　　命运似乎是真的十分眷顾这对坚忍不拔的夫妻，岑雪怀上季岑风的那一年，季如许意外抢到了一笔本来并不属于他的大订单。

　　他兴奋地抱着刚刚怀孕的岑雪在狭小的出租屋里转了好几圈。

　　岑雪笑得合不拢嘴，当晚奢侈地买了一点熟食两个人分着吃。

季如许看着一直默默在背后支持他的岑雪说道:"这个孩子是上天给我们的福气,他会让我们越来越好的。"

"是啊如许,以后一定会越来越好的,我从来都是信你的。"岑雪满眼都是这个男人的好,她信他。

季如许一直觉得季岑风是他们的福气,因为季岑风出生之后,他的生意就一飞冲天。季如许的确有过人的商业天赋,但是随着年龄的增长,他的傲慢与自负也开始逐渐显露,并且一发不可收拾。

季岑风十岁那年,男人的傲慢与自负彻底让他失去了妻子。

家里用了很多年的管家不知在什么情况下欠下了大笔的债,走投无路之际将年幼的季岑风和岑雪绑到了无人居住的小破楼里。

管家的条件很简单,要季如许给他五百万,再给他准备一辆车。

五百万,对于当时的季如许来说并不是什么天文数字,但季如许并没有选择报警也没有选择给钱。

他选择私自和管家谈判。

他既无法忍受报警后媒体和同行会如何评价他季如许的无能与妥协,也无法忍受就这样被管家扼制住喉咙任其摆布。

所以他选择谈判,他季如许要用他那一套高高在上的慈悲去感化那个彻底走投无路的赌徒。

他那么笃定自己可以通过和管家的谈判保住岑雪和季岑风,所以他骗管家骗岑雪五百万还没凑齐,还需要一点时间。

却没想到被逼疯的管家在第三天晚上就一刀捅死了岑雪。

季如许这才吓得慌忙报警。

警察在那个鲜血遍地的小屋里抱出了浑身脏乱陷入昏迷的季岑风,季如许却连走近看一眼的勇气都没有,他只是远远地站在警车旁,手脚发凉。

那天,季岑风失去了爱他护他整十年的母亲;季如许失去了同他相濡以沫十多载的妻子,和那个会笑着扑向他怀抱的儿子。

却保住了他可怜的面子和五百万。

季岑风的声音一直都很平缓,他紧紧地抱着司月,同她讲述着这段噩梦一般的过去。

司月沉默了很久，久到男人的声音消散在无声的黑夜里，她都没有接话。

她手臂沿着季岑风的腰际，同样紧紧地环了上去。

季岑风身子一顿，然后将她的头更深地按在了自己的怀里。

那一刻，司月感到了心痛，两颗紧密相贴的心脏在这样的深夜里产生了共鸣。

她感受到了他的痛苦，他感受到了她的心疼。

可他们却又什么都没说，只紧紧地地依偎在一起。

之前，司月真切地感受到了男人的意图，他烦躁地打乱了她本以为理好的线团，然后拉起她的手，让她朝这个方向走。她不明白他的意思，不敢猜他的想法，不知道这样的平静是否仍是一时性起。

可现在这个时刻，男人的心脏那样有力地跳动在她的耳侧，他轻轻地将自己的伤口掀开，然后叫她看个清楚。他伸开手掌，给了她一个走进他内心的机会。

她不敢确定，他是否原谅了他们之前那段难堪的过往，但当下的这个瞬间，他拉着她的手，要同她往前走。

夜里的时间被沉默拉得绵长，季岑风慢慢地抚着司月的头发。

"没什么要问我的吗？"他低声开口。

司月抬起头去寻他的眼睛。

两人靠得那样近，鼻息紊乱地喷在彼此的脸颊上。

"那三天里，发生了什么事吗？"她轻声问道。

男人的心跳重重地落在胸口，声音平缓："不记得了。"

"嗯。"司月也没追问。

季岑风的鼻尖轻轻蹭在她的发间："不说说你的事吗？"

"我的吗？"司月笑了一下，重新把头埋进了他温热的胸膛里。

"我们以前是住在黎京乡下的。"

"大概是八九岁的时候，司南田和李水琴带着我和司洵从河水镇搬到了黎京市区。"

"不是我们之前住的那个出租屋，是更久远前租的一个小房子，在一家兰州拉面旁的小巷子里。"

"哪里的兰州拉面?"季岑风忽然问道。

司月没想到他问得这么仔细,想了下:"就是胜利广场南边,离市中心挺远的,和我们家完全是两个方向。"

司月极其自然地说出"我们家"三个字,忽然嘴巴闭了一下,不知为何有些心虚。

"胜利广场南边吗?"季岑风却没有在意她的异常,"那边是不是还有家大药房?"

"是的是的,"司月声音里染上了一丝雀跃,"就是那里。"

她接着说:"我们刚搬过去的时候,我特别不喜欢那里,又小又脏,晚上睡觉蟑螂都能从床头爬过。

"但是后来有一次我过生日,李水琴从外面给我带了个小蛋糕,软软的热热的,里面有一层很薄很薄的奶油夹心,吃起来甜得不得了。

"从那以后我就喜欢那里了。"

"就这么简单?"季岑风问道。

"嗯,就这么简单。"司月点点头又去望他,"因为那个蛋糕是李水琴从家门口的小摊子上买的,她顺路才会给我买生日蛋糕,搬走的话,就不顺路了。"

怀里的女人声音软软的,她温热的气息落在季岑风的下颌,他手臂将她轻轻地往上带了带,她就与他平视了。

两个人极近地面对面,冰冷的鼻尖似有若无地蹭在一块儿,司月悄悄敛了几分呼吸,不知道是在克制什么。过了两秒,她身子开始有些紧绷,她手臂不由自主地按在季岑风的肩头,好似要挣脱开他的怀抱一般。

季岑风将她的手拉着环在了自己的脖颈上,沉声问她:"怎么了?"

司月沉默了一秒:"没事。"

可那浓重的鼻音却在黑暗里显得格外明显,季岑风眼眸一顿,然后伸手抚上了她的脸颊。

温热的眼角有一些湿润。

"哭了?"

"对不起。"司月低下了头,身子有些急促地想要转过去。

可季岑风却紧紧地抱住她不肯她走:"为什么哭?"

司月心里有些慌乱地又想起了那个夜晚，他毫无道理地将她的行为说成不要脸的勾引，然后叫她那样难堪与痛苦。

她害怕在季岑风面前哭，她害怕被误解。

司月急促地吸了一口气，妄图让自己平静下来。

她鼻音虽然还是有些重，但是语气却没有半分博同情的意思："只是想到了从前的一些东西，有感而发。"

司月手指快速地擦过脸颊："好了，我要睡觉了，晚安。"

这一次她快速地转过了身子，季岑风没有拦她。

司月心里一口气重重地、艰难地呼了出来，眼泪便跟着落在了枕头上。

她很怀念那个李水琴在巷子口给她买的生日蛋糕，廉价而直白的甜蜜，曾经是那么多年那个狭小出租屋里的司月，唯一的快乐。

她一年又一年地长大，吃着李水琴每年如约而至的"快乐"，但是从某一年之后，她就再也没吃过了。到底是哪一年呢，她也不记得了。她刻意地忘记了很多关于过去的不好的回忆，有一些珍贵的爱意却又那么清晰地留在了脑海里。

那些稀少而又闪着动人光芒的爱意在每一个看上去没有希望的黑夜里支撑着司月，再努力一点，再努力一点，就可以变得更好。

司月很幸运，她知道自己从没有变成沼泽里的怪物。

她很满足，很满足了。

司月慢慢地沉寂了呼吸，闭上双眼。

"司月。"寂静深夜里，有人喊她的名字。

司月睁开了眼睛。

"转过来。"

她身子慢慢转动。

季岑风的手臂牢牢抱住她柔软的腰肢，再一次将她揽入了怀里。

这一次，他没有将她按在自己的心头。

这一次，他落下了温热的唇。

那温热裹挟着不可抗拒的雪松木香沉沉袭入了司月的唇间，将她所有的小声啜泣与隐忍耐心吞入口中。

两颗敞开伤口的心脏紧密无间地拥在一起，那一刻，所有曾经哭泣疼痛的细肉攀爬着互相纠缠到了一起。

司月想着,从此以后该会有很多个安宁的片刻了。

他拥着她,第一次,两颗冰冷的心紧密地贴在一起。

男人轻轻地离开了她柔软的唇瓣,气息沉重。

"可以哭。

"但是只能在我面前哭。"

第二天早上醒来的时候,司月还被季岑风揽在怀里。

男人睡得很熟,漆黑的眉毛服帖在挺立的眉骨上,下面是一双她总也看不清的眼,鼻梁高挺,嘴角轻轻地抿起。

司月安静地敛着呼吸,一动不动地看着他,嘴角淡淡浮起了一个笑。

"醒了?"谁知道下一秒,季岑风就睁开了眼。

司月条件反射地收起笑容,却又忽然意识到,他们好像和从前不一样了。

"嗯。"她低低应道。

季岑风闭上眼,轻吸了一口气,然后低头吻了吻司月的额头:"再陪我睡一会儿。"

男人的声音带着干燥轻柔的舒缓,手臂收了收又将司月搂得更紧了。

司月想起了很多个他深夜回家的身影,连续一个礼拜甚至一个月的高强度工作以及仿佛是家常便饭的加班。他从来都不是被人捧在手心上坐享其成的大少爷,尤其是经历了那样常人无法想象的绑架之后,他却还是那样坚强地扛了过来。

季岑风说他不记得了,不记得和岑雪被关在那幢小破楼的三天里发生了什么,但到底是不记得了,还是不想记得。

司月不知道。

面前的男人面容沉静,司月看了他一会儿,轻轻地往前靠了靠。

两人的鼻尖极近地擦在一起,男人又一次睁开了眼睛。

司月还没来得及主动凑上他的唇瓣,就被一阵温热强势覆盖。她心里生出一阵难以言喻的潮热,不由自主揽上了他的脖颈。

那是一个不带有任何前情的吻,不是因为气氛合适,不是因为故事感人,而是因为"我想吻你的时候,你也是"——我们只是单纯地想要拥吻,想要亲密无间地贴近彼此，想要不遗余力地感受彼此。

季岑风深深攫取着司月的呼吸，她面色逐渐潮红，他眸色逐渐变深。

男人利落地翻身虚压在了司月的上方，他收手按在女人的后脑，微微侧头加深了这个吻，隐在温暖棉被下的身子逐渐契合，司月不禁微微发出轻喘。像一片落进白水里的泡腾片，翻滚着气泡就蔓延在了男人的心里。

季岑风手指顺着司月的后脊下行，一切燥热被肆无忌惮地烘至高点——

直至敲门声响起。

"小风，你们起来了没啊！"

外公老早就起了。他先去村头那里拿了上坟需要的香，然后回来的时候又买了些新鲜的鱼和肉。

在厨房里忙活了大半天，外公去看时间也才不过七点半。

但是他习惯了，这么多年一个人住在这里，老婆走得早，他心里也没了什么念想，只想一辈子在这山里陪着老婆和女儿。

小风每年过年的时候都会回来陪他一段时间，那就是他一年里最开心的事情了。

尤其是今年还带了小月一起过来。

就连昨天打牌的老头们都看出来他今年格外开心。

本来他没打算去叫醒他们的，但是李原已经在院子里等了快半个小时了，他才不得不硬着头皮去敲门。

季岑风先走出来的，他洗漱之后从箱子里随手拿了件白衬衫。司月的脸颊上还有些绯红，乖乖地坐在床上看他。

季岑风扣纽扣的时候，司月忽然朝他眨了眨眼睛。

一种无须言语的默契油然而生。

季岑风嘴角隐着笑意朝床边走过去，司月自然而然地接下了他手里的纽扣。

"这边的瘀青是怎么回事？"司月一边动手，一边抬头朝他望去。

季岑风手指轻轻绕着她的发丝："不小心弄的。"

"不小心弄什么弄的？"

男人垂眸，没说话。

司月没再问。

"好了。"她细心地将领口也整理好，然后轻轻地拍了两下。

刚要收手下床去洗漱，季岑风忽然按住了她的手掌，紧紧地贴在他的胸口上。

他好像是想起了什么事，脸上的表情不算好。司月知道，她不应该问那个瘀青的。

"去洗漱吧。"季岑风最后还是什么都没有说，放了她走。

大门一打开，季岑风就看见了站在院子里同外公聊着天的李原。

"季先生，"李原一看季岑风出来了，立马端正了身子，"东西都买来了。"

"辛苦。"

"不辛苦。"李原领着季岑风朝浴室走去，"这边买了个暖风机放在门口，洗澡的时候就不会冷了。"

季岑风点点头。

"然后还有电热毯、棉被这些我都先放在大堂里的桌子上了。"李原说着就往里面走。

"不用了，我一会儿自己去拿。"

李原收了脚步，麻利地点点头："好的，季先生。"

"你先回去吧。"季岑风拍了拍李原的肩膀，也没多留他。

司月洗漱完之后，在白色的毛衣外面套了一件厚实的黑色羽绒服，头发简单地扎在身后就走出了门。

一出门就是刺骨的寒意，又干又硬，直直地往人脸上吹。

季岑风看见她出来了，转身去拉她的手，说："走，先吃点早饭，然后我们出门。"

三个人简单地吃了早饭，便出了门。

外婆和妈妈的墓在一起，沿着外公家门口的小路一直走，然后穿过一片一望无际的麦田就到了。

两座坟头靠在一起，外公一到地方就熟练地先拨了上面新长的杂草。

"来看你们啦。"外公声音浑厚，与平时并无太大差别，又或许这件事他干了太多年，所有的悲伤与痛苦早就留在了无声沉默的黑夜里。

季岑风接过外公手里的纸，弯腰仔细擦起了墓碑上的照片和名字。

司月心情有些沉重地站在身后，看着那个她从未谋面的女人。

女人长得很漂亮，眉眼里有一点和季岑风相同的英气，嘴角高高地扬起，好像一辈子都是那样幸福无忧。

可就是这样一个付出了自己所有的女人，却如此悲哀地死在了一个赌徒手里。

司月心里生出巨大的无力感，她太知道赌博会让一个人变成什么样了。

"需要我帮忙吗？"她轻轻拉住了季岑风的衣袖。

男人手指顿了一下，直起了身子。

"不用。"他随后将纸巾放回了袋子里。

外公点燃了两炷香，一炷插在外婆的坟头，一炷插在岑雪的坟头。

灰色的细烟袅袅地升向澄澈的天空，就好像无形的信笺，活着的人慢慢抬头看着那烟逐渐消散在冷风里。他想着，她们应该会收到的，要是还有说不完的话，梦里再说也好。

外公轻轻叹了一口气，收拾了袋子："小风，我先回去了。你带小月在这里逛一逛吧，这一片麦田景色好。"

"可以吗？"季岑风偏头看司月。

"嗯。"司月点点头。

外公很快就离开了，季岑风和司月便沿着那条窄窄的小路朝麦田深处走去。

两个脚步缓慢的影子，一前一后无声地行走在寂静的田埂上。

天色是一碧如洗的蓝，偶尔几只飞鸟划过天空，其余便是无边的静。

司月亦步亦趋地跟着季岑风，她不知道他要带她去哪里，却是无可动摇的心安。他要带她去哪里，那就去哪里好了。

男人黑色的衣角时不时地被风吹起，他忽然停了下来。

季岑风转过身子，朝司月伸出一只手。

司月抬头看着他，冷风猎猎地吹过他的发梢，黑色的头发下一双黑眸更显深沉。早晨那抹意犹未尽的温热裹挟麦田淡淡的香气朝她袭来，她伸手搭了上去。

他手指修长有力，将司月的手紧紧握在掌心，然后放进口袋。

女人快步走到他的身侧,同他一起沿着这条无尽的小路继续前行。

他们会去哪里,司月不知道,但是她知道,她会在这个男人的身边,她被他紧紧地握在手心里,小心翼翼地感受着久别重逢的温柔。

口袋里,男人的手指微微松开。

司月偏头朝他望去。

季岑风也回看她,缓声说道:"下雪了。"

司月眼里闪过一丝惊喜,放眼去看那大片的麦田。零星的雪花从天空中悠扬地飘下。

"真的下雪了!"司月声音雀跃。

他点了点头,口袋里的那只手调整了一下位置,然后与她十指相扣。

司月眼神一顿,只听见他说道:"继续走吧。"

那天他们在麦田里走了很久。

外公说的麦田景色很好看,他们便看了很久。

山间的雪一下就又大又猛烈,来时尚能看见黑色的土壤,回去的时候就已经铺上了一层白白的雪衣。

还不到踩上去就能听见"沙沙"声的时候,但是那一串小脚印已经足够让人心情愉悦了。

司月和季岑风回到家里的时候,身上落了不少雪。

两个人站在院子里掸雪,忽然听到了外公的声音。

他还戴着那顶温暖的毡帽,站在门廊下面看着两个手牵手的人,笑眼眯起:"一起在雪天里走过的人,一定会共白头的。"

司月听完外公的话,转眼看向了季岑风,男人也在无言地看着她。

黑色的头发上薄薄地铺了一层晶莹的雪花,共白头,这样真的会共白头吗?

司月微微压着呼吸,不敢回应这句话。

"进屋吧。"季岑风说道。

"嗯。"

司月点了点头,不知为何,有些怅然若失。

忽然一阵清脆的手机声响,司月目光落向了季岑风的口袋。

男人掏出手机看了一眼:"工作电话。"然后就让她先进屋。

司月应了声,就和外公先进了屋子。

电话一接起,里面是一个他曾经很熟悉的声音:"季先生,M国家里的玫瑰花已经按照您的吩咐全部种下。您什么时候回家?"

第八章

奶油夹心蛋糕

司月和季岑风在外公家里待了一个月,年初二的时候回了黎京。

外公在车上装了满满当当的食物,还嘱咐季岑风好多遍回去要对司月好。

两人开车回到黎京的时候,正是下午三点。管家和阿姨都已经在家里等着了,司月帮忙一起把食物搬回了家。

冷冷清清的家里瞬间就有了一种丰收的快乐,那种被人宠爱被人眷顾的快乐。

司月上楼之后,才看见季岑风在换外套。

"要出门吗?"司月问。

"嗯。"季岑风拿起手机,"你是初五上班对吗?"

"是的。"司月点点头。

"那你这两天在家休息休息,我还有事。"季岑风说完之后便离开了家里。

司月在卧室里站了一会儿,便去洗澡了。

季岑风几天都没有回家,司月也没去过问他在做什么。

因为当下有一件事情,又不得不重新提到了她的眼前,她要还季岑风钱,这一点没得商量。

即使现在他们两人的关系似乎有所缓和,但这并不能改变她嫁给他的时候,他们就是不平等的这件事。这一段婚姻的开始,就不是正确的开始,所以她没办法就这样欺骗自己,现在和好就万事大吉了。

初五那天上班，司月早早就起来下了楼，却在楼下餐厅里看到了两天不见人影的季岑风。他不知道什么时候回的家，正神色平静地喝着咖啡，叫司月过来吃早饭。

"你早上回来的吗？"司月坐在他身边，给自己倒了一杯温水。

"是。"季岑风点点头，"这两天去处理了一点公司里的事，等到上班就来不及了。"

"这样。"司月朝他笑了一下，"注意身体。"

季岑风目光落在她身上："好。"

一切又好像回到了之前上班的时候，李原会在路上给季岑风汇报一天的行程，然后两人下了车后就各奔东西。

但是今天又好像有些不同。

车子停到公司地下停车场后，季岑风没有和李原一起去坐专用电梯，而是和司月一起走到了职工电梯。

司月抬起头一脸惊讶地看着他，季岑风却是神色淡然："我不是公司员工吗？"

司月轻笑出声："这个时间点的电梯都是会很挤的。"

"是吗？没试过正好试试。"季岑风揽着她，同她一起走了进去。

司月说得没错，这个点的电梯几乎在每层楼都会停，尤其是上到地面一层的时候，电梯门一开，就是黑压压的人影往里面冲。

但是今天却实在诡异，第一个踏进电梯的小伙子在看见季岑风的下一秒，立马退了出去，然后仔仔细细地看了下这的确是员工电梯。

"不进来吗？"季岑风朝外面有些不知所措的人说道。他心情好像很好，连眼角都带着淡淡的惬意。

"季、季总好。"小伙子结巴了两句，然后立马走进电梯。

电梯门缓缓合上，平时最是嘈杂的电梯间今天沉默得像是被下了咒，一层一层停下，又一层一层上行。

终于到达三十六楼的时候，司月朝季岑风低声说道："我先走了。"季岑风摸了摸她的头发，声音不高不低，"晚上去楼上找我，一起回家。"

那声音缓缓地浮在死寂的电梯间里，司月眼里闪过了一丝不可置信惊异。

电梯门打开，除了季岑风，所有人都下去了。

…………

设计组的楼层第一次出现了这么多人，出来倒咖啡的王经理一脸震惊，连忙拉着司月到一旁："这电梯坏啦？"

司月转头看着王经理，不禁"扑哧"笑出了声。她感到了一种莫名的甜意，轻轻噬咬着她的心尖。

"好像是。"她轻声说道。

王经理皱了皱眉，也跟着笑了起来："司月，新年快乐啊。"

"王姐，新年快乐。"司月声音透着甜软的气息，落在了王经理的眼里。

"比过年前开心多了。"王经理说道。

司月敛了敛笑意："这么明显吗？"

"当然啦，我一眼就看出来了。"王经理得意地笑笑，"之前每天来上班，眼里都没魂，现在不仅魂回来了，人也回来了。"

司月嘴角抿住，却还是挡不住笑意。明亮的灯光照在她的眼眸里，折射出了一种淡淡的光芒。

"行了，去收拾收拾心情，一会儿早上十点开会别忘记了。"

"好。"

新年上班第一天，早上十点要开设计组的大会。

司月在位置上收拾了一下东西，把水杯什么都清洗了一下。

办公室里暖气开得足，她把厚外套脱下，只剩里面的贴身高领白毛衣和牛仔裤。

王姐说得没错，司月的确心情有点好，做什么事情都是干劲十足的样子，就连那张平平无奇的办公桌今天都显得格外可爱。

可是司月今天也感到了一丝奇怪，明明已经快十点了，却没有看见温时修。

自从过年前和季岑风去了外公家之后，算下来他们也有很长一段时间没有联系了，上次迫于无奈没能和他做那个项目，发了道歉短信后也没有收到任何回复。说实话，司月心里有些愧疚，温时修自从来到辰逸就一直在帮她，现在却好像有些生她的气了。

她想要当面和他再道一次歉，最起码要看到他的回复，不管是原谅还是不原谅。

时钟到了十点，司月还是没看到温时修，她只能先起身去了会议室，结果却发现了更奇怪的事情。

办公室里全部换了新面孔，司月看着会议室满满当当的人，居然只能认出四五个！

就连陈河都不见了。

司月满眼惊讶地找了个空位坐了下来，王经理很快就进来了。

她一眼就看到了有些茫然的司月，镇定地朝司月笑了笑。

一个小时的会议结束之后，司月这才知道，他们设计组一大半的同事都在年前全被辞退，而且辰逸也取消了和温时修的合作挂靠关系，所以温时修也不会再来辰逸上班。

会议结束后，司月有些难以置信地回到了自己的位置上，她无法不去想这是否和季岑风有关，因为那些被辞退的同事正是之前在公司里大肆传播谣言的那几位。

实在是太巧合了。

那么温时修呢？他又是为什么被辰逸取消了合作？

明明年前他做出的黎京美术馆设计方案得到了上面很好的肯定，为什么辰逸还会取消和他的合作？

司月唯一能想到的季岑风和温时修有过节的地方，就是她去参加云舒私人画展的那一次，但她已经和季岑风解释过了。

司月有些出神地坐在位置上，屏着一口气，她的解释，季岑风本来也不会相信的。

算了，晚上回家的时候再问问吧。

司月刚准备把这件事忘记，王经理就从办公室里探出了头："司月，过来一下。"

司月随即点了点头："好的，王经理。"

办公室的门一关，王经理就让司月坐到沙发上："喝茶吗？"

"不用了王经理，我外面有。"司月坐在沙发上，没有说话。她想王经理应该是有话要说。

果不其然，王经理笑眯眯地坐在她的对面："是不是觉得有点奇怪，李雪怡、王梅那些人都不见了？"

王经理说的正是那些传谣言的人。

司月点点头："公司的决定吗？"

"是啊。"王经理身子后仰靠在沙发里，"你不知道，前段时间他们嚼舌根的时候我就有预感了，公司里有一些不三不四的话，有的时候作为上级是很难处理的，因为这些东西就好像一个灰色地带，要是动真格了，却没有确凿的证据，最后都不知道是谁占理。"

"那他们到底是怎么被辞退的？"司月问。

王经理笑了笑："不过季总也不是好对付的，他直接给了那些人两个选择，要么主动辞职公司可以不再追究之前的事情，要么被公司辞退，他们可以获得相应的赔偿金，但是设计行业里绝对不会再容得下他们了。

"见风使舵他们是最厉害了，没两天就上交了辞职信。"

司月怔怔地坐在沙发上，甚至不知道季岑风什么时候做了这些事情。他什么也不告诉她，什么也不说。

王经理看司月有些愣神："我知道你之前应该是和季总有一些不愉快，但是现在他出手帮你解决了那些人，你应该也看得出来他心里是很在乎你的。"

司月点点头："嗯，我知道。"

她忽然看着王经理："不过温组长呢？他为什么也离开了辰逸？"

"你说温时修吗？"

"是。"

王经理推了推眼镜："哦，年前的时候就结束合作了，温时修自己来交的辞职信。"

"他主动离开的？"司月有些难以相信，因为就在年前的时候他还告诉自己，他有一个项目挂靠在辰逸，所以手续会很方便。

"是啊，当时就是我帮着办理的手续，好像是有其他合适的公司开出了更好的条件，所以他就走了。"王经理微微欠身看着司月，"他没告诉你吗？"

"……没。"司月心里说不上来什么感受,并不是失落或者难过,只是有些不知为何。

"啊,没事,"王经理安慰她,"你以后工作久了就知道了,职场上来来往往,送走的人太多了,别太在意。"

司月轻轻吸了口气:"好。"

"不过我今天找你来是有其他的事情,"王经理说着从手边拿起了一份文件,"你看看。"

司月有些好奇地接过,居然是一份私人别墅的设计案。她眉头不禁皱起,正是温时修走之前和她讨论过的那个案子。

"这不是温组长之前要做的案子吗?"

"是啊,但是他走的时候把这个案子留在辰逸了。"王经理说,"司月,你上次在黎京美术馆的设计案里表现很好,所以我们上面商量之后,决定这次让你做这个设计的组长。"

"我吗?"司月声音不自觉提高,眼睛看着王经理,她并不是很确定她可以一个人做得来这件事。

王经理一下乐了:"司月,你还记得当时我打电话给你让你回辰逸上班的时候吗?那个时候你不知道在纠结什么,迟迟不肯答应我。"

"我和你说要清楚自己要什么,别被无所谓的小事羁绊住脚步,然后你一下就答应我了。所以这一次也要这样好吗?司月,相信自己一次,给自己一个机会,这是对你最好的磨炼。"

王经理俨然是一定要确保司月接下这个案子,她说完之后就把文件放到了司月的手里:"自己先去看看吧,过几天给我个名单,我好给你调配人手。"

她说完就推着司月出了办公室。

司月手指紧紧地捏住那一沓纸张,站在办公室的门口久久没有动身。

很奇怪,她分明站在坚硬牢固的地板上,身子却好像漂浮在一片她无能为力的大海里。

而在那里,有人强硬地为她指了一条路,告诉她:

司月,你要听我的。

又一次来到季岑风的办公室，这一次倒是极为顺畅，司月觉得大概这栋楼里的人都已经知道，季岑风早上送她去办公室的事情了。

门口的秘书小姐一看见司月，立马露出甜美的笑容，站了起来："司月小姐找季总吗？"

司月点点头，有些不习惯这突如其来的热情，但她还是回了一个笑："请问季总现在方便吗？"

"要等十分钟，"秘书小姐瞥了一眼行程，"季总现在有客人在里面，您可以在外面稍等一会儿。"

"好的，谢谢。"司月走到对面的休息区在沙发上坐了下来。

果然没一会儿，有几个人就从季岑风的办公室走了出来。

季岑风将他们送到门口，一眼就看到了坐在外面的司月。

他眼神看了她一下，她便走了过来。

办公室门关上，司月刚准备开口说话，就被他极近地抵在了门上。

男人高大的身影将她完全遮掩，熟悉的温热与气息层层笼着她。

司月拿着文件抵在他的胸口，抬头望去："岑风。"

"找我有事吗？"季岑风没一点要后退的意思，双手搂着她的腰，鼻息往下探。

司月感到脖颈一阵酥痒，偏过头就要逃，却又被禁锢得动弹不得，只能笑着求饶。

"痒，岑风。"她声音细成了一条线，轻轻弹在季岑风的心上。

季岑风覆在她纤细的颈侧，低笑了一声，只亲了一下就松开了手，然后大步朝办公桌走去。

"什么事？"他身子坐在黑色办公椅上，目光落在了司月手里拿的文件上。

司月朝前走了几步，将文件放到了他的桌上。在讨论这个设计案之前，她有几个问题要问他。

季岑风好似也知道她今天势必要问他一些问题，所以整个人异常清明地坐在这里，等着她发问。

"我们设计组的那些同事都是你辞退的吗？"

"是。"

"温时修是他自己主动离开的吗？"

"是。"

"这个设计案，是你给我的吗？"

"是。"

三个问题，他毫不避讳。

他一双黑亮的眸子直直看着司月，似乎在判断她的相信程度。

"好，那我知道了。"司月简短地说道。

"就这几个问题？"季岑风眉尾微挑，似乎有些不敢相信。

"就这几个问题，"司月朝他笑笑，"我相信你。"

偌大的办公室里有种不易察觉的试探蠢蠢欲动，他不信她信他，她不信他信她。

说来可笑，"相信"这两个字居然是他们之间最不能提的话题，但不管季岑风怎么想，司月就只是来问这几个问题的。她不想要胡搅蛮缠地要他给出证据，也不想要逼着他说做这些事的原因。

她只要他一个答案，他现在给了。

她就选择相信。

"那下班见。"

司月从办公桌上拿起了文件就要离开，季岑风忽然从位置上起来，拉住了司月的手。

"对这个设计案你没什么要问我的了吗？"

司月回身："本来是想问的，后来觉得既然你把它交给我了，我应该自己去面对。"

季岑风手腕收紧了片刻："行。"

他说完就放开了司月的手。

司月也没多留，快步走出了办公室。

晚上回家之后，司月和季岑风吃完晚饭洗完澡，就一个人坐在客厅里用电脑工作。

这个私人别墅的设计案她之前已经研究过一段时间了，但那个时候尚且有温时修会挡在她的面前，所以一切事情都还轮不到她做最后的决定。可眼下她变成了这个案子的领导人,所有的决策都必须由她来做,她必须谨慎又谨慎。

同时,她心里也有一些难以抑制的欣喜,因为这种私人别墅的案子是很能提升设计师个人名气的。比起大规模的黎京美术馆案,这种私人别墅设计时间短,工期短,好不好大多都是个人喜好一口决定。

一旦客户觉得满意,那么这个设计师的口碑会很快传开,到时候再去接一些设计的案子,到手的薪资就是十分可观的。

司月心里还是奔着那个给季岑风还钱的目标的,所有她知道自己必须全力以赴。

季岑风在书房里处理完最后一点工作之后,就发现司月还窝在沙发上皱着眉头思考。他松了衬衫最上面一颗扣子,朝楼下走去,然后俯身将司月整个人从沙发上抱了起来。

司月一声轻呼,赶紧将电脑丢在了沙发上,整个人就被男人不讲理地抱着上了楼。

"岑风,我的电脑。"

"季岑风?"

可是季岑风丝毫没理她,径直将她抱进了卧室,然后丢在了柔软的大床上。

司月被他气笑了,借着弹力坐起来问他:"我在工作。"

"别墅设计的案子吗?"季岑风一边看她,一边脱睡衣。

"是,那个案子是我第一次亲自带队,我必须要多花点时间。"司月眼睛亮亮地看着他,表情万分认真。

季岑风低低地笑了起来,好像心情还不错:"我有一些建议你要不要听?"

"建议?"司月笑问,一点不客气,"要。"

"好。"季岑风将脱下的睡衣丢在沙发上,走到床边关了灯,"那你进来我和你说。"

黑暗一下笼罩了房间的每个角落,司月脸上的笑意就好像剥了纸的糖果,甜得毫不遮掩。

她掀开被子的下一秒,就摸到了那个温热的胸膛,一双大手扶着她的腰将她揽入怀中，她轻轻贴上了他的胸口。

"你有什么建议要给我？"她轻声说道。

季岑风摸着她的头发："你接到这个案子之后，有什么初步的打算？"

司月稳了稳嗓音，把自己的想法说了出来："因为是高端的私人别墅设计，所以肯定最先还是要从客户下手。了解他的社会背景、家庭背景、兴趣喜好和个人品位。

"最重要的还是要和他进行有效的沟通，充分了解客户的需求，这样才能达到让客户满意的效果。

"而且这个客户的预算挺多，可以发挥的空间也比较大。"

季岑风认真地听完，问她："你打算怎么了解这个客户呢？像他这样有钱有地位的人，你不太可能在日常生活中接触到。如果是已经功成名就的设计师，他可以更加敏锐地捕捉到灵感，以及创造出令人惊喜的设计。但是对于你这样一个刚刚起步的设计师，对客户的了解是弥补你设计能力缺陷一个很重要的点。如果只凭着一次两次的设计会面，我并不觉得你能充分了解他的品位并且设计出让他喜欢的东西。

"而且你刚刚说这个客户的预算很多，可以发挥的空间比较大。那是不是也意味着一旦搞砸了，需要做出的赔偿也是比较大呢？"

季岑风的声音缓缓地落在司月的耳边，司月后背冰凉冰凉，竟一下有些说不出话来。

他还是和从前一样，那么一针见血地就可以指出她工作上的问题。

"嗯？被吓到了？"季岑风低下头去寻司月的目光。

"没有，"司月轻声说道，"就是觉得，你说得对。"

季岑风好像是有点被逗乐了："我知道我说得对，我是问你有没有什么想法？"

"想法？"司月重复了一遍，"其实我前段时间有收集过关于这个客户的报道，我把他喜欢或者曾经去过的一些旅游景点、美术馆、画展都做了一个记录，还包括他的职业生涯和生长环境。

"我觉得从这些方面下手的话，应该会找到不少他可能会喜欢的东西。到时候我只需要在会面的时候呈现给他看，让他做选择就好。"

"很好。"季岑风说道。

司月听到季岑风的话,心里闪过一丝欣喜。

"但是,还不够。如果只是将这些元素收集起来让他做选择的话,那他需要你设计师做什么?重要的是,你要学会通过和他的交流和相处,自主地去做一些整合和取舍。

"这才是请设计师的意义。"

司月思索了一会儿:"可是我并没有很多可以和他交流的机会,你知道的,你们这些大忙人怎么会因为一个房子的装修和设计师频繁沟通?"

"你说得没错。"季岑风应道。

司月心里有些无奈,两只手轻轻搭在他的胸口上,不知道该怎么办。

"那你就没想过求求我吗?"季岑风忽然开口。

"求你?"她愣了一下,"求你做什么?"

季岑风垂下眼眸看了司月片刻,伸手撑着她的腰将她往上提了提。

窗外莹亮的月光缓慢地流淌在偌大的卧室里,女人的眸子里也仿佛泛着水光。

她一动不动地看着他,专心得不得了。

季岑风心里获得了极大的满足,轻舔了下嘴唇,声音低沉:"你没办法和他有足够的交流去了解他,但是我可以。

"黎京商人排得上号的就那么几位,交往来交往去,总有机会见面。你为什么想不到求求你的丈夫帮忙呢?"

司月看着眼前的这个男人,一时间她失去了说话的能力。

不是她清高,不愿意请求季岑风帮忙,而是从她回到黎京开始,她就知道季岑风的手不会白白地伸向她。

她要什么,她就得付出什么;她要活命,就要被他肆意折磨。不是她想不到,是她不敢想,所有她觉得还没到穷途末路的时候,她不敢轻易地寻求这个男人的帮助。

"怎么不说话?"季岑风伸手捏上她小巧的下巴。

"可是我没什么能报答你的。"

"我没要你的报答。"

司月沉默了一会儿:"那如果真的有机会的话,可以麻烦你带我去见一见那个客户吗?"

季岑风轻轻点点头："好啊，这周末他要去参加沈家的寿宴，你就跟着我一起去吧。"

"这周末？"司月低低地重复了一下，竟然这么巧？她刚说要请他帮忙，他就有一个现成的场合？

"你在这里等着我的？"

男人低笑了一声，亲了一下她的额头。

"也不算笨。"

季岑风果真没有食言，周末的时候不仅带着司月去了沈家的寿宴，还在寿宴结束后特地邀请了那个客户去了外面吃饭。

那人倒是出乎司月意料地随和，知无不言地同司月聊了很久，给了司月极大的信心。

那天结束后，她就和季岑风说了以后下班就不随着他一起走了。季岑风虽然有些不乐意，但看到她又如此信心满满地回到自己喜欢的事情上，也就做了让步。

一切好像神奇地回到了他们刚刚认识的那一年，她是那个干劲满满的司月，他是她的指路明灯。

所有的误会、争吵和分别都不过是过眼云烟，一切仿佛都是可以回到从前的。

司月像一台重新加满油的机器，日夜不休地扑在那个设计案上。她想要证明自己，想要证明自己不是个只会依附于人的金丝雀。

季岑风给了司月明确的名分，这好像一支强心剂，有力地将司月拉出了那个自暴自弃的泥潭。

她想，她是可以重新拥有自己的人生的；她想，她是可以重新拥有自尊和自我的。

一连小半个月，司月和小组的成员都在做素材信息的收集，那位客户曾经提到过喜欢过的艺术展或者画展，大家都全力以赴去调研和了解。

司月虽然忙得每天回家倒头就睡，但心里却不可抑制地涌现出了一种鲜活的生命力。那是一种在她身上消失很久的东西，久到她从镜子看见那个笑意满满的女人时，还是微微地怔了一下。

早上七点,司月准时起床。

季岑风已经洗完澡在楼下吃饭。

"早。"司月坐在他身边,伸手去倒温水喝。

"项目还顺利吗?"季岑风一边喝咖啡,一边问她。

"嗯,目前来说都很顺利。"司月今天穿了一件白色真丝衬衫,下面是一条蓝色包臀蕾丝裙,头发被她精心地绾着,整个人说不出的温柔。

她喝了一口水,转头去看季岑风:"你最近还好吗?对不起,我好像有点太忙了。"

司月唇上泛着水润的光泽,季岑风眉眼微动:"开心吗?"

"开心。"

"那就好。"

司月心里有些讶异,他居然对自己一点意见都没有。

"不过今天晚上应该可以早点回来,因为今天是去南边的一家画展看画,那个客户提到过很喜欢这个画家的画,所以我打算去看看能不能和画家聊上几句。"

"今天正常回家是吗?"季岑风跳过了她后面的话,直接问道。

司月愣了一下,然后点头:"大概六七点,画展结束后回公司整理一下就可以结束。"

"好,那我在家等你。"

两人吃完早饭之后,司月就在卧室帮他系领带。季岑风两只手抚在司月的腰上:"怎么还是这么瘦?"

"瘦吗?"

"嗯。"季岑风眉眼垂下看着她,两只手就将她的腰线拢合。

司月有些痒,叫季岑风放手,季岑风却是不肯,在她腰上又摸了摸。

"好了。"司月轻拍两下他的领带,他才肯放手。

两人随后就上车去了公司。

司月带了一男一女两个同事一起打车去了黎京南边的画展,想着早点去说不定能和画家聊上几句。

两个同事都是过年后新来的,年纪虽然小,但是做起事来很认真很有干劲,倒是像司月当年刚毕业的时候。

"陈楠、徐洁，你们两个一会儿到画展的时候记得多看看这个画家的风格和喜好，多记笔记，到时候都可以作为设计的参考。"

"好的，司月姐。"徐洁嘴甜，总是逗得司月笑。陈楠就稍显沉默。

"陈楠，你到时候还要记得和会展的工作人员做一下沟通，希望他帮我们联系一下画家本人。如果可能的话，我们还想和画家本人见个面。"

"好，司月姐。"

司月交代完任务之后便安心地在车上看起了风景。

过了年后，黎京已经开始进入春天。温度涨势喜人，就连司月都敢穿裙子出门了。

她稍微打开了一点车窗，一阵温柔还有些寒意的春风就吹进了车厢。可这风却不叫人觉得发寒，只觉得有种让人清醒的感觉。

司月深深地吸了一口气，眼角不自觉地弯起。

"司月姐好漂亮，怪不得季总这么喜欢。"徐洁不禁说道。

陈楠一脸惊讶地看着徐洁居然直接这样和司月说话，心里直嘀咕。

虽然司月是季岑风妻子这件事情，在辰逸不是秘密，但是还有一件事也被大家牢牢记在心里，就是设计组曾经有七八个在司月背后乱嚼舌根的同事，全都被辞退了。

所以公司的人看到司月也不敢在她面前提她和季岑风的事，没想到徐洁这么不要命的。

陈楠两只眼睛有些不安地看向司月，没想到司月转过头朝他们笑了一下："是吗？"

徐洁一看司月没生气，胆子更大了："司月姐，我就知道你人最好了。别人不了解你的以为你是那种睚眦必报的女人，但是我们跟了你这么久，怎么可能还不知道。"

"司月姐你从来都是什么事都和我们一起做，没有因为自己的身份和能力瞧不起我们。我虽然只是个刚毕业的大学生，但是你也不嫌弃我永远手把手教我。"

"我也是那样子过来的。"司月眼里有一丝温柔，"那个时候有个人也会手把手教我的。"

"是季总吗？"徐洁不禁问道。

司月嘴角微微扬起，点了点头，他现在也是这样，手把手教我。

三个人早早来到了画展中心，工作人员还在摆放画作，他们便安心地坐在外面的大厅里等候。

"司月姐，画展还没开始，我们可以去这里面随便转转吗？"徐洁饶有兴趣地问道。

司月点点头："可以，别走太远。"

"好的。"徐洁喜上眉梢，拉着陈楠就要走。

陈楠倒是有些犹豫："我不太想去。"

"哎呀，转转嘛，很快就会回来啦。"徐洁还拉着他不肯松手。

陈楠瞥了一眼司月："司月姐，你就在这里等我们吗？"

"是啊，你们去转转吧，我在这里等你们。"

"……好吧。"陈楠这才松口，跟着徐洁朝里面走去。

司月坐在大厅里的沙发上，两条腿叠起，看着手里的资料，今天的画展不知道画家本人会不会来，要是来的话一定要找机会和他聊几句。

柔和的阳光透过明亮的玻璃落在司月的脸庞上，展厅里人流稀少，一切都是安静祥和的模样。

司月正低头看着手里的资料，忽然耳边响起了一个熟悉的声音。

"司月。"

她循着声音望过去，居然是好久不见的温时修。

"温组长？"司月眼睛微微瞪大，连嘴巴都张开了几分。

温时修穿着一件浅蓝色的衬衫，没系领带，眼角柔和地弯起，整个人有种慵懒的惬意。

他眉尾扬了扬，坐在了司月对面的沙发上，声音清朗："好久不见。"

司月这才缓过劲来，笑着和他说："好久不见。"

"在忙私人别墅的那个项目吗？"他两只手交叠在膝盖上，只字未提他离开辰逸的事情。

司月点了点头，似乎有些愧疚，好像这个项目是她从温时修手上夺来的一般。

但温时修却丝毫没在意："那个项目是我走的时候特意留给你的。"

"留给我的？"

温时修点点头："年前的时候你已经和我一起做了不少关于这个项目的功课了，我觉得你是可以接手这个项目的。"

"可是你怎么能确定这个项目会是由我接手的？"

温时修笑了笑："有些时候我很不愿意去承认一些事情，但是我和季岑风在看项目的眼光上的确有些相似。怎样让一个初出茅庐的设计师最大程度且迅速地成长，用这个私人别墅的设计案是最好的了。"

男人的嗓音从始至终都是轻柔的，但落在司月心里却有了几分重量。他和季岑风好像真的结下了梁子。

司月踌躇了几秒，却还是没有问出心里那个问题。她既然已经问过季岑风了，那她就选择相信他。

但是温时修却好像知道她要问什么，并不在意地说道："是我主动离开的辰逸，背后有些原因不方便说给你听，但是你不用有负担。"

司月心头有些郁结，无法那样轻快地同他点点头，然后就理所当然地认为这一切都与自己无关。

温时修笑了笑，忽然站起身子："不说这些了，你今天来是想看画展的对吗？"

"是，"司月也跟着站了起来，"如果画家今天也来的话也想见见画家。"

陈楠和徐洁逛了没一会儿就回来了。画展已经开始，司月拒绝了温时修一同看展的邀请，还是和陈楠、徐洁逛了起来。

中午三个人简单在画展中心吃了便餐，便又继续开始工作了。直到下午五点画展结束，温时修才又出现告诉司月，他晚上要和画家本人一起吃饭，问她要不要来。

"真的吗？"司月有些不敢相信，却又觉得温时修认识这些画家的确是再正常不过。

"是啊，他是云舒的朋友，所以以前在M国的时候和我见过面，这次算是我来招待他。"温时修看了看司月身后两个小跟班。

司月安静了片刻，她知道现在随着温时修一起去和画家吃饭是个很合适的交谈机会，甚至比她之后自己去约谈会更好，但她还是有些犹豫。

"他明天就飞国外度假了，要不下次再约也行。"温时修似是也不在意，不逼她。

司月顿了一秒，才发现自己过分谨慎了。

"那可以让我的两位同事也一起去今晚的饭局吗？接触画家是个挺难得的机会，也能学到不少东西。"

"是啊，温先生，我和徐洁也可以一起去吗？"陈楠今天倒是罕见地开了口。

温时修爽朗地笑了笑："没问题，走吧。"

三人很快就上了温时修的车。

吃饭的地点在一个不算近的私人餐厅，车子开到那里的时候，已经接近七点了。

司月在车上看了眼时间，吃完饭再回家怎么也要十点开外了。她拿出手机给季岑风发了条消息，然后就随着温时修进入了餐厅。

"还有几份？"季岑风头也不抬地签着手里的文件。

李原立马数了数桌上的文件："还有六份。"

"下一个。"季岑风合上手里这一本，又拿了李原递过来的下一本。

整个下午季岑风都在快节奏地审文件，午饭都是十分钟快速地解决就立马接着工作。

李原知道今天季岑风要六点下班，很多事情他又不愿意积压到明天，所以今天只能高负荷地工作。

季岑风又签了两份文件："几点了？"他头也不抬继续看第三份文件。

"六点了，季先生。"李原立马答道。

季岑风快速地翻动着手里的文件，然后签下了自己的名字。

钢笔重重地合上，被男人丢回了抽屉里。

"剩下的明天看。"季岑风果断地从座位上站起了身子，然后穿上了西装外套。

李原也利索地将文件放在桌子上，跟着季岑风往外走。

"今天不用跟了，你回家吧。"

李原讶异地抬起头。

季岑风按了电梯，站在走廊里看了他一眼，声音轻快："下班了。"

李原这才反应过来，他看着季先生刚刚一直严肃的眼里居然泛出了一丝轻松的愉悦，心里不禁嘀咕，看来季先生今晚是有什么值得期待的活动了。

"叮——"一声，电梯门开。

季岑风大步走了进去，电梯门关上的瞬间，李原恍惚间好像看到了里面那个男人低低地勾起了嘴角。

李原站在原地愣了愣，忽然想起来之前看见过司月的人事档案，如果他没猜错的话——今天季先生这么着急把工作做完，是要回家给司月小姐过生日的。

从黎京的市中心到胜利广场的路有些堵车，现在又正好是晚高峰，季岑风单手搭在方向盘上，手指轻点着。拥堵不堪的马路的确有些让人烦躁，但男人的嘴角还是隐着几分笑意，就连等红灯的那几十秒都没皱过眉头。

车子驶出了繁华的市中心后，交通就稍显顺畅了。

季岑风按照导航将车子开到了胜利广场的南边，找了个合适的位置停了车。

司月说得没错，这里离市中心真的不近，再加上来时路上的拥堵，季岑风下车的时候天色都已经暗了。

他看了眼手表已经六点半了。男人锁了车，就四处找着那家兰州拉面在哪里。这边位置比较偏僻，店面招牌大多没有亮灯，现在光线暗了看起来着实不方便。

季岑风沿着广场一边又走了走，终于看见了那家招牌落在地上店面脏乱狭小的兰州拉面店。

男人有些嫌弃地没朝近处走，他记得司月说过她之前就住在兰州拉面店旁边的小巷子里。他朝旁边走了几步，果然发现后面有一条很深的小巷，里面不甚明朗地亮着灯。

季岑风脚步轻快地朝里走去，一眼就看见了一个卖蛋糕的小推车，小推车上面挂着一个孤零零的电灯泡，摇摇晃晃的，居然是要收摊了。

季岑风赶紧走上前，看到了玻璃橱窗上贴着的画纸，正是司月给他形容过的那种小蛋糕，松软的蛋糕里面有一层极薄的甜奶油。

"你好，我想要买一个这种小蛋糕。"季岑风站到了小推车正要行进的方向上，高高的橱窗后站起了一个老奶奶。

她正弯着腰要推车走，谁知道半路被季岑风拦了下来。

老奶奶连忙摆摆手："小蛋糕今天卖完啦，我要回家了。"

"这么早就不做了？"季岑风眉头轻皱着，不肯走。他以为这种小摊贩都是会经营到很晚的，没想到居然来迟了一步。

"不做啦。"老奶奶看他没让路，只能先把小推车停在原地，"今天我腰疼，做不了了。"

老奶奶半站直了身子，季岑风才看清楚她的脸，一张满是皱纹的脸庞，嘴巴浅浅地往下凹，稀疏的头发被春风吹得有些凌乱，身上的衣服却还算整洁。

"我付两百元，"季岑风看着她没打算这么容易让步，"你现在帮我做一个。"

老奶奶一脸不可思议地看着这个男人，晃动的灯光落在他的脸上，照出一副比她还没得商量的表情。

老奶奶一下就笑了，声音低低地透着沙哑："年轻人，我今天腰真的不行了，把这小推车推回家都是我能做的极致了。

"我是很想赚你那两百块钱，但是我更要命啊。"

季岑风手指微微地收紧，倒是没预料到会遇到今天这种情况。

"要不这样吧，"那个老奶奶看着季岑风还是不肯走，也有些不忍心了，"我是做不了，但是东西都在这里，你要是真想要你就自己来烤一个，很简单的，我教你。"

季岑风眉头皱得更深了，自己烤？

"对，很简单的。"老奶奶脸上还挂着笑，她站得久了腰撑不住，便又坐在了她带来的小板凳上，"年轻人来不来烤，不烤就让开，我回家了。"

季岑风垂眸又看了一眼时间，快七点了，司月快到家了。

"怎么烤？"

男人伸手解开了西装的扣子，然后大步走到了小推车的后面。

季岑风到家的时候已经是晚上八点，他手里提着一个小小的四方蛋糕，手柄处还能感受到淡淡的温热。

他快步上了楼脱下了弄脏的西装,这才发现手机静音了。

季岑风点开手机一看,居然有一条司月一个小时前给他发的消息:【岑风,我今天和画家见面一起吃个饭,温时修引荐的,我身边的两个小同事也跟着去了。晚上可能会迟回家,你不用等我了,抱歉。】

季岑风久久地看着这条短信,她说只是因为工作,普通地吃个晚饭。他轻咬了几下牙,把手机丢在了沙发上,就进了浴室洗澡。

洗完澡后,季岑风换了件新衬衫,拿着手机就去了楼下。家里的灯被他悉数关上了,只留了落地窗前的一小盏。

季岑风把蛋糕放在茶几上,然后一个人沉默地坐在旁边的沙发上。他目光久久地落在窗外那一小片司月亲手种的玫瑰花上,去年秋天种下的,今年春天就开得这样热烈繁盛了。

好像把旁边其他的花朵全都压了下去,一眼望过去,只能看见这玫瑰。

玫瑰窈窕的身姿随着晚风温柔地晃动,季岑风不知为何想起了早上她给他系领带的时候,他双手握在她的腰上,那样细,那样让人忍不住折断。

季岑风忽然有些烦躁地站起了身,他在沙发前走了一会儿,目光又落在了那个小蛋糕上。

男人犹豫了一小会儿,拿起了手机。

【还在吃饭吗?】他朝一个没有标注姓名的人发了条消息。

很快,那边就传回来了一个视频,昏黄的灯光下,一个女人闭着眼睛,微晃跳动的烛光在她眼睫下打出一片氤氲的光影。

在她的正前方,是一个精美小巧的生日蛋糕。

忽然一个穿着浅蓝色衬衫的男人也晃入了镜,他目光不移地凝视着眼前的女人,声音低沉:"小姑娘,生日快乐,希望你能永远幸福快乐!"

男人的话一说完,视频就戛然而止。

安静的客厅里,季岑风没说话。

窗外的玫瑰似乎也感受到了异常,狂乱地随着晚风摇晃了起来。

玫红、艳丽、格外刺眼。像她,呵,实在是太像她了。

"哐——"一声巨响。

手机被男人狠狠地砸在了落地窗上。

刘雪梅没想到今天会遇到这么个倔强的年轻人,她坐在一旁的板凳上仔细地教他怎么烤蛋糕。

年轻人很是聪明,说什么点几句就懂了。只是可惜了这一身干净衣裳,粘了不少油渍和灰尘。

刘雪梅眼里盈着笑意,猜测道:"年轻人,给你老婆买的?"

男人手臂顿了一下:"嗯。"

刘雪梅笑得更开了:"你很疼你老婆哦。"

男人沉默了片刻,眉眼里闪过一丝不真切的温柔。

"……嗯。"

多亏了温时修,司月和那个画家聊了很多。

她倒是没想到,原来画家和客户算是同一个年代同一个地方出来的,怪不得客户当时特意提了说自己很喜欢这个画家的画。

徐洁一直在旁边笔耕不辍地做笔记,倒是陈楠显得有些沉默。

中途温时修忽然端了个蛋糕上来,把司月和大家都惊到了,她这才知道温时修给自己准备了生日蛋糕。

好像就是从那个时候开始,陈楠就有些心不在焉了。

晚上九点的时候,一行人吃完饭,司月拒绝了温时修把她送回去的好意。

"温组长,今天真的很感谢你了。"

"没关系,举手之劳。"

"那我和他们就先回了,你也注意安全。"司月朝他点点头就要去马路边等车。

温时修却忽然伸手像是要拉住司月,司月微微收了手臂,错开了。温时修愣了一下,司月还是寻常似的问他:"温组长还有什么事吗?"

她语气没变,整个晚上都是这样礼貌。夜色淡淡地笼在她的脸上,温时修看着,无言地笑了一下:"我送你的礼物,你真的不要吗?"

司月眼眸垂下,轻吸了口气:"温组长,我很久不过生日了,所以也没这个习惯了。你的礼物太贵重,我不能收的。"

温时修沉沉地看着她,也没逼她:"那你回去注意安全,上车了把车牌号发给我吧。"

司月点点头:"谢谢你了,温组长。"

她说完便和徐洁、陈楠走去了路边。

徐洁和陈楠家住得近,两人坐了一辆车回去,司月自己一个人坐了一辆车。

上了车后,司月就点开了手机,她先发了条消息给温时修:【谢谢你温组长,我已经把车牌号发给岑风了,你不用担心。】

然后她又发了条消息给季岑风。她七点发的那条消息他没回,司月不知道他是不是还在忙:【岑风,我现在坐车回家了,车牌号是京X6798,你回家了吗?】

消息发出去之后,温时修很快回了消息:【不用和我这样客气,司月,有机会下次再见。】

司月手指刷新了几次收信箱,再没新的消息了。

季岑风又没回她消息。

司月关了手机,头磕在玻璃窗上。

天色很黑,两旁的树木飞速朝身后飞去,她脑子忽然有些空空的,不知道在想什么。

车子到家的时候已经晚上十点半,司月付钱下车。

家里灯还亮着,司月一想到今天有了这么大的进展,不由得有点迫不及待地想要告诉季岑风。

她脚步轻快地朝别墅走去。

客厅是空的,司月换了鞋就要往楼上走,却忽然在茶几上看到了一个四四方方的小纸盒。

纸盒是半透明的,隐约看得见里面是一块黄色的蛋糕。

忽然一种熟悉的感觉袭上司月的心头,她一口气吊在心里,慢慢走了过去。

她小心地拆开那个小纸盒,里面是一块已经冷掉的奶油蛋糕。

——"但是后来有一次我过生日,李水琴从外面给我带了个小蛋糕,软软的热热的,里面有一层很薄很薄的奶油夹心,吃起来甜不得了。"

——"从那以后我就喜欢那里了。"

——"就这么简单？"

——"嗯，就这么简单。"

司月怔怔地站在原地，眼角不知何时有些发红，怪不得早上他问自己今天什么时候下班，自己还说大概六七点。

她真是太笨了。

司月随即丢下了手里的包，"噔噔噔"地跑上了楼。卧室里的灯还亮着，她推开门。

可门一开，司月嘴角的笑容就凝滞了。

季岑风正站在没有开灯的阳台上，看着她。

他手里是一根还燃着的烟，整个人半融在这片看不清的夜色里，眼神不明地看着她。

那是一种她曾经很熟悉的感觉，他明明站在离她很近的地方，却好像同她硬生生分裂成两个世界。

司月停在了门口。

可他偏偏又这样不说话，只叫这压死人的气场逼得她先开口。

"……岑风？"司月手指紧紧地握着门把手，还是先开了口，她从来都斗不过他的。

季岑风看着她，嘴角淡淡地笑起，可他眼里却是越发深沉的波涛汹涌。

司月深深地吸了一口气，心里隐约知道是因为自己回来太晚，而他却这样用心地给自己准备了蛋糕。

"对不起，我不知道你今天是想要给我过生日的，我不是故意晚回家的。"司月镇定了一下，慢慢朝他走去。

季岑风那么上心地去给她买了奶油蛋糕，是她的错，是她让他伤心了。

司月径直走到季岑风的面前，阳台上的窗户开得很大，晚风有些强劲地吹着司月的头发，将她散在两颊的碎发吹起。

看着她走到自己面前，季岑风还是一句话也没说。

"岑风，对不起。"司月朝他艰难地笑了一下，她轻轻地拉上了季岑风垂在一侧的手，"我们下楼去吃蛋糕吧，好不好？"

女人纤细的手指慢慢抚上他的手，可他的手寒冷僵硬得要命。司月心里开始发慌，好像一脚踩进了深不见底的悬崖，耳边尽是呼啸的风。

季岑风却还是只看着她,笑意不达眼底。

明明早上还那样关心问她怎么那么瘦,可是回家的时候,一瞬间又变成了这个样子。

司月怕得要命,她手指紧紧地扣住季岑风的手不肯放,眼睛倔强地看着他。一种无声的角力在四目相对的无言中蔓延,季岑风微微眯起了眼睛,抽出了自己的手。

"你今天晚上做什么了?"他声音很淡,甚至问得很随意。司月却仿佛被闪电击中一般身子僵在了原地。

好像无数个时间轮回,他们之间聚了又散,散了又聚。跌跌撞撞,一切又回到了原点,那天晚上他冲到司月宿舍楼下问她,今天晚上去做什么了。她撒了谎,从此失去了季岑风。

历史再次重演,他都知道了。他知道今晚的饭局里,温时修给她过生日了。他找人跟踪自己了吗?是从什么时候开始的?

一连串问题疯狂地挤进司月的大脑,她半晌说不出话。

原来回到从前的,不只有他们的感情,还有那场噩梦。那场只要季岑风不相信司月,他们就没有未来的噩梦。

一种无力而又惶恐的情绪占据了司月的大脑,可她看着面前的这个男人,却只能想起那天上午,他拉着她的手走在下雪的麦田里。

外公说:"一起在雪天里走过的人,一定会共白头的。"

司月想的,她想和他共白头的。

她又一次固执地拉上了季岑风的手,忍着翻滚的情绪一字一句道:"上午去画展的时候,遇见了温时修。晚上的时候他说可以和画家一起吃饭,我才带着另外两个同事一起去的。

"岑风,我给你发了消息的,我没有想要瞒你。

"原本我也以为只是吃饭而已,但他忽然推出了生日蛋糕,我才知道他早有准备。季岑风,我真的事前不知情。

"他送我的东西我没要,我不能收。"

司月声音发胀,抬眼看着眼前这个眉眼冷漠垂下的男人。她站得离他更近了,两只手抱着他的腰。

司月知道,她没办法失去季岑风。三年前犯的那个错误,她不想再犯了。

"岑风,我和他一点关系都没有,没有主动去约他,也没有和他有任何不正当的交往。

"这一次我没撒谎,我没和你撒谎。"

司月两只手收紧,仰着脸去看那个男人。

季岑风垂眸,拿烟的那只手微微放远。她眼神脆弱却又固执地看着他,好像那么多年前的那个夜晚,她要把当时的错全都纠正过来。

他又回想起了陈楠返回路上给他发的消息:

【司月姐是早上在画展遇见温先生的,我们和司月姐一起看了一天的画展。晚上温先生说认识画家本人,我们就跟着去吃了饭。生日蛋糕是温先生忽然推出来的,司月姐也吓了一跳。季先生,司月姐看起来对温先生没什么私人感情,说话做事都很礼貌客气。】

"这次没骗我?"季岑风声音沉沉的,垂眸看着她。

季岑风要一个答案,要一个来自司月的答案,要一个她证明自己从此以后不会背叛他的答案。

司月把头紧紧地贴在了他的胸前,声音有些沙哑却字句清楚:"没有,岑风,我没有骗你。"

男人的心跳有力地传到了司月的耳边,没再说话。

她一颗悬着的心终于慢慢地沉了下去,眼泪便随即落了下来。

司月太害怕,太害怕三年前那件事重蹈覆辙。那就好像一个定时炸弹,不管她曾经和季岑风有多么甜蜜,一旦遇上这种事都会彻底爆炸。

他不信她,他们就永远都没有未来。

晚风终于减弱了势头,柔柔地落在那个抱着季岑风的女人身上。她又一次抬起了头,看向沉默不言的男人。

她脚尖轻轻踮起,吻上了季岑风的唇。许是在外面站了很久的缘故,男人的唇很凉,司月的身子却因为刚刚的哭泣而沾染着潮湿的热气,慢慢地顺着男人的舌尖向下滑。

她紧紧地抱着他的脖颈,双脚用力踮起去够他的唇。季岑风有些冷淡,只任由她青涩地伸着舌尖,却不肯帮她。她心里有些伤心,小腿也因为用力的踮脚而有些力竭。

可就在她低下头想要离开的一瞬间,季岑风忽然用力地揽住了她的腰际。

他掐了烟,将她整个人带到了自己的身边,随后是一个强势而炙热的吻。

男人两只手用力地握住她的腰际,真丝衬衫骤然被人从裙中抽起,一阵清凉便顺着她后背裸露的皮肤攀沿而上。

她还没来得及反应,整个人就被推倒在了柔软的大床上。一瞬间,天旋地转,男人铺天盖地的气息便从上方将她层层包围。

他也许怜香惜玉,却又难忍躁意;他得到了那个令他满意的答案,却还是无法安心。

那像一个无穷欲望的巨大黑洞,在她心甘情愿配合他的下一秒,疯狂膨胀增长。

她太软了,像一方软香红玉,一沉下,就起不来了。

月光莹莹地落在司月殷红的嘴角,丰润饱满得像一颗快要撑破皮的樱桃。

季岑风清楚得很,他这辈子,没得选了。

后半夜,屋子里重新落回了安静,司月艰难地翻了个身。

季岑风两只手从后紧抱着她,沿着她的后脊骨,一截一截向下亲。

他力道不轻,好像是要司月记住,带着啃噬的亲吻,留下了一串不轻不重的印记。

司月应当高兴的,他没再追究今晚的事了。

可是为什么,她却还是笑不出来。

"岑风……"司月轻轻开口。

温柔的晚风吹起了窗外的帷幔,悠悠扬扬地飞起又落下。

季岑风收紧了自己的胳膊,附在她的耳边:"嗯?"

"你信我的,是吗?"司月喃喃说道,你信我说的话,所以才原谅我的,而不是因为你找人跟踪我才信我的,是吗?

黑暗里,仿佛有一只大手紧紧地捏着司月的心,她呼吸全无,静静地等一个答案。

月光阴冷地落在司月的脸颊上,身后的那个男人吻了吻她的头发,声音喑哑:"睡吧。"

司月早上醒来的时候,后腰有隐隐的酸意。

偏偏季岑风今天又没有去跑步，就一直在床上抱着她，连半点挪动的空间都没有。

司月小心翼翼地把手伸到身后按了按自己的腰，下一秒就被季岑风捉住了手。

他握着司月的手又抱回了前面，整个人极其慵懒地将她往怀里又按了按。

"不舒服吗？"季岑风的声音卷着浓浓的倦意，听起来，他昨晚也没有睡好。

司月挣扎了一会儿，低声说道："腰有点疼。"

"锻炼太少。"季岑风直接说道。

司月无语。

他倒是没一点自知之明，司月当年不是没和他发生过关系，也知道他有时候下手没什么轻重，但没想到这个男人今年算起来也有二十九岁了，居然还是这么精力旺盛。

"觉得我年纪大了？"季岑风忽然又问道。

"没……没有。"司月有些结巴地说道，有些欲盖弥彰地慌乱，心里一阵懊恼。

男人看着她这个样子，一边低低地笑了起来，还一边帮她轻轻地按摩。

他好像真的不生气了，连笑声都是极尽舒缓，整个人也没了昨天晚上的阴沉。

司月也跟着笑了起来。

她慢慢转过了身子，看着他。

她眼里透着些许晨起的茫然，看起来有些过分的娇憨。季岑风垂眸看着她，情不自禁地又要去亲。

司月缩着身子躲了过去："岑风。"

"嗯？"他没亲到，有些不满。

"昨天晚上对不起，我不知道你去给我买了小蛋糕，下次你直接告诉我好吗？"

"告诉你？"季岑风微微挑眉。

司月知道他还有些介意昨晚的事情。

"我真的和温时修没什么。"司月两只手抚在季岑风的脸颊上,轻轻地去摸他高挺的鼻梁和嘴唇。

"你总是不信我。"她眼神里有些落寞。

季岑风轻轻含住了她的指尖,然后拎着她的手环上了自己的脖颈,他总是不想听这些的,不想回答司月关于信任的任何问题。

这是季岑风能为司月留的最后余地了,因为司月自己也知道,他的答案只会是"不"。

晨风缓缓地吹拂着洁白的纱幔,司月在轻柔的喘息中闻到了清晨的玫瑰花香。那像一阵带着甘露的潮湿,冰冰凉凉地坠在脸颊绯红的女人身上。

司月手指深深地插入季岑风湿热的发根,她想,这一次她终究是有些机会的。

这一次,她想要做些什么。

吃早饭的时候,已经是七点半了。

司月吃得匆匆忙忙,旁边那位却还是气定神闲地在喝咖啡,精气神看起来比哪天都好。

"你着什么急?"季岑风瞥了她一眼。

"我要迟到了,"司月一口喝完了温水,"这个月快到月底了,我可不想没有全勤。"

"我补给你。"

"我不要。"

"有什么区别?左右都是我发你工资。"季岑风看着她,有些好笑。

司月理直气壮地说道:"全勤还有小组开会表彰呢,你能发给我吗?"

季岑风一下语塞,轻笑了起来。

两人之间的关系好像不仅回到了在外公家的时候,某种程度上,司月感觉更近了。

"中午来我办公室吃饭。"季岑风站起身穿外套。

"为什么呀?"司月也跟着朝门口走去。

"从今天开始我盯着你吃饭。"

"为什么?"

季岑风忽然止步,司月差点撞上。

他眼神慢慢地从她的脖子下移,然后又移了上来,弯下身子说道:"太瘦了,我都不敢用力。"

司月语塞。

"好歹该有的都有的。"司月走在后面嘀咕了一句。

"这倒是。"

……不用你回答!

两人上了车后,李原明显感觉到今天的气氛大不相同。

两人没有像往常那样坐在后座的最两边,各看各的风景,而是稍显亲昵地贴坐在了一起。

司月的手臂藏在季岑风的手臂后侧,轻轻地勾着他。看到这样的场景,平时最冷静的李原有些耳红,做晨报的时候,结巴了好几下。好在季岑风心情很不错,摆手让他到公司再说。

车辆顺利地到达了公司停车场,季岑风没再去凑员工电梯的热闹,只是站在门前叮嘱了司月:"中午上来吃饭。"

"好。"

今天司月也是格外好说话,他说什么都答应。

季岑风眉尾微抬,嘴角挂上一丝笑意。

他摸了摸司月的头发:"电梯到了,去吧。"

司月今天来到公司,就察觉了陈楠的不对劲。

也不算是刚刚才察觉的,而是季岑风那样准时又无误地得知自己昨晚的行程时,就有所察觉了。

陈楠是过年后新加入设计组的,为人一直很本分,叫他做什么也都是认认真真去做,从不推托。司月一直觉得他很用心也很努力,是个可以带在身边的人。但很显然,也有人是这么想的。

一个沉默寡言又能时常跟着司月的人,做他季岑风的耳目再好不过了。一进公司就能攀上这么一根高枝,陈楠怎么会拒绝。

司月今天早上一到办公室,就看到了伏在工作台上的陈楠,他一看见司月进来就立马坐直了身子看电脑。

并不是简单地被领导看见偷懒做做样子,而是一种做了坏事怕被发现的样子。

司月看了他一眼,却也没表现出什么异常。

季岑风既然要找人看着她,那就看着好了。即使她揭穿了陈楠,也会有新的陈楠出现,倒不如留着现在这个熟知的。

司月放下包,就进了咖啡间,房门轻轻关上,里面有一种难得的安静,一种可以让她沉下心来思索的安静。

咖啡机淅淅沥沥地往杯子里滴着咖啡,司月有些出神地看着洁白的百叶窗。最近的天气真的很好,万物都是重新苏醒过来的精神抖擞,一切都好像在朝着更好的方向前进。

"嘀嘀嘀!"

咖啡机小声地叫了起来,司月拿起自己的杯子喝了一口。

她必须要做点什么。

三年前的她没有机会,但是现在的她不会再傻乎乎地等待着危机再一次出现。

很明显,她和季岑风之间最大的危机就是季岑风不信任任何人,尤其是在一段亲密关系里,他不愿意信任自己的伴侣。

更何况在季岑风那里,她是有过失信记录的黑户……

司月艰难地咽下一口咖啡,才发现忘记放糖了,好苦。

中午十二点,司月准时收到了某人的"吃饭"消息,她低头看着手机,眼角弯起,然后便从包里拿了一个小盒子出来朝电梯走去。

到达顶楼的时候,很安静,所有人都有序地忙着自己手里的事情。

司月走到办公室门口的时候,秘书小姐就连忙跑过来帮她开门:"季总在里面等了。"

司月朝她轻声说了句"谢谢",便朝里面走了过去。

季岑风正坐在沙发上喝茶,西装外套休闲地松开了扣子,整个人有种矜贵的慵懒,挑着眉,看她。

"手里什么东西?"

司月狡黠一笑,从身后拿出了那个小蛋糕:"早上悄悄收进包里的,可以当作午饭加餐吧。"

季岑风目光落在那个蛋糕上,手指轻颤了一下,淡淡问道:"没坏吗?"

"怎么会这么容易坏?"司月坐到他身边,仔细地拆起了小盒子,"现在还是春天,放个一天应该不会坏的。"

她看着桌子上有午饭附赠的餐具,便拿了一个小叉子过来,刚要分蛋糕忽然又止住了手。

季岑风眼神也随着她的动作一晃,不知道她要做什么。

"岑风,"司月转过头看着他,声音带着些轻柔的请求,"你可以对我说生日快乐吗?"

她眼睛微微朝上看着他,一丝若隐若现的玫瑰花香便攀着那柔软的目光勾上了他的心,缠缠绕绕,湿湿答答。

无数次,就是这样的眼神,她这样看着他,勾着十万分的柔情与怜惜,同他说这些他从来都无法拒绝的话。

从前是,现在还是。

"生日快乐,司月。"季岑风轻声说道。

司月嘴角随即高高地扬起,就连眸子都闪着醉人的光芒:"谢谢。"

"祝你——"

季岑风忽然又开口,司月有些惊喜地等着他说后面的话。

可男人似乎并没有想好后面要怎么说,却又不知道为何非要加一句贺词。

"祝我什么?"司月不禁好奇季岑风会说什么。

谁知道季岑风忽然敛了笑意,好像想起什么不高兴的东西:"祝词都是没诚意的,说得再多不如做得好。"

两人在办公室一起吃了午饭,司月切蛋糕的时候,李原正好有事进来了,季岑风让他不用避着,有事直说。

李原点了点头:"季先生,您父亲那边今天来了电话,希望您这个周六回家一趟。"

"有说什么事吗?"

"说是许家的事情,求到他那边去了。"

季岑风伸手接过了司月手里的小刀,帮她切了起来:"不去。"

"好的。"李原回道。

"为什么不去呀？"司月抬起头看着专心帮她切蛋糕的男人。

季岑风眼神落在她脸上。

"你想去？"男人思索了半秒，"不过倒是可以带你去看看。"

"看看？看什么？"

"到时候你就知道了。"季岑风朝李原摆了摆手，示意他出去。

司月虽然不知道季岑风要让她看什么，但是她心里有些暗喜，因为正好可以借着这个机会，了解一下季岑风的过去。

四四方方的小蛋糕被分成了四块，司月先叉了一块递到了季岑风的面前："你先吃。"

"你过生日，你吃第一口。"季岑风眉眼里含着淡淡的笑意。

司月点了点头，谁知道她刚把蛋糕放进嘴里，一个高大的身影就欺了上来。

一双大手牢牢地搂住了司月的腰，季岑风咬下了另一半。

司月惊得身子僵住，男人却慢慢地将她嘴里的甜味舔舐殆尽。那像春天里投下的第一缕阳光，热烈而又鲜活地融化了春水里的第一块冰。

司月身子渐渐地软在了男人的怀里。

可男人又故意不让司月好看，他潮湿炙热的呼吸打在司月敏感白皙的脖颈上，声音沉沉："好吃吗？"

这蛋糕好吃吗？我好吃吗？

司月撑着最后一丝清明的意识，声音打战："这蛋糕，味道好像不太对。"

剩下的半块小蛋糕最后悉数进了司月的肚子里，季岑风说不好吃就丢了，但是司月怎么舍得。

好歹是他亲自跑去买来了，她怎么舍得丢。只是她觉得这么多年过去了，老奶奶的手艺好像有点退步。

司月认真地吃完了最后一口，然后朝季岑风说了谢谢。

"我先下去了。"

"晚上一起回家。"季岑风站起身送她出去。

司月走到门口忽然止住脚步转身，有些撒娇又有些正经地说道："可是我最近挺忙的，不一定五点下班。"

季岑风看了她几秒："我最近也挺忙的，你忙完了就上来找我。"

司月看着男人黑亮的双眸，不由得轻笑了出来："好的，季先生。"然后便踩着高跟鞋轻快地离开了办公室。

第九章

缝合的过往

季岑风说得没错,他这段时间的确繁忙了许多。

司月大概能猜到之前他带着自己在外公家休了一个月占用了他太多的时间,所以不得不将这些时间补回来。

别墅设计案的初稿在小组成员的合作努力下已经交给了客户,司月这几天便常常晚上陪着季岑风在办公室工作。

他坐在办公桌后面工作,司月就坐在他旁边的小沙发上,有的时候看一会儿手头的文件,更多的时候会在那里睡一会儿。

周五晚上季岑风签完了手头的最后一份文件,再抬头的时候,司月已经侧靠在宽大的沙发上合了眼。

她头发自然地散在一侧的肩头,随着倾斜的身子,遮盖住了半边脸颊。她身上是一条浅灰色的羊毛毯,她刚刚进来的时候就轻车熟路地给自己披上了。

季岑风坐在自己的位置上,目光沉沉地落在司月的脸庞上。

他想起了去年的那个时候,她也是这般睡在这个沙发上,醒来的时候像一只长满利刺的刺猬,十分防备地朝着自己说出那些伤人的话。

她宁愿连自己都要伤到,也不肯叫他嘲讽一分,那样义正词严,却又那样脆弱不堪。

他一眼就看穿了司月所有的故作坚强,和从前的她简直一模一样。她太习惯于一个人背负着所有的苦难然后强颜欢笑,却忘记了,她不过也只是一个喜欢笑喜欢撒娇的小姑娘,就像现在这样,会朝他笑,会朝他撒娇的小姑娘。

明亮的灯光下,男人眉眼上浮起了一丝笑意,他轻轻推开了椅子,起身走到了司月的面前。

他两只手按着她两侧的扶手,慢慢地俯下了身子。

光影骤暗,鼻息间忽然多了一丝雪松木香,司月冷不防地就睁开了眼睛,却又被眼前靠得极近的男人吓了一跳。

"……你在看什么?"

她刚刚睡醒,声音带着些让人沉溺的柔软,好似淌着蜜的桃汁,缓慢地流过男人的心尖。

"你。"季岑风嗓音淡淡的,好似理所当然。

司月噤了声,循着他的目光回看过去。

这场景似曾相识。

她知道,他也知道。

两人却默契地谁也没提。

灯光朦胧地攀上季岑风的脊背,顺着紧密相依的鼻尖,为两人织了一件情动的披风。鼻息辗转缠绵,扰得人思绪慌乱不安。

季岑风低缓地叹了一声,似在叹息他轻易溃堤的自制力,然后轻柔地吻上了司月的唇。

不过也只亲了一下,他捏了捏她的下巴:"回家了。"

司月一直在等这天,季岑风要带她回家的这一天。

周六早上六点多,司月就醒了。

季岑风刚从外面晨跑回来,整个人精神奕奕的,发尖还闪着微亮的光泽。

司月跟着他进了浴室,洗漱了起来。

"岑风,我应该穿什么?"司月擦完脸朝衣帽间走去。

"都可以。"季岑风跟在她身后,随后挑了一件白衬衫。

司月知道这并不是什么被带回家见父母的场合,季岑风也没有这个意思,但她总觉得去见长辈还是穿正式一些比较好。

司月眼睛仔细地扫了一遍衣柜，里面有很多她从来都没穿过的裙子。女人的手指在半空中悬了有一会儿，然后落在了一条黑色的裙子上。

季岑风在镜子前打好领带的时候，司月正好换完裙子。

那是一条黑色方领的收腰连衣裙，简约大方的款式，方形挺括的领口。司月两条纤长的锁骨下是白皙的皮肤，黑色丝绸的裙面服帖地收紧在女人盈盈一握的腰身上，然后顺着臀腿完美地收敛在小腿的正中央。

整条裙子是简约的设计，但是精细的剪裁以及别致的方领都给穿裙子的人增添了几分优雅大方的气质。

司月光着脚站在季岑风的面前，等着这个男人的评价。

季岑风慢慢收紧了手里的领带，然后走到了她的面前。

"好看吗？"司月问他。

季岑风目光垂下："好看。"他微烫的手掌落在司月的后腰，轻轻地揉了起来。

"你在干吗？"

"帮你揉下腰。"

司月惊觉不对，笑着把他的手拍了下去。

季岑风嘴角微扬，松了手。

"走吧。"

"嗯。"

这是司月第一次到季如许的家里，又或者说是季岑风曾经长大的地方。

一幢偌大的别墅坐落在黎京北边某座山的半山腰。司机顺着山路上行，很快就能看见一条私家道路的标志，再沿着这私家道路开二十分钟，就到了季如许的家。

司月下了车就挽上了季岑风的胳膊，他脸上没了在家里时的笑意，仿佛一靠近这幢别墅，他就又变成了那个与季如许对抗的男人。

别墅门前是一大片翠绿的草坪，司月还没走近别墅大门，就看见了坐在亭子里朝她招手的季诗韵。

"司月姐！"小姑娘顾不上穿着裙子就朝他们跑了过来。

"诗韵，你也在这儿？"司月朝她笑了笑，"不是去 M 国读大学了吗？"

"我考完试就先回来啦。"季诗韵还是跟以前一样，一副孩子的模样，只不过穿着和打扮都有了不小的变化，脸上不再是大浓妆，衣服也换了最简单的短衫和短裙了。

"岑风哥哥，"季诗韵拉着司月的手，讨好似的朝季岑风笑笑，"把司月姐让给我一段时间好不好？"

季岑风看了她一眼。

季诗韵又立马补充道："季伯伯在楼上书房等你，我还看见许秋和许叔叔也在，大概都是在等你吧？"

小姑娘一副古灵精怪的样子，哪里有半分求季岑风的模样。

"行，那我走的时候找你要人。"季岑风却忽然应了下来。

司月转过头去看他，却也不惊讶他的决定。他原本就没打算带她去见季如许，更何况现在遇上了季诗韵，她倒觉得有些事情会更方便了些。

"那你跟着她，我结束了来找你。"季岑风微微弯了身子同司月说道。

"好。"司月乖乖地点了点头。

季诗韵在一旁看得"咯咯"直笑，径直拉上了司月的手："好啦，你们俩回家再腻歪。"

司月不好意思地笑了下，然后便随着季诗韵朝别墅里面走去。

季诗韵的父母常年在 M 国生活，所以她回国的时候一般都是在季如许或者季岑风那里住，只不过如今季岑风结了婚，季诗韵便只能在季如许家里待着。

虽然季如许从来也不会限制季诗韵做什么，但这么大一个别墅坐落在半山腰上，季诗韵一个人待着总是觉得哪里都不得劲。

"司月姐，你喝点什么？"季诗韵把司月带到二楼小客厅，便去旁边的吧台要给她弄点喝的。

"简单的都可以。"

季诗韵不知为什么一直在笑，整个人都是按捺不住的愉悦，一边给司月倒茶，一边笑得手直抖，茶水差点洒了。

司月一脸不解。

季诗韵乐呵呵地把杯子放在司月面前，然后坐到了她的身边："司月姐，你今天也是打算来看看那个女人的笑话的吗？"

"笑话？"司月身子靠在沙发上，"谁？"

刚刚就听到季诗韵说许秋也在书房里，本来司月还不知道，李原之前说的许家到底是哪个许家，现在看来，难道是许秋求人求到季岑风头上了？

"岑风哥哥一点没和你说？"季诗韵眉头一皱，不敢相信，随即假装十分惋惜地说道，"岑风哥哥太不够意思了，这么好笑的消息居然不告诉你！"

司月也有些被季诗韵弄糊涂了，不过季诗韵倒是说得没错，季岑风很多事情都不肯和她说，他不肯说，她也不会追着问。

"许秋不是岑风的朋友吗？"司月问道，"之前你们还一起去酒吧。"

"什么朋友呀，"季诗韵摇摇头，"从来都不是，只是那个时候季伯伯有心撮合她和岑风哥哥，她又贴得厉害，才让你以为我们和她是朋友的。

"但是后来岑风哥哥居然一声不吭地直接和你结婚了，你知道季伯伯当时有多生气吗？"

司月静了半秒，摇了摇头。

季诗韵表情夸张，两只手用力叉在腰上："就这么生气！看我！"她两条眉毛狰狞地皱在一起，腮帮子高高鼓起。

司月本来还有些情绪低落，却也忍不住笑了出来。

季诗韵也跟着笑了起来："我夸张的，哈哈。虽然我没见到当时的情景，但我这段时间回国听家里阿姨说的，说季伯伯当时就朝着岑风哥哥砸了好几个古董花瓶。谁知道岑风哥哥一点也不服软，伸手把架子上最后一个季伯伯最心疼的花瓶也一同砸了，气得季伯伯当天晚上就又进了医院。"

司月脸上的笑容瞬间又落了下去。

季岑风什么也没和她讲过，是因为这样他才不愿意带自己来见季如许的吗？

"不过到底还是岑风哥哥厉害啊，你看季伯伯现在还不是得打电话让他回来。"季诗韵挑挑眉说道。她倒好像真是季岑风的忠实粉丝，无论何时都把季岑风放在一个极高的位置崇拜。

司月开口问道："那今天他回来到底是有什么事？许家为什么要来求他？求季如许不行吗？"

"司月姐，岑风哥哥当真什么都不和你说？"季诗韵一脸不可思议。

司月面上有些讪讪的,却也只能点点头。她心里有点落寞,好像明明能同那个人无比亲密地依偎在一起了,他却总是什么都不和自己说。

"岑风哥哥真男人欸。"季诗韵接连赞叹。

司月沉默。

"我从没见过岑风哥哥对谁这么好过!"季诗韵忽然仰天长啸。

司月眼睛迷乱地眨了眨:"好?"

"是啊。"季诗韵回过魂来,"那我再问你几件事。你知道过年前有段时间许秋去公司里闹事了吗?"

"……不知道。"

"你知道辰逸丢掉的和FUTIS的合作被许家抢去了吗?"

"……不知道。"

季诗韵长吸一口气忍住继续问道:"那你知道岑风哥哥年后的时候飞了一趟M国直接把FUTIS的项目抢了回来,还断了许家好几个大合作吗?"

司月彻底震惊,这才发现季岑风当真是一句话都没和她说过。

季诗韵看着她目瞪口呆的样子,眼睛里流露出了浓浓的羡慕:"司月姐,岑风哥哥把你保护得真好。"

"所有这些糟心的事情,他一件也没告诉你。"

接下来的大半个小时里,司月终于在季诗韵的帮助下,理清了这些事情的所有时间线。

季如许不同意季岑风娶她,司月心里大概知道;季岑风不会听季如许的,司月也能想象。但她没想到,按照季诗韵所说,季岑风自那次和季如许大吵过后就再没回来看过他。

明明曾经还存续着的那层虚伪的亲情关系也彻底断了,变成了只有利益往来的商人。一年前是季如许求着季岑风回来接手辰逸,因为季如许知道他的身子撑不了多久,如果不能让季岑风回来接手辰逸,那么他迟早会被后来的上位者排除异己。

季岑风不知道出于什么原因同意了,接手辰逸之后,也给季如许留了足够的颜面和钱财安度后半生。

季如许一直觉得,季岑风再怎么恨自己,自己也是他的父亲。直到季岑风擅自娶了司月,直到季岑风毫不犹豫地摔碎了他最心爱的花瓶。那是季如许第一年搬进辰逸的办公室时,岑雪送给他的花瓶,它陪了他二十多年,碎在了季岑风的手上。

季如许才在这一刻看清,儿子长大了,变得冷酷无情,变得六亲不认。

从那以后,季如许就再没和季岑风联系过,直到前几天许秋和许志成找上门,他才知道季岑风抢了很多许家的生意,逼得许志成在季岑风的办公室门外站了十几个小时,最后还是被季岑风不留情面地抢走了许家今年最大的一笔生意。

许志成实在是走投无路,才来求季如许,让他帮帮忙,求季岑风高抬贵手。许秋在一旁哭得梨花带雨,季如许看着她也只能无奈叹气。

原来去年许秋得知季岑风和司月领证之后,试图找过司月几次但都被季岑风找人拦了下来,可大小姐脾气的许秋哪能忍受这种侮辱,她倒也不是爱季岑风爱到无法自拔,只是那种骨子里的高傲不允许她输给一个曾经被季岑风狠狠踹开的女人。

更何况季岑风分明说过,他早就不记得那个女人了,于是嫉妒和愤怒交相增长,许秋开始去辰逸找季岑风。

一次不见,就去两次;两次不见,就去门口等着。

季岑风铁了心不肯再见许秋,许秋便在辰逸大闹一场之后,再也没来过。

后来辰逸就丢了和FUTIS的合作。

根据季诗韵描述的时间,那时司月正崴了脚,只能在家里休息。那段时间里,季岑风没再去M国出过差,日日正常下班回家。

可是司月并不知道,那段时间发生了这么多事,她什么都不知道,一句安慰的话也都没和季岑风说过。

"但到底还是岑风哥哥厉害啊!"季诗韵满脸写着骄傲,"年后飞了一趟M国三两下就把FUTIS的项目重新抢了回来。不过也不怪岑风哥哥手段狠辣,主要是这许家不自量力地抢了项目,经营者能力却又难以满足要求,这才让FUTIS的总裁失了耐心,终止了和他们的合同。现在好了,许家接连又失去了这么多个重要的项目,父女两个才焦急地求上门,也不看看自己当时都做了什么腌臜事!"

司月看着季诗韵,停顿了半秒:"岑风去M国那是什么时候的事?"

季诗韵想了一会儿："好像是大年初三的时候。"

正是从外公家回来后，他消失的那两天，他也还是什么都没和司月说。

季岑风那边结束得比司月想的还要快，刚刚听完季诗韵的话，客厅门廊处就响起了季岑风的脚步声。

两人同时回首，看着男人款款地单手插兜站在明亮处。

很难从他的脸上看出刚刚的谈话得出了怎样的结果，不过好在客厅里的这两位并不在意。

两个女人意味深长地互看了一眼，司月先起了身："我先走啦，诗韵。"

季诗韵在她掌心轻按了下："司月姐，我送你们。"

季诗韵一直将两人送到了别墅门口，司月同季岑风上了车，小姑娘一直在后面招手，司月也一直笑着回看她。直到车辆拐弯驶上马路，司月才坐正了身子。

季岑风一直偏头看她，见她回了身，便伸手将她朝怀里揽了揽："聊得这么开心？"

司月点点头。

"说什么了？"他鼻息贴近，温热的气息落在司月的脸颊上。

司月好像终于明白，他和她之间为何总有一种怎么也去不掉的雾瘴，很多他不想说的话，她也就不去问；很多她以为他懂的话，她也就不去说。司月以为，他们之间是这种可以凭心意相通无须说过多言语的情侣，可是今天她才明白，这样的无须言语，在季岑风的心里，到底还是因为无法信任。

他不信任她的爱，所以不肯说自己到底为之付出了多少。而她又没有足够努力去教他学会信任，所以她所有的不言语最后就都变成了季岑风眼里的不坦白。

他肯说他母亲的事，却到底还是对她有所保留。

司月轻轻吸了一口气，对上了男人垂下的眼眸："诗韵和我说了你和你父亲的争吵，许秋在公司闹事的事情，还有你过年飞去 M 国拿回了辰逸的项目。"

她声音小小的，像一根悬在风中的线，却又那样有力地攫住男人的呼吸。

季岑风眼里隐隐生出了几分警惕和审视，声音里却仿佛并不在意："你很想知道我的事情?"

司月攥住了季岑风袖口的一小块布料,点了点头:"想知道。"

她对上季岑风笑意渐失的眼眸,轻声说道:"想知道你和你妈妈被绑架的那三天里,到底发生了什么。"

回到家里的时候,正是中午,阿姨正在厨房里准备食材做饭。

没想到季先生这么早就回来了,还一回来就直奔厨房,阿姨有些手足无措地擦了擦手站到了一边,眼神快速扫了一下流理台上的食材说道:"季先生,午饭买了新鲜的牛肉、河虾还有羊肉,您有什么想吃的——"

"不用了,"季岑风开口,"今天我来。"

男人话音刚落,司月和阿姨都不约而同地看了他一眼。

季岑风没多理会,径直走到了冰箱旁:"上次带回来的香肠还在吗?"

阿姨愣了一下,立马回道:"在的,在的。"她蹲下身子抽出了冰箱下面的第三格,拿出了一袋红通通的香肠,"先生今天要吃香肠饭吗?"

季岑风点点头:"你先出去吧。"

阿姨又看了眼司月,司月也只能茫然地摇摇头,不知道他今天要做什么。

但是季岑风并没有在意这两人的疑惑,他利落地拿出两根香肠,然后打开水龙头,轻轻地冲去了少许粘在香肠表面的灰尘。

男人抽了一把银柄菜刀,灯光在刀刃处反射出了一簇光亮。锋利的刀刃顺着香肠的横截面切下,很快一片片光亮油韧的香肠便极为规整地落在了木质的砧板上。

一片一片叠在一起,红白相间,透着诱人的光。

"煮饭,会吗?"季岑风偏头问她。

司月知道他是故意的,嘴角忍住笑回道:"不太会。"

男人的后背轻轻耸动了两下,好像是在笑。司月转向旁边,洗了两人份的米放入电饭锅。

季岑风将香肠一片片地放在米饭上面,然后加了正好齐平香肠的水分,内胆入锅,按下了四十分钟的煮饭键。他的动作利落娴熟,就好像曾经做过无数次。

刚刚还稍显繁忙的厨房里,现在只剩下电饭锅上闪烁的数字。季岑风洗干净了手，静静地靠在流理台旁，看着司月。

厨房里的灯光柔柔地照着司月的脸，就连眼睫毛不经意的颤动都能看得一清二楚。刚刚还可以融洽做饭的氛围渐渐地失去了轻松。

这个男人在研判。

司月没有开口，站在季岑风的正对面，同样认真地回看着他，回看他的审视。

她以为之前在外公家的时候，季岑风打开心扉愿意让自己走近，可是现在看来，什么都不过是在他把握控制的范围内。

他只让她知道他想让她知道的。

他想要司月的爱，就扯开一点自己的伤口让她靠近。他告诉司月自己曾经被绑架被迫害，在司月面前流露出他少有的脆弱，所以司月心疼，然后便会投进他的怀里，成全他的念想。

可他又是那样小心谨慎，不提半个字那三天里到底发生了什么，不提他这般无法信任别人到底是为什么。

司月有种预感，那场绑架必然对他的性格产生了极大的影响。她若是真想改变季岑风，她就必须知道那三天里到底发生了什么。

沉寂了许久的厨房里，终于有人开口说话。

"我问你一个问题，我也回答你一个问题。"司月选择交换。

季岑风两只手松松地插在口袋里，垂眸轻笑了一下："你真的想知道？"

"想知道。"三个字干净利落。

男人脸上的笑意逐渐消失，转头看向了明亮的窗外："我十岁的时候，被家里的管家绑架。"

句子的主语，没有岑雪。

司月手指收紧在身侧，看着季岑风偏过去的侧脸，他目光空空地望着窗外的远山，好像在看那个离开的女人。

"那天是我生日，季如许和我妈在公司碰到一点急事，所以很晚都没有回家。管家告诉我他们在外面的饭店等着我，于是我就跟着他上了车。

"一上车，他就把我绑了起来。"

季岑风收回目光，嘴角带着些哂笑，看着司月："就是这么简单，我是不是很好骗？"

司月后脊一阵寒凉。

季岑风继续说道:"他在家里干了六年,从我有记忆开始就像家人一样生活在我身边。司月,我从前就是太容易相信别人。"

"可是我能怎么办,那个时候我不懂,这个世界上没有人可以真正信任的。"

当年管家本来只想绑架季岑风索取五百万,谁知道得知儿子被绑架的岑雪差点崩溃,在电话里拼命求着管家用自己换季岑风。

不知道是不是管家实在太过自信,他竟然同意了让岑雪来陪季岑风。

不过管家知道,岑雪刚做过一场不小的手术,整个人还是康复期间的虚弱状态,威胁不了他的半分。

于是岑雪一个人站在漆黑的荒郊野外等了大半宿,终于被一辆疾驰而来的轿车带走,在那个破败的水泥阁楼里见到了吓得连话都说不出的季岑风。

在那短短的三天里,季岑风只记得两个声音。

一个是管家每每通完电话后对着他们的狂吼,一个就是岑雪紧紧抱着他时对他说的话。

"小风,爸爸一定会来救我们的。"

"爸爸说已经在筹钱了,无论如何都会救我们出去的。"

"爸爸不会食言的。"

小小的季岑风抱着岑雪饿得浑身无力,只能反复地问着:"那爸爸为什么还没有来?"

是啊,他说好一定会来救我们的,那为什么到现在还没有来?

岑雪只能紧紧地抱着季岑风,忍着恐惧和痛苦说道:"爸爸说他正在筹钱,五百万现金没有那么容易筹齐的。"

于是季岑风等啊等,等啊等,终于在被抓走的第三天,等来了一个不一样的结果。

才通完电话的管家像疯了一样冲过来,他一脚踢翻了睡在岑雪身上的季岑风,然后将岑雪拉了起来。

后来的季岑风如论如何再怎么去回忆那个画面,都是没有声音的。

不应该。

怎么会没有声音呢?

那里应该有管家的暴怒狂吼，有岑雪的绝望嘶喊，还有他自己的放声大哭。

可就是怎么也想不起来了，妈妈哭的时候，到底是什么声音，季岑风想不起来了。

他只记得那闪着凛光的刀刃直直地插进了岑雪的小腹。血没有喷出来，而是极快地浸润了她身上的衣物。

再后来，就真的没有声音了，人死了，连一块抹布还不如。

"他拍照片发给了季如许，季如许终于报了警。

"当天晚上，我就被警察救了出来。

"最近的警察局，就在那幢楼的两条街外。"

季岑风忽地嗤笑了一声，声音低得像是在对自己说："真讽刺。"

他当时居然真的相信季如许是因为在筹钱才耽误了救人，后来他才知道季如许根本没有去筹半分钱，季如许那样自私而又狂妄地以为，自己可以说服那个疯子。

司月手脚冰冷地看着季岑风，终于明白，为什么季岑风再也无法相信任何人——被管家背叛，被父亲欺骗，母亲又因此死在自己的面前。

一瞬间，所有曾经最亲近的人都变成了无法触及的对象，他像一朵被人残忍割断所有根系的浮萍，慌张而又惊惧地独自漂浮在不属于他那个年龄的动荡里。

管家说自己走投无路，妻离子散；季如许说自己别无选择，轻易交钱以后还如何叫别人看得起。

每个人都有这样那样固执而不可撼动的理由，他们感动了自己，说服了自己，却让这颗残忍的果实落在季岑风的头上。

他要怎么去同情他们？他要怎么去原谅他们？自被欺骗的那一刻起，杀人的闸刀就已经落下。

从此以后的二十年人生，季岑风永远记得这个道理，所以他用坚硬狠绝的外衣包裹了所有的伤口与心碎，他选择不再去相信任何人。

尤其，是自己的伴侣。

尤其，是司月。

尤其，是骗过他一次的司月。

....

季岑风的目光久久地落在司月的身上,像是在问她,满意吗?

他回答了她的问题,却没有再提问。

司月心口仿若被大石狠狠压住,她一句话也说不出。一张无形的密网牢牢地笼住了司月的手脚,她想动却又不敢动。她该如何去安慰季岑风,又或者他是否真的需要她的安慰。

司月的手指不自觉地轻颤起来,内心仿若在挣扎。面前的男人却似乎失了再在这里待下去的兴趣,他慢慢站直了身子,侧身从司月身边走过……

瞬间,一双冰冷柔软的手拉住了他的小臂。

季岑风身子怔了片刻,回首,看见了眼角微红的女人。

"你还没问我问题。"司月抬头看着他。

这不公平。

他回答完了她的问题,可她还没有得到一个回答问题的机会。

"我没什么要问你的。"

他不在乎事情背后的理由。

司月的眼泪就要掉下来:"可是我想说。"

季岑风身子没动。

"那个时候,司洵喜欢去我学校附近的酒吧玩。"司月嗓音隐着哽咽,手指紧紧拉着季岑风,"他这个人喜欢玩,性格又冲动。那一次不小心打伤了一个常年在酒吧玩的地头蛇,他们去医院开了很严重的验伤单,要司洵赔他们一大笔钱,不然就送他去坐牢。

"司洵知道,他们根本就是在讹钱,可是他没有办法。岑风,我不能让我弟弟坐牢。那天晚上我就带着司洵去了酒吧,他们很随意地就同意了不再追求司洵的责任。"

司月的目光带着些恨意地落在地面上:"但他们要我去给一个富二代过生日,就像酒吧里的小姐那样,只要我在那里待二十分钟,他们就放过司洵。

"他们想侮辱我,想给我和司洵一个教训。"

司月一开口,眼泪就掉了下来:"岑风,我也想像一个充满安全感的姑娘一样,遇到困难的时候可以毫不犹豫地扑向你的怀里,求你帮帮我。

"可是那个时候的我做不到,我没有安全感,我没有底气。我害怕在你面前坦露所有的自卑与无助,更害怕在你看到我的处境后,选择离开我。

"没人给过我安全感,岑风。

"没人能让我无所顾虑地去依靠。"

司月的声音轻轻地落在这片沉寂的空间里,她不是故意要逞强,她不是故意要隐瞒,只是无数个同司家人在一起的年月告诉她,司月,你没人可依靠。

你依靠谁,谁就遗弃你;你求助谁,谁就利用你。这么多年,司月无人可依靠。

"对不起,岑风。"司月沉沉说道。

所有的误会与争吵,穿过这么多年的分开,静静地落在了这一声迟来的"对不起"里。

司月彻底崩溃,终于说出了这句迟来的对不起。

事发之后她就后悔不已想要说出口的对不起,可他终究是没再给她机会,在宽敞明亮的办公室里,他冷着脸叫她出去。

司月手指慢慢地松开了季岑风的手臂,她说完了。她想说的,说完了。她想,这么多年的纠缠与误会,这一刻,也算是理清了。

真好。

司月深深地吸了一口气,擦掉了脸上的泪水。她知道季岑风不在乎谎言背后的理由,但是她想说,她想和他坦白,她想和他从此以后再也没有隔阂和猜忌。

厨房里,无端陷入难挨的凝滞。

司月强忍了情绪片刻,便朝门外走去,却在走过季岑风身边的下一秒,被一股巨大的力量压在了墙边。

随后,是一个炽热的吻,带着迟来的情深,重重地碾在了司月的唇上。

她的手臂毫不犹豫地环上了季岑风的脖颈,那像一簇本以为就会这样燃烧殆尽的火苗,在熄灭的前一秒,获得了重生。

她不知道季岑风是否原谅了她,但是她知道,季岑风选择接受。思绪濒临涣散的一瞬间,司月听到了季岑风低声说道:"我知道。"

他知道。

他知道司月为何骗他,只是他从来都不在意撒谎的理由到底是什么。是管家被追债的人逼到走投无路，还是季如许害怕颜面尽失不肯报警。

在季岑风的眼里，背叛就是背叛，没有任何解释的余地。岑雪死去的那个晚上，他就知道，迟来的懊悔与歉意，最是无用。

但是在司月流泪的这个瞬间，他心软了。

他想，从此以后，司月是否可以永远安稳地留在他的身边，不再背叛他。

季岑风在司月身子瘫软的下一秒将人打横抱回了卧室，轻巧的拉链顺着她白皙无瑕的后脊拉开，映入眼帘的是一对翩跹蝴蝶骨。

她轻声唤他的名字：

"岑风。"

"岑风。"

唤得他意识溃散，血液倒流。

男人重重地从后方拥着她，亲吻她的后颈。

意识陷入荒芜地带，缥缈幻境中，司月听见有人低低唤她："小月亮。"

季岑风近来，倒是常常和司月说些工作上的事情，不过大多是关于司月的别墅设计案。那个方案前段时间交给客户过目之后，没有收到满意的回复，整个设计组的人都有些忧心忡忡的，尤其是司月。

季岑风坐在湖边的长椅上，听她说了三十分钟的构想和改进。

黎京最近入夏，湖边的树木长得茂盛，风一起就有"沙沙"的摇曳声。

"所以他主要还是对别墅设计的整体感觉不好，并不是其中的某一个细节对吗？"季岑风听她说了三十分钟，总结道。

司月偏过头看他："是。他具体说不出哪里不合适，只是说不喜欢，不是他要的那种感觉。"

季岑风伸手揽住她的肩头，摩挲了几下。他指尖轻轻的，惹得司月有些痒，却又只能往他怀里去。

司月瞪他，他也只是挑眉笑笑。

"那你们现在有准备新的方案吗？"

"有，这段时间根据他新提出来的想法又做了好几个不同的方案，同一种主题风格的，不同主题风格的，甚至还和上面申请批了一笔经费去和他喜欢的一个书法家谈合作，你知道的。"

季岑风点点头:"那你明天把方案拿上来给我看看。"
"你帮我看吗?"
"不行吗?"季岑风低下头去瞧她的眉眼。
司月没化妆,头发乌亮地散在身后,整个人散发着洗完澡后淡淡的清香,就好像一朵干净清新的玫瑰花,让人忍不住想要摘下来。
忽然一阵手机铃声打断了男人的进一步动作。
季岑风摸了一把她的头发:"我去接个电话。"然后就起身回到了客厅里。
司月的目光随着他的身影到了客厅,然后又慢慢地落回到了湖面上。
花匠师傅很是专业,这玫瑰花热热烈烈地从春天开到了夏天,风采只增不减。
司月脸上刚刚对着季岑风的笑容不知何时却消散无踪,目光沉默地落在波澜微起的湖面上。自从上次之后,她明显感觉到季岑风对她比从前更好,甚至比当年都是有过之而无不及。
与此同时,一件让司月没有想到的事情也发生了。
平时上班的时候,有陈楠在身边看着她也就算了,可上个周末她去看望李水琴的时候,竟然也在身后发现了一辆一直跟着她的灰色轿车。就像一只怎么样也甩不掉的影子,牢牢地看着她进了小区,然后又在她出来的一瞬间,静默地跟着。
只要她出门,只要季岑风不在她身边,只要她不在公司。
司月永远感觉到,他像编织了一张她无法逃脱的天罗地网,牢牢地看住了她的一举一动。那些所有的不信任与不安,随着男人情感的付出,被急剧地放大。
这一次,季岑风学会了从源头上断掉她所有朝他撒谎的可能,他不接受任何的不确定,他要清楚地知道,司月的每一秒是在做什么。
司月没想到,事情会变成这个样子;她没想到,季岑风会走进这个极端。
司月双手撑着下颌静静地看着湖面,晚风穿过她的发间,光影将这一切画面朦胧地整合在一起,无限旖旎地沉溺在这夜色里。
季岑风拿着手机站在落地窗后,一动不动地看着司月。
"八月份能切割完毕吗?"他嗓音淡淡的,带着些许的期待。

"应该可以的,季先生。钻石的拍卖会是七月底,到时候拍下来我们会立刻进行切割的。"

"好,我上周发过去的设计图收到了吗?"

"收到了季先生,请您放心。"

"好。"

男人轻轻地挂了电话,快步走出了客厅。

司月闻声转过头去:"打完电话了?"

"嗯。"季岑风弯下身子去亲她,"回去睡觉了。"

"才九点。"司月搂着他的脖子任由他将自己抱起。

"时间刚好。"

早上七点五十分,两人准时到了辰逸楼下。

司月站在电梯前借着门的反光整理头发,她今天穿了一件轻薄的针织连衣裙,脚上是一双红底银面的高跟鞋,细细的束带勾在纤细的脚踝上,随着清脆的击打声落在季岑风的眼里。

他一直低头看着司月的脚踝。

"在看什么?"司月问他。

他目光缓缓上移:"脚踝很漂亮。"

他的话不掺杂任何邪念的情欲,好像真的只是在赞叹她的脚踝一般。

司月却有些耳朵发热,不自觉想起在床上他拉着她脚踝的画面。

"叮——"一声轻响,电梯门开了。

他朝她笑了笑,送她进了电梯:"中午上来吃饭。"

"好。"司月回过神。

"把方案带着。"

"好。"

两句话落音,电梯门稳稳关上,司月转头看着明亮的镜子,里面是一张娇俏生艳的脸,带着些少女羞涩的娇憨,当真像一株栽在湖畔的玫瑰花,叫人移不开眼。

司月忽然想到了去年的夏天,她被客户赶出小区的那一天,她孤零零地站在大雨倾盆的公交车站,那一天,她也从站牌的倒影里看到了自己。

一个狼狈到极点的女人，和现在完全不一样。

当真是世事难料。

司月把包放到位置上后的第一件事，就是召集了小组的成员开会，她要把方案汇总一下，待会儿拿到楼上去给季岑风看。

可她凳子还没坐热，王经理就叫她过去。

办公室门合上。

"坐，司月。"王经理照例给她倒了一杯茶，语气轻松，"手上这个案子最近怎么样？"

司月道谢后接过茶："第一版方案送过去之后，客人不是很满意，现在在准备第二版。"

王经理似乎也并不是真关心这个问题："没事，第一次带项目难免会有些压力，你不要累着自己。"

"谢谢王姐。"司月把茶水放下，等着王经理说接下来的话。

王经理一看也有些乐了，说："还是躲不过你的眼睛，一看就知道我要说什么。"

她坐在司月对面的沙发，摘下了老花镜："陈楠调走了。"

"调走了？"司月眉头皱起，"为什么？怎么没人和我说？"

王经理朝她摆摆手，好像是叫她放宽心："你组里还有个男生也调走了，给你换了两个新的。"

她说着就往司月面前推了一份文件，司月接过来一看，是两个新设计师的简历。

可简历上的内容却叫司月更加困惑，不仅是名校光环加身不说，个个还都有拿得出手的代表作，怎么看也不像是会在她手下做事的样子，倒像是来辰逸领导司月的。

更让司月起疑心的是，为什么要把她组里仅有的两个男生换掉，而新调来的，都是女性。

司月把文件合上，直接问王经理："是季总的安排吗？"

王经理点头："没错。"

干净利落，好似有人早就告诉过她，不必隐瞒。

司月一时语塞，竟不知道说什么好。

"这两个设计师都是很有经验的,辰逸把她们请过来放在你的小组里,对你也是有很大的益处。这是你的第一个私人设计项目,做得好了,会对你以后的名气有很大帮助的。"

"可这就不是我的设计了。"

王经理眉头微皱:"怎么不是呢?她们只不过是经验丰富来帮帮你,最后做决定的还是你啊。司月,没必要这么死脑筋。"

王经理这般仿佛是安慰她的话,司月心里却甚是清楚。不是她不识好歹不肯接受别人的帮助,而是这两个调来的设计师每个都是经验丰富可以独立工作的设计师。

为什么调来她的小组,恐怕司月心里已经清楚——现在不仅要把自己身边所有的异性调走,就连自己唯一能拿得出手的本领也要一并抹去。

是在告诉她,光给你指点已经不够用了,你没什么真本事,不如花钱找几个有真本事的帮你装点一下门楣。

一股无名火倏地燃起在了司月的心里,她抿着唇。

"这两个人明天就会来上班,到时候认识一下。"王经理重新戴上老花镜将文件收了起来。

司月沉默了几秒,站起了身。

她没在王经理的办公室多留,径直回到了自己的位置上。

司月想不明白,季岑风的控制欲什么时候达到了这种令人恐怖的境界,她以为派人跟着自己已经是无法忍受,没想到他是真的要把自己身边的每一个人都筛选调配,然后给自己安排一条他喜欢的路,让自己照着走下去。

可是司月不想,她不想要那两个人。

明明之前的小组成员好不容易磨合好,现在就因为季岑风无端的猜忌以及她一时的困境,就任意调配她身边的人。

司月一句话也没说在位置上整整坐了十分钟。

她想不明白,更没办法明白。

电脑上的时钟差一刻到上午十一点,司月拿起手机大步走向电梯间。还不是吃午饭的时间,但是她没办法等到那个时候了。

她现在什么都做不了。

电梯顺畅地到达了顶楼，司月朝季岑风的办公室走去。

"司月小姐。"

司月还没走到门口，就看见秘书急急地跑了过来。

她一眼看到眉间隐着怒意的司月快步朝季总的办公室走来，忽然心生不好的预感。

本来她倒没想这么多，可是司月从来都不是这样怒气冲冲的，为什么偏偏就是今天，为什么偏偏就是现在。

秘书心里一紧，拦住了司月。

司月："季总现在在办公室吗？"

秘书面色难看："……在，在见客人。"

"几点结束？"

"好像今天要很久，还要一起吃午饭。司月小姐不如先下楼等吧，季总结束了我第一时间给您打电话。"

司月看着秘书支支吾吾的样子，心里并不相信。季岑风今天分明和她说了中午一起吃饭的，怎么会有其他安排。

"那我在这边等着吧。"司月转身就走向一旁的沙发。

谁知道她还没有坐下，办公室的门忽然从里面打开了。

司月转过身子朝里面看去，一个穿着白色套裙的陌生女人款款从办公室里走了出来。

季岑风送她到门口，目光垂下："回去给我打电话。"

季岑风说完话的片刻，就看见了站在不远处的司月。他目光瞥了一下神情莫名慌张的秘书，似乎瞬间就明白了她的意思。

男人哂笑了一下，招手让司月进来。

司月心里屏着一口气走了进去。

"不是中午才来吃饭吗？"季岑风心情颇好地走回到办公桌后坐下，伸手示意司月过来，"这么着急来见我吗？"

他松开了西装的扣子，整个人悠闲地拉着司月的手。

司月抽回了自己的手。

季岑风嘴角笑意更浓，揽着司月的腰让她坐在了自己的膝上。

"季岑风。"司月撑着他胸口要站起来却是无能为力，只能瞪了他一眼。

"门关着。"季岑风偏头看她，等着她同自己吃醋发脾气。

他一双手覆在司月的腰间，有些蠢蠢欲动地轻揉着。司月一把摁住了他的手，表情并不轻松。

"岑风，"但她也不是来吵架的，"我有事情想问你。"

"我在等你问。"季岑风眉梢上扬，带着几分惬意，声线缓缓。司月很少和他闹情绪，偶尔来闹一闹，他心里倒是有几分期待。

"你可不可以把我们组的陈楠和赵钱生换回来？"司月表情认真地同他说道。

季岑风目光顿了半秒："这就是你要问我的事？"

司月点点头，开始说自己准备好的理由："我们小组虽然新人比较多，但大家都是跟了这个项目很久的。你忽然帮我换了两个很厉害的设计师来，看起来好像对我帮助很大，但是我并不喜欢。

"我知道你是想帮我，但这样的话这个项目就根本不是我做出来的了。就算这次成功了，那下次呢？我永远也没办法成为一个独立的设计师。

"岑风，派两个厉害的设计师来帮我真的不是我想要的，我知道我这个项目现在有些问题，但是我会和我们小组的成员一起解决的，而不是你直接派设计师来帮我。

"岑风？"

"岑风？"

司月不停歇地说了一大段，这才发现季岑风一句话没说。

"岑风，谢谢你的好意，但是也考虑一下我的建议可以吗？"

女人软了调子，两只手环上了他的脖子，偏头去看他。

季岑风淡漠地掀起眼帘，凝视了她片刻："设计师可以不安排进你的组。"

司月眉眼正要笑开——

"但是那两个人不能回到你的组。"

"为什么？"司月不解。

"你想要新人，那我就再给你安排两个新人。"季岑风的手掌在司月的后背摩挲，搂着她的身子朝自己靠近，额间轻轻相抵。

司月放缓了呼吸，沉默片刻问道："就是不可以是男性，是吗？"

"是。"季岑风抬头吻了一下她的唇,"每天待在一起的时间太多了,我不放心。"

司月手臂僵在他的身后,竟不知该如何作答。不放心什么?是不放心他们会喜欢她,还是不放心她?

凝滞的呼吸慢慢晕红了司月的脸颊,她有些喘不过气。

季岑风好像越来越不在意展露他的疑心与不信任,他好像就是要告诉司月,我不信任你,所有才会做出这些事。

司月轻咬了一下牙,错开与他纠缠的鼻息。她眼睛认真地看着季岑风说道:"岑风,你可以相信我的。

"两个人之间如果永远没有信任,是没办法走下去的。"

季岑风眼角隐着几分司月看不清的情绪,淡淡开口:"是吗?信任这么重要吗?"

"重要。"

"可是我不需要。"季岑风说道,"我想知道的东西,我自己就可以知道,何必要去听信别人的三言两语。"

他说得那样理所当然,又或者在他过去的十几年里他都很好地践行了这一观点,但是他的固执却像一块司月怎么也搬不走的大石块,死死地压在她的心口。

司月无声地叹了口气,收回了自己的手:"那你记得让王经理把那两位设计师调去别的组。"

她的声音还是平静没有波澜。

司月也知道,这种事情急不来:"我先下去工作了。"

她轻扶了一下季岑风的肩膀想要站起来,身子却还是被他紧紧地锢住,动弹不得。

司月不解去看季岑风,却瞥见了他浮在眼底的一丝愠怒。

"结束了?"男人眉尾微挑,语气里仿若有些预设的陷阱。

"嗯……"司月迟疑了一下,还是点点头。

季岑风暗沉的目光久久地落在司月的脸庞上,就连落在她腰间的手掌都暗自收了力。

司月心里一紧。

"司月，"季岑风的调子拖着些磨人的缓慢，目光仿若质问，"你从进门到现在，没问过我一句，刚刚那个女人是谁。"

话音一落，冷寂的办公室里，司月后背倏地出了一层冷汗。

原来他是在等这句话。

司月回想起刚刚秘书紧张的表情和季岑风送那个女人出门时的话语，这才后知后觉地发现这是一个多么容易让人造成误会的场面，就连秘书都误以为司月是来抓人的，可偏偏司月看见那场景之后，竟是半个字都没问。

司月一口气堵在胸口，解释道："我知道那是你的客人，根本没往其他地方想。"

季岑风目光冷冷地看着她。

"岑风，我从来没有怀疑过你会出轨，"司月两只手捧着男人的脸颊，好似在安抚他的情绪，"所以即使你刚刚和她说了那样的话我也不会平白无故去怀疑你。

"回家给你打电话，也有可能是和工作相关的电话。"

"我为什么要往偏了想？"

司月慢慢地抵上男人的额，带着哄意："岑风，你告诉我，我说得对不对？"

女人的声音温柔有力，沁着似有若无的玫瑰花香落在季岑风的鼻尖。

他淡淡地哼了一声："她丈夫前段时间出了车祸小腿骨折，她才代丈夫前来讨论合作的事。刚刚是让她回去和她丈夫商量好了，便给我打电话。"

司月眼角弯起，将头轻轻磕在了他的肩上："我就知道啊。"

女人语调里还是透着无事发生的惬意，脸上的笑容却没能再继续维持半秒，下颌落在季岑风肩上的一瞬间，嘴角便紧紧地抿起。

司月没想到，他会因为这个生气，因为她没有吃他的醋而生气。

说实话，现在回想起来刚刚那个场景的确会让人产生不好的联想。但司月不知为何全然没有往那个方向上去想。或许是她从来都那么信任眼前的这个男人，因为她知道，季岑风想要的东西，从来都不会偷偷摸摸。

他怎么会偷偷摸摸呢？他从来都是那个做选择的人。

"我总是相信你的，"司月枕在他的肩上喃喃开口，"我知道你不会和其他女人有不正当的往来，所以也不会和你生气和你闹的。"

女人轻柔的气息洒在季岑风的耳后，男人手臂逐渐收紧，偏头吻上了她尚未闭紧的唇。

湿软的舌头灵活地撬开了她的齿间，搅着司月尚未平静的心绪又起波澜。

司月心里暗自地舒了一口气，也叹了一口气。季岑风不和她计较这一次了，可他也不想再多听她说一句。

司月慢慢坐正了身子，抱着他的脖颈同他加深这个吻。温润的阳光柔和地洒在两个紧紧相拥的人身上，她仿佛融进了他的身子。手臂遮着手臂，脸颊叠着脸颊。

身子交错相依，忽近又忽远。愉悦与松懈在无意识的贴近里肆意横行，司月也想就这样什么都不管不顾地同他这般沉沦在当下的美好里，不去烦恼从前那些糟心事，也不去担心那些未来的绊脚石。

她也想的。

她也想如季岑风期许的那般，吃醋地同他撒撒娇，惹他几分怜爱，做他手掌里的金丝雀的。

可是她做不到。

她想和这个男人长久地走一辈子，就没办法假装看不见那颗随时可能会出现的绊脚石。

女人的身子在他手掌逐渐向上的下一秒后退了几分，司月垂下一双不甚清明的眸，声音还带着些许的轻喘："岑风，我得先下去了。"

季岑风抱着她的腰没说话。

司月又定了定神，朝他撒娇般地笑了笑："你早些时候同那位女士谈话，不会也是这样的吧？"

季岑风嘴角抿起："你说呢？"

司月假装不知道："岑风，你说给我听啊。你们有没有像这样抱着亲着？"

季岑风眼里越发深沉，声音带笑："没有。"

"哦……"司月故意拖长了音调，然后快速地亲了一下男人的额头，"那就好，岑风，我相信你的。"

她说完就从季岑风的腿上下来，稍稍整理了一下衣服："那我先下去工作了，岑风，我今天还是很忙的。"

季岑风脸上的笑意仍是未变，却一言不发地将目光落在她的身上。

司月朝他笑了笑，然后就朝门口走了过去。
　　尖细的高跟鞋沉闷地落入厚实的短毛地毯上，每一声都极钝地敲在听者的心脏上。
　　大门随着女人的手指缓慢合上。
　　锁扣搭上的下一秒，被门隔开的两张笑脸，同时消散无踪迹。

✦ 第十章

崭新的裂痕

司月开始每天给季岑风讲她今天做了什么。

从前只是会讲自己工作上的一些烦恼,但是司月没想到,就连这种鸡毛蒜皮的小事季岑风也能听得津津有味。

半夜被人从浴室里抱出来,司月困得只想睡觉,季岑风还在她耳边问上次他们组里说要一起出去聚餐的是谁。

司月两只眼睛困得睁不开,不肯理他。

季岑风就在她耳边轻磨慢碾,惹得她浑身轻颤。

"真的不记得是谁了。"司月带着怨气在他怀里嗔怪,却意外让男人笑意难忍,捞着她柔若无骨的身子摁在怀里。

"司月,七月份了。"

"嗯。"司月低低地随口应着,也不知听没听清。

季岑风握着她的左手,指腹温柔地抚摸着那枚莹润的戒指,声音浅浅:"睡吧,小月亮。"

除了上班的日常,司月只要是单独出门,也都会给季岑风发消息。事无巨细,从出门到去哪里到回家。虽然那辆跟在她后面的车子还是没有撤去,但是司月觉得,那倒不如由她来告诉季岑风她的所有动向。

男人似乎也是知道她的心思,偶尔也会回她简短的三个字"知道了"。

明明知道这是她发现有人跟踪后的反击,却还是老谋深算的模样,半点不露怯。司月有时候看着那一条条短信,不知道自己是否在朝着那条正确的道路上走。

周六的时候黎京南边有一场建筑设计展览,司月问了季岑风要不要去。

男人站在镜子前一边扣纽扣一边说:"我就不去了,今天约了客户见面。"

司月点点头,娴熟地帮他系领带。

季岑风余光落在女人认真温柔的侧脸,眸色都不禁软了三分,情不自禁道:"戒指摘了吧。"

司月捏着他领带的手指一顿,抬头问他:"什么?"

季岑风轻舔了下唇边,好似也没预料到自己说了这样的话。他接过司月手里的活,眼神避开:"没事。"

司月不明所以地眉头轻皱,不知道他一早上起来为什么说这个。她低头看了看自己的戒指,戴得久了,倒真是有些习惯了。

季岑风一只手握住她的左手,打断了她的目光:"下楼吃早饭。"

两个人吃完早饭后,一起出了门。

"我今天去看秋山路的建筑设计展,大概下午五点回家。"司月上了车对着车窗外的男人说道。

季岑风一只手撑着车窗,一只手插在口袋里,低头问她:"中午在哪里吃饭?"

"自己在附近吃饭,不然回家再去太麻烦了。"

季岑风点点头:"叫司机就在附近等你。"

"好。"司月朝他笑笑。

黎京近来有些热了,司月出门也不肯穿多。

一条无袖小白裙,简简单单,只露出一截纤细的小腿,可穿在司月身上就是叫人移不开眼。

许是她的气质也是这般轻柔温和,简简单单,可她眉眼又偏偏那般饱含风情,望你一眼却又不只是望你一眼,叫人心里发痒又发酸。

司月看着李原一直在季岑风身后等着,轻轻钩了钩季岑风的手指。男人眉眼微动,似是会意,低下头吻了吻司月的唇。

"我先走了。"司月朝他说道。

季岑风这才站直身子，放了她走。

　　从前在黎京读书的时候，司月就喜欢去看这种和建筑、艺术相关的展，甚至后来刚认识季岑风的那一年，还被他带着去参加了一个艺术家的私人晚宴。这么多年过去了，她这个兴趣爱好倒是半分没变。
　　到达展览场地的时候，里面已经有不少人了。
　　大气恢弘的场馆里，有序地陈列了许多精致的建筑模型和设计底图。人群顺着标牌指示缓慢地移动在这片艺术与创作交融的海洋里。那是一种很难用语言形容的奢侈。
　　你知道你将会见识到很多才华横溢、拍案叫绝的设计，而你站在这片海洋的入口，有一整天的时间慢慢品尝。
　　司月眉眼展开，心情颇好地朝里面走去，却一眼看见了一个熟悉的面孔。
　　又或者说，并不熟悉，只是见过一面而已。
　　去年夏天的时候，女人还是齐耳的短发，今年已经长长了不少，被随手扎在身后，身上还是那条宽松的亚麻裙。
　　"司月。"云舒也看到了她。
　　司月朝她笑了一下，想起了一些不是很好的回忆。
　　云舒却是一脸笑意地朝她走来："你一个人来看画展？"
　　"嗯，对。"
　　"怎么没和你家季先生一起来？"云舒看了看她身边没有其他人。
　　司月表情刚有些惊讶，云舒就解释道："抱歉，是时修告诉我的，你结婚了。"
　　"啊，这样。"司月点了点头，"你呢，也是一个人来看展？"
　　"是啊。"云舒耸了耸肩，"我明天就回 M 国了，今天抽空再来看最后一场。"
　　司月静静地站在她身边，等着她说下去。
　　很显然，云舒并不是没有理由出现在这里的，她在等自己。云舒看着司月的目光，也知道她的计划暴露了，可她本来也没打算瞒下去。
　　"抱歉，司月，我是在等你。"
　　两个人找了一家咖啡厅，司月端正地坐在沙发里，要了一杯卡布奇诺。
　　"我以为你会喜欢喝黑咖啡。"云舒说。

司月偏头看了看窗外明媚的阳光,然后对云舒说道:"太苦了,我现在不喜欢折磨自己了。"

"以前呢?"

"以前?"司月手指收拢在微热的杯壁上,陷入回忆,"以前好像太为别人活着了,不是很开心。"

云舒眼里莫名生出了一丝司月看不懂的羡慕,她端起自己手边的黑咖啡喝了一口:"我真羡慕你,司月。"

司月不解地看着她,笑道:"你这么有名的画家,为什么会羡慕我?"

云舒倏地笑了出来,她眼睛细长,笑起来像一弯小月亮。

"司月,时修回M国的事情,你知道吗?"

司月脸色凝滞了几分,自从上次她生日那天见过他之后,他们的确是好久没见过了。

云舒大概也知道,继续说道:"他在国内什么案子都接不到,相当于被封杀了。"

"被封杀了?怎么会?"

可她话说出口的瞬间却又想起了一个人。

怎么不会?

那天,他那么生气。

云舒脸上的笑意也没了踪迹,声音沉沉道:"前段时间他刚走的,所以我明天也要回去了。"

司月手指紧紧地扣在杯壁上,竟有些不敢对上云舒的目光。她挣扎了片刻,还是问道:"因为季岑风吗?"

云舒点了点头:"他没告诉你是吗?"

"对不起,我之前并不知道。"

司月心跳有些不自觉地加速,身子因为莫名的愧疚而热了起来。她一直有些和温时修避嫌,所以并不会没事的时候主动和他联络。但是没想到,他居然被季岑风封杀了,不得不回了M国。

"很抱歉,云舒,"司月认真地看着她,"不过我回去会和岑风好好说说的,他做得太过了。"

"不用了。"云舒却忽然朝她摆摆手,然后有些狡黠地笑了笑,"我希望他回 M 国。"

司月眉头紧皱,看不懂云舒。

云舒忽然羞赧地朝她笑了笑:"司月,我知道时修喜欢你。那你知不知道,我也喜欢他,我喜欢了他八年。

"我是因为他要来国内发展才跟过来的,但是 M 国对于我们来说才更合适。所以我很高兴,他能回去。

"尽管理由并不是我。"

司月眉头还是没松开,一字一顿仿若确认:"你说,你喜欢了温时修八年?"

云舒大方地点了点头。

司月嘴巴微微张开,无法想象她是以何种心态这样平和地和自己坐在一起喝咖啡的。

"不过你别多想,我没有把你当成我的情敌。"云舒不在意地耸了耸肩,"他如果喜欢我,不会让我等到现在的。"

"他是你的那颗星星?"司月又想起了那幅云舒的画。

那幅凌乱繁复的压抑线条下,落了几点若隐若现的银色光点的画。

云舒爽快地笑了笑:"是,是他。"

对面的女人嘴角带着简单的笑容,就连鼻尖上的些许雀斑都冒着真诚的可爱,阳光明媚地落在她闪着亮光的眼眸里,好像当真没有半分跨不过的烦恼。可女人看女人最准,司月伤心的时候,也会笑。

"云舒,你很勇敢。"司月说。

"是吗?谢谢。"云舒仰头喝掉了杯子里的最后一点咖啡。

"那你今天找我是有什么事吗?"司月问。

云舒有些不好意思地笑了笑,两手撑住下巴:"就是觉得,走之前想见你一面,想再记住你说话是什么样子,喜欢用什么语气。

"头发说留就留了,可有些东西,不是那么容易学的。"

云舒说话的瞬间,司月感受到了一种莫大的悲哀。那是一种对自己进行全盘否定去迎合别人的悲哀。

"云舒,你没必要。"

云舒忽然笑出了声:"司月,你知道吗?我是个孤儿,在被人收养之前,一个人独自在福利院生活到了十三岁。

"我曾经以为我的人生就会这样烂下去了,可老天偏偏叫我遇见了温时修,那个第一个教我学画画的男人。"

云舒静静地阐述着她的过去,那个下定决心蓄了一年头发的女人,她眼角弯弯的,想要变成另一个女人。

一个他喜欢的女人。

司月当天没看成那场建筑展,她和云舒在咖啡厅坐了大半天。云舒讲了很久她的过去,最后司月让司机先送了云舒回酒店,自己才回家。

两人交换了联系方式,云舒推送过来一条消息:【备注:温云舒。】

下午五点到家的时候,季岑风换了干净的衬衫下楼。

"岑风,我回来了。"

司月朝他打了一声招呼就想先上楼换衣服,谁知道季岑风朝她有些意味不明地看了一眼,语气平淡:"今天看得怎么样?"

司月将鞋子刚刚脱下,还赤脚站在地板上。

"今天没看,在那边遇到了云舒,聊了一会儿,然后就把她送回酒店了。"

季岑风明明什么都知道,却还是要问她。

司月也没恼,耐着性子回他。

季岑风脸上带着一抹没什么感情的笑意,随着司月朝楼上走去,看似不经意地问:"聊什么了?"

司月走到浴室门口把他拦了下来,笑着朝他说:"我洗完澡再和你说可以吗?我身上有些汗。"

季岑风两只手插在口袋里,却没打算走。

司月看了他几秒,这才发现,他又有点不对劲了——似乎心情不太好。

女人从浴室里走了出来,认真同他说道:"云舒就是来告诉我,温时修回M国了。"

"她和你说这个做什么?"季岑风眼眸淡淡垂下,手捏着司月的手腕。

司月抬头看着这个男人,他没有半分的歉意,也不觉得自己对温时修做的事情是否有些过分。可她答应了云舒不提这件事的。

"她就是告诉我,她也要回M国了。"司月轻声说道,"还有一些就是她自己的私事，我们没说什么其他的。"

司月也许并不是刻意的，但是"其他的"这三个字却好像一粒意外迸溅而出的火星，落在了某些人敏感的神经上。

"我说你们说什么其他的了吗？"季岑风语气仍是平缓，捏着司月手腕的手指却有些不经意地收紧，微微陷在她冷白的皮肉里。

明亮的白炽灯下，青蓝的血管隐隐泛起一阵熬人的寒意。一个人想刻意避嫌，一个人却觉得她是刻意隐瞒。司月一只手落在他的掌心里，却觉得比任何时候都要摇摇欲坠。

她对温时修没有情感，甚至因为他和季岑风闹过误会。但她该解释的、该坦白的全都已经做了，季岑风没有道理再这样紧紧抓着温时修不放还要把他逼回M国。

但司月也知道，她答应了云舒，不和季岑风提这件事的。她也不想和季岑风吵，事情已经成定局。

只是季岑风现在这副理所当然甚至有些兴师问罪的模样着实让她有些伤心。

"岑风，"司月有些生气，但声音却还算耐心，"你是不是就没办法相信我说的任何一句话？我和温时修没有任何关系，我对他的去向也不感兴趣。"

"我一开始就坦白地告诉了你，云舒告诉我温时修回M国了，你为什么总是不肯相信我呢？"

"那你为什么和温云舒聊了那么久？"季岑风弯下身子逼视着她，眼底的不悦显而易见，"有什么话能让你们两个从前根本不熟的人聊上三个小时？"

一种阴冷的气息慢慢从他的身上溢出，朝着司月的方向侵蚀。

他知道她原名叫温云舒，他认定她们之间只会聊温时修。

司月久久地对着季岑风的眼眸，没有开口，好像所有的事情只要和温时修扯上一点点的关系，都能轻而易举地叫他怒火中烧。

又或者，根本不只是温时修。

所有他觉得潜在的、有可能的男人，都能这样轻易地叫他生出怀疑。他根本不相信她，甚至可以用那样的恶意去揣度她，好像她一定要一辈子被他隔离在他允许的范围内，不然跨出去的每一步，都有可能踩在他的雷区上。

即使她什么都没做，即使她只是和云舒聊天。

那是不是从此以后跟踪汇报也会不够用，一定要她时时刻刻录音录像，他才会安心？

思绪层层堆叠，司月心里那股积蓄已久的怨气冷不防地泄了出来，她声音带着些无法理解的伤心，看着季岑风："既然你都派人监视我了，最开始又何必假惺惺地问我今天觉得怎么样？"

她直直地抬头看着他，第一次如此强硬地戳破了那道她步步妥协的防线。

季岑风没说话，下颌线紧紧地绷起。

"云舒和我说，你把温时修封杀了，他被你逼得回了 M 国。这样你满意吗？"司月声音又缓又沉，落在季岑风的心里。

静默残忍地弥漫在两个那样相近的情人身侧，她深深地感受到了想要改变这个男人的难度，根本不是她从前以为的那样。

他固执得可怕。

季岑风还是一句话都没说，一双眼睛深沉得令人发寒。

他看不懂司月，一次又一次，他看不懂。

即使知道温时修已经回了 M 国，却还要从温云舒那里千辛万苦打听温时修的消息，明明看见有女人从自己的办公室里走出，却连问都没问一下，说什么我信你的鬼话。

季岑风根本看不懂司月，看不懂那个日日从自己怀里醒来、朝着自己轻言嬉笑的女人为什么能做出这种事。明明他以为，她已经做好了这辈子都不会背叛自己的决定了，为什么还要一而再再而三地挑战他的底线。

一次又一次把他的真心踩在地上无情践踏，现在又这般理直气壮地质问他，凭什么管这么多。

司月白皙的手臂逐渐发麻。

男人忽地嗤笑了一声，连着往后退了好几步。

男人的手刚松开，血色便迫不及待地朝着外围无限扩散。一种莫名的疏离与冷漠迫不及待地钻入了两人之间，司月身子僵直，听见季岑风说道："司月，真有你的。"

司月想过，直面问题的时候，会遇到怎么样的困难。季岑风不配合，不高兴，和她吵架。

她也知道，不管季岑风怎么样，自己都不能做那个同他生气的人，可是有些时候，情绪来得又快又急，她有些控制不了。更何况关于这种问题，季岑风从来都是极端易怒。

所以他一走就是好几天，什么消息也不发，电话也没一个。

好像两个人越走越近，那根横亘在两人之间的利刺也就越来越明显。

你能清晰地感受到它刺痛在生活的每一个瞬间，每一个司月没有待在季岑风身边的瞬间。痛得她要么选择割舍掉自己的一部分容下那根刺，然后彻底地生活在他紧密严厉的羽翼下，要不然，就等着两败俱伤，身心俱疲。

可司月尝试过这种割舍自己的生活，那很痛苦，她不想要再来一次了。

她需要和他好好谈一谈，等他这次回来之后。

私人别墅案的第二版设计很快也提上了日程，司月每天在公司忙得不可开交，司机接她下班的时候大多都是晚上八九点。

房子里又大又空，司月每天洗完澡就一个人坐在湖边的长椅上，静静地磨一个晚上的时间。那里很适合发呆，很适合把白天所有凌乱的思绪捋清楚。

就好像现在这样，司月打开了和季岑风的对话框。

她也晾了他好几天，没去联系他，之前日日跟在她后面的灰色汽车也消失了，他就是要告诉她，他生气了。

司月不知道该怎么办，下意识地，她觉得自己要去找他，要去求他和好，要好好地同他解释自己当时不该那样说话，要慢慢地等一个时机，等他慢慢地相信自己。

可是那到底是什么时候呢？什么时候他才会学着去相信自己？

司月自己都不知道，又或者说从前还觉得十分乐观，可眼下看来，竟有种走向末路的感觉。

他不觉得自己做的有什么问题，甚至不肯在这点上做出半点的退让。

司月手指徘徊在手机键盘上，久久没有打出任何一个字。

如果是一年前，司月肯定会毫不犹豫地去求他，去同他和好。可他偏偏又把她从过去那个丧失自我的泥潭里救了出来，给了她重新生活的希望，教她在工作中找回自信，所以司月知道，那个拥有自我人格的自己，没办法和这样的季岑风勉强走下去，这很残忍，但司月心里清楚得很。

晚风裹挟着淡淡的玫瑰香和微凉的湖水湿气打在司月的手臂上，莹亮的手机光亮了又暗，暗了又亮。

纠结和矛盾艰难地撕扯在这无声的夏夜里，司月终于在手机上敲下了第一个字。

她还不想放弃，就算是忍着他尖利的刺痛，也还想再试一次。

【岑风，这几天我都在忙别墅案的第二版设计方案，每天从家里出发去公司，晚上八九点司机接回家，没有去其他地方，也没有和什么朋友见面。】

司月打完几行字，指尖顿了顿，又继续打道：

【你按时吃饭，注意身体。】

她静静地重读了一遍这条消息，然后就给季岑风发了过去。

湖面不时地起风，涟漪一阵一阵从湖边扩去，又消散无踪。

司月把手机放在一旁的长椅上，一个小时过去了，没有任何回信。

也对，他怎么会回信，他还在生气。

那个瞬间，司月忽然意识到，他们之间，季岑风从来都是高高在上的，她从来都是仰望的。他可以随意不回她的消息，轻而易举地转身离开，她却从来都是小心翼翼地呵护着这份感情，不敢轻易放松每一个细节。

即使他再如何地对她好，帮扶着她从过去走出来，但是在他的眼里，她好像还是那只他豢养的小金丝雀。

只不过，是一只他很喜欢的金丝雀。

他们可以亲密无间地拥吻，可以看似交心地互诉衷肠。他心情好的时候，会同她说很多很好听的话，会抱着她不肯松手。可一旦触及他的禁区，他也可以同这次一般，狠绝地转身离去，一句话也不给她留下。

他不想见她，她就找不到他。

多讽刺，明明她这一次那么努力地走近他了，可最后的结果，竟然还是这样相同。

接下来的每一天，司月都会在晚上给季岑风发一条消息，内容不外乎就是她今天做了什么、有没有遇见什么人、去了哪里。

可是季岑风从来没有回复过。

季岑风就是想要晾着司月，想要让她放弃那个愚蠢的念头，想要一句司月的服软。

他想要看到那句"我错了"。

但是司月不会给他发的。

司月这一次，宁为玉碎，不为瓦全，所以所有的消息都只是汇报自己的行程。

【岑风，今天早上我去和客户见面了，他对第二版的设计挺满意的。晚上和小组同事一起在公司楼下餐厅吃饭，九点回的家。你按时吃饭，注意身体。】

【岑风，今天周六，我早上去了我妈妈那里，中午和司洵出门缴费，还买了点东西，下午三点司洵把我送回家的。我妈做了不少腌鱼放在冰箱里冷冻了，也不知道你喜不喜欢吃。你在外面按时吃饭，注意身体。】

【岑风，我今天在家休息了一天，没出门。黎京下大雨了，没打雷。你按时吃饭，注意身体。】

【岑风，今日正常上班，晚上六点司机接回家。黎京美术馆十月一日动工，陈总邀请我去观礼。岑风，到时候我们一起去吧。你按时吃饭，注意身体。】

【岑风，今天还是上班，晚上六点司机接回家。这几天在根据客户的反馈做方案调整，我好像做得还不错，你要不要回来看看。按时吃饭，注意身体。】

【岑风……】

…………

【岑风，今天正常上下班，晚上八点回家。你按时吃饭，注意身体。】

【岑风，今天正常上下班，晚上九点回家。你按时吃饭，注意身体。】

【岑风，今天正常上下班，晚上六点回家。你按时吃饭，注意身体。】

【岑风，今天去我妈妈那儿了，下午四点回的家。你按时吃饭，注意身体。】

【正常上下班，没见其他人。】

【正常上下班，没见其他人。】

【在我妈那里，没见其他人。】

季岑风一个月都没有回来。

司月最后只复制粘贴，她没什么想说的。她具体做了什么、什么样的心情，他根本不在乎，为什么还要发。

他只是想知道，她有没有勾引男人而已。

说那么多其他的，有什么用。

八月第一天，私人别墅案的设计稿被客户敲定了。

司月跟着大家一起去了市中心的烤肉店庆祝，一桌子都是兴奋健谈的职场新人，第一次完成了这么大一个项目，自然是喜不自禁，脸上的笑容挂上就消不了了。

司月挑了一个角落里的位置，让他们随便点，今天她请客。

然后她便沉默地倚在座位上，看着他们有说有笑。

空调的冷风时不时地吹过司月的发梢，她双手抱臂，面色却比这冷风还要冷。

旁边的小姑娘问了几句司月要不要吃些什么，司月也只轻声回着她最近胃口不好，吃不下这些太油腻的。

小姑娘最后帮司月倒了一大杯温水，还找服务员要了一张小毯子盖在她的身上。

司月这一个月的确都没有好好吃饭，不是她不想吃，是她吃不下，饭菜吃在嘴里，尝不出味道。她才知古人说"味同嚼蜡"哪里是夸张，吃饭变成了煎熬，叫她应付差事似的一日三餐。

人是好端端地坐在餐桌上，情绪却压得她连喘气都困难。怪不得王经理昨天看见她说她瘦了，司月这才察觉到，好像是真的。

同事们热火朝天地聊着天，新鲜腌制的五花肉在滚烫的烤炉上"嗞嗞"作响，油渍迸溅着落在桌子上，然后散发出阵阵孜然的香气。

小姑娘们个个吃得欢乐，司月忽然有些不舒服。她脸色浮起不适的苍白，胃里莫名地翻滚起了酸液。

"抱歉，我出去透口气。"司月说得极快，也没有等旁边人的回答，就一个人快步走了出去。

一离开烤肉店，清新的晚风就迫不及待地钻入了司月的鼻间。司月扶着一旁的墙壁忍下了胃里的翻滚，深深地吸了几口空气。

此时正是傍晚时分，店外天色昏暗，霓虹闪烁，人来人往的小巷子里热闹非凡。此起彼伏的欢笑声、叫卖声、音乐声层层叠叠地灌入司月的耳膜，那个扶着墙缓慢直起身子的女人却看着对面霓虹闪烁的理发店，出了神。

她不仅出了神，还丢了魂。

因为那里,应该站着一个男人。

他要穿着笔挺干净的西装,两只手松松插在口袋,五颜六色的霓虹灯那么艳俗地落在他的脸上,司月却觉得他好看得要命。

他朝她笑着,又不朝她走来。

司月连矜持都忘了,匆匆就跑了过去。

"你怎么过来了,不是说好在公司等我的吗?"

他低下头认真地看她:"吃饱了吗?"

"吃饱了。"

"恭喜你。"

司月脸上一阵烫红,连话都说不利索:"谢……谢谢你,如果不是你给我很多建议,我也不会——"

她话还没说完,季岑风就吻上了她。

…………

晚风里,司月双手抱臂站在那个灯光照不到的角落,只觉得这个夏夜意外地叫人发冷。

心里密密麻麻起了又酸又涩的莫名情绪,最后还是被一声几不可闻的闷笑打散在了今晚这场无人知晓的冷风里。

司月慢慢地收回了视线。

这里不是四川菜馆,那里也没有站着季岑风。

这一次,他没来同她说:"恭喜你,司月。"

这一次,他没来同她说:"做得漂亮,司月。"

好像人生所有快乐悲伤的事情,不论大小,都想要有你陪着,可是你一次次地错过,下一次,我便不抱期望了。

别墅设计案的终稿提交上去,司月如约拿到了一笔丰厚的提成。她一分钱没取,直接打到了季岑风的账户上。

客户特地想要请司月吃一顿饭,也被她拒绝了,说是不如等下次季岑风回来了再一起吃饭。客户也就没强求,倒是帮着司月做了点宣传,真有几个客户寻来,要和司月合作。

但也都是不确定的"先看看",暂时还没有人同辰逸签合同。

司月趁着这几天空闲的时候，带着李水琴去复检了。当真是好日子养人，去年这个时候李水琴的身子还得时常在医院待着，面容也是枯黄憔悴，现在再看，用"面色红润"来形容是一点都不错。

医生仔细地给李水琴列了好多项检查，司洵在后面推着轮椅，一项一项带李水琴去做。

"最近怎么都没看到姐夫了？"司洵问着司月。她这段时间整个人透着明显的不开心，今天尤是，不说话的时候，眼睛都在放空。

"出差了。"司月看着手上的单子，提醒司洵去坐电梯。

"你们俩没吵架吧？"司洵瞅着她一副风轻云淡的样子，最不得劲了。从前她就喜欢这样，明明被辞退了那样的大事，也是这副不冷不热的表情。

"没。"

"鬼才信。"司洵喊她。

司月不想理他，坐在轮椅里的李水琴也有些忍不住了："司月啊，怎么回事啊，你们不会真吵架了吧？"

"没有。"电梯门合上，司月淡淡说道。

李水琴和司洵对视一眼，显然并不相信司月的话，但她铁了心不肯说，李水琴也就没再继续逼问她。

三个人走到了采检室，帮着把李水琴抬上病床之后，医生就让他们两个先出去。

司洵跟着司月坐到了走廊一侧的沙发上，纠结了一下还是又贴了上去："姐。"

他叫得甜腻，司月就知道他今天有话要说。

"姐，你和姐夫真的还是好好的，对吧？"司洵觍着笑脸，身子朝司月那边倾。

司月听他话里有话："你又要钱？"

"哎，怎么说话呢？"司洵"嘿嘿"笑两声，"我不是要钱。"

"那你要什么？"

司洵舔了舔嘴唇，有些不好意思地开口："姐，你知道我现在是在酒店楼下的吧台工作吧，但是我最近已经完全摸透了那个酒吧运行的方式，我和你讲酒吧赚钱真不是吹的，那些酒进货价那么低，随便包装一下调调味就能翻好几倍价格卖出去。

"我认真算了一下,要是在随山路那边开一家酒吧,算上租房、启动资金什么的,也就只要两三百万。"

司洵两眼放光地看着司月,舌头点着上齿,等她发话。

司月不可置信地回看他:"你想要自己开酒吧?"

司洵点点头:"没错。"

"我不可能帮你朝季岑风借钱。"司月果断拒绝。

"为什么啊?姐!"司洵一下有些恼怒,却又不得不憋着,"你说实话,你是不是和姐夫吵架了?不是的话,为什么我前几天打他电话他都不接?"

"你给季岑风打电话了?"司月一下站起了身,看着司洵。

"是又怎么样。"司洵也不示弱,"我请我姐夫帮个忙不行吗?再说了只是借钱而已,有了钱我肯定会还给他的啊。"

"那你到现在还过他一分钱吗?"司月气得眉头紧皱,实在没想到司洵竟然会跳过她直接去朝季岑风借钱。

"你这话说得,我都没赚什么钱怎么还啊?这次我开酒吧肯定会赚钱的,到时候不就能还了吗?"司洵甩了一下胳膊,不明白司月怎么到现在还这样死脑筋。

季岑风那么有钱,怎么会计较他借的这一点。

司月一口气上来,心脏都跟着急跳:"司洵,我和你说清楚了,不管我和季岑风有没有吵架,我都不会帮你去借钱的。

"你要开酒吧,要借钱,去找银行借,去朝别人借,就是不要找季岑风借。"

司月声音压得小,语气却很强硬。

司洵脸色黑得厉害:"姐,你是不是就是瞧不起我?为什么我能朝那么多人借,就是不能朝季岑风借,你根本就是自己有钱了就瞧不起我和妈了。"

"司洵你说话没良心!"

"我没良心,还是你没良心,姐!"司洵显然是没想到司月说话这么狠,"你一个人过好日子了,就不管我和妈了。我在那个破酒吧看人眼色受气,你有管过我一下吗?"

司月气不过,拉着他的胳膊就往楼梯间里去。

大门"哐"地关上,司月也不再压着自己的声音:"我不管你?司洵你自己说你现在住的房子是你的吗？我没良心，我没良心的话，我现在为什么出现在这里受你的气？

"而且司洵你心知肚明我为什么不让你朝季岑风借钱，因为你根本就没打算还钱给季岑风。你要是真的有心还钱，那好，你现在就在这里给我写借条，你要借多少清清楚楚写下来，他回来我就帮你去借！"

"姐！"司洵一嗓子埋怨炸开，"你怎么能说这种话？我们是一家人啊！"

"一家人也不是你借钱不还的理由！"司月气急，就连身子都开始颤抖。

"司月，我真没想到你就是这样对你的亲生弟弟的，你就是见不得我过得好！就是觉得我是穷人一辈子都翻不了身！"司洵怒气冲头，开始撂狠话。

司月不可置信地看着司洵，原来他就是这么想自己的。司月冷冷地低笑了几声："是啊，司洵，随你怎么说。"

空荡的楼梯间里清晰地回响着司月的声音，司洵两只眼睛瞪得浑圆，却是一句话也说不出。

半晌，司洵直接扭头就离开了楼梯间。

"砰"一声巨响，大门被人狠狠咂上。

那声音仿佛也砸在了司月的身上，一阵虚浮的无力感忽然就袭上了她的心头。司月伸手扶住冰冷的墙面，试图忍过去。

可是这一次的不舒服却一阵强过一阵，连带着她的小腹也跟着痉挛起来，细小的刺痛感慢慢从小腹深处蔓延。

司月额角出了一层薄薄的汗，十分钟之后，才又站直了身子。

单薄的衣襟却已经汗过又干了。

司月给李水琴发了一条消息，径直离开了医院。

大路对面有一家大药房，司月进去买了验孕棒。

她例假快两个月没来了。起初她只是以为自己心情不好，和季岑风吵架情绪低落才食欲不振，例假延后的。

但是刚刚小腹剧烈的疼痛却好像一把锋利的刀子，轻而易举地就戳破了她那些自以为是的否认。

司月不敢去想，现在如果有了孩子，要怎么办。

司机一路无言地将司月送回了家，管家和阿姨都不在。司月手指冰凉地从包里拿出了一盒验孕棒走进了卧室的洗手间。

镜子冷冷地反射着凌厉的灯光，司月不经意一瞥，才发现自己竟是这般面无血色。

简单的塑料包装被摘下，试纸浸湿后盖上盖子。

一颗心脏"扑通"地跳动在她的耳边，等待的时间仿若是一把大刀子，极近地悬挂在她的心尖，让她叫苦不迭却又无能为力。

司月麻木地站在水池边，看着那方小小的空格里。她心很空，不知道在想些什么。

一般恩爱的夫妻是如何度过这段等待的时间的呢？丈夫又紧张又兴奋地盯着这支验孕棒，妻子在一旁捂着嘴偷笑吗？

他们是期待着这个孩子的出现的吧，他们应当是很开心的吧。

就是，不该是她这样的。

她孤零零地站在冷寂的洗手间里，季岑风一个月没同她联系过。

他要不要孩子，她从来没问过。她要不要孩子，现在她不敢说。

怎么要？如何要？

司月甚至悲观地窥见了她和季岑风的未来，那不会是一个幸福的未来，那不会是一个她想要的未来。

灯光幽冷地落在那片雪白的方格上，那把大刀子倏地落下了。

鲜红清晰的示例线旁边，极淡而又极不清晰地，竖起了一条红线。

下午的时候，司月又去了一趟医院。不过并不是季岑风常去的那家私人医院，而是黎京的公立医院。

她自己的手机叫了一辆车，赶着医生下班之前到了医院。

非常简单的询问，医生熟练地给她开了单子去检查。来来回回，不过二十分钟。

回到问诊室，司月把单子交给了医生。医生扫了一眼上面的数值，皱了下眉头。

司月身子绷紧，整个人一句话都说不出，只等着医生的判罚。

她不确定，她自己到底是不是怀孕了。结果究竟如何，她需要一个人来告诉她。

黎京的夏夜较为凉爽，尤其是沿着市政府门前的那条大道。左右两边隔出了宽阔的行人休息区，一到傍晚就能看见密密麻麻的人群在这里闲逛跳舞。

司月一个人沿着这条看不见头的马路，走了半个小时。

今晚没有月亮，星星极亮地映衬着幽黑的夜幕，女人穿过嘈杂兴奋的人群，一个人坐在了角落的长椅上。

她有些喘不过气。

就像无数个曾经被李水琴和司润气到头晕的夜晚，她会在出租屋附近的公园里，坐一会儿。今晚她不想一个人回家，不想一个人睡在那张冰冷的大床上。

手机莹亮的灯光隐隐照着司月惨白的脸庞，她手指来来回回地在屏幕上打着什么。

可她写了又删，删了又写。

远方不断地传来快乐温馨的嬉笑，那样简单而又充实的幸福，司月却心虚得连看都不敢多看一眼。

她不知道要怎么办，她不想再通过那些没有感情的、冰冷的字符同那个男人交流。

她想和他说话，想要听他的声音。

她僵硬的手指缓缓地点开了电话簿，那个她再熟悉不过的电话号码显示在电话簿的第一页。

司月按下了通话键。

这是她这么久以来，第一次给季岑风打电话。

滚烫的手机贴在司月的耳边，她目光放空地看着灯火辉煌的远方。

医生同她说："司小姐，你怀孕大概四周了。

"但是你的孕酮指数太低了，很有可能是生化妊娠或者宫外孕。

"我建议你回家等几天，三天后再来查一次。"

原来她真的怀孕了。

医生通知她，过几天来看看。

看看怎么流掉。

电话里，孤独的"嘟嘟"声循环往复地回响在司月无法思考的脑海里。

没有人接。

好像人生所有快乐悲伤的事情，不论大小，都想要有他陪着。

更何况，是这种她想要躲在他怀里哭泣的时刻。

想要他温柔地抱着她，同她说"没关系"的时刻。

可偏偏这一次，他不在她身边。

下一次，她便不抱期望了。

司月静静地摁掉了电话。

她不想再给他打电话了，也不会再给他发消息了。

八月上旬，那颗刚从 R 国的苏富比拍卖会上以八千万美金成交的艳彩粉钻在 M 国开始了切割。

买下钻石的男人给它命名为：思月。

肖川笑季岑风肉麻得可以，季岑风眉尾扬起没理他，一直在看自己的手机。

国内现在已经是深夜，M 国正值中午。

钻石昨天刚刚在层层严密的安保下被运到了 M 国，季岑风坚持要在那家他指定的切割机构做切割，半分也不肯妥协。

肖川仰在别墅的沙发里，感慨这个冷血的资本家要美人不要朋友，但眼前，这个冷血的男人并没有心情搭理他，因为季岑风从早上开始，就时不时地看两眼自己的手机。

肖川知道，他在等司月的短信。

"我打赌，今天司月肯定不会给你发短信了。"肖川不怕死地挑衅，"谁叫你刚刚开会没接到人家电话。"

季岑风目光从他脸上掠过，倒是没说话。男人一只手插在口袋里，一只手拿着手机。

颀长挺拔的身形落在光洁敞亮的客厅里，平白叫人看出几分与他平时气场不符的落寞。

手机屏幕一次次地熄灭，他一次次地又按亮。

"不是，你干吗不直接打个电话过去问问？"肖川看着他这副憋死人的模样，都替他着急。

一个月前忽然飞来 M 国谈生意，谈完了就拉着自己飞去了 R 国拍钻石。

肖川那时还调侃他是不是打算先和司月离婚再重新求婚结婚，谁知道季季岑风一听到"离婚"这两个字,差点没把肖川弄死。

他这才知道,这两人吵架了,看起来吵得不轻。

季岑风没理肖川的风凉话,还在看和司月的对话框。他出门一个多月,司月每天晚上都会给他发一条消息的。

时间大多是国内晚上九、十点,不定,可从来没有不发过。

季岑风手心暗暗地出了汗,手指捏得紧。

八月的M国阳光充足,家里门窗全开,男人却感觉不到温暖。

季岑风手指在屏幕上摩挲了一下,拨出了一个电话。

"季先生。"电话那端的人显然是睡了又被吵醒,但是声音还是很慎重,不知道季岑风深夜打电话是什么意思。

"司月今天用车了吗?"季岑风问道。

司机定了定神,回想道:"用了,早上的时候去了司月小姐母亲那里,然后一起去了医院做复查,下午大概一点就直接从医院回家了。"

"回家之后还有再用车吗?"

"没有了,季先生。"

"好的,辛苦。"季岑风挂了电话,面色并没有缓和。

"没见过你们这么折腾的夫妻。"肖川懒散地走到他身边,拍了拍他的肩膀,"冷了自己老婆一个月,在这里偷偷给人家买钻石。"

季岑风偏头看了他一眼,心情没他那么放松。

"她今天忘了给我发消息了。"男人声音沉沉的,听不出来情绪。

"你又不回人家,人家干吗给你发?要我我也不发,我还要和你离婚。"

季岑风眉眼阴冷地压下看着肖川,还是没说话。

是他不对,是他没给司月回消息。那天从家里离开之后,他整个人就好像一只浑身炸毛的狮子,碰到哪里哪里就炸裂。就连平时最为大胆谨慎的李原也慌得不行,一句话说错,就后襟汗湿,不敢多言。

季岑风不敢想象他要如何去面对那个为了温时修和他争吵的司月,他一听到那个男人的名字从司月的嘴里出来,心脏就像被人摁在地上践踏碾磨,稍有不慎就会爆发。

他不知道自己又会对着司月说出怎样难听的话。

季岑风也会害怕,他害怕自己又会伤到司月。

于是他索性直接飞来了 M 国接手这边的工作，冷一冷她，也顺便冷一冷自己心里的火。

可是他的司月又那么好，一条一条地给他发消息，告诉他，她今天又做了什么。

在 M 国的这段时间，季岑风常常早上很早就醒来。他知道消息还没来，但他就是睡不着了，等着司月给他发今天又做了什么。

直到后来，消息越来越短，那像一根又细又小的利刺，慢慢刮在男人的心口上。

可又不是不发了，只是他明显察觉出，司月有些敷衍了。

每天早上看完消息微微上扬的嘴角也再没出现过了，明显复制粘贴的敷衍像一只无情的大手，撕掉了季岑风所有的兴奋与期待。

所以他才那么迫不及待地把彩钻送到了 M 国，还加了大价钱要求他们尽快把戒指做出来。

季岑风自己也知道，这一次他做得不对，他要去哄司月。但他又较着莫名的劲，不肯给她回消息。

可是那股莫名的劲，在刚刚没等到司月消息的几个小时里，被轻易消磨殆尽。

季岑风着急了。

后背像是有一层渐渐燃烧的火苗，灼得他心里焦虑不安。

肖川走到他身边，伸手晃了晃烟盒："出门去？"

季岑风沉默地点点头，同肖川一起出了门。

别墅后面是一片广阔的草坪，坐落在 M 国寸土寸金的富人区，可是站在草坪上的那两人似乎并没有心情看风景。男人指尖一点若隐若现的猩红映着眼眸里越加明显的焦躁。

季岑风握着手机的手还是没松，他皱眉低头看了下时间，国内该是凌晨一点了。

她不会这么晚睡的，她今天没给他发消息。

一种迟钝而又难忍的痛感顺着男人的心脏慢慢延伸到了胸腔的每一个地方，就连握着手机的指尖都隐隐感到了不适的麻木。

修剪整齐的草坪上时不时吹来青草的芬芳，一根烟尚未燃烧一半，季岑风就伸手将它掐灭了。

"我进去打个电话。"

说完他就侧身朝别墅里走去，肖川侧头瞥了他一眼，无言地笑了笑。

季岑风一路从客厅上了楼走进卧室，整个人阴郁地站在阳台上，拨出了那个他早上没接到的电话。

可等待与猜测尚未煎熬他半分，电话很快就接通了。

男人心口一下猛跳，听到了司月的声音。

"喂。"她声音低低的，还伴随着轻浅的呼吸，刚刚应该是睡着了。

季岑风在屋子里不停地走动，压着情绪问道："睡觉了？"

电话那端的人停顿了一会儿，似乎是在确认什么："现在是凌晨了。"

也对，现在是凌晨了，季岑风怎么会问出这种愚蠢的问题。

一层薄汗缓慢爬上了男人的额间，他又问："刚刚打电话有事吗？"

"按错了。"女人声音淡淡的，听不出来是在闹情绪，还是真的按错了。

季岑风第一次觉得心里这么没底，慌得他在屋内到处乱走，却又不敢表现出来。

电话不经意间便陷入了磨人的沉默里，季岑风怕极了她要挂电话。

"司月。"他唤她的名字。

"有事吗？"

她还是不冷不热地回应，季岑风看不到她的表情，更没办法从她的声音里分辨出半分的情绪。

男人苍白的手指紧紧握着电话，却是无论如何都问不出那句"你今天怎么没给我发消息"。

所有他莫名其妙的执拗造下的业障忽然就这样狠狠地反噬在了他的身上，他从来没回过消息，又凭什么要人家天天发。

"我过几天回国了。"

"知道了。"

不论他说什么，司月都是这副样子。

一种极坏的预感迅速地占据了季岑风的心头，男人喉结不安地上下滚动了两下："你有什么要我给你带的吗？"

"没有。"司月声音卷着疲倦，似乎对他的话毫无兴趣。

"你就不问问我这段时间做什么了吗？"

电话那端的人倏地又陷入了沉默，连带着男人的呼吸都变得极为缓慢，煎熬地等着司月的回答。

"你做什么了？"

"我来 M 国工作了。"

"知道了。"

知道了，知道了。

她除了这句话就不会再说其他的了。

季岑风有些暴躁地解了外套的纽扣，深深地坐入了沙发里，双肘撑在膝盖上，眼眸黯淡地看着脚下的地板。

"司月。"他除了这句话，不知道还能说什么。

电话那端忽然传来了低低的咳嗽声。

"你生病了？"

"没有。"司月回道，"你还有事吗？没事，我挂了。"

季岑风刚要开口，那边就已经传来了"嘟嘟"声。

司月直接挂了。

她不想听他的电话。

男人捏着手机的指尖瞬间失了血色。他重重地把手机摔在了沙发上，然后大步朝衣帽间走去。

行李箱被人重重地拉出，他现在就要回黎京。

一刻也等不了了。

当天 M 国飞黎京的航班已经没有机票，季岑风直接通知了他的私人飞机做准备。

谁知道今天 M 国偏偏又是航空管制得严，季岑风在贵宾室里整整坐了五个小时。

工作人员战战兢兢地进来通知季岑风可以起飞的时候，他却又忽然停了下来。

国内快到早上七点了，司月快起床了。

季岑风静静地看着手机上的时间，数字缓慢跳转。

黎京时间七点了。

"我打个电话，一会儿就上飞机。"他朝工作人员说道。

工作人员点了点头，快速地退了出去。

那个问题像一座大山一样压得季岑风喘不过气，他一定要问出来。

司月的电话还是和昨晚一样，很快就接通了。

"喂。"

"司月。"

"有事吗？"

季岑风声音低沉："你昨天怎么没给我发消息？"

电话那端的人沉寂了两秒。

"没意义。"

是生化妊娠。

不用等到三天后再去复查。

司月从医院回来的那天晚上就觉得小腹越加不舒服，隐隐有种来例假时的痛感，时轻时重，煎熬地刺激着她的神经。

再加上昨天晚上的那通电话，司月一晚没睡，早上起来的时候整个人很没精神，阿姨来做早饭差点以为司月病了。

她胃口还是很不好，不仅仅是因为怀孕，更因为她的心情，整个人好像被人狠狠拽入了水底，浑身上下都是湿漉漉的，明明是烈日当头的夏日，却只觉得到处都寒气飘浮。

她有些喘不过气。

"司月小姐，今天要不请假吧？"阿姨把早餐端上桌子，"你看起来挺不舒服的。"

司月喝了一口温水，朝阿姨笑了一下，可她话还没说出口，忽然脸色"唰"地惨白，整个人僵在了座位上。

阿姨一看心里一紧，连忙走上前焦急地问道："司月小姐，你怎么了？"

司月感到小腹一阵猛烈的钝痛，然后下身便好像来例假一般有浓稠的湿感。

阿姨紧张地扶着司月的手臂："小姐，你要不要去房间里休息一下？"

"阿姨，可以扶我去洗手间吗？"司月嘴唇苍白，撑着最后一点力气说道。

"好,好。"阿姨说着就半环着司月的腰要扶她上楼去,雪白的座椅上一抹触目惊心的鲜红映入了阿姨的眼帘,"司月小姐,你来例假了?"

司月回头看了一眼那血迹,沉默地点了点头。

"这次怎么反应这么大,是不是前段时间着凉了?"

司月看着自己已经到了洗手间门口,便独自扶着门要朝里面走:"阿姨,麻烦你了,我没事的。"

"要不要给先生打个电话啊,这次看起来挺严重的?"阿姨站在门口一脸担心。

司月挤出了一个笑:"没事的,就是例假而已,我一会儿去请假,别担心。"她说着便关上了门。

她身子颤抖地扶着冰冷的墙面,褪下衣物。

光洁的大理石地面隐隐倒映着一个消瘦的身影,她的目光缓缓垂下。

那一刻,所有感知与意识如海水退潮般迅速撤离,司月像是站在一座孤岛上,出神地看着那块失去了生命的肉体,那是她和岑风的孩子。

没有了。

它还没来得及成型,就消失了。

一阵突如其来的钝痛从心脏最深处迅速蔓延至四肢百骸。那好像是一个女人最脆弱的地方,她从未期盼过这个小生命的到来,却在失去它的这个瞬间,感受到了心碎的疼痛。

而那个她最想见到的男人,从头到尾都没有出现。他在同她生气,他在同她冷战。

消瘦麻木的身影落在这奢华清冷的洗手间里,司月不喜欢这里,她喜欢在外公家的时候。

他会抱着她,会温柔地同她说话;他会在晚上的时候,让她冰冷的双脚踩在他温暖的膝盖上;他会在她睡意模糊的片刻,在她耳边低低地喊她"小月亮"。

眼泪无声地落下。

她曾经那么近地感受过他炙热的爱意,却也这么痛地承受着由他带来的痛苦。

这沉重的一击来得如此猝不及防,以一种鲜血淋漓的决绝姿态。

她那样放心地敞开了自己所有最柔弱的底线，然后在最需要那个男人的脆弱瞬间，被狠狠击倒。她痛得无法思考，她痛得无可辩驳。

要去怪谁？要去怪谁？

难道不是从来都明白，所有的苦难折磨都怪不得别人的吗？

司月太知道了。

一切都是她的选择。

一切都是她的错。

阿姨做完早饭收拾完后并没有离开，她有些担心司月。

司月在楼上安静了快一个小时，阿姨实在忍不住上楼去看了一眼。

司月刚从洗手间里出来，走路都有些小心翼翼的，叫人看了着实心疼。

"司月小姐，今天要我留在家里帮忙吗？"

司月额头有些虚汗，扶着坐到了沙发上："不用了阿姨，你今天忙完了就先走吧。"

"真的没问题吗？不需要告诉先生吗？"

"只是例假而已，不需要。"司月坚持。

阿姨犹豫了一下，却也无可奈何，只能应声退了下去。

不久，大门关上的声音传来。司月换了衣服，自己叫了一辆车去了医院。

医生给司月重新做了检测，果不其然，孩子已经没了。

"就是生化妊娠，有些女人第一次怀孕会这样，不要担心。"医生安慰道，"回家休息几天就好。"

"好的，谢谢。"司月应道。

"之后有打算什么时候再要孩子吗？"医生一边写着病历，一边问道。

司月摇了摇头："不打算。"

"不打算要孩子了？"医生笔尖一顿，抬头看她，"是最近不打算要了吧？"

司月眼神晃了一下，随后平静地落在医生的脸上："不知道。"

中午之前，司月就到了家。

她换了一身宽松的长袖长裤睡衣，窝在了卧室的床上。身子并没有很痛了，但她一点力气都没有了。

她什么也不想做，什么话也不想说，所有的情绪好像被蒙上了一层黑布，什么都感知不到。

她一滴眼泪都流不出来了。

她刚刚，失去了一个孩子。

天地昏昏沉沉的，她好像变成了一张可以随意被风鼓动吹散的纸片，翻滚在前途未知的混沌之中。

好像她的命该如此坎坷波折，所有她视若珍宝的爱意永远都会转瞬即逝，所有她曾经可以拿来回味的温暖都注定会离她远去。

李水琴、司洵、季岑风，甚至司南田。

让你心痛的人，最怕曾经让你心软过。

司月不明白，是否是她一生强求太多。

过硬则折，折得她伤筋断骨，痛不欲生。

临近傍晚的时候，黎京下了一场暴雨，来得快，去得也快。就是正好淋了男人一身。

滂沱的雨点毫不留情地随着他朝家里走去的脚步落下，硬是沾湿了季岑风的头发和脸颊。

行李箱被推到了玄关处，家里很安静。

季岑风脱了有些打湿的外套，便快步朝楼上走去。

卧室的门虚掩着，一种压抑的气息从门内流淌出来，男人不由自主地放慢了脚步。阿姨给他发过消息了，司月小姐今天来例假不舒服，在家休息。

透过敞开的半扇门缝，能看见司月熟睡的侧颜，季岑风手指暗自收缩在门把手上，又想起了司月的那句"没意义"。

当真是好狠的心，刺得他心头一震却又哑口无言。

季岑风压低眉眼，静静地推开了门，司月没有察觉。

他走到床边低头看着她，她好像瘦了，挺翘的鼻尖下，嘴唇有些苍白，眉头不知为何紧紧地皱着，身子也缩成了一团。

很冷吗？今天黎京三十多摄氏度，室内空调二十八摄氏度。她还盖了一床并不薄的被子。

季岑风又想起了她昨天晚上的咳嗽，心里有些不安。

男人蹲在了司月的床边。他伸出手指，缓缓地抚上了她的脸颊。

季岑风手指还带着些疾步而来的余温，浅浅地熨帖着司月的皮肤。

司月几乎是瞬间就醒了过来，她一双眼睛有些茫然地看了他一眼，然后不经意地朝后让了让，避开了他的手指。

季岑风眼眸里极快地闪过一丝愠怒，不动声色地收了手指。

"身体还好吗？"他沉声问，"要不要去医院？"

司月摇了摇头，把被子拉过了脸，只剩下一头长发落在外面。

季岑风面色有些不悦，却很快被他压了下去。他重新把她的被子往下拉拉，叫她看着自己。

"肚子疼是吗？"

司月摇头。

"那有哪里不舒服？"

司月还是摇头。

仿佛和他说一句话的兴趣都没有。

一阵莫名的烦躁与不安翻滚在季岑风的心里，他倏地站起身，背过去呼了一口气，然后又蹲了下来，声音缓和不少："吃过晚饭了吗？"

又是摇头。

"下来吧，我带你去吃点东西。"

"不想吃。"司月终于开口了。她嗓子有些睡久了的沙哑，明明不是什么大事，却好像蚂蚁一般焦灼地啃噬在男人的心上，叫他坐立难安。

"阿姨说你今天只吃了早饭。到底怎么回事，你不说我就带你去医院了。"季岑风声音冷了几分。

司月看了他一眼，直接翻过了身子："可以请你出去吗？"

可是没过两秒，司月就自己坐起了身子："算了，这是你家，我出去吧。"

女人从坐起身到走下床，没看季岑风一眼。她故意低着头，避开了他所有震惊和不解的眼神，她不想去看。

司月径直走到衣帽间里，刚要伸手去拿衣服，忽然就被跟进来的季岑风抓住了手腕。

她还来不及收回，身子就被连带着拉到了季岑风的怀里，他将她抵在衣柜上，一只手拉着她的手腕，一只手锢着她的腰。

衣帽间昏暗的灯光落在他皱起的眉眼上，司月却没给去半分的关注。她挣扎都没有挣扎一下，目光冷冷地落在他有些沾湿的白衬衫上。

外面刚刚下雨了。

"司月，你是不是还在生我的气？"季岑风弯下身子想要去寻她的目光。

可女人铁了心地不想看他，硬是不肯抬头。

"没有，我只是想出门。"司月低声说道。

季岑风心里好像着火一样难熬，他现在倒宁愿司月和上次一样和他据理力争，也不要像现在这样，半句话都不肯多说。

无言的焦灼顺着司月垂下的眼眸缓慢弥漫在两人之间，季岑风这才发现，她手指凉得惊人。

季岑风再也忍不住了，直接将人打横抱回了床上。用被子严严实实地将她盖好，他就拿出手机要给医生打电话。可司月今天仿若偏要和他作对，他刚刚直起身子打电话，她就掀开被子下了床。

司月没再去衣帽间，而是顺手拿了沙发上的长外套，一个人快步地就朝楼下走去。

季岑风彻底气急，摔了电话就跟过去。司月根本逃不掉，没走两步就又被人打横抱了起来。

这一次季岑风也不打电话了，把司月放到床上之后，他膝盖点着床边直接虚虚压了上去。

男人高大的身形将她笼罩其间。

"司月。"他咬牙低声道。

司月手指抓着男人坚硬的小臂，不肯说话。

"司月。"季岑风又是一声。

可司月却还是偏过头不肯回应半分。

逼人的气势沉默地压在两人之间，季岑风发觉她握在他手臂上的手指，正一点点地松开。明明是他这般强硬地将人禁锢在怀里，可那根缓慢松开的手指却好像一根系在男人脖间的细线，在她松开的那一瞬，就能轻而易举地要了他的命。

"司月。"季岑风的喉结艰难地滚动了一下，伸手拉住了她正要垂下的手腕。

防线轻易坍塌。

"我不应该留你一个人在家里的。"

男人声音轻颤,呼吸也跟着有些重了。

鼻息交错之间,他迎着她的唇有些急切地就要吻上去,似乎想要获得一些让他不再心慌的证据。

司月却忽然偏过了头。

她目光落在不知名的角落,情绪彻底抽离。

无边孤岛上,司月发出了求生的信号。

"没关系的,季先生。"

"反正你同我结婚,也不是因为你爱我。"

情绪像一只看不见的大手,轻易叫人说出难堪的话。季岑风从前清楚如何让司月难堪,司月如今也是,又或者,她说的本就是实话。伤到谁,也不一定。

没有哪个男人在听到这样的话后还能沉着淡定,更何况,那个男人是季岑风。

那个心比天高,从来都是高高在上的季岑风。

司月说完之后,他看着她,一瞬间,好像所有的记忆全部倒回重播。

那个时候,是他让她难堪。

如今,是她让他难堪。

他随后就离开了卧室,但也没走远。

或许是有了前车之鉴,司月半夜迷迷糊糊睡过去的时候,身侧有人躺下。

只不过离她很远,好像隔着一条冰冷的银河,而她并不在意,她只想安稳地睡一觉。

第二天的时候,司月和从前一样正常起床,她甚至还和季岑风一起坐车上班。

季岑风没有和她说话,她也不去看季岑风。

气氛降到冰点,李原在车上如坐针毡。

只是这两人仍是各撑各的,谁也不和对方说话。

车辆驶到地下停车场,司月还同司机轻声说了句谢谢,便快步走到了员工电梯处。

李原看着季岑风的目光一直跟着司月的背影,心里不禁叹气,却也无可奈何。

从前他只觉得哪个女人有天大的福气能被季岑风看上,如今看着司月小姐的境遇却也只能是唏嘘两句。

他有他的偏执,她有她的执拗。

说到底,谁也没有错。

只是,只是不合适罢了。

司月到了办公位置上,这段时间没有什么项目在手头,她也就没什么事。她随手点开了工作邮箱,有几封未读邮件。

【辰逸集团下半年外出考察项目报名。】

司月正准备略过这封邮件,忽然下面一行小字引起了她的注意。

【带薪考察,吃住报销,并且考察完毕后有丰厚的奖金。】

她按在鼠标上的手指停顿了一下,点了进去。

辰逸每年都会提供不少外出考察的名额,针对设计师的项目一般就是去某个风土人情、建筑房屋有特色的地方待几个月,回来需要交一份详细的考察报告以及学习心得。

司月从前听说过,但是从来没有报过名。

她下载了这次的考察地点方案,一共有三个地方。

第一个是在云县少数民族的小山村里考察三个月,人数三,奖金是每人五万元。

第二个是在H国海牙附近的一个小镇考察三个月,人数二,奖金是每人五万元。

第三个是在一个司月听都没有听说过的国家,考察时间半年,人数一,奖金是三十万元。后面还有一条备注,去这个地方的考察项目是由一家博物馆和辰逸共同资助的,所以对于设计师的人选有一定要求。

司月眼睛看着第三行的这一条,嘴角微微抿起,然后复制粘贴了国家的名字进行了搜索。

东问国。

位于大洋洲的一个小岛国，2000年独立之前曾经是多个欧洲国家的殖民地，独立之后由于政权不稳定，国家一直处于战乱状态，直到2005年在联合国的帮助下才恢复了稳定。

但是直到现在为止，东问国的经济发展仍然属于世界末流，大部分物资都要靠国外援助。

司月凝神看着这段介绍，思绪有些沉重。她抬眼看了看王经理的办公室，起身走了过去。

王经理正在查看设计组下一季度的项目，一看到司月敲门，就放下了手里的文件让她进来。

"身体好点了没？"王经理让她坐。

"没事了，王经理。"司月坐在王经理对面的沙发上。

"找我有什么事吗？"

司月点了点头："关于辰逸下半年的外出考察。"

"哦，你有兴趣？"王经理爽朗地笑了笑，"你想去哪个？"

"东问国。"司月说道。

王经理笑容一滞，有些疑惑地看着司月："你说……东问国？"

"嗯，奖金丰厚，时间我也能接受。"

王经理不信地笑了笑："你现在还缺钱吗？"

司月嘴角抿起，没有正面回答："所以东问国那个项目有人报名了吗？"

王经理看她还真的有点想去，两手抱胸，表情也严肃了起来："司月，你知道东问国是个什么状况吗？"

"知道，现在为止仍是局部战乱，经济落后，政权不稳。"

"你知道你还想去？"

司月坐直身子看着王经理："嗯，奖金丰厚所以想去。"

"你上次的私人别墅案没少分到抽成啊，我之前扫了一眼财务，至少四五十万吧。"王经理实在看不出来这区区三十万对于司月来说诱惑在哪里。

可是对面那个女人好像心知肚明，半点没有退缩的样子。

"你等下。"王经理凝了凝神，起身去取了份文件放到了司月面前，"这是东问国项目的具体情况，你先看看清楚再做决定。半年可不短。"

"谢谢你，王姐。"司月接过了文件。

东问国虽然在过去的数百年里一直遭受着欧洲各国的殖民统治与践踏，但是与此同时，那些殖民者也在岛上留下了很多极具特色的古老建筑。

这次是黎京一家博物馆出资，希望可以资助一名设计师去到东问国最北边的文帝小镇做考察，那里有一片殖民期间留下的建筑遗迹，极具参考价值。

但是对于这种经济落后、政权不稳的小国家，很多人都不感兴趣也不愿意去，所以博物馆这一次才选择和辰逸合作，看看有没有机会。

司月认真地翻完了所有的资料，轻轻地把文件放在了桌子上。

"王经理，我报名。"

王经理彻底没辙了："你认真的？你知不知道东问国的经济差到什么程度啊？全国没有一条高速公路更没有铁路。你要去的那个小镇，又远又偏，真的不值得你去啊。"

"再说说通信问题，当时我们和那边联络的时候，最常出的问题就是信号丢失。你要是一个不小心手机丢了，号码换了，搬地方了，都很难和国内联系上的。"

"所以这边文件上也清楚写了，由于通信问题，这个项目不要求你每月做汇报，只要回来的时候交完整的报告就行。"

王经理急得站在她面前："司月，你弄清楚了没有，你很有可能会和国内断开联系整整半年啊。"

——断开联系半年。

司月眼睫轻颤。

"王姐，去那里会有生命危险吗？"

王经理一愣，竟是看不懂司月，她的意思是只要没有生命问题她都可以接受吗？

"王姐？"

"……那倒也不会，我们会找一个东问国当地的导游带你去文帝小镇的，那里不是东问国战乱的地方，相对来说是安全的。"

司月笑了下，站起了身："好，王姐，那我报名了。"

她说着转身离开了办公室。

王经理一口气紧紧吊在嗓子眼，办公室门关上的一瞬间，她立马打了个电话。

司月回到位置上不久，就把自己的东西收了收。

王经理说得没错，那种偏远的战乱小国谁想去。司月把东西简单地整理了一下收进了抽屉里，然后便去王经理那里请了假。

她看了下那个项目的出发日期就是下周一，看起来是根本没人报名才一直拖到现在。

回到家里的时候还是中午，司月打了几个电话，然后就回了房间。

季岑风比她预料的还要早就到了家。

她不过刚刚收拾了一半的衣服，楼下就传来了汽车急刹的声音。司月将重要的文件放了箱子的最里侧，然后拉上了内侧拉链，继续叠衣服。

卧室门被人用力推开，然后就是衣帽间的门。

司月坐在地毯上一言不发，收拾衣服，她连头都没有抬一下。

男人浑身都散发着阴冷的气息，他一步步走近，站在了司月的面前。黑亮的皮鞋闯入她的眼帘，他没有换鞋子。

司月把最后一件衣服叠好，站起身子绕过季岑风想要去收鞋子。可她还没走到鞋柜那儿，就听见一声"哐当"巨响。

司月回过头去看，自己刚刚收好的行李箱被人暴力地摔在一边。

季岑风浑身阴戾地站在昏暗的衣帽间里看着司月。司月有些后悔了，刚刚没把行李箱的拉链拉上。她轻叹了口气，绕过季岑风要去捡那散落在地上的衣服，手臂却好似被一双铁钳扼住，狠狠地将她锢在了原地。

司月轻"哒"了一声，抬眼看着季岑风说道："季先生可以松手吗？我还要收拾行李。"

"司月！"季岑风低吼道，"你还要和我闹脾气到什么时候！"

他昨天那样同她好好说话，想要哄她，没想到换来的就是她这副冷冰冰的样子。

"我没和你闹脾气。"司月抬头看他，眼里是比湖底还深的死沉，看得他心口一跳。

"那你为什么现在要走，不就是为了报复我吗？"季岑风眉眼皱起，沉沉地逼向司月。

司月用力地抽出了自己的手臂，缓声说道："季先生，你弄错了，我没有要报复你。"

可她越是一副风轻云淡的样子,季岑风就越知道,她心里根本不是如此想。

男人眼里闪过一丝阴冷,往后退了几步,指着行李箱问道:"那你告诉我,你收拾行李是要去哪里?"

"工作出差。"司月回道。

"工作出差?"季岑风冷笑了几声。偏偏他最恨司月这副不冷不热的样子,好像他句句话问出去,都是打在棉花上一般。

"我没有要报复你。"司月越过季岑风,重新蹲在地上将所有的衣衫捡起放回了行李箱里。

女人的背影固执而又让人发根,季岑风手臂绷紧,眼里仿若冒火。

司月这次合上行李箱,拉上拉链。

她好像真的没有在和季岑风闹脾气,声音平静:"季先生,我有东西要给你看。"

季岑风久久地看了她一眼,忍着心里的怒意随着她朝客厅走去。茶几上,有一张司月刚刚写好的字条。她手指将字条平整地展开,递到了季岑风的面前。

"谢谢你去年救了我全家,司南田欠你的八十万,我已经把之前两次项目的提成和这一年的工资全部打到你的账户上了。

"你可能没在意,但是我留了备注,你可以请李原查一下,一共是八十万。

"我妈妈和司洵在住的那套公寓我也请中介问过了,折旧卖出去也不会亏太多,但我还不能确定,已经请中介在问了,到时候我会帮我妈妈和司洵再找房子的。"

司月把字条交给了季岑风:"不知道那套房子折旧会卖出多少,但是差价我一定会补上的,这里是字据,你看一下吧。"

黎京今天是晴天,澄澈的湖面将阳光反射进了明亮的家里。司月脸上的表情,季岑风看得一清二楚。

她没有任何的留恋,没有任何的情意,声音那么轻轻柔柔地把她和他划分清楚。

季岑风看着她这副样子,整个胸膛都好像着火一般,灼得他身子发抖。

"司月,你什么意思?"男人伸手扼住了司月的下巴,要她看着自己。

"现在你的危机解除了,要和我划清界限了是吗?"季岑风咬牙问道。

司月忍着下巴的疼痛,将字条放回了茶几上:"这件事我早就想要做的。只是一直拖了这么久才把那八十万凑齐。"

"所以你早就想要离开我,是不是?"

季岑风不敢相信,她那时的那个想法,竟然从没消失过。

司月长久地看着他,没有说话。

她没有否认。

她不知道。

司月从前只是想要把钱还清,清清白白地站在他的身侧的。

可是如今呢?

她真的不知道。

司月的沉默全部落入了季岑风的眼里,他手臂渐渐僵硬,松开了她。一种强烈的悲哀浓重地袭上了季岑风的心头。

他胸腔中低低地传出了几声嗤笑,似是在笑司月,又似是在笑自己,笑自己瞎了眼,捧一颗真心出来被人白白践踏。

半响之后,季岑风缓缓地看向了司月:"司月,你还是和从前一样。"

一样冷血心狠,一样焐不热。

司月朝他点了点头:"是啊,我还是和从前一样。"

一样一无所有,一样无能为力。

司月想着,肖川说的,到底是没错的。

他们只是不合适罢了。

走得越近,越是互相折磨,司月之前不肯相信,现在不得不信。

八月中旬一架飞机从黎京国际机场起飞。

那是普通而又平静的一天。

季岑风知道司月要走,司月知道自己要离开。

他们一起吃了早餐,阳光充斥在家里的每一个角落。

没有人说话,一切静得让人窒息。

司月吃完早饭后,就推了箱子出门,季岑风正在楼上穿外套。

那一天,他没有下去送她;那一天,她没有在车里等他,就好像两根曾经如此亲密交叉在一起的直线，终于头也不回地奔向了两个方向。

当地时间下午三点十五分，飞机降落东问国首都机场。

一个穿着灰色无袖长裙的女人拖着行李箱站在简陋的航站楼里。

她眯着眼睛看着这片陌生而又热烈的土地，深深地吸了一口气，然后朝出口走去。谁也没有在意，那个缓步前行的女人，轻轻地从她左手的无名指上褪下了一枚银质圆润的素圈戒指。

细细的，小小的，留着一抹将散未散的余温。

M国的钻戒很快就切割完毕，李原接到了消息，却在办公室门口，踌躇了很久。

司月小姐和季先生闹翻了，一个人飞去了东问国。

可那枚前段时间季先生心心念念亲自去拍下的顶级粉钻，却已经完成了切割和打磨。

只是，那个戴戒指的人，不在了。

李原在门口还是有些犹豫，这几天季先生的气场阴沉得厉害，他虽然什么都没说，但是李原跟了他这么久，察觉得出来他这一次气得厉害。

门口的秘书看着李原在这儿站了半天，也感同身受："李助理，要不等会儿季总吃午饭的时候你再进去通报吧，刚刚里面才骂出来两个人，季总现在肯定还在气头上。"

李原看了秘书一眼，他后襟沾了汗，空调风一吹，更是冷得他身子跟着颤。

"……也行。"

谁知道他刚准备离开，季岑风就从里面走了出来。

"有事？"他瞥了李原一眼。

秘书一看立马缩回了身子，李原紧张地笑了一下，又立马觉得不合适收了笑："季先生，M国那边发来消息，说是戒指做好了，问您什么时候去取？"

李原身子不自觉地有些弯，头皮发麻。

"打电话给Adam，叫他去收。"季岑风面无表情地朝电梯走去。

Adam是季岑风M国家里的管家，李原听言立马跟上："就放在M国的家里吗？"

季岑风偏头看他。

"好的，知道了。"李原连忙点头去拿手机，"那我现在就打电话。"

季岑风转过身子，径直走进了电梯。

电梯直至楼下停车场，季岑风上了车："鎏尚。"

司机了然，立马发动了车子。

黑色的迈巴赫从停车场驶出，顺利地汇入了黎京繁华热闹的市中心。八月的阳光毫不吝啬地倾洒着灼人的热度，路边的行人早已脱去了冬日的冗余，就连笑容都是生机勃勃的模样。

当真是好日子啊。

季岑风从窗外冷冷地收回了目光，不知道在想些什么。

手机忽然响了起来，男人接起。

"你到了没啊？"电话那头肖川问道。

季岑风看了一眼路："还有二十分钟。"

"等你呢。"

"你先开始吧。"

"那怎么行呢？"肖川乐和道，"快来快来，人多热闹。"

季岑风敛眸："知道了。"

车子很快驶入了鎏尚的地下停车场，季岑风伸手拿了一份文件便独自走了上去。

宽大明亮的电梯间，一盏过分夸张的水晶吊灯悬在电梯上方，翻红毛绒扶手落在硕大全身镜的中段，男人脚下踩着的，是一块印着中世纪欧洲油画的地板砖。

这家夜总会的格调，从头到尾都是肖川的心头好。

电梯稳稳停在十八楼，季岑风走了出去。走廊里的服务员一眼就认出了他，连忙走上前弯着腰请他这边走。

两扇对开门同时打开，包厢里已经是热闹非凡，灯光被打到最暗，两束射灯从头顶翻转的花球中打出，包厢的中间有一个小姑娘在唱歌。

肖川一看到季岑风来了，立马停了和身边人的交谈，起身迎了上去："怎么这么迟？"

他脸上带着笑意，话里并无责备。

季岑风伸手递给了他那份文件："生日快乐。"

肖川挑挑眉，接了过来看了看："可以啊，季总，今年送我这么一大笔生意！"

季岑风拍了拍他的肩膀，低声道："你玩吧，我先走了。"

"别啊。"肖川拦住他，"我这里又没有乱七八糟的人，就是几个平时玩得好的朋友，你这两天心情不好就别一个人待着了。"

季岑风扫了一眼包厢，肖川没说瞎话。

"就坐一会儿。"

"没问题。"

季岑风一个人寻了个阴暗的角落坐下，男人高大的身躯深陷在柔软的沙发里。肖川请来的都是知根知底的，没什么人不识趣地朝季岑风身边去。

那个站在包厢中间唱歌的小姑娘认真得很，一字一句字正腔圆的。

季岑风淡漠的眼眸垂下，整个人像是被冰封一般，轻易地与这片沉默的阴暗融为一体。

包厢里一曲歌毕，几个人热闹地起着哄，让小姑娘再唱一首。

灯光慢慢地打亮，季岑风这才发现，她穿着一条无袖小白裙，窄窄的腰身顺着大腿一路向下，露出一截脚踝。

像极了某个人。

——"中午在哪里吃饭？"

——"自己在附近吃饭，不然回家再去太麻烦了。"

——"叫司机就在附近等你。"

——"好。"

女人眉眼温柔地扬起，坐在车里朝他笑。

乌黑的长发落在她白皙的双肩上，他记得手指在上面摩挲时的触感。细腻滑嫩，用力一点，就能轻易在她身上留下印子。

"岑风？岑风？"

肖川喊了好几声，季岑风才回过神来。

"你点一首，雨洁妹妹唱歌可好听了，别错过啊。"

男人眼神扫过去，小姑娘没来由地嗓子发紧。他忽然站起身子："肖川，我先走了。"

肖川看他脸色很差，连忙起身也跟了出去。包厢大门关上，隔离了一切的热闹与喧嚣。

"岑风,你这状态不行啊。"肖川一上来就有话直说,"从在 M 国的时候,一直到现在,你和司月之间到底有什么矛盾不能解决,我真是不明白。"

两人停在走廊的尽头。

季岑风低下头,看着光洁明亮的大理石地板,上面模模糊糊地倒映着一个沉默的男人。

"要我说,你就低下头去哄哄她。哄女人有什么难的,你哄两句再亲亲,不就好了吗?"肖川一副恨铁不成钢的模样。

季岑风眼帘掀起,看着肖川,随后低低地笑了起来。

他声音带着些凛人的寒意:"肖川,你知道吗?司月从来就没有爱过我。"

"你什么意思?"肖川不解。

"字面意思。"季岑风说道。

男人眼里刚刚还尚有余迹的晒笑忽然消失殆尽,肖川再去看时,只剩下了一贯的冷漠与疏离。

"我从头到尾,都不过是她利用的工具而已。

"四年前她可以利用我一次,四年后,她还是可以。

"那个人可以是季岑风,也可以是任何一个能帮她的男人。

"我真是,傻得可以。"

季岑风胸腔里低低地传出闷笑声,又或者那并不是笑,那是一种难以释怀的情绪,汹涌地刺破了这个男人的伪装。

肖川又想起了那个晚上,季岑风一个人疯狂地在射击场里射击。那不是他认识的季岑风,不是那个从来都是从容不迫气定神闲的季岑风。好像所有的事情一旦同司月沾上边,季岑风就变得不像季岑风了。

这不是什么好事。

"那你有没有想过,"肖川开口,心里屏着一口气朝他看去,"就这样放过她?

"放过她,也放过你自己。"

声音轻轻地落在昏暗的走廊里,肖川看不清季岑风的情绪。

他眉眼低低地压下,却又在皱起的瞬间,冷冷地展开来。

"你是说离婚吗?"季岑风淡淡地问。

肖川不言语。

季岑风双手缓缓地插进了自己的口袋里，转眼望着幽长的走廊。他想起了很多个司月躺在他怀里的画面，很多个她贴在他心口的画面。

外公家的冬天很冷，她的手被他焐得很热。

她那样细声细语地同他说着些生活里的趣事，却从来没有忘记过，计算着如何离开自己。

司月没有心。

他早就知道的。

季岑风眼眸阴沉地垂下。

"没可能的。我永远也不会放过她。"

肖川："即使像现在这样互相折磨？"

季岑风："即使像现在这样互相折磨。"

导游来得比司月预计的要迟上许多，虽然已经在临行前打过预防针，但是在机场门口等了两个小时的司月还是有些意外。

这里的生活，和国内完全不一样。

靠近赤道，常年炎热多雨。

人们的样貌多像东南亚人，杂乱无章的小摊贩肆无忌惮地在马路两边叫卖，热辣刺目的阳光照在他们黄黑的肌肤上，人人都是穿着一件颜色难以辨明的灰白短衫，露出的手臂和小腿上，莹亮地浮着一层汗津津的保护膜。

穿着红白条纹抹胸裙的女人眯着眼睛从这片杂乱的商铺中游刃有余地穿过，司月等了两个小时，看到了许多个这样打扮的女人。

这是东问国的传统服饰，粗布抹胸长裙，和这湿热的天气一样，热烈得让人无法拒绝。

司月坐在自己的行李箱上，沉默地看着人来人往的马路。

这里人又多又杂，叫卖之声不绝于耳。

湿热的空气厚重地笼罩在司月的身边，她低头翻看了一下自己随身的小包，里面放了一些当地的纸币，和她的所有证件以及手机，一切都还在。剩余的大部分现金她都放在箱子里了，到时候找到住的地方，办张银行卡存进去。

"司月小姐——司月小姐吗？"

司月还没来得及拉上拉链,忽然一个仿若掐着嗓子发出的声音从不远处传来。她眯着眼睛避开些明晃晃的阳光,一抬头就看见了一个胖胖的穿着绿色花衬衫的男人朝她跑了过来。

他戴着一顶草编的帽子,穿着大裤衩,脚上一双粘灰的大拖鞋,和这边大部分的男人一样,生野得厉害。

"司月小姐,对不起,我来晚啦!"那人气喘吁吁倒真是气喘吁吁,只是司月没能从他脸上看出半分歉意,像是把她当外人宰。

可司月也只是点了点头,没有任何追究:"走吧。"

导游乐呵呵地笑了下,没想到今天的客人这么好欺负,他伸手要拿司月的箱子。

"我可以自己来。"

"好,好。"他一边笑着,一边摘下帽子,又用衣袖擦了把汗,"我叫阿力班,你们公司之前联系我让我接你去文帝的。"

司月跟着他:"从这里到文帝要多久?"

"快的话两个小时,慢的话三个小时。"

"现在已经快五点半了。"司月声音淡淡的。

阿力班打着哈哈又笑了起来,知道她是在说自己迟到了两个小时的事情:"你知道的司月小姐,我们这里交通很不方便,你不知道我刚刚来的路上差点出了交通事故,我可是死里逃生这才赶到这里的。"

司月看着这个人说谎不过脑子,却半分想要和他掰扯的精力都没有。

"我没有问你为什么迟到,我只是想问一会儿天黑了,路好走吗?"司月看着面前一条水泥路转头问道。

不过是远离了机场几百米,这里放眼望去,俨然已经有些破败了。

一条苍白的水泥路上破破烂烂,裂隙丛生,汽车从上面开过肉眼可见的颠簸。

"这你放心,跟我搭档的司机是当地开了好多年车的老师傅了。"

阿力班说着便朝不远处的一辆灰绿色小轿车指道:"就是那辆车,我们上去吧。"

司月没说话,跟了上去。

司机是当地人,只会说当地的语言和一点点英文。阿力班是当地的华裔,所以常年做着来这边的华人生意。

阿力班和司机交流的时候会用当地语言，司月听不懂。她上了车后就摇下了汽车的窗户，后排座位上看起来灰蒙蒙的，但是她并没有在意。

她偏头靠在有些硌人的靠背上，安静地看起了窗外。汽车开得很颠簸，她来的时候知道这边经济很不发达，却没想到不发达到了这种程度。

不过二三十分钟的车程，窗外的风景已经完全变成了另一番模样，灰白的土地毫无遮掩地暴露在公路的两侧，天稍微亮些时，还能看见随风扬起的尘沙。

可是眼下刚刚过了六点，太阳略过赤道，光线开始陨落。

这里黑白分明地执行着亘古不变的守则，六时天亮，六时日落，没有春夏秋冬，没有极昼极夜。

真好。

后视镜里，女人面无表情地朝着窗外看了整整一个小时。阿力班最开始还想寒暄两句带带气氛，后来他才发现，她根本没有说话的欲望，阿力班索性同司机聊了起来。

他今天来的路上因为忽然加塞了一个客人，他临时去接所以才耽误了到机场接司月，连带着也耽误了司机回家。

司机一路上都在喋喋不休地抱怨今天这么晚到了文帝，他回家都要天亮了。

阿力班知道司机是想要加钱，可是他才不可能给，不仅不能给——

阿力班偷偷看了一眼司月，心里暗喜了一下，他不仅不会给司机钱，他还要半路下车。

再往前面开一阵就到他明天要工作的酒店了，今天他在这儿下车最方便。

晚风里带了些凉意，司月关起了窗户。

她打开手机，发了一条消息给王经理。

【王姐，我已经到东问国了，现在正在去文帝的路上。】

司月发完就收起了手机，现在国内已经是半夜。

车子颠颠簸簸地开了快一个半个小时，忽然阿力班转过了头，两只眼睛笑得没了形，殷勤得过分明显。

"司月小姐，和您商量件事。"

"你说。"

"前面就到我丈母娘家了，我老婆前段时间摔了腿一直在丈母娘家休息，我忙着工作赚钱好多天没回去看她了。您看我能不能一会儿在前面下车，还有大概一个小时就到文帝了，我在这儿陪着也没什么用了。"

"你要半路下车？"司月问道。

阿力班"嘿嘿"一笑："也不算是半路下车，就是提前，提前那么一小会走，你不会还要和公司汇报扣我钱吧！我这赚点钱不容易，老婆摔断了腿，小孩也等着我养，要不是——"

"你下车吧。"司月不想再听他扯谎了。

阿力班一个拍掌："感谢！"

"但是你要把司机信息和这辆车的信息给我。"司月拿出手机。

阿力班一愣，这才发现司月比他想象的要谨慎得多，但他也不是做犯法生意的，立马一口应下，拿了司机的证件："你拍这个，司机的信息和这辆车的车牌号都在上面，我和你讲我们可都是好人，不会害你的。"

司月没说话，拍下证件后，一同发给了王经理。

车子开到那家酒店附近，阿力班心满意足地下了车，他扒在窗口看着司月："司月小姐一路顺风哦！文帝镇南边有一家野风旅馆也是华人开的，你要是想找个会说中文的，可以去那里！"

车里的女人朝他点点头，阿力班觉得神清气爽，大手拍了拍车子："一路顺风！"然后便一身轻松地朝酒店走了过去。

阿力班就知道这个女人好糊弄，自己迟到了两个小时都不追究，说什么听什么，轻轻松松赚了一大笔接待费。

下周那个公司还要再送一个人过来，到时候还能再宰一笔。

阿力班步子都迈得要飞到了天上，他一边哼着不成调的曲子，一边把头上的破草帽随手丢在了酒店的大堂里。他要了一个单人间，舒舒服服地洗了澡，睡了一个安稳的好觉。

第二天早上一起来，阿力班发现自己的手机被人打爆了。

他肥胖的身子懒洋洋地翻了个面，回拨了过去。

电话里一个暴躁的男人用当地语言朝他喊道："你是不是阿力班？"

阿力班耳朵差点被喊聋,态度并不好:"是我,怎么了?"

"你现在立马来文帝警局,登记在你名下的那辆灰绿色小轿车昨天晚上自燃爆炸了!"

阿力班顿时眼睛瞪起,声音紧张:"你说什么?"

那人不耐烦地又重复了一遍:"你名下的汽车爆炸了,里面死了一男一女!"

上部完

晚风逐月

下 相见只为执手

春与鸢 著

（全2册）

江苏凤凰文艺出版社
JIANGSU PHOENIX LITERATURE AND
ART PUBLISHING

大鱼

有爱的青春陪伴者

第十一章

月光消散

　　季岑风二十五岁那年，遇见了一个小姑娘。她坐在无人的楼梯间，偷偷地哭泣。他本不想管这种事，却又鬼使神差地同她搭了话。

　　她真的很倔强，同时却又那样脆弱，脆弱到不敢让他看到她丝毫的弱点。她像一只逆风飞翔的蝴蝶，永远向着阳光，把所有的阴暗压在她纤瘦的翅膀之下。

　　所以他一步步靠近，然后一步步沦陷。

　　那天，他第一次走进了那条逼仄的小巷子里，第一次没有觉得恶心。他站在那条热闹的巷子里，看着他的小姑娘同别人说着话。她像一朵生机勃勃的小玫瑰，季岑风知道，他不应该再让她那样摇曳在风中了。

　　他不想再让别人看见她的好。

　　好像心有灵犀一般，他并没有等很久，他的小玫瑰就走了出来。

　　一眼看见他，一眼看见她。

　　那天，那条街，那个晚上，那两个人。

　　她朝他那么开心地跑过来，同他说："谢谢。"

　　他的心跳其实有些微微加速，他本想着先带她去吃点其他的，再把给她买的那条项链送给她，问她："要不要，和我在一起？"

　　可是她太漂亮、太好看了，那双明亮的眼睛一下照亮了那条昏暗的街，他忍不住了。

那个吻，出乎她的意料，也出乎他的意料。

司月永远也不知道，他很早就爱上了她，比她想象的要爱很多。季岑风没有什么乐于助人的习惯，也没有什么英雄情结，他习惯冷眼看世人犯蠢犯错，看世人跌落深渊永不翻身。

可他还是在看见司月的瞬间，同她说了话。

为什么？为什么要同她说话？

季岑风不知道，他痛彻心扉。那方没有生命的骨灰盒仿佛也在不断地提醒他，他们明明有那么多美好的回忆，明明有那么多美好的可能，明明她也曾那样欢欣雀跃地搂着他的脖子亲吻他，明明她也曾那样相信和依赖他。

那么多个没有司月的日日夜夜，他知道是有多煎熬的。

他明明知道的。

可是为什么，为什么还要犯这样的错？

季岑风从没想过，他会永远地失去司月。

那天阿力班和司月分开后，竟然接到了一通来自警局的电话。电话里一个男人不耐烦地朝他吼道："你名下的汽车爆炸了，里面死了一男一女！"

阿力班抵达警局的时候，整个人吓得像一只从冷水里捞出的狗，浑身湿漉漉的，止不住地发抖。

车子已经被人拖回了警局后面的空地，几个警察站得远远的。

那是一辆被烧得乌漆墨黑，只剩下一个黑架子的汽车，里面有两团黑黑的东西，吓得他赶紧将目光转到了一边，心脏狂跳，还好他昨天下车了！

"阿力班是你吗？"一个警察走了过来。

阿力班猛地止住颤抖的身子，点点头："警长，是……是我。"

"看看这是不是你的车？"

阿力班的目光不敢再移过去："我、我不知道。"

那警察不耐烦地撇了撇嘴："真麻烦，你过来看看这个车牌号。"

阿力班跟着警察走到不远处的一个空地，上面有一块没被燃烧完的车牌。阿力班反复核对了好几遍车牌号，是他的车子。

"是你的吗？"那警察又问道。

阿力班彻底失力，瘫坐在地上。

车牌号是登记在阿力班名下的，车子是在文帝镇不远处的公路上发现的，自燃的原因警察还需要调查几天,但那个瘫坐在地上冷汗直流的男人却是一眼都不敢再朝那边看去了。

为什么自燃,他心里有数。

这破车开了多少年、检修过几次,又随意糊弄过几次,没人比阿力班更清楚,但他怎么也没有想到,这一次居然会自燃。

警察忽然拍了拍他的肩膀:"起来,看看是不是证件上这两个人。"

被烧焦的汽车旁边来了两个法医,车子还没有检查完毕,但车子里两个人的证件却已经提前找到拿了出来。

车里的东西被烧得七七八八了,就连车上的两个人都已是面目全非,一丁点都认不出来,只有证件残骸勉强能表明两名死者的身份。

警察把刚从车里拿到的证件放到了阿力班的面前:"这是那个开车司机的证件,这是什么?你懂中文吗?"

阿力班吞咽着口水,身上的肥肉也跟着颤抖,他颤颤巍巍地低头去看,那是一张身份证。

姓名处写着,司月。

阿力班是被警局的人送回酒店的,警察和他说这段时间电话开着别走远,有问题随时叫他,他一副魂没了的样子。

空调冷风十足的房间里,阿力班浑身冰凉。他倒不是怕警察把他怎么样,车子自燃,警察再怎么查,顶多只能查出是车子老化。

但司月小姐是大公司派来出差的,他收了高额的经费接了这个活要把她送到文帝镇的。可眼下她死了,该怎么办?那个公司的人肯定不会善罢甘休的!

阿力班满脑子都是司月的身份证,上面的女人淡淡地笑着,像一个无论如何都不能从他脑海里抹去的梦魇,追问着他:"你为什么要害死我?你为什么要害死我?"

阿力班好像听到了女人尖厉的嘶吼,伴随着熊熊燃起的大火,疯狂地就要把他吞灭。

那个男人满眼惶恐地在床上躺了半个多小时,忽然想起来什么似的抓起了自己的手机。他颤颤巍巍地点进了一个并不常联系的号码,"嘟嘟"几声之后,电话被接通了。

"陈卓，是我，阿力班。"阿力班手指紧紧握住手机，眼睛紧盯着房间的角落。

"二叔是你啊，怎么忽然想起来给我打电话了？"陈卓站在公司会议室门口，一边等着老板，一边低声打着电话。

"我、我有事想请你帮忙打听。"

"什么事？"陈卓看了眼时间，老板快要结束会议了，"你得快点说，我一会儿还有事。"

阿力班立马点点好："好好，你、你可不可以帮我打听一个人，她是你们国内辰逸集团派过来出差的。"

"辰逸的人？怎么了吗？"

阿力班咽了咽口水，低声道："死了。"

"死了？"陈卓有些被惊吓到，"怎么会死了呢？"

"这不重要！"阿力班也被陈卓的反应惹到，心里又急又恨，他压低声音说道，"与我无关！与我无关！我、我只是想问问这个人是不是什么重要职位的，我会不会倒霉！"

陈卓眉头紧锁，意识到这件事可能有些敏感："二叔你别急，你先告诉我名字，我明天就去查。"

阿力班这才敢松口气，缓声说道："司月。"

电话那头，久久没再传出来声音。

"陈卓？陈卓？"

可他话没说完，就听见电话里传来了一阵摩挲声，然后就是陈卓有些偏小的声音："许总……"

随后电话就被挂断了。

司月走了有四五天，除了当天到达东问国的时候，王经理收到过两条消息，她就再没联系过其他人，王经理尽职地把截图都发给了季岑风。下午的时候，李原在办公室汇报完了今天的任务，收起了文件。

"今晚的商业晚会季先生打算几点出发？"

"几点开始？"季岑风背对着李原看着窗外的黎江。

"六点。"

"那就六点。"

"好。"李原应道。他眼神扫过桌面，今天没什么安排了。

季岑风回到辰逸的这一年多以来，将辰逸上上下下抽筋剥骨一般重新整顿一遍。每天不只要忙着公司里的事情，还常常需要飞去国外发展新的合作。他刚来的时候必须事事躬亲，但是现如今辰逸已然迈上正轨，他便可以暂时停下来，歇口气了。

男人高大颀长的身影遮住了半片斜射而入的余晖，他两只手插在口袋里，静默不语。季岑风还是那个季岑风，李原有时候甚至觉得，司月小姐从来就没有出现。

季先生当年回国，他便跟着，直到现在。如今的一切相似得像是一段重复播放的影片，没有那段两人依偎在后座上，手拉着手上班的画面，也没有那段季先生提前下班去给司月小姐过生日的画面。

有的只是那个面色阴冷做事雷厉风行的季岑风，就像一只精准转动的钟表，分针与时针重合的片刻，所有曾经的我爱你，通通都不作数。一切归于零，一切归于土。

晚上六点，迈巴赫准时从车库驶出。

"季先生，您这次大概要休多久假？"

"不一定。"季岑风手指轻敲在膝盖上，"公司的事情按照我之前的安排去做就好，到时候有事给我打电话。"

"好的，季先生。"李原点点头，坐正了身子。

车子载着莹亮的月色一路开到了黎京郊外的私人酒庄，季岑风下车的时候，大厅里已经热热闹闹地站了许多人了。到底都是商人，出来交结人脉自是个个在行。

李原随着季岑风一踏进大厅，就有无数个眼尖的率先凑了上来。男人寡淡地伸手指了指一边的沙发："不介意吧？"

众人纷纷让开了一个空位，随后便随着季岑风去了大厅一旁的沙发坐下。男人笔挺地靠在沙发里，要了一杯红酒。李原想也不用想便知那些人到底有什么事，不是公司求合作就是急着攀关系，一个个话说得十万分恳切，你追我赶，生怕说得比别人差，惹了季岑风不高兴。

毕竟如今辰逸的势头一路高涨，任谁都想来借一点光。

男人眼眸淡淡地扫在那些人的脸上，红酒拿在手里，他却并没有喝，他也没有与谁说话的欲望。渐渐地，众人也陷入了难以掩饰的尴尬里，他们或许有些后悔这般急功近利地围在这个男人的身边，可是没有一个人舍得现在就离开。

季岑风双腿松松叠起，两只手搭在沙发扶手上。

正当众人不知该如何再和季岑风交流下去的时候，忽然一个响亮的声音从不远处清晰地传来："这不是季先生吗？"

是个上了年纪的男人，带着一点不掩饰的调侃。

季岑风目光抬起，看到了好久不见的许志成。

他上次在季如许家里还声泪俱下地求着季岑风手下留情，今天却是一副趾高气扬的模样，大摇大摆地走过来。

许志成偏不掩眼里的厌恶，走过来的瞬间，众人为他让开了一条道路。

大家都知道，辰逸一直把许家打压得很惨，许志成有好多单子是辰逸抢走的，所以这两人见面，定不会有好结果。

可今天许志成却一副趾高气扬的模样出现在这里。

他知道季岑风今天会来，他是故意的。

"岑风啊，真是好久不见啊。"许志成摆出一副长辈的模样坐在了季岑风的对面。

季岑风嘴角隐着一抹冷笑，朝他点点头。

许志成却也不恼，他今天是做了十足的准备，誓要杀一杀这个男人的锐气，一股剑拔弩张的紧张悄然在大厅里蔓延开来，一旁围观的众人纷纷噤了声，不敢随意言语。

"许家最近生意如何？"季岑风淡淡开口。

许志成知道，季岑风这是在戳自己痛处，可他还是一副按捺不住的兴奋嘴脸，开口问道："怎么今天没有带司月小姐一起出来呢？"

李原悄悄地为许志成捏了一把冷汗，他偏头望去，旁边的人也似有耳闻般地低低交流了起来。

季岑风从前对司月如何刻薄冷血，大家都是有所耳闻，可后来发生的事情，却并没有多少人知道。

李原果然很快就听到了旁边的人窃窃私语：

"司月就是那个曾经为了钱劈腿绿了季岑风的女人，听说季岑风娶她就是为了折磨她。"

"什么，还有这种事？"

"对呀，他家夫人当年在黎京实习的时候大家就都知道她贪图富贵。"

"啧啧，这个女人！"

....

李原凌厉的目光转过去，身旁的人立马收了声，不敢再随意揣测。

"不劳您费心，她出差了。"季岑风两只手交叠放在膝盖，目光直直地盯着许志成。

"哦？出差了，"许志成笑得眼睛弯起，"听说是去东问国了。季先生这么爱夫人，怎么没跟着一起去呢？"

季岑风目光瞬间阴沉了几分，语气却还是风轻云淡："辰逸事情很多，不像许叔，有那么多空闲时间。"

男人的言语像把看不见的利刃，精准地扎在了许志成的痛处。围观的人群中，有人没忍住笑出了声，那笑声像一个无意迸溅出来的火花，瞬间点燃了许志成的报复心。他今天是要来看这男人狼狈的，而不是让别人来看自己的笑话。

许志成阴冷地笑了起来，那低沉的笑声很快便转成了怎么也收不住的大笑，他笑得身子不住地颤抖，笑得仿佛要把从前的那口恶气狠狠地一次性吐出来。

一种令人毛骨悚然的冷意瞬间爬上了李原的后脊，他不安地看了一眼季岑风，而季岑风身形分毫未动。

"季岑风，"许志成像一只慢慢撕开面具的恶狼，"我想，你大概很爱司月吧。"

众人有些讶异，不懂许志成到底在说什么。季岑风手指有规律地轻点着膝盖，没有言语。

"不然你也不会亲自飞到 R 国，为她拍下那颗八千万美金的钻石。啧啧，当真是为了博美人一笑，舍得下血本啊。"

许志成迫不及待地看着季岑风。

可是季岑风只是轻轻地笑了一下，他手指微微收紧，抬眼望过去："许叔，看来你的消息并不灵通啊。"

季岑风否认许志成刚刚说的话。

利刃伴随着两个男人的言语你来我往，谁都知道，战场上谁先慌乱，谁就是输了。

许志成的笑意被季岑风重新压制住,可他今天就是要让季岑风痛苦的,就算季岑风不肯承认又如何。

坐在季岑风对面的许志成猛地站起了身,沙发摩擦在地面上发出了一声刺耳的尖叫,那更像是一声破釜沉舟的宣战。

许志成知道,这一步迈出,他将退无可退,从季岑风断了他们许家生意的那天开始,他就已经退无可退了。

许志成手指紧紧地握在了一起,阴森恐怖地朝着季岑风笑了起来:"既然你说我消息不灵通,那不知道季夫人的死讯,你有没有收到呢?"

季夫人的死讯?

一瞬间,所有人的呼吸全被这条劲爆的消息强势夺取,众人瞠目结舌地转头看向了那个纹丝不动的男人。

男人交叠的手指缓缓地分了开来,食指与拇指轻捻,解开了西装的纽扣。

许志成的心脏跳到了嗓子眼,却听到季岑风冷漠地反问道:"是吗?"

许志成想要什么?季岑风太过清楚,生意场上节节败退,便想着在其他方面做些手脚,不管是让你恶心还是要你难堪,季岑风见过太多这样的事情。

可是偏偏这一次,他的确感到了恶心,他没想到,许志成会下三滥到用这种虚假的噱头来试图激怒自己。

鸦雀无声的大厅里,季岑风慢慢站起了身,他偏头对李原说道:"看来今晚的晚宴是什么人都请,那我们也没必要在这里浪费时间了。"

李原立马会意,扬声应道:"好的,季先生。"

季岑风敛着平静的脸从许志成身边走过,只听见许志成森然地笑道:"骨灰明天就会运回国,季先生可要小心接着。"

李原想不出为何有人能这样恶毒地去诅咒一个无辜的女人,他脚步加快,一言不发地随着季岑风快步走出了大厅。

外面已是夜色浓重,季岑风脚步没停朝停车场走去。李原一路小跑着,率先到车前打开了车门。

司机一看人这么早出来了正要问话,李原朝他使了下眼色,司机立马会意闭嘴发动了车子。

季岑风上了车后,还是一言未发。李原知道,即使这事是假的,但是听到了总归会让人感到不舒服。

"季先生,"他犹豫了一下,还是转头说道,"要不要打个电话给司月小姐,虽然许志成都是瞎说的,但是听着也挺晦气的。"

李原说完后,小心翼翼地看着车后座的男人。他半个身子沉在昏暗的夜色里,飞速闪过的路灯在他脸上匆匆掠过。

"她自己要去的,有什么风险不应该自己担着吗?"季岑风声音沉沉的,没有一丝要打电话去问问的意思。

李原自知失言,眼神弱了几分:"对不起,季先生,是我多事了。"

车上再没人说话。

充足的冷气"呼呼"地循环在这宽敞奢侈的车厢里,李原无法理解季岑风的冷血,却忽然有些体会到司月小姐的难处,待在这种男人的身边,对你好时能为你不眨眼地拍下价值数千万的钻石,可一旦同你冷了脸,便也能叫你心寒失望、伤心痛苦。

车子缓慢地驶进明宜公馆,季岑风独自一人下了车。家里仍是灯火辉煌,有些人在与不在,又有什么区别。

季岑风上了楼,随手将外套脱下丢在一旁,然后便坐在卧室的沙发里。

家里静得吓人,没有人说话,没有人走动。灯光全部亮着,却比任何时刻都显得讽刺。

奇怪,从前他最喜欢这样,偌大的房子,明亮的灯火,他可以坐在客厅安静地思考,也可以站在湖边欣赏景色。

男人沉默地看着那张宽阔的大床,司月的枕头还安稳地放在右边一侧。她走了五天了,没给他发过任何消息。

季岑风有时候真的佩服司月。

她那些轻而易举的眼泪和那些明目张胆的慌张,是否只是用来欺骗他的障眼法。她用一种脆弱不堪的坚强,吸引着他的到来,再手法娴熟地将他骗入一张精心编制的温柔网。

她说夫妻之间没有信任是过不下去的,她想要他信任她,可他不明白,她有什么事情不能让他知道,非要让他选择相信她。

季岑风不理解,也无法理解,至少当年选择相信那个男人的岑雪,在一座荒废的破楼里,丢掉了自己的命。

季岑风在沙发里坐了一会儿,随后站起来朝楼下走去。

今晚没有风,湖边沉积了整个白日里的温度,正淡淡地发散着潮湿的热气。

季岑风一只手插在口袋里,一只手拿着手机,食指一下按亮屏幕,一下又按熄,一团光亮便不厌其烦地在他的腿侧闪烁,亮了又灭,灭了又亮。

他的眼睛始终一动不动地望着毫无波澜的湖面。

他不知道自己为什么要站在这里,不知道自己为什么没办法静下心来。他根本不相信许志成的话,一个字都不相信。

可是许志成的那些话却好像梦魇一样,反复地出现在他的脑海里。

司月死了。

怎么可能?

司月如果死了,他怎么会一点消息都没有收到?怎么可能是许志成提前知道?

可是他这次的确没有派任何人去跟着司月,她自己执意要去的,他凭什么要管她。可她怎么可能会出事,到东问国的第一天她就发了消息给王经理的,他也看到了。

她到了东问国,也的确被公司给她找的当地导游接走,顺利上了车。

怎么可能会出事?

季岑风胸口有些难以察觉地起伏着。

忽然,手机"嗡"了一声,他抬手拿起来,这才发现他不知什么时候按的时间太长,手机直接关机了。

那黑黢黢的屏幕上清晰地映出了一张冰冷的脸,季岑风看着那张脸顿了几秒,忽然重新打开了手机。

他拨了电话过去。

"对不起,您所拨打的电话已关机,请稍后再拨。"

电话没有人接。

此时东问国该是早上十点左右,司月怎么会在这个时候关机?

一种森然而又锐利的不祥感缓慢地爬上了季岑风的脊背,他忽然又想起了临走前许志成的那句话:"骨灰明天就会运回国,季先生可要小心接着。"

许志成如果真的只是为了恶心自己,那为什么会有骨灰运回国这么清晰的行程出现?他大可再说些其他不着调的话来打击自己,为什么偏偏要说骨灰明天就会运回国?

明亮的灯光下,站在湖边的男人手臂有些轻微颤抖,他挂断电话直接打给了王经理,要到了那个导游的电话。

一串陌生的数字赫然出现在季岑风的手机屏幕上,他指尖发白地握住手机,竟有片刻的害怕,害怕拨出这个电话。他分明就无法相信许志成说的任何一个字,却在司月电话打不通的一瞬间,慌了神。

"嘟嘟嘟——"

季岑风拨出了电话。

男人手臂紧绷放于身侧。

湖边不知何时起了风,吹着岸边两侧高大的梧桐树叶"沙沙"作响,晃动这一晚上暗潮涌动的前奏。

十声过后,电话接通了。

"喂,季先生。"阿力班说中文,句子是陈述句。

电话里的这个人,知道他的电话号码,知道他是季岑风,知道他会打过来。

季岑风一瞬间心脏停滞,他清楚地知道,如果什么事都没发生,这个导游不会知道他的电话,不会知道他姓季,更不会如现在这般沉默,沉默得仿佛做好了会接到他电话的准备。

"司月人呢?"他直接问道。

电话那头忽然传来一声沉沉的哽咽,季岑风觉得那好像一把刀子,缓慢而又折磨地插在他的心口。

"我问你司月人呢?"他有些按捺不住了。

"季先生,我、我真的对不起你。"电话那头的人忽然大声哭了起来,带着粗重的喘气声说道,"季先生,我真的对不起你,司月小姐来到东问的第一天的确是我去接的没错,但是当时她听说我第二天还有工作,就好心让我提前下了车。"

"那个司机跟了我很久,我以为、我以为肯定会没问题的!"

阿力班哭得厉害,声音嘶哑:"可是谁知道会出那样的事啊,我真的不知道啊,是司月小姐好心让我下车我才逃过一劫的,我这辈子都会感谢司月小姐的,我、我——"

"老子问你司月人呢!"季岑风朝电话里怒吼道。男人脖颈上的青筋根根暴出,眼眶猩红,所有的鲜血奔涌到了大脑。有那么一瞬间,季岑风觉得自己快要窒息了。

阿力班嗓子颤着，害怕道："季先生，我对不起你，司月小姐的骨灰早些时候已经送上飞机了，明天早上估计就到了。许先生说他是你的朋友，所以是他一手操办了所有的事情。"

"骨灰"两个字那么清晰地传入了那个男人的耳里，季岑风狠狠地挂断了电话。

这个人的话他一个字都不信。

季岑风头也不回地冲出了家里。

已是深夜，伴随着巨大的轰鸣声，一辆黑色的保时捷冲出了明宜公馆。

许志成参加完晚宴刚刚到家，许秋和她妈妈一起去度假还没回来，家里只有他一个人。

本来今晚是去给季岑风难堪的，没想到那个男人居然听到这种消息都能无动于衷，但许志成知道，季岑风是不见棺材不掉泪。等到明天骨灰盒运回黎京，他要亲自把"司月"送到辰逸的楼下，然后亲手打碎那个男人所有的尊严。

他实在是太过激动太过期待了，他简直无法想象那会是怎样的情景，季岑风会大哭着跪倒在所有人的面前，那个不可一世的男人痛失妻子，真是想想都让人觉得迫不及待。

红酒慢悠悠地倒入高脚杯，许志成一边喝着一边看着电视，忽然门口传来了"砰砰"的敲门声。

许志成有些不悦，起身走到监控处，居然是季岑风。

许志成不自觉地笑了起来，一想到明天这个男人的表情，心情已然是大好，更何况某些人上赶着来找羞辱。

很显然，季岑风有些信了他刚刚的话了。

可是许志成现在偏偏又不想告诉季岑风司月的事情了，他就要这样吊着季岑风、折磨季岑风，然后等到明天的时候，狠狠地打击季岑风。

许志成慢悠悠地打开了门，阴阳怪气道："哟，这不是岑风侄儿吗？辰逸这么忙怎么有空来——"

可他话还没说完，季岑风一拳把他重重打翻在地。

许志成打错了算盘，忘记了一件事。商场上你来我往，讲究计谋与智慧，而情场上爱恨纠葛，从来都没有那么理智。更何况，戳痛了那人的逆鳞。

许志成两眼一黑,重重地摔进了家里。

季岑风大步跨过去,一手狠狠卡住他的脖颈,手指深深陷在他脖颈两侧,低吼道:"许志成,司月人现在在哪里!"

许志成整个人都被打蒙了,吓得一句话都说不出来。

"你说话!"季岑风有些失了理智,用力地将他摔在后面的柜子上,又捞了起来,扼住他的衣领,"你说话!你是从哪里得到这些消息的!司月现在到底在哪里?"

许志成拼命地抓住季岑风的手腕想要从他的桎梏下挣脱出来,可是许志成一个六十多岁的男人怎么可能打得过季岑风。

几次挣扎无果之后,许志成也有些慌了喘不上气,扯着嗓子求道:"季……季岑风,我要被你掐死了!"

季岑风满眼狠厉地盯着他,随即重重地将他摔在了一旁的地毯上。

许志成蜷着身子拼命地咳着,他没想到季岑风会这样疯。

"我再最后问你一遍,"季岑风蹲下了身,恶心地看着许志成,"司月现在在哪里?那个导游和你说了什么?你为什么会认识他?"

许志成此时心里还存有一丝侥幸,声音断断续续地狡辩道:"你说什么导游,我不知道!"

"你不知道?"

"我就是不知道,我只是,我只是——"

可许志成话音未落,他的手机忽然响了起来,那串刺耳的铃声一下传入了两个男人的耳里,季岑风抢先一步拿到了手机。

"东问导游"四个字明晃晃地戳穿了许志成的谎言。

季岑风几欲要将那手机捏碎,那个导游竟真的认识许志成。

他缓慢地蹲在了许志成的身边,硬质的皮鞋踩上许志成的手掌。骨骼被强硬地碾在地毯上,发出"咔咔"的声响。

许志成痛得满脸狰狞,却看见季岑风阴冷地盯着他:"接电话。"

趴在地上的男人这下才彻底慌了,他身子不受控制地颤抖着,衣衫已湿尽。

"喂……"许志成声音瑟瑟,祈求对面的人不要乱讲话。

那边却"噼里啪啦"地一股脑讲了起来。

"喂,喂,是许先生吧?是我啊,阿力班。大事不好了!刚刚那个季岑风给我打电话了,要死了,我吓得一股脑就都和他说了。但是本来那个女的死也和我没关系对吧,许先生你说过会帮我保护我的,要不然我也不会和辰逸那边瞒着消息,还费那个力气把骨灰盒给你运过去。

"警察本来就不想管这事,结案后火化了尸体就叫我赶紧联系辰逸的人来领骨灰盒。是你答应要保护我,我才没和辰逸说,还千辛万苦帮你把骨灰盒运回去。许先生你可千万不能说话不算话,把我丢下啊!"

阿力班在电话那头说得振振有词:"喂,喂,许先生?你怎么不说话了?你不能反悔啊!骨灰盒都已经上飞机了啊!"

电话这头,许志成已经彻底吓瘫了,他身子抖若筛糠,头都不敢抬起来看季岑风。

男人一动不动地听着,忽然将手机用力地砸向了雪白的墙壁。

一瞬间,手机四分五裂,炸裂的碎片迸溅到了许志成的脸上。

许志成吓得连忙说道:"季、季岑风,我只是想帮你而已,没有别的意思。"

许志成哆嗦着就要站起来,手指着卧室的方向说道:"我、我给你看所有的文件,我只是想帮你把司月的骨灰运回来,我真的没有别的意思!"

手掌上的那只脚移开了,许志成连忙从地上爬起来,他没有工夫再去在意自己现在是否狼狈得像一条狗,他只知道,这个男人已经疯了,而他还不想死。

许志成踉跄着跑到了卧室里,从抽屉里拿出文件,浑身还止不住战栗:"这、这是所有的文件了。我真的没有骗你,司月死了,她到东间国的第一天就出车祸死了。"

"导游和我手下一个小助理认识,我才知道这个消息的。"许志成满头冷汗,"我只是怕你一下接受不了这个消息,才想着先帮你把骨灰运回来。"

季岑风死死地盯着文件。

许志成一颗心突突跳,小心谨慎地递了过去:"你看看。"

那是一份文帝警察局的官方结案报告,已经翻译成了中文。一场汽车老化的自燃事故,烧死了车上的一男一女。汽车和人都已经烧得不成样子,所有能看出零星原貌的物品全被一一拍了照。

一部烧坏的手机——司月的手机。

一个面目全非的钱包——司月的钱包。

还有半张烧焦的身份证,上面有一个扎着头发的女人,她眉眼弯弯的,朝着季岑风笑。

许志成看着面无血色的季岑风,颤声开口:"骨灰大概还有几个小时到,你、你要不要,自己去看看?"

黎京殡仪馆的骨灰领取处,灯光冷白到泛出令人炫目的恶心,阵阵寒意顺着冷寂的白墙蔓延,将这一片死气沉沉的空间包裹。

门是虚掩着的,工作人员开了锁之后,就识趣地离开了。宽大齐腰高的铁皮桌上,放着一方黑色紧闭的骨灰盒。

门口站了一个男人,他没有推开门。逼仄的走廊里,没有一扇通往外面的窗,那样高大的身影,孤立在这片沉重而又窒息的冷白光下,一切压抑得令人心头发颤。

时间被隔离在这片无声的空间里,季岑风有些记不清现在是几时几分,今天是晴天还是雨天。

文帝过段时间就会进入雷电多发的雨季,那时他应该已经把她带回家了吧。她一直害怕下雨打雷,没了自己,她要怎么安稳睡一夜。

他又给了司洵一笔钱,叫司洵带着李水琴搬去夏川住,离得远远,省得叫司月总是生气。

那么她现在在做什么呢?那里是几点钟?住在什么样的地方?吃得还习不习惯?心情还好吗?身体还好吗?

有……想过他吗?

她也真是好狠心,离开家这么久,为什么一个电话都不打,一条消息都不发?就这么恨自己,这么着急要离开自己吗?脑子里恍恍惚惚地忽然冒出来这些支零破碎的东西,他到底在想些什么。

似乎是看错,白炽灯下,那男人身子微微地晃动了两下,而后又站定。

门上那扇有些反光的玻璃映着一个模糊不清的轮廓,季岑风忽然从口袋里拿出了手机,转身拨通了一个电话。

一连三天,李原没离开这家殡仪馆。

第四天傍晚,他看见了那个离开又回来的男人。

还穿着那天走时的黑色西装,衬衫却已经发皱,他目光空洞地看着那扇合上的大门,脚步似乎飘在虚无的幻境里。

一片冷白的灯光,一片无言的沉寂。

季岑风慢慢朝那里走去，直到——直到那扇门，开启，又合上，将他彻底吞没。

光没了。

房间里很昏暗，季岑风远远地站在角落，再也动不了一步。

明明，明明没有声响的，那个黑色的盒子沉默地落在空旷的屋子里，他却好像听见她死前的哀号。

疼吗？疼吗？

大火燃起的一瞬间，爆炸发生的一瞬间，烈火吞噬活人，疼痛掩埋尖叫。

他的司月，到底疼不疼？

他不相信，不相信。

可又如何不相信？

那份他亲自去拿的文件里，清清楚楚地写着，司月。

结案的第二天，文帝的警方就迫不及待地将两人送进了焚化厂。那天他在做什么呢？季岑风怎么也想不起来了。

一场烈焰大火，烧断了他所有的可能性。

人证、物证、结案报告。

那张结案报告里的照片，是季岑风能看到的，司月的最后一面了。浓烈而又坚硬的黑色牢牢地附着在她的每一块骨骼上，她瘦弱的身子以一种极其痛苦的姿势紧紧地蜷缩在一块。

像不像那个晚上，那个他们彼此开始互相纠葛的晚上，她痛苦地跌坐在冰冷的楼梯间，他朝她伸出了手。

"司月，要不要，嫁给我？"

"司月，要不要，嫁给我？"

"嫁给我。"

"嫁给我。"

"嫁给我。"

从此以后，他把她牢牢地抓在了身边，她的小心翼翼，她的欢欣雀跃，她的痛苦悲伤，全被季岑风牢牢地装进了眼里。那个时候的季岑风如何知晓，所有同司月在一起的日子都不过是上天额外附加的馈赠。

而在今天的这一刻，季岑风彻底坠入地狱，他一无所有，他一败涂地。

他的司月因他而死。

廉价的名牌被随意摆放在司月的身边,银色的牌面上,潦草地写着她的名字。男人走近,轻轻捏起这名牌的一角,垂眸看着那两个小小的字。

司月。

是和他的名字一起写在结婚证上的司月,是被他抱在怀里亲吻的司月,是每天早上起来同他一起吃早餐的司月,是会永远温柔喊着"岑风"的司月。

也是,那个死在他面前的司月。

一滴滴鲜血顺着男人紧握名牌的指尖无声滴下。

多讽刺。

季岑风第一次相信司月,是在司月死去的这一天。

这一天。

他信司月死了。

也信自己死了。

肖川赶到殡仪馆的时候,看到那个跪在司月身边的男人。那个高大的身影消失在了这片阴冷的房间里,肖川看到了一个坠落深渊的灵魂,那灵魂被抽筋剥骨。

男人两只手圈着冰冷的盒子,他浑身颤抖,却又那么小心翼翼地保护着这个女人。

司月好脆弱,他连碰都不敢碰一下;司月好痛苦,却连哭也哭不出一声。

他怔怔地看着那个四四方方的盒子,一声又一声地轻喊着:

"司月。"

"司月。"

"司月。"

就好像无数条她曾经发给他的消息,他不回复,她就再也不发了。

可一切到底是怎么变成这样的?季岑风无从知晓,所有曾经的痛苦、折磨、高傲、执拗,像一根根尖锐的利刺狠狠地扎在他的心里。鲜血汹涌地从他的四肢百骸流出,流过他腐烂的肢体,这个男人被活生生地挖空了心脏。

"司月。"

他一遍又一遍地喊着。

他声音那么小,那么温柔,为什么那时还会睡在他身边的女人,如今变成了这方他认不出来的模样。

司月,你看看我,好吗?你看看我。我是你的岑风啊。

鲜血顺着季岑风的手腕浸湿了他的半片衣襟。

"小月亮,我们回家好不好?

"你妈妈放在家里的腌鱼我还没有吃,你不要说很好吃吗?司月,你跟我回家好不好?"

季岑风的手肘紧紧压在冰冷的铁皮桌面上,他害怕极了,司月为什么不回答,她是不是还在和自己生气?

季岑风声音低低的,仿佛在哄小孩子:

"司月,我错了,对不起。

"我不应该不回复你的消息,我每条都有看。我看到你的设计案通过了,司月你好棒。

"小月亮,我错了,你可不可以,和我说说话。"

男人声音强忍着哽咽,一遍又一遍呢喃。

"司月,对不起,是我来迟了。

"我重新买了结婚戒指,你回家就试一试好不好?

"司月,司月……"

声音混杂着浓重的哽咽,逐渐听不清他在讲什么。

跪在冰冷地上的男人彻底失了防线,他身子开始剧烈地抖动。

"司月,对不起……"

冷寂的房间里,不断回响着季岑风的对不起。

男人最后仿佛慢慢丧失了心智一般,机械地重复着:

"司月,对不起。

"和我回家好不好?

"司月,跟我回家好不好?

"对不起,司月,对不起……"

…………

肖川别过头去,没有办法再看下去。

那是一个不会说话的司月,那是一个永远不会同季岑风回家的司月,她永远不会再和季岑风互相折磨了,也永远不会原谅季岑风了。

季岑风说过的,他不会放过司月的,即使是互相折磨,他也不会放过司月的。

可是现在,司月死了,只剩下季岑风折磨自己了。

"司月,"鲜血浸湿的衣衫寒凉地贴在季岑风的身上,一滴眼泪直直砸入冰冷的地板,"司月,可不可以回来看看我?

"我是岑风啊。

"我有好好听话,认真吃饭,注意身体。

"你为什么还要离开我?"

那些曾经被他刻意忽视的短信好像一根根隐藏的引线,在司月死去的这个片刻,肆虐燃烧。

【岑风,按时吃饭,注意身体。】

【岑风,今天早上我去和客户见面了。你按时吃饭,注意身体。】

【岑风,我妈做了不少腌鱼放在冰箱里冷冻了,也不知道你喜不喜欢吃。你在外面按时吃饭,注意身体。】

【岑风,今天黎京下大雨了,没打雷。你按时吃饭,注意身体。】

【岑风,黎京美术馆十月一日动工,陈总邀请我去观礼,岑风,到时候我们一起去吧。你按时吃饭,注意身体。】

【岑风,设计案我好像做得还不错,你要不要回来看看。按时吃饭,注意身体。】

"司月,我还没有回复你的消息,你再给我一次机会好不好?"季岑风声音嘶哑,"司月,再给我一次机会好吗?"

男人手指麻木地按在那张没有温度的桌子上,缓慢地闭上了双眼。荒芜黑色里,他看见那个坐在楼梯间的司月,她曾经鲜血淋漓,绝望地朝他伸出一只手,如今却已面目全非,转身就要离开他。

季岑风慌张地想要牵上那只他怎么也抓不到的手,声线心恸破碎:

"求求你了。

"司月。

"我救了你那么多次。

"这一次……换你来救我,好不好?

"好不好?

"这一次……求求你。

"救救我。"

季岑风在那间屋子里不吃不喝待了整整三天,所有人来劝说他都不肯离开。

肖川最后无可奈何:"岑风,让司月最后体面地走,好不好?"

面色苍白的男人缓缓抬起头:"她要走去哪里?"

肖川心口猛跳,压着悲伤说道:"季岑风!你清醒一点,司月已经死了。"

季岑风机械般地转过了身子,手上的血液全部变成了黑色的血痂凝固,他手指小心地在骨灰盒的周边蜷动着生怕弄脏她。

男人的目光长久地凝滞,就像过去的每一分每一秒。在司月身边的时候,时间好像就停止了转动。

她不会离开,他会永远陪在这里的。

季岑风和司月,不会分开的。

他们再也不会分开了。

"季岑风!"肖川大步走过来,用力地拉着那个一直跪在地上的男人,"季岑风,司月已经死了,你这样又有什么用!你放手好不好!你让司月安心地走好不好!"

季岑风双眼麻木地看着肖川,似乎无法理解他说的话。

肖川让他再看看司月:"季岑风,你醒醒!你看看那里躺着的,不是司月,不是了!"

季岑风目光迟缓,巨大的痛苦猛烈地冲击上了他的心头。

季岑风忽然低低地笑了几声,好像是游走在夜晚的孤魂野鬼,发出令人无法理解的空洞笑声。

肖川忍着眼泪,伸出手又要去拉季岑风。

忽然一阵手机铃声响起。

目光麻木的男人眼里倏地亮了一下,没来由地生出一阵欣喜与惶然。

他手臂僵硬地从口袋里拿出了自己的手机,手掌内的伤口又一次撕裂流出了红色的鲜血。

季岑风的嗓子早已沙哑得不像话,沾满污血的双手不住地颤抖着。

"司月?"

他那般小心翼翼。

可电话那头的人似乎并没有听清他的话,一个男人十分有礼貌地询问道:

"季先生,M国家里的玫瑰花开了。

"您什么时候带司月小姐回家看看?"

第十二章

灰色月亮与纯真孩童

　　文帝小镇南边有一家野风旅馆，是一家三口开的，男主人是印尼裔，早年间移民到东问国，和妻子开了这家旅馆。

　　妻子是中国人，所以生下的一男一女各有一个中文名，阿野和阿风。

　　妻子前些年因为生病去世，男主人后来便把这间旅馆的名字改成了野风旅馆，交由两个孩子看管，自己去了东问国的首都打工。

　　旅馆平时生意并不十分好，毕竟一个偏僻的小镇子，没什么人需要住旅馆。

　　阿野晚上刚去卖了一批水果，一回到旅馆就看见阿风在看动画片。他上前揉了揉阿风的头，坐到电风扇前有些贪婪地吹着。

　　文帝晚上也同样是又湿又热，来回送一趟剥好的水果，整个人就像是掉进水里一样。

　　阿风一边看着电视，一边给他递了一瓶水："哥，喝水。"

　　他们在家讲中文，虽然妈妈死得早，但是家里说中文的习惯却一直保留了下来。

　　阿野拿起水瓶喝了两口，然后全部倒在头上，冰凉的自来水贴在他有些黝黑的皮肤上往下滑。

　　阿野长长地呼了一口气："热死了。"

　　阿风回头笑他，一本正经道："心静自然凉。"

"就会这一句，还会其他的吗？"阿野也笑她。

"妈妈没教其他的了。"

阿野随意地点了点头。

"关门吗？"动画片放完了，阿风走到门前问道。

阿野看了眼墙上的挂钟："还有一个小时才到十点呢，现在关了万一有客人来怎么办？"

"哥，都好多天没客人了。"阿风站在门口，晚风落在她身后，吹着她八岁的小身子晃啊晃的。

"你先去睡吧，我再等等。"阿野站起身子把她往家里推。

"那我先去睡了。哥，你一会儿也早点关门。"

"好。"

阿风看了一眼阿野，就往房间走，拖鞋"啪啪"的，有点吵。

阿野坐在阿风刚刚的位置上，看起了电视。

他和妹妹平时就住在店里。

这家旅馆并不大，一共就六个房间，他和阿风住一个，爸爸一年也只回来一次。

电视看到一半，阿野有些困了，打算关门。

"你好。"

忽然一个女声从黑夜里传来，阿野吓了一跳，身子抖了抖。

他朝门外看去，还真有个女人拖着箱子朝这边走来。

"请问，你会讲中文吗？"

阿野有些愣住了，他呆呆地站在门口，忘记了说话。

他从没见过这么漂亮的女人，一身简单到不能再简单的素色裙子，乌黑的头发同这夜色完美地融合到了一起，雪白的脸颊与四肢毫不吝啬地展露在湿热的晚风里，亮得好似天上的月亮。

"请问，你听得懂中文吗？"司月又问了一遍，她语气很慢，却掩饰不了里面的疲倦。

"听得懂，我听得懂。"阿野这才回过神来，"你要住旅馆吗？"

司月看着面前这个十八九岁的男孩，皮肤有些黝黑，穿着一件白色背心和大裤衩，个子高高的，瘦瘦的，有一种土生土长的蓬勃生命力。身上好像汗湿了一般反光，嘴巴笑开，牙很白。

但是司月没什么心思去了解他，只简单地点了点头："请问这里还有空房间吗？"

阿野连忙说道："有的，你一个人吗？住多久？"

司月推着箱子往里面走："我一个人，住……"

她犹豫了一下："明天我再告诉你我住多久可以吗？"

"可以可以。"阿野有些兴奋。他也说不上来是为什么，也许是家里真的很久没来客人了。

"要不要我帮你拎行李？房间在楼上。"阿野伸出手。他年纪虽然不大，但是经常干活，身上的肌肉不少。

司月两只手拎起箱子："谢谢，不用了。"随后便沉默地跟在阿野的后面上了楼。

这家旅馆的条件并不好，所幸阿野给她安排的房间却还算整洁。

一间不大的单间，水泥地，刷白墙，里面有一张小桌子和一张单人床，墙面看得出来原本是白的，但是顶上有不少发霉的痕迹。

"这里潮湿，发霉很正常的。"阿野看她抬头，有些紧张地解释道。

司月没有纠结这个问题，她把箱子放到墙角之后问他："这边住一晚上是多少钱？"

阿野挠了挠头，忽然不知道该怎么回答。本来之前和阿风说好了的，如果难得有客人来住，一定要多收些，但是他现在有些不想这么干了。

"一晚上五十铢。"

司月点了点头："那我还是明天告诉你我要住多久可以吗？"

"可以的，可以的。"阿野点了点头。

面前的客人却仍是站在门口看着他，有些要赶自己走的样子，阿野也不好意思多留："那个，我叫阿野。"

"嗯。"司月轻声应道。

她没说自己的名字。

阿野有些不知所措："那个，有什么事你就下楼喊我，我给你留个电话号码吧。"

他站在门口，想着一个不会说当地语言孤身一人的女人，应该是需要帮助的。

司月顿了一下："我手机被偷了。"

"被偷了？"阿野眉毛皱起，"怎么会，在这里被偷的？"

可是司月今天实在是太累了，发生了太多糟心的事情，她已经没什么力气再去解释，她现在只想好好地睡一觉。

"明天早上你在吗？"

"在的。"阿野回道。

"我明早可以请你帮些忙吗？我会给钱的。"司月说道。

"不用给钱的，帮忙而已。"阿野咧开嘴笑道，"那你明天早上下来找我，我就在大堂等你。"

"好的，谢谢。"

"不客气，晚安。"

"晚安。"

木门缓缓地关上，"咔嗒"一声，落了锁。

司月无声地在门口站了一会儿，她有些无法从一天的烦扰中迅速脱身。离开时的执拗与痛苦被她沉默地吞下，所有的情绪像一块沉重的石头，紧紧压在她的心上。

很长一段时间，她会忘记呼吸，那些痛苦的回忆总是会在不经意之间剥夺她求生的权利，却又常常在试图把她拖进深渊的下一秒，被她残存的意志打败。

待在季岑风身边的每一秒都是对她的煎熬，她知道，再待下去，她一定也会疯掉的。

安静的房间里，消瘦的身影在门前屏气站了很久，久到她终于可以把自己紧绷的神经完全地放松下来，久到她终于可以确定在这个地方，再也不会有人来打扰她。

这里没有季岑风，没有李水琴，没有司南田，没有司洵。

也没有——那个孩子。

司月又深又缓地舒了一口气，连带着她所有强撑着的毅力，全在这口气中，缓缓散去。

窗外月亮皎洁地照进狭小的房间里，司月拖着迟滞的脚步，走到了单人床边。床单是否铺了很久，身上是否全是汗液，她无暇顾及。

小床"吱吱呀呀"一阵轻言慢语，司月沉沉地陷入了雪白的床单之中。

好像无数个遇见季岑风之前的日日夜夜，她也是这般睡在那间租来的房子里。那个时候司南田还是会和李水琴吵架，司洵中途辍了学日日在外面鬼混。

好像真的回到了从前，她的身边没有那个男人。

她的生活乱得暗无天日。

只是那个时候的司月，还会喜欢看窗外的月亮。她知道她的人生不会这样永远地阴暗下去，她永远满怀期待地闭上双眼，等待着第二天的到来。

可是今天的司月，没有再看那月亮一眼。她昏昏沉沉地落入那张接住她的小床，浑浑噩噩地试图将自己从无边的痛苦摘出来。

她想要一个什么样的结果？她不知道。

她该如何去面对这一切？她不知道。

窗外的月光明亮地给那个女人披上了一条皎洁的被子，这一刻，司月沉沉睡去。

她实在是，太累了。

文帝的早晨只有七点之前还算凉快，七点之后，所有太阳直射的地方都像火炉一样炙热。

司月睡出了一身汗，额头爬满密密麻麻的汗珠。

她直接热醒了，后背已经湿了。

她偏头想看看窗外，却被这强烈的阳光挡了回来。

她昨晚没有拉窗帘，也忘了开空调。

司月在床上又躺了几分钟，实在是受不了了，只能起身去拉窗帘。

人走到窗户边，就能明显地感受到一股热浪，不由分说地裹上她的身子，她拉上窗帘，然后转身去了卫生间。

卫生间也很简陋，一个孤零零的淋浴头挂在马桶的对面，空间很小。

司月开了水，水却不小。

她没多磨蹭，脱了衣服开始洗澡。

带着些凉意的水珠打在皮肤上，然后欢快地顺着司月的小腿流进了下水道。

她闭上眼睛思绪彻底放空。

她什么都没有想，什么都没有做。她任由那水珠打在她的头发上，然后听着水流淙淙地从耳边流过。

什么都不用去想。

真好，真好。

早上十点的时候，司月下了楼。

昨天晚上没来得及看清，今天她才发现这家旅馆是真的很小。大门进来就是前厅，正中央放了一张大桌子和几把椅子，角落有一台十分老旧的电视机。司月甚至觉得像是十几年前的款式。

楼上一共四个房间，楼下两个，她下楼的时候，正好看见一个小姑娘正坐在桌子边一边做着什么，一边津津有味地看着电视。

司月一下来，小姑娘就发现她了。

小姑娘甜甜地朝司月笑了一下，牙齿白白的，倒是和昨天那个人有些像。

"客人你起床啦！"阿风说着话，手上的活也没停。

司月走近了才发现她好像是在编织什么工艺品，手法很是娴熟。

"请问——"

"我哥哥去送货了，马上就回来！"阿风两条腿有些惬意地晃了起来，说完便又对着动画片看了起来。

司月沉默地点了点头，就要上楼去。

"你起来啦！"一个男孩的声音忽然从门外传来。

司月转过头去，看到了阿野。

他换了件黑色的汗衫，还是条白色裤衩，整个人汗津津的，带着些外面的热气走进来。

"我早上看你还没起，就先去镇里送了一趟货。"阿野摸了摸阿风的头，然后朝司月走去，"你没多等吧？"

司月摇了摇头："我想请你帮忙。"

"没问题，"阿野给她拖了张椅子，"你坐着说吧。"

司月坐过去，看见阿野把大堂里的电风扇设置了摇头，不再只对着阿风吹。一阵凉风吹过司月的发梢，带走了闷热的湿气，她轻轻地舒了一口气。

"房间里面有空调，外面我们一般不开，全天开着太浪费了。"阿野笑起来就露出一口白牙，看起来过分真诚。

"请问，你可以带我去买一部手机和一张电话卡吗？"司月语气礼貌到疏离，即使阿野再怎么热情，她都好像刻意地与所有人保持着距离。

可是阿野却毫不在意："可以，对了，你昨天说你的手机被人偷了？"

"嗯。"

"我们这里治安还不错，没什么人丢过东西。"

"不是这里的人。"司月不想同他解释太多。

昨天发生的所有插曲根本就是不重要的。导游半路要求下车，快到终点司机又加塞带了个女人。

司月本没有任何意愿和这些很快就不会再见面的人争执，谁知道到了文帝小镇一下车，她才发现自己的钱包和手机被人偷走了。

可当她想要再去找的时候，司机早就开着车同那个女人消失不见了，她甚至怀疑，那个女人根本就是和司机一伙的。所幸她出关的时候把护照从钱包拿出来还没来得及放回去，所以丢失的就只有手机、身份证和一些现金。

"那你原来的手机不想找回来了吗？"阿野问她。面前的女人今天穿了一条白色的裙子，宽宽松松的，走起路来只露两截细细白白的脚踝，整个人淡雅又飘逸。

"不要了。"司月没有想联系的人，身份证也可以回国之后再去办，丢了也好，倒是与国内的联系断得干干净净，合了她的愿。

行李箱里放着她携带的大部分的当地货币，本来应该在到东问国的第一天就按照王姐的嘱咐存到银行里的，可是司月看着这两个孩子，却生出了莫名的信任。

她也懒得去存了。

司月算了一下，她身上的钱还算是多，在这里住上半年绰绰有余。公司当真是没有想到这里这样穷，住半年的旅馆也花不了那么多钱。

"你等下，"司月忽然站起了身子，"我上楼给你拿钱。"

"什么钱？"阿野摸摸头问道。

"房费，"司月一边朝楼上走去，一边说，"我要在这里住半年。"

伴随着楼梯"吱吱呀呀"的声响，司月的脚步远去，楼下的两个人同时瞪大了双眼。

"哥——"

"阿风——"

两人异口同声：

"她要住半年！"

"她要住半年!"

下午阿野就带着司月去买了一部新手机和新的电话卡,司月对手机要求不高,能打电话就行。

"这是我的电话号码,你有事情可以打这个电话。"阿野和司月两人回到旅馆里,阿野大口大口地喝完冷水说道。

"你的手机号码吗?"

"不是。"阿野用手擦了擦嘴,然后指了下大厅角落里的那部红色座机,"我没有手机,这个是旅馆里的座机号码。"

司月看着他,这才想起来这里不是国内,而是一个经济落后的小镇子。

"对了,你还没说你叫什么呢?"阿野问她,他还是没忘这个问题。

"司月。"司月淡淡应道,并没有任何掩饰的意思。

"司月?"阿野一点没在意她语气里的冷漠,把她的名字又念了一遍,"哪个司?哪个月?我不太认识中文。"

司月抬头看着他。

她是真的发现这个人热情得过分,就连太阳照在他脸上,都能同他共生辉的样子。

"司法的司,月亮的月。"

"啊,月亮!"阿野忽然笑了起来,好像想到了什么似的开心地念道,"真是好名字!"

司月没搭理他,一个人折身走进了大堂。

阿风还是在做手工活,一刻都没停。

司月正要上楼去,忽然阿风抬起头喊她:"姐姐。"

司月有些讶异地回头,才发现阿风真的是在喊她,这里的人为什么都这么自来熟?

"姐姐,房间我帮你整理过了,我在你桌子上放了刚摘的小花。"

"……谢谢。"

"姐姐,你午饭吃什么?"

司月驻足在楼梯前:"不知道。"

阿风一听这回答,迅速地回看了眼阿野,然后笑呵呵地问她:"我们这里有卖简单的餐食,你要不要买?"

原来是为了做生意。

司月转过身子朝楼上走去："谢谢，不用了。"

阿凤吐了吐舌头，去看阿野。

"让你瞎说话。"阿野轻轻敲了下她脑门。

"我就是想多赚点钱嘛。"阿凤也不恼，没有半点不开心，"哥，你今天晚上还要送水果吗？"

"要。"

"带我去趟镇里的超市吧。"

"干什么？"

"我糖吃光了。"

阿野："……下次少吃点。"

阿凤有些耍赖地抱着阿野："哥哥最好了。"

可她话还没说完，忽然上楼的人又折返回来。

"你们什么生意都做吗？"司月站在楼梯上望着这两个人。

阿野连忙把阿凤从自己身上摘下来："是啊，能赚钱的都做一些。"

"你们知道这个镇子附近有一片从前殖民地留下的建筑遗迹吗？"

"你说马古城？"阿野问道。

"就是那里。"司月本来并不抱希望，没想到他们真的知道。

"我知道，以前爸爸在的时候带我们去那里玩过，很大一片，没什么人去那里。"

"我给你钱，你给我做向导怎么样？"

阿野看着她远远地站在楼梯上，大堂里的暖风时不时地扬起她的裙摆，就像一个从天上来的人，即使那样疏离而又冷漠，却还是让他忍不住要靠近。

"没问题。"阿野一口应下。

那天晚上阿野送完最后一趟水果，从镇里的超市带回了两样东西。

一袋色彩鲜艳的糖果被丢在大堂里看动画片的阿凤面前，一张纸质的地图，是要送给司月的。

阿野上了楼，在门口敲了敲。

司月开了门，她头发还湿着，像是刚洗完澡。房间里开了空调，很是凉快。

阿野有些紧张地笑了下，然后把手里的地图递了过去。

"给你。"

"什么？"司月低头看去。

"马古城的地图。不知道你想要看哪一块，所以买了张地图给你。"阿野眼睛有些不自然地眨了眨，后背又出汗了。

地图被他一直小心握在手里，却没有一点褶皱。

司月接了过来，声音轻轻的："多少钱？"

"十铢。"

"等下，我去拿。"司月说着就转身去拿钱。

阿野这才反应过来，连声说着："不要不要不要。"

"为什么不要？"

"这、这是我送给你的。"阿野有些结巴。

司月看着门外那个有些红了脸的人，沉默了两秒。她不想因为这些小事和人争执。

"谢谢你。"司月收了下来。

她没有和人深交的欲望，没有和人交谈的欲望，即使她知道阿野和阿凤都是善良热情的人，但她已经紧紧地将自己的情感束缚了起来。

她不敢释放任何情绪，不愿释放任何情绪，因为她知道，这是唯一能够保护自己的方法了。

接下里的几天，司月都跟着阿野去了马古城。

马古城说是一座城，但其实是十数个建筑群，分散在文帝小镇的周围。每个地方都互不邻近，所以想要把这一片全部看完，着实没那么容易。

阿野的确像他说的那样之前来过这里，很多地方他都记得，即使不记得也能快速地从地图上找到对的方向。

一天中的大部分时间司月都一声不吭地在那里拍照，阿野时不时地会说一些他知道的东西，司月也就认真地记下来。

他们并不常说话，准确地说，是司月并不常说话。

阿野有时候也觉得自己聒噪，说着说着，也就安静了下来。他乖乖地坐在一处断垣残壁上，太阳炙热地照着那个白皙的身影，她弯下腰查看角落，她扶着墙头寻找角度。

更多的时候，她在一张张地拍摄照片。

她有一台非常厉害的照相机，阿野只在电视里看到过。

她和他们不一样。

阿野知道。

今天去的这一片城区离家里有些远，到家的时候天色已经黑了。

阿风见到两人十分熟稔地喊人："哥哥，姐姐，你们回来啦！"

司月已经习惯，点了点头，一只手拿着相机就要上楼。

忽然，阿风"咝——"了一声。

司月止住脚步回头看去，小姑娘的脸拧成了一团，左手往嘴边送去。

"又划破了？"阿野紧张地上前。

阿风用力地嘬了一口伤口，然后朝阿野扬扬："好了。"

她脸上笑容不减，身子还随着电视里的音乐晃动着，被她嘬过的手指头却又开始流血了。可是阿风却好像已经习以为常了，她又用力地嘬了一口，便重新捡起了桌子上的工艺品。

楼梯又响起了"吱呀吱呀"的声音。

阿野收回了自己的视线，坐在了阿风的身边，帮她一起做手工："晚饭吃了吗？"

"吃了。"阿风手上的活不停，血又流出来她就再嘬一口，"早上的饭热了一下。不过，姐姐还是这样吗？"

阿风眼珠子机灵地转向他，阿野也回看她，眨了眨眼睛。

好像的确还是这样，人有些冷漠，不想多说话，好像被一层灰色的东西盖住了，整个人沉闷得厉害。可是阿野分明觉得她不是这样的，她眼里的东西不一样，好像月光一样，好像她名字一样，该是很温柔的，会笑的。

"哥，"阿风见他发呆，忽然贼贼地笑起，往他身边凑去，"我要问你个问题！"

"什么？"阿野有些心不在焉，不知道在想什么。

"你是不是——"

"吱呀吱呀！"

阿风话还没说出口，楼上的人忽然又走了下来。

阿野和阿风都有些吃惊，因为司月一般晚上回房间后就绝不会再下来了。

可是司月没有在意他们的惊讶，她在阿风的身边坐了下来。

"左手受伤了，是吗？"她手里拿着消毒药水和创可贴。

阿凤吓得有些愣神了，看着坐在她身边的司月，只会痴痴地把手送了过去。

司月轻柔地抓着阿凤的左手。

那不是一双小孩子应该有的手，上面伤痕累累，一个又一个茧子重重叠叠在幼嫩的手指上。

司月没有回应他们的惊异，她低着头，拆开了一根棉签，蘸了蘸消毒药水。

阿凤的身子倏地僵在了原地。

敞开的大门送来了微微清凉的晚风，温柔地卷起司月垂下的发丝。她目光专注地看着手上的伤口，动作小心而又轻柔。冰冷的药水似乎也沾染了她罕见流露出来的温情，慢慢地渗入了那道还在流血的伤口里。

阿凤看着司月，有些丢了魂似的，嘴里喃喃道："姐姐，你好像我妈妈。"

那个清瘦的身影狠狠一顿，声若浮丝般问道："你说什么？"

一种陌生又汹涌的情绪忽然涌上阿凤的心头，她有些控制不住，声音哽咽道："姐姐，你好像我妈妈。"

阿凤从前常常半夜爬到阿野的怀里。阿野会从浓浓的睡意中醒过来，摸摸怀里的小脑袋，总能摸到一手的湿意。

最开始他还会问："怎么了？"

后来阿野也不问了，他知道阿凤怎么了。

她想妈妈了。

他也想。

可是这么多年过去了，妈妈好像变成了一个遥远的符号，他们可以随口提起并不会有太多的波澜，也可以很久不谈，却从未在心里把她忘记。

八岁就知道要做各种零工给家里赚钱的阿凤更是知道，她没有属于这个年纪的童年，她没有可以肆意玩耍的空闲，更没有可以撒娇耍赖的对象。

哥哥很好，可是哥哥再好，也不是妈妈。阿凤甚至有些不记得，妈妈是什么样子了。

太久远了。

妈妈也会这样轻柔地抓着她的手指帮她清理伤口吗？也会关心她到底疼不疼吗？

妈妈走的时候，她还太小了，她什么都不记得。

可是当司月握着她手指的那一瞬间，阿风却情不自禁地流了眼泪。她还太小，即使伪装得再好，再不想让阿野担心，也没有办法在这样的情况下欺骗自己的心。

司月那样温柔，轻轻握住她的手指，仔细地给她清理伤口。

阿风想，如果妈妈还在的话，一定也是这样的。

那晚过后，有些东西就变了。

每日出现在司月房间里的，不再局限于各种颜色鲜艳的小花，有的时候会是一只竹编千纸鹤，有的时候会是一张铅笔手绘。没有什么价格昂贵的东西，却让司月每天回家的时候，总会生出期待。

而白日里，司月还是会每天和阿野一起去马古城的各个遗迹采风拍照，但很多时候她会在经过镇中心的超市时，给阿风买一点零食带回去。

从前阿风只吃那种最便宜的、色彩鲜艳的糖，但司月会给她买其他的。

"司月，那个，"阿野站在她身后，有些不好意思地挠挠头，"不用总是给阿风买零食。"

阿野并没有随着阿风一起，喊她姐姐，他还是喊她的名字。

"为什么？"司月还在挑着，"小孩子吃一点零食应该没事的。"

司月转过头来看着有些局促的阿野问道："还是说，阿风有什么基础疾病不能吃零食？"

"没有没有，"阿野立马说道，"只是……"他脸色黑，难得见到一些酡红。

司月知道他在想什么，转过身去拿了几袋饼干："我给你们也添了不少麻烦，这些也是应该的。"

司月察觉得到，不知不觉间，人与人之间的感情还是慢慢地杂糅在了一起。但是很奇怪，那些廉价而又简单的礼物，却让她一次次感受到了不含任何杂质的真诚。没有人要求有任何回报，每个人却又那样心甘情愿地付出。

两人傍晚时分到了家，阿风早就坐在门口等着，一见到路上有人影出现，小身影就飞奔冲向司月。

"姐姐！"阿风一下抱住司月的腰，她生得瘦小，八岁却还像是六岁的身形。

司月摸摸她的头："回家了。"

阿野看着两人的背影，嘴巴不知什么时候咧开无声地笑了，笑得眼睛眉毛都扬了起来，少年握紧手，快步跟了上去。

"哥哥，这批手工我做好了，明天给超市送去。"

"行，你做完这批就先别做了。"阿野一边端着饭菜放到桌上，一边说道，"最近家里收入挺稳定的，爸爸前几天也寄钱回来了，你就在家休息几天吧。"

司月帮着收拾了一下桌子，她好像今天才意识到，阿风每天都待在家里从没有出去上过学。

"你没有去上小学吗？"司月问道。

阿风忙着把工艺品往袋子里装，声音带着喘："没钱不上。"她说完抬头"嘿嘿"朝司月笑了一下，又去装工艺品。

司月转头去看阿野。

"我也没读过书。"阿野站在桌子旁边看着司月，他不知道在想什么，眼神里有一闪而过的低落。

他从前从没觉得不读书有什么，这里的小孩都是这样的，会说当地话，有一门手艺就够生活一辈子的了。

那些数学、英文，学了也只是浪费钱，但是在司月看向他的那个瞬间，阿野忽然生出一丝莫名的悲哀。他很难讲清楚是为什么，好像她太好了，而他差得太多。

"家里想想办法也不能去读书吗？"司月又问道。

"读书没用的，姐姐。"阿风直起身子，把装满工艺品的袋子拎到墙角，然后坐到了司月的身边，"我读书就没办法帮哥哥挣钱，而且读书了也没用，这里的人雇不起读过书的人。"

阿风的皮肤也是黑黑的，两只小眼睛却总是闪着光，很少像那天晚上那样掉眼泪。

司月看着她，心里不知道是什么滋味。

三个人吃了晚饭，司月帮着收拾了碗筷。

"不用啦，你是客人而且你付过钱了。"阿野要去拿她手边的碗。

"没关系。"司月打开水龙头避开了他的手。

阿野嘴角动了动，点了点头。

简陋的厨房里，穿着无袖衫的男孩靠在水泥墙边，他头微微低着，看着面前的女人。

她今天穿了一件黑色的短袖，衣角塞在浅色的贴身牛仔裤里。乌亮的长发被她随手盘起，整个人笼在这朦胧的月色里，好像就连垂眸的片刻，都美得惊心动魄。

他没见过这么漂亮的女人。

又或者他见过很多。

送水果的目的地旁边就是一家做不正当生意的理发店，那里常常站着许多浓妆艳抹的女人，她们个个都化得好漂亮，像画报上的女郎一样漂亮。

可阿野却总是情不自禁地，看着司月。

她来东问国一个月有余，同他们说的话却并不多，她总是喜欢淡淡地把人拒之门外，所有可能踏入她心里的道路都被她自己紧紧堵死。

但是这段时间，她变了。

她会在楼下和他们一起吃饭，会给阿风买零食，也会帮着他们做一些事情了。

阿野知道，这才是真的她。

"司月。"阿野开口。

司月冲着手里的泡沫，低低应了声。

"半年后，你就要回去了吗？"

"……嗯，会离开。"司月会离开，只是她无法保证，会回从前那个地方。

狭小的厨房里，热气蒸腾，阿野额头上的汗好像断了线的珠子，一颗一颗朝下滚落，可他却没有伸手去擦，只任由汗水掉下。

"你不开心。"阿野说道。

他想说这句话很久了，司月不开心，可是她从来也没有发过脾气更没有哭泣过，她那么正常地和所有人说话、交往，但是阿野却一直觉得，她不开心。

甚至，她很痛苦。

司月听言，没有说话，她把最后一个碗冲洗干净放到架子上，然后擦干了手。

她身子慢慢转过来，看着阿野，认真地说："嗯，我不开心。"

司月没有否认。

"找个人倾诉的话，会好很多。"阿野擦了擦头上的汗。

司月并没有他以为的那样朝他生气，嫌他多管闲事。

"嗯。"司月点了点头，如果能找到的话。

月光安静地流淌在这间简陋的厨房里，阿野却第一次觉得，这里这么明亮。

第二天，司月要去文帝最北边的那片废墟，阿风结束了手工活，缠着阿野求他带自己一起去。

阿野有些为难地看了看司月，又看了看阿风："阿风，我们是去工作的，没办法带你去玩。你到了那里也只能坐着晒太阳。"

但是阿风还是不撒手，两只眼睛像小鹿一样朝上看着旁边的司月，湿漉漉的，透着哀求的意思。

司月朝她伸出了手："走吧。"

"耶——"阿风一蹦三尺高，直接扑到了司月的怀里。

北边的废墟果然是最不值得去的一处，即使司月来的时候已经有所预感，但还是被眼前的情景震慑到。

原本一片片高大的建筑在炮火的摧残下一点也看不出最初的面貌了，到处都是断壁残垣，这一处的建筑面积并不算小，却是损坏最严重的。

文帝政府根本不在意这些历史遗迹，光是顾着自己国家的人口存活问题都已是自身难保，谁还有精力来保护修缮这些建筑。

司月让阿野带着阿风在这附近玩，她一个人去拍照就好。

阿野之前给了她地图，她现在已经能认路了，而且这一片大多是废墟，视野开阔，几个人只要不走远都能看到。

阿野反复和司月确认了她一个人可以，他才带着阿风去玩。

阿风兴奋坏了，拉着阿野的手好像一只野兔子，走路连蹦带跳。她以往每日就是在旅馆看店，顺便做些手工活挣钱。阿野才是最辛苦的，运水果累极了，炎炎烈日下顶着几十公斤的水果走一两个小时都是常态，所以阿风从来也没抱怨过，她想出去玩，却也不敢出去玩。

可是姐姐却像一个从天而降的仙女一般，给了他们这么一大笔钱，还对他们这样好。

司月不知道，阿风这几天晚上睡觉，已经开始"姐姐，姐姐"地说梦话了。阿野听到过几次，他翻身看着窗外皎洁的月光，睡不着。

这几日的文帝气温逐节攀升，前段时间三十七八摄氏度已是难忍，今天的温度已经直逼四十二摄氏度。

司月在烈日下拍了两个小时照片已经是衣衫尽湿，弯腰久了再站起来，差点没稳住就要跌坐在地上，还好旁边有一处半人高的石柱子挡了一下。

司月躲在那片石柱子的阴影下休息了两分钟。

她左右环视了一圈，发现这里实在是没有什么有意义有价值的东西可以拍了，便朝着阿凤、阿野的方向喊了两声："阿野——阿凤——"

那边的人一听到声音立马回过了头。

阿凤更是，当下便丢了一块攥在手里的石头，朝着司月的方向跑了过去。

司月刚要站起来，阿凤一脸担忧地扑到了她身边，低声拉着司月的手问："姐姐，你受伤了吗？"

小丫头身子动来动去地寻找司月受伤的地方，倒是先把司月逗笑了。

司月一只手拿着相机，一只手拉阿凤的手连忙说道："我没受伤，我只是坐在这里休息而已。"

阿凤一听，整个人跪坐在司月旁边，脸颊不自觉地红了。

"姐姐，"她声音软软的，"我还以为你受伤了。"

司月看着面前这个小姑娘，一瞬间，好像看到了曾经的那个男人，那天她从小山坡上摔了下去，他并没有像阿凤这样第一时间跑过来，关心地问她："受伤了吗？"

他只是看见了温时修，他只是不服气而已。那些曾经被司月刻意忽视的低落，忽然密密麻麻地浮上了心头，拉着她的情绪想要重新坠入深海。

只不过那时的司月，失去了自我，她为了那些不值得的人，笑着吞下了所有的难堪。

"姐姐？"一个稚嫩的声音又在司月的耳畔响起。

她目光落在嘴角高高扬起的阿凤脸上，一双清澈而又明朗的眼睛里，像有一池澄澈的湖水。

司月思绪收回，站起了身子："走吧，今天结束了。"

"结束了？"阿野也走了过来，"今天这么快吗？"

"嗯，这一片没什么好拍的。"司月点点头，"对了，你是不是说镇子西边有一家华人超市？"

"是的。"阿野连忙应道，"今天要去买些东西吗？"

"今天时间正好够，我们去买些东西吧。"司月拉着阿凤朝前走。

"好。"

从路边拦了一辆小三轮,三个人上了车。

荒芜的路边卷着迷眼的黄沙,燥热的天气蒸腾着人身上的最后水汽。司月沉默地看着路边飞驰而过的风景,她离开季岑风一个多月了。

他没来找过她。

也对,她的手机已经丢了,又或许,即使她手机没有丢,他也不会来找她的。

司月曾经以为,那几个人就是她生命中最重要的人,她曾经那么放不下、割舍不掉的人,可看看现在,她离开了那么久,世界不还是一样在平稳地运行吗?

她离开了他们不会死;他们离开了她,也是一样。

司月心头一阵难言的苦涩,她好像应该明白这个道理,却又不知道该如何接受这个道理。

三轮车很快就到了华人超市,里面放着司月熟悉的中文歌。

阿风好奇又紧张地跟在司月的身后,看着她挑选商品。她也许曾经吃过这些,但她不记得了。

司月买了一些面条、饺子和酱料,然后结了账。阿野执意要帮她拿,司月也就没拒绝。

这里离家很远,三个人站在商店对面的沙地上等车。阿野不知道从哪里搬来了一块大石头,叫司月和阿风坐过去。

"你呢?"司月问他。

阿野嘴一咧,露出一口白牙:"我不坐,习惯了。"

司月刚想再说,忽然阿风低低地喊了她一声:"姐姐。"

司月转头去看她:"怎么了?"

阿风眼睛小心翼翼地看着她那台照相机:"姐姐,你的照相机……"

司月看了眼自己手上的相机,立马会意,她拿起相机对着阿风:"想要拍照是吗?"

谁知道阿风着急地把自己的脸挡了起来:"不是的,不是的。"

司月放下摄像机,有些不明白。

阿风脸颊红红的,声音也透着犹豫:"姐姐,我们三个人拍张照好不好?"

司月有些愣住,没想到阿风是想要三个人拍一张照,而并非是要她自己的独照。

阿凤见司月有些犹豫，绞了下手指还是说道："姐姐，你只住半年就要走了，我怕以后想你，连张照片都没有。"

炎热的天气里，她的声音像是轻盈的风，灌在司月的耳里。

"为什么会想我？"她仿佛知道那个答案她不敢听，可她还是问了出来。

阿凤眼里霎时有了些泪花："姐姐，你很好，我舍不得你。"

她的人那样小，眼泪却那样真。

一阵风忽然卷起，地面散落的泥沙低低地在脚边打起了旋。

司月一瞬间有些看不清了，她不知道到底是这些简单直接而又真诚的情感更为珍贵，还是那些耗费了她所有精力、情感甚至心血去维护的情感更为珍贵。

她曾经那样一厢情愿地付出，司南田、李水琴、司洵，甚至于季岑风，她一次次地被索取，就一次次地陷得更深。

可每当她一次次地陷得更深时，却也发现那感情越发脆弱，脆弱到她和他之间不能去提任何有关信任的事情，脆弱到他要完全掌控有关于她的所有事才肯罢休。

司月曾经以为，爱会叫人变坚强，会带着她走出那片沼泽地。可是那个男人却亲口告诉她，他和她之间，不可能。只要他们在一起一天，她就得战战兢兢，如履薄冰，稍有不慎，就锥心刺骨。

可是她实在是吃下了太多太多的苦头了，所有那些被她强求的、挽留的爱意都十倍百倍地叫她感受到痛苦。

司月曾经以为，她可以一直撑下去的。

直到那个孩子的到来，直到那个孩子的离开。

失望从来都不是一瞬间，它存在于曾经失落无助的每一个瞬间。

不远处的超市里，不知何时，换了一首弦子的《舍不得》。

悠扬通透的声音，轻轻扬起在这片炙热寂寥的土地上。

　　我舍不得，可是时间回不去了
　　爱你很值得，只是该停了
　　没有我，你要好好的
　　我舍不得，最后一次抱紧你了

我们错过的，错了就错了
　　不用担心我
　　我不爱你了

　　司月呆呆地望着歌声传出来的地方，目光失了神。

　　东问国九月，赤道一如既往地炎热潮湿，太阳却在这一刻停止了转动。

　　世界霎时平静，仿佛在等一个无足轻重的决定。

　　失望，从来不是一瞬间的事。

　　离开，却是。

　　一滴小小的、晶莹剔透的泪珠无声地滑过了那张白皙的脸颊，时间恢复行走，太阳重新转动。

　　灰尘不依不饶地扬起在炙热的阳光下，阿风不解而又有些慌张地看着那个自从来了之后，从来没哭过的姐姐。

　　她正站在路边，无声流泪。

　　她小手紧紧地攥起，听着那超市里的音响继续唱着：

　　我们错过的，错了就错了
　　不用担心我
　　我不爱你了

　　卧室里，厚厚的窗帘阻绝了一切的阳光。有一个男人安静地坐在那张沙发上，他或许死了，他或许没死，只有他自己知道。

　　他苍白的指间夹着一张单薄的、轻透的问诊单，上面潦草而又随意地写着"生化妊娠"。

　　原来，那天他们失去了他们的孩子。

　　原来，那天她刚刚失去孩子，所以她伤心、冷漠、不愿意理他。

　　原来，他错得那样不可原谅。

　　一滴眼泪从男人的眼角滑落，他身子轻轻颤抖。

　　阿风伸手想要给司月擦眼泪，她却拉起阿风的手低头朝阿风笑了笑。

愧疚与悔恨像一只日益增长的怪兽，拖曳着季岑风渐入不见天日的地狱。司月却觉得来到这里的这么多天，没有一天像今天这样晴朗。

"司月，我错了。"男人的声音混浊沙哑，他是不是说给自己听，或许也说给司月听。

司月随后擦了眼泪，把照相机立在了马路的一边："阿野、阿风过来，我们一起拍一张照片。"

黑暗里，一只手轻轻地松开了那张问诊单，纸张单薄而又残忍，轻轻坠入无边地狱。

阳光下，司月微微俯身去看那相机里的合照，阿风抱着司月的胳膊，他们三个人笑得那样开心。

季岑风闭上了眼睛。

司月看向了远方。

"司月，等我陪你看完美术馆的开工，我还是想亲口和你说声抱歉。"

"岑风，我决定了。从此以后，我要向前走了。"

✦ 第十三章

停下的风与向阳的月

黎京美术馆十月一日开工,还是去年季岑风带司月去看过的那片场地,如今已经全部被夷为平地,上面开了七八辆挖掘机,每辆挖掘机的上面都挂了一条大红绸缎。

黎京市的领导和几个项目负责人上台发表演讲。开工现场并没有多少观众,大多都是一会儿就要上工的工人,有一搭没一搭地听着,更多的只是在玩手机。

黎京十月还是很热,一辆迈巴赫已经静静地停在这里一个小时了。

驾驶座没有人,只有后排坐了一个消瘦的身影。

那人从一开始就一动不动地看着开工仪式的现场,上面的人说了多久的话,他就听了多久,久到好像要把那话背下来一般,好让他见到她的时候,再说给她听。

瘦到骨节凸起的手指缓缓地抚在一个黑色的盒子上。

他陪着她的,她想要他陪着她的。

一阵"噼里啪啦"的鞭炮声后,黎京美术馆的开工仪式结束。

司机从一旁上了车,听见季岑风低着头对那方小盒子温柔地说道:"司月,做得漂亮。"

驾驶座上的男人额头生出一阵冷汗。

自从司月去世之后,这是季岑风第一次出门,瘦脱了相的身形穿着笔挺精致的西装，夏日里凝出萧瑟苍白的寒意。

季岑风遣散了家里所有的人，这是司机最后一天为他工作。

"先生，回家了。"司机说。

季岑风点点头，同"司月"说道："我们回家了。"

一路上，季岑风没有看一眼外面的风景，一直低头看着那个小盒子。

车子一路顺利地开回了明宜公馆，季岑风在门口看见了肖川。

司机朝季岑风最后鞠了一躬："再见了，季先生。"

季岑风朝他点点头，然后缓慢地抱着盒子朝家里走去。

"季岑风。"

男人脚步未停。

"季岑风！"肖川上前拉住了他。

肖川那么轻易地就拉住了季岑风，因为那个男人现在更像是一副行走的骷髅。

"你答应我不会做蠢事我才同意不管你的，"肖川手上松了力，"但是你为什么把所有人都辞了？季岑风，你疯了！"

被他拉住的男人脸上没有任何表情，好像更在意手里的那个小盒子。

"松手。"季岑风说道。

肖川气得胸口上下起伏，却也是无可奈何："岑风，有件事情我必须要现在告诉你。"

"我没什么想听的。"

"我也不想现在说的！"肖川看着他这副模样，心里也难受，"我本来是打算等我亲自确定了这个消息之后再告诉你的，但是！但是你……"

"季岑风，你真的是疯了！"

季岑风没说话，甩开了肖川的手就要继续往家里走，他没什么想要听的信息。他所有在意的、想要的，都已经在他的手里了。

男人艰难地稳着虚弱的身子朝家里走去，忽然听到肖川在背后大声喊道："司月有可能没死！"

此刻阿风虚弱地躺在车子的后座上，头枕在司月的腿上。

前一天晚上阿风忽然胃痛得厉害，阿野连夜抱着她跑去了镇上的诊所。医生按了按阿风的肚子，告诉他们没事，随手给阿风开了些止痛药。

374

谁知道吃了止痛药后,只管了后半夜,第二天早上司月下楼的时候,就没看见阿野。他从来都是很守时的,今天也要出门他为什么会不在?

司月走到了两人的房间前敲了敲,这才看见了一夜没合眼满头大汗的阿野。

他担忧得整张脸都皱了起来,对着躺在床上痛苦呻吟的妹妹束手无策。

"怎么了?"司月立马有些紧张地问。

她走进两人的屋子里,看见阿风的额头满是汗珠,嘴巴都已经没了血色。

"晚上的时候去过诊所了,医生说没事,就只给开了这些止痛药,可是……"阿野急得结巴起来,"可是阿风只缓了小半个晚上,早上的时候又成了这样。"

"镇上还有其他医院吗?"司月转头问道。

"没有了。"阿野沮丧地说。

"你能联系到租车吗?"司月直接问道。

阿野抬起头看司月,他知道司月是什么意思:"司月,我没有那么多钱租车去首都看病。"

那个平时总是喜欢咧开嘴笑的男孩子好像在这一瞬间矮了下去,可司月太知道没钱低人一头的感受了,她也知道那种受人恩惠的羞耻。

"我借给你。"司月伸手利落地扎起头发,然后蹲在了阿风的身边握紧了她的小手,"阿野,你快去叫车!"

阿野只犹豫了一秒,就立马转身跑了出去。

没过几分钟,他就叫来了一辆小轿车。

司月帮着将阿风抱上车后座,阿野坐在了副驾驶。

司机往后瞧了一眼:"八千。"

"你疯了!"阿野用当地语言和司机说道,"哪有你这么乱要钱的?两个小时车程怎么能要这么多钱?"

司机冷笑一声,他知道这趟是去看病的,他们不得不坐:"负担不起就下车啊,浪费我时间。"

阿野心脏猛跳,可这司机实在是漫天要价。

忽然,一只手从后面搭上了阿野的肩膀,那手指轻轻的,却好像富有力量:"阿野,带阿风去看病要紧。"

车子就这样开上了去首都的路,阿野一路上都没有说话,倒是阿风的疼痛慢慢地缓解了一些。

司月一只手轻轻抚着她的头发,帮她擦去因痛得打冷战而流出的汗水,一只手缓慢地按摩着她的肚子。

窗户小小地开了一条缝,沿路的风丝丝吹起司月的头发。阿风一直在和司月说话,这样她能暂时地忘记疼痛。

"姐姐,你以前的生活是什么样的?"阿风问司月。

司月看着虚弱的她,缓缓说道:"每天要去工作,下了班回家吃饭。"

阿风拉着司月的手,若有所思:"好像和我们一样,白天赚钱,晚上回家吃饭。"

"是啊,和你们都是一样的。"

"姐姐,你有哥哥吗?"

司月看了一眼坐在前座的阿野,他的身子轻微地僵了一下,好似在听她们说话。

"没有,我有一个弟弟。"

"我觉得哥哥好,"阿风嘴角用力地笑了笑,"哥哥会保护我。"

司月眼眸轻颤了一下:"我也觉得哥哥好。"

她看着前面那个背影字句清晰地说:"阿野真的很好。"

他们的感情没有任何的索取与交换,阿野爱阿风,阿风也爱阿野。即使在这片贫瘠的土地上,他们却还是这样坚强而又坚忍地蓬勃生长着。

"睡一会儿吧,保留一些体力。"司月垂眸看着阿风。

阿风点了点头,闭上了眼睛。

车子将他们送到了首都医院门口就离开了。阿野带着阿风迅速地挂了号看了医生。司月听不懂他们说话,只在最后付钱的时候出了力。

好在阿风并不是什么严重的病,只是急性肠胃炎而已,医生说可能是夏天食物容易坏,小孩子没在意吃下了也正常,随后就安排了病房,将阿风送了进去,要挂几瓶水。

阿风瘦弱的身子躺在病床上,一路颠簸劳累,她有些撑不住睡了过去。

司月陪着阿野坐在病房里,病房门是半敞开的,外面的人来来去去,有些杂乱。

"我去关门。"司月说着就朝门口走过去。

手指握上门把,忽然一个有些熟悉的人影从门口路过,那人仿佛也看到了司月,居然露出了一副十分惊恐的模样,愣在原地几秒之后,拔腿就跑。

司月低低地笑了一声,然后关上了门。

"门外有认识的人?"

"嗯。"司月坐回到阿野的身边。

男孩的身上散发着淡淡的汗味,她转过头去看他,才觉得阿野比她高上很多。他年纪虽说比她小,此刻看着,却觉得是个可以保护妹妹的男人。

"是我来东问国时到机场接我的导游,"司月说,"不太靠谱。"

"你下次要是还来,"阿野垂着头,有些不敢看司月,"可以先打电话给我,我去接你。"

司月往后靠在椅背上,笑道:"好。"

很奇怪,在这之前,她并没有想要再回来的打算,可她还是答应了阿野。

两人在病房里坐到了下午,阿风的水终于挂完了。三人重新租了一辆车,赶在晚饭之前,回到了文帝小镇。

阿风要在家里好好休养几天,阿野也就走不开。

司月索性也给自己放了几天假,在家里整理这段时间收集到的资料。

日子过得很快,来时是八月,转眼就到十月了。

东问国靠近赤道,一年只有两个季节,雨季和非雨季,非雨季也并不干燥,只是相对雨季而言雨水少了一些。看着这两天断断续续的暴雨,司月知道,这里马上就要进入雨季了。

那个时候会稍微凉快一些吗?

司月坐在房间的床边,看着窗外发呆。

晚上六点,司月下楼吃饭。

"司月,我去旁边超市一趟,阿风想喝牛奶。"阿野带了伞出门。

外面正在下瓢泼大雨,"噼里啪啦"的,像是要把大地砸穿。

"注意安全,我先做饭。"司月回道。

"好!"阿野说着,就一脚踏进了大雨里。

司月做了一些清淡的饭菜摆上了桌子,然后把阿风喊了过来。

小丫头身体恢复不少了,虽然还不能蹦蹦跳跳,但是吃喝、走路已经完全没问题。

两个人坐在桌子旁，司月陪着她看动画片。旅馆的大门敞开着，清凉的晚风顺着"哗啦啦"的大雨吹进了简陋的大厅里，湿气蒙蒙地笼在人的身上，顺着晚风又消散在无边的夜幕里。

司月感到无比宁静与安心。

阿风乖巧地坐在她的身边看动画片，晚饭已经准备好，她们在等一个去给妹妹买牛奶的人。

阿野回来，就可以一起吃饭了。没有任何爱恨纠葛，没有任何无端猜忌。他们认真而又愉悦地过人生中的这一天，心头没有任何的负担，可以安静地听雨声。

"司月——"

两人在家里等了一会儿，阿野的声音终于从门外响起，一个浑身湿淋淋的人匆忙跑了进来。

他手上提着一罐牛奶，表情却有些慌张。司月连忙站起身走上前。

阿野一只脚踏进家里，伸手让她不要出来，另一只手直直指着外面说道："这里怎么躺了一个人？"

司月有些认不出眼前的男人了。

他瘦得脱了相，两只眼眶下面是极其病态的乌青，手指骨节萧瑟而又狰狞地映在青白的皮肉下，浑身湿透。

他什么行李都没有带，只有口袋里的一部手机、身份证件和一只钱包。

他为什么会在这里？

司月不知道。

他为什么会变成这样？

司月也不知道。

阿野得知这是司月认识的人后，就帮着将人拖进了屋子。司月在一楼另开了一间房，请阿野帮忙把人抬了进去。

"司月，这是你朋友？"阿野身上湿漉漉的，分不清是他自己的汗水，还是季岑风身上的雨水，整个人喘着气站在一楼的房间门口问道。

司月点了点头："阿野，可以请你帮忙找一个医生过来吗？我给你钱。"看季岑风浑身湿透的样子，肯定在外面晕倒很久了。

"不需要你给我钱，我现在就出门去找。"阿野立马转身走了出去。

小小的屋子里，再没了声响。

他们不是已经在冷战了吗？

他为什么又找了过来？

司月心里一团乱麻，沉默地将季岑风身上湿透的衣服脱下来。男人穿了一件很是正式的套装，衬衫、马甲、外套，可是为什么又这么狼狈地出现在这里？

这不像他，季岑风永远不会这么狼狈的。

窗外的月光冷冷地照在狭小的屋子里，外面"噼里啪啦"的雨声没有半点削弱的意思，仿佛也打在司月的心上，叫她心神不安。

她有些艰难地将季岑风的衣物全部脱下，才发现这个男人竟然瘦到了这副模样，身子苍白而又虚弱，手指摸上去，尽是发寒的凉意。

司月站起身，关上了房间的窗户，然后上楼拿了一条自己的毛巾下来。

她没办法给他洗澡，只能先简单地给他擦了擦身子。

男人似乎有些醒过来的迹象，重重地咳了几声，却又没了声息。

司月手指紧紧地握住那一方潮湿的毛巾，眼睛看着躺在床上的男人，他竟变得这样脆弱、这样狼狈。

这是让她感到陌生的，季岑风。

她有些无法控制地觉得心疼，就像一簇小火苗灼灼地烤着她的心尖，叫她无法安宁。可她也知道，她和季岑风之间的纠葛，该断了。她不会再对他有任何不切实际的期待了。

她疼够了。

司月帮季岑风擦过身子之后，给他披了披被子，然后便无声地坐在离床边很远的椅子上。

阿野带着医生进来的时候，那个女人仿若同这片阴暗的墙壁融为一体，她躲在阴影里，情绪落在暴雨里。

阿野顿了一下，便转头给带过来的医生指了指床上的人："就是他。"

带来的医生很快就给季岑风做了一些基础的检查，没过几分钟就从包里掏出了几盒药："跟我来之前想的差不多，就是身子太弱太累，再加上淋了暴雨才晕倒的。"

医生问阿野要了一些牛奶，帮着给迷迷糊糊的季岑风喝了一些。

"先不要一次给他喝太多，今晚好好睡一觉就好，如果明天起来有发烧，再给他吃点退烧药。"

阿野接过药："谢谢你。"

司月站起身，目光看向阿野。

"医生说没事了，明天如果发烧，就吃些退烧药。"

司月又看了看躺在床上的人，然后对阿野说道："我上楼去拿钱。"

"好。"

送走医生之后，阿野叫住了司月。

他眼睛黑亮黑亮的，好像知道了些什么。也对，他和医生进去的时候，季岑风没有穿衣服，脸上和头上的雨水都被人仔细地擦干了，身上只盖了层薄薄的被子。

"他是我先生。"

阿野还是听到了这个答案，他脑袋"嗡嗡"地响，比刚刚爆裂的雨珠砸在他头上时还要难受。可是她分明，分明从来没提起过这个男人，更不要说，她也没有戴戒指。

浑身湿透的男孩胸口有些难以纾解地起伏着，司月淡淡说道："我们要离婚了，所以我从来没有和你们说起过他。"

"离婚？"阿野猛地抬起头，可又立马移开了眼神。

他知道自己表现得太过明显，却又无法控制自己的行为。

他该知道的，就算她没有结婚又如何。

湿气与怨气翻滚在这闷热的夜晚，阿野低下头重重地喘息了两声："那我先走了。"

他说完并没有抬头看司月，便转身朝他的房间走去。

"谢谢你，阿野。"女人的声音从他身后传来。

阿野抹了把脸："嗯。"

大厅里再无声响，屋外的雨势仿佛要把整个天地掀翻才肯作罢。女人朝天看，暴雨的夜晚尤为亮。雨滴仿佛一根根银针坠向黑暗的大地，锐利而又无可阻挡。

"砰"的一声，司月关上了大门。

大厅的灯，灭了。

木楼梯"吱呀吱呀"地又叫了起来。

今晚有一个男人,闯进了三个人的乌托邦。

司月第二天一早就请阿野带她去了镇中心,买了几套简单的男士衣物。

阿野不像昨天晚上那样低落了,一路上一直在和司月说话:"你要不要也试试我们这里的衣服?"

两人站在服装店里,这里卖些文帝的传统服饰,司月常看到当地人穿。

"这家店很便宜的,不会坑人。"阿野笑着露出一口白牙,可惜今天不是晴天,不然该是很好看。

司月点了点头:"我看看。"

她当真认真地选了起来。

阿野眼角有些心动地挑起,好像那个男人的确已经对她没有什么影响了。司月会关心他,但也只是仁至义尽地关心,他们是要离婚的,他们没有感情了。

阿野站在她身后:"这件红色的好看,配你。"

司月也觉得那件红色的亮眼,老板见状更是不会放过这个机会,"叽里咕噜"地朝着司月说了一大通,也不管她听不听得懂。

司月低低地笑了一下,朝阿野说:"麻烦你帮我和他说,我要这件了。"

中午两人才慢慢回到家,司月把给季岑风买的几套衣服放进了他的房间里。季岑风仍沉沉地睡着,只是呼吸比昨晚要沉稳了许多。司月伸手探在他的额间,没有发烧。

出了门之后,正好看见阿野就坐在大厅的桌子旁和阿风闲聊,司月今天没安排行程,他们俩也就没什么事。

外面还是暴雨滂沱,没人想再出去了。

阿风坐在椅子上有些无聊:"姐姐,要不要和我们一起坐在门口看雨?"

"看雨?"司月有些发愣。

"对!"阿风一个弹跳下了地,然后拖了一条长长的椅子放到大门口,"就这样,我们三个人一起坐在这里看下雨。"

司月还是有些迟疑,却看见阿野和阿风已经麻利地坐了上去,仿佛这样做过很多次。

"司月,一起来看下雨吧!"阿野拍了拍他右边的空位,"我和阿风从前无聊的时候最喜欢这样做了。对着雨发呆,什么都不想!"

长凳上一大一小两个人齐齐用满是期待的眼神看着司月,司月不自觉地点了点头："好。"

文帝正午，烈日与暴雨并存。

暖气裹着湿意汹涌地吹在大门前三个人的腿上，可他们谁也没有收回来。那好像是一种特殊的与这天地万物融合的方式，山川汇聚雨水，再由云朵将这湿意馈赠给人类，人类会情不自禁地伸手触摸雨水，也会不由自主地为这震撼人心的自然万象感慨。

司月侧头看着阿风和阿野脸上纯粹无瑕的笑容，他们和这大自然亲密接触，也同样接受着来自大自然最纯粹的快意。她久久地看着那水汽浓重的远方，轻轻扬起了嘴角。

司月臣服于那样猛烈而又直接的情感，真心换取真心的简单。没有痛苦的委曲求全，没有无尽的怀疑猜忌。

浓密雨帘下，女人慢慢伸出了手臂。

阿野侧头看着她，眼角笑意浓重。

暴雨热烈地下了大半个晌午，谁也没有察觉到，一楼的那个房间，门开了。烈日照进大厅，一个穿着粗布衣裳的男人轻轻扶住了门框。

眼前的三个人，正轻快地一起说着话，他的司月被逗得连连笑起，身子差点掉下长凳的瞬间，被身旁的年轻男孩轻轻搂了回来。

她眼眸里泛着生动的光泽，皮肤是雪凝般的白皙，乌亮的长发被她像从前一般随意地盘起，露出一截细细的脖颈。

真好，他的司月，还能这样开心地大笑。

真好，他的司月，没有死。

一滴眼泪无声无息地打在了潮湿的地上，男人眼眶通红，朝前走去。他脚步好重，拖着沉沉的身子，痛意弥漫在四肢百骸的每一个角落，心却早已迫不及待，要飞到那个女人的身边。

司月听见了他的脚步声，转过身站了起来。

可她还没没来得及和季岑风说上一个字，季岑风就紧紧地把她拉进怀里。他的头深深地埋在她的肩膀上，身子随着在痛苦呜咽的动作颤抖。

司月分不清，那到底是痛苦地大笑，还是痛苦地大哭。

那一声声隐忍而又无法控制的声音紧紧地揪起了她的心脏，她感到无法呼吸的痛苦。她不知道这个男人的身上为什么笼罩着这样浓重的绝望气息，像一团会吃人的瘴气狰狞着也要把她吞噬一般。

她没有将他推开,她该要把他推开的。

他身子没了力量,更像是一副半路回了魂的骷髅,那样脆弱而又狼狈地紧紧抱住她。可她却没有任何办法将他推开,他的悲伤太过沉重,声声刺入她的心房。

司月是要和他分开的,可她并不恨他。

"季先生。"司月低声说道。

她身子一动不动,没有给他任何的反馈。

紧紧抱着她的男人终于慢慢地站直了身子,睁着一双猩红恐怖的眼看着司月,可是他的心好痛,痛得他后脊佝偻身形轻颤。

"季先生——"司月看着他,心口收紧。

可她还没有说完,男人的吻便重重落了下来。他不想听她要说的话,他冰冷的十指用力捧着司月的脸颊,要把她融进自己的身子里。

司月奋力要去推开他,可他却好像疯了一般不肯让她挣脱。

原来她想推开他,也是没有办法的。

两人唇齿相击相缠。

明明虚弱到极致的男人却好像忽然间爆发出了所有的力量,他要司月记起他,他要司月属于他。

血腥气息弥漫齿间,司月感受到了男人身上疯狂的欲念。

季岑风疯了。

他疯得那样彻底,誓要同她不死不休。

司月渐渐失了挣扎的力气,可就在她准备把手放下的一瞬间,一声巨大的"砰"响落在了她的耳边。

司月心口猛烈跳动,这才看见阿野挥舞着拳头将季岑风重重地打倒在地。

"司月,你没事吧!"阿野冲上前将她揽在身后,紧张地问着她。

司月身子僵直,失魂地看向那个被打倒在地的男人。

他痛苦地蜷缩起身子,吐出了一大口血,按在水泥地上的手指骨节惨白而又嶙峋。

半响,他才又摇摇晃晃地从地上爬了起来,可他一眼都没有看向阿野。

季岑风抬起指尖擦掉了嘴角的血迹,胸腔低低地溢出让人无法分辨是痛苦或是欢愉的颤笑。

随后他朝着司月伸出了手："司月，我来接你回家了。"

阿野下手很重，司月坐在床边给季岑风处理伤口的时候，眉骨的那条伤口还在流血。

消毒药水渗进狰狞的伤口里，然后混杂着鲜血又慢慢流出来。但是眼前的男人却好像完全感觉不到疼痛，他专心地看着司月，每一根头发，每一处细节都不肯放过，好像要把她一点一点看透。

司月避开他炙热的眼神，只帮他处理着伤口。

一楼的房间湿热难耐，偏偏这屋里既没有开空调也没有开窗户。潮湿的空气伴随着季岑风的眼神浓稠而又滞缓地流连在司月的身上，她除了机械而又麻木地上药，就连呼吸都有些困难。

司月没想到，会这么快和季岑风见面，她更没想到，季岑风会直接追来东问国。

到底发生了什么？

季岑风又为什么会变成这样？

或许在她没来东问国之前，她会真的很想知道答案，很想知道她的岑风为什么没有好好吃饭，为什么没有照顾好自己。

可是，一切都太迟了。

一切都太迟了。

司月拿棉签擦掉季岑风眉骨的血迹，然后轻轻地贴上了一块医用纱布。

"好了。"她声音淡淡的，好像面前坐着的，不过是一个与她毫无关系的人。

太迟了，现在的她，不想再去痛苦纠缠了。

季岑风为何追来，又为什么变成这样，与她再无关系了。

司月收起垃圾，就要起身，手却忽然被季岑风紧紧地抓住。

男人径直将她搂入怀里。

两人额头抵着额头，季岑风呼吸有些压抑急促，半晌才声音喑哑道："司月。"

他好像有很多话要说，却又不知从何说起。就好像那天的那个电话里，他一直叫她的名字，却又不知那道歉要从何说起。

司月偏过了头，目光落在那片潮湿的水泥地上。

男人目光下移，还能看见她被自己咬破的嘴角，泛着鲜红的血丝。

季岑风伸手，小心翼翼地抚上了她的唇。

温热的拇指轻轻摩挲在司月的嘴唇上，季岑风心口猛烈地跳动着，他目光颤了颤，想要吻上去。

"季先生。"司月抵住了他的肩膀，目光看向他。

她声音很淡，目光却那样坚定而又锐利，直直地刺在季岑风的眼里。

司月本没做好现在和他说的准备，可是一个要离开的人，又有什么好准备的。

"季岑风，你先放开我，"司月轻轻吸了一口气，缓缓说道，"我有话要和你说。"

季岑风的手指微微蜷动了几下，收了几分，但不肯完全离开司月，还是拉着司月，好像怕她下一秒便会消失不见。

司月低头看着那双抓着她不放的大手，心里一阵酸意涌动。

太迟了，岑风。

一切都来得太迟了。

眼中一阵湿意被她强行地压下。

司月慢慢抬起头，看着季岑风，这个她爱了那么多年的男人，这个和她纠缠了那么多年的男人。

所有的痛苦和快乐，她都不会去否认，但是她也已经做出了决定，她决定往前看了。

"季先生，我们离婚吧。"

狭小的屋子里，司月的声音宛若惊雷般炸落在季岑风的耳朵里，他脸上瞬间失去了本就所剩无几的血色，身子冰冷地僵在原地。

司月想要抽出手，却还是抽不出。

"季先生，你没有必要在这里继续浪费时间的。我还有不到四个月就会结束考察回国，到时候我们就离婚吧。"司月继续说道。

她的脸色和声音是那样平静，就好像要扔掉一件垃圾一样，连多一分的情绪季岑风都找寻不出。

"在这里过得好吗？"季岑风声音缓缓。

司月有些讶异地看向他，他没有发怒，也没有生气。

"好。"

"吃得习惯吗？"季岑风又问。

司月心口闷到无法呼吸，却又不知道这个男人到底在想什么。

季岑风又一次将她整个人用力地按进了自己的怀里，那像一双钢铁制成的枷锁，紧紧地禁锢住那个想要离开的女人。司月越挣扎，禁锢就越紧。

"岑风！"司月强忍着心里的情绪一字一句道，"我说，我要和你离婚。"

可季岑风却好像听不到她说的话。

"司月，你的头发长长了，好看。

"是不是不喜欢以前那枚戒指，所以才不戴了？不戴好，我给你重新买了新的，你一定会喜欢的。

"不喜欢就一直买，一直买到你喜欢为止。

"喜欢住在这里是吗？那我们的婚礼在这里举办也可以。

"可以在这里买房子，可以在这里生活，只要你喜欢。

"我们回去就准备婚礼好不好？我重新向你求婚，让所有人都知道。婚礼都按你喜欢的准备，你说什么就是什么，好不好？"

季岑风仿佛沉浸在自己的世界里，不断地在司月的耳边呢喃，一遍又一遍。

司月心口剧烈地跳动，就连身子都忍不住地轻颤了起来。

她不知道，是不是上天偏偏要这样捉弄她，在她决定要离开的瞬间，让这个男人找到她。

"季岑风，"司月声音哽咽，牙关紧咬，"我说，我要和你离婚。"

无端的躁意隐隐升腾在男人的心间，他却转过头，那样轻柔地一下又一下吻着司月的头发。

"司月，M国家里的玫瑰花开了，很漂亮。结婚之后我们去那里住一段日子好不好？

"你不是一直想去M国读书吗？我陪你，你去读书我在那里工作，你什么都不用管，只做自己想做的事情。

"我不要你还钱给我，什么债务什么欠条我都不要，司月，我只要你陪在我身边。

"我向你道歉，对不起，司月。我再也不会不接你的电话，再也不会和你冷战，再也不会把你一个人丢在家里不闻不问，再也不会——"

"季岑风！"

可是季岑风的话还没说完,司月就狠狠地打断了他。

此时此刻,季岑风的所有承诺、所有甜言蜜语就像是一根根锐利的钉子,一下又一下地狠狠凿在她的心里。

那些她曾经求之不得的东西,偏偏在她离开的这个瞬间,如此不值钱地砸在了她的身上,砸得她心痛欲裂,砸得她有口难言。哪怕季岑风曾经有现在的半分温柔与渴求,如今的她和他,都不会是今天的这般模样。

太迟了,岑风,真的真的,一切都太迟了。

司月眼圈发红地看着季岑风,语气缓慢而又决绝。

"岑风,我说,我要和你离婚。

"我要和你离婚,你听清楚了吗?

"我不要你的道歉,不要你的忏悔。

"我只要,和你离婚。"

无数个夜晚曾经和季岑风相拥而眠的女人,此刻彻底变得陌生,她铁了一颗心,要和他一刀两断。

男人的眼里霎时暗流涌动,脸色映衬着窗外阴霾的天色更显黑沉。

季岑风听到了,他怎么会没听到呢。

"司月,"他轻轻开口,"我不会和你离婚的,绝对不可能。"

司月看着他,反问道:"就算我再怎么痛苦,你都不在乎吗?"

季岑风心口绞起,脸色惨白,却还执拗地扬起一个笑:"司月,我不会再犯从前那样的错误了,你再给我一个机会,好不好?"

他卑微地低下头求她,求她不要离开他。

他拉起她的手,吻着她。

"再给你一个机会,"司月语气里没有任何情绪波澜,"指的是像这样,强迫我重新回到你的身边吗?"

她声音冷冷的,不需要花费任何的力气,就能轻而易举地刺痛他的心。

季岑风缓慢地落下了最后一个吻,轻轻松开了她的手指。

"不是的,司月。

"我会证明给你看的。"

司月掩面深深地吸了一口气,然后站离了季岑风:"季先生,那就请你记住你说的话。"

她说完,便头也不回地离开了。

阿风去给司月送晚饭的时候，屋子里静悄悄的，她敲了五下门，里面的人才反应过来。

"姐姐……"阿风声音拖得长长的，带着些哄人的意味，"晚饭。"

司月开门接了过来："谢谢。"

她气息飘忽，好像很累的样子。

阿风送了饭，并没有停留。

房门轻轻合上，里面又陷入了无限的沉默。

司月回来后，就一直坐在那张椅子上，一动不动。房间的窗户开了一条小缝，潮湿的晚风便从那缝里源源不断地吹向屋内。

屋子里没有开灯，一切静得好像司月的脑海，她明明什么都没有想，却又无法安心地去做任何事。

窗外的大雨接连不断地下了一整个白天加夜晚，司月不知道，大雨可以下这么久，久到她唇间那条流血的伤口已经重新粘连在了一起，久到她身上那个男人的气息完全消散了。

晚上十一点，司月吹干了头发。

门外忽然传来了敲门声，简短有力的声响清晰地回荡在这寂静的雨夜。

司月开了门。

门外的男人发梢还有些湿润，身上盈着淡淡的沐浴露的香气，即使瘦了许多，夜里看来，身形却仍是高大。

"有事吗？"司月站在门口问他。

她只穿了一件单薄的睡裙，晚风穿过狭小的房间，卷起她垂下的发梢。

季岑风手里拎着她给他买的衣服："司月，我要和你睡。"

司月皱起眉头看他，声音里忍下情绪的翻涌："季先生，我以为我下午说得很清楚了。"

"可是我们是夫妻，我不会和你分房睡的。"男人的语气固执得可怕，窗外一道明亮的闪电，直直照在他黑沉的眸色里。

司月手指握紧门把手。

"你不想和我睡的话，我可以睡在地上。"季岑风缓缓说道。他说完，就径直走进了司月的房间。

单人床的旁边，有一小块狭窄的水泥地，文帝气候异常潮湿，地上尤是。

可是那个从来都是衣衫矜贵的男人，居然毫不在意地将手上的衣服放在地上当作枕头，然后整个人躺了下去。他穿着最简单不过的粗布衣衫，躺在潮湿难忍的水泥地上。

那天晚上，暴雨停在凌晨一点半。

闪电却没停，一道道亮光穿梭而至，晃着这间屋子里的每一个人。可是相爱的人背向而睡，季岑风看不见司月的面容。

"你从前很怕闪电打雷。"男人缓慢坐起了身子。

他盯着司月的背影，却怎么也找不回曾经那个会因为害怕而躲进他怀抱的女人。

窗外，又一道闪电无情地划破了灰暗的天际，蜘网般繁密的分支爆裂在天幕的每一个角落，企图唤醒这片土地上所有不安的灵魂。

那个侧躺在单人床上、彻夜未眠的女人，呼吸低缓："季先生，你到底想要做什么？"

她不在意他的关心，不理睬他的心意，更不欢迎他的到来。

偏偏他知道，偏偏他情愿。

又一道无声的闪电穿过寂寥黑夜，划亮了季岑风的眼眸。

他目光沉沉地看着那个决绝的女人，轻声说道：

"司月。

"我想要抱你，亲你。

"然后，带你回家。"

季岑风就在这里住了下来，他给了阿野一大笔钱，多到足够把这间旅馆买下来。

阿野不肯收，他不想要这个男人住在这里，他不想要这个男人靠近司月。

"你叫阿野？"季岑风站在一楼的大厅里，看着正在整理水果的男孩。他脸上汗液涔涔，不时地滴落在灰色的水泥地上。

阿野听到季岑风的声音，站直了身子看着他。

他全然没有了第一天来到文帝时的狼狈，即使身形还是那样消瘦，却仍是比阿野高大好多。接连几日的休息和饮食规律，如今他眼里都有些不一样的神色。

他淡淡地看着阿野，却又有着令人无法忽视的压迫感。

那是一种阿野无法抵抗的压迫，他从未遇到过这样的人，从未这般沮丧与颓废，所以他拒绝了男人的钱，他不想要男人住在这里。

"谢谢你这段时间对司月的照顾。"

季岑风准备拍拍阿野的肩膀，却不意外地被他躲开了。

阿野弯下腰继续整理水果："不用你谢谢我，这是我和司月之间的事。"

"你和司月之间的事？"季岑风轻轻重复道。

"对！"阿野用力把水果箱合上，然后站直身子看着季岑风，"司月早就和我说过她和你感情不和，要离婚，你为什么还这样死皮赖脸地缠着她？"

男孩脸色涨红，声音里是没有底气的虚张声势。

季岑风却没有和他生气："我是和司月有一些误会和不愉快，但是我们不会离婚的，我这次就是专门来带她回家的。"

"可是她根本不愿意和你回去！"

"我知道。"

"你知道？"阿野声音不稳，"你知道为什么还不走？"

少年炽热的情绪好像喷薄的岩浆，微微泄漏一点便烧红了漫山遍野。

季岑风眸子微颤了一下，冷冷说道："那你也知道她还没离婚，为什么还要喜欢她？"

这几天仍时常下暴雨，司月没办法出门拍照，好在前段时间她很少休息，所以整个马古城只有最后几个地方没去过了。

中午的时候，阿野从外面带回来了一些辣椒。

"司月，要不要试试这个辣椒？是我们文帝这边的特产，味道很辛辣很好吃。"

司月接过阿野手上的袋子看了眼："好，中午用这个辣椒炒肉。"

司月朝厨房走去的时候，季岑风刚从外面打完电话，阿野本来打算跟着去厨房的脚步瞬间停在了原地。季岑风偏头看了他一眼，笑了一下，然后跟着司月进了厨房。

司月已经习以为常了。

季岑风说不会强迫她，就是真的不会强迫她，但是他每分每秒都会出现在她的身边，不管她在做什么。

司月也不理季岑风,手脚利索地拿出辣椒清洗,季岑风就和她一起洗。

两个人并肩挤在这逼仄的厨房里,司月把他往旁边推了推,他却纹丝不动。

他并不常说话,但开口闭口总是叫司月跟他回家。

回家,回家,回家。

季岑风一心要带她回家。

两人洗完了辣椒之后,司月点起了火,季岑风帮不上其他忙,就静静地站在她的身后。

女人的头发被她随手扎成了一束落在身后,身上是一条白色的长裙,裙摆结束在纤细的脚踝处,隐隐勾着纤细的身段。

不过十分钟,司月就做好了辣椒炒肉,她又简单地热了一下昨天的两个菜,然后就端上了桌。

季岑风也和他们一起吃。

阿野后来不情愿地收了他的钱之后,和他说会每天往他的房间里送饭。但季岑风知道司月是和他们两兄妹一起吃饭的,所以季岑风也要求和他们一起吃饭。

阿野拗不过,只能同意。

大厅里,小风扇完全吹不散四个人的热气,只凭着屋外的一点凉意勉强叫人好过一些。

季岑风坐得离司月很近,好似要把司月的半个身子纳入他的怀里。

阿野把头低低地埋进饭碗里,一声不吭。

季岑风来了之后,阿野就变了样,有时候能正常和司月说话,有时候又好像是在和谁生气,一言不发。

但是季岑风却并不在意,只是叫司月多吃一些。

司月看着闷闷不乐的阿野:"阿野,你吃过这个辣椒了吗?"

阿野有些受宠若惊地抬起头:"没,我现在就吃。"他刚刚一直在埋头吃白米饭,这下才开始吃菜。

可是一口辣椒下去,阿野眉头紧紧皱起,脸色痛苦:"哟——"

阿野猛灌了一大口水,脸色通红:"今天的这个辣椒好辣。"

"是吗?"司月也尝了一口,"的确是有点辣。"

季岑风看了阿野一眼,也夹了一筷子辣椒,然后转头看着司月:"司月,很好吃。"

男人面色如常,好像真的不觉得辣。

阿野又低下头,不再说话。

一顿午饭,几人吃得倒是安静了。

那道辣椒炒肉几乎都进入季岑风的肚子里,司月也觉得有些过辣了,但是季岑风好像一点也不觉得。

季岑风吃完饭就先回了房间,司月和阿野一起把桌子简单收拾了一下。阿野还是一副不肯说话的样子,整个人压抑得厉害。

大雨停了,今天是难得的晴天。

阳光再一次热烈地照向这片贫瘠的土地,阿野看着站在门口呼吸新鲜空气的司月,手臂微微收紧。

他偏头看了看那间房门紧闭的屋子,然后朝司月走过去。

他不知道自己在做什么,可是身体里好像有一团爆裂的焰火"噼里啪啦"地将火点肆虐地炸开在他的心头,在每一个季岑风靠近司月的瞬间,每一个季岑风可以正大光明去接近司月的瞬间。

"阿野?"司月转身看着不知何时站到她身边的人。

他嘴唇紧紧地抿着,目光炙热。

"有什么事吗?"司月问道。

阿野久久地看着她,声音有些哑:"司月,你还记得你刚来的时候吗?"

"那个时候,你谁也不喜欢,与谁也不肯多说话。

"你每天除了出门拍照,就是把自己关在屋子里。

"你不笑,也不哭。"

阿野紧紧看着面前的女人,她头发微微卷曲散在纤瘦的肩上,眉眼纯净得像是这洗净的天地。

"司月,你刚来的时候,不快乐,不是吗?"

司月眼睫轻颤,低低地应了一声:"是,我刚来的时候,不快乐。"

"你就是因为和他在一起才不快乐的,是不是司月?"阿野声音有些激动,他不知道自己为什么会这样难以忍受地朝司月说出这些话,他明明知道,就算司月不和那个男人在一起,他和她,也是没有可能的。

阿野不理解,可他没法控制自己,好像从前尚能忍着的一些晦涩心意,如今却在那个男人的面前溃不成军。

他谁也比不上，谁也配不了。

屋外明明是炽热的晴天，阿野的心里却是倾盆暴雨。

"是。"司月轻轻回道，"我就是因为和他在一起，才不开心的。"
她声音很轻，虚无缥缈地落在这明亮的烈阳里。

司月笑了笑："我先上楼了。"

季岑风的房门紧闭着，他第一次这样放她一个人在外面。

司月没有多想，却在她抬起脚步正要上楼的那个瞬间，听见了一声痛苦的呜咽。

是来自那个男人的房间。

翻滚的烈火来势汹汹地侵蚀着季岑风本就脆弱不堪的胃部，辣椒点燃了所有的痛觉开关，蔓延至他身体里的每一根神经。

明明早就吐无可吐了，胃酸却还是止不住地肆虐侵蚀，涌出胃道，灼烧着他脆弱的食管。

这具被他无视过的身子早已破烂不堪，却被他逼着吃下了那么多他根本承受不了的东西。

冷汗凝结在男人青筋暴起的额间，然后一滴一滴地坠在灰色的水泥地上。湿热难耐的狭小卫生间，男人的衣衫被汗水层层浸湿。四四方方的镜子里，慢慢抬起了一张过分苍白的脸。

他睁着一双布满血丝的眼睛，轻轻地拿毛巾擦去了嘴角的污迹，然后闭上了眼睛。

他手臂用力按在狭窄的水池边，骨节狰狞地凸起。

忽然，传来"砰砰"的敲门声。

季岑风偏头望去。

门开了。

季岑风平静地站在门口。

"司月，你找我？"他声音缓缓，好像什么事都没有发生。

如果不是他眼里尚未褪去的血丝的话，司月真的会相信。

"胃药。"她递给季岑风一盒胃药，"不能吃辣以后就不要吃了。"

司月说完转身就要走，季岑风一把抓住了她的手腕。

司月反手就挣脱了，他没敢抓牢。

"抱歉，我还要出门。"司月说完就朝大门走了出去。

今天难得晴天，她要去镇中心的超市买些东西。

可司月在外面走了多久，季岑风就在她身后跟了多久，不近不远，却又甩不掉。

烈日下，两个人一前一后沉默地走着，季岑风高大的影子被司月一步一步踩在脚下，她好像那么努力地想要远离这个男人的身边，却又无能为力地永远落在他的阴影下。

暖风扬起一阵干燥的尘沙，司月忽然停下了脚步，身后的男人也一同停下，低头看着她。

"季先生。"司月转过身子，扬起头看着那个沉默固执的男人。

他脸色还是没有恢复半分的血色，就连脖颈的青筋都还颤动着。他刚刚根本就没来得及吃胃药。

"季先生，就跟到这里了，好吗？"司月轻声说道。

微风卷起她额间的碎发落在她清澈的眼眸里，她不想再爱季岑风了，却也不想恨这个男人。

她不想要他痛苦，不想要他忏悔，不想要他像如今这般狼狈不堪，她想要他放过她，同时也放过他自己，而不是像现在这般，不死不休地跟在她的身边。

她要往新的人生出发了，他也该从过去走出来的。

"岑风，就跟到这里了，好吗？"司月又说了一遍，她声音那么温柔，眼神那么轻。

这辈子，就跟到这里了，好吗？

司月要他离开她，永远地离开她。

暴烈的炙热早已蒸干了这个男人身上最后的一丝生气，仿佛有一只大手无情地抓住了他破碎的心脏，撕裂着就要将他重新拖入那片濒死的海域，痛感从身子里蔓延而出，就连指尖也泛着针扎一般的刺痛。

男人缓缓地伸出手，拉住了司月。

"司月，"他声音响在这片炽热难忍的热浪里，无端浮出几分令人难以置信的恳求，"跟我回家。"

回家，回家，回家，季岑风只要司月跟他回家。

烈日下，司月轻颤着嘴角，闭上了双眸。

跟他回家？可无数个她一人留在家里的夜晚，他又在哪里呢？无数个她想要季岑风陪在她身边的时刻，他又在哪里呢？那个他们失去了孩子的夜晚，他又在哪里呢？

从季岑风没有接到那通电话开始，他们就永远地错过了；错过了她的等待、错过了她的期许、错过了她的心软、错过了她的原谅。他实在是错过了太多太多，多到她再也没有办法站在原地，等他了。

一辆卡车呼啸着从两人身边开过，司月缓慢地睁开了双眼。

飞扬的尘土里，她朝面前的男人温柔地扬起了一个近乎残忍的笑，声线缓缓：

"回家？

"可是岑风，你没给过我家啊。"

在此之前，司月说过的最重的话不过是"我要和你离婚"，如今她终于可以告诉季岑风，在那段婚姻里，她过得并不快乐，或许他早就知道，或许他一直知道。

但她从来没和他说起过，没说过她的委屈、她的不甘、她的让步和她的伤痛。他也就不问，把那些龃龉难堪掩在华丽的衣衫下，还想要携她一起再往前走。

但是这一次，她说出了口。

她还是没有那样难堪地去细数他和她之间的过错，她不想要两个曾经相爱的人最后变成狰狞恐怖的模样。

所以她只说，他没给过她家。

没给过她一个可以无忧无虑、永远温暖的家。

那是对一个男人最大的谴责：他可以没有钱、可以没有地位、可以没有权利，却不可以不给自己的女人一个栖足安歇的家。

文帝十一月末，雨季结束，潮湿闷热的日子总算是告一段落，镇子里又迎来了日日都是艳阳高照的燥热。

司月一脚踏进旅馆大厅，阴凉便从头到脚披上了她的身子，整个人都慢慢地舒了一口气，扶着桌子坐了下来。

小风一见他们仨回来了，立马把大厅的空调打开了，左右那位客人有的是钱，时常叮嘱她旅馆空调要二十四小时开着。小风舍不得，但还是一看见季先生回来就立马开空调。

"哥，上午隔壁的叔叔来找过你，让你去他家帮忙。"

阿野也刚刚落脚，抬起手臂擦了一下汗就应道："好，我喝口水就去。"他"咕嘟咕嘟"喝了半瓶水，这才恢复了一些力气。

外面热得厉害，他们三人今天在外面拍了最后一座遗迹，总算是再也不用顶着烈日出去了。

司月坐在长椅上眯着眼睛慢慢吹着空调，旁边递过来了一瓶水。

"喝点水，不要中暑。"季岑风坐在司月旁边的椅子上，帮她拧开了瓶盖。

"谢谢，我在路上喝过一些了。"司月把水又推了回去。

阿野看了他们两人一眼，沉默地朝门外走去。

说来也是奇怪，那个男人之前那样冒失地死死盯着司月不放，阿野本来以为司月很快就会彻底对他反感的，却没想到，他后来居然没再咄咄逼人，而是和寻常客人一般在这里住了下来，再也没日日盯着司月，也不会动不动就动手动脚了。

司月本也没对他有多痛恨，见他这样不再越界，就没管他了。

季岑风就这样在这里待了快两个月，司月出门拍照的时候，他也会跟着，明明穿的是和阿野一样的简单衣衫，但是他站在司月身边教她如何拍照取景的时候，阿野更会觉得自卑得无处遁形。

他可以给司月讲这座古城的历史、由来、发展和战乱，阿野却只知道这条路该怎么走，这片区域叫什么名字。他可以正大光明地给司月倒水、夹菜，同她说些过分关心的话，阿野却只能在司月面前越来越沉默寡言。

她和他不是一路人。

她和男人才是一路人。

屋外太阳晃眼，阿野埋头朝隔壁走去。

司月一直在帮阿风收拾文具，上个月的时候，阿风的爸爸终于被说服同意送阿风去上学。说到底也是因为季岑风的到来，一下让他们的收入颇丰，阿风的爸爸才肯让步。

阿风兴奋得厉害，仔仔细细地将几个小本子摸来摸去，小心翼翼。

"你写上你的本名。"司月眼角弯弯地递给她一支铅笔。

阿风伸出小手接过铅笔，脸颊红红的，黑黑的笔尖却在本子上迟迟落不下去。

半晌，小姑娘才很不好意思地抬起头，低声说道："姐姐，我不会写我的名字。"

"名字也不会写吗？"

阿风摇摇头，手指在铅笔上小幅度地蜷起。

"你本名叫什么？"季岑风在一旁开口。

司月和阿风一同望过去，男人神色认真，伸手挑了一支圆珠笔，然后拿了半张包装纸翻到反面："能听懂我说话吗？"

季岑风后半句话说的是葡萄牙语。

阿风眼神一亮，拼命点头："听得懂，哥哥，我听得懂！"

她回的是当地语言。

司月看向季岑风，男人朝她笑了一下："东问国以前是葡萄牙的殖民地，所以这里的语言和葡萄牙语有很多相似的地方。"

"我不知道你会葡萄牙语。"

季岑风朝司月坐近了些，低头能闻见她发间淡淡的玫瑰香。男人声线很浅，像磨砂滑过司月心头："以后可以教你。"

司月轻轻笑了起来，起身去倒水喝："你教阿风写字吧。"

大厅里，很快就传来了阿风时不时的惊呼和大笑，小丫头容易被兴奋冲昏头脑，三两下就被季岑风抓住了心。

司月给自己倒了一杯水，然后就上了楼。

季岑风在这里待了快两个月了，自从上次和他说开之后，他就真的没有再纠缠过她。

司月坐在床边，点开了照相机里的照片，密密麻麻，小半年米足足拍了有几千张。

马古城的十几个遗迹她都一一去过了，按道理来说，这次的任务，就算是完成了。

司月回头看了看这间小小的房间，简陋而又潮湿，头顶蔓延的霉斑，已从刚来时的一小片变成了一大片。

但是她却没有感到半分的嫌弃，相反，她有些不舍这里的时间，好像老天开辟了一个独立的空间，叫她彻底隔断了那些前尘琐事。

除了那个男人，那个跟过来的男人。

"砰砰！"

响起敲门声。

司月放下手里的相机，转身去开门。

门外的男人身形还是同从前一般高大，堪堪遮去了屋外照进来的大半阳光。来时还是那般狼狈与消瘦，现在已然好了不少，眉骨耸起，眼窝深邃，高挺的鼻梁下还是那张单薄的唇。只不过这个男人不穿西装，他和这质朴的东问国融合在了一起，他穿浅色短衫。

又或者说，他和司月融合在了一起。

在这里，他们不是那幢高楼大厦里西装革履、精致衣衫的男男女女，他们只是穿着简单衣衫、吃粗茶淡饭的寻常人。

"有事吗？季先生。"司月抬头问他。她今天有些晒伤了，后颈连着后背一小块隐隐发痒。

季岑风一眼就看到了她被头发遮起的半块暗红，他抬手轻指了一下："我帮你擦药。"

司月目光一滞，手指不自觉地把头发又遮了遮。

"现在不擦药，过几天蜕皮会很难受的。"

司月静了一下，让开了身子。

屋子里开着空调，很是凉快。司月坐在床边，看着面前白色的墙。头发已经被她拨开，露出一片光滑的后颈。

男人的手指很凉，轻轻地蘸着透明的晒伤膏药，慢慢擦在司月的皮肤上。他动作很轻，好像怕她疼，冰冰凉凉的膏药在他指尖渐渐揉开，沾染了些许难言的温热。

脖子那一小块很快就涂完了，季岑风又挤了一些膏药出来，帮她擦后背上的晒伤，红通通的印记一直蔓延到裙子的后领口，要擦到晒伤处的最下边，势必就会沾到裙子口。

季岑风手指轻轻蜷动了一下，身子朝前探去，俯在司月耳边问她："裙子后面的拉链可以拉一点下来吗？"

司月后背瞬间贴上了一个温热的胸膛，偏偏他又没有靠着她，只用余温熨帖着。

司月心口一跳，点了下头。

"好。"季岑风声音淡淡的，把拉链朝下拉了拉。

只一点，不让膏药沾上即可。

所有的晒伤处都细细涂上了膏药，季岑风擦了一下手指。

司月站起身："谢谢。"然后就朝门口走了两步，要送季岑风出去。

男人站在房间里看了司月一眼，几不可察地叹了口气，然后拿出了三部手机。

"每个手机里面都有一张国内的电话卡，手机号码和我的电话号码都已经存在里面了。"季岑风把手机放到桌上，"我明天要先回趟国，一月份的时候来接你回家。"

司月转过头，看着那三部手机："我不需要这么多手机。"

"放着吧，不用也行。行李箱放一部，随身包放一部，手里再拿一部，总不会全都被偷走。"

司月知道他是在说她刚来那会儿手机被偷的事情。

她闭了嘴，没再说话。

季岑风走上前，弯下身去瞧她："都怪我，走的时候没让你多准备几部手机，都怪我。"

司月抬头看他。

男人眼里是澄澈的明朗，轻而易举地将所有的罪过揽下。可是手机被偷，又与他有什么关系呢？

"不是你的错。"

"是我的错。"从头到尾，都是他的错。

季岑风站直了身子，抬手想要抚下司月的头发，手指却在抬起的下一秒又收了回去。

她不喜欢。

"我明天就走了，一月中旬再来接你，好不好？"

空调冷风吹着司月后背的药膏，引起一阵战栗。司月抬眼看他："不用麻烦了，季先生。我订了一月十日的机票，自己回去就好。"

季岑风嘴角轻轻扬起，语气是一如既往地固执："不麻烦。"

第二天下午，一辆汽车停在了野风旅馆的门口，车子上下来了一个男人。

司月那时正在大厅里整理照片资料，并没有在意门口的动静。直到听到阿风的问话，她才从电脑前抬起头。

看见司月小姐的第一眼，李原的眼泪就掉了出来。司月整个人愣在了原地，她还不知道李原对自己的思念能有这么重，不过半年没见，再看到时居然会掉眼泪。

好在季岑风下来得及时，他淡淡地看了一眼李原，还问李原怎么哭了，吓得李原立马收起了眼泪，朝司月尴尬地笑了笑，再也不敢多看。

男人穿回了来时的那身西装，矜贵笔挺，还是那个俊朗如星的季岑风。司月只是简单地祝他一路顺风，也没有再多说其他的了。

车子一路顺畅地驶出了文帝小镇，两地交接处，有几辆车子正在安静地等待。

晚间六点，赤道昼夜交接。

夕阳下沉，映出天边一轮柔和的余晖。

"只跟着，不用汇报行程吗？"

"嗯。"

"季先生一路顺风。"

"好。"

✦ 第十四章

不想再迟到

十二月三十一日晚,文帝镇中心举行了热闹的跨年活动。

人头攒动,拥在镇政府门前的一大片空地上。几捆烟花整齐地摆放在大楼前的平地,"砰"的一声轰响,一簇明黄便冲破了黑夜,随后炸裂出一片细碎的星火,照亮了每一张仰起的脸庞。

那一双双黝黑的眼眸映射着天边璀璨的星光,天上地上,熠熠生辉。分明就是再普通不过的烟火,人人脸上却是郑重而又欣喜的欢愉。

司月和阿野还有阿风一起坐在不远处的坡地上,一起看这场热闹的烟花。这里离镇政府门口远,人也少,三个人坐在草地上,阿野两只胳膊撑在后面,司月坐在阿野的另一边,阿风靠着她。

今晚格外凉爽,晚风卷着青草的潮湿慢慢穿过人们的衣衫,带走一天的燥热,然后又悄悄地消散在黑夜里。

司月舒服得微微眯上了眼睛,细心感受着晚风的轻拂,手指轻按在柔软的草地上,就连指尖都在不经意地舒展。

远处的烟火一次又一次地燃起,人们的好奇心都半分不曾减少。一年一次的大日子,人们心情会特别好。

阿风看得出了神,嘴巴笑开就没合上过。司月也没说话,静静地看着远方。阿野陷在泥土里的手指轻轻蜷动了一下,他身子仍是保持着原本的姿势,目光却不自觉地从远方收了回来。

她今天穿了一条尤为漂亮的裙子，又或者那条裙子根本就不算是特别漂亮，只是穿在她的身上，就让他一晚上都不敢直视她。

一条剪裁简单的黑色无袖长裙，露出她在黑夜里都熠熠发光的手臂和锁骨。头发松松地散落在肩头，顺着晚风的方向轻轻摆动。

她微微偏着头看向远方，目光涣散。

她好像在看那烟花，又好像没在看，眼角微微弯着，比天上的烟火还明媚。

阿野的眼神久久地落在司月的脸上，半晌才慢慢地收了回来，低低地看向这片茂盛的草地。

她比刚来的时候，开心了好多。那个男人离开的一个月里，司月笑得更多了，她好像真的从过去的泥泞里走了出来，再也不是刚来时那个冷漠无言的女人了。

可是，不知为什么，阿野心里闷闷的，他笑不出来。他替司月高兴，却又无论如何都笑不出来。

烟火只持续了二十分钟。

最后一粒星火落下，人群里稀稀落落地传来了鼓掌声。司月最先站起了身，有些摇摇晃晃的，好似要吹散在这晚风里。

"回家了。"她语气轻快。

阿风立马跳了起来，拉住了司月的手："姐姐，回家啦！"

两人手拉着手，司月转头去看阿野，男孩的表情还有些凝重，隐在暗暗的夜色里。

"嗯，回家了。"阿野站起身说道。

三人慢悠悠地走回了家，好像真是一家人的模样。

一进门，阿风去开了电视和电扇，司月去洗手，阿野去喝水。

三个人各做各的事情，却又无比和谐。

电视里很快传来了动画片的声音，司月坐在阿风旁边支着头陪她一起看。大门敞开着，这一年的最后一个夜晚，平静而又温暖。

外面不知名的昆虫一直叫个不停，司月慢慢有些困了，她坐直了身，才发现阿野一直坐在旁边看着她。

他没有看电视。

男孩的目光在司月看向他的下一秒迅速移去了一边的角落，就连掩饰都过分明显。

司月轻轻笑了一下，站起了身。

阿野见她要走，以为是自己让她不高兴了，连忙站起来像是要解释的样子。

司月朝他看了一眼，眼眸亮亮的："新年快乐，阿野。"随后便缓步走回了房间。

阿野呆呆地站在楼下，他大概知道他这段时间为什么再也笑不出来了。

再有十日，司月就要离开了。

季岑风来的时候，司月还没醒来。

旅馆大门未开，天色浓得像是未化开的墨水，沉沉笼着这片宁静的土地。

此时是东问时间凌晨四点。

司机把车停在旅馆的外面，问季先生要不要他去敲门。

"不用。"季岑风轻轻回了句，然后偏头透过窗户朝二楼看去。

左边第二扇窗户，是司月房间的窗户。她还没醒来。

男人眼里有点点的光亮，映在绛色的晨光里。

他好像看见了那个漆黑雨夜，浑浑噩噩晕倒在旅馆门前的自己，狼狈不堪，一败涂地。

好在，他的司月还活着。

男人脸上浅浅地浮起了一抹笑，随即又被压进了漆黑的眉眼里。他静静地看着那一扇小窗户，眼角有不易察觉的疲惫。

本来以为要走的，所以一切他都没再做任何的打算，回去的这一个月里，日日忙得脚不沾地。

那段日子里松懈了的、忽视了的，全都重新打点个遍，上上下下，比从前还要精细谨慎。

吃饭更是没有松懈，身子已经从之前最脆弱的状态恢复了不少。季岑风也不知道为什么，忽然察觉到了身体的重要性，他想要长长久久地陪着司月，首先就是要长长久久地活下去。

天色慢慢退去了浓重的青色，太阳翻滚着晨起的热浪重新席卷了人间。

早时八点整，旅馆的门开了。

季岑风站在门口，同阿野问好。

阿野面无表情地看了他一眼："司月一会儿下来。"

"谢谢你这段时期对司月的照顾。"季岑风随着他进了大厅,嗓音淡淡的。

阿野没说话,径直去拿水果篮,他今天还有活要做。

少年弯着腰摆弄着水果篮里的水果,大厅里传来了上楼的声音。阿野身子微动,目光朝上看,他上楼了。

季岑风穿过窄窄的走廊,走到了司月的房门口。

"砰砰！"

响起敲门声。

司月开了门。

门里的女人似乎并没有多惊讶,毕竟他说过会来接她,就算她说了不用,他也不会听的。

司月推着箱子走到门口："早。"

季岑风接过她的箱子,同她应道："早。"

"我自己来吧。"司月伸手要拿回自己的箱子。

季岑风轻轻握住了她的手腕："司月。"

他声音低低的,眼神那样专注地落在司月的脸上。狭小的走廊里,季岑风遮住了所有的光。

"谢谢。"司月轻声说道,收回了自己的手腕。

离开文帝的时候,阿凤眼角红红地在司月包里塞了一张信封,阿野站得远远的,朝司月说了再见,就去送水果了。

一切都好像不过是一瞬间,所有的快乐、悲伤、冷漠和温暖全都变成了模糊的记忆,而那些曾经存在过的情感却深深地刻印在了人们的心上。

飞机起飞的那一刻,司月有些红了眼圈,她好像很爱哭,只是这一次,她很开心。

黎京晚上十点,车辆回到了明宜公馆。

远远地,司月就看见那幢精致而又辉煌的别墅在夜色下亮着莹莹的灯光。别墅正面的那片湖泊,整整齐齐地倒映着别墅的影子,提醒她,欢迎回到季岑风的家。

行李被季岑风先拎到了楼上,转身去找司月的时候,却发现她并没有上楼。

"怎么不上去？"季岑风下来，想去拉司月的手，却被司月微微侧身躲过。

男人眼眸闪动了一下，弯下身子靠近她："司月，我们到家了。"

他声音低沉而又醇厚，宛若一张温软的毯子想要把人裹挟进去。季岑风心口有些紧张地缩起，指尖发冷。

司月抬头看着他："季先生，我有话和你说。"

她声音清清淡淡的，却叫季岑风后脊僵了片刻，才又低声哄道："今天好晚了，我们先去洗澡，一会儿有什么话上床了再说也好。"

司月看着他，她以为他该是知道了的，可是这个男人显然只是在东问国的时候收敛了手脚，一回到黎京，便又开始肆无忌惮地入侵了。

可司月并不是在和他开玩笑。

"季先生，当时我们结婚的时候结婚证是你收着的，对吗？"司月抬脚朝楼上走，她记得当时的确是季岑风拿走了两本结婚证，大概是放在他的书房了。

"是吗？我有些不记得了。"季岑风跟在司月身后。

司月忽然停下脚步转过身，季岑风站在她的身后，两只手扶在栏杆上，好像要把她拥入怀中。

"你记得的。"

季岑风看着她："不是你收起来了吗？"

司月见他一副不认账的模样，倒是有些好笑地笑了起来。

男人见她笑了，顺势又往上走了两级，想把司月揽在怀里。

谁知道司月忽然收了笑脸，伸手轻轻抵住了季岑风的胸膛。

她深深地看了他一眼，语气轻缓而又郑重："岑风，谢谢你。"

季岑风的脸垮了下来，握住栏杆的手指微微收紧。

"真的，谢谢你。"司月扬起好看的眉眼朝他笑了起来，那是司月最真心的笑容，季岑风却不想要她谢谢他。

"不管我们之间发生过多少不开心的回忆，至少在我最痛苦的时候，是你把我拉了出来。"司月缓缓说道，"我记得很多我们之间快乐的回忆，但是岑风，你知道的，我们之间并不全是快乐。"

"很多时候，我想要说服自己，忍一忍，总会变好的，可在文帝的那段时间让我知道，生活可以简单一些，快乐一些的。抓不住的东西，有时候，放手是更好的选择。"

"互相折磨着过一辈子,太痛苦了。"

司月看着面前这个眼眸渐深的男人,她想起了很多个季岑风朝她笑的时刻,很多个他朝她伸出手的时刻,和这个男人在一起的时候,她真心实意地快乐过。

那就够了。

那就够了,岑风。

她不想要告诉他那个孩子的存在与离开,就当作是她对于季岑风,最后的温柔。

"……司月。"

季岑风沉沉开口,他完全站在了和司月同一级的台阶上,整个人从上而下地笼罩着她:"对不起,司月。我从前真的做得很过分,我向你发誓,以后一定不会了。"

男人的气息层层坠下,压在司月的心头。

他在求她,季岑风在求她。

司月轻轻地笑了起来:"岑风,你说你要向我发誓?"

"是。"

"可是……"司月眼眸清明地看着面前这个男人,可是这一次,司月不信他了,她不信他许的誓言,她不信他给的未来。

"岑风,我不要你给我的誓言。

"我现在只想,和你离婚。"

季岑风从前如何不在意司月给他的信任,现在就有多彻骨地体会到当那个女人收回对他的信任时,那种撕裂而又无力的痛感;他曾经那样固执地认为,只要把一切牢牢地掌控在自己的手上,他就不需要任何人的信任。

直到司月朝他说,她不要他的誓言。

她不信他的誓言。

季岑风两只手僵硬地握在扶手上,一句话都说不出来。

司月回身指了指书房:"结婚证是放在你的书房里吗?"

季岑风垂眸看着她,只低低喊着:"司月。"

女人转过身子,定定地看着他。

家里的灯很亮,这个男人的眼里,却没有光。

"季先生,"司月慢慢开口,"我和你的婚姻,从最开始,就是不公平的。

"那个时候的我没有选择,那个时候的你也并不是因为爱我,我们是因为痛苦、怨念、不甘还有恨意才重新走到一起的。岑风,这样的婚姻是不会有幸福的。

"只要我还欠着你季岑风任何一样东西,我和你就不是平等的。岑风,你还记得吗?你教过我的,你说在创作这件事上,人人都平等。只要你有足够惊艳的点子,就算你只是个学历不高、背景简陋的实习生,那也一样值得被人尊重。

"我把你这句话记了很多年,却没能那样有勇气地坚定执行下去。设计黎京美术馆的时候,人人都说我的设计是抄的,是温时修帮我的。那个时候的我觉得自己没资格也没理由去辩驳,我觉得我已经是这样的烂人,多一个不好的名声又有什么关系呢?

"但是,岑风你和我说,做得漂亮,司月。

"那一次,你信我的。"

司月脸上浅浅地洋溢着一种季岑风抓不住的明朗,好像那些曾经的快乐分明是与他有关的,却在这个时刻,司月告诉他,她要放手了。

"岑风,所有过去的事情,好的不好的,就在这一刻停止了,好吗?"

司月慢慢转过身子朝楼上走去,脚步行至书房的那一刻,她笑着回过头:"岑风,过去的这段时间里,谢谢你,真的。"

季岑风同意了和司月离婚,但是他有三个条件。

司月不在的这半年里,李水琴和司洵离开了黎京,去了夏川。因为一直联系不上司月,所以只告诉了季岑风。

司月后来给司洵打了个电话,司洵在电话里有些激动,说着说着还掉眼泪了。司月也不知道他怎么忽然对自己这个姐姐感情这么深了,心里有些触动,就多问了他几句现在过得怎么样。

司洵说他辞了黎京的工作,重新在夏川找到工作了,所以就把李水琴也接过去了。现在的工资还不错,加上之前司月也给了不少钱给李水琴,所以没什么需要司月担心的。

而那套季岑风买给李水琴和司洵住的房子也被季岑风收了回来。

所以季岑风同意离婚的第一个条件,就是不要司月再还任何的钱了。

司月没说话,问他第二个。

"我没和你签婚前协议，"季岑风坐在沙发上看着司月，"你会拿到我财产的一半。"

"所以我的第二个条件是，你收下属于你的财产。"

司月抿唇低低地笑了起来："我不能收。"

她不可能再收季岑风的任何钱了。

"如果我坚持呢？"男人眉眼深沉地看着她，"司月，我做了很多的错事，至少让我弥补你一点。"

司月眼眸抬起，看向客厅外的湖边。

国内已是冬天，湖边的那一小圈她亲手栽下的玫瑰却还鲜艳地开放着，随着冷风摇摇晃晃，萧瑟又坚忍。

"季先生，你知道的，我不会收的。"司月目光收回，语气没有半分退让。

季岑风手指微微收了半分，语气带着些试探："那你同意我第三个条件，好不好？"

"什么？"

"我们只是离婚，不是变成仇人。"

季岑风目光深深地落在那个神色平静的女人脸上，她还穿着从前在家里喜欢穿的白色毛衣。她会在周末的下午，窝在长长的沙发上，晒温暖的太阳。

如果那个时候，他能知道；如果那个时候，他能放下。一切会不会，不用走到这一步？

"好，我答应你。"司月嗓音落下。

男人僵直的背脊终于慢慢地缓了过来，他忍着心口的沉闷，站起身来朝司月笑着说道："今天晚上在家里吃吧，我去做——"

"不用了，季先生，"司月直接站起了身，朝卧室走去，"我一会儿拿了行李就走了。"

季岑风眼眸里光线暗淡，起身朝她走去："吃完晚饭我再送你也不迟。"

"不了。"司月没回头，走进了卧室。

她的行李很少，去东问国的时候，就好像冥冥之中有所预感，她只带了属于她的东西。如今回来了，也是那只简单的行李箱。

提起来，就是她的全部了。

司月从卧室里推出了那只箱子，男人沉默地站在门口。

季岑风知道他阻止不了，他知道他没理由阻止。

"我来吧。"男人低声说道,这件事他没再让步。

季岑风提着行李箱无声地走在前面,司月跟在他的身后,很多个时候,他们也曾经这样无言地走过很多地方。

他走在前边,她跟在后边。

从前无数个心甘情愿跟着他走的瞬间,忽然那样清晰明了地重现在了司月的脑海里。

司月不后悔。

她不后悔同季岑风结婚的这段日子,也不后悔那些她或心甘情愿或心碎悲痛受到的伤害。

她只知道,从今天走出这座别墅的那一刻起,她就是一个完完整整、同这个男人再无瓜葛的司月了。

她和他是平等的。

他们谁也不欠谁了。

司月住在酒店的第二天,就收到了李原送来的离婚协议书。季岑风的签名郑重地落在文件的最下方,司月也签上了自己的名字。

合上笔套后,她抬头看向了窗外的蓝天。一群飞鸟从遥远的天边飞过,而后,就是长久的寂静。

天上什么都没有,干干净净的。

司月深深地吸了一口气,然后倒头睡了这么多天来,最好的一个觉。

回到黎京后的第一个周一,司月上班了。

新搬的房子就在公司不远的地方,一个小小的一居室,原来的房客着急转合同,就低价租给了司月。

司月很喜欢这套一居室,位置好,小区的安保也好。虽然小是小了点,但是她一点也不在意。

早上七点半,司月穿上了她很久没穿过的高跟鞋,黑色的鞋面擦得很亮,淡淡的青筋沿着白皙修长的脚面向上,随着她轻快的步伐不时收紧。

她穿了一件杏色打底衫搭配浅咖色长裙,外面是一件卡其色大衣。头发柔顺地落在她挺直纤瘦的肩膀上,脚步"嗒嗒嗒"就迈进了许久未见的辰逸大楼。

她脸颊上还带着些冬日里凛冽的寒气,眉眼里却是生气蓬勃的灵动。

司月静静地站在电梯门口,和众人一起等电梯上楼,却在站定的第二秒,觉得这里的氛围有些奇怪。

司月微微地转头看了一眼四周,才发现有不少同事在偷看她,却又在她转头去寻的时候,纷纷收回了目光。

一个个好像见到鬼一样。

司月眨了眨眼睛,心里大概知道是为什么,她没打算瞒着和季岑风离婚的事情,却没想到这么快整个公司的人都知道了。

"叮"的一声,电梯到了。

司月轻轻吸了一口气,随着众人一起走进了电梯,她还有更重要的事情要做。

司月回到位置上,简单地整理了一下文件,就敲响了王经理办公室的门。

里面的人很快开了门。

"王经理,我回来了。"司月笑了一下,然后接着说道,"我这次出差的材料已经——"

可司月下半句话还没有说完,就怔在了原地。

因为里面站着的,是一个陌生的女人。她个头不高,看起来消瘦而又干练,头发整齐地向后缩起,脸上带着严肃的表情看向司月。

司月嘴巴微微地张开,然后立马退了几步看向了这间办公室的门牌:

设计部经理:李春华

"李、李经理?"司月迟疑了一下。

里面的女人面无表情地点了点头:"我知道你,司月,进来吧。"

司月来不及去想王经理去哪里了,只能跟着先进了办公室。

整整半年的时间,所有的照片、资料和总结全都已经十分详细而完整地被司月记录整理了下来。

司月坐在办公室里给李经理汇报了近一个小时,她倒是没想到,这个新来的李经理竟然对马古城的建筑也十分了解,给了司月很多的建议和评价。

"李经理您也去过马古城?"

李经理点了点头,声音有些沙哑:"以前跟着老馆长的时候,去过一次,但是我们待的时间不长，所以没有像你这样收集到这么多的资料。"

"老馆长？"司月问道。

"我以前是黎京博物馆的负责人，主要研究的就是历史遗迹这一块。这次你去东问国的项目也是博物馆和辰逸的合作项目。"

司月放下了手里的资料，静静看着李经理。

李经理仿佛知道她要问什么，表情还是那样严肃："你之前的负责人王景因为犯了大错已经被辞退了，所以现在是我负责设计部。"

"犯了大错？"司月眉头轻轻皱起，不解地问，"是在我离开的这段时间吗？"

"是。"李经理看向她，目光里有些司月看不懂的谨慎，"这件事情你就不要在公司多问了，影响不好。另外，下周是辰逸和博物馆的项目会议，你准备一下，到时候汇报这半年的成果总结。"

李经理说完就站起身要送客。

司月心里存着疑惑，却还是很快地也站了起来，朝李经理微微点头："谢谢李经理，您刚刚提的建议很有帮助。"

"不用谢。"

司月回到位置上，心思还是有些乱。她先把工作文件按照李经理的建议又整理了一下，然后在午休的时候，给王经理发了一条消息。

司月：【王姐，我今天回公司报到了，听说您离开辰逸了？】

咖啡间里，还是和从前一样，安安静静的。

白色的百叶窗被人放下，冬日里的阳光在司月的脸庞上投下了一条条明暗相间的阴影。

"叮——"

恍神间，司月的手机响了，她点开一看，是王经理的消息。

王经理：【司月，你回来了就好，真的很对不起。我离开辰逸是因为我犯了很严重的错误，不方便和你说，希望你也不要多问了。】

司月眼神怔怔地落在那个"对不起"上面，指尖微微发白。

司月：【王姐，为什么和我说对不起？】

司月心底生出一种不安感，王经理的语气和李经理的叮嘱，为什么都让她觉得王经理的离开和她有关。

王经理：【给你找的导游让你丢了东西，所以很抱歉。】

司月看到消息，才微微舒了一口气。

司月：【只是丢了身份证和一点现金而已，身份证已经补办过了，没事的。】

王经理：【那就好，我还有工作，先不说了。】

司月：【好。】

司月：【感谢王姐从前的照顾。】

王经理：【哪里的话，你能好好的就行。】

司月看着王经理的消息，轻轻笑了一下，然后收起了手机。

一整个下午，司月都忙着根据李经理的建议整理修改资料，然后就是准备下周的汇报内容。她再抬头的时候，整个设计组的人已经走得差不多了。

办公室的窗户外面星星点点地亮起了一串串明黄色的灯带，司月看了一眼时间，竟然已经晚上九点了。

她最后保存了一下文件，然后关闭了电脑。

黎京已经深冬，司月走出大楼的时候，稍稍拢住了身上的大衣。面前宽阔的街道上，车水马龙，无数盏明亮的车灯点亮了这条嵌于天地之间的银河。行人与汽车，就这样三三两两地相拥着汇入这一趟拥挤而又热闹的人间。

司月驻足在公司的门前，安静地看着眼前生动缭绕的人间烟火，明亮闪耀的灯带一圈圈缠绕在高大的梧桐树上，夜晚的黎京，美得那样惊心动魄。她眼眸里星星点点倒映着辉煌的灯火，嘴角弯起，轻快地走进了温柔的晚风里。

"嘀！"身侧车道传来了一声简短的鸣笛。

司月稍稍让了一下身子，偏头朝马路望去。

一个穿着深灰色西装的男人从那辆熟悉的迈巴赫里走了出来，司月眼里有些讶异："季先生？"她随后顿了顿，"我们不是——"

季岑风站在高大的梧桐树下，朝她笑了一下："可以请你吃个晚饭吗？"他明朗的眉眼晕在这深沉的夜色里，专注地看着她。

"……为什么？"

季岑风嘴角轻轻弯起，语气温柔而又认真："好聚好散，才会好散好聚，不是吗？"

司月在路边站了很久,她以为她和季岑风离婚之后,两人就不会再有任何交集了。

直到这一秒,她才意识到,或许关于季岑风同意离婚的第二个条件,根本就不是真的条件,那只是为了让她答应第三个条件而做出的以退为进。

他说我们只是离婚,不是变为仇人,所以他们不是仇人,他就可以继续追求她。

晚风卷起司月的发梢,扬在她的眼前。

司月微微眯眼看着面前这个男人:"没有必要的,季先生。"

"为什么没有必要?"季岑风如今是真的好耐心,他低下眉眼瞧着司月。

衣衫整洁而又秀致,两条小腿笔直纤长,踩着一双再简单不过的高跟鞋,黑色的单肩包挂在左肩后,两只手插在口袋里,白皙清秀的脸颊粉黛未施,在这昏暗的夜色里,平静地抬头回看他。

那眼神里没有了对生活无望的迷茫,没有了对未来担忧的彷徨。她端端正正地从辰逸的大楼里走出来,她眼里有对人间烟火的渴望。

司月真的不一样了,又或者这本就是她最想要成为的样子。不是谁的附属品,不做谁的笼中雀,没有家庭的拖累,没有他的束缚。这才是司月最想要成为的样子。

她离开之后,变得比从前更好了。

这种残忍的念头如细针一般密密扎着男人的心口,连同这冷风一起,叫他后脊阵阵寒凉。

司月从口袋里伸出一只手挑开了遮在眼前的几缕碎发,然后说道:"季先生,我们不是没有在一起过,但是事实证明,我们在一起并不合适。

"所以也没有必要再试一次,重蹈覆辙。"

季岑风慢慢地走近了一步,晚风轻轻柔柔地带着些司月身上的气息探入男人的鼻间:"可是我和从前不一样了。"

他声音极缓,好像怕司月听不到。

司月看着男人不肯退缩的表情,轻轻呼了一口气:"那季先生请便吧。"

女人说完朝他礼貌地笑了一下,便转身朝家的方向前行了。

她知道,如果季岑风铁了心想要做一件事,她是阻止不了的,但是她没有想到,这个男人会慢慢跟在她后面。

司月刚往前走了几步,想看看季岑风有没有乘车离开,谁知道下一秒就看到了跟在她后面的男人。季岑风也没有多说话，与她离着不太近的距离，同她一起朝家的方向走去。

司月驻足回看他，他竟也停在原地。

身边来来往往的行人欢声笑语，谁也没有注意到，昏黄路灯的照耀下，有两个人正静静地相望。

这一次，不一样了。这一次，她走在前面，他跟在后面。

季岑风说，他和从前不一样了。

不一样了，又会怎样呢？

司月不知道。

她放在大衣口袋里的手指微微收紧，然后转身继续朝晚风中走去。他要跟，就跟着好了。

只要季岑风想知道她住在哪里，他就可以知道，让不让他跟，左右都是徒劳。

灯火明亮的小区门口，保安尽职地站在岗位亭里。司月穿过小区的花坛，走到了自己的单元楼下。她伸手刚刚按了两下楼梯口的密码，忽然停住了手指。

她垂眸思索了片刻，转过了身子。

季岑风同她隔着一条小路，站在明亮的路灯下，看着她。

他还是与从前那般穿得少，面色却轻易染上了一些冬日里的萧瑟，一双漆黑的眸子不转睛地看着她，好像要把她牢牢刻在心里。

司月轻吸了一口气，朝他说道："你在这里等我一下。"然后转身上了楼。再下来的时候，季岑风站在了楼梯口。

"本来应该早点把它还给你的，只是我之前放在了包里，一时间忘记了。"司月走到季岑风身边，伸手要给他东西。

男人伸出手掌，摸到了一枚冰冷而又坚硬的戒指。

淡淡的素圈戒指在路灯下泛起了一层苍白而又暗淡的光芒，似乎是在提醒这个男人，他从前到底是如何轻蔑地对待这个女人。

季岑风慢慢收紧了手掌，任由这坚硬的戒指深深嵌入他的掌心。

"不送了，季先生。"司月却没有太多的情绪起伏，归还了戒指之后，倒真是觉得什么都不相欠了。

她输入了楼梯口的密码，转身上了楼。

家里暖烘烘地开起了空调,司月脱下了大衣先去洗了澡,温热的水花慢慢熨烫她冰冷的身子,再出来的时候,整个脸庞都泛起了淡淡的红晕,就连指尖都是温热的。

司月穿着棉质的长袖长裤,给自己煮了一碗面条。

电视里放着一部老旧的喜剧电影,司月坐在茶几旁的地毯上,一边吃着面条,一边眉眼笑起,看着电视里的热闹。

这个家真的很小,小到司月的身边没有亲人,没有爱人,但是这个家却又给了司月不曾有过的安稳,让她知道,在这里,她永远可以安心地躺下,不会有凶狠残忍的打手,不会有刻薄无情的谩骂,也不会有战战兢兢的谨慎。

电影一直放到了晚上十点多,司月去洗了碗,收拾了一下客厅便打算去卧室睡觉。

房间里点了淡淡的玫瑰熏香,司月前去盖上了盖子。

月光莹亮地照进卧室的每一个角落,女人走近窗台想要拉窗帘的时候,却那样清晰地看到了楼下的身影。

他静静地站在黑色轿车的外面,身形萧瑟地在这凛冽的晚风里挺立。指尖一点光若隐若现,连同着男人一起,沉默地溺在浓重的夜色里。

他在这里站了有多久?

司月甚至无法记起。

两个小时,还是三个小时?

为什么?

司月无声地站在那扇窗户前,片刻之后,拉上了窗帘。

她不该管他的,那是他自己的事。

第二天早上七点四十,司月准时从家里下楼。

早晨的冷风像小刀子一样锋利地割在人冰冷的皮肤上,楼梯口的大门刚刚打开,司月就看到了那个站在对面的男人。

他换了一件黑色的大衣,好看的眉眼缓缓展开在早已冻僵的脸颊上。男人手指轻动了一下,同司月说道:"早。"

司月看着他,久久才回道:"早。"

女人转过身,朝着小区门口走去。

一家家早餐铺子正是一天中最繁忙的时候,小孩子们在家长的催促下,喝下一碗碗热腾腾的粥,三两口吃下那些馅料丰富的包子,然后带着那身暖烘烘的热气,朝学校走去。

转过早餐店,就是人流密集的十字路口。

宽阔的八车道旁是密密麻麻的电动车,红灯转绿的那个瞬间,人流、车流,汇成一股势不可当的力量,所有人都在朝着一个不可知的未来,拼命奔赴。

司月随着这忙碌的人群一直朝前走,到达辰逸大楼的时候,不知为何,朝后看了一眼。

他还跟着她。

那些汹涌的人流,那段触不可及的距离。

他却还是,一直跟在她的身后。

没有走散。

冷风忽地吹起了司月额角的碎发,她眼眸敛起,转身走进了大楼里。

司月一早上都在忙着整理在东问国考察时的资料,李经理发来了下周要和博物馆开会时的文件,所有的资料都得按照博物馆方面的要求,重新整理。

中午的时候,她跟着办公室里的同事一起去了楼下的咖啡厅点餐。

从前很多时候她都喜欢一个人在楼上的咖啡间里随便吃一点,大家有些忌惮她是季岑风妻子的身份,她也在复杂的家庭关系里难以抽身,所以总是显得有些孤冷。

可如今她主动和同事一起下楼吃饭,倒是让很多人惊讶之余,也展示出了不少善意。大家最开始还有些小心翼翼,后来也就放开了。

有个小姑娘胆子大,好奇地问司月:"司月,我想知道季总在家里也是这么冷酷的吗?我来公司没多久,但每次看到季总总是有些心惊胆战的,就没看见他笑过。"

司月手里拿着咖啡,愣了一下。小姑娘却并非是故意看她离婚笑话的样子,倒好像是真的不知道她已经和季岑风离婚了。

"我和季总已经离婚了。"她解释道。

司月的话音刚落,好像整间咖啡厅刚刚还洋溢着轻松愉快的午餐氛围迅速凝结成冰,陷入了难言的死寂。

咖啡厅里坐着的,几乎都是辰逸的人。

本来司月来吃饭就让不少人悄悄往这边看了，谁知道她居然如此平静地说出了她已经和季岑风离婚的消息。同司月坐一桌的同事们更是惊掉了下巴，那个小姑娘嘴巴张得大大的，连呼吸都忘记了。

"怎么可能？"她喃喃说道。

司月眨了眨眼睛，倒是看不明白他们脸上浮现的那种难以理解的困惑，她有些不太明白。但是司月也不是很想去讲太多关于季岑风和她之间的事情，便笑着朝大家说道："已经过去了，现在我们两个已经没有关系了。"

她转向身边的那个小姑娘，认真地回答她上个问题："季总只是工作的时候比较认真，并不是针对某个人。"

小姑娘怔怔地点了点头，艰难地咽下了嗓子眼里的那口面包。

午餐过后，司月和同事们一起回了办公室。

冬日里的阳光透过办公室偌大的窗户照在每个人的脸上，倒叫人生了难以抵抗的暖意。大家都有些懒懒散散的。

司月还在整理资料，忽然听到小姑娘轻呼了一声："啊——哪位好心人给我们办公室点了下午茶！"

整个办公室的人忽然从慵懒的气氛里被拉了出来，一个个站起来朝那边走去。

原来是楼下的保安送上来的外卖。整整五大盒子的甜点和饮品，保安推了一个小推车才运上来的。

小姑娘忙不迭地问他："是谁给我们点的呀？"她看了一眼外包装的店名，是黎京最有名的那家甜品店。

保安帮着把外卖放在办公室空着的桌子上，朝司月看了一下，语气小心地说道："是季总点的外卖，说是代司月小姐请大家喝下午茶。"

他话音刚落，整个办公室的目光都落在刚刚才抬起头的司月脸上。

司月目光转去那一排排整齐摆放在桌子上的甜品，眼里却是比所有人都还惊讶。

办公室里，大家都有些跃跃欲试的兴奋，可是司月的表情却又实在不是开心的模样，叫大家不敢轻举妄动。

司月抿起了唇，轻声说道："我和季先生已经没关系了，所以应该是弄错了。季总只是个人单方面请大家吃下午茶。"

她说完就站起身，要朝办公室门外走去。

小姑娘伸手拉住了司月:"司月,你不尝一点吗?"

司月看了一眼甜品,摇了摇头:"我中午吃饱了,你们吃吧。"随后就离开了办公室。

司月来得比季岑风想象的还要早一些。

他站在明亮的落地窗前,看着司月站在他的办公室里。

楼里面开了很足的暖气,她只穿了一件白色的衬衫,搭配一条黑色的西装裙,头发被松松地绾在了后面,有几分兴师问罪的样子。

季岑风嘴角挂着浅浅的笑意,让她去沙发坐:"他们家最近出了好多新品,我就每样都点了些。"

男人伸手虚虚地揽在她的身后,她却后退一步,面色并不轻松。

"季先生,如果你只是跟在我身后回家、上班的话,说实话我管不了你。但是这样公开地在办公室送下午茶,真的不合适。"

季岑风定定地站在原地看着她,眼眸里的笑意渐渐散去。

"可是我在追你。"他嗓音喑哑,静静地看着司月。

"我不要你追我。"司月回道。她抬头看着季岑风,却发现那个男人的目光好像烈火一般,静静地炙烤在她的身边。

季岑风选择退步:"好,下次不会再这样让你不舒服了。"

司月松了口气,可她"谢"字还未说出口,就听到——

"但是你不能剥夺我追你的权利。"季岑风缓缓说道。司月的如释重负被他清晰地看在眼里,一种难熬的刺痛顺着他的经脉蔓延。

司月眉毛轻轻地皱起,不知该如何回答他。

季岑风低低地笑了一下,好像是想结束这个不愉快的话题:"司月,我有东西给你。"他是想让司月来找他,却不是为了让她不开心。

司月还是站在原地没有动,季岑风快步走到自己的办公桌后拿来了一封信。

"这是什么?"司月低声问道,却没有伸手去接。

"给你的回信。"季岑风说道。

"回信?"司月不明所以地看着这个男人,"我没有给你写过信。"

季岑风手指微微收紧在那个白色的信封上,嗓音里有难以察觉的后悔:"有的,你有给我写过的。"

他伸手握住了司月的右手，将信放在了她的手中。

"司月，这是我给你的回信。"

那天晚上，季岑风还是和昨天一样，跟着司月默默地走回了家。司月没有回头，径直走上了寂静的楼梯间。

回家后，她忘记了开空调，女人穿着大衣坐在沙发的一隅，拆开了那封雪白的信。

上面写着"给司月"。

这一封信，关于所有迟来的道歉。

【岑风，这几天我都在忙别墅案的第二版设计方案，每天从家里出发去公司，晚上八九点由司机接回家。没有去其他地方，也没有和什么朋友见面。】

【你按时吃饭，注意身体。】

岑风：【司月，对不起，那天我没能陪在你身边。这是你第一次独自接手别墅设计案，那天我带你去见了别墅的主人，你们见面之后，我们其实私下又见了一次。他和我说："季先生，你妻子真是又漂亮又有才华，嫁给你之后还坚持做自己的事业。"我没同他多说什么，只是说这是你喜欢的事情，想做就让你去做了。其实我心里又高兴又不高兴，我不喜欢别人说你漂亮，不喜欢别人看到你的好。我自私地只想把你藏在我身边让我一个人拥有，却又在看到你慢慢地变回从前那个自信的司月的时候，由衷地为你感到高兴。】

【岑风，今天早上我去和客户见面了，他对第二版的设计挺满意的。晚上我和小组同事一起在公司楼下餐厅吃饭了，晚上九点回家。你按时吃饭，注意身体。】

岑风：【司月，对不起，那天没我能陪在你身边。好像没有一次，我陪着你吃过庆功宴。我实在是错过了太多次同你说恭喜的时刻，而我那么自私地想着，如果是我所有开心的时刻，我一定想要把你留在身边。因为那些没能同你分享的快乐与喜悦，全都没有意义。】

【岑凤，今天周六，我早上去了我妈妈那里，中午和司洵出门缴费，还买了点东西，下午三点司洵把我送回家的。我妈做了不少腌鱼放在冰箱里冷冻了，也不知道你喜不喜欢吃。你在外面按时吃饭，注意身体。】

岑凤：【司月，对不起，那天我没能陪在你身边。好像自从你嫁给我之后，我都没有和你的家人在一起认真地吃过一顿饭。我自然地认为我只是娶了你，而你的家庭我只需要用钱去打理。你妈妈做好的腌鱼一直放在家里的冰箱里，阿姨之前问我要不要拿出来做菜吃，我想了想，还是想要等你回家一起吃，但是你从东问国回来的那天，没有再给我机会。】

【岑凤，我今天在家休息了一天，没出门。黎京下大雨了，没打雷。你按时吃饭，注意身体。】

岑凤：【司月，对不起，那天我没能陪在你身边。我知道你害怕雨天打雷，从前黎京下暴雨的时候，你总是夜半钻进我的怀里。那个时候我因过去的事情，还在同你生气，却又在你瑟瑟发抖的时候情不自禁拥紧你。可是你后来去了东问国，那个雨季常常下暴雨打雷的东问国，你再也不怕了。有时候我在想，是不是没有我，你可以走得更远更好，变成更勇敢的司月。可是，司月，每次想到这个问题的答案也许是"是"，我都觉得心痛得快要死掉。】

【岑凤，今日正常上班，晚上六点由司机接回家。黎京美术馆十月一日动工，陈总邀请我去观礼，岑凤，到时候我们一起去吧。你按时吃饭，注意身体。】

岑凤：【司月，对不起，那天我把你弄丢了。这是你第一次参加的美术馆设计案，我代你去了开工现场。那些让你摔倒扭伤脚踝的坡地全都变成了平地，连同你的消息，一起离开了我。那段时间，我才明白，原来从前你同我在一起的时光，都是上天施舍给我的仁慈，你离开的那个瞬间，就是我跌进地狱的开始。】

司月，我好像真的错过了很多很多关于你的事情，我曾经以为我已经无法挽回,我曾经以为我会这样后悔一辈子。

可是好在你回来了,好在你还在我身边。

小月亮,这封信只是想告诉你,从此往后,你的所有快乐与遗憾,每一分、每一秒,季先生,永远不会迟到。

岑风

黎京今年入冬迟,快到一月末的时候,温度才终于狠狠地降了下去。

一夜过去,天地之间都是萧瑟肃穆的寒意,司月早上睁开眼就觉得脸颊有些冰冷。她洗漱完后,喝了一点热牛奶,然后就坐在窗边细细地化起了妆。

圆形的化妆镜里,是一张小巧精致的脸,她妆化得很淡,一支红色的唇膏擦在略显苍白的嘴唇上。头发细细地盘起在后脑勺,最后戴上了两只银色的耳坠,随着女人的走动,摇曳相击。

司月今天穿了一条黑色的裙子,散开的裙边落在小腿的中部,踩一双红底黑面的高跟鞋,出门的时候,还在外面套上了一件厚重的深咖色大衣。

她还未走到楼下,就已经感受到了冬天的威力,伸手推开楼梯间大门的那个瞬间,无数道软刀子就迫不及待地扑上了她的面颊。

司月轻"呲"了一口气,然后抬头看见了站在对面的季岑风。

他一身黑色的西装,整个人岿然不动地站在这猎猎的冷风里。

男人敛起的眉眼在看见司月的第一秒,就仿佛春日里的寒冰一般,化成了柔软的春水。

季岑风走上前,低头看着她:"早,司月。"

女人只浅浅地描了眉眼,一张半开的红唇间露出在白玉般的牙齿。目光仍带着些许晨起的茫然,那红唇却叫人看得有几分心痒的难耐。

司月看了他一眼,轻声道:"早。"然后便和从前一样朝公司走去。

过去的整整一个星期,季岑风都是这样跟在司月的后面陪她上班下班,他跟得远远的,看着司月朝着她的方向奔赴,他就沉默地跟在她的身后,一句话不说。

早上十点,李经理和司月做了最后一次演练,下午三点博物馆的负责人就会来和辰逸的设计团队一起开会。

司月脱了大衣坐在办公室里，李经理觉得她整理的资料已经没什么可以挑剔的了。

"下午的时候正常发挥，肯定没有问题的。"李经理虽然表情严肃，但话里还是安抚司月。

她倒是真没想到，这个离了婚还让季总心心念念忘不了的女人，短短一周的时间就按照她的建议把汇报内容全部重新整理了一遍。所有的建筑都按照分类标准做了不同的分类，更不要说对于每一幢建筑司月所做出的标注与见解，那并不是简单的查找资料和生搬硬套，而是这个女人独特的思考与理解。

李经理忽然有些明白，为什么司月在和季总离婚之后，还能让季总这样念念不忘。她不是只会攀附于男人的金丝雀，她有她令人无可抗拒的闪光点。

下午三点，会议定在了顶楼的大会议室举行。司月提前上去调试了一下设备，她把资料又重新翻了一遍，应该是没什么问题了。

女人轻轻倚靠在一旁的桌子上，两手环抱于胸前，侧身看着投影幕布上显示的一张张照片。一瞬间，她想起了很多个和阿野在一起的时光。

那么多个炽热的白天，他站在炽烈阳光下，陪着她拍完一张又一张的照片。阿野从来不会催她，从来不会抱怨，他站在一个遥远的距离之外，静静地看着她。

"咔嗒！"一声轻响，将司月的思绪拉回现实。

站在会议室最前面的女人静静回头，看见了走进来的季岑风，他拉开了会议室最角落的一张椅子，从容地坐下。

窗外的阳光缓缓流淌在这个安静的空间里，她望着他，他望着她。

他坐在那个不会打扰到她的角落里，他保持着那段不会打扰到她的距离里。他像阿野一样，只是那个男孩没有跨出这一步的勇气，而这个男人没有再失去她的勇气。

会议室里，很快又来了很多熟悉的、陌生的面孔。司月安静地站在会议室的最前方，等着所有人落座。

李经理从前在博物馆工作过，所以对两边的人都很熟悉，她简单利落地介绍了一下这个辰逸和博物馆的合作项目，然后就请司月开始介绍。

这一次,司月比从前介绍黎京美术馆项目的时候,更加从容与自信。

女人声线缓缓地流淌在这间宁静的会议室里,几乎所有人的视线都被她牢牢吸引。

分明最开始,那些或疑惑、或轻蔑的视线落在那个女人姣好的面容上。她纤细的手腕握着那个小小的遥控器,站在投影幕布的最右侧。室内开足了温热的暖气,她只穿了那条简约收腰的黑色长裙。手臂时不时晃过人们的视线,黑色高跟鞋轻轻落在光洁的地板上。

"嗒嗒嗒"。

一个男人的视线穿过层层重叠的身影,落在了那双白皙的脚踝上。

季岑风还如此清晰地记得,那段她同他和好的日子,她会坐在车子的后面,依偎在他的身边。那只纤细柔软的手掌掩埋在男人黑色的衣袖下,与他十指相扣。

他记得他站在电梯前,对她说她的脚踝好漂亮;他也记得她害羞的笑。

男人的脸上平静得没有一丝波澜,他搭在膝盖上的指尖却因发力而暗自青白。

司月简单地讲述完了马古城的现状之后,便开始了更加深入的介绍,每一处遗迹的过去、现在和未来。当年建造时是在怎样的情况下,建筑风格又是因何而成。遭受破坏后如何尽可能地去保护它,未来又该如何将这一建筑的特色风格发扬光大。

那个女人站在会议室的最前方娓娓道来。

后来,那些视线离开了她的身子,离开了她的脸庞,那些令人触目惊心的遗迹,那些令人惊叹的建筑,那些深入人心的见解。

整整两个小时的会议,没有人走神。司月声音落下的那个瞬间,才发现所有人都还沉浸在那个古老而又神秘的国度里。

他们不曾对这个项目有过任何的期待,他们不曾对这个女人有过任何的期待。

那是一个拖到最后差点取消的项目,这是一个看起来并无内涵的美丽女人,可是她神采奕奕地给他们带来了一个远超预期的汇报,那样耀眼夺人,那样叫人心生喜爱。

会议结束的时候,博物馆的负责人很是郑重地邀请了司月去博物馆做一期关于马古城的建筑演讲,虽然那只是一个很小很冷门的建筑分支,但是这样详尽而又吸引人的介绍却着实令人着迷。

司月答应了博物馆负责人的邀请,然后便随着李经理一同回到了办公室。会议结束之前,有几个人提了一些建议,司月打开了电脑开始循着建议做修改。

设计组过年前没再接什么大项目,所以很多人这几天已经不愿意再加班。晚上六点,办公室里就只剩下司月一个人。

她把离得稍远的灯都关了,只留了头顶的一束灯光。

司月一只手微微支着头,另一只手拿着笔在文件上做着修改。

她把所有收到建议的地方,都仔细地修改了一遍。最后有几个点她还拿不定主意,在位置上思考了许久也不知道该如何落笔。

司月嘴唇轻轻抿起,抬眼看了下时间,已经快晚上九点了。她手指在文件上摩挲了几下,决定明天再去解决这些问题。

她抻开手臂轻轻舒展了一下身子,然后便站起来去拿大衣穿,却在转身的那个瞬间,看见了不知道从什么时候起就坐在她身后的季岑风。

男人沉默地坐在那片黑暗里,身前的西装纽扣被他解开。他修长的手指搭在黑色的座椅扶手上,抬起头,看着司月。

司月心口不自觉地轻跳了几下,她手指收紧在大衣的领口,开口问他:"你什么时候来的?"

男人目不转睛地回她:"七点。"

司月舌尖在嘴边停顿了几秒:"我说过,你没必要每天跟着我上下班的。"

座位上的男人眉眼轻轻地舒展开,站起了身:"走吧,司月。"

他穿着黑色的西装,她穿着黑色的裙子。

季岑风跟在她的身后,同她一起朝电梯走去。

"叮——"

电梯门缓缓打开。

两人先后走了进去。

男人的气息似有若无地钻进了司月的鼻间,她又想起了他坐在会议室的最后一排,那样认真地听她的介绍。

安静的电梯里,气氛过分沉重。

司月看着面前银色的电梯门,轻轻开口:"谢谢你。"

关于那些建筑的过去,关于它们的历史,是季岑风后来跟着她去拍照的时候,——告诉她的。

身后的男人似是低低地笑了一声,电梯门开,他随着女人一起走了出去。

那天司月上楼时,收到了第二封信。

季岑风离开的时候,和她说:"你永远不需要和我说谢谢。"

女人轻轻捏着那个雪白的信封,坐在客厅的沙发上,又一次拆了开来。

这一封信关于一个小姑娘的成长。

司月,我有没有和你讲过我在国外读书的故事。

我十岁那年,岑雪去世。对我而言,我失去了父母。

在季家待到十五岁那年,我给季如许写了一张欠条,然后去了M国读书,高中、大学、研究生。我没日没夜地打工、读书、赚钱、还钱。

我从没和人讲过,在M国独自生活的那近十年,我忍受过怎样的痛苦与孤独。

所以当我看见那个小小的你躲在楼梯间哭泣的时候,当我看见那个小有成绩的你和同事一起庆祝的时候,我想手把手带着你,教你去拿到最好的东西。

可是我却忘记了,你是一个独立的人。我擅自调走了你组里的同事,帮你安排了有经验的设计师。我知道你那段时间总在为工作的事情苦恼,我不想看见你那样。

不想要你睡觉的时候,眉头总是微微皱紧;不想要你吃饭的时候,因为想到一个点子就跑去电脑那里。

我自私地夺走了你本可以成长锻炼的机会,却忘了独立自信的女人才是最漂亮的。

有些时候,我自私地希望,你什么都不会。

你不会设计,你害怕吃苦。

你什么都没有,只能乖乖待在我的身边。

可是,司月,我又想了很久很久,好像在我第一眼爱上你的时候,是因为你坚韧不拔的性格。

就像无数个从前的我,在阴暗里拼命地发芽。

那个时候的你那样脆弱，那个时候的我，那样想保护你。

今天我才发现，我最爱的还是你自信地站在台上绽放自己光芒的时候。你说起那些建筑的过去，你说起那些动人的情怀。

小月亮，这封信只是想告诉你，从此往后，我不会再擅自干扰你的任何决定。

但是有一件事，永远不会改变。

就是季先生永远保护你。

岑风

司月那天晚上睡得不是很好，反反复复，总是做一些梦。

最开始，是随着司南田刚刚搬到黎京城里的时候，李水琴常常和司南田吵架，他们一边吵架，一边还要拉着司月。

李水琴哭着说司月不管他们的死活，司南田说司月最喜欢自恃清高。

司月忍着一天的疲惫想要逃回自己的房间里，可天地瞬间变了色，惊雷轰地从极近的地方打了下来，暴雨如注。她变成了幼时的司月，哭喊着拍打着那扇小小房门，求司洵开门让她进去。大雨冰冷地浸湿了她身上的衣服，好似地下伸出无数只手，拖曳着就要把她拉下去。

司月拼命地站起来想要逃离这个地方，漫天大雨中她什么也看不见，却拼了命地朝那个未知的方向跑去。

跑啊跑，跑啊跑，她跑丢了脚上的鞋子，跑进了一座居民楼里。

那楼道散发着常年湿冷的霉味，早已坏掉的灯泡阴森地趴在那片黑色的墙面上朝下看。司月战战兢兢地扶着那片冰冷的墙面朝上走，却在拐角的地方看见了倒在地上的司洵和李水琴。

鲜红的液体从家门口蔓延到了他们的身上，司月分不清到底是红色的油漆还是四溅的鲜血，她惊恐地跌坐在那坚硬粗砺的楼梯上，嘴巴张开想尖叫却无论如何都发不出一点声音。

司月拼命地喊叫，那阴森的楼梯间却像一只巨大的怪兽，吃掉了她的所有惊恐尖叫。

"司月，要不要吃山楂？"

忽然，一个男人的声音从司月的身后响起。她满眼泪水地转过头去，却看不清那个男人的脸。他眉眼半掩在晦涩的黑暗里，却朝她伸出了一只温热的手。

司月颤抖地拉上了他的手，男人嘴角轻笑，将她打横抱了起来。

忽地，她又变成了成年的司月，身子颤抖着，紧紧抱着那个男人的脖颈。他轻轻地将她的头靠在了自己的胸前，然后抱着她走出了那条寂静的楼道。他们穿过了长长的玫瑰花园，抬眼会看见连绵的山脉。那条路并不好走，男人却一步一步稳妥地将她放在了一张柔软的床上。

他怜惜地抚上了司月脸颊上的泪珠，然后对她说："司月，你有没有想我？"

司月有些茫然地看着面前的男人，她不认识他，她把他忘记了。

可是男人却一点都没有生气，他只是长长地、长长地叹了一口气，然后离开了那个房间。

司月朝着他离开的方向看了很久很久，久到她睁开双眼的时候，才意识到，那不过是一场梦。

床头的闹铃响了很久，司月伸手将它摁停。

她把头埋在被子里，深深地呼了一口气，然后才慢慢地坐了起来。

✦ 第十五章

爱恨交织

　　司月昨天接到了博物馆那边的电话，和她联系的是一个叫作沈棋的男人，听着声音挺年轻的。他在电话里和司月讲了一下希望能约个时间和她讨论一下做马古城专题演讲的事情。

　　司月看了下时间，和他约了今天下午。博物馆离辰逸距离不算太远，司月打车过去不过二十分钟。

　　远远地，司月就看见了一个穿着白色羽绒服的男人，他面庞还有些稚嫩，看起来像是刚出校园不久。

　　沈棋老远看到司月下了出租车，就小跑着朝她的方向过来。

　　司月朝他笑着点了下头。

　　沈棋嘴角咧开哈出了不少白气："司月老师你好。"

　　司月倒是第一次被人喊老师，她随着沈棋朝博物馆里走："你好，沈棋。不过我不是老师，你可以叫我司月。"

　　"怎么会不是老师呢？司月老师，我看过你画的那幅黎京美术馆的设计图，还有你后来设计的那幢私人别墅，真的是太绝了！特别是你关于黎京美术馆设计的理念，我当时就觉得到底是怎么样的设计师能想出这样的点子，今天我看到你，我才觉得，真的是上天偏爱。"

　　沈棋的嘴巴一路上就没停过，拼命地说着司月的好话。司月倒是有些好奇，他怎么知道她参加过的这两个设计案。

沈棋伸手推开了博物馆的大门,让司月先进去暖和暖和。

"司月老师估计不记得了,年前的时候,你参加过一次酒会活动,你先生那个时候给你介绍了那个别墅设计案的主人,后来你们还一起吃饭了。"

"你怎么知道的?"司月脱下自己的大衣,叠好拿在手里,随着沈棋朝办公室走。

"他是我叔叔,那天我也在那个酒会上,只不过我没见到你人,后来叔叔搬家的时候提起过你,说你和季先生感情极好,还说你不仅设计有灵气,而且很努力。为了这个别墅前前后后找了他好多次,最后交给他的成果他也很满意。"

从旁人那里听到对于自己设计的评价总归是有一些不一样,虽然司月大概率知道沈棋只是在说些客套话,但她心里真有些高兴。

两人边交谈着,边走进了沈棋的办公室。

黎京下午的时候,天气越发阴寒,气象局三点时发出暴雪橙色警告,四点开始下雪。最开始只是零零星星的一点点,点缀在昏暗的天色里,翻腾在暖黄的灯光里。后来,漫天鹅毛大雪,好似一层密密的织网,轻轻落在这片冷寂的天地之间。

白色安静的病房里,李原正站在一旁念着辰逸这段时间的工作简报,他已经在这里汇报了快有两个小时,病床上的男人脸色却没有任何好转。

透明的液体一点点带走季岑风的体温,他的手指冰得吓人。

"几点了?"季岑风侧头看着窗外洋洋洒洒的大雪,声音有些低哑。

李原抬手看了眼手机:"四点四十了,季先生。"

季岑风掀开了盖在身上的被子,下了床。

李原嘴角紧紧地抿起,他知道有些话,说了也没有用。

医生早就三番五次地和季岑风叮嘱过,他的胃已经被他自己折磨得不成样了。之前他是想死,所以彻底放弃了自己。可现在他明明最应该遵医嘱养身体,却偏偏日日去等司月。

她熬到晚上七八点才下班,他就等到七八点。

再把她慢慢送回家,他才肯回家。

一来一回,吃到晚饭的时候常常已是深夜,更有时候,他胃痛到无法忍受,便会只吃些止痛药然后直接睡下。

可是胃痛磨人，他又如何能睡得好，左右不过剩几个小时，又早早起来，去司月的楼下等着。

天气一日冷过一日，他每天六点站在司月的楼下。李原甚至不敢去想，今晚这一场大雪落下，明早该会有多冷。从前他只觉得季先生无坚不摧，现在才发觉，不只是对司月狠，季先生对自己更狠。

要不是中午的时候痛到冷汗直流差点连路都走不了，季岑风现在也不会待在医院里。他有很多的事情要做，他有辰逸这家公司要管理，他更要事事以司月为先。

这个男人毫不吝啬地瓜分出了自己所有的时间，却那样潦草地将自己丢在了无人问津的角落里。

李原再抬起头的时候，季先生已经穿上了黑色的大衣，除了那张略显苍白的唇，几乎看不出来那是几小时前连路都走不了一步的人。

"季先生，现在要去博物馆接司月小姐吗？"李原跟在季岑风的身后。

季岑风点了点头，低声问他："车上有伞吗？"

"有的，季先生。"李原答道。

"好。"

黎京博物馆这几年常常做一些颇有新意的展览活动，所以前段时间才会朝司月发出邀约，请她来博物馆讲讲她在东问时看到的那些建筑。

沈棋今年刚从大学毕业，他在博物馆主要负责的就是活动策划。几个小时的讨论下来，他们基本确定了这次活动的方式。

司月会同他一起筛选出一百张最具有代表性的照片，在活动当天展示在博物馆内，然后在下午的时候，邀请所有感兴趣的人一起听司月做一场演讲。演讲的内容会同司月在公司里做的演讲有所不同，这一次演讲要更侧重于司月个人的经历，她在东问国的生活、遇见的人、看见的事，以及参观这些建筑时的心情。

司月七七八八记下了所有的要求，终于在六点的时候，结束了所有的讨论。

沈棋这才得空看了一眼窗外，他打了一个哈欠，拖着调子说道："天都这么黑——"

"天啊！"他声音忽然提高。

司月顺着他的目光看出去，窗外竟然下起了鹅毛大雪，雪花轻轻飞舞在明亮的灯光下，那样温柔地给这个世界披上了一层洁白的被子。所有匆忙前行的脚步都被这柔软雪花轻轻地绊住，车辆、行人缓慢地赴这一场冬日的约定。

司月转过头去。

她有些发怔地看着窗外那片漆黑的雪景，她好像看到了一片宁静而又空旷的田埂，细细的一条小道蔓延在无边无际的麦田之间。

天地一片寂静。那天，也是这样的漫天大雪。

"司月老师，你打算怎么回去？"沈棋找了一把伞，这才发现司月正看着窗外发呆。

司月听言回过神来，站起身子，去穿自己的外套："我刚刚打车过来的，现在打车回去就好。"

沈棋朝她晃了晃车钥匙："我送你吧，现在估计很难打到车了。"

司月跟着他朝外走，没有答话，两个人无声地穿过已经闭馆的博物馆，沈棋推开了大门。一阵风雪急急地掀起了司月的衣角，冰冷地攫取着她身上仅存的温热。

雪花翻飞在女人的眼前，她不禁微微闭上了双眼。一把大伞很快就稳稳地打在了司月的头上。

沈棋低头朝司月说道："司月老师跟我从这边走，我的车就停在左边的停车场。"

司月身子却没有动，她慢慢地睁开了双眼，看见了那个站在路边的男人。

她不知道他要来，但她知道他会来。

男人身姿笔挺地单手撑着一把黑色的大伞，昏黄的路灯下，无数上下翻飞的雪花悠扬地落在那把黑伞的顶端，然后慢慢滑下。

他穿着一件深色的厚重大衣，眉眼平静地朝她走了过来。

司月记得很多关于季岑风不信任她的画面，只要是她和任何男人或长或短地接触，季岑风都会从心底里觉得，她是在勾引别的男人，所以他会问她晚上去了哪里？和什么人一起？为什么？去多久？什么时候回来？

而后来，他会直接说她撒谎，他不信任她，所以司月后来才知道，她其实说什么都没用。

司月慢慢地收回了目光，朝沈棋说道："麻烦你了。"

她不想再听到那些话，可是她还未朝着沈棋的方向迈出第一步，那个男人就伸手轻轻拉住了她。他的手那样冷，贴在司月余温尚在的手腕上，生生叫她激起一阵战栗。

司月有些不敢相信地抬头回看他，他到底在这里站了多久？

季岑风随即收回了手，垂下眉眼看着司月："我送你回去吧。"

司月屏气看着这个面色平静的男人，他从来都是这样，看见她和别的男人在一起，会把怒火隐藏在平静的质问下。

可是司月还没来得及拒绝，沈棋就开口了："是季先生啊，您和司月老师的感情真好，这么大的雪还来接她。"

沈棋并不知道司月和季岑风已经离婚了，既然季岑风来了，他倒是也省了事。

司月最后还是上了季岑风的车，沈棋说得没错，这样的暴风雪，街上根本打不到车。

季岑风把司月送到小区门口，一路上，他什么都没问。两个人隔着宽宽的座椅，各自倚在一侧。车里的暖气慢慢地温热了司月的身子，她不知道，他的手掌是不是也不再那么冷了。

司机只能把车子停在小区门口，保安解释说里面有段路因为积雪严重堵了，所以晚上的时候外来车辆都不让进。

"谢谢你，季先生，我自己进去就可以。"司月朝季岑风道完谢，就下了车。

李原从副驾驶转过头来，将刚才的伞又递出来："季先生，伞在这里。"

季岑风看了一眼："不用了。"随即也跟着下了车。

还是同许多个送司月回家的夜晚一样，男人沉默地跟在她的身后，寂静的雪夜里，只有那低低的"沙沙"声。

司月走一步，那个男人走一步。大雪轻轻落在他的肩上，她的发梢上，他的眼睫上，她的衣袖上。

积雪深重，司月走得很慢，那缓慢的"沙沙"声，声声落在她的心上。

"季先生，回去吧。"司月伸手按在楼梯口的门把手上，侧身看着季岑风。他就站在离她不远的地方。

季岑风轻轻点了点头："行。"

大雪越下越大了，随着呜咽的晚风呼啸在男人的身侧。

洁白的信封在冷风中瑟瑟发抖。

司月接过:"回去吧。"

"好,我看你上去。"男人嗓音淡淡,眼里有不易察觉的血丝。

那天晚上,季岑风在楼下站了很久很久,久到层层的积雪顺着他的发梢簌簌落下,落在他湿冷的大衣上,落在他僵硬的手指上。

他长久地凝视着那场浩浩荡荡的大雪从无边无际的夜幕慢慢落下,夜色越暗。

季岑风想知道,司月还记不记得那天,外公同他们说:"一起在雪天里走过的人,一定也会共白头。"

家里只开了一盏小灯,窗户隔绝了所有的极寒风雪,好像荒谬世界的避难所,司月坐在沙发里,闭着双眼。

她大衣还没有脱下,整个人蜷缩在绒面的沙发里。

她不想去面对那些信,可她分明闭上了双眼,却能看得见那些飞出的字眼。好像那男人从前所有无法说出口的自我,都被他这样一笔一画地写在了这些单薄而又易碎的白纸上。

司月知道,她可以选择不看的,季岑风给了她选择的权利,她可以轻易把它撕碎,她可以轻易把他撕碎。

这一次,季岑风毫无掩饰地,把自己剥离在了她的眼前,只要她想,就能叫他痛不欲生。

客厅里,灯光过分安静,四周仿佛形成了一片看不见的凝滞气息,缓慢地笼罩在那个不知何时睁开了双眼的女人身上。

坐在沙发上的第二十分钟,客厅里响起了"沙沙"的拆纸声。

昏黄的光圈下,信的开头,还是那句"给司月"。

这一封信关于珍惜。

    司月,你离开黎京的那段时间里,我曾无数次地翻看过你给我发的那些短信。

    从我们和好的时候,从我们冷战的时候。

    明明你曾那样努力地挽回过我们之间艰难易碎的婚姻,我却还那样自负地认为,你永远也不会离开我。

    我总坚信,只要我还是季岑风,只要你还是司月,我就可以永远地把你留在我的身边。

直到那天，我打不通你的电话。

直到后来，我再也打不通你的电话。

我才知道，我不过是这个世间最普通的男人，在失去你信息的那一秒，就能轻易地被打败。

我输得一败涂地，我输得狼狈不堪。

那时我才知道，所有你曾经朝我走近的时刻，我有多么幸福。我曾那样奢侈地拥有着你，却又那样残忍地伤害着你。

司月，对不起。所有我伤害过你的过去，我会用我的下半辈子去补偿。

你不用觉得害怕或者有压力，也不用着急回复我。

我们——还有很长很长的以后。

小月亮，这封信，只是想告诉你，这个男人尝过了失去的痛，那痛差点要了他的命。

从今往后，每一个日子，季先生永远珍惜你。

岑风

客厅的窗户"哐当哐当"地传来了冷风的咆哮，司月捏住信纸的双手却深深地印在了单薄的纸面上。

指甲轻而易举地穿破了信末尾那个男人的名字，司月浑身烫到无法平静思考，那些所有的痛苦与欢愉相互掺杂着，如同暴风骤雨一般袭卷在她尘封的回忆里。所有曾经让她流泪的时刻，在那个男人朝她说"珍惜"的瞬间，泛起退缩又痛苦的战栗。

季岑风说，他和从前不一样了，从前他不会轻易道歉，不会轻易低头，他说他尝到了苦头，他说他会永远珍惜司月。

沙发上的女人紧紧地捂住了自己的脸，她胸口急促地在这寂静的夜晚发出了难以呼吸的喘息声，然后又那样无力地倒在了小小的沙发上。

那天晚上，司月发了高烧，她浑浑噩噩地简单洗漱了一下，然后就一头栽进了冰冷的被子里。

司月不记得，去年的黎京，冬天是否也这样寒冷。她只记得，外公灶台前，

"噼里啪啦"的柴火声。

黄色的火焰跳动在黑色的灶台里,潮湿的树枝扔进去会有微小的爆裂声。那个小小的取暖器放在床尾的地方,晚上躺进去的时候,他会叫她踩在他的膝盖上。他紧紧地将她拥在自己的怀抱里,同她共做一场冬日的旧梦。

去年的冬天,好像没那么冷。

她没有发高烧,他也没有进医院。

第二天早上下楼的时候,司月没看见季岑风。

李原打了一把伞站在楼梯口的对面,缓缓地朝她走过来。

"司月小姐,季先生出差了。"

司月看了他一眼,点了点头:"早"。

"早,司月小姐。"

李原在一旁帮她打着伞,司月也就跟着他朝前走去。

那天之后大约两周,司月都没再看到过季岑风。李原每日代替了季岑风跟在她的身后,确保她日日平安回家。

司月没怎么问过季岑风去了哪里,倒是李原提了几次,说是不得不去的出差,要不然一定会留在黎京的。

司月当然知道,季岑风不可能三百六十五天每分每秒都留在她的身边,那是童话故事,而她不是小女孩。

博物馆那边很快就拟订出了详细的活动计划,时间就安排在年前放假的最后一天,当作年末的最后一个大型活动。

宣传早早就挂了出去,因为辰逸也赞助了博物馆的这次活动,所以活动的宣传力度比从前博物馆自己宣传的要大得多。

沈棋和司月在后来碰面的时候,和她说过几次,前来报名参加活动的人尤其多,也许是正好赶上了年末,很多人都已经开始放假。

司月那场重感冒断断续续持续了快两个礼拜,终于在活动的前一天,有所好转。

沈棋带着司月在博物馆的展览厅最后一次确认了所有的照片、行程,然后把司月送到了门口。

"司月老师,明天加油!"黎京的温度最近已经跌至零下十度,小伙子一开口,尽是白气。

司月鼻尖有些红红的,朝沈棋点点头。

"一定会的。"她眼角笑开,又看了看布置完好的博物馆,心里有一种难以按捺的激动。

那段在东问国度过的时光,好像是老天怜爱她的证据,叫她从痛苦迷茫的过去里走出来,重新拾起向前走的勇气。她想好好把这个国家的故事讲出来,她想让更多的人去关注那个被人遗忘的国度,那里还有很多像阿野和阿风一样的孩子,他们那样赤诚地生活在那片贫瘠的土地上。

他们需要更多的关注,他们需要更多的帮助。

博物馆年末最后一场活动。

一大早,司月就到了博物馆,先把大衣放在了沈棋的办公室。她今天穿了一件简单宽松的白色毛衣,下面是一条浅色牛仔裤,头发微卷着散在身后,没有化妆,看起来更像是刚毕业的大学生,一双黑色的眸子里闪着雀跃的情绪,然后就去了展厅。

一百张仔细筛选出来的照片被错落有致地摆放在偌大的展厅里,大部分都是马古城的建筑,还有少部分,是司月拍摄的文帝的风景和人物。

早上九点,博物馆开门,之前报名参加活动的人也陆陆续续走了进来,因为博物馆的活动是免费参加,再加上年末时段,所以有很多家长带着放假的小朋友一起来参观。

展厅里很快就变得热闹了起来。

司月穿梭在各张照片之间,耐心地回答人们关于照片的问题。

问题大多数很简单,相对于司月的科普,人们对于照片里的景色和建筑更加关注。沈棋帮着照看展厅的另一半,来参观的人虽然多,但是问题并不多,司月在里面转了几圈之后,就没什么人问问题了。

她隐在一侧灯光的阴影下,看着自己身边的那几张照片。

那是几张她刚到文帝时拍的照片,那个时候她总是心情很不好,跟着阿野出去的时候,只顾着拼命地拍照。从早上到下午,仿佛有些和自己较劲,即使热得快要中暑,也还是拼命拍个不停。

"这些照片,是你最开始去到文帝时拍的吗?"

司月正看得有些出神,忽然一个低沉的声音从她身后传来。她还未转过身子,就闻到了一股淡淡的雪松木香,那样似有若无地落在她的鼻尖,而后又消散不见。

女人收在衣袖下的手指微微蜷动了一下，转身望了过去。

男人穿着一件深蓝色的西装，两只手松松插在笔挺的西裤口袋里，身子朝着司月微微前倾，似是在仔细看墙上的那些照片，又似是不自觉地靠近了司月。

说话间他淡淡的气息落在司月的脸上，季岑风垂眸朝她笑了一下："好久不见。"

司月抬头看着这个朝她打招呼的男人，脑海里又想起了那些信、那些信里的话、那些他在信里朝她做出的忏悔与承诺。微妙的寂静弥漫在这片灯光不及的角落里，男人眉眼轻柔地低下，耐心等着她的话。

他好像又瘦了，比从东问回来的时候，更瘦了。

为什么？

明明在东问的时候，吃的都不算是好吃的东西，他却能三餐都吃下，慢慢恢复健康，可是回到了黎京，却又这样慢慢瘦了下去。

司月身子有些僵硬地转了回去，将目光又落回了那些照片上。

她不知道，这不关她的事。

可是那双重新投向照片的眸里，却什么也容不下了。一张张雪白的信纸飞快地翻动在她的眼前，那些沉重的道歉，那些迟来的忏悔，那些过分折磨的诺言，纷乱地落在司月的眼前。

她只直直地看着那些照片，却又没有看着那些照片。

季岑风和她一起静静地站在那个昏暗的角落里，他们同这片明亮热闹的展厅天然隔离。

他们是他们。

他们在看同一片风景，他们在想同一件事情。

脑海里错乱地翻涌着一些司月有些无法控制的东西，在看回照片的第三秒，司月转过了身子。

"抱歉，我要去准备下午的汇报了。"

季岑风微微让开了身子："好。"

下午一点钟，展览厅的一侧，人们三三两两地坐在空地的沙发上。小孩有些倚着父母，有些干脆就坐在地毯上，四肢展开着，享受着博物馆温暖的热度。

接连下雪的黎京难得出了太阳,阳光照在雪地上折射出莹亮的日光,穿过干净的落地窗落在了人们的身上。

人群的最中央,站了一个穿着白色毛衣的女人,高领与她的下颌平齐,笑起来的时候衣领会遮住一点点尖瘦的下巴,倒有几分娇憨。

沈棋简单地介绍了一下今天的主题,然后就将话筒交给了司月。

这是一场和公司里的汇报完全不同的介绍,在这里,她不是辰逸的设计师,不用在意领导的看法,她只是一个路过文帝的路人,同陌生人过一场意料之外的人生。

"大家好,我是司月。"阳光落在那个女人的眼眸上,她嘴角轻轻笑起,点开了第一张照片。

司月后来才发现,那段在文帝的生活,她记得所有快乐的细节;所有阿凤放在她房间里的花朵;所有微小却真挚的善意,那样倔强地存在于她灰暗的天空里。

阿野的永不埋怨,阿凤的永不说累,让她知道,这世界上当真有纯粹不揣度的爱意。我爱你,所以愿意为你付出所有,而不是因为我为你付出所有,你才会爱我。

"在文帝的时候,阿野带着我走遍了所有马古城的遗迹。那个时候我刚到那里,什么都不懂,全靠着他带我到那些偏僻难找的地方。

"他和妹妹一起经营着一家小旅馆,我在文帝的半年,就和他们一直住在一起。"

司月看着投影幕布上,他们三个人的合照。路边是灰扑扑的沙地,他们三个人站在那块大石块前面。

阿凤拉着司月的胳膊,阿野站在她的身后,她眼眶还有些淡淡的微红,却是她去到文帝后,第一次发自内心地笑开。

司月心里微微有些颤动,手指按着遥控器放下一张。后来的许多照片,内容还是不同的建筑遗迹,但是拍摄的角度和手法却发生了很大的变化。

他会找最合适的角度,告诉司月,这里能看见这个建筑最精髓的地方。他会指着那个被司月忽视的地方,告诉她,这片花纹有着怎样的历史和过去。

后来的很多时候,他会跟在她的身边。

相机的照片里,没有留下他的一个身影,那些照片里,却又无处不是他。

照片缓慢放映的间隙里，司月看向了那个角落，他静静地站在那个远离所有人的角落里，听着她讲的每一句话。

她讲她刚到文帝时的无助，她讲她和阿野的故事，她讲阿风送给她的花束，她讲那张他们三人的合影。

她讲很多很多的东西，她有好多好多的回忆，可是她的回忆里，没有他。

没有那个叫作季岑风的男人；没有他的狼狈，没有他的乞求——没有季岑风。

冰冷的阳光照在男人高挺的鼻梁上，季岑风知道，冬日里的阳光，也是没有温度的。她喜欢的那段回忆里，是剔除了他的存在的，可他心里的那个女人，那样美好地站在他的面前。她快乐、自信而又坦然地和所有人讲起那段她离开季岑风的日子。

那段司月离开季岑风的日子，她过得，很快乐。

快到下午四点的时候，活动才算结束。

司月去沈棋的办公室里拿了衣服。

"司月老师，你今天好棒呀！"沈棋给她倒了一杯温水递过去，"不烫。"

司月道了一声谢，接了过来。

"本来以为两个小时绰绰有余了，没想到大家热情这么高，问了那么多问题。"

司月喝了一口水，润了一下嗓子："谢谢你这段时间的帮忙。"

"哪里的话。"沈棋"嘿嘿"笑了起来，"季先生真的是有耐心，在后面站了三个小时都没走。"

司月把杯子丢进了垃圾桶，然后穿上了外套："我和季先生离婚了。"

她声音淡淡的，朝着一脸蒙的沈棋笑了一下："谢谢你，我先走了。"然后就快步走出了办公室。

博物馆里的工作人员正在做最后的收尾工作，所有的无关人员都已经离开了场馆。

司月穿过漫长而又昏暗的场馆，心里又响起了那阵最后的掌声，那阵为她而响起的掌声，他们认同她的演讲，他们喜欢她的演讲。

司月两只手插在敞开的大衣里，低下头轻轻地笑了一下。她步子缓缓地朝着大门的方向走去，可那笑意却那样短暂地消失在了她的眼眸里。

她应该很快乐的,她应该很满足的。

司月再没任何其他情绪地安静地朝门口走去,推开大门的那个瞬间,她看见了那个站在马路对面的男人。

那个一直在等着她的男人,他穿着一身笔挺干净的西装,两只手松松地插在口袋里。昏黄的路灯那样黯淡地落在他的脸颊上,却遮不住他眼里的渴望。

一瞬间,司月只觉天旋地转。

她看见了那家逼仄的四川菜馆;她看见了那家热闹的韩国烤肉馆;她看见那个男人站在马路的对面朝她轻笑着;她看见那个男人冷漠地将她一个人丢在黎京;她看见她笑着朝他跑过去,她看见她冷漠地站在冷风里。

她看见他朝她走了过来。冷风呼啸着卷起他单薄的衣角,那个男人将所有的寒意挡在了他的身后,灯光与夜色织了一张慢慢收紧在他和她之间的被子。

她听见他说:"恭喜你,司月。

"做得漂亮。"

那天晚上,黎京的积雪化了,鞋子踩在薄薄的冰面上,能听见轻微的"咔嚓"声。

"咔嚓咔嚓"的声音轻轻响在寂静的冬夜里。

过年前的最后一个工作周,晚上六点,小区里已经没什么人在楼下了。家家户户都亮着明晃晃的灯火,这一年的年末,大家盼望着同家人一同度过。

司月一路慢慢走回了家,季岑风跟在她的身后。

只是这一次,男人跟得很近。

两人走到了楼梯口,停了下来。

"谢谢。"司月抬头朝他说道。

季岑风低低地"嗯"了一声,还是看着她。

楼梯口前的白炽灯直直照在那个男人的脸上,司月不知是不是自己看花了眼,只觉得他脸色有些过分的惨白。

"你身体不舒服?"司月问了出来。

"嗯。"季岑风说道,"胃疼。"

司月又想起了他刚来文帝的时候,不知为何瘦成了那副模样,明明不能吃辣了还要那样死扛着,只是那个时候她已经下定决心放下这个男人了,所以她也没有去问过季岑风到底发生了什么。

"吃药了吗?"司月问他。

"嗯,吃过了。"季岑风眼里隐着淡淡的光,看着司月。

司月伸手看了下手机,已经六点了,他从早上就待在博物馆了,中午也没看见他吃什么。

她手指握在冰冷的门把手上,沉默了片刻。

"我家里煮了一点粥,你要上来喝点吗?"

"要。"

他倒是回答得干脆利落。

司月抬头看了他一眼,他已经站在单元楼门口,等着上楼了。

司月眼神顿了下,有些后悔。

"你什么时候煮的粥?"季岑风忽然问。

"早上出门的时候预约的。"司月解释道。

"白粥吗?"季岑风眼神看了看楼梯门,示意她开门。

"不是,里面加了些东西。"司月输了密码,楼门"咔嗒"一声,开了。

"什么东西?"季岑风跟在她身后。

司月伸手先开了灯,仔细回忆了一下:"一些海鲜,还有……"

"好像没了,"走在前面的女人回头问他,"是有什么你现在不能吃的吗?"

"没有,都可以。"季岑风脸上带着淡淡的笑,"就是随便问问。"

司月转回了身子,倒是不明白他怎么忽然对这个这么感兴趣。

两人走到了三楼,司月开了门。

小小的一间一居室,却很干净整洁。

司月先进了屋子开了灯:"不用换鞋。"

季岑风点了点头,还是脱了鞋。

司月也没再阻止他,家里只有一双她自己的拖鞋。

人进来之后,司月就先去开了空调。"嘀"一声,没过几秒,就有"轰轰"的暖风吹出来,司月伸手感受了一下,放下遥控器。

她回头的时候,男人还站在门口。

"你先坐一下。"司月指了指沙发。

她不怎么常用餐桌，嫌餐桌占位置，所以把那张小桌子收起来了。

"我帮你吧。"季岑风跟着她往厨房走。

司月刚想说不用，奈何屋子实在是太小，话还没说出口，男人已经大步走过来了。

她嘴巴张到一半，又闭上了。

"那拿两个碗吧。"司月指了下厨房左手边的柜子，然后打开了电饭锅。

盖子一开，一阵热气腾腾的水蒸气就涌了上来，司月朝后让了让，却不小心踩上了季岑风的脚，险些摔倒。

"小心。"季岑风左手拿着两个碗，右手稳稳地把司月的腰揽住，没叫她摔下去。

男人的手臂坚硬而又有力，手掌却那样轻柔地握上了司月的腰。

她已经脱了大衣，身上只穿了那件柔软的白色毛衣。指尖形状过分清晰地贴在了她的皮肤上，司月怔了一下，站直了身子。小小的厨房里顿时陷入了一种难以言明的气氛里，灯光似乎变成了浓稠的蜂蜜，缓慢而又熬人地落在那个女人的身上。

她低着头，用勺子搅了搅锅里的粥。

"碗。"司月没抬头，朝季岑风伸手。

男人嘴角轻轻弯起："这里。"

他右手拉着司月的手，左手把碗递了过去。司月接过碗的瞬间，男人又立刻松了开来，好像只是怕她接不住。

两碗冒着热气的海鲜粥，司月加了一点点佐料，随后从冰箱里拿出了一点酱菜。

"坐在地毯上吃可以吗？"司月朝季岑风问道，"我前几天把餐桌收起来了。"

季岑风点了点头："可以。"

他倒是真的不介意，说话间就靠着沙发坐了下来。

司月在他旁边找了一个空位坐下。

海鲜粥散发出了淡淡的香气，两个人安静地慢慢喝着粥，勺子磕在陶瓷碗上，清脆的撞击声似乎敲在两个人的心上。

"下次不用等我了。"司月对他说,"你生病的话,不需要每天还来等我。"

季岑风放下了手里的勺子:"已经没事了。"

"没事了吗?"司月抬头去看他。

屋子里的温度高了不少,季岑风脱去了外面的大衣,里面只是一件单薄的白色衬衫。

她记得,去年冬天的时候,他也是穿得这样少。那个时候的他很健康,但是现在的他,即使喝下这些温热的粥,唇色却还是难以忽视的病态,只是男人的骨架一直这样撑着,他又什么都不肯说。

"没事了。"

司月点了点头:"没事就好。"

那句"你为什么生病"在司月的舌尖反复打转和徘徊,最终还是被她沉默地压了下去。

季岑风喝完了那一大碗粥,还吃了些酱菜。他身子微微侧靠在后面的沙发上,两只手撑在身后,静静地看着司月喝粥。

她喝得很慢,和从前一样。早上吃饭的时候,要慢慢地先喝一杯温水,吃完早饭之后,他们会一起上楼换衣服。

他们和好的那段日子里,他很喜欢把她圈在怀里,她会低着头给他细心地系上领带,最后还会稳妥地轻轻拍两下。

轻轻拍在他的胸前,重重落在他的心上。

司月抬起头的时候,季岑风还那样认真地看着她。

男人眼里的渴望没有一丝一毫的遮掩,他仿佛忘记了那些他曾经用来保护自己的冷漠,这一次,他选择坦白。

坦白所有的爱意,坦白所有的心意。

热气渐渐攀爬着,混合那道炽热的目光,将司月层层包裹。她呼吸缓慢而又细微,谨慎地控制着自己的情绪。

"碗我一会儿再收拾。"司月站起了身,开始赶人。

季岑风也跟着站了起来。

男人很高,站在这小小的客厅里,竟有一种遮蔽天日的感觉。他的存在感实在太过强烈,强烈到司月有些后悔。

后悔叫他进来喝些粥。

她不该这样做的，可是那个瞬间，她控制不了。

他对她说："恭喜你，司月。"

他对她说："做得漂亮，司月。"

好像所有的掌声与赞赏不过只能短暂地让她开心地笑起，可是当她站在博物馆门口看见路对面的那个男人时，她才明白，他在她心里永久地留下了一道缺口，一道只有他能填满的缺口。

季岑风没有在家里多留，穿上外套之后就离开了司月家。

楼下，李原一看到楼梯口里出来了人，就立马走了上去。

他甚至有些担心地伸出了手，却被季岑风摆手挥退了回去。

"我没事，现在去医院吧。"

李原点了点头，帮他打开了车门。

放假前的最后一个工作日，司月早上还是按时到了公司。整个办公室都洋溢着一种蠢蠢欲动的氛围，明明大家都坐在位置上，但那种难以掩饰的兴奋却还是过分明显地涌动在安静的办公室里。

司月早上收拾了一下桌子，上次从东问国回来之后桌子上堆了不少东西。该粉碎的文件碎一碎，该丢的东西也都丢了，忙忙碌碌了一个上午，总算是把桌子清空了大半。

李经理出来乘电梯路过的时候，难得不那么严肃地问司月过年打算去哪里玩，司月说去夏川住一段时间。

"你家不是黎京的吗？为什么过年去夏川？"

司月回她："我妈妈和弟弟在那边，所以过年去夏川。"

李水琴昨天打了电话过来，让司月去那里过年。司月也想着是有很久没有见过他们了，虽然之前司洵在电话里说他们过得很好不需要她来来回回跑，但好歹要过年了，一家人至少应该一起吃顿饭。

听司洵说，他在夏川的一家咖啡厅找了代理店长的工作，也不像从前那样游手好闲存不下钱了。

司月也想着去看看。

李经理点了点头："那提前祝你新年快乐。"她扶了扶眼镜，笑了一下。

"谢谢李经理，也祝您新年快乐。"司月声音柔柔的，也笑了一下。

到底是到了年末，好像每个人的心情都变得那样愉悦，做起事情来，都有些莫名的动力。

李经理拿着手里的文件刚要走，忽然手机收到了一条消息。她皱眉低头看了两秒："司月。"

司月抬头看她。

"可以麻烦你把这份文件送到顶楼会议室吗？"李经理忽然把手上的文件递给了司月，然后指了下自己的手机，"我一个客户现在到楼下了，我得先去接他。"

"好的，没问题。"司月接了过来，"是现在就要的吗？"

"是的，麻烦你了，我本来打算自己送上去的。"

"没事。"司月站起身，"我现在就送上去。"

司月踩着高跟鞋朝电梯间走去。

现在正是吃午饭的时候，上楼的电梯没几个人，她安静地看着数字慢慢跳动，最后定格在了顶楼。顶层更是冷清，偶尔几个人来来往往，也不像楼下那样热闹。

司月经过季岑风办公室旁的秘书间时，还能看见里面的秘书在焦头烂额地忙活。

她目光没停留，很快就把文件送到了会议室。

大门轻轻关上，司月脚步轻快地朝电梯间走去，却在快要路过季岑风办公室的时候，看见里面走出了几个人。

一个五十多岁的男人，身后跟着两个穿着粉色护士服的小姑娘。

司月的脚步一滞，目光直直地撞上了紧跟着出来的李原。

李原眼睛倏地睁大，脸上有些显而易见的慌张，要拉那男人的手。那男人却没意识到，转过身子有些生气的模样冲李原说道："谁叫你们给他吃这些乱七八糟的海鲜粥和酱菜的？现在好了，只能输营养液重新调理！"

李原嘴唇紧紧地抿起，想要拉着老先生让他别再说了。

可那人却还没说完，语气又无奈又气愤：

"他再这么不遵医嘱，做什么手术都白搭！"

楼梯间里静悄悄的，司月在等着李原说话，李原脸色难看，不知该如何开口。

"是前天他从我家里离开的时候吗？"司月问他，"所以他之前两周也不是出差了，而是去做手术了对吗？"

李原无法回答，没办法回答。季岑风不准李原和任何人提起他的病情，最不能说的，就是司月。

"对不起，司月小姐，我没办法告诉你。"李原背后微微出了汗，还是谨慎地说道。

"季先生不让你说的吗？"司月眉头有些凝重地皱起，心口有些压抑。

"是。"

司月目光低低地落在光洁的地板上，不知道在思索什么。

但是李原知道，他得回去了。

"司月小姐，我还有事要先走了，但是，"李原手心出了汗，抬起头看着司月，"但是司月小姐，如果方便的话，你可以帮个忙吗？"

"什么事情？"司月问道。

"如果以后季先生还跟着你回家的话，你可以稍微走得早一些吗？他饮食一直不规律，一旦错过了饭点常常胃痛的只能靠止痛药镇定。我知道司月小姐有时候加班晚了没办法，但是如果方便的话——"

"好，"司月应道，"我会早点回家的。"

李原微微松了口气："还有就是，希望司月小姐可以多劝劝季先生按时吃饭，注意身体。你知道的，我们说这些话，季先生从来都是不肯听的。"

司月的手指不自觉地收紧："好，我知道了。"

李原脸上稍微露出了点笑容："那我先走了，谢谢司月小姐。"他说完便转身离开了楼梯间。

现在正值中午，阳光洒在那条浩浩荡荡的黎江江面上，司月皱着眉，一动不动地看着楼下。还是那些细如柳叶的船只，缓慢地顺着奔流的江水朝着未知的远方驶去。这么多年过去了，这条江却是一点都没变。

可是司月的心里很乱，她不知道为什么，好像有一块摔碎的玻璃，支离破碎地散在她的脚下，她却一点都不知道该怎么办。

那些过分沉重的信，那张过分苍白的脸。

季岑风说他和从前不一样了，可是某些地方，他还是固执得可怕。

他把他所有的付出，通通藏在了那个被他掩埋起来的角落。他不肯让她知道他生病了，不肯让她知道他明明痛得要死，却还是固执地站在每一个她需要他的地方，沉默地等着她。

透明的玻璃窗上，隐隐映出了一个抚着额头的女人，她眼睛紧紧地闭上，觉得心口有些无法呼吸。

她不知道该怎么办。

司月最终还是没有去找季岑风。那天晚上下班的时候，她提前一个人走了。李经理也没说什么，只叫她把办公室柜子锁好，钥匙就放进她办公室。

司月早早地回了家，然后给李水琴打了电话。明天就是大年三十，她订了上午八点的汽车票，到夏川的时候，正好能帮忙做饭。

司洵在电话里"姐姐，姐姐"地叫个不停，好像真的很想她。司月电话里没说什么，放下电话的时候，倒是眼睛有些酸了。

有的时候司洵真的很可恶，说些让她难受的话，叫她恨不得没有这个弟弟；但是有的时候，他又像个孩子一样，会在司月要被司南田打的时候，冲在她的面前，也会在她被同事骚扰的时候，恶狠狠地去警告那些人。

司月分不清她到底是该恨司洵还是爱司洵，可是现在她才慢慢明白，爱一个人，恨一个人，哪里能分得那么清楚。

他犯错、犯浑、让你心灰意冷，他做了让你同他永久划清界限的事情。可如果他愿意从此不再犯错，她又如何能狠着心一直恨下去。光是努力地活下去就已经很不容易了，哪里还能记恨着这么多人呢。

她大概，是知道的。

晚上司月收拾了一些衣服，她打算在夏川住一个星期。衣服并不多，一个拎包就可以装下。

她把收拾好的东西放在了门口，然后就去了厨房。

今天她还是煮了粥，白粥。

上一次离开夏川的时候，还是夏天。

夏川在黎京的南边，全年温度都要比黎京高些。冬天也就变得不那么难熬，下雪很是少见，不像黎京，一下可以下那么久，连着一个星期，日日都是大雪纷飞。

司月穿了一件米白色的大衣，下面是条牛仔裤。大年三十的车很少，车上的人更少，她旁边的位置正好空着，行李就放在那里。

上午八点，准时发车。她偏头磕在车窗上，看着窗外的风景慢慢向后离去。又是一年了，真快。

明明最开始是为了李水琴才回到黎京，可眼下居然只有自己一个人在这里，人生真是玄妙，最开始的地方，最后也还是回到了这里。

车子稳稳地开了两个小时，司月很快就在车上睡着了，摇摇晃晃的，但她天生不晕车，车子晃啊晃的，反而叫她睡得更快。

再睁眼的时候，已经进了夏川的汽车站了。

司月拎着包下了车，一出汽车站，就看见拼命朝她招手的司洵和站在司洵旁边的季岑风。

夏川的太阳穿过枝丫的间隙，错落有致地照在那个男人的脸上，他眉眼蕴着一个冬天的暖意，远远地，看着她。

他身姿挺拔，穿着烟灰色的大衣。静静地站着，徒生孤寂清冷之感，可司月却好像看见一副伤痕累累的白骨。内里流着血，嘴角扬着笑。

"姐！"司洵有些激动地跑了过来，一把抱住了司月。不过半年多没见，司洵好像又长了些个子，司洵把司月紧紧抱在怀里，司月差点一口气喘不上来。

再抬眼的时候，居然看见司洵的眼眶有些发红，头发有些乱糟糟的，立在那张从前气过她的脸上。

司月心里发酸也发软，拍了拍他的头发："你要勒死我啊。"

司洵这才傻笑着放了手："姐。"真是乖得不得了。

季岑风也从后面走了过来："司月。"

司洵连忙解释："是妈请季先生来家里吃饭的，说是为了感谢之前的事情。虽然你和季先生离婚了，但我们一直没找到机会感谢他。"

司月点了点头，目光落在季岑风的身上，她抿嘴犹豫了一下，还是问道："这几天身体怎么样？"

季岑风同她一起朝司洵的车子走去，嗓音淡淡的："挺好的。"

"嗯。"司月没再问了。

回家的时候，是司洵开的车，他买了一辆不算贵的车，里面收拾得整整齐齐的，进去的时候还能闻到淡淡的香水味。

司洵和李水琴现在住的地方是在夏川南边的一个小区。一套简单的三居室，不像从前在黎京的时候季岑风买的那样大，但也是新房子。

司洵说房租不是很贵,他现在有稳定工作,所以他们压力不是很大。

三个人到家的时候,李水琴正在煲汤,一听见门口的动静就拄着拐杖走了出来。她现在身体好了很多也不再坐轮椅了,一只手拄着拐杖,熟练之后走起路来也很方便。

几个人在客厅里寒暄了一会儿,司月要去帮忙却被李水琴拒绝了:"你在这里和季先生说会儿话吧。"

李水琴说完就拉着司洵去了厨房做事。

季岑风坐在沙发上,他今天穿了一件深蓝色的衬衫。司月还记得,那是她之前陪他一起去商场买的,领口的地方有一块黑色的刺绣。当时司月觉得很别致,季岑风就买了下来。

家里的空调开着,司月坐在沙发的另一端。

"今年不去你外公家吗?"她两条腿收在沙发上,侧靠着柔软的沙发背,朝季岑风看去。

"年后过去。"季岑风说道。

司月点点头。

客厅里只有他们两个,想也不用想就知道是李水琴和司洵在给他们制造机会。季岑风为什么会在这里根本不重要,重要的是,他在这里。

电视机旁有一盆小小的绿植,在空调风的吹拂下摇摇晃晃。司月看了一会儿那绿植,下巴磕在膝盖上,没再说话。

"司月。"季岑风忽然开口喊她的名字。

司月转过头,她的头发微微地滑落到一侧,遮住了小半张脸。可是季岑风好像并没有准备好到底要和她说些什么,他只是想叫她的名字,只是想叫她看看自己。

司月的目光缓缓地从他的脸上落下,领口的那一小块刺绣,稳妥地伏在他的衬衫上。

"季先生,"她手指有些用力地抱住膝盖,面色沉沉,"你的病,到底怎么样了?"

她声音很轻,乘着那道目光落在了季岑风的心里。

他知道她看到了,却没想到,她会问。

"之前做过手术了,已经没问题了。"

"没问题了吗?"

"……需要休养。"季岑风回道。

"那天你为什么不告诉我你不能喝海鲜粥？"

季岑风垂眸轻笑了一下："司月，"他目光很亮，直直地探进那个女人的心里，"那天不管你让我吃什么，我都会吃下去的。"

"你疯了。"

"是。"他回得干净利落。

那天司月第一次叫他上楼，那天司月心疼他。季岑风是疯了，在知道司月"死"的那一天，他就疯了。

司月面色凝重地最后看了一眼这个男人，直接起身离开了客厅。拖鞋"嗒嗒"落在地板上，她径直走进了厨房。

司洵正坐在厨房里的小板凳上玩手机，一看到司月进来就先侧身看了看客厅，然后拉着司月说："姐，你怎么进来啦？"

司月没理他，问李水琴："妈，我来帮忙。"

"哎呀，不需要你帮忙。"李水琴说着要把司月往门外赶，"我有司洵帮忙就行了。"

司月瞥了一眼司洵，吓得司洵屁股刚坐下又站了起来。

"你出去和他说话吧。"司月把司洵往门外推。

李水琴还在坚持："我这都煮好了，你还要煮什么？"

司月带着些迷惘地四下看了看，怔在了原地。她只是，无法在那样的氛围里再待下去了。

很多年，司月都没有和家里人好好地吃过一顿年夜饭了。

过年的时候，司南田常常最忙，心情好起来会给司月和司洵很多压岁钱，可是第二天心情差了又会找他们要回去。长大了之后，更是如此。再后来，就是司南田到处避债。

说起来，过得最好的一次新年，还是去年，和季岑风在外公家的时候。屋子很冷，人心很暖。

四个人吃完晚饭之后，李水琴有些头疼先睡下了。司洵窝在司月的旁边看《春节联欢晚会》。

不远处的沙发上，季岑风也在看电视，只是他有些心不在焉，看着看着，眼神就飘到了司月的身上。

司淘像个小孩一样,那样亲昵地靠着司月。

很离谱,季岑风居然有些难言的嫉妒。

他记得司淘把司月气到无话可说的样子,也记得司月让他不要再借钱给司淘时的生气模样,但是好像无论如何,他们都是连着血缘关系的亲人。他明明也犯了很多的错,却还是能毫无芥蒂地靠在她的身边。

季岑风心里微微泛起一阵酸意,他们曾经也有机会连上无法扯断的血缘关系的。

那张单薄而又脆弱的问诊单,他甚至不知道,那个孩子的性别。

窗外不知何时,响起了一声又一声的烟花爆炸声,三个人朝着外面看过去,窗户隔绝了大部分的声响,但那些璀璨而又热烈的烟火却还是那样明亮地照在了每一个人的眼眸里。

司月靠在司淘的肩上,她的目光久久地看着那场烟花,思绪慢慢坠入了无尽的夜幕里。

她脑海空空的,什么也没有在想。

流转的色彩一次又一次落在她小巧的鼻梁上,季岑风记得所有她朝他笑起来的时候。他从来没和司月说过,她笑起来的时候,他真的很想亲她。

有的时候是在公司里,有的时候是在家里,有的时候,就好像现在。

她眼神放空,身子靠在司淘的身上,嘴角不自觉地带了一点笑,亲上去的时候,她会低低地呜咽。

她手臂总是很软,挂不住他的脖子,挂着挂着,又要掉下来,掉下来他又拉着她的手放上去,最后她会闹着说没力气,他却还是不肯停。

所有的回忆,在这场热烈的烟花下,一次又一次地回转在男人的脑海里。季岑风身子僵硬地坐在沙发上,胃部又开始有隐隐的不适感。

他们明明曾经那么相爱过,现在却像两个陌生人一样,坐得那样远。不敢说些过分热忱的话,不敢做些过分亲昵的事。

烟火只放了一小会儿,电视里还在嘻嘻笑笑,外面已经又恢复了平静。季岑风深吸了一口气,站起了身。

"我先走了。"他朝两人说道。

一直伏在司淘肩上的女人坐直了身子:"回黎京吗?"

季岑风点点头。

"嗯。"她轻声应道。

屋子里,有片刻的沉默,好像有人在等着些什么。

"我送你下楼吧。"司月轻轻吸了口气,站了起来。

他"嗯"了一声,随着司月一起朝门口走去。

两人一起走到了楼下,外面还飘着淡淡的焰火味,整个小区都沉浸在一种安宁祥和的氛围里,夏川的冬夜,不那么冷。

司月跟着他走到了下面,看到了那辆黑色的轿车,隐在不远处的拐角。

男人朝前走了两步,却又停了下来。

"我有东西想要给你。"季岑风转过身来看着她,他漆黑的眸色晕在昏暗的夜色里,含着淡淡的情绪看向司月。

"什么?"她轻声问。

"落在酒店里了,你能陪我去拿一下吗?"

"你不是今晚就回黎京了吗?怎么会在这里的酒店开房间?"司月问他。

"没确定今晚要几点走,以防万一的。"季岑风声音很稳,不像是在骗她。

"不是很远,我一会儿送你回来再走,可以吗?"季岑风伸手虚虚揽了一下司月,叫她跟着他往前走。

司月顿了一下,点了头。

大年三十的晚上,到处都是冷冷清清的。轿车穿过长长的街道,在市中心的一家酒店门口停了下来。

司月跟在季岑风的身后,踩进铺着柔软地毯的大堂时,她忽然间有些恍惚。

她是否该来这里,是否有来的必要。

可是她脚步不过刚刚落后了半秒,季岑风就有些察觉,他转过身子看着她:"很快的。"

司月的脚步这才又跟了上来。

季岑风这次没再走前面,坐电梯的时候,他微微站在她身后,仿佛是怕她后悔。

电梯很快到了二十六层,季岑风给司月指了下方向:"这边第三个房间。"

是一间简单的总统套房，里面的电子壁炉在房卡插入卡槽的一瞬间就"噼里啪啦"地响了起来，声音很低，仿若是安抚心情的白噪音叫人莫名心安。

季岑风关了同时亮起来的大灯，只留了客厅里一盏细长的落地灯，隐隐笼着一片亮，落在沙发的上头。房间一下显得不那么空旷，亮着光的地方，好像一片稳妥的栖息地。

"你在沙发上坐一下，我去拿东西。"季岑风说完就走进了房间。

靠在窗户旁的棕色木书桌，左下方有一个抽屉，他轻轻地抽出来，取了里面的东西。

季岑风很快就走了出来，但他手上没拿东西。

司月眼神有些疑惑地看着他。

"东西？"

"在我口袋里了。"男人坐在了她旁边的位置上，两只手肘撑在膝盖上身子朝她倾去，他似乎在思考什么，眼眸垂下了片刻又抬起来看她，"司月，已经十一点半了。"

"嗯？"司月头微微偏着看向他。

很奇怪，明明不该和他这样孤男寡女地共处一室的，明明会以为十分别扭的，可现在时间那么晚了，她身子还带着些刚刚看电视的困倦，却只觉得这里有些过分稳妥。也许是他只开了一盏不甚明亮的落地灯，"噼里啪啦"的电子壁炉又营造出了一种舒缓的氛围。

总之很是奇怪，司月坐在这张沙发上，心里并不慌张。

"你想要做什么？"她身子侧靠着沙发，等面前的男人说话。

季岑风眼神就没从她的脸颊移开过，那封装进他西装内里的信好像暗自着了火，丝丝烧灼在他的心口上。

"陪我在这里坐一会儿好吗？十二点我准时送你回去。"

司月没说话，她意识到，回来拿东西，也许根本就只是一个借口，又或者，她应该早就意识到的，季岑风这样计划周密的人，怎么会把要送给自己的东西落在酒店里。

"我要走了。"司月站起身。

那些她对于季岑风的愧疚并不足以支撑她留下，他们之间不是可以一起度过新年夜的关系。

司月这次站起来得很干脆,季岑风没阻止。

他仿佛知道答案,他或许早就知道答案。

"好,我送你回去。"

车子缓慢地行驶在无人的长街中,冷风透过司月打开的车窗"呼呼"吹过,发丝有些凌乱地遮在她的眼睛上,她却没有把头转回来。

季岑风没有刻意开得很慢,到小区楼下的时候,不过十一点四十。

车子稳稳停好,司月正要开门的时候,车门倏地落了锁。

司月不解地朝他看去。

"我真的有东西给你。"季岑风从自己的口袋里,拿出了一封信。

一封白色的信,和那三封一模一样的信。

第四封信。

司月晚上睡在那间一直空着的客房里。

上楼的时候,司洵还在沙发上看电视,已经没在播春晚了,他随便调了一个地方台。

"姐,你怎么回来了?"司洵看见司月站在门口,仰起头去看她,"我以为你今晚不回了呢。"

司月轻轻"嗯"了一声:"司洵,新年快乐。"

"姐,你也新年快乐。"司洵笑嘻嘻地回道,"你还来看电视吗?"

"不了,我困,先回房间了。"司月脸色很平静。

司洵看见她手上拿着白色的纸张,也懒得问,听见电视里的笑声后就又把头转了过去。

房门轻轻地关上,司月坐在窗边的沙发上,发了很久的呆。她没有脱去外套,也没有去洗漱。那封被她捏在手里的信好像一张紧密编织的网,慢慢收紧在她的身上。

仿佛从打开第一封信开始,她就再也无法回头。

那个男人所有汹涌澎湃的情意就那样赤裸地展开在了她的眼前,那样勾着她,那样黏着她。

让她丧失了拒绝的能力,要把她一点点往回拉。

窗外的月色皎洁地落在女人的手上,她指尖微微发白。冷风呜咽着卷起树干上所剩无几的枯叶,翻飞着,翻飞着,落入了无人知晓的尘土。

发出一声轻响。

月光落在信纸的第一行"给司月"。

这一封信,关于信任。

  司月,我们之间一切的问题,好像都是关于信任。

  而那个出了问题的人,是我,是我失去了信任别人的能力。

  尤其是,对你。

  我没有办法信任你,又或者我觉得,我不需要信任你。

  我天然地认为,我有权利知道你的所有,所以我会直接质问你的行程,怀疑你身边的男人,到后来,甚至找人跟着你。

  好像这样,我才敢安心地去爱你,去释放自己的感情,告诉自己,这样是最安全的。

  我太过于执着将所有的事情掌控在自己的手里,以至于忘了,有些东西根本不是我能控制的。当你选择离开我的时候,当你选择不爱我的时候。

  我才发现,我从前所有的从容与掌控,不过是因为你爱我,你信我,所以你心甘情愿地告诉我所有。

  而当你选择收回那份爱与信任的时候,当你选择再也不信我的承诺的时候,我才知道,我是那样无能为力。

  我该如何向你证明,我再也不是从前的那个季岑风了,我该如何告诉你,我真的知道错了。

  如果你不信任我,我到底该怎么办?

  司月,你说,夫妻之间是需要信任的,可是我却到现在才明白。

  我明白得那样迟,付出了那样惨重的代价。

  可是司月,没关系,你现在不信任我也没有关系。

  我还有一辈子那么长的时间,我们慢慢来。

  小月亮,这封信只是想告诉你,季先生从前错了,他错得很彻底。

  从今往后,你说的每一句话,季先生永远相信你。

岑风

窗外,热烈的烟花又一次照亮天空。五彩斑斓的玻璃窗上,那个身影久久未动。

漆黑的楼下,一辆轿车慢慢启动。

半夜十二点。

季岑风看着那束升起的烟花,低声说道:"小月亮,新年快乐。"

✦ 第十六章

这次换你追我

　　司月在夏川住了一个星期，大年初三的时候，去了司洵现在工作的咖啡店看了看。市中心偏南一点的地方，虽然人流量不是最大，但是附近有一所大学，所以生意也很是不错。

　　店里除了司洵，只有一个小姑娘来上班了，看起来年纪也不大。司月和她聊过几句，知道她是高中毕业后就出来打工了。

　　小姑娘看起来很是单纯，做事也利索，司洵和她说起话，她会脸红。

　　司月那天在店里待了一下午，新年人很少，她坐在沙发里看司洵逗小姑娘，两个人你推我一下我推你一下。小姑娘的嘴角一下午就没下去过，"咯咯咯"地笑个不停。

　　司月心情也很好，晚上还和小姑娘、司洵两人一起吃了饭。

　　初六的时候，司月又带着李水琴去做了一次复检，医生说病情控制得很好，也没有进一步恶化的趋势，只叮嘱司月要记得按时带李水琴来检查。

　　司月晚上回去收拾了下行李，第二天早上就一个人坐车离开了夏川。

　　车子出发的时候，她想起已经很久没有听到过司南田的消息了，可是这个念头很是短暂地闪过了她的脑海，汽车摇摇晃晃，她又闭上了眼睛。

　　辰逸的新年假期一直放到初十，司月回到家之后休息了一天，去超市买了一些吃的填充冰箱。当天晚上的时候，收到了一条来自季诗韵的消息。

　　季诗韵：【姐，明天有空吗？】

司月不知道小姑娘心里又想什么鬼主意,犹豫了一下回道:【有什么事吗?】

季诗韵:【我朋友给了我两张游乐园的门票,可是没人陪我去,明天就到期,司月姐你能陪我一起去吗?】

司月眉毛皱了一下,搜了一下这个游乐园,位置是在黎京旁边的一个市,车程大概三个小时。

她手指在手机屏幕上来回地动了动,回复:【没有其他朋友可以陪你去吗?】

季诗韵:【姐,姐,求你了,我早就去M国读书了,这里根本没朋友。拜托拜托拜托!】

小姑娘恳求的语气十分强烈,司月甚至能想象出要是季诗韵现在在她身边,定是抱着她的手臂晃来晃去。

司月收起腿窝在沙发上,厨房里的汤还在"咕噜咕噜"翻滚着。其实,她的确没什么事。

从前小的时候,还会求着司南田和李水琴带她和司洵去游乐园,但是被拒绝得多了,司月便觉得自己也没有那么感兴趣,后来就再也没求过司南田和李水琴。

她好像是这样说服自己的,说服自己游乐园并不好玩。

沙发上的女人仰躺着,眼睛有些放空地看着什么都没有的天花板,手机就握在垂下的手心里没熄屏。

"叮——叮——叮——"

又是连着三条消息。

司月偏过头,看见季诗韵给她发了三个可怜兮兮的表情包。她也不知怎的,被逗笑了。

她笑声很低,隐在胸腔里,看着季诗韵发来的那些消息,沉静了两分钟。

【怎么去?】

隔天早上六点的时候,一辆汽车停在了司月家楼下。

从这里直接开到游乐园大概需要三个小时,当天去当天回时间有些紧。司月前一天晚上按照季诗韵的建议收了一个小包,说是在那边住一晚,初十上午回来,这样行程不会太赶。

早上出门的时候,她特意穿了一件短款的外套,下面是一条紧身牛仔裤配运动鞋,头发扎在脑后。

季诗韵的电话一来,司月就下了楼。

她左手拎着一个小包,右手推开了单元楼的门。一阵冷风顺着大铁门敞开的缝隙拼命往里钻,司月偏过头躲了一下风头,反手关上门的瞬间,看见了站在季诗韵身边的季岑风。

他一头短发被吹得有些凌乱,黑白分明的眉眼在这澄亮的天色里却更加显眼。他今天穿了一件白色的薄毛衫,外面套了件敞开的深灰色大衣。

看见司月的瞬间,他就把插在口袋里的手拿了出来,伸手拉开了车门。

司月目光转向季诗韵,小姑娘脸上有转瞬即逝的心虚,却在下一秒撑足了胆量跑上前拉住了司月的手臂:"岑风哥哥只是来给我们开车的!"

司月转头看着在一旁打开车门的季岑风,小一周没见他,他好像没有之前刚刚做完手术时的憔悴了。男人也偏头看着她,声音很缓:"家里司机还没回来上班。"

司月目光对上男人的下一秒,脑海里就不受控制地想起了那天晚上的信。他在信里一次又一次地向她保证,季先生永远相信她。

季岑风手指握住冰冷的车门,耐心地回看她。

他知道她看了。

她知道他知道了,可是她还不知道该如何回应他。

所以季岑风不着急。

"上车吧,外面冷。"男人把车门又打开了一些。

司月没说话,坐到了后面。

季诗韵跟着司月坐在了后面,她还有些小心翼翼,看着司月的脸色。

"司月姐。"季诗韵声音小小的,凑在司月的耳边。

司月心里虽然有些生气季诗韵没和她说,但是她也知道,季岑风要求的话,季诗韵是不会拒绝的。

"司月姐,不要不开心嘛!"季诗韵"嘿嘿"笑了两声,"今天出来玩就是要开心的,岑风哥哥前几天刚刚能开始吃点正常的东西,他也很不容易的。"

"你身体刚好就开三个小时的车吗?"司月看着季诗韵,却是问的车里的另一个人。

"已经没事了。"季岑风的声音从前面传来。他修长有力的手指握在黑色的方向盘上，好像那年带她去外公家，他也开了很久的车。

"算了，没事。"司月这次说话的声音很轻，像要盖过她刚刚那句似是而非的关心。

季诗韵也识趣，没再多去打扰司月。

季岑风开车很快，八点半的时候三个人就到了游乐园旁边的酒店。他定了三个房间，都在同一层楼。

司月把自己的衣服放在酒店之后，就跟着季诗韵一起朝楼下走去。

男人已经等在大厅里了，他坐在靠近窗户的一张单人沙发里，两条腿轻轻叠起，目光清朗地看着窗外。

几对父母带着自己的孩子们一起朝游乐园门口走去，小孩子叽叽喳喳的，又说又跳地往前走。

"司月姐，那个，"季诗韵又惶恐地开口，"岑风哥哥也和我们一起进去，他自己买的票。"

司月大概也能猜到他不会简单地只是送他们过来，她只点了点头，也没有发表太多的意见。但是季诗韵很明显地察觉到司月的情绪变得有些低沉。

倒也不是怪罪她，司月总还是对她有问有答，也没有说她不该骗人。季诗韵觉得，司月心情沉重的原因，主要就是因为岑风哥哥。

她听说岑风哥哥和司月离婚的时候就觉得很不妙，更不要提岑风哥哥甚至已经到了需要她出马才能正大光明去见司月的地步。

她明明记得上次见到这两人的时候，他们的感情还是很好，岑风哥哥做了那么多的事情都没告诉司月，处处护着司月。谁知道这次再见面，竟然就是这副模样了。

一个不肯见，一个不肯放。

季诗韵本以为司月肯定是恨极了岑风哥哥的，可是刚刚两人之间的氛围却又让她觉得很奇怪，像是错综复杂的藤蔓，而不是赤裸裸的恨。

"走吧。"司月偏头朝季诗韵说道。她语气压住了些许凝重，甚至还朝季诗韵笑了一下。左右是陪小孩子出来玩的，她不想因为自己的情绪毁了季诗韵的心情。

因为还是年假，游乐园里到处都是人，走在大路上，一不留神就能和一些不看路的小孩子撞个满怀。

　　季诗韵一到游乐园里面,心思就飞了。刚刚那些纠结司月和季岑风两人感情的惆怅一扫而尽,两眼放光地冲进了礼品店。相比于惊险刺激的项目,她更喜欢商店里那些精致的纪念品。

　　司月跟着她进去逛了一圈,实在是扛不住她的购物热情,在逛到三十分钟的时候,终于退了出来。

　　季岑风把卡留给了季诗韵,叫她多逛一会儿,然后就跟着司月走了出去。

　　司月坐在商店对面的长椅上,她其实没什么心情去玩任何的项目,也许从前也不算是骗自己,她是真的没那么喜欢游乐园。

　　季岑风穿过人来人往的马路,走了过来。

　　"要不要去买点吃的?"男人坐在司月的身边,偏头问她。

　　他没有坐得很近,两人之间隔了一段不远不近的距离,倒像是刚认识不久的陌生人。

　　司月摇了摇头。

　　时间临近正午,阳光直直地照在司月的脸上,仿佛为她镀上了一层浅金的保护罩。她目光轻轻地落在面前的那条马路上,小孩子来来往往,仿佛永不疲倦地奔跑着。

　　季岑风噤了声,身子微微后靠,同她一起看着前面的人流。

　　游乐园里很热闹,他们之间却很安静。安静到司月每一次的情绪波动,他都能敏锐地捕捉到。

　　司月不想见到他。

　　她不想见到他。

　　就好像现在,她无可避免地和他坐在一起,她却不想和他说一句话,又或者她很害怕说些什么。

　　季诗韵从礼品店里出来的时候,一眼就看见了马路对面那两个冰冷十足的人,分明坐在同一条长椅上,却好像两个生死不相干的人。

　　司月手肘支着头,在看一旁的小孩子们玩闹,季岑风就靠在椅背上看着司月。他一双手搭在膝盖上,连衣角被吹得掀起也毫无知觉。

　　季诗韵远远地看着,满腔的兴奋好像有些被浇灭。她从来没有见过岑风哥哥这样失意的时候,他在背后看着司月,却连和司月说话的勇气都没有。

　　他从前不是这样的。一种莫名的酸涩感涌上她的心头,让她有些喘不过气地难受起来。

司月余光瞥到了那个站在路对面的小姑娘，转过头去问她："买到喜欢的东西了吗？"

季诗韵手里拎了一大包的玩具，脸上却没什么高兴的表情，直直地走了过来。司月以为是他们没陪着她在里面逛，所以她生气了。

"我看看你都买了什么？"司月声音里带了些笑意，要季诗韵给她展示都买了些什么。

季诗韵知道司月也不是真的对她买的东西感兴趣，只是在哄她，也连忙调整了下情绪给司月介绍道："我买了好多，司月姐你看。"她一样一样地把袋子里的玩具往外拿，"小熊帽子，小熊发卡，鲨鱼发卡，粉色墨镜，鳄鱼勋章……"季诗韵说话的声音却慢慢降了下去。不知道她心里想到了什么，语气越来越沮丧，"猪猪面具，限定水杯……"介绍到最后，整个人都丧了起来，手臂垂在身子两侧也不再往外拿玩具了。

司月有些不明所以："怎么了，诗韵？"她伸手拉住季诗韵。

游乐园里，似是起了风。

季诗韵垂眸，呼了一口气，眼神定定地看了看岑风哥哥和司月，喃喃开口道："司月姐，你说，你当初要是和岑风哥哥有个孩子，现在你们是不是不会那么轻易就分开？"

司月听得很清楚。

季诗韵说："司月姐，你当初要是和岑风哥哥有个孩子，现在是你们不是不会那么轻易就分开？"

一直悬在头顶的太阳隐在了厚重的云层里，冷风卷起司月的发梢打在她的脸颊上。她目光一直看着季诗韵。

"是啊，如果能有的话。"她声音小得好像一缕烟，冷风还未吹过，就已经散在了空气里，一种战栗的麻木感从司月的心口蔓延出，她好像明明忘记了那个夜晚。

那个夜晚，医生和她说："回家再观察几天。看看怎么把它流掉。"

她得知自己怀孕的那一天，也是失去它的那一天，如果那个孩子可以活下来，他们是不是会有不一样的结局？

那天他回家的时候，她是不是也不会那样失望？

司月把脸深深地埋在了手掌之间，克制着内心深处的酸胀。

她许久才又看向季诗韵："诗韵，我身体有些不舒服，可能没办法陪你在这里玩了。"

司月说完就站起来朝游乐园门口的方向走去。

季诗韵好像意识到是自己说错了什么连忙就要追上去，却被季岑风直接拉住了。

"我晚上过来接你。"季岑风脸色同样很差，他手指握得季诗韵有些痛苦地皱起了脸。

司月走得很快，好像有一团空气阻塞了她的嗓子眼，她有些没办法呼吸。

"司月。"季岑风大步走到她身边喊她的名字。

"季先生，我现在不想说话。"司月连眼神都没有给他，只一个人快步往前走。

女人眼中的失望与痛苦像一把插在季岑风心里的刀子，她每多走一步，那刀子就旋转一分，绞得他心口发凉，十指发颤。

季岑风没再多说话，一直跟在司月的身后到了酒店。

电梯上行，开门，女人步子未停朝房间走去——直到那双手用力地按住了她想要关上的门，骨节分明的手指在棕木色的门板上泛起青白，季岑风缓缓地推开了那扇门。

司月抬头看着他，一声不响，她目光似有狂风掠过的湖面，她什么都不说，却有万分情绪激荡在无言的质问里。

沉默溺在这片磨人的窒息里，季岑风不肯松手，只定定地回看着她。

司月咬牙又用力推了几次门却也是无能为力。

"季先生，你想要做什么？"她语气失了冷静。

季岑风这一次没有妥协，他知道，如果这一次他没能把话说出来，那么他们就再也没有可能了。

"司月，我有话和你说。"

"我不想听。"司月回得又快又狠。

"司月。"季岑风又叫她的名字。

"我说了我不想听！"司月的声音有些不受控制地大了起来，连带着身子也无法自控，麻木发慌。

她现在没办法心平气和地去想着怎么隐瞒季岑风那个孩子的事情，她连自己都保护不了了。司月放弃了阻止季岑风进来,脚步仓促地就要往房间里走。

季岑风侧身进了屋子,"砰"一声,大门关上。

他在司月躲进卧室的前一秒,拉住了她的手臂:"司月。"

男人声音隐忍而又沉重,他两只手抓住司月的肩膀,弯下身子叫她看着自己:"司月,你看着我!"

司月两只手紧紧捂住自己的脸,忍着心痛的声音穿过指缝:"季岑风,我不想看见你。"

她说得很慢,狠狠咬着每一个字。她克制着自己的情绪,却是欲盖弥彰的无力。

男人身子僵成一块寒凉的冰块,手却还是不肯松开。一口气凝滞在他的胸口,沉沉压着他所有的呼吸。

"司月……"季岑风眼眸轻轻颤动,看着面前这个伤心的女人,他无法想象,那天他回到家,看到那样伤心的司月躺在床上。

她失去了一个孩子,他却没有足够的耐心。

"司月,"季岑风声音变轻,却又那样清晰地回荡在这间卧室里,"司月,那个孩子,我对不起你。"

那是一道伤在她身上也伤在他身上的疤,被季诗韵无意掀起的时候,流血的不只是司月。

司月慢慢抬起了头,她微红的眼眶里,诧异过分明显。

他知道了。

他原来,知道的。

那股被她竭力克制住的情绪又一次猛烈地冲撞在她的心口,司月眼眶越发酸胀,水汽蒸腾在模糊的视线里。她直直地看着季岑风,那道看不清的身影落在模糊的水汽里,嘴角被她死死地咬住,仿若要克制住最后一点尊严。

季岑风心口痛得连同胃也跟着绞起,翻滚着灼人的酸液顺着他的四肢百骸腐蚀撕裂。

"司月,"他声音带着些低低的沙哑,似是想要安抚她的情绪,"司月,第五封信,我在这里说给你听好不好?"

司月鼻尖发红,一滴泪就直直地从她蓄满泪水的眼眶里掉了下来。

她不肯说话,同他较着劲。仿佛从前是她作茧自缚独自承受这样的痛苦,现在终于也可以叫他知道，那么久的过去，她到底承受了什么。

季岑风手指轻轻地捧上了司月的脸颊，指腹缓慢地擦干了她的泪痕。

卧室里很安静，眼里卷着恨意的女人，被他小心地捧在手掌心。

"司月，对不起，"男人声线沉缓，目光看着司月，"那天我应该陪在你身边的。

"如果那天我接了你的电话，回到了你的身边。

"司月，你说我们会不会不是这样的结局？"

季岑风手指一遍又一遍地抚过司月的脸颊。

卧室里没有开灯，他的目光却好像一抹风中的烛火，那样倔强地摇曳，又那样炽热地燃烧。他贴得很近，近到能轻易被司月眼里的恨意与不甘刺痛，他却丝毫不在意，倔强地回看她，乞求她。

"你刚离开的时候，我觉得那个孩子是老天对我的惩罚，它叫你对我彻底死心。

"但是，司月，我现在才知道。那个孩子的到来是为了告诉我，如果没有了你，那么一切就都没意义。"

季岑风目光紧紧贴着司月的额间，他看见女人闭上了双眼，身子轻颤着。

"司月，"他话语有片刻的哽咽，手指因为身体的疼痛而无法自控地蜷起，"司月，那天我没能接到你的电话，那天我没陪在你的身边，真的对不起。

"司月，我真的错得很离谱。"

胃部的痛意攀着男人僵硬的后脊爬上了头顶，他黑色的发根里隐隐渗出冰冷的寒意。

季岑风忍住身子的痛楚，手指却还是那样温柔地一下又一下抚过司月的眼角："司月，这封信我以后一定会补给你。

"但是我想要告诉你，关于那个孩子。

"季岑风，永远亏欠你。"

压抑的房间里，过分的歉意融在温热的泪水里。

"吧嗒"一声轻响，一滴泪落在了司月的鼻梁上，顺着她的泪痕一同坠入了柔软的地毯里。

那个闭着眼睛的女人还是紧紧地咬住自己的嘴唇，可她的身子越抖越厉害，声线越抖越破碎。

最开始还是低低的呜咽声，后来就变成了痛苦的大哭声。

季岑风把司月完全地搂在自己的怀里,女人压抑的抽泣像一根带血的鞭子,一下又一下抽在他心口上。

那道被司月掩埋的腐烂伤口,第一次这样暴露在了季岑风的面前。他说他亏欠她,他说他对不起她。

司月头脑胀痛,心口像是被人狠狠揪住无法呼吸。她不知道自己该如何再去粉饰太平,她不知道自己该如何再跟季岑风说,这些都过去了。

没过去。

这些从来都没过去。

她那样笑着和季岑风说,过去的就过去了,不管好的还是坏的;她那样洒脱地签下了离婚协议书,告诉自己从此以后只会更好了。

但是在他提起孩子的一瞬间,但是在他说他永远亏欠自己的一瞬间,司月知道,一切明明都没有过去。

她恨季岑风,恨他那样和她冷战,恨他不接她的电话,恨他没有在她的身边。

司月彻底放下了心里所有的掩饰,痛苦地靠着季岑风的肩头大哭了起来。她仿若是在发泄,又仿若只是憋了太久。

她不知道该向谁哭诉,她不知道可以向谁哭诉,她以为只要把这道伤疤永远地掩埋起来,她就可以一路光明地往前走了。

可是司月从没和人说过,很多个梦里,她梦见一个小姑娘,穿着白色的小裙子,走在黑色的沼泽里。

她走两步,停两步。

她转过头,会朝司月招招手。

她喜欢站在那里笑,不说话。站一会儿,她又提起裙摆往前走。

很长一段时间,司月不知道她到底是梦见了自己,还是那个孩子。

是孩子吗?

如果她能好好地保护那个孩子……

司月不知道。

因为那个孩子永远也不会回来了。

司月被摁在那个她曾经过分熟悉的胸膛里,那份炙热的温度,那个宽阔的臂弯。他们明明可以幸福地相爱,他们明明可以天长地久,可他偏偏亲手毁了这一切,现在却又这般后悔地把她抱在怀里。

"我恨你。"司月咬着牙低声说道。

眼泪顺着她的下颌流进了脖颈里。季岑风身子一怔,只抚上她的肩头,说道:"司月,我知道,我知道你恨我。"

司月伸出手一下又一下地捶着季岑风的胸口,声音也一声大过一声:

"我恨你!"

"我恨你!"

"我恨你!"

每一声都带着浓重的哭腔,每一声又都带着无法抹去的恨意。

季岑风生生地承受着她所有的恨意,连同着她破败不堪的身体,一起被他接受。

这不是那个残忍地抹杀了他们过去的司月,不是那个明明知道他们之间有太多无法割舍的牵绊却还能那样风轻云淡说离婚的司月。

季岑风知道,只要她还愿意说恨他,他们之间就不是没可能。他手臂克制地将她完全抱在自己的怀里,深深吻在她的发间,将她所有的愤怒与痛苦,连同她的恨意,一起烙印在自己的心上。

他一遍又一遍地在司月耳边说道:

"司月,对不起。"

"季岑风这辈子,永远亏欠你。"

季诗韵没在游乐园待太久,她坐在那条司月刚刚坐过的长椅上,眼神有些愧疚地望着天。

坐了半个多小时后,她一个人走回了酒店。

司月的房门是关着的,季诗韵一只手拎着装满玩具的大袋子,一只手轻轻敲了敲门。

她要向司月姐道歉,不管当初是为了什么答应了岑风哥哥请她出来玩,今天的确是她说错话了。她看着司月那么专心地看着游乐园里的小孩子,便也不知道怎的,就说出了那样的话。

真是不应该。

季诗韵敲了两次,房门终于响起了开锁声。

"司——"可季诗韵话还没全说出口,就愣在了门前。

"回来了?"季岑风一手握着门把,目光落在她身上。他衣衫有些乱,上面还有些不深不浅的水迹。

季诗韵也只是愣了一下,眼神越过他看了下里面:"岑风哥哥,司月姐还好吗?"

季岑风目光很沉,但是没责怪她:"你先回房吧,明早回黎京。"

季诗韵拎着袋子的手指暗自绞了一下,点了点头,走之前低声说道:"代我和司月姐说抱歉,我不是故意的。"

"嗯。"

房门轻轻地又关上了。

卧室里,司月坐在靠窗的沙发上。

一盏小壁灯安在对面不高的墙面处,映着有些昏暗的天色落在司月的脸上。她眼睛还有些肿,目光放空地看着窗外。

"司月。"季岑风回到了房间,"是诗韵,她和你说抱歉。"

司月转头看着他,点了点头:"知道了。"她声音还有些沙哑。

季岑风目光在她身上停了一会儿,缓慢踱步坐到了她的身边。沙发一侧微微下陷,一阵似有若无的气息缓慢萦绕在司月的鼻尖,她慢慢收回了看向窗外的目光,看着这个坐在自己身边的男人。

他眉眼那样浓郁地融在这片昏黄的背景里,下颌线清冷如刀削。

季岑风安静地坐在司月的旁边,安静地等着她的审判。

灯光照着司月偏过来的侧脸,好像给她的眼眸也染上了一层金色的光圈。她下嘴唇上还留有一道深深的咬痕,那样明显地微微肿起。

"你那个时候,为什么去东问国?"司月终于问出了那个问题。

他为什么去东问国?为什么去找她?为什么变成了那样?

季岑风一直在等,等她主动问自己的那一天。

司月的声音缓缓落下,季岑风低低地笑了起来,那笑声来自他的胸腔,掺杂着无法言说的沉闷回响在这间卧室里。

他好像释然于司月终于问出了口,也好像释然于他终于可以说出口。

"司月,去东问国找你的那一天,我准备结束这一切了。"季岑风眉眼没有任何波澜地看着司月,看着她满眼的不可置信却又无从问起。

"你到达东问国的第一天晚上,跟了一个叫阿力班的当地导游一起去的文帝。当天晚上,那辆车自燃了,车里死了一男一女。"

"什么?"司月眉头不自觉地皱紧,"你说车子自燃了,里面还死了人?"

季岑风看着毫不知情的司月，心里隐隐泛起一阵痛意，却被他又强行压制了下去，只点了点头："应该是你离开的时候，司机又载了其他人是吗？"

司月还有些无法接受这些信息，沉默了一会儿说道："那个女人是后半段上的车，和我一起坐了一段路，到了文帝之后我就下车了。"

"那就说得通了。"

"什么说得通？"

季岑风身子微微朝她倾靠了一些："说得通为什么你的证件、手机会留在车上，那个女人偷的是吗？"

"……是。"

季岑风点了点，轻轻地笑了一下。

司月有些无法思考地看着季岑风，那些支离破碎的信息从他的口中说出，而后又在她的脑海里试图拼出一个完整的拼图。

被偷走的证件，被烧死的女人，想放弃的季岑风。这条无比悚然而又简单的逻辑链很快就出现在了司月的脑海里，她双手不自觉地抓紧了自己的衣袖，嘴巴也无意识地微微张开。

她无法为这些事件穿成一条合理的逻辑链。她不相信季岑风会放弃生的念头，更不相信她会被所有人认为是那个死去的女人。

司月很久都没有说话，无法理清这些事情之间的关联。

季岑风从大衣的口袋里拿出了自己的手机，很熟练地找出了一份文件。

"这是文帝警察局那时给出的结案文件。"

司月看着那个递到她眼前的文件，季岑风一页一页慢慢向上划拉，直到看到那张烧焦的身份证。

直到，那具写着司月名字的尸体。

司月目光惊颤了一下，嘴唇顿时失了血色。

她不可置信地看着季岑风，他轻轻地点了点头："司月，那个时候，我以为你死了。"

我以为你死了。

所以呢？

一种急促而又势不可当的刺痛感忽然在司月的心口蹿起，她呼吸忽地停了，心跳加重，她好像知道那个答案，却又无论如何都不敢相信那个答案。

季岑风嘴角浅浅地弯了一下，收回了手机。他眉头不知为何短暂地轻蹙了一下，然后又极快地舒展了开来，好似什么都没有发生。

"司月，你知道吗？去年十月一号的时候，黎京美术馆开工。那天黎京天气很好，开工现场来了很多人。"

司月听着那个男人低缓的声音，心口下坠。

"你那时给我发消息说，岑风，到时候我们一起去吧。可是那个时候，你却先离开了我。

"我想，也许是老天也不忍心叫我就这样放弃。他赌我要是愿意赴你这个约，就再给我一次机会。

"那天开工典礼结束的时候，我得知了这条消息。肖川和我说，你可能没死。"

男人声音很沉很慢，好像在说一件对他来说并不是那样轻松的事情。可他并不想要博取面前那个人的同情，他没有声泪俱下，他没有义愤填膺。季岑风克制着心里所有的情绪，平静地同司月讲这一段他并不愿意回首的过去。

"我和你说我不是以前那个季岑风了。可是我刚刚才发现，某些地方，我好像从来没变过。我坐上去东问国的飞机时，身上只有自己的证件、钱包和手机。"

季岑风低低地嗤笑了一下："司月，我有没有和你说过，那年你从夏川回到黎京。收到消息的那一天，我正在去公司开会的路上。

"临上高速的那个瞬间，我一下掉了头，朝机场开了过去。

"我当时恨了你那么多年，却还是在听到你回黎京的时候，那样疯狂地回了国。我身上什么都没有，只有自己的证件、钱包和手机。"

暖黄的灯光下，那个男人微微地低下了头，他左手扶在垂下的眉眼上，好像是在嘲笑自己的愚蠢。

跌跌撞撞了那么多年，两个人遍体鳞伤。

真是可笑，真是可笑。

"所以，"司月眼眶发红地看着季岑风，嘴角那条伤痕隐隐充血，"所以，你是为了我才要放弃自己的？"

她到现在，也还是无法相信，无法相信他为了她要放弃生命。

季岑风抬起头看着司月，看着她这张无数次出现在他梦里的脸庞，这张无数次曾被他真实地捧在手心的脸庞，郑重地点了点头。

这么多年，季岑风从来没有觉得他是这样一个脆弱的男人，直到遇见了司月。他轻易地快乐，因为看见司月睡在他的身边；他轻易地愤怒，因为看见司月和别的男人说话。他像一只被司月完全掌控的提线木偶，所有的悲欢喜乐被她一手掌握。

只是从前那个男人不明白，他不明白，他以为一直都是他在主宰一切。

直到司月离开。

"司月。"男人声音喑哑，混杂着那些复杂而又沉重的情绪。他手指缓慢而又坚定地握住了司月的手，好像那个沉默的夜晚，他同她相拥而眠、十指相扣。

"我是不是从来没和你说过，"季岑风手心发寒，声线却那样沉稳，"没和你说过……

"司月，我爱你。"

那天黎京体感温度三摄氏度，春枝尚在寒风的包裹下瑟瑟发抖。有一片玫瑰花园却又一次热烈开放，凛冽的寒风吹着鲜艳的花朵，那片澄澈的湖，那片摇曳的玫瑰花。湖水粼粼地反射着明亮的天光，光洁的落地窗内，有一把空着的单人沙发。

有的时候，他会坐在这里。

有的时候，她会坐在这里。

他们和好的时间总是那样短暂，短暂到在那间屋子里的共同回忆，都是那样珍贵而又稀少。

泪一滴滴从司月的眼眶里流出，她又恨又心痛地看着季岑风。

那些磨人的信封，那些沉重的誓言。

那样清晰而又深刻地重复播放在她的脑海。

"季先生永远不迟到。"

"季先生永远保护你。"

"季先生永远珍惜你。"

"季先生永远相信你。"

"季先生永远亏欠你。"

一字一句，牢牢地钉在司月的心口上。

滚烫的眼泪滴落在她的指尖。司月的指尖深深掐在季岑风的手心，咬紧后牙槽，狠狠问道："季岑风，你说的话，到底算不算数？"

你说的那些誓言到底算不算数？

季岑风心口发颤地看着她:"算数,每一句都算数。"

男人嗓子眼浮起一阵哽咽却又被他压了下去,他声音克制着颤抖,一字一句道:

"永远不迟到。

"永远保护你。

"永远珍惜你。

"永远相信你。

"永远亏欠你。"

还有,最后一句:

"司月,季岑风永远爱你。"

天色浓稠得像一缸沉淀已久的染料,混合着浓郁沉重的昏黄色调静静流淌在这间无人言语的卧室里。

暖光朦胧地为两个交错难解的身影披上了一条暧昧的纱带,好像无数个他与她曾经相偎的过去,好像无数个他与她曾经相拥的画面。

一切都变得很缓慢。

呼吸陷入静止,亲吻趋于凝滞。

男人的动作很慢,他身子小心翼翼地靠近,目光带着小心翼翼的询问。他冰冷而又谨慎的嘴唇温柔地亲上了她那条发红发肿的血痕。

就好像春天里萌发的第一条春芽,是那样小心翼翼,又是那样欣喜若狂。

季岑风紧紧握住司月的手指,低下头不厌其烦地一遍又一遍吻过她的嘴唇。他好像仍是不敢十分确定,他手指收得那样紧,唇下却又那样轻。

司月手指轻轻地回扣他,身子却还是僵硬地紧绷着。

男人停下亲吻,两人额头抵着额头。

"司月。"他声音又低又沙哑,隐在这片昏暗的灯光里,像一只等候已久的猎豹。

那股清冷而又稳妥的雪松木香顺着男人的气息轻轻打在司月的鼻尖,她抬眼看着季岑风。

她好像真的很久没有这样仔细地看过季岑风了。

他们极近地相视着,沉默地等候着。那场痛彻心扉的分别,如此明显地改变了彼此。

她不是他的附属品,他是她的追求者。

这么长的时间里，这么痛的互相折磨里，司月好像真的等来了这一天。这一天，季岑风毫无保留地相信她，心甘情愿地尊重她。

她和他是平等的。

他和她是平等的。

"岑风，你不骗我的。"司月看着他的眼睛。

"不骗你，司月。"季岑风轻轻地吻上了她的额头，沉缓的声音从她头上传来。

那吻好似无声的泉水，缓缓淌过她的额头、鼻尖，然后又一次重重地落在了她的唇瓣。季岑风的手臂有力而又稳妥地揽住了司月的后腰，将她拥着送入他的怀抱。

这一次，他轻轻撬开了她的唇；这一次，她伸手揽住了他的脖颈。无数个旧梦在这一瞬间从灰尘叠起的回忆里振翅飞出，那股被她刻意封存的情感翻涌着翻涌着漫向了无边的大海。

晃动的暗影笼着两个交错的身影，一切都是静谧无声的默契，好像很久以前的那个夜晚，她第一次去了他的办公室，他从后面拥着她，同她做一场清风白日的美梦，只是那个时候的他们不知道，以后他们会是这样互相伤害。

这么多年。

司月的眼泪落进两人的唇间，引着季岑风重重地倾覆在她的身上。

男人的呼吸很重，卷着强势的气息进入司月的唇间。可就在他慢慢亲吻到司月脖颈的时候，她却伸出了一只手轻轻抵在了他的胸前。

"岑风？"

季岑风动作一滞，连带着呼吸也停止了，低头去寻她的眼睛。一滴冷汗倏地落在了皮质的沙发上，印出一小块深重的颜色。季岑风这才发现，他额间早已布满了冷汗，此刻停下，手臂更是有些无法控制地发颤着。

"是不是胃痛？"司月抓着他绷紧用力的手臂，语气有些紧张，"下楼我带你去医院。"

司月扶着沙发就要站起来，季岑风却还是不肯松手，将她虚虚地揽在怀里："没事。"

"怎么会没事？"司月不解地看着他惨白的嘴唇，"你已经疼成这样还说没事吗？"

"过一阵就会好。"季岑风盯着她的眼睛黑得发亮，他似乎真的一点都不在乎自己，他好像更害怕司月离开他。

他又一次把司月揽进了怀里，低头还要去吻她。

司月伸手抓紧了他的衣袖："季岑风。"

季岑风松了手。

"是吃药还是去医院？你要对自己负责。"司月终于站起了身。

季岑风看着她，身子翻了一下仰坐在沙发上。

他惨白的脸色晃在昏暗的灯光下看不真切，但居然还在笑。他两只手拉着司月的手指，把她圈住。

"不用去医院，也不用吃药，按摩就会好些。"

"真的吗？"

"真的。"

季岑风拉着她的手，掀开了自己的衣衫。

司月忽然顿了一下，就要把手收回："我的手有点冷。"

"没关系。"季岑风没松，拉着她的手放在了自己的小腹上。

司月弯着腰，动作有些别扭。季岑风另一只手揽着她，叫她坐在了自己的膝上。

"你按一下，好像真的不那么疼了。"男人神色很认真，静静地看着司月。

她带着些许寒意的手指轻柔地贴在他的皮肤上。男人的身子好像哪里都很硬，却又在她触碰的那个瞬间化成了无尽的春水，缠绕着攀上了她的指尖，勾着她的魂魄，攫着她的目光。

季岑风覆在她的手上，最开始还是轻轻地按摩，后来就只是握着。

"我觉得你还是应该去看医生。"司月耳后有些不易察觉的绯红，发丝落在发红的唇间。

"司月，"季岑风将她朝自己身边又拉了拉，左手抚着她的后颈，叫她同自己额头相贴，"司月，可是我现在，只想吻你。"

季岑风说完没再犹豫，微微仰头亲上了司月的唇。

季岑风亲了很久，久到司月身子彻底有些软了，混沌迷乱的思绪里，她强撑着意识推开了季岑风。

"你先吃点东西。"司月站起了身子，朝厨房走去。她记得李原跟她说的，要让季岑风按时吃饭。

中午就没吃东西,现在又已经那么晚了。

司月一边重新把散落的头发扎了起来,一边朝厨房走过去。她记得套房里面有一个开放式的小厨房,里面厨具应有尽有。只是她看了一圈,食材倒是一点都没有。

季岑风跟在她身后,看了眼空空如也的冰箱:"我们出去吃吧。"

"你能吃外面的东西吗?"

"清淡的都可以吃了。"

司月这才记起来季诗韵早上的时候说他这几天能吃些正常的东西了,她点了点头就把冰箱关上了。

"那走——"

"要不还是叫外卖吧?"男人顿了一下改变了主意。

"为什么?"

季岑风低头看着司月:"还是想单独和你一起吃饭。"

他语气很缓,看着司月的眼睛:"我们很久没有好好吃一顿饭了。"

季岑风说得没错,从司月离开黎京之后,又或者说,从他离开黎京之后。他们冷战,又分开,很久没有这样毫无芥蒂地一起吃一顿饭了。

外卖小哥把粥和一些清淡小菜送过来的时候,司月正在给季诗韵发消息,她害怕小姑娘太过自责。

说到底也是因为她的事情,季诗韵才这样帮忙的,更何况季诗韵并不知道那个孩子的事情,这样怪到季诗韵头上,实在是说不过去。

季岑风把外卖拿到了餐桌上,司月坐在椅子上抬头问季岑风:"要不要叫诗韵也过来吃啊?"

季岑风正在把给季诗韵点的那份拿出来,他本来打算给季诗韵送过去的。

"你想让她来吗?"男人把季诗韵的那份饭放在了桌上,他嘴上倒是问着司月,眼睛里却有些几不可察的情绪。

司月看着季岑风,也知道他可能等和她单独吃饭的机会等了很久了,她看着迟迟没有收到季诗韵回信的手机,忽然振动了一下。

季诗韵:【啊啊啊,姐,你原谅我啦!呜呜呜,司月姐你真好!我刚刚在打游戏没来得及回你消息,对不起,对不起!】

司月轻轻笑了一下,抬头对季岑风说道:"那还是我们两人一起吃吧。"

季岑风眉尾微微挑起："那我把饭给她送过去，马上就回来。"

"好。"

季岑风回来的时候，司月已经把饭盒都拆开。他们点的东西很简单，两碗清淡的瘦肉粥，加上一些小菜。

餐桌很长，季岑风没坐在司月对面。他把椅子朝司月身边拉了拉，坐在了她的右边。

两人挨得很近，挤在餐桌的一边。

房间里开了空调，司月只穿了一件薄毛衣。两人安静地低头喝着粥，一只"不请自来"的手臂慢慢地环上了司月的腰。

她向右偏头看过去。男人还在一本正经地喝粥，一口下去，才回头看司月。他也不说话，仿佛那只放在她腰间的手不是他的。倒是司月先笑了起来："你就是为了这个才坐在我右边的？"

"嗯。"季岑风毫不掩饰，他脸色有微微地回转，不再那样苍白。餐厅暖黄的灯光落在他的眼眸里，折射出一种不真实的情意。

司月一时也有些恍了神，那层朦胧而又温暖的光影慢慢氤氲在他目光不移的眼眸里，好像暗夜深处那片汹涌无声的大海，呼唤着就要她过去。

从前是深不见底的深渊，现在……好像不是了。

"那你抱着吧。"司月朝他笑了一下，继续喝粥。

晚上季岑风在司月的房间里待到了很晚，晚到司月有些睁不开眼了，才问季岑风："你什么时候走？"

季岑风平静地看她一眼："司月，我想问清楚，我们现在是什么关系？"

"为什么这么问？"

"男女朋友的话，在一起过夜应该是可以的。"

司月半个身子靠在他的怀里，抬眼看着男人谨慎的样子，低低地笑了起来。从前很难看到季岑风对什么事情如此谨慎，他从来都是胜券在握的那一方。如今倒好像是正负颠倒，控制权完全落在了她手上。

怀里的女人看着他认真地思索了一会儿。

"那就……暧昧关系吧，你在追我。"

"我还没同意。"

司月是早上九点多醒的。

一晚上她做了很久很久的梦，整颗脑袋好像被装进了永动机，思维疯狂跳跃。

早晨睁开眼的时候，她却又什么都不记得了，只觉得浑身都很累好像忙了一整晚。

她伸手打开手机，看见季岑风发来的消息。

季岑风：【醒来的时候给我打个电话。】

司月侧着身子，半张脸陷在柔软的枕头里。手机里的消息提醒着她，昨天的一切，都是真的。

都是真的。

她和季岑风和好了。

司月对着消息看了很久，才回了过去。

司月：【醒了，我们什么时候出发？】

季岑风：【你收拾好了我们就出发。】

司月眼角不自觉地轻轻弯了起来，她放下手机，下床走进洗手间。

上午十点的时候，两人下到了酒店一楼大厅，司月却没看见季诗韵，问："诗韵呢？"

季岑风揽着司月的腰往停车场走："早上叫司机来把她接走了。"

"司机不是还没上班吗？"

季岑风垂眸看着司月笑了笑："加了钱。"

回黎京的路上，都是季岑风一个人开的车。司月一晚上睡得不是很好，上车没多久就睡着了，迷迷糊糊睡得倒是很好，再睁眼的时候，发现车子已经停了。车停在了她家楼下，楼梯口对面的那个车位。

很多个晚上和白天，他曾在这里等过很久，不过这一次，司月在他的车上。

司月眼睛慢慢地睁开，伸手揉了揉眼角，声音还带着些没睡醒的语调软软地朝季岑风说谢谢。

"司月。"季岑风拉住了她的手。

司月身子僵住，回过头去看他："还有事吗？"

季岑风喉结上下微微滚动了一下，好似在犹豫："你妈妈放在家里的腌鱼还没有吃，你想不想今天吃？"

司月目光愣了一下，想起了那封信。那封季岑风给她的回信，他说她从东问国回来的那天，没有给他机会。

477

季岑风右手还是轻轻地握住司月的手腕,他握得很轻,轻到司月可以毫不费力地抽出,拒绝他。
但是她没有。
"好啊,你做吗?"
季岑风手掌收紧了片刻,然后又握上了方向盘:"嗯,我做。"

司月很久没来明宜公馆了。
车子从湖边开过的时候,她才发现原来只有一小圈的玫瑰被整整齐齐地种满了整片湖边。从前还是各类花卉都种一些的,现在居然全都种上了玫瑰。鲜红亮眼,摇晃在色调灰白的冬天里。好像黑白电影的最终格,玫瑰花永不凋零。
车子缓缓停了下来,季岑风走到她这边开了门:"到家了。"
男人一手扶住车门,一手伸向了司月。他好像病态地处在一种永久失去的状态里,要靠无时无刻不把司月圈在身边才叫他安心半分。
司月把手搭在他的掌心上,他轻轻施力,就把她带了出来。
别墅里还是和她走的那天一样,她甚至分不清是否发生了任何的变化。沙发、椅子、窗帘、电视,所有的一切好像神奇地定格在了她离开的那一天,什么都没有变。
像是怕她不认识家。
管家一听到声响就迎了出来,看见司月的时候,她眼圈红着不知道说什么,两只手接过季岑风手里的行李,就克制地憋着难受朝司月说:"司月小姐终于回家了。"说完像是怕季先生不高兴,又匆匆拎着行李上了楼。
司月这下知道为什么当时李原去到东问国刚看到她的时候,还有司洵第一眼看见她的时候,会是那样的情绪了。
他们都以为她死了。
可她却又回来了。
季岑风脱了外套挂在衣架上,转身去问司月:"我帮你?"
司月点了点头,任由他帮着自己解开外套的纽扣,抬头问他:"你为什么不在我刚回来的时候就告诉我,大家都以为我死了?"
季岑风低着头,认真帮她把纽扣一颗颗解开,浅粉色的浑圆纽扣嵌在柔软的白色外套上,轻轻一推就可以完全解开。

"那样你会同情我吗？"男人语调很缓，问她。

司月没动，想了一会儿："那个时候你如果告诉我所有的事，我会。"

"那你会重新接受我吗？"季岑风解开了所有的纽扣，提醒她抬手。

司月抬手，男人身子靠近帮她把外套脱了下来。

"应该不会。"司月诚实地回答道。

她会为季岑风感到心痛，感到心疼，但是并不会重新和他在一起，因为她分得清楚什么是愧疚，什么是爱。如果他永远不改变，他们就不会有未来。

季岑风似是知道答案，点了点头，揽着司月的腰往楼上走："司月，我不要你同情我。我要你爱我。

"你是否死了的事情和我随之而来的决定不会变成你回到我身边的理由，我不想让这些去打扰你。"

季岑风把司月带进了卧室，里面还是和从前一样，连她睡过的那个枕头都安稳地放在原处。

"司月，我知道我们之间的阻碍是什么，我只想去解决它，不想要你的同情。

"除非你问我，不然没有必要告诉你。"

司月被季岑风带到了阳台的藤椅上坐下，季岑风站在她身后，两手垂下按在扶手上，将她完全地包裹。

"楼下的玫瑰花开了。"季岑风的声音沉缓地落在司月的耳畔。

司月目光看着那片波光粼粼的湖面和随风摇摆的玫瑰花，心里竟是有些难以平静地波动。

很多个白天和夜晚，她曾独自看着这片湖面；很多个白天和夜晚，他也曾独自看着这片湖面。

但是这一次，他陪着她；这一次，她陪着他。

司月微微仰头，回看他。

有那么一刻，司月想起了很多他们在这间屋子里的事情。那段时间，她摔伤了脚踝，季岑风每天晚上帮她按摩，他的手法很好，学什么都是一遍就学会。即使后来她脚已经好了，他还是时不时会帮她按一按。

在忙着私人别墅设计案的时候，她常常在被窝里和他讨论突如其来的灵感，她说什么，他都会认真思考，然后回答她。

被窝里很暖和，她和他靠很近，说话间鼻息会打在彼此的唇间，季岑风很喜欢那时候亲吻她。

就像,现在一样。

她望着望着,就望到了,一个吻。

湖光把一片冷粹的天光打散,晃动着欲言又止的柔和,给那对亲吻的情人镀上了永久生效的心动。

她在他的家里。

她在他的怀里。

一切都是那样奢侈而又满足,一切都是那样真实而又梦幻。

他们不赶下一趟匆匆离去的飞机,他们不做下一对有缘无分的情人。

他双手慢慢地环紧,再环紧,将她完全包裹在自己的身体里。他同她一起沉醉在这片无限的天光里。

午饭吃的是蒸鱼。

李水琴先前叫司月带回家的几条腌鱼都被整齐地冻在冰箱里。

季岑风煮了一点米饭,然后又炒了两道清淡的小菜。腌鱼拿出来解冻了一会儿,直接上了蒸锅。

吃午饭的时候,阳光透过偌大的窗户照在餐厅里,连带着人的情绪都变得有些昂扬。

司月夹了一小块腌鱼,冻了好几个月,也不知道坏了没有,她细细尝了下,好像还真没有。也许是因为本来就是腌制食物,没那么容易坏,只不过味道尝起来还是有些咸。

季岑风吃了一筷子,司月让他别多吃。

"太咸了,对你胃不好。"

季岑风点点头。

"你的身体,也是那个时候弄坏的吗?"

"嗯。"

"不吃饭?"

"吃不下。"

司月望着季岑风:"后来做手术也是因为胃吗?"

"小手术,已经没问题了。"

司月点了点头:"还是要按时吃饭,听医生的话。"

"好。"季岑风答应得很干脆。

两人吃完了午饭，阿姨就进来收拾了。司月这才发现自己的衣服都已经被管家拿去洗了。

季岑风站在卧室里看着她，好像在等着她的决定。

司月看了他一眼："我下次再来拿吧，你现在要送我回家吗？"

男人眼眸垂了半秒："好，我送你。"

黎京温度有些升了，午后的阳光照在人身上甚至有些热。

司月拉下了遮阳板，看着前面人来人往的街道。今天已经初九，后天就要上班了。

季岑风轻车熟路地把车子开进了司月住的小区，才发现司月有些发呆。

"在想什么？"季岑风偏过头看她。

司月回神："在想后天上班的事情。"

"有什么计划安排吗？"

司月摇了摇头："目前还没有，年后上班才会知道。"

"那是有什么不开心吗？"

"也没有，"司月看着他这副模样，朝他笑了下，"只是觉得这个年过得好快，一眨眼就过去了。"

季岑风"嗯"了一声，也觉得昨天晚上过去得很快，今天早上过去得也很快。

"那我们年后公司见吧。"司月解了安全带，就要去拉车门。

季岑风忽然拉住了她的手腕。

司月回身看他："还有什么要和我说的吗？"

男人眼眸又黑又深，那样认真地看着她，却又轻轻地松开了手。他问了一个曾经问过司月很多次的问题，一个曾经被司月拒绝过很多次的问题。

"司月，什么时候回家？"

第十七章

一笔勾销的结束

大年初十一,辰逸开始正式上班。

黎京天气回暖得极快,年前几场暴雪轰轰烈烈,年后如此快就升了温。

司月早上只穿了件薄毛衣,下面一条浅灰色半裙收在腰间。纤长的小腿露出大半截,她在鞋柜前犹豫了一小会儿,最后踩进了一双裸色浅口高跟鞋里。

出门前披了一件并不厚的大衣,就足以抵抗外面逐日消退的寒意了。

她今天化了淡淡的妆,走出楼梯间的时候,带着些凉意的阳光照在她的眉眼上。司月微微眯起了眼睛,看向了路对面。男人穿着一身烟灰色的西装,身形颀长挺拔。内搭一条暗金绣纹的浅色领带,他正耐心地站在对面,等着她。

司月眼睛慢慢地睁开,嘴角上扬。

"早,司月。"季岑风大步走到她面前,接过她手里的包。

司月抬头看他,心情很好:"早。你吃过了吗?"

"吃过了。"季岑风点点头,另一只手环上了司月的腰。她大衣里很空,他手掌向内收拢搭在了她的腰上。

"穿这么少会不会冷?"男人一边揽着她往前走,一边偏头问她。

司月笑着看他:"季先生穿得比我少。"

季岑风眉眼柔和:"我习惯了。"

男人清淡而又冷调的气息将司月稳妥地环绕,她安心地依偎在他的怀里,同他一起朝公司走去。

黎京又恢复了一派生机盎然，早春的枝丫"簌簌"地在晨风中抖擞，抖擞着抖擞着，长出翠绿色的嫩芽。热气腾腾的早餐馆又迎来了匆匆忙忙的上班族和上学的小孩子。他们朝滚烫的豆浆吹两口，便闭着眼睛囫囵往下灌，肉包子啃一口就拎起书包往外跑。

红灯亮起的瞬间，无数辆汽车、电动车、自行车停在那个巨大的十字路口，一侧车水马龙，一侧蠢蠢欲动。

很久很久以前的某一天，一个放弃了自己人生的女人也曾走过这样的十字路口。那个时候的她被全世界放弃，被自己放弃。她什么都没有，什么都不是。

司月微微偏过头，看着身旁的男人。明亮的天光勾勒出他高挺俊逸的脸庞，他眸色很深，平静地望着远方的红绿灯。

他宽阔有力的臂膀将她紧紧地揽在怀里。

绿灯亮起，季岑风偏过头，声音很轻："走了，司月。"

司月点了点头，伸手揽住了他的后腰。

季岑风的身子微微怔了一下，他手臂瞬间又收紧许多，像是要将她永久地嵌在自己的身子里。

他们如此平凡而又普通地融入了这场热闹非凡的人间烟火里，匆匆忙忙，人来人往，他同她相依而走。衣角上下翻飞在那温柔肆意的冷风里，司月觉得，今天真是一个绝好的大晴天。

季岑风在电梯口和司月分开，他坐了专用电梯去了顶楼，走之前和司月约了晚饭。

新年第一天上班没有什么特别重要的事情，上午收拾收拾东西，和大家闲聊了一会儿。

下午有一场部门的例会。李经理给大家汇报了一下今年上半年的主要任务，然后分了几个小组把任务交代了下去，唯独没有给司月分任务。

会议结束之后，司月在会议室等了一会儿，李经理果然有话和她说。

"去楼下咖啡厅吧，我请你。"李经理把文件夹收在手里。

司月点了点头："好。"

李经理难得地笑了一下，率先走出了会议室。

下午的咖啡厅里人并不多，两人寻了个靠窗的位置，分别叫了一杯咖啡。

李经理微微舒了口气，过年后第一天上班，把她忙得够呛。她端起杯子喝了一口咖啡，然后朝司月说道："司月，你对自己之后的路有什么规划吗？"

司月手指搭在温热的杯壁上，沉吟了片刻："我去年跟着温设计师做了黎京美术馆的案子，还有我自己领队完成的私人别墅案，东问国的建筑遗迹考察也算是顺利地结束了。希望今年也和去年一样多接几个案子，认真做好。"

"早点升总设计师吧。"司月看着李经理笑了一下，然后端起手中的咖啡喝了一口。

辰逸的总设计师整个公司都没有几个，他们个个都是要么用作品说话，要么学历、奖项惊人的。

就连温时修那样在建筑界已然小有名气的人，也不过是个外聘的名义，和辰逸自己的总设计师还是存在出入的。

而那些设计师负责的项目就远非司月这些普通设计师能够接触到的了，司月的目标是总设计师没错，但是她也知道，这条路还有很远很远。

李经理却没有任何的诧异，反而点了点头："可是司月你有没有想过，按照你现在这样的发展，一个一个把手里的项目做好，每个项目又动辄半年一年的时间，你要多久才能坐上总设计师的位置呢？"

司月眼眸有片刻的呆滞，她似乎很少去想太久之后的事情。她不习惯去安排那么不确定的未来，因为很多的过去，她常常连眼下的困境都无法解决，又要如何去想那么久的未来。她只能保证，当下的每一个瞬间，她会很努力地去做，至于以后，她真的不知道。

李经理推了推眼镜，今天是有备而来。

被她带下楼的文件夹里，李经理抽出了一张纸，阳光穿过蕾丝花边的窗帘，繁复的纹路淡淡地映在那张平整的白纸上。

"司月，你看看这个。"

司月目光落下，这是一份学校的简介，不是别的学校，正是司月当年心心念念和季岑风说过的那所学校。

那个过分熟悉的名字，那些过分熟悉的介绍，司月曾经看过很多很多遍。多到在她刚去夏川参加工作的那两年里，苏甜常常问她，半夜是不是又说梦话了，她怎么听不懂。

但是后来，那个梦被她彻底地放弃了，她很久没再梦见过关于那所学校的任何了。

司月手指轻轻按在那张单薄的纸上，目光看着李经理。

李经理面色还是一如既往地严肃，她从未想过要和司月开玩笑："司月，你知道的。建筑看中作品，同样也看学历。纵然你可以说只要有真材实料、有天赋就可以设计出令人惊艳的作品，为人传颂。但是一个很现实的事情也摆在这里，很多建筑协会的建筑师等级，都是和你的学历挂钩的。"

"Y国皇家建筑师协会RIBA，part 1（第一级）要求是本科，part 2（第二级）要求有工作经验和研究生学历，part 3（第三级）要求有多年丰富的工作经验和杰出的建筑作品。"

"没有通过part 3的建筑师根本不能叫architect（建筑师），只能叫architecture designer（建筑设计者）。"

"我们辰逸的总设计师，没有一个不是architect。"

李经理伸出手指向了文件最下方的那一块信息栏："司月，我只是想让你换一个方式去思考自己的未来。是埋头在辰逸什么都不问地往下干，还是抬起头看一眼前方的路，选一条更快更高效的。"

"这边是学校的奖学金申请要求，你去年完成的几个项目都可以作为十分有分量的奖学金申请材料，我希望你好好考虑一下。"

司月目光沉沉地落在那一片奖学金申请信息栏里，苍白单薄的纸张上，阳光好像悄无声息地点了一把火。她两只手沉沉地扶住了自己的脸颊，咖啡厅里正放着一首没听过的外文歌。

她看着那张纸，看了好久好久。

她再抬起头的时候，窗外的阳光已经转向了街边的另一个方向。路对面新开了一家花店，姹紫嫣红的花朵争相绽放在这个明媚的冬日里。

司月眼眶有些湿红，她想，今天真是一个绝好的大晴天。

下午六点整，夕阳刚刚褪去最后一抹余光。街灯沿着天色消退的方向逐盏亮起，点燃了一整片辉煌的黎京。

司月把小包挂在左肩上，和同事说了再见后就下了楼。

人来人往的一楼大厅里，有一个男人正坐在角落的沙发看文件，他低着头快速地签着什么，一签完李原便利索地给他递下一份。

司月还未走到季岑风的面前，李原就先告知了他。

男人抬头看了一眼，把手里的最后一份文件签完递给了李原，然后站起了身。

　　他西装外套的纽扣没有扣上，露出内里珍珠白的高定衬衫，银白色的领夹在大厅的灯光下熠熠发光，脚步如此清晰地落入司月的耳中。

　　男人大步地走到了司月的面前，将她轻轻揽在怀里："下班了？"

　　"下班了。"司月朝他温柔地笑了一下，"季先生今晚要带我吃什么？"

　　"一家从前你吃过我没吃过的店。"季岑风一边揽着她朝大楼门外走去，一边回道。无数目光或惊讶、或窥探地朝他们看，但是他们却没有半点的遮遮掩掩。

　　他们不过是这世界上最普通的男男女女，一同相拥着，谈一场清风明月的你情我愿。

　　季岑风今天是自己开车，他带着司月从市中心朝北边开了有一会儿，然后七转八转拐进了一条不大的巷子里。

　　车子停在了路边，季岑风下了车，去到司月那边开了门。

　　司月搭着他的手下了车，左右环视了一下，怎么也没找到哪家会是季岑风要去吃饭的地方。这是一条狭窄拥挤的美食街，全都是些小店面的饭馆。

　　"你要带我去哪里吃饭？"司月挽上他的胳膊，偏头问他。

　　季岑风眉尾微微扬起，语气里有掩饰不住的得意："四川菜馆。"

　　司月看了他一会儿，目光不可置信地又朝这条街上看了过去。远远地，掩在一家烧烤店的后面，当真有一家挂着彩色招牌的四川菜馆。

　　五彩斑斓的灯牌与这条街上其他的色彩一同发光发亮，那四个大字无比完美地和司月印象里的四个字重合在了一起。

　　"你怎么找到的？"司月眼里有些不可抑制的兴奋。

　　季岑风拉上司月的手，同她一起往前走："随便找就找到了。"

　　司月忍不住笑出声，大步跟了上去。

　　当真是原来那家四川菜馆。当年辰逸后街拆迁，老板关了一阵子店，后来才又搬到这里。

　　司月其实并不记得这家店的菜品是否好吃了，对于她来说，在这家菜馆发生的事情，才是更让她无法忘记的。而当年那个为了她站在门外等很久的男人，现在正在认真地点菜。

　　在一家地道的四川菜馆里，点些清淡的。

　　这家饭店的菜品并不多，司月看着点了几样。服务员接过单子之后便去后厨帮忙了。

店面虽然不大，但是人满为患，年轻人坐了一桌又一桌，热热闹闹的，很像从前的时候。

司月坐在季岑风的对面，从包里拿出了一张纸："看这个。"

季岑风接了过来，是李经理早上给司月看的那份文件。他还没开口，就听见司月问道："是你和李经理说的吗？"她话是这么问，语气里却没有怪罪，只是询问。

季岑风上下快速看了一遍信息："没有。"

司月倒是有些讶异："我还想说，季先生这回变聪明，总算学会如何帮助我了，而不是直接给我塞人。"她脸上带着狡黠的笑，微微偏着头去看季岑风。

男人又细细看了一遍材料，才把文件放了下来："司月，同样的错误我不会再犯。"

司月一只手撑着头，季岑风的表情倒是忽然有了几分严肃，叫她看不透。"所以上次你把我放去了东问国，这次你无论如何都不会同意我去 M 国读书的，是吗？"

饭馆里，明黄的灯光落在那个男人深邃的眼眸里。

季岑风修长的手指将那份文件整齐折起，放进了自己的口袋里。他认真地看着对面脸色似乎有些僵硬的司月，轻轻握住了她的手："我是说，这一次，我陪你去。"

司月恍了神："你陪我？"

"对，我在那所学校附近正好有一套房子。"

"那么巧？"

季岑风笑了笑，一种酸涩的释然："不巧，我买了很久了。"

司月做出要去 M 国读书的决定后，一切都变得紧张了起来。原本她就错过了最佳的申请时间，为了不再多浪费半年，她把自己过去这一年的材料悉数整理好，又根据季岑风的建议做了一些调整和修改，压着上半年的申请截止时间提交了材料。

三月初的时候，去考了语言。好在她读书的时候英语就很好，这么多年了，也没有退步很多。

成绩一出来她就补交了材料。

整个二月和三月都忙得焦头烂额，直到提交完成绩单的那一刻，司月才能安稳地坐下歇一口气。

季岑风是下午六点到的楼下，他最近好像也有些忙，常常工作到很晚。

司月自从那天辞了职之后，就没再去过辰逸了。

家里的门铃响了三下，司月越过沙发上有些凌乱的文件，踮着脚跑去门口。

门一打开，就看见季岑风站在门口。

他朝司月伸出了手，女人踮着脚拥上了他。

"辛苦了。"季岑风轻抚了下她的头发，偏头亲了亲她的眼角。

司月拉着他进了门："你忙完了？"

"嗯，事情之前都做完了。"季岑风换了鞋子，看到了她凌乱无比的沙发。

司月连忙转身过去想要收拾一下。

"没事，我不坐。"季岑风拉着她没让她去忙，"东西都收拾好了吗？"

"收好了。"司月点了点头，转身从卧室里拎出了一个小包，"我们后天晚上回来是吗？"

"是。"季岑风伸手接过了司月的行李，"现在可以走吗？"

"可以，我去穿外套。"

季岑风早早就和司月约好了这个日子。她考完语言，提交完所有的申请材料。不过最重要的是，今天是司月的生日。

车子一路向南边开，天色还算亮的时候，能看见沿路的花，越往南开得越艳丽。许是气温回暖的原因，姹紫嫣红的花朵压在满树的枝丫上，有厚重而又真实的艳丽感。不打半分折扣，满满当当地展示孕育了一整个冬天的香气。

天色彻底暗下来之后，世界仿佛就只剩下了车子里的他和她。

远处是无穷无尽的黑暗，他们独自处在这片移动的小岛上，带着这片安稳的亮光驶向未知的前方，并不感到任何的孤独，而是一个稳妥的、私密的，只属于他们两人之间的岛屿。

音响里在放一首很低缓的音乐，季岑风把声音调得很小，仿佛是怕听不见司月说话。可是司月并没有说话，她同这男人一起看着无人的远方。她不知道他在想什么,但是这一刻,她觉得好心安。

那是未知的目的地,那是未知的行程线,黑暗里看不清他们即将要去的方向,沉默里谁也没问起那个地方叫什么名字。音乐应和着几不可闻的引擎声,就是这个夜晚唯一的声响了。

司月侧靠在皮质的椅背上,抬眼望着季岑风。

男人似有察觉,右手轻轻拉住了她:"困了可以先睡。"

司月回握了一下他的手心:"专心开车。"

"好。"男人嘴角轻轻地扬起,收回了自己的手。

车子一路往南开了三个小时,停在了一家酒店的门口。司月有些困了,她倚在季岑风的怀里,跟着他一起朝里面走去。

这家酒店的旁边都是光秃秃的荒地,一路开过来,只有这一个地方亮着光。黑暗里看不清这一片到底是什么地方,司月也没多想只跟着季岑风去了前台。

"风景台八号帐篷。"前台小姐很快查到了季岑风的预约记录,"先生您请稍等,一会儿我会给您带路。"

司月一听到"帐篷"两个字,有些意外地朝季岑风看了看:"住帐篷?"

"可以吗?"季岑风低头亲了一下她发间。

"可以。"司月点了点头,觉得有些新奇,她还真没住过帐篷。

前台小姐很快便做完了信息的录入,她和旁边的同事交代了一声,从前台走了出来:"先生小姐,请跟我往这边来。"

季岑风和司月跟在前台小姐的身后,他们从酒店前门走了出去,很快就看到了远远的黑暗里,有几个昏黄的亮点。再往前去,司月才发现,远远看去的一个个亮点,居然就是一个个帐篷,只不过在远处的时候看不清楚,走近了才发现这些帐篷被扎得极好极牢固,高度差不多两米。

"先生小姐,祝你们入住愉快。"前台小姐把司月和季岑风送到门口,很快就离开了。

季岑风看着司月眼里跃跃欲试的好奇,帮她打开了门帘:"要不要进去看看?"

司月极快地应了一声,就抬腿走进了帐篷里。

司月以为,帐篷里,该是她从前在电视上看到过的样子:红黑花纹的毛毡毯子粗犷地铺在黝黑的大地上,一张简易的床板放在帐篷的一侧,另一边是一条长长的板凳。

其实司月也不知道普通的帐篷该是什么样的,但左右不是眼前这样的:光亮的木地板铺在干净整洁的帐篷里,帐篷的内侧有一圈明黄的光带,照得整个屋子异常温馨静谧。里面的面积其实并不大,一间卧室和一间洗手间。雪白松软的大床放在帐篷的偏右侧,左边是一个与卧室毫无间隔的白色椭圆形浴缸。

不知名的熏香淡淡飘浮在司月的鼻间。一切都是高档到极点的装饰,甚至可以说就是高级酒店的套房,与司月刚刚以为的"帐篷"二字,毫无关系。

站在门口看愣了神的司月慢慢回过头看看季岑风,季岑风把行李放在了一旁的桌子上,抱着司月的腰问她:"喜欢吗?"

司月"扑哧"笑了出来:"我以为是帐篷。"

"这就是帐篷。"

"可是这里更像是酒店。"

季岑风低下头,额头贴着她,声音变得很缓:"不喜欢也可以换。"

司月抬头轻轻地吻了他一下:"我喜欢。"

"那我们,先去洗澡?"男人的目光渐渐变得黏稠而又炽烈。

司月甚至不用想,都知道他是什么意思。

"好呀,你先。"她笑着推开季岑风,脱下了自己的外套想要挂到衣柜里,却没想到男人折身追上了她,将她拦腰抱到了床上。

四周很静。

远近只听见得见——他的呼吸声。

男人的身子沉沉压着司月,将她完全圈在了自己的怀里,季岑风的气息很重,克制地收敛着自己的情绪,起伏的胸口却还是那样不客气地暴露了他所有的想法。

司月深深陷在这片柔软的被褥里,她手脚被束缚,身子被禁锢。但是躺在这张床上的两个人都知道,这一场清风白日的你情我愿,由一个叫司月的女人说了算。

季岑风的鼻息缓缓打在司月的脸颊上,男人的眼眸里流转出一种浓重而又深邃的情欲,他目不转睛地看着司月,像是那片蛰伏许久的暗海,沉默地隐在无人知晓的角落里,肆意勃发。

司月动了动她被握住的手腕。

季岑风手指乖巧地松开，然后顺着司月的肩颈，一路滑到了她只穿了一件短衫的腰际。他的指尖挑起她的衣角，滚烫的手掌便紧密地贴在了那片细腻皮肤上。一阵酥麻顺着腰后蔓延上了头皮，连带着司月的指尖都轻颤了一下。

司月轻轻咬住了自己的嘴角，她伸出细细的食指，点上了季岑风的眉间，然后是鼻尖，然后是唇。

男人喉结缓缓滚动，轻轻将她的手含在了嘴里。

"司月。"季岑风声音含糊。

司月低低地应了一声。那灯光似是模糊了她的眼眸，司月有些看不清了。潮湿感紧密地附着在她的指尖上，她再想抽出来的时候，已是无能为力。一道无形的织网越收越紧，越收越上。

燥热层层笼罩司月的身子，她另一只手有些失了力地揽上了季岑风的脖颈。男人听话地把头靠在了她的肩上，听见她说："……去洗澡。"

柔和无瑕的月光倾洒在那个无声的帐篷上，或许是要在这个沉静的夜晚同它一起坠入温柔的海底，暗流一阵一阵卷起细腻沙砾，又一阵一阵赐予月光新的生命。所有的声音渐渐远离，视线模糊在荡漾的海底深处，窒息带来的极度宁静，将一切感官彻底湮没。

无数尚不成调的话语在这个无须言语的夜晚被揉碎而后重组，也许他知道，也许她知道。

他们之间何须更多的言语。

她伸手的那个瞬间，他张口的那个瞬间，司月就知道，这辈子再也不可能是别人了。

凌晨一点半，退潮。

司月迷迷糊糊中被季岑风清洗了身子，裹着宽大而又柔软的浴巾抱去了床上。

她指尖都累得没了力气，摸到被子的瞬间就沉沉睡了过去。一觉睡得过分舒畅，好像回到了婴儿时期，包裹在温暖的羊水中，晃晃荡荡就长了这么大。

长大后，遇见了季岑风，他那么坏，却又那么好。坏起来叫她气得掉眼泪，好起来又让她舍不得。

真是坎坷又坎坷。

坎坷又坎坷。

半梦半醒中,司月掉了一滴眼泪。黑暗里,她静静睁开了双眼,并不知这滴眼泪到底为何而流。

身边没有人。

司月撑着身子坐了起来,看见了掀起一条缝的门帘。外面是浓重的靛青,不远的昏暗里,有一个男人在抽烟。

司月静静地朝着那个方向看了一会儿,起身穿好衣服。

昏暗的天色仍是沉沉地笼着这片尚未苏醒的大地,带着些凉意的冷风吹在司月的脚踝上。她终于看清了他们这晚到底是住在何处。往前继续走二十米,是一片再无前路的悬崖,浓雾滚动在深不见底的山涧,将这片土地彻底割裂。

季岑风似是听到了动静,逆着冷风转过了身子。昏暗的天色里,男人的眉眼亮得像天上的星。他只穿了一件单薄的白色衬衫,那样清冷而又挺阔地立在这片悬崖的边缘。

季岑风朝司月淡淡地笑了一下,便伸手掐灭了手里的烟朝她大步走来。司月尚未开口说话,男人就捧着她的脸颊重重地吻了下来。似有若无的烟草气味卷着晨起的潮湿与温润,温柔地碾过她口舌。

司月伸手回抱他,同他加深这个吻。

天色冷寂到没有任何的声响与涌动,时间在这一刻停止。无边无尽的悬崖与云雾,凝视着这对无言拥吻的情人。

他们沉迷于一个不知缘起的吻,又或许,从今往后的每一个吻,都不需要任何的理由。

许久,季岑风才慢慢松开了司月,冷风卷袭着侵入他们之间,带走了些许残存的温热。

男人大拇指轻轻抚了抚司月的嘴角,轻声说道:"生日快乐,司月。"

司月微微扬起脸笑道:"谢谢你。"

季岑风双手抚着她裸露的肩头,慢慢滑到了手臂,摩挲着摩挲着,最后握住了她的两只手。

男人修长有力的指尖在她的手指上反复轻捻,他低着头,认真地看了很久,尤其是那没有戴着戒指的无名指。

季岑风的情绪很重,他不说话,司月却察觉得到,要不然也不会这样早就站在这片悬崖边独自抽烟。

司月也就任由他弄着,最后终于有些忍不住了,笑着想要抽出来,却忽然看见季岑风,抬头对上了她的目光。

那像春天里燃起的第一把火,一眼看过去,就燎起了漫山遍野的荒野。

司月心口倏地收紧,只见男人拉着她的手,单膝跪在了她的面前。那是一个司月从未见过的季岑风,他眼神那样卑微而又充满信念,脆弱而又充满诚恳。

司月手指有些慌张地紧绷,却被他牢牢地抓在掌心。

"司月。"季岑风看着她,从身侧的口袋里拿出了一个黑色丝绒的戒指盒。

淡淡的天光从那个男人的身后照来,寂静的悬崖起了风。

浓雾翻滚着,翻滚着,涌向无尽的天边。

季岑风打开了那个黑色的盒子,一只通体璀璨的粉色钻石在这样不甚明朗的天光里散发着无可比拟的亮光。

司月的心跳停止在这一刻,她看着那个单膝跪在她面前的男人。

他或许准备了很久,他或许思索了很久。但是当他看到她的时候,当他拿出那枚戒指的时候,所有的言语和情绪都瞬间变得苍白。

他们站在这片广袤无垠的天地之间,同这轮回了数千年的清风明日一起,见证这个男人的真心。

季岑风的声线有些难以克制地轻颤,他握着司月的手心慢慢收紧、发烫:"司月,过去的一切就到这里结束了,好不好?

"所有好的、不好的,我们就在这里都结束了。从今往后,我们重新来过,好不好?"

冷风不知何时鼓鼓地吹起了司月的裙边,她看见朝阳初升的金光泛起在那片没有尽头的悬崖边,她看见这个男人坚毅的眼神,还有挺直的后背。

他一动不动地跪在她的面前,拉着她的手,求她给一个机会。

她还看见了那天,她坐在那个小小的楼梯间里,手掌紧紧捂住自己的嘴巴,不敢叫人听见她的哭声。

那一天,他出现在她的眼前。

那一天,他出现在她的生命里。

那只曾经挣扎着破碎翅膀的小蝴蝶,终于挣扎着、挣扎着,飞向了更加广袤的天地;那滴醒来时不知为何而流的眼泪也许找到了它落下的理由,也许它知道，也许她知道。

司月的眼眶慢慢泛红，听见季岑风对她说道：

"司月小姐，请问你愿意嫁给我吗？

"我会永远保护你、珍惜你、相信你、尊重你、永远爱你。"

男人的话语又缓又重，他目光不移地沉沉看向司月。

也许在季岑风过去的三十年人生，他早已学会了如何同人说些过分虚伪的场面话，与人周旋，而又麻木不仁。可在面对这个女人的时候，他又瞬间失去了所有伪装的能力。

他变成了一个世间最普通不过的男人。

他有爱，有恨，有渴望，有缺陷。他如此害怕这个女人的离开，才这样迫不及待地将自己的一颗真心剖出来叫她看清楚。

山间"猎猎"地起了大风，季岑风的手却没松，他无比渴望地看着司月。

他看着她，轻轻地点了点头。

她对他说：好。

她同意将从前所有的痛苦与伤心全部一笔勾销，同他一起，往前走。

季岑风手指发颤地将戒指戴上了司月的无名指，这一次，它与她严丝合缝。

司月看着那个男人深深地吻上了她的手背。

好像这么多年，她一路跌跌撞撞，她曾经以为自己就要死在那片无法走出的沼泽里了。

这个男人一次又一次地走到她的身边，他给她带来伤害与痛苦，却也曾叫她快乐与不舍。

而这一天，她终于能够没有任何负担地站在他的身边，同他说，好，岑风。我们从今往后，一起往前走。

真好。

真好。

司月轻轻地笑了起来，泪水滑过她的嘴角，她反手握住了季岑风的手。

"那我们明天一起回家，好不好？"男人站起了身，将她紧紧地抱在怀里。

司月伸手揽上了他的脖颈，用力点了点头。

"好。"

那天早晨，盘桓悬崖数日的浓雾第一次散了干净。

陡峭的岩壁直直插入万丈深渊。凌晨六点半,一对有情人沿着山崖狭窄的阶梯拾级而上,他们朝更深的山里走去。

晨风微微卷起了司月的裙角,听见她同那人讲着:"岑风,记得今天说过的话,我们一言为定啊。"

季岑风紧紧握住她戴着戒指的左手,轻声说道:"好,司月。

"这次我们,一言为定。"

早春的风还是带着些不饶人的寒意,尤其是在山间。司月的身子却是有些发烫,好像一腔沉寂许久的池水,叫这人扰得翻腾不已。两人沿着狭窄的山道走了很久,他们走得很慢,晃晃悠悠的,不问这条路到底有多远,不问这条路到底通往哪里。

他们只是并着肩,有一搭没一搭地说着话,看到前面那个栏杆围起来的观赏平台时,才意识到已经到顶了。

司月扶着栏杆朝下看去,深不见底的山涧,两侧是悬崖峭壁。茂盛的绿叶抽芽一眼望不到尽头,那么静,又那么充满生命力。

她手臂裸露在"呼呼"的山风中,下一秒就落入了一个温热的怀里。季岑风从后面拥着她,双手握住她的手腕,将她抱在自己的怀里。

"冷不冷?"季岑风的声音从她身后传来。

司月手指动了动,从他指缝中伸出去与他交握:"有点。"

她转过头来补充道:"但是也有点舒服。好像觉得夏天要到了,现在就开始贪凉。"

"冷就下山吧。"季岑风手臂将她收得更紧了些,"你比以前更瘦了。"

司月轻轻地笑了起来,转过身,去抱他腰:"要说瘦了,应该是你身体不太好。"

她眉间染着些许故意的调笑看他,发丝被风吹落在殷红的嘴角。季岑风没忍住,直接低头亲了上去。

司月轻轻抬头配合他。

一碰一离,一离一碰,蜻蜓点水般。

耳边只有不时掠过的山风,除此以外,只有那些几不可闻的亲吻声。

司月的唇很凉,好像春日里的一汪清泉,那样柔软而又轻快地流淌过季岑风的唇上。偏偏又是那样不带留恋的,每次只碰一下,便又悄悄地离开,叫他心里莫名燃起了一小丛火。在司月又一次离开的那个瞬间,他俯身追了上去。司月笑着要去推他,他不肯,硬是偏着头将她揉在怀里好好亲了一阵,才算是放过她。

男人把她揽在怀里,低头去瞧她,两人贴得紧,山风吹不进他们之间。

"司月。"季岑风低声喊她,好像一朵飘在空中的蒲公英,轻柔地挠在她的心口上,叫得她耳后浮起一小片绯红。

"你怎么这样?"司月的声音闷在季岑风的衬衫里。话是抱怨,从她嘴里说出来就带了几分嗔怪,听得季岑风不禁又贴近了几分,捧着她的脸非叫她看他。

"我怎么样?"他明知故问。

"你自己知道。"司月见他如今是真不要脸了,居然还这样一本正经地发问。

季岑风嘴角浅浅地弯起:"我控制不了。"

"别说了。"司月耳后越发红,伸手去推他。

季岑风没动。

司月又把头埋在了他的肩窝上,声音小到几乎听不见:"变态。"

季岑风笑得胸腔都在微微地颤动,附在她发烫的耳边说道:"对你应该不算。"

临近中午的时候,两人下了山回到了帐篷。

太阳升起来,连带着山间的温度也高了。季岑风带着司月去了酒店的餐厅。

几张厚重的原木桌子放在通透安静的大厅里,昨天晚上没有看清楚,现在才发现这家酒店的前厅很大。

前台的一侧是登记入住的地方,另一侧就是用餐的地方。

他们中午来得早,大厅里没有客人。司月挑了一处靠近窗户的桌子,和季岑风一起坐了过去。

酒店不点餐,服务人员只问了客人的忌口和喜好便去后面准备了。

司月旁边的雕花窗户只开了一条小缝,细细凉凉的风卷着早春的暖意缓缓打在她的脸颊上,整个人有种说不出的舒适,像一张被展平的纸张,没有一丝褶皱,心里没有任何的负担与忧愁,思绪松软得像一团飘在风中的云。

司月左手放在桌子上，目光仔细地看着戒指。通透澄澈的圆形钻石镶嵌在圆润光滑的指环上，淡淡的阳光落下来，被切割平整的钻面折射成无数道微小的光束，静静地落在桌子的一角。

司月手指动一动，光束也跟着变换角度。

"明天回家我们再去买喜欢的。"忽然季岑风的手就覆了上来，他握住司月的手指，"这是我之前买的，没问过你喜不喜欢，明天我叫李原去查一下最近哪里有拍卖会，我们一起去挑挑。"

司月看着他，心里好像又被什么东西轻轻触碰了一下，连带着目光也变得柔软了几分："挺好看的，我没见过粉色的钻石。"

"还有很多种不同的，"季岑风指腹在她手背左右摸着，"之前买的时候，也没问你到底喜不喜欢。"

"什么时候？"司月问他。

季岑风眼神微微暗了片刻，轻笑道："和你吵架冷战的那次。"

"你去 M 国那次？"

"嗯。"

季岑风看着司月，他手指微微收拢，将她握得更紧了些。

"司月……"他开了口，顿了一会儿，又没了下文。

他们说好，过去的，就过去了。

司月忽然朝他笑了笑，抽出了自己的手，一边看着戒指，一边说道："我就喜欢这个。"

饭菜很快就上来了，很有这边的地方特色。两道清炒蔬菜，一盆养生鱼汤。鱼汤很白很浓，飘着淡淡的香气。米饭里面不知掺了什么豆子之类的东西，五颜六色的团成一个大团子，放在白瓷小碗里。

一切都是恰到好处的精致。

"这些都能吃是吗？"

"都可以。"季岑风将衣袖整齐叠至小臂，肌肉纤长分明。司月不知怎地又想起了昨天晚上，他撑在她脸侧的手臂，将她困在身下。

季岑风帮她盛了一碗鱼汤，见她在发呆："想什么？"

司月回神，身子有些发热。她转身将一旁的窗户开大了些，吸了口新鲜空气才去看他："有些热。"

两人吃完了午饭之后,跟在酒店安排的导游后面在这里转了一圈。

他们没跟着导游逛太久,临近傍晚的时候吃了些简单的晚餐就回了帐篷。明明已经住了一晚上了,但是司月却没来得及仔细看看这帐篷里的所有。

门口的帘子放下拉紧,外面的风声就听不大见了,沿着帐篷一圈的黄色灯带亮起,晕染出一片温存的空间。司月在屋子里左右看着,最后停在了一幅挂在床头的画前。

不是相框框起的,而是一幅毛毡画。

她伸手摸上去,是粗粝的纹路。

"看得这么入迷?"

司月刚听到声音,就闻到了一股清淡香气,有点像是茶树的青涩,叫人莫名地想多闻一下。

"这个沐浴露好闻。"司月偏过头去看刚洗完澡的季岑风。

他没穿上衣,身子还有些微湿,贴在司月的身后,微微弯身,同她一起看那幅画。

黑色、棕色的线条像是粗壮的树干一般有力地纠缠在一起,深绿色的斑点混杂在线条之间,看不清楚到底是个什么,倒是让人有了想象的空间。

"去洗澡。"季岑风亲了一下她的后颈。

司月怕痒,笑着缩起身子。

"现在就去。"

洗手间里有一个巨大花洒的淋浴室,司月洗完之后在里面吹了一会儿头发,半干之后才出去。

季岑风正躺在床上看书。

"看什么呢?"司月上了床,坐到他身边。

"没什么。"季岑风伸手想把书合上。

"没什么是什么?"司月不肯放过他,明明刚刚一动不动看得入神,现在又说没什么。

她半个身子压在季岑风的身上,想越过他去拿那本书,谁知道手臂还没伸出去,就被他牢牢地握在了手里。她皮肤还有些凉,猝不及防就被他发热的掌心烫了一下。

司月身子停在半空,有些诧异地回过头去看他,才发现季岑风一直盯着她,不说话,也不动,直直地盯着她。

他手心的温度越来越高,连带着整个身体都发烫,像是一片正在燎原的大火,慢慢朝着司月卷袭了过来。

她这下相信,他的确没看什么,他怎么可能看得进去。

季岑风微微侧过了身子,将司月放到了床上。

"不是昨晚才——"

可她话还没说完,就被人堵住了唇。

昨晚的记忆汹涌着卷土重来,可是又一些不一样,少些过分谨慎、虔诚的小心翼翼,一切朝着尤未可知的方向无限下坠。

从前多有猜忌、隔阂、心寒和不安,即使在血肉相融的混沌时刻,也总憋着一口劲告诫自己,不可就这样放纵沉沦。可如今他和她之间,是真的没了那些横在心间的利刺,他叫她如何沉沦、愉悦,她就全盘接受,抱着他一起忘却所有。

大脑趋近空白,只看着头顶一圈昏暗的光线。身子陷在泥泞难逃的温热里,心随他一起坠入随波逐流的混沌里。

他要带她去哪里,她就去哪里。

呼吸逐渐加速、失控的那一刻,季岑风的声音从她耳后传来:"……司月。"

她意识混沌地转过头去同他亲吻,感受着他最后一刻的隐忍。

"司月。"

"嗯……"司月声音很虚,飘在头顶上,一双眼睛看不清了,只觉得有人在她手里放了什么东西。

她用力握紧,发现是一枚戒指。

司月去寻季岑风的眼睛,才发觉季岑风也在那样看着她。

他目光清澈而又沉静,身子忽地缓了下来,手肘撑在司月的颈边,骨节分明的左手慢慢展开在了司月的眼前。

"司月,帮我戴上。"

司月心口猛地一颤,回看着那个男人的眼睛,他的前胸滚烫地贴着她的后背,叫她手指都发麻发颤。她紧紧地握着那枚戒指,沿着季岑风的无名指,戴了上去,银白色的光滑戒指,在微弱的灯光下散放着令人沉醉的光泽。

划过修长有力的骨节,稳妥地戴在无名指。

司月尚有刹那的恍神,却听见季岑风的声音:"扶好。"

他声音像是忍到了极致,轻柔间有难以抑制的微喘。一种大梦颓唐的倾覆感,抽走了最后一丝力气。那具炙热的身子,终于完整地贴向了她的后背。

带着些许温热的吻就轻轻落在了司月微凉的后颈上,他亲了很久很久,后颈到后背,来来又回回。

发麻感慢慢褪去,司月伏着,平缓了呼吸,恢复了点力气,想要起身去洗澡。

季岑风却忽然拉住了她的左手。

司月偏头要去看他。

季岑风却没说话,他捉着她的左手,慢慢展开放在雪白的床单上,粉色的钻戒幽暗地发着亮。随后男人的手掌,覆了上来。他的戒指轻轻磕在她的戒指之上。季岑风的手指微微错开,两枚戒指紧紧相依。

沉寂昏暗里,呼吸变得绵长而又粘滞,两人依偎在一起,一同看着这两枚同样依偎的戒指。

好像他和她。

叫司月想起了那天,她和温时修在楼道里听到了声响却没看到人的那天。

一声没头没尾的轻笑。

"那天你看到了?"她手掌收起,转过身子去看他。

如今他们和好,倒是可以坦诚地问出口,他那天是否看到,是否吃醋?

"哪天?"季岑风问。

"楼梯间里。"她手掌伸到季岑风面前晃了晃,提示道。

"……嗯。"

果然是。

司月低低地笑了起来,佯装诧异道:"原来你那么早就对我有心思了。"

"你说呢?"

"我不知道。"司月故意不接他话茬,还投诉道,"力气大得要死,生怕我不醒来一样。"

季岑风捏着她下巴,叫她看着自己。

他眼神是无奈的纵容,声音沉缓:"那段时间,每天晚上都是我最烦躁的时候。"

"为什么?"司月话一问出口,就立马会了意。

两片嘴唇乖乖地闭上,试图混过这个话题。

"你不知道吗？"季岑风轻笑了声，反问。

司月手指赶紧捂住他嘴，糊弄道："好歹一觉醒来到早上就好了。"

季岑风静了片刻，眼神里染了些调笑，慢悠悠地说道："我刚刚说错了。"

司月不解。

"早上比晚上还烦躁。"

两人一觉睡到了上午十点。

好像很久没这么肆无忌惮地偷懒了。

司月醒来的时候，季岑风还闭着眼。

他呼吸低沉而又缓慢，睫毛落下一片小小的光影在脸颊上。阳光微微照进了帐篷，在他高挺的眉骨和鼻梁上晕出一圈淡淡的光亮，好像雕塑刻画的模样，骨骼长得这般好。

司月微微靠近他，昨晚的沐浴露香气淡了，一夜过去，再闻到的，是那个人散发出来的味道。

每个人的都不一样。

并不是某种香水的味道，那更像是一种荷尔蒙的散发。每个人都有每个人的味道，每个人都有每个人的喜好。

比如季岑风身上的味道，透过他的皮肉淡淡地落在司月的鼻尖，她忍不住多闻，直到鼻尖蹭到了他的手臂。

"醒了？"男人晨起的声音很低，带着些沙哑把她揽到了怀里。

司月顺势半趴在了他的胸口，他身子很热，心跳沉稳而有规律，让人莫名放心。

"什么时候回家？"

"一会儿收拾一下就回。"季岑风下巴磕在她的头顶上。

"我还要联系房东退房。"

"把联系方式给李原，叫他去弄就可以。"

"会不会麻烦他？"

季岑风笑了起来："我给他付工资的。"

"哦，忘记了，你是万恶的资本家。"

"资本家不也是要给你交税的吗？"

"给我交——"司月话说了一半，差点咬到舌头，重重给了他胸口一拳。

两人慢悠悠地起了床,收拾了东西,回黎京。

一路上车子开得极为顺畅,下午接近三点就到了司月家楼下。

"我和你一起上去收东西。"季岑风锁了车,随她一起往上走。

今天不知怎的,小区里停了很多车子,司月一开始还担心季岑风能不能找得到车位。

谁知道一路看下来,居然就他常停的那个位置没有车。

司月往楼上走:"我们今天运气不错,不然最近的停车位都要走好远。"

季岑风两三步跟上,轻轻捏了捏她的后颈:"我们运气是不错,不过那个车位是我买的。"

家里的东西并不多,她本来也没有住很久,卧室里的衣服收一收,剩下的一些小家具到时候拜托李原能卖的卖掉。

收拾来收拾去,还是那只小箱子,跟着她跑来跑去,最后还是回到了季岑风的手里。

司月最后看了一圈把门窗都关上,回到客厅,看见季岑风正站在那里认真地看着她的那只箱子。

"看什么这么入迷?"

季岑风右手将箱子拎起,左手朝她伸出:"看看这些帮助你逃跑的工具。"

他话说得那样认真,句句落在她的心里。

司月心里忍住笑,快步拉上了他的手:"这下不跑了。"

季岑风拉着她朝外走:"想跑也跑不了了。"

回到家的时候,管家和阿姨接到电话都已经先到了。其实没什么需要准备的,司月从前的东西都还在,一直都有整理和清洗。季岑风把箱子放到衣帽间里,就拉着司月先去洗了澡。

司月先出来,坐在浴室的凳子上吹头发。她穿了一件白色短衫,下面是一条灰色短裤,鲜红圆润的脚趾踩在被蒸气熏热的瓷砖上,印出一片模糊的轮廓。

"哗哗"的水声不一会儿也停了,季岑风身上带着水就走了出来。他看着司月在认真吹头发,径直走过去要抱她。

司月怕他身上的水沾过来,连忙关了吹风机,踮着脚笑着跑了出去。

季岑风穿好衣服出去的时候，看见司月坐在阳台的藤椅上。她头发半湿着自然地散在肩上，两条腿搁在前面的脚凳上。

早春下午三点，温度尚未达到燥热，寒意却早已消散在阳光的照射下，底下是微波荡起的澄澈湖面，两排整齐的梧桐已经逐渐茂盛。

季岑风站在卧室里，静静地看了很久，久到司月转过身子，问他在看什么。她手臂撑着藤椅，修长的腿微微蜷起，看他。

季岑风大步走到了她的面前，没说话，直接将她整个人腾空抱了起来。

司月一声短暂的尖叫，抱紧了他，再落下的时候，人已经被他抱到了床上。她身子热热的，贴在微凉的床褥上，一碰上去就有种从头到脚的酥麻感。

可她还没来得及好好体会，季岑风就已经半压着身子倾了过来。

司月按住他的肩膀，两人鼻尖相错，他没再靠近。

她也就没说话。

在这间卧室里，他们度过了很多个日日夜夜。季岑风记得，司月也记得。那些日子好像忽然变得很遥远，朦朦胧胧的，仿佛上辈子发生的一般。

良久，季岑风才慢慢开口："司月。"

"嗯。"

季岑风轻轻地捧住她的脸，在她额头上温柔地吻了一下。他声音很轻，扬在这个早春的下午，似有片刻的不相信，抱紧她才有刹那的真实感。

"像做梦一样。"

两人在房间里待了一会儿，季岑风接到李原的电话，要出去一趟。

"在家等我，我去拿个重要文件马上就回来。"他穿上衬衫，司月帮他挑了条领带。

男人低下头，两只手掌放在她腰间，静静地等着她给自己系领带。

"你以前真的很坏，总叫我帮你系领带，态度还很差。"司月手上微微施力，叫他头往下，开始同他算旧账。

季岑风什么都依着她，脸颊贴她很近："你不靠近我，我又想你靠近我，怎么办？"

"谁叫那时你脾气那么差？"司月手指故意轻戳他喉结。

却好像戳在他的心窝上，叫他捉起她的手指要亲一下。

"其实我脾气还不错。"

司月直接笑了出来，领带系好："季先生骗人真有一套。"

"不骗你的。"

"这句也是假的。"司月快速回他。

季岑风心里好像终于到了春天，四处开花。他看着同他调笑的司月，整颗心都舒适得发颤。

"好了，去吧。"司月轻轻拍了下他的领带，好像无数个从前，轻轻拍一下，拍在他的心上。

"在家等我。"季岑风亲了亲她嘴角，才肯走。

司月脸上的笑意就没落下过。

季岑风一走，她也跟着下了楼。

湖边有两个人影，正忙忙碌碌地做着什么。

"管家，这是在做什么？"

司月开了院门，直接走了出来。

管家正蹲在地上，听见司月的声音立马站了起来，谁知差点一个趔趄，还好司月扶得及时。

"哎哟，不好意思不好意思。"管家连忙去扶旁边的桌子，慢慢坐了下来，"一下站得猛了。"

"歇一会儿，应该是蹲久了。"司月让管家坐着，目光落在了一旁的花匠身上。

管家坐了一会儿，也不晕了，和司月说道："这一大片前段时间刚种上，现在花匠来做些维护。"

"什么时候都换上玫瑰花了，我记得我去年走的时候，还只有一小片的。"

管家看着司月，也想起了很多事。季先生和司月小姐在一起那么久，吵了又好，好了又吵。

现在终于是搬回来了。她也不知道自己在感慨些什么，总之觉得现在才算是好日子。

"今年过年后种的，季先生说其他花就都不种了，把位置都空出来种玫瑰。"管家看了一眼司月，又看了一眼玫瑰。

她眼神顿了顿，又好像是做了什么决定似的。

"司月小姐，这次回来就不走了吧。"

司月点了点头："不走了。"

管家好似放了心，不知道在想什么，过了好一会儿才又开口："季先生和司月小姐讲过那段时间发生的事情吗？"

司月看着管家，似乎知道她有话要说："我去东问国的那段时间吗？"

"是。"

"他没有细说。"

管家心里坠坠的，她就知道季先生不会说，但是她真的很想让司月小姐知道，在司月小姐离开的那段时间里，季先生到底经历了什么。

"我和阿姨还有司机的合约，其实重新续过一次。

"去年十月一号，那是季先生让我们在家里做事的最后一天。季先生给了很多违约金，比合同上规定的多了三倍。

"他不需要我们了。"

管家说："司月小姐知道吗？"

司月手指按在桌子上，心口微室："知道。"

她说她知道。

管家就知道，她知道了。

年纪到底是有些大了，说起这些来，总是容易情绪化。管家头低低地看着前面的玫瑰，声音融在风里："司月小姐现在回来了，什么就都好了。

"季先生前段时间常常早出晚归，天气冷得厉害，胃又做了手术。

"家里的饭菜已经做得很清淡了，他却还是一口都吃不下，止痛药吃两片，一晚上也不知道怎么就过去了。

"早上来收拾家里，垃圾桶里都是烟蒂。

"有时候李助理也会问我们为什么季先生不吃饭，我们也不知道说什么。明明从那么远的地方把司月小姐带回国了，却还是一天天地又消瘦下去。"

司月想起了很多个他站在楼下等她的早晨，天色清冷，他站在路对面。

她的心不知为何就揪了起来。

"好在司月小姐回家了。

"回家了。"

管家看向司月，眼里竟有几分红。

司月有些怔怔地看着远处，不知道该说些什么。

"司月——"

忽然客厅里传来季岑风的声音，司月瞬间回过神，起身就跑了进去。

季岑风还没把外套脱下，就看见她直直地扑进了自己的怀里。

管家看见季先生回来了，便也起身催促着花匠师傅动作要再快些。

季岑风瞥了眼外面，伸手把司月抱了起来。

她将脸颊埋在他的肩窝里。

"怎么去了那么久？"司月声音小小的，带着些让人难以拒绝的撒娇和埋怨。

季岑风快步上了楼，反手关上了房间门。

他将司月轻轻放在床上，司月手没松，环着他的脖子将他拉了下来。男人的膝盖点在她身侧，身上还带着些外头的潮气，目若点漆，看着她。

"什么文件这么重要，一定要周日去拿。"

司月坐起身子，紧紧揽住了他的脖子。她也不知道为什么要计较这些，只觉得心里又酸又涩，想叫他陪在她身边。

"本来是叫李原送到家里的，我有点着急，就自己去了。"季岑风认真答复她。

"是什么？"司月又问。

季岑风正了正脸色，看着司月。

"你的户口本。"

✦ 番外一
永不分离的开始

"看这边哦。"小姑娘伸手朝镜头处招了招,"三,二,一!"

"咔嚓咔嚓"好几声,司月才敢收敛脸上的笑意,好像笑得久了,甚至不知道自己是否在笑,只僵硬地摆个造型。

倒是一旁的季岑风从头到尾无比耐心。摄像师最开始还怕季岑风会赶时间不耐烦,谁知道不管她提出什么要求,让两人挪动位置找角度,他都没有提出任何异议,极其配合。

最后,司月挑了一张拍得比较靠前的照片,那个时候她的笑容还没有那么僵。

季岑风把所有的底片都买了。

"都是一样的姿势,买一张就好了。"司月先上了车。

季岑风随后坐进了驾驶座,带上了门,眉梢带笑:"我有钱。"

司月很难忍住去笑他,好像他今天心情特别好,说什么都带着些难以掩饰的愉悦。

"也对,说不定下次还可以用。"她故意冷了脸色,转头去看他。

季岑风一手搭在方向盘上,一手伸过来捏了捏她的下巴:"没可能。"

车子一路通畅地开到了民政局对面的停车场。

这个地方,一年多前他们来过。

她只记得那时他站在会议室门外叫她早点下班去领证。

"那个时候你是意外出现在会议室门口的吗？"司月忽然发问。

"哪个时候？"

"第一次领证的时候，那时你站在会议室外面找我。"

"嗯。"

"哦。"司月应了一声，语气里有些失落，却也觉得合情合理。

"那次我周日早上飞了M国还记得吗？"季岑风转动方向盘，车子转弯的时候，他偏头看了眼司月。

"本来应该在M国待一周，然后和FUTIS的人见面的。但是到周一的时候，实在没忍住又回来了。"

"为什么？"司月眼里有些说不清的期待。她也知道他们那时闹得那样僵，季岑风也不会对她太好。

男人目光看着前面的道路，低低笑了一声："想到你那天之前，在我怀里哭了，有点舍不得。"

司月才想起来，他们领证前的那个周六，她在酒会上喝多了，季岑风把她抱回的家。

"到了。"季岑风把车子停在了路边。

司月看着他。

"司月，这次不会了。"季岑风把司月的手握在手心。他声音缓缓的，车子引擎熄了，听得好清楚。

"什么不会了？"

窗外人来人往，司月转头看着他。他今天穿了一身很是挺括的西装，黑色马甲套在白色衬衫外，领带是早上出门时她挑的。英眉朗目，最怕男人情深看你，叫你分不清真假。

但是季岑风却是没说话，他身子朝司月微倾，右手轻按在她的后颈。

温温柔柔的一个吻，像这早春的风。他只亲了一下，便抵着她的额间。

"走吧，司月。"

"嗯。"

和第一次结婚没什么大的不一样，填完文件、签字、盖章，又是两个红本子。

还是被季岑风收起来，保险柜"咔嗒"上锁，某人心里才算安稳。

司月笑他过分谨慎。

季岑风脱了外套丢在沙发上："前车之鉴，后事之师。"

"上一次也不是被人偷走的，何必放保险箱。"司月朝厨房走去。

季岑风跟在她后面："我是说，前车之鉴，后事之师。下次无论你再怎么要，我都不给你了。"

男人从后面抱着她，不理会她的惊讶："要做什么？"

司月哼了一声："阿姨让我帮忙把肉拿出来解冻一下。"

可她佯装生气的样子落在季岑风的眼里，却只让男人浑身都觉得酥麻。他弯下身子去亲她的侧颈，惹得司月偏头要去推他。

"痒。"

季岑风还是没停，把她转过身子直接抱上了流理台。他两臂撑在她的身侧，抬着头仔细地端详她，好像无论如何都看不够，要反反复复、仔仔细细。

司月本来忍不住想笑，却因他现在这副认真的模样又怔住了。

不知他在想什么。

阳光柔和地穿过明亮的窗户照在两个人的侧颜上，湖畔的梧桐树叶摇摇晃晃，屋里听不见风声，只觉得，该是很温柔。

司月见他半晌也不说话，两腿轻轻环上了他的腰。季岑风顺从地贴近了她，将她整个人抱在怀里。

"干吗不说话？"她声音很轻，落在他耳朵里，好似一片羽毛，扫过他的嗓子。

季岑风的喉结微微滚动了一下："叫声老公听听。"老狐狸终于露了尾巴，两手抚在她后腰，眼里没了遮掩。

司月耳后瞬间有些红了，分明这不是什么出格的叫法，他和她也是领了证的。

她只觉得，从前没叫过，一时之间，有些说不出口。

"嗯？"季岑风见她失神，俯身亲了她一下。

司月脸更红了。

"嗯？"又一下。

司月只能伸手抵住他的胸口，声音细若蚊蚋地警告他："季岑风。"

"不是这个。"季岑风不肯放过她，"司月，我们都领过证了。"

"之前领过证我也没那么叫你。"

"之前是之前。"

司月说不过他,笑着要逃。谁知道季岑风直接把她整个人抱起来就往客厅走。

沙发宽敞,落下两个抱在一起的人。季岑风将她整个人完全禁锢在沙发内侧。司月把脸埋在他的胸口,双手抱着他的脖颈。

他心跳沉稳而有力地响在她的耳边,告诉她,司月,我们结婚了。

屋子里很安静,季岑风没再说话。

微微抬眼就能看见落地窗外那片澄亮而又壮阔的湖,玫瑰花随风摇曳,漾出一个春天的轻言细语。

他低头吻在了司月的发间,然后是额头、鼻尖、嘴唇。

司月耳朵绯红,心口是难言的激动,可总觉得一切又是那样不现实。明明季岑风就在她的眼前,她却不敢确定他们是否真的可以这样走一辈子。

"司月?"季岑风停下了动作,看着她,"在想什么?"

司月微微回神,男人的眼眸很深很黑,她看着他的眼睛,看着他眼中的自己。

"岑风。"她嘴唇轻启,不知是否发出了声音。

可季岑风不在意,低头深深吻了上去,从前如何刻意忍耐,现在就如何无法控制。

好像情与欲从来无法彻底割裂,当他爱她时,甘愿做落魄的猫和狗。

不是高高在上,不是冷静自持。

是看见她时就忍不住要亲她抱她,是想念她时,还要把她揉进身体里。

看她最不堪的一面,也爱她最不堪的一面。

沙发上,季岑风将司月的上衣解开,圆润莹白,包裹在一片轻薄细腻的花边里。阳光照在她白皙的皮肤上,他喉结微微滚动,一路亲了下去。

司月正要闭上眼睛,忽然一阵清脆的手机铃声从沙发上的外套里响了起来。

季岑风身子一滞,没去管它,可铃声不依不饶地响着。司月动了动身子,伸手去推季岑风的手臂。

"电话。"

男人终于停了下来,起身去拿外套里的手机。

"有事快说。"男人站在沙发旁接起了电话。

司月嘴角抿住笑，把外套又穿上。季岑风余光看到，眉头轻轻皱了起来："不是说明天下午才来吗？"

他走到司月身边，轻轻拉住她的手，司月也就坐在沙发上看着他。

"今晚几点？"季岑风又问。

司月才知道大概是公司有事需要他。

"去吧，我在家里等你。"她站起身子凑在季岑风耳边说道。

季岑风伸手把她揽在怀里，目光看着她。

"我在家里等你。"司月又哄他。

季岑风嘴唇轻抿了一下，朝电话里说道："行，你过一个小时来接我。"他说完就挂了电话。

"本来明天才来的客人今天提前到了。"

司月点点头："不用向我解释那么多，反正我们现在也没事了，你早去早回。"

"谁说没有事？"季岑风把手机丢在沙发上，目光下沉。

奈何司月现在衣服都穿好了，白白破坏了那么好的气氛。司月嘴角忍住笑，两只手慢慢抚上了季岑风的脸颊。季岑风偏头亲了她手指一下，又只盯着她。

她咬了下嘴唇，认真说道："早去早回，我在家里等你……老公。"

到达饭店的时候，肖川正在和秘书说话，看到季岑风来了，就立马起身走了过去。

"客人来了吗？"季岑风脱了外套交给旁边的服务员。

"还没。"肖川倒是有些讶异，临时把季岑风从家里拉过来，他居然一点生气的迹象都没有。

"出去站一会儿？"肖川朝他晃了下烟，"客人还有半小时才到。"

季岑风看了肖川一眼："走，我不抽。"

肖川挑了挑眉，乐呵呵地跟着他走到了酒店外面的阳台。

"还以为临时把你拉过来你会很不高兴呢。怎么样，证领得还顺利吧？"肖川笑着看他。

季岑风靠在阳台的栏杆上："顺利。"

"啧啧——"肖川不禁感叹，"果然是人逢喜事精神爽啊，季老板今天看起来心情真的很不错。"

季岑风看着肖川,竟也真的笑一下。出门前,司月在他耳边说的话,一路上都在他脑海里重复播放。

她喊他老公,说她会在家里等他。

肖川看着季岑风一脸沉醉的表情,忽然有些后悔把他喊出来:"救命,季老板你现在不会是在想司月吧?"

季岑风敛了笑意,转头去看他:"不然想你?"

肖川一阵闭眼,表情有些狰狞:"你是季岑风本人吗?"

季岑风瞥了他一眼,就要往里面走。

"哎,哎。"肖川赶紧把他拉住,"别走别走,找你有正事。"

"什么事?"

肖川不再是嬉笑的表情:"你真打算把这边丢下两年去M国陪司月?"

季岑风没说话,等他下文。

"这边现在发展这么好,你舍得缓两年?"

一直靠在栏杆上的男人忽地就低低地笑了起来,他眉眼舒展在这片灯光昏暗的夜色里,声音却很亮:"肖川,你知道的。"

"可现在你们不是结婚了吗?你还怕她跑了?"

"不是她的原因。"季岑风转过身子,双手扶在栏杆上,向下是灯火璀璨的黎京夜景,他眼眸里映出点点不明朗的星光,静了片刻。

"是我离不开她。"

一顿饭吃得很是愉快,季岑风有意把一些手上的生意给肖川,左右他接下来两年会把重心放在M国,所以国内这块饼不如划给肖川。

晚上叫司机先回了,是肖川开车载着季岑风回家。

"今天晚上这家店的菜真的不错啊,下次你可以带司月来吃。"肖川心情也很好,拿下一笔大生意,整个人都好像有些醉在春天的晚风里。

车子开了窗,暖风吹过两个男人的眉眼,都晕染上了淡淡的愉悦,打着卷又消散在了无尽的夜色里。

"嗯。"季岑风应了一声,不知在想什么。

肖川偏头看他,无声地笑了起来。

听见门外声响的时候，司月正坐在沙发上看书。一听见有人开门，她就立马丢下书跑到了门口。

门一打开，正是季岑风。

司月上去将他抱了个满怀，他身上还有些烟酒的气息，淡淡氲在外套上。

季岑风伸手回抱她："吃过晚饭了吗？"

司月抬头亲了他一下："吃过了。"她话刚说完，就看见了站在季岑风身后的肖川。

司月小脸一红，急着就要收手。

季岑风却是不肯叫她走，笑着说道："肖川送我回来的，拿点资料。"

"哦，好。"司月朝肖川点了点头算是打招呼。

季岑风拍了拍司月的后背，揽着她一起往家里走。

两个男人一会儿就进了书房谈事情，司月跑去厨房看了一眼，她晚上熬的汤还有不少，想了片刻还是上了书房。

"那个，"司月站在门口看着书房里两个正在谈公事的男人，试探地问道，"我晚上熬了点汤，你们要不要喝？"

她目光落在季岑风的脸上，怕他晚上在外面因为吃的东西不合胃口而没吃。

肖川一听，生怕司月以为他在外面怠慢她老公了，连忙打算解释，却只听见季岑风赞同地说道："好啊，正好我还有点饿。今天那家店饭菜不太合我口味。"

"肖川，你要吗？"司月笑着看向肖川。

肖川刚要开口说"那尝尝吧"，又听见季岑风说道："他不用，他挺喜欢那家菜。"

肖川无语极了。

季岑风这段时间忙着做工作交接，常常晚上七八点回来，回家后还要再工作一段时间。

司月倒是没事，每天看了哪边有展览就叫司机载了去，没有的时候就窝在家里看书。好像这辈子都没有这么清闲的时候，提早进入了退休生活。

今晚这场展览结束得迟，九点才散场。司月提前给季岑风发了消息，让他先吃晚饭，她会晚点回去。

散场的时候，司月都有些困了。她拎着包走到了展厅门口却没看见司机的车。路灯敞亮地照在场馆的门前，稀稀疏疏的人从她的身后走过。

晚上下了一场小雨，现在停了。空气里浮着潮湿的气息，汽车飞驰而过，能听见低低的水花声。

橙黄的路灯照在一片片极浅的小水洼上，倒映出一幅幅支离破碎的街景。笔直的大楼、成排的汽车、匆匆的行人，还有那个站在花坛旁的季岑风。

他穿一件笔挺矜贵的浅灰色衬衫，西裤服帖地衬出一双笔直的腿。他单手插在左侧的口袋里，整个人晕在那片昏黄的夜色里，眉眼清朗地看着她。

那阵带着些许凉意的晚风尚未侵袭司月的身子半分，她的心里就倏地热了起来。她本就没想着让他来接自己，却还是在看到季岑风的那个瞬间，情不自禁地要往他怀里去。

"不是让你回家吃饭的吗？"司月踩着高跟鞋朝他走过去，鞋跟不小心踩进浅浅的水洼里，溅起几滴清凉水汽贴在她的小腿上，她也丝毫没在意。

季岑风低低地笑了一下，伸手将她揽进怀里，一阵冷调木香："吃过了，但你还没回来。"

他左手接过司月的包，右手抚上了她的手臂："冷不冷？"

季岑风温热的手指在她皮肤上来回摩挲了两下："也还没到大夏天，就穿得这么少。"

司月忍不住回头看他，眉眼都笑开："也还没到大夏天，只是温度快到三十摄氏度了，季先生还不让我穿裙子？"

季岑风抬起右手捏了捏她的耳垂："可以穿，就是怕你冷而已。"他还说得一本正经，司月差点要信他。

两人慢悠悠地朝停车场走去，司月被他揽在怀里。雨夜有些微凉，可是她心里热乎乎的，反而觉得凉爽。快走到车子跟前了，她问季岑风要不要散会儿步。

"行，我一会儿叫司机先把车开回去，我们走到哪儿算哪儿，然后打车回家。"季岑风说着拿出手机，给司机发了条消息。

"走了。"季岑风收起手机，月光照在他的眼睛里，落在司月的心里。

"好。"司月笑起来，同他手拉手。

下过雨的黎京，空气中散发着淡淡的泥土味，掺杂着某些不知名的花香，飘荡在热闹的街头。

季岑风拉着司月走在通往市政府的马路上，那是条十分热闹的步行道，下过雨的傍晚，最是人多。

"晚上都看了什么？"季岑风轻挠她手心，偏头去看她。

"今天看的是我母校的建筑系研究生毕业展。"

"哦，"季岑风好像好几分感兴趣似的，"看到什么特别有意思的吗？"

"有啊。"司月抽出手挽上他的胳膊，半边身子贴着他，"有好几个作品都挺有意思的，通过幻想未来科技去改造现在的建筑，创意是真的不错。"

"怪不得看得这么晚。"

司月顿了一下，笑道："就是看到最后有些困了。"

她把头靠在季岑风的胳膊上，眼睛没看前面，由他带着往前走。司月没有再接着说下去，好似那般有意思不过也只是一刹那。

季岑风偏头看了她一眼，嗓音很淡："下一场想去的展览是什么时候？"

"后天上午。"司月回道。

季岑风左手摸了摸司月的下巴："那场我陪你去。"

"可是你最近不是很忙——"司月抬起头看他，话说到一半，忽然才反应过来，"你最近这么忙，不用特地陪我去的。"

季岑风低低地笑了一下，把她拉到了人行道的一边，微微俯身去看她："对不起，最近我真的有点忙，但是这点时间还是能抽出来的。"

司月从前其实也常一个人去看展，独来独往从没觉得有什么不合适的。

只是好像自从和季岑风和好之后，一个人去看展便变得有些莫名落寞。看到有趣的建筑和画作，总想和他一起讨论分享。其实也算不上什么重要的事情，犯不着让他停下手里的工作去陪自己。

"等你到M国不那么忙的时候再陪我好了。"司月推他，让他继续往前走。

季岑风却不肯动，环着她的腰："去M国是去M国的，黎京是黎京的。"

"分得那么清楚？"司月虽然心里还是不愿意耽误他工作，但男人这样认真地要花时间陪你，无端叫她心生难掩的满足。

司月看着他，静了好几秒。身边人来人往，昏黄的灯光落在他神色认真的眉眼上，又好像一捧春水，流进她的心坎里。

司月两只手捧上了季岑风的脸颊，拇指轻轻抚过他嘴角："现在有点想亲你。"

"为什么不可以？"季岑风偏头吻了她指尖一下。

司月立马收手抵住他的胸膛，似是做预防："因为在大马路上。"

季岑风眉头微微皱起，一本正经地问她："那我有点累了，打车回家好不好？"

怀里的女人实在憋不住笑，却还是不肯就范："看来季先生身体不好，走两步就喘。"

"我身体好不好，你不知道吗？"季岑风垂眸看着她，凑近她耳畔轻轻呼了一口气。

司月耳后瞬间红了一片，挣脱了他的手臂，笑着朝前面跑了。

两人沿着这条热闹的步道走了小二十分钟，周围都是出来散步的行人，所以也不觉得累。

走到市政府门口，就是一片空旷的场地，里面有不少正在随着音乐跳舞的人。

那个一直靠在季岑风手臂上的女人，忽然微微愣了神，她脚步不过迟缓了半拍，季岑风就顺着她的目光，看到了那掩在广场角落里的空长椅。

"要去坐一会儿吗？"季岑风停了脚步问她。

司月半响才把目光从那条椅子上收了回来，不知道在想什么。

季岑风站在边上耐心地等她回话，却看见她面色平静地转了回来，拉着他继续往前走。

"岑风，我们打车回家吧，我有点累了。"

司月一路上都没再怎么说话，季岑风问她问题她也会认真回答，只是兴致不高的样子，像是真的累了。回到家之后，她就先去洗澡了，换上睡衣坐在阳台上吹风。

头发吹到快干了，听见浴室门打开，季岑风穿着浅灰色的睡衣走到她身边。

"回屋吧，晚上外面还有点凉。"

司月抬头看着他，点了点头，伸出了手。季岑风弯腰，轻松将人抱回了房间。

屋子里只留了一盏微弱的壁灯，司月上了床之后本来打算直接睡了。没想到季岑风坐在了她的脚边，两只手覆在她的脚踝上。

"等会儿睡吧。"他手掌冒着淡淡的温热，熨帖在她有些凉意的皮肤上。

她坐着没再动，就看见季岑风慢慢地帮她按摩着脚踝。

其实，她有很久没再崴到了。

只是在这个时候，在这个时间点，他手指修长而又骨节分明，握住司月脚踝的时候，指尖微微施力，按在叫她舒适的地方。

季岑风没说话，好像真的只是在帮司月按摩。没有道理的，在这个司月沉默的夜晚。

可惜没有背景音，司月的呼吸很轻。季岑风不问她。

她不想说，他就不问。

按了快十分钟，司月还是没开口。

季岑风停了手。

"睡吧，司月。"他声音很是平常，起身朝床的另一边走去。

壁灯灭了，司月同往常一样，落进了那个温热的怀抱里。

雨后的夜晚出奇地静，司月被他从后面抱着。她眼睛睁开看着卧室黑暗的角落。这样寂静的夜里，她知道他没睡，他也知道，她没睡。

大脑迷失在时间混沌的黑暗里，不知过了多久，司月听见季岑风淡淡的声音："司月，我们结婚了的。"

司月没说话，等着他的下半句。

"算了，"季岑风又说道，"睡吧，司月。"

他把司月抱得更紧了些，一种难以言明的肿胀感涌起在司月的心头。季岑风咽下去的半句话好像一根细细的银针，轻轻扎破了她心里那个气球。飘忽着，飘忽着，坠落在了他的怀抱里。

司月眼眶发酸，忽地转过身子抱住了季岑风。

她把头埋在季岑风的胸膛里，声音压着情绪，很小却又很重："岑风，那天我给你打电话，就是坐在那条长椅上。"

几乎是瞬间，季岑风感到了一阵刺痛。好像那个他等待司月的短信迟迟不来的早上，好像那个他听到司月说没意义的早上。他仿佛看见了那个伤心到失望的女人，坐在昏暗角落的长椅上。那时他在开会，没有接到她的电话。

她会有多伤心。

"岑风，"司月紧紧贴着他的胸膛，声音有些许发颤，"你知道吗？那天我其实很害怕。

"我想着，如果那天晚上你能回来抱抱我，陪着我。我一定就不会和你生气了。

"我想给你打电话，哪怕只是听听你的声音。"

司月身子微微发颤，她的手指按在季岑风的肩上，压着情绪，过了一会儿，才缓缓地舒了口气。

司月把头探了上来，贴着季岑风的额头："岑风，我没有要怪你的意思。我们说好了，过去的事情就过去了，只是我晚上看到了那把椅子，实在是没忍住。"

她声音那么轻，好像更怕伤到眼前的这个男人。

季岑风却觉得她此刻的宽容与隐忍更像是一把刀，叫他知道那时他到底犯下了什么样的错。

他眼神幽深地看着司月，手指却不自觉地慢慢插进了她的发间，良久，仿若是不知该从何说起，只深深地吻了她。

司月回应着他，双手抱住了他的脖颈。

屋外，似乎又淅淅沥沥地下起了小雨。听不明朗，又或是汽车飞驰而过的水花声，树叶随风而动的婆娑声。

沉浸在缠绵湿润的亲吻里，司月有些失了神。

她好像听见季岑风低沉的嗓音落在她的耳后，他手臂有些用力地把她的身子摁在怀里，问她：

"司月，你如果同意我们不要孩子的话，我过几天就去做手术。"

"我对孩子没什么执念。"

"我只想要你健康地在我身边，司月。"

司月从前听过很多母凭子贵的"佳话"，大多来自李水琴的口中，还有一些是司月无意中从李水琴和她的小姐妹的谈话中听到的。

哪家的女儿嫁了一个好人家，连着生了两个孩子，婆家高兴坏了，给了她多少多少钱。好像嫁出去的女儿变成了明码标价的商品，出色的生殖能力则是值得夸赞的本领。

廉价逼仄的出租房里，装不下那些连饭都吃不饱还想着出淤泥而不染的灵魂，所以司月曾经反抗、曾经失望、曾经窒息，也曾经放弃。

她把自己沉在那条肮脏河流的最深处，拉着季岑风的手，只求他让自己不要彻底坠入无间地狱。

可是司月没想到,他叫她痛苦,也拉她起来。他说他不在意孩子,只想叫她健康地陪在他身边。

那天晚上黎京下了一夜的雨,不大。半夜的时候,季岑风去开了一半的窗。细细密密的春意带着潮湿的气息袅袅徘徊在温热的卧室里。

落在司月的颈间,叫她生了抱紧季岑风的心意。

她贴着他,感受着他的温度。

似乎正合了他的意。

一觉睡醒,她再睁眼时,就看见窗外是一片湛蓝的晴天。梧桐的枝丫轻轻摇晃着润过一夜春雨的嫩芽,摇晃着摇晃着,就叫司月看出了神。

空气和温度都适宜得不像话,叫人刹那间有永远止在这一刻的冲动。

司月思绪放空了好久,直到听见"咔嗒"一声轻响。

她转头朝洗手间看去,季岑风穿着一身黑色的运动装站在门口,贴身的衣服极好地勾勒着他的身形,比冬天的时候又好了很多,轮廓修长有型,皮肤在干净的阳光下泛起一片并不苍白的冷白调。

他好像刚刚洗漱换完衣服,一看见司月卧在被子里朝他打量,便笑着走了过来。

司月从被子里慷慨地伸出了一只手,季岑风握住。

"要不要和我一起去跑步?"他手指轻轻抚在司月的手心。

"你还没去跑步呀?"

"没,你今天起得格外早。"

司月脸微红,知道他在调侃自己从前上班时日日睡到七点才起,然后吃早饭收拾东西匆匆忙忙上班。

现在忽然闲下来,虽说也没有日日睡懒觉,但是左右没有他起得这么早。

每天忙到晚上才回家,早上还那么早去后山跑步。司月有时候实在佩服这个男人的体力,可又觉得如果他不这样锻炼身体,也许也撑不起这样的工作量。

"可是我跑得很慢。"司月坦诚道,"以前学校800米体测,我永远都是最后一个压着及格线的,我不是跑不了800米,我只是跑得很慢。"

季岑风膝盖点在她身侧,俯身看她:"没关系,我可以等你。"

他话讲得那样真诚,叫司月忍不住以为是在求婚。

"笑什么？"季岑风手臂稍稍用力带着她起来，推她去洗手间，"我在外面等你。"

司月挑了一条深蓝色的九分裤，正好露出纤细脚踝，上面本来是件贴身微微露肚脐的短衫，季岑风又叫她套了件长袖外套，说是山上冷。

司月想着有道理："但你为什么穿短衫？"

季岑风拉着她的手往门外走："我不怕冷，你知道的。"

司月随着他往门外走，笑意甜甜："这倒是真的。"

她从前也没和季岑风去后山跑过步，只最开始的时候听管家说过一次。她没那么喜欢早起，所有后来即使知道季岑风日日都去，她也还是不想去。

但是这段时间待在家里，着实也有些无聊。两人于是顺着别墅后面的一条林荫小道往山上走，早上六点的太阳照在人身上，混合着丝丝凉意的晨风，叫人生出有些过分放纵的舒适感。

不过走了五分钟不到，司月就有些喜欢上了这种感觉。视野开阔，万物皆寂。

她刚伸手要去拉季岑风，季岑风就转过头和她说："我跟着你跑，你先。"

司月手指顿了两秒，她其实已经完全忘了自己是跟着来干吗的了，甚至还想挽着季岑风的胳膊，同他一边说话一边散步。

"……好。"司月不动声色地收回了胳膊，大步跑了起来。

也许是许久未唤醒的运动精神忽然回光返照，也许是为了不被某人看轻，司月铆足了劲，踩着脚下忽明忽暗的树叶阴影，大步地朝着山上跑去。

一路上没再看见任何人。

山间空灵悠远的鸟叫声混杂着"沙沙"作响的树叶声将司月层层包裹，她好像冲进了春天的怀抱，在这片温柔如风的山间，把整颗心都揉碎又摊开。身子化进了柔软的春风里，脚步也轻快地朝山上跑去。

司月跑得并不快，但是季岑风却并没有催她。他跟着她的节奏，慢悠悠地在后面走两步跑两步。

平时四十分钟可以跑来回，今天到山顶，就足足跑了三十分钟。

司月站在山顶一处观赏台，两只手扶着栏杆往下看。这座山并不很高，但山脉绵延得很远，放眼望去尽是一片深浅不一的绿色，蜿蜒缠绵在起伏有致的山体上，仿佛是一块独自辟出来的静地，叫人能忘了所有的烦心事。

季岑风走到司月身边,他背靠着栏杆,一只手搭在司月身前的扶手上,虚虚揽着她。

"怎么样,我是不是说过我其实挺能跑的?"司月身子朝他微微侧过去,伸手握住他伸过来的小臂。

季岑风认真地点点头:"是我小瞧你了。"

司月盯着他认真的神色,没忍住,笑了出来:"糊弄我呢。"

季岑风眼角笑开,把她拉进自己怀里。观赏台上风很大,司月靠在季岑风的身前,冷风被他挡去了大半。

他黑色的头发被凌厉地吹起,目光却那样柔和地映衬着天上的光,落在她的脸颊。

司月环着他的脖颈,正要亲上去,就听见季岑风说道:

"司月,过几天,陪我去见季如许好不好?"

司月愣了一下,算起来上一次陪季岑风回家还是去年的时候。那个时候季岑风和季如许好像也并没有和好,后来更没再提过季如许。

"好啊。"但是她什么都没问,一口应了下来。

"你不问我去做什么吗?"季岑风温热的指腹轻轻滑过司月的脸颊,又朝她下巴去,轻轻捏着。

司月倒是真的没多担心,笑着望他:"做什么你都会安排好,我不开心你会带我走。所以我有什么好担心的?"

季岑风看着司月,静了几秒。

好像从前司月也常常和他说,岑风,我信你的。可那个时候的他并不知道也并不在意司月的这份信任。他更相信结果,更相信行动,而不是那些话语、那些眼神。

直到他又能重新回到司月的身边,他才知道,一个女人对一个男人的信任,有多重要。

就好像现在,她什么也不问,什么也不怕。她知道他会保护她,她就心甘情愿地跟他走。一种异常酸涩的满足与快意充斥在季岑风的心里,山风换了风向,他伸手轻按住了司月的头,含住了她微凉的嘴唇。

"我在想,你入学至少也是下半年。"季岑风微微松开司月,看着她,"我们过段时间把婚礼办了,好不好?"

"好呀。"司月应道。

她思绪凝了片刻，问他："你是为了我才要去见季如许的？"

季岑风没说话，看着她。

"你想给我一个和其他人一样圆满的婚礼，所以才逼自己去和季如许和好的，是吗？"司月的声音顺着山风落在季岑风的耳朵里。

他知道，什么都瞒不过司月。他想给司月一个他能给的最好的、最隆重的婚礼，就没办法彻底摒弃那些世俗的规矩。季岑风不在乎别人的看法，但是他在乎司月。

"司月，我找到你爸爸了。"他声音沉沉，双手扶着司月的腰。

可司月却并没有如他想象的那样惊讶或者愤怒，她情绪很淡，好像真的已经把司南田忘得一干二净了。

"他在哪儿？"

"去年年末的时候，他因为聚众赌博和斗殴被关在北山监狱。"

说实话，司月一点也不惊讶司南田如今的境地，不论如何，都比他被那群疯子抓去打死了要好。

现在因为赌博、斗殴进了监狱，她甚至不知道，是否已经是司南田最好的结局。

司月把头靠在季岑风的胸口，目光有些放空地看着不远处的山脉。季岑风没说话，右手慢慢抚过她的后脊，似是在安抚。

山间仍是很静。

半晌，司月才又抬起头，季岑风等着她的回答。

"岑风，我们举办婚礼。"

"只有我和你。"

季岑风看着司月，司月眼里并没有任何妥协、沮丧或者伤心。她一双眼睛比任何时候都要明亮，她看得那么清楚。她知道季岑风是在弥补她，他想给她之前所有亏欠的，所有没能给到的。

盛大的婚礼，热闹的酒宴，祝福的家人。

司月知道，她和季岑风都是曾经被家人伤害过的孩子，她为了心里的爱将那些人保护在身边，季岑风为了她要去和季如许和好。

可是这一次，她不想那么懂事了。她不想让季岑风为了她做不开心的事，也不想去面对那些虚情假意的祝福。

这一次，她只想和他两个人。

司月抬起头看着他。

山间浮动的云雾，朦胧地罩住她的声音，却那样清晰地直达季岑风的心底："最重要的人已经在我身边了。

"我很满足啦，岑风。"

婚礼很快就被提上了日程。

季岑风大费周章地叫李原收集了很多个适合举办婚礼的地方，且找了一个经验十足的婚礼策划师。是肖川推荐的，他拍着胸脯保证，说是之前给他姐姐筹划过一场婚宴，很是精致华丽。

所以司月这几天除了偶尔去看展，就是待在家里和婚礼策划师商量结婚的事情。季岑风这段时间还是忙，大多是晚上的时候会问问司月有没有什么想法。

这位婚礼策划师真像肖川说的那样，经验十足，不是仗着信息差就随意糊弄有钱人，而是实打实地根据司月的想法去找合适的结婚地点。

好几次司月都觉得自己是否过分难搞，明明脑海里也没有一个具体的要求或者想法，却总是觉得发给她的提案不是她想要的。

来来回回好多次，司月甚至开始觉得，自己像极了曾经最害怕的甲方。修改版本提交了无数个，就是哪个都过不了关。

季岑风晚上九点到家的时候，司月还在卧室的阳台上看方案。策划师前天见司月不是很满意之后，又给她发了一份新的。

几十页的PDF还有视频资料，恨不得把这个地方所有的信息全都发给司月。

季岑风走进房间，司月都没有注意。他快步走到阳台上，才发现她并不是看资料看得入迷了，而是在看着窗外发呆。

"在想什么？"季岑风两只手按在座椅扶手上，立在她身后，循着她的目光去看窗外的风景。

黎京快要立夏了，湖边的梧桐树枝叶越加繁盛，一到夜晚就能听见厚重而又缓慢的"沙沙"声，很是抚慰人心。

司月这才回过神来，她立马把电脑推去一边，就拉着季岑风的胳膊站了起来。

"回家啦，我都没听到声音。"她一边说着，一边把季岑风往卧室里推，

"晚饭按时吃了吗？"

季岑风依着她往卧室走。

"吃了。"他一边说着，一边脱了衬衫朝浴室走，"我先去洗澡。"

"好。"

季岑风洗完澡之后，看见司月正坐在床边看杂志。笔记本电脑就被她放在了阳台上，也没拿回来。

他伸手拿起杯子喝了口水，司月见了伸手去拿，也喝了一口。

"你还要忙多久呀？看你每天都这么晚才回来。"她坐直身子，去牵他手。

季岑风一条腿半点在床边，俯身去亲她，语气似乎还有些歉意："最后一点收尾工作，很快。"

他掀了被子，同司月坐在一起，一只手将她揽在怀里："策划师前天发给你的方案我也看了，你有什么想法吗？"

说到这个，司月又有些萎靡了，整个人靠在他怀里，捏着他睡衣中间的纽扣："不知道，虽然我觉得她已经很努力地在找我想要的地方了，但每次看的时候，又觉得不是那个地方。"

司月忽地坐直身子，面对面看着季岑风，有些苦恼地问："我是不是就是那种十分难缠可恶的甲方，要求要求说不清，方案方案又不满意？"

季岑风一只手还搭在她腰上，看着她一脸愁闷地反省自己，竟有种荒谬的天真感，让他不禁去审度他作为一名商人时，是否也曾如此难搞。

可也不过一秒，季岑风就立马打消了这个念头。他付钱别人做事，从来都是天经地义。

他手指轻柔地抚着司月的腰，慢条斯理地说道："我给她付的合约金比你一年工资还高点。"

……司月表情凝滞，片刻伸手给了他胸口一拳。

季岑风眉眼笑开，又把司月往怀里揽："所以你别心疼她，她拿的钱足够抚慰她被你折磨的心。"

司月看着季岑风，似是在思索什么，顿了片刻："不如你雇我，我自己策划好了。"

"好啊，你要多少我现在就让李原给你去转。"季岑风竟也当真，做势就要去拿手机，被司月赶紧一手拦了下来。

"你这人怎么这样？"司月被他气笑，顺着她给的楼梯也不管下面是什么就走。

季岑风抱着她躺了下来,伸手关了灯,只一盏壁灯烘着一室温热的气氛。

薄被子轻搭在她腰间,他一只手肘撑着头看她:"是不是还没找到合心意的?"

司月靠在他胳膊上:"也不算是,有几个地方也是挺漂亮的。"

"我知道了。"

"知道什么?"

季岑风伸手绕起她一绺头发往耳后挂:"就是还没找到合心意的。"

司月闷了会儿,点点头:"我想找个私密一点的,她也尽力帮我去找了。但总觉得,不是我心里那个地方。"

司月半坐起身子去看季岑风:"地方都很好,很华丽很精致,但是看起来心很空。在那里结婚,我觉得不心安。

"好像还是一张华丽的照片,拍给别人的。

"却不是我自己喜欢的。"

季岑风凝视着不想轻易妥协的司月,心里有一种沉沉的被重视感。她看重这个婚礼,不想就这样糊弄过去。

"你说要不还是算了,我觉得她之前发的那个岛就——"

"司月。"

司月话说一半,被季岑风打断。

他背着光,只能看清些许轮廓。

"我们去宜乡好不好?"季岑风缓声说道,"我们去外公家,只我们和外公,他会很想看到的。"

终于轮到一个季岑风不用加班的周末,公司里的事情七七八八做得差不多,晚上肖川请客,去他朋友新开的一间餐厅吃饭。

车子朝着黎京北边郊区开,经过一片跑马场又开了快二十分钟才到。司月下了车,看见远处一幢灯火通明的双层别墅,通体多是落地窗。周围没什么光,只那幢别墅里晕出淡淡的昏黄,走近了才看清,不是纯粹的落地窗,边上有一圈精致繁密的木质雕花。

一种古韵与现代结合的气息,看得出来别墅的主人品位很好。

司月跟在季岑风身边,进了门就上了二楼。大门推开,淡淡的檀香氤氲,里面已经坐了不少人。

肖川身边的姑娘最先看见他们俩进来，手肘戳戳肖川，叫他快起来。肖川这才回头，立马从位置上起来，迎着季岑风过来。

"就等你了。"他脸上笑意满满，和司月点了点头。

包厢里一共有八九个客人，餐厅的主人叫李时，其他的都是他的朋友。司月不太认识，就安静地坐在一边吃饭。

一群人热热闹闹的，有几个看起来是被带过来的女客，很是会调解气氛，一顿饭下来，司月倒也看足了戏。

季岑风手臂搭在她椅背上，身子微微朝她侧去："无聊的话，我们可以先回家。"

他说话间有淡淡的酒气，神色趋于慵懒，望着她，有一种很久未见的，飘浮着的气息，难得的松快，难得的闲暇。

"坐会儿呗，今天也没什么事。"司月偏头朝他笑。她知道季岑风这段时间都很忙，今天难得有空，出来和朋友吃饭喝酒，不想扰了他的兴趣。

季岑风听言，低低地看着司月笑，手背去抚她脸颊。他眼里有些蒙昽，不知道是喝多了，还是故意这般带着些难见的散漫。

"不过，肖川身边的是他女朋友吗？"司月八卦地问。

季岑风手臂收拢在她肩头，贴近司月耳畔："他有未婚妻。"

司月略显震惊地看看季岑风，又看看那个和身边人聊得正欢的肖川。

季岑风轻抚她脸庞，叫她看着自己，主动坦白："我从来没有过。"他眼神里还带着几分邀功似的得意。

司月顿了一秒，忍不住笑出了声："是吗？我不信。"

"真的。"

"你去 M 国的那三年也没有吗？"说起来，司月从来没问过季岑风在那三年里是怎么过的，他们好像默契地把过去那段日子归为上辈子，不去提，也不去问。

"一个人过得很惨。"

司月不信："有多惨？"

"很惨很惨。"他眼里敛着笑意，一本正经。

"骗人。"司月笑着把他手拍开，才不信他的鬼话。

谁知道季岑风真就乖乖地收了手，司月又偏过头去看旁边人聊天。男人眉眼沉沉地落在她的后颈，无声地笑了笑。

一顿饭慢悠悠地吃到了晚上九点半，季岑风和那群人打了招呼，不赶下个场子了。

两人到家的时候，已经接近晚上十二点。

季岑风在回来的车上睡了会儿，司月看得出来他这段时间真的很累，每日工作量倍增不说，应酬交往也一个没落下。

两人回了房间之后，季岑风让司月先去洗澡。

他一个人坐在沙发上，手机上有几条李原早些时候发来的消息，问他后天的客人要怎么安排。

他垂眸拿手机打着字，忽然听见了司月的声音。

"岑风。"

季岑风抬头去看，却看见司月露了半个白皙的肩头在门外，绾了一晚上的头发微卷着散落在身后。

"要来洗澡吗？"

她嘴唇被热气熏蒸得红润，两只眼睛直直地看着季岑风。

季岑风手里的消息还没发出去，忽然"咔嚓"一声，他合了手机，起身径直走了过去。

"要。"

司月一觉睡到上午十点才起，睁眼的时候，身边已经没有人了。

阿姨说季先生已经去公司了，家里来了一位客人，就在楼下等着。司月连忙去洗漱，然后换了件白色短衫和短裤下了楼。

客厅里坐着的正是婚礼策划师严雨。

"司月小姐你好。"严雨看见司月下楼就立马起了身。

司月有些不好意思，连忙问她要不要喝茶，才看见阿姨已经给上了。

严雨很是和善地笑了笑："司月小姐最近又变漂亮了。"

严雨今年四十多岁，说话做事让人觉得很舒适，尺寸感拿捏得极好，同她相处起来，司月觉得很有安全感。

"季先生已经把和你讨论的结果发给我了。"严雨随着司月一起坐在了沙发上，"我接手过这么多婚宴的案子，季先生和司月小姐的婚礼真的算是很别出心裁的。"

司月伸手接过了阿姨递来的温水喝了一口,她整个人粉黛未施,穿着最简单的衣服,随意靠在沙发上,眉眼笑起来的时候,极大地柔化了她五官上的媚。

"其实你之前给我的方案看得出来你做得都很用心。"司月把杯子放下,认真地和严雨解释,"只是我个人对某些方面有些怀念,所以最后还是选择在岑风外公那里结婚。"

司月其实没必要和严雨解释她的决定,只是她作为一个常年的乙方,下意识地就想去安抚同样被否决了方案的严雨。

严雨不甚在意地笑了笑:"为客户找到他们最满意的方案是我的职责,司月小姐找到了,我就很开心。"

她站起身子朝司月说道:"那从今天开始我们就去试婚纱。"

司月曾经以为结婚很简单,就好像最开始那样,季岑风下午四点半拉她提早下班,两人坐车去民政局,取号、排队、签字、领证。

一套流程下来不会超过半个小时。

直到婚纱试到第八套,光亮华丽的试衣厅里,站在台子上的女人微微恍了神,站在一边帮着换婚纱的小姑娘立马扶了她一把,司月才没脚一软从这二十厘米高的台子上摔下去。

这是一家高定婚纱店,季岑风包了这一整周让司月慢慢来试。

四五个小姑娘前后左右地围在司月的身边,精致繁复的婚纱不断地从她的身上剥离又穿上。

最开始,司月还能饶有兴致地在镜子前欣赏自己的样子,严雨在一旁认真地拍视频和照片发给季先生。

试到第五件、第六件,司月已经有些累了。严雨见状同她聊了会儿天,告诉她店里还有很多的款式,她们慢慢试不着急。

第七件,夸张的超长裙摆婚纱,光是摆放整片巨大的裙摆都摆弄了有二十分钟。司月像一个尽职的衣架子,静静地站在那个小圆台上。

第八件,是现在她身上的这件。

头顶巨大的水晶灯照在那嵌满碎钻的裙身上,镜子里,无数道细小的光芒反复折射,好似那片落满了阳光的湖面,亮得叫人抬不了眼。

旁边的小姑娘把裙摆一一细心摆好,司月站定姿势给严雨拍照。

"严小姐，"司月两只手还交叠摆在身边叫她拍照，"现在几点了？"

严雨抬手看了下手表："快五点了。"

司月心里大喜："我先生要回家了，我们今天就到这里吧！"

严雨愣了一下，立马说道："好，那司月小姐今天有看到喜欢的吗？"

司月有些不好意思地看了看陪着她忙了一天的工作人员："明天再来看吧。"

严雨点了点头，伸手就要扶司月下来，却忽然听见后面传来了一阵略显仓促的脚步声。

司月身上的裙身过于沉重，她无法转身。但是通过巨大明亮的镜子里，她看见了匆匆赶来的男人。他穿一身黑色笔挺西装，银色镶钻领夹夹在深灰色格纹领带上，眉眼黑亮，神采奕奕。

司月伸出了一只手，季岑风拉上，微微施力，扶着她走了下来。

"对不起，我来迟了。"季岑风上下看着她的婚纱，两只手抚在司月裸露的肩头上，眸色里是无法掩饰的愉悦。

"有试到喜欢的吗？"季岑风问道，"选不出来就多买几件。"

司月如今算是彻底领教了季先生的财大气粗，忍着笑一本正经地回道："好啊，不如把这店买下来，我以后每天可以换着穿。"

季岑风眼里含笑："也不是不行。"

"季岑风！"

"我错了。"季岑风把她往怀里拉，低头亲了一口，"累不累？"

接下来的一个星期，季岑风都没怎么去公司，白日里陪着司月试婚纱，还从中挑了一天拍了婚纱照。

一个星期过去，司月终于选定了一件她心仪的婚纱。

一件从第一天开始就摆在婚纱店角落的婚纱。那天司月坐在店里吃午饭，休息一会儿打算下午继续试。那么巧，那件婚纱就被放在小茶几的不远处。

那样小小的空间里，放不下任意一件繁复裙摆的重工婚纱，却恰好放得下一件有着珍珠白绸缎鱼尾，简洁流畅的抹胸设计，后背一览无余，收贴臀线的剪裁与走线，最后一抹散开鱼尾完美地收在司月的脚踝处的婚纱。

沉静的灯光落在司月冷白的皮肤上，好似同这珍珠白的绸面几乎融为一体。纤长的脖颈上，她的头发被高高盘起。她纤细匀称的身材撑得起这件风情万种的鱼尾婚纱。

"就这件了。"司月轻声说道。

严雨从外面走了进来，又向她确定。

"就这件了。"司月笑着重复道。

五月末，三辆车从黎京出发，傍晚时分，到了外公家门口。

李原和管家还有阿姨拿着东西就进了里屋。外公其实已经打扫过一遍了，但是管家和阿姨还是需要重新布置一下。

虽说婚礼随着司月的心意不大肆操办了，但是至少物件上不能亏了去。

司月和季岑风下了车，肖川和季诗韵就跟了下来。季岑风最后还是建议再带两个人，不然到时候连个念词的都没有。

肖川和季诗韵住在外公家旁边不远的一户人家，那里有两间空房，外公提前和别人打了招呼给了些钱。

季诗韵和外公打了照面后，就拉着肖川往别家去了。

司月要进屋子帮忙收拾，季岑风让她别管。两人和外公说了会儿话，季岑风就要拉着她出门走走。

"不吃晚饭啦？"司月一边随着季岑风往外走，一边又看了眼在卧室里忙着的管家和阿姨。

"等会儿吃。"季岑风捉住她的手往自己手肘里放，"他们收拾东西还有一会儿，没那么快吃晚饭。"

司月看他终于能歇下来了，心里也高兴："好，那你要带我去哪里走走？"

季岑风偏头看她。

天色已经有些暗了，沉重的深蓝色笼罩在男人的身际。乡下的灯不亮，几十米才一盏，昏黄一团，只照得到那堪堪的一小片。

司月站在原地，心里忽地就知道了。

"走吧。"她催道。

季岑风握上了她的手，拉到嘴边亲了一下："谢谢你，司月。"

两人慢慢地沿着外公家门前的这条小河往西边走。石板路嵌在泥土里的石板大多开始松散，踩上去，有低低的"咔嗒"声。比人还高的稻草堆在小河边上，沉寂的天色里，变成了一个个具象的山包。

司月还记得，上次来乡下时，她不敢一个人天黑出卧室。可如今她明明看不见前方的任何事物,那只被他攥在手心的手,却如此笃定地告诉她:你可一切放心。

跟着他,他就护你一辈子周全。

一条漫长而让人心安的幽黑小路,司月时而闭上眼睛,时而睁开。季岑风的手没有松开过,拉着她,走上了那片熟悉的田埂。

天色完全黑了,其实看不太清。墓碑边的草全被拔了干净,应该是外公已经提前来看过外婆和妈妈了。季岑风拉着司月站在两个墓碑前,没有说话。

司月反手握住了他,那只一直牵着她的手,现在被她温柔地握在掌心里。

远处,一辆呼啸而过的汽车闪过一阵刺眼的灯光,光亮过后,一切又归于平静。

半响,季岑风微微挣开了司月的手:"我想抽根烟,可以吗?"

司月还没来得及说话——

"算了。"季岑风笑了笑,又握上了司月的手。

没一会儿,他把司月抱在了怀里。

司月轻轻揽上了他的后背。

"司月,你还记得上次我们来外公家过年的时候吗?"男人的声音沉沉地落在司月的耳畔。

"记得。"

"那天我们来这里的时候,下雪了。"

"嗯。"

"外公说——"

"外公说,"司月接着他的话继续说下去,两只手捧着他的脸颊叫他看着自己,"外公说,下雪天一起走过的人,一定会共白头。"

漆黑天色里,两双相视的眼睛忽地点亮了一片小小的篝火。燃起在季岑风的心里,燃起在司月的眼里。

"那天你送我回家,故意没打伞,是吗?"司月贴着他的唇边,慢慢问道。

季岑风心下收紧,将她拥在怀里的手又用力了几分。

他皮肤很烫,手指按着司月的腰际,声音低沉:"嗯。"

司月看着他,忽然就闷闷地笑了起来。四下夜色里,听得见她的笑声。

季岑风额头抵着她,一双黑亮的眼睛看她:"笑什么?"

柔软的夏风扫过了广袤无垠的田野,司月认真地看着季岑风说道:"我觉得外公说的,一定没错。

"那天我和你在这里走了那么久,一定一定会共白头的。"

一字一句落在穿梭而过的晚风里,落在袅袅而上的炊烟里,还落在了季岑风的心里。

司月给他一个承诺,一个陪他共白头的承诺。

季岑风把司月紧紧地抱进怀里,那个男人身子紧绷得发颤,如警告般同司月说:"你在我妈妈面前发过誓了,就决不能骗我。"

司月伸手去抱他:"不骗你。"

两人慢悠悠地走回家里的时候,李原已经带着管家和阿姨先回了。季岑风看了下手机,收到了李原安全到家的消息。

他牵着司月的手,西装敞开,整个人散漫而又愉悦。

不似刚把司月哄回头那阵,要把她紧紧揽在怀里,他方才觉得不那么心慌。如今好像只拉着她,也觉得她不会走。

她刚刚和岑雪发过誓了,司月不会骗他的。

两人走进院门,看见厨房里还亮着灯。昏黄的一块玻璃窗格,氤氤氲氲在浓重的夜色里。院子里安安静静的,好像在这里,一切都可以慢慢来。

她慢慢地在家后面走一圈,有人慢慢地在家里等着她。他不催,她也不必慌张。

季岑风伸手推开了门,厨房里,外公正在灶台前收拾瓶瓶罐罐。贴着白瓷砖贴合的灶台,被擦得干干净净。抹布一块一块,洗净晾在温热的灶台边。

"看过啦?"外公回头见两人回来了,放下手里的活,"正好来吃饭。"

厨房里有一张小桌子,置放在有窗的那面墙边,旁边放着几把小凳子。外公一个人在家的时候,大部分时间都是在厨房的这张小桌子上解决饭食,省得千里迢迢搬到客厅的大餐桌上,吃完还得再搬回来。

从前季岑风一个人回来的时候,也就只来时第一天和除夕的时候,会和外公在客厅的大桌子上吃,其余时间两人就在这里随意吃一些。不必那么隆重,却显得格外窝心。

司月跟着季岑风进了厨房,她随手带上了房门,坐在了季岑风的身边。厨房并不大,房门一关上,甚至显得有些拥挤。但是很奇怪,司月却觉得很安稳。一种被庇护的安稳,看得见这四方天地的边界,房门静静地关上,他们可以安静地坐在这里,喝一盏茶。

不用担心一会儿要去哪里,不必寻找下一个落脚的地方,因为最想要抱在怀里的人,正在身边。

三个人围着小桌子坐在一起,司月左手还挽着季岑风的手臂,头轻轻磕在他肩上。

灶台里"噼里啪啦"地烧着几根柴火,头顶一个圆润的大灯泡连着一根电线吊在最中央。

外公笑呵呵地看着两人,一边给他们分发碗筷,一边有些得意地说道:"现在两人才叫好嘛。

"去年来的时候,都不怎么亲近。"

季岑风在一旁挑挑眉,给司月盛汤,神色淡定道:"不亲近吗?"

"亲近吗?"司月接过他手里的汤,反问他。

季岑风思索片刻:"不大亲近。"

外公声音浑厚,笑得眼纹加深:"也就小月你现在能管得住他,我老了,他不听我的。"

"他也不听我的。"司月顺着外公的话一起编排季岑风。

季岑风却只觉得心里甜得发痒,他看着司月笑起来的眉眼,又碍着外公还在这里,只能轻轻把她搂在怀里,手指又忍不住捏了捏她肩头。

"吃吧,今晚就做得简单了些,承着诗韵的话,新娘子前一天晚上别吃太咸太辣的,我就做得清淡了些。"

"谢谢外公,"司月尝了口汤,"我喜欢吃清淡的。"

外公乐呵呵地又笑了起来,专心地看着面前的两人吃着自己做的晚饭。他花白的头发难得被认真地梳在了脑后,两只粗糙的大手交叠握在一起。

他好像怎么也看不够。

前年冬天的时候,两人第一次回来过年。司月的小心与谨慎,外公不是看不出来。只是很多时候,他没办法去和岑风说。

那么小的孩子,当年受了那么大的刺激,被关在没吃没喝的地方,亲眼看着妈妈惨死在他的面前。

岑志国到现在还记得那天接到季如许电话的时候,他一个人坐在院子里,罕见地心慌。

老伴前一天晚上在梦里和他说话,岑志国听不清,一觉醒来,只觉得心里难受，走路像是随时要踏空，只能搬把椅子坐在院子里。

后来当真接到了季如许的电话，他急急忙忙请了邻居家的孩子帮忙开车赶到黎京去，去的时候，就只看到岑雪的尸体了。

他哭也哭了，怎么不难受呢？那么好的姑娘，养了那么大了。心头的一块肉啊，怎么能忍得住。

但是岑志国没办法，他看到十岁的岑风，一个人像丢了魂一样，不吃不喝地躲在房间里。那么小的一个孩子啊，饿得头发昏，躲在衣柜的角落里。他不给人碰，一有人靠近就吓得浑身发颤。

季如许不敢进去，骂家里的保姆没用。保姆端着饭碗出来，哪个不是战战兢兢。

岑志国又气又恨，那么多年，他以为他当年阻止岑雪嫁给这个男人真的是他的一己偏见，如今才知道，这个男人到底有多么窝囊。

他不敢去见自己的儿子，又或者说，不知如何解决这个麻烦。

好像只要季岑风在哭闹，就是在提醒季如许，这是你犯下的罪孽。直到很久之后，季岑风再也没有表露出那些可能会让季如许感到愧疚的情绪时，他才敢再次面对儿子。

可是岑志国舍不得，他蹲在季岑风的卧室里，一遍又一遍地和季岑风讲："小风啊，我是外公，我是外公啊。"

整整两个月，岑志国日夜不休地陪着季岑风，季岑风才开始慢慢恢复正常吃饭睡觉。

岑志国整个人却好像瞬间老了十岁。他曾经是这个家里的支柱，也是坚不可摧的主心骨。

可是，他也是岑雪的爸爸啊，刚刚失去了女儿的爸爸啊。

后来，季岑风再没出现过那时的样子，他变得过分冷静，过分沉默寡言。

岑志国总想着叫季如许带着岑风多出去散散心，这孩子从前不是这样的。季如许却不敢同季岑风过多交心，他希望他们之间永远是这样僵硬而又客气的关系。

所以岑志国后来才慢慢看清，这个男人到底有多么胆小懦弱。他不想面对自己犯下的错误，只要季岑风永远这般"正常"，他就可以永远装作内心无愧。

后来，季岑风一个人出国读书，岑志国也只有每年过年的时候能和他在一起过几天。他从来都不肯敞开心扉，那么大的孩子了，有自己的心事。

直到前年季岑风把司月带回家。

岑志国知道，这个女孩子是他放在心上的，他把司月带回来给自己看，就是认定了司月的。

可是去年过年的时候，又是岑风一个人孤零零的。

有那么一瞬间，岑志国看到了那个十岁的小岑风，紧紧地躲藏在衣柜的一角，有人靠近的时候，会尖叫着浑身发抖，只不过眼前的这个孩子，他学会了把所有的情绪藏在心里。

凌晨四点的冬日，山里冷得骨头都发颤。

他一个人站在屋子前的河边抽烟。河面是死沉的黑色，他整个人凝在呼啸而过的冷风里，拿烟的手都在微微发抖。

岑志国看得眼泪直流，一个人又走回屋子里。

岑风也是他心头的一块肉啊，他怎么会不心疼。

可是他知道，他没办法。司月走了，岑风心里难受。

好在，她回来了。

灶台里，"噼里啪啦"炸起了一小阵火花。

"我来。"岑志国站起身子，弯腰去抽那柴火。衣襟快速一抹，他长长地舒了口气，然后又笑着坐了回来。

一顿晚饭，三个人吃得慢悠悠。岑志国给司月讲了好多季岑风小时候的事情，十岁之前，他的确是个很闹腾的孩子。

司月仿佛在听天书，无论如何也不相信季岑风小时候会跟别人打架哭鼻子。

"有时他哭，有时别人哭。"岑志国说，"男孩子一身的劲，今天使不出来，明天还要遭殃。"

司月笑得前仰后合，转头去看季岑风故意问他："你小时候这么调皮的？"

季岑风神态淡然，去捂她右边耳朵，然后侧身对着她左边耳朵说道："外公骗你的，你要是想听，一会儿晚上回屋我慢慢讲给你听。"

他气息挠得司月身子发痒，却又逃不掉，只能"咯咯咯"地笑倒在他怀里。

"我才不听呢。"司月反击。

"讲其他的也行。"

"什么？"

"晚上告诉你。"

司月轻捶他手臂，他顺势又把她往自己怀里捞。

吃完饭，司月帮着季岑风把碗筷收拾洗了。

岑志国拿着火钳在灶台里一阵捣鼓。

司月擦了手，刚要去看里面有什么，忽然两个黑乎乎的东西顺着灶台口滚了出来，正好停在司月的脚边。

"小心烫。"岑志国让司月别捡，自己拿起那两团黑乎乎的东西，在地上磕了磕，等热气散了些之后，才递给季岑风，"你给小月剥。"

季岑风应着就接了过来。

岑志国站起身子掸了掸身上的灰："你们慢慢吃，我先回房了。"

"外公晚安。"司月说道。

"晚——"岑志国把门开到一半，似乎想起来什么似的，转身朝季岑风问道，"小风，你过段时间去M国，心理医生也重新找好了吗？"

厨房里，灯泡似乎被刮进来的风吹动了几分。

光影片刻晃眼。

司月没说话，听见季岑风平静地回道："找了。"

岑志国这才放心："好，好，我总惦记着这事。"说完才又往外走，反手合上了门。

厨房里，霎时有些过分的安静。

季岑风手里还拿着那两个烤好的山芋，站在晃动的灯泡下，无形生出一种隐隐的压迫感。

只是她现在，并不怕这些。

司月坐回了自己的板凳上，扬着头看他："我要吃。"

季岑风垂眸回看她，半晌，坐回她身边。

两个烤得黑乎乎的山芋，外表已经是黑炭一般，硬硬的黑壳剥下，露出里面散发着浓郁香甜气息的淡黄色山芋。

季岑风细细剥了一角，司月一手搭在他的小臂上，身子前倾了去吃。

热热的，烫着她的舌尖。

味道是朴实而又醇厚的香甜，绵密细腻的山芋被她吞下。

"好甜。"司月认真地说道。

她抬眼看着季岑风，男人脸上却是有些谨慎的凝重。

司月顺着她刚刚咬过的地方，又剥了一小块，挑在指尖送到他嘴边。

"你尝尝。"

可她手指还没碰到他唇边，就被季岑风捉住了手腕。

"司月。"季岑风开口。

司月停了手。

灯光下，他眼眸有片刻的犹豫，可也不过一瞬间。

"我从去年开始就看心理医生了。之前一周一次，上个月的时候，变成两周一次了。

"M国的心理医生也已经约好了，具体频率到时候还要再重新评估。

"没吃药，只是心理干涉。

"医生说不会——"

"离家近吗？"司月忽然开口。

季岑风怔住。

"M国去看医生的地方，离家近吗？"司月又问他，仿若在心里盘算一般，"要是近的话，以后你去看医生我接你。"

狭小的空间里，季岑风的胸口急促起伏。

有很多话，如今司月不说，他也明白了。

她不怪他，她理解他，心疼他，宽容他。

季岑风一口含上了司月的指尖，带着点快慰的委屈，轻轻咬了一下又松开，随后便吮吸着那块已经变凉的山芋吞入腹中，将她揽在怀里，低头又吻上她。

甜意顺着唇齿蔓延，融在你来我往的痴缠里。空气里，有淡淡的柴火烟气，醇厚而又安稳，缠绕在两人的身周。

他亲得很仔细，很耐心，慢慢扫过温润的齿间，去尝那最后丝丝的甜意。他手掌抚在她的后腰，顺着脊骨一路向上，纤瘦的肩颈，最后收拢在她的面颊。修长的手指插入温热的发间，他同她加深这个情意绵长的吻。

两人洗漱完回到房里，已是深夜。

司月也累了一天，上了床就闭上了眼睛。季岑风关了灯，掀了被子去搂她。他微微揽着司月的腰，叫她伏在他的肩头。黑暗里，司月搂着他，男人沉稳而又规律的心跳落在她的耳边。

她先开了口:"外公故意的。"

季岑风静了片刻。

"嗯。越老越坏了。"

司月低低地笑他,伸手去摸他下颌:"他怕你去了M国不认真看医生,是不是?所以故意让我知道,好看着你点。"

她手指在他下颌动来动去,季岑风将其捉在手里,有一下没一下地亲着。

他似是无奈地叹道:"怎么办,司月,你把我的秘密全都看去了。

"我现在肯定不能放你走了。"

季岑风轻轻咬着她的手指关节,司月有些怕痒,想要收回来,他却不肯松手。

"嗯?"季岑风又故意问她。

司月索性趴上他胸膛,黑暗里,视线逐渐适应。

"我要是偏要走,你要把我怎么办?"她看着季岑风一双黑亮的眸子,继续挑衅道,"难不成,你要现在把我吃掉吗?"

季岑风没说话。

司月抽回自己的手,同他额头相贴,语气带着浓浓的教育意味:"季先生,友情提醒你,现代社会,吃人可是违法的。"

身下,男人低低地笑了起来。

他下巴轻抬去吻她,慢悠悠地回道:"司月小姐,友情提醒你,现代社会,还有一类人叫作……"

司月凝神去听——

"法外狂徒。"

"现在退婚来得及吗,法外狂徒?"

季岑风翻过身子压下去。

"来不及了。"

六月二十六,宜乡,夏。

天色五点亮起,相爱的人相拥而眠。

昨夜窗户开了一条小缝,清晨的时候,有微凉的风,勾勾绕绕,缠进相互依偎的情人脸庞。好像做了一场漫长而又久远的梦,从前住在河水镇,而后搬到黎京,再后来去了夏川工作,谁知道迫于无奈又回到了黎京。最后的最后,一场天光大亮的梦,醒在这片群山环绕的宜乡里。

醒在季岑风的怀里。

卧室里,司月静静地睁着眼,季岑风昨晚睡得迟,她知道。

或许一点半,或许两点半睡的。

司月迷迷糊糊睡着又醒来的时候,他还醒着没睡,手掌抚在她身后,想同她说话,却又怕打搅她。

司月最后问了句:"怎么还不睡?"不知道是否得到了答案,她便又沉沉地睡了过去。

此刻,阳光透过未拉上的窗帘缝隙,落下一条莹润的光带,安静地伏在季岑风的眼睑上。他冷白调的肤色衬得挺立的眉眼更显深邃。也许是在外公家的缘故,男人的眉宇之间,有淡淡的松懈感。

好像回到了内心里认为最安全的地方,叫他卸下了所有的防备与不安。

司月几乎是情不自禁地伸手去描绘他的轮廓。

睡着的季岑风有一种让人难以克制的靠近感,虽然他白日里也早不像从前那样阴沉难猜,但是司月常常能感受到,他那些片刻的、难以掩饰的心悸感。

把她抱在怀里的时候,没来由的沉默;吻她的时候,克制不住地同她确认不会离开自己。

好像那段他们分开的时间里,司月变成了更好的司月,她找到了自我的价值,得到了想要的平等,他却落入了一个无法自救的深渊。即使她已经回到他的身边,即使他在那努力地面对自我。

司月知道,他那样固执自傲的人,如何轻易能说服自己,承认心理上的问题。

去看心理医生,那么久,一个字不说,已是季岑风能做到的极限。一个人去对抗那段伤痕累累的过去,一个人去努力地修正自己走过的所有路。

季岑风付出的东西,司月看在眼里,她心里知道,她心里欢喜。

清晨六点整,季诗韵敲响了房门。

"司月姐,你们起了吗?"

司月轻声朝门外回道:"马上就起。"

"好。"季诗韵笑嘻嘻地站在门外,"不着急,你们慢慢来。"然后就"噔噔噔"地跑开了。

司月回头去看，季岑风果然被吵醒了。

他伸手去揽司月，把她抱在怀里。男人身子温热而又宽阔，将她完全地包裹在他的胸膛里。一只大手轻轻按在她的脑后，叫她离他的心脏更近一些。

屋子里，静静起了风，窗帘翩跹鼓动，掀起一片莹亮的晨光。

司月觉得心很静。好像那年第一次住在这间卧室的那个晚上，没由来地，心无旁骛地，躺在他的怀里。

季岑风低下头，细细地吻着她的发间，拇指一点一点抚着她的脸颊，仿佛呓语。

"司月，我们今天结婚。"

"嗯。"

"你嫁给我了。"

"嗯。"

"结婚证我已经收起来了。"

"嗯。"

"你这辈子都不能离开我了。"

"嗯。"

早上七点，司月和季岑风洗漱完到厨房吃了早饭。外公早早去了后面给岑雪和外婆上香，然后又去了一趟市场取昨天定的饭食。

司月跟着季诗韵回了房间化妆，季岑风就和肖川去外面等着。他们一切都不赶，算好了中午的吉时，时间还充分。

季岑风跟着肖川朝院门外走去，一眼就看到了大门上贴着的两个红通通的"囍"字。他驻足站在门口仔细看了一会儿，似有惊讶般叹道："还挺好看。"

肖川忍不住白他一眼，慢悠悠地道："我记得去年跟你去参加梧州地产老板的婚礼时，你还说这大红喜字太俗了呢，怎么今天又觉着好看了？"

季岑风一副淡定的模样，挑挑眉："今天我高兴。"

他穿一身白色衬衫，整个人落在明亮的晨光下，眼里有熠熠发亮的东西，眉宇间不再是难以纾解的沉郁。

肖川不知怎的，又想起了去年他刚知道司月"死了"的时候。他赶到殡仪馆，就看到了被击垮的季岑风。谁能想到，一切峰回路转，又叫季岑风得了个圆满。

一刹那,肖川心里感慨。他轻轻呼了口气,朝那个看着"囍"字笑入迷的男人喊道:"你还换不换衣服了啊,一会儿错过时间了!"

季岑风这才回头,声音爽朗:"换!"然后大步朝着隔壁走去。

卧室门开着,外面的风通畅无比地吹向室内,里面晒不着太阳,只吹到这阵阵干燥而又清凉的晨风。

司月穿着一条香槟色的吊带睡裙,闭着眼睛,坐在床边。她脚趾踩在旁边的矮板凳,两只手撑在身后,微微扬着脸。

季诗韵将她的头发绑在后面,正认真地帮她化着妆。一层淡淡的粉底,几乎不需要遮瑕。她骨相长得极优,寥寥几笔就极有神韵。季诗韵从小就喜欢研究化妆这些,所以帮司月化起妆来也是得心应手。

床头,季诗韵放了一个小小的音响,里面正低缓地放着 Westlife 的《The Rose》。

  Some say love it is a river 有人说爱是一条河流
  That drowns the tender reed 淹没幼嫩的芦苇
  Some say love it is a razor 有人说爱是一把利刃
  That leaves your soul to bleed 刺痛脆弱的灵魂
  Some say love it is a hunger 有人说爱是痛苦渴求
  An endless aching need 无穷无尽的欲望

男人低沉的嗓音,缓慢地充斥在这间小小的卧室里。司月闭着眼睛,心神有片刻的飞离,好像睡在一场飘在空中的梦里。那里天朗气清,拖着她的身子,越飞越远。霎时,突如其来的风裹挟着阵阵冷调松香,缠绕在她的身周。

司月不自觉地,慢慢弯起了唇。她感受到诗韵手中的眉笔,正一点点地、小心地,落在她的眉头,那样专心而又仔细,缓慢而又认真。好像勾勒一幅画,那样过分虔诚,一边慢慢画完,又到另外一边——直到那双骨节分明的手指,轻轻抵上了她的下颔。

司月睁开眼,看见了季岑风。

他右手还拿着支黑色的眉笔,眼神专注地看着她。

刹那间,有山河涌动的情绪。夏风停止了吹动,时间凝结在这一刻,那阵突如其来的风,那个不陌生的味道,原来一切都不是梦。

季岑风轻轻捏着她的下颌,落下温柔的唇,仔细避开她的底妆,只在她口中慢慢地吮吸。

那些他从前觉得过分艳俗的字,那些他从前觉得过分不可理喻的行为,在这个夏日的早晨,变成了季岑风的难以自控。他难以自控地觉得那大红"囍"字无比好看,难以自控地想对她说那些古老的誓言。

歌里又唱着:

I say love it is a flower 我说爱是一朵花
And you it is only seed 你就是那颗珍贵的种子
Just remember in the winter far beneath the bitter snows 别忘记那场冬日里的大雪
Lies the seed 我把你深深种下
That with the sun's love 与这场明媚的阳光
In the spring 到下一个春天
Becomes the rose 变成那朵珍贵的玫瑰花

那片他种了两次的玫瑰花,在这个夏天的清晨里,终于盛开了。

中午十二点零八分,外公家的院子里。

一身黑色笔挺西装的男人,剪裁是恰到好处的完美,袖口一截珍珠白。眉眼清朗如天上风,眼眸里倒映着他身边那个被他紧紧牵在手里的女人。

她穿一条绸面抹胸鱼尾婚纱,好似莹亮的月光披在白皙的皮肤上,流过柔软的胸口,汇聚在纤细的腰窝。乌亮的头发整齐地梳在头上,一顶嵌满细碎钻石的头纱从她的头上落下,朦胧遮住她微红的眼圈、莹润的肩头、笔挺的后背,长长地拖在身后的地上。

是他最后的坚持。阳光下,像一件闪闪发光的珍宝。他小心翼翼地将其捧在手心。

司月和季岑风静静地站在外公面前,肖川和季诗韵站在他们的斜对面。

季诗韵看着岑风哥哥和司月,酸了鼻头。

外公戴上了那副他不常戴的老花镜,季岑风握着司月的手,最后放在外公的手心上。

"小风啊,从此以后,要对小月好啊。"

外公开口说了第一句话。

司月心中酸涩难忍,一种被偏爱、被在意、被呵护的珍视,叫她从此以后要明目张胆地接受这些爱。

告诉她,不必小心翼翼,不必步步营算。从此以后,他做她的避风港;从此以后,他做她的强心骨。

司月视线氤氲,一滴眼泪掉落。她紧紧地抓住季岑风的手掌,重重地点了点头。

一趟不过二十多年的旅途,她走得磕磕绊绊,跌跌撞撞。她无数次觉得自己要窒息压抑而死,无数次又阴错阳差地被拉着走下去。

走下去,走下去,终于走到这一天。她站在他的身边,不再惴惴不安,不再慌张惶然。他做她从今往后的底气,他给她永远不变的承诺。

"好。"季岑风笃定而又干脆的声音响起在这间院子里。

清风白日,同他一起做这场岁月不变的誓言。

他说了,她听了。

她就信了。

司月穿着那条裙子,和大家一起吃了午饭。

饭后,跟着季岑风出门散步,她换了一双轻便的球鞋,雪白的裙尾随意地拖在身后。季岑风拉着她的手,同她在这条河边路上慢步。

"岑风啊,今天结婚啦!"一路上,不时有邻居朝他们打招呼。

大多是留在乡下的老人,和外公一样。

季岑风一一同他们应道:"是,李叔。"

他认得这里的每一个人,手里紧紧握着司月的手,给她介绍这些都是谁谁谁。

"新娘子很漂亮哦。"

"哎呀,小风长这么大啦!以前才到你外公肩膀。"

"恭喜啊,小风,大孩子了。"

"小姑娘这么漂亮啊,小风眼光不错啊!"

"怪不得岑老头这几天麻将都不来打了,原来孙子结婚啦!"

一路上，司月不停地应着这些乡亲的祝福，她脸颊微微地绯红，心头的喜悦难抑。那些淳朴的、真挚的、不掺杂任何利益纠葛的祝福，那样直接而又猛烈地砸在她的心头。

季岑风愉悦地一一同他们说谢谢。

那天下午，他们顺着外公家门口那条河，走了很远很远，那些热情而又真挚的祝福，慢慢地被穿越田野的风声代替。

穿着黑色西装的男人，拉着身着白裙的女人，他们走在那片浩然广阔的天地之下。渐渐地，看不清身影了。那块随风起舞的麦田，那片蔚蓝无际的天空。

六月二十六，宜乡，夏。

天色七点暗，相爱的人结伴而行。

——消失在这晚风里。

司月和季岑风在外公家待了一个星期，临走时，还是像上次一样，后备厢里塞满了外公自己种的和自己做的各类食物，满满当当，比上次过年回去的时候，还要多。

心里生出一种说不上来的情绪。

司月看着一个个袋子扎得紧实而又认真，外公小心地将一罐油上下包了好几层害怕漏，最后寻了一个平展的角落，把油罐放了进去。

一种被给予的满足感。

司月从前很少体会到。

两人最后和外公说了明年过年再回来，就上了车。

季岑风自己开车，他这几日休息得极好。每天晚上和司月回房早，第二天不急不忙地醒来，吃个早午饭，然后带着司月出去逛，整个人格外舒展。

"想什么呢？"

司月从上车之后，就有些发呆地看着窗外。季岑风微微偏头，抬手捏了捏她下巴。

司月转过头来，若有所思般地看着季岑风，没说话。

季岑风言语惬意："舍不得我回去上班？"带着些难得的小得意。

司月本有些严肃也一秒破功，笑他："天天看着，也心烦。"

季岑风皱皱眉头，又伸手去捏她下巴："假话。"

"认真开车。"司月把他手推回去。

季岑风眼角笑起,才又把视线收回。

一路都是好天气,车子开上盘山公路,司月也没了第一次来时的担忧,靠着窗户看着外面的风景,那座小村子,慢慢地看不见了。

季岑风怕她坐车无聊,开了车里的音响,可还没听清那人唱的什么歌,司月伸手调低了音量。

他微微偏头看了她一眼。

司月直接开口问他:"岑风,你在夏川有家咖啡店,是吗?"

并非指责的语气。

甚至有些怕他以为是在诘责,司月语速都有几分放缓。

季岑风看着前面的山路,仍是稳稳地打着方向盘,语气平稳:"是有一家。"

"不会那么巧,就是司洵工作的那家吧?"

男人轻轻地笑了两声,知道躲不过去了:"我回家给你解释,好吗?"

司月手肘靠着窗户上,撑着头去看他:"季先生要给司洵先通气吗?"

"没有的事。"季岑风说道,"只是现在我在开车,有些不方便。"

"哪里不方便?"

"哄你不方便。"

其实司月早该发现不对劲的。司洵之前就说要在黎京开一家酒吧的,后来又怎么会忽然在夏川找到了工作。只是她之前有些刻意地不去多想李水琴和司洵的事情,想把自己从那些烂事里摘出来,所以一直也没问过司洵为什么去夏川。

再加上司洵难得这么久一点麻烦都没有找过她,这么安静,这么乖,让司月觉得,这不该是司洵。现在想来,才觉得中间是否少了一环。

两人下午两三点到了家,司月先叫阿姨和管家帮着把一后备厢的东西搬回去,然后才跟着他回了卧室。

两人先后洗了澡,身上才觉得清爽多了。

季岑风坐在沙发上回着消息,看到司月出来,伸手招呼叫她坐在自己膝上。左手环着她,右手同她外面那只手十指相扣。

"现在可以说了?"司月靠在他怀里,故作兴师问罪的样子。

他身上有淡淡的沐浴露香，盈着将她裹挟其中。两人的气息渐渐融在一起，倒是有些不分彼此的意味了。

　　季岑风看着她，没有隐瞒的打算："你去东问国之前，司淘找过我。"

　　"我知道。"

　　"我那时没接他电话。"

　　"因为你在和我生气。"司月接道。

　　"不是生气，"季岑风纠正道，"是闹了点别扭。"

　　司月有些无语。

　　"我那时没接他电话，后来你直接飞去东问国，我就去找他了。"季岑风轻轻捏着司月的手，观察她的情绪。

　　"然后你就又给他钱了？"司月问道。

　　"原本是。"

　　"什么叫原本是？"

　　季岑风看着司月，拉着她的那只手松开，轻轻地按上她的后颈，亲了她一下，带着些认错的意味。

　　司月伸手抵着他胸口，恍然大悟道："原来在这里等着呢，知道我可能会生气，所以打算用美男计吗？"

　　季岑风笑了笑："行得通吗？"

　　"行不通。"司月铁面无私。

　　男人面色凝了片刻，一手揽起她的腰，将她整个人抱起丢到了床上。季岑风随后便压了下去，桎梏着她的身子，同她额头相贴。

　　"这样行吗？"

　　司月实在忍不住了，笑着别过脸去："季岑风，说正事！"

　　男人这才心口稍松，低低地笑了起来。

　　"我本来是打算给他一笔钱，叫他去开酒吧，但是后来我觉得，是不是让他带着你妈妈去夏川会好一点。不在你跟前，想去的时候又不会太远。

　　"那笔钱我后来又收回来了，在夏川买了家咖啡店，叫他按时去上班。

　　"一味地给钱的确是省事，但是司月，我知道你不想让我那么做。

　　"就让他在那家咖啡店打工，赚点钱，也不算是亏待你的家人了。"

　　他神色很是沉静，和司月认真解释着。

　　司月把头靠在了他的胸口，半晌，才闷声说道："哪里算得上半点亏待呢。

"你做的，我做的，难道还没还清他们养我的这些年吗？

"岑风，我不想再做被他们扒着吸血的人了。这么多年，真的够了。就算是你不在意那些钱，但是你知道的，司淘第一次朝你伸手是要多少钱，现在又是要多少钱。"

"你满足他，他就会越来越不满足。"

季岑风慢慢翻身平躺，叫司月靠在他身上，两只手抚在她后背，似是在宽慰。

"岑风，别再私下给他们钱了好吗？该给我妈妈的抚养费，我每个月都会给，其他的，真的别给了。"她声音里泛了些迷茫潮气，氤在他的胸口。

"好，听你的。"

✦ 番外二

我也可以做你的避风港

七月份,司月的录取通知书下来了,十月初入学。

九月中旬,季岑风把黎京的所有业务都脱了手,彻底把自己的工作重心移去了 M 国。

司月收拾好了行李,跟着季岑风去夏川家里吃了顿饭,然后就一起飞了 M 国。

飞机飞至海峡上空,机舱里陷入了昏沉的睡眠时间。浓重宁静中,司月慢慢睁开了眼睛,干燥封住了她的声音与气息,视线渐渐清明。

她看着自己身上的毯子和被季岑风扣住的手指,陷入了一种不知真假的梦寐里。此刻她当真在飞往 M 国的飞机上?此刻季岑风当真在她的身边?此刻她当真要去做年少时的那个梦了?

四周太过寂静,司月缓慢而又谨慎地动了动自己的手指。

几乎是顷刻,季岑风条件反射似的收紧了她的手,下一秒,睁开双眼,带着些刚刚睡醒的松散,倾身朝司月靠了过去。

季岑风抬手,开了他那侧的阅读灯,怕刺着她的眼睛,另一只手微微在她头顶遮了一下,顺势又摸了摸她脸颊,问她:"不困了?"

司月看着他,手心里源源不断传来温热,他说话的慵懒倦意,贴近她时的熟悉气息。

不是在做梦。

机舱里，沉寂着浓浓的睡意，一切趋于缓慢和迟钝，司月久久地看着季岑风，他眼尾是凌厉的，此刻却也染上了几分柔软的情愫，静静地回望。

"要是二十二岁就好了。"司月伸手揽上了他的脖颈，把头埋在他肩上，低声说道。

声音带着些不自觉的撒娇，好像铁板上融化的黄油块，"嗞嗞"冒出绵密的气泡。

季岑风伸手将她抱紧，声音低沉："现在不好吗？"

"现在也好。"

"那为什么还想是二十二岁的时候？"

司月把脸从他肩头抬起，喃喃道："想早点和你这样在一起。"

昏黄的阅读灯，照着她眼里一片澄澈的清明。好像碧波里投下的一枚石子，波动到季岑风的心里。他怔然，而后又是心潮涌起的笑意。

"来我怀里坐一会儿吧。"

"啊。"司月有些茫然。

"外面看不见。"季岑风说着，就扶着她的腰，将人抱至自己怀里。他胸膛宽厚而又温热，将司月包裹其中。

她索性也就靠在了他的怀里，心脏"扑通扑通"，叫她知道，这一切都不是虚假的。

司月再次醒来的时候，耳边已经有了空姐温柔的声音。司月无意识地哼了一声，才发现自己还坐在季岑风的腿上。她当下一顿，立马就要扶着季岑风的肩膀站起来。

"你怎么不让我回到位置上睡？"可她话还没说完，又被季岑风拉了回来。

"着急去哪里？"他眼里笑意叠起，没让她走。

"你腿不麻吗？"

"有点。"

"那不就是了。"

季岑风抚着她的后腰，没说话，半晌轻轻按着她后颈，在她唇上吻了一会儿，才喟叹道："腿麻排不上号。"

司月不解："什么？"

季岑风朝她笑笑："晚上到家告诉你。"

飞机渐渐停稳，机舱门打开。

季岑风牵着司月的手朝外面走，入眼，是一望无际的停机坪，各色明亮跳动的信号灯在黑暗绵长的远处此起彼伏。

傍晚的M国有些凉意，季岑风把她揽在怀里，耳边是呼啸而过的风，卷着从未体会过的气息与湿度。心脏在顷刻间收缩，生出一种未知的茫然与兴奋。

司月双眼熠熠地去看季岑风，见他微微偏头，朝她说道："司月，我们回家了。"

"我们有好多个家！"司月音量提高，和着飞机的嗡鸣声，无端生出更多的兴奋。

晚风里，他手臂有片刻的收紧，最后声音到达司月的耳里：

"这是我们的第一个家。

"买在你二十二岁那一年。"

——如雷贯耳的，来自给她二十二岁的，承诺里。

"地中海风格，红瓷瓦铺成屋顶；穿凿式的墙体，后面是花岗岩砌成的长廊；廊柱配上园拱，最后是六角形的玻璃房。"

"还有呢？"当年他问。

"夏天的时候，绿植爬满一面墙，走在长廊里，应该觉得很阴凉；花园里栽大片的玫瑰花，晚上的时候可以坐在那里。"

"坐在那里干什么？"他又问道。

"……看星星。"

"只看星星吗？"

"……你还想干什么？"

"司月。"一声轻喊。

司月才回过神来。

M国的夏夜泛着沁人心脾的潮湿与惬意，此刻已是半夜十一点。空旷的马路，一排明亮的路灯整齐地守护着这片奢侈而又壮观的街区。季岑风一路开车过来，司月就静静地看着窗外。高耸入云的大楼，独幢奢华的别墅。大片通透的落地窗里，是毫不遮掩的华丽与精致。好似看了一场精彩绝伦的建筑展，件件作品都叫她拍手叫绝。

——直到，看见那幢房子。

地中海风格，红瓷瓦铺成屋顶。

穿凿式的墙体，后面是花岗岩砌成的长廊。

廊柱配上园拱，右手边有一个六角形的玻璃房。

黑色的保时捷穿过自动打开的大门，左右两边是修剪平整的草地，最后车子稳稳地停到房子门口。

季岑风熄了火，走到她那边开了车门。

"司月，我们到家了。"

别墅墙外，一排黑色灯盏在白色墙体上照出微黄温暖的色调，一楼和二楼的灯都亮着，透过半圆形的窗户，隐隐散发出一种等候已久的期待。

大门前，有几级宽敞的台阶，季岑风一手拎着箱子，一手牵着司月。推门进去，年少时那段胡乱描述过的地方，被人精细地，一点一点填充上了所有细节。

白墙、拱门、铸铁家具。色彩鲜明的软装散发着热烈而汹涌的情绪，和那个季岑风为自己建造的别墅，可以说是截然相反。

司月一路跟着季岑风上了二楼，来到了那个属于他们的房间。一张高大宽阔的白色铁床，上面繁复地层层叠上了精美的床罩，床头那一面墙刷成了复古浓郁的墨绿色，微黄的灯光下，叫人心神也跟着有些许的澎湃。

季岑风把箱子推进了衣帽间，脱下了西装外套丢在沙发上，把司月带进了浴室。

浅蓝格子砌成的墙面，有浓浓的海洋气息。

司月情绪还有些迟缓地沉在刚刚所见的一切里，季岑风从后拥着她，帮她开了水龙头。潺潺的水声终于消减了她心里层层翻涌出来的情绪，又酸又甜。她也顾不上手上沾了多少的水，转身抱住了季岑风的腰。

她脸颊深深地埋在他胸口里，听得见他同样如雷的心跳。一场做了那么多年的梦，终于等到她了。

"喜欢吗？"季岑风关上水龙头，问道。

司月点了点头，声音带着潮意："你怎么都记得？"

"装修这房子的时候，我还没和你分手。"季岑风捧着她的脸，弯下身子静静地与她平视，"司月，我那时想和你结婚，你知道吗？"

他目光清隽而沉缓，注视着司月，一种倾覆感朝司月的心头袭来。

"你说你想来 M 国读书，我算着你很快也就大四毕业了。不如我们先结婚，然后一起搬到 M 国去住。房子我当年挑了很久，你说的地中海风格，在这里没找到合你描述的。

"后来反反复复，挑了个样子过得去的，但大部分还是要打掉重造。"

"可惜……"季岑风手指轻轻捏着司月的耳朵，笑了下，"不过，你还是来了，一切就都不算晚。"

他风轻云淡地说着这些他们错过的事情，司月伸手抱着他脖颈。季岑风也靠在她耳后，偏头去嗅她发间的气息。

"后来你回 M 国了，就一直住在这里吗？"

"嗯。一个人守着空房。"

他语气带着些许倔强的哀怨，气息却已流连到了她的后颈，叫她有些发痒。

司月缩了缩脖子，把他微微推开，故作正经道："哦，那你还蛮少女心的嘛，公主铁床，灰粉床品？"

季岑风眼里含着笑，松开了她，一边慢悠悠地开始解衬衫，一边说："是啊，我在这里和在黎京的时候，挺不一样的，看来你还得好好了解了解我。"

说着他就伸手要去拉司月的裙子拉链，司月一声惊呼，笑着跑了出去。

两人洗完澡之后，已经将近凌晨一点，许是时差的原因，又许是今晚两人的确有额外的兴奋。

司月头发吹到微干，拉着季岑风在别墅里一间房一间房地看着。她穿一条深红色真丝吊带睡裙，两根细细的带子挂在她白皙薄瘦的肩头，前面一片浅浅的褶皱，堪堪遮到红桑葚的上缘，后背一对蹁跹修长的蝴蝶骨，大方地展露在季岑风的眼前。他穿着浅灰色的宽松睡衣，从后面勾着司月的手。

她今晚格外兴奋，每一间屋子都进去细细地看。

季岑风当年花了不少心思在这个房子上，所以各处都有他精心设计过的痕迹。两个人在别墅里上下转了半个多小时，还有两间花园房没看，季岑风终于忍不住把她搂在怀里，问她要不要去外面坐坐。

"门口那里吗？"司月被他圈住。

"不是，还有个后花园。"

一个栽满了玫瑰花的花园。

凌晨一点半。

花园里只有一盏立在后门的灯亮着。

明黄灯光朦胧地笼着这一大片浓郁鲜红的玫瑰花。上面是黑沉静谧的天空,下面色泽浓艳的花海。

一眼望过去,仿若连着天。

夜深,所有的气息在微凉的月色下,显得格外清冷而突出。馥郁的香气,丝丝缠绕在司月的四肢上。

四处,一片寂静。

司月有些发愣地,站在入口处。

季岑风走到她身边,温热的手掌抚在她的后背上,微凉滑腻的肌肤,叫他忍不住摩挲了片刻,才说道:"花园里栽了大片的玫瑰花,晚上的时候可以坐在那里。"

她当年的原话,他一字不落的,都记得。

司月回头去看他,有一种被偏爱、被宠溺的眩晕感。她眼神有片刻的迷离,放纵自己沉溺在他的偏爱里。

从前尚且要时时刻刻提醒着自己,他也许并不是最后的归宿,只是这一刻,司月觉得,她可以彻底地抛开那些清醒与警觉了。

季岑风牵着司月的手,朝花园的中间走去。

那里有一条软垫长椅。

他坐在了正中央,一双眸子静静地看着站在自己面前的司月,那不语的目光里,有不加掩饰的情意。

他修长的手指一遍一遍抚着司月的手掌、手腕、小臂,最后将她拉到自己的怀里。

季岑风双眼一直专注地看着脸颊开始发烫的司月,摄人魂魄的香气,仿若给她下了彻底沉沦的诅咒。

她不该不拒绝,只是那场年少时的美梦被她打碎之后,又被他一一拼上。他把她小心地捧在手上,一只手臂温柔地环在她的腰后。

裙摆窸窣,司月脸色红过这片艳丽的玫瑰,她眼神有些茫然地看着季岑风。他轻轻朝她笑了一下,仰头含住了她的唇,缓慢而又不讲道理地抽走她脑海中最后一丝理智。

她眼里覆上朦胧的情意，深深埋在了季岑风的肩头，附和着她断断续续的气息，叫她沉入这片滚烫的海里。

司月整个人发烫成浓稠的糖浆，身子滚入沸腾的热水。无声的夜里，司月轻颤着在他颈上咬下了深深的一口，嘤咛不受控制地溢出。

眼圈是生理性发红，泪水已经风干，她伏在他的肩头，两只手交叉在他身后，身子完全地放软了，全靠他一双手依托。

季岑风微微仰面看着夜空，今晚有星星，或明或亮地坠在夜色浓重的天空。空气里，是发凉的玫瑰花香，沁在人的心肺里。

好像很久没有这样，心无旁骛地坐在这里了。季岑风记得很多个在这个花园里度过的夜晚，那时，栽好的玫瑰花全都被拔了干净，管家重新铺上了大片的草坪。

他有时半夜睡不着，回到这里坐一会儿，或者干脆躺在外面，一躺到天明。总之，是没有司月的，没有这具温热的小身子，安静地伏在自己身边。

两颗心脏紧紧地贴在一起，一同轻轻地喘息。

花园里，不知何时，起了微微的风，她睡裙像被吹起涟漪的湖面，波动出一片微小的褶皱。

季岑风偏过头去，亲了亲她的脸颊，问她："冷不冷？"

司月轻轻咬了一口他脖子，答非所问地轻骂道："变态。"

好像绞着蜜桃的汁水，甜腻地淌过他的心扉。季岑风眼里笑意更浓，语调带着慵懒："还能做这个。"

司月不明就里，问他："什么？"

"你那时问我，除了看星星还能做什么？"男人眼里黑而亮，语气是毫不羞赧的坦然，"还能和你在这里……"

"季岑风！"司月反手捂住了他的嘴，小脸涨红。

男人笑开，捉着她的手亲了一口，轻缓地喟叹：

"反正，算是美梦成真。

"哪一个都是。"

司月再次睁眼的时候，已经是 M 国时间下午两点，醒来的时候，耳边有微微轰鸣声，迟滞了一会儿才适应过来，不在黎京的家里了。

身边的人已经不在了，司月翻了身，白纱窗帘透过一片轻柔的阳光，整个人轻盈得像是浮在半空中。她闭着眼睛又在床上舒展了会儿身子，然后才下了床去洗漱。

司月走到楼下客厅的时候，看见季岑风坐在院子里。他穿着一件白色的衬衫，袖口整齐挽至小臂，整个人有些懒散意味地回着邮件。

听到后面有脚步声，季岑风回了头。

他起身朝司月走过去："醒了？"

"嗯。"司月起来，思维还有些迟缓，"在忙吗？"

"没有，回些邮件。"季岑风牵着她往餐厅走，"先吃点简单的垫垫肚子，一会儿我们出门。"

"好呀。"司月跟着他去了客厅。

厨房里有个司月没见过的阿姨在忙活。她和季岑风坐在餐厅里，明亮的阳光穿过硕大的拱形落地窗照进餐厅里，司月这才发现窗户上半部分的半圆是镶嵌着无数零碎彩石的琉璃窗。阳光下，彩石折射，交相辉映。画龙点睛般地给这屋子添加了一抹明丽的色彩。

"季先生虽然是个商人，看来设计师的内核并没有丢。"司月严肃地点评道。

季岑风顺着她目光看了眼窗户，接过阿姨递来的早餐，眉尾微挑，笑道："难道在你眼里，我只是个善于钻营的商人吗？"

"倒也不是。"司月去喝那热牛奶。

"那是什么？"

"强取豪夺的商人。"

季岑风无语。

"善于钻营的商人该是走到哪里都是和风细雨暗里藏刀，最会同人交好经营人脉的。我们季先生呢，听辰逸从前的同事讲，他脾气蛮大的。"

季岑风靠着椅背，眼里笑意很深，手背去蹭她脸颊："烦请这位小姐告知一下，是哪位同事？"

司月憋住笑："挺多的，一个个告诉你估计要说三天三夜那么久。"

"我还不知道原来有这么多人去你面前说我坏话了。"他声音里染着轻快的气息，手臂搭在她椅背上。

司月认真地点点头："嫁给你，我吃亏了。"

季岑风若有所思地也点点头，忽然倾身凑近她。司月吓一跳，身子后退几分怕他"报复"。

男人看了她片刻，缓声说道："我同意你的说法。"

"哪个？"

"强取豪夺。"

司月吃完午饭之后，和季岑风出了门。

她穿了一件柔软的米白色短衫，上面缀着星星点点的编织小花，下面套了条质地同样柔软有垂感的长裤，正好露出一截纤细的脚踝。头发松松地扎在头顶，出门的时候，她踩了一双白色的球鞋，脸上化了一点妆，更是衬得唇红齿白。

季岑风牵着她的手出了门，给她拉车门的瞬间，正好看见阳光落在她的脸上。一双黑亮的瞳仁闪着水润鲜活的光，唇齿更是吸睛。

他没来由地伸出了手，截住司月正要往车里坐的身子，将她揽在自己的身前。

司月不得已贴着他，撑着他胸口，疑惑地笑道："又反悔了，不准备带我出门吃饭啦？"

季岑风垂眸看着她，一手还扶着车门，一手按着她后颈，亲在了她的鼻尖。

"上车吧。"他轻轻拍了拍司月的后腰，嘴唇克制地微微抿起。

季岑风开着车带着司月去了西边的一家集市，每周六上午七点到下午三点营业。平日里一条宽敞的街道，今天摆满了各式各样的蔬菜和水果。

季岑风把车停在了不远的停车场，拉着司月朝集市走去。

"你以前也常来这里吗？"司月看着热闹非凡的集市，与家里所在的那条冷清宽敞的街区截然不同。

一个个摊位摆得很密，你连着我，我连着你，一眼望过去，五颜六色。尤其是水果摊位和鲜花摊位，算得上是最夺目。

季岑风偏头去看她饶有兴趣的模样，语气有几分惬意："不常来，以前一个在M国的朋友，他女朋友推荐的，说你会喜欢。"

"季先生做功课了啊。"司月"啧啧"称赞。

季岑风微微皱眉，伸手抚在司月肩头上，倾身去问："在你眼里，对我的要求就这么低？这也算是做功课？"

他一副得了便宜还卖乖的模样。

司月索性随他愿，点点头："是啊，强取豪夺的商人为我付出了一点真心，我得好好感谢。"

季岑风哑然失笑。

这个集市开在一片东南亚人聚集区，所以集市卖的东西大多也是东南亚的商品。水果摊位最能看得出来。一大片 M 国不常见的热带水果，都能在这里找得到。越南语和泰语不时充斥在耳边，听不太懂，却有一种朦胧的热带风情。

司月挑了一些看起来很是新鲜的水果去结账，走到收银台前才发现上面写着"cash only（只收现金）"，她一愣，转头去看季岑风。

就见他一脸沉静地从钱包里拿出了一张纸币，越过司月递了过去。

结了账，两人走到商铺外面，司月看着他轻轻冷笑了一声，同他算账："怪不得刚刚我说我去结账，你只给我递了张卡，原来在这儿等着我呢？"

她脸庞微微扬着，笑意隐在兴师问罪的语气下。

季岑风一脸无辜样，慢条斯理地将钱包收回口袋内："毕竟我功课做了不止一点，想叫你多看出来些。"

偏偏他是个比她还无下限的人，如此坦白而不掩饰自己的小心机，司月最后还是没忍住，笑出了声。下午炽烈的阳光落在她鲜明的唇齿上，那样灼眼的色彩冲击，那样柔软的触觉记忆。

人来人往的集市里，热闹的声音被按下了静音键，背景以光速虚化在他的眼里。

他看着她。

她脸上一层浅金色的光，笑得终于睁开了眼，搡了搡他的手臂。

"那你拎着吧。"她说完转身继续往前逛去。

季岑风低头看着手里的一袋水果，手指屈起，有愉悦的"沙沙"声。他眉眼笑起，大步跟了上去。两人在这里逛了快一个小时，最后司月又买了一束浅黄色的郁金香，抱在胸前，另一只手被季岑风握着。

开车回到家的时候，不过下午四点。季岑风让她休息一会儿，晚上和刚刚提到的那个朋友碰面吃个饭。

司月在家里找了个空瓶子，接了点水，花束上附了一小包营养粉，撒进去和匀，最后把花插了进去。

一大束花，浓郁而又清雅，放在客厅的茶几上。

司月去洗了下手，往书房走。

季岑风正坐在沙发上回邮件，眼睛认真地看着，打字的速度飞快。她坐在他身边的沙发扶手上，俯着身子去看，密密麻麻的意见反馈书，一条又一条，被他思维紧密而又有逻辑地列了下来。

司月一眼看过去，有瞬间的职业PTSD，头皮发麻。想到了那些被甲方打回来的设计，大概就是他这样的甲方，字字句句直击弱点，叫人死个明明白白。

她看了一会儿，决定还是不打扰他，刚要走就听见他放在客厅的手机响了起来。司月小跑着给他拿了过来。

季岑风这才分出了一点心思去看手机上的来电显示"程怀瑾"。

"你开公放吧。"他眼睛还看着电脑，手也没停下。

司月按了公放键。

一个清润而又冷澈的声音："是我，程怀瑾。"

司月起身要往外面走，忽然一只手拉住她手腕。季岑风把她又拉回了身边，继而才又一边回那邮件，一边说道："晚上有事了吗？"

他语气很是轻松，猜到程怀瑾此时打电话来，应该是要取消晚上的碰面。

果然电话那边低低地笑了一声："阿芷那边出了点事，明天我去找你。"

"行。"

季岑风手头的工作也快做完，正要去拿那手机，忽然听见电话里说道："不过还是要和你说句恭喜，拿命换回来的小姑娘，总算是留在你身边了。"

时间瞬间凝滞，季岑风的手指悬在了手机的上方。

司月转眼去看季岑风，他脸上有难以察觉的冷意，隐隐挑起她心头的困惑。

他手指慢慢落在手机上，却没拿起来——拿起来，欲盖弥彰；不拿起来，更是欲盖弥彰。

"那我明天早些时候再给你打电话。"程怀瑾声音清润。

季岑风应了声，情绪平稳："回见。"

电话挂断，他没再去回那邮件，一行字写到最后，生生断在那里。

好像现在。

如果程怀瑾说的是她离开去东问国的那次，他刚刚为何有片刻的冷意与沉默？那件事他们明明早就摊开说明了的。

"他说的，不是我去东问国的那次吧？"司月还是出了声，心里有种莫名的怦然，悬在半空中。

"不是。"季岑风转头去看司月，他把电脑合上放去了一边，拉着司月叫她坐在了自己的膝头。

他一只手抚在她的身后，神色沉凝，将她半圈在自己的怀里。

半晌，他才状如无事地和她说道："我和你提过，我之前出过一次车祸，还记得吗？"

司月点了点头："你腿上那道伤疤。"

"我没和你说具体时间，是不想叫你知道。"季岑风看着司月，他眼里像是有一种浓重的雾意，如森林深处的瘴气，叫她看不清。

"之前是没必要，我决定要和你一拍两散了，没必要让你知道这事。

"现在更是没必要，平白博你几分同情，我也不想要。"

季岑风顿了顿，按着她后颈往自己身前靠了几分，谨慎道："不算故意骗你吧？"

司月没听到这事的最终版本，不肯轻易先给他豁免，只盯着他："所以到底是什么时候？你跟我说的时候，只提那车祸给你留了道疤，为什么刚刚程先生说你是拿命换的？"

季岑风看着她脸上几分焦急神色，心里像是大约有了底，才缓声道："就是我和你分手那天。

"我从M国坐飞机赶回来，谁知道开车快下高速的时候，起了大雾。"

"所以出车祸了？"司月搭在他肩膀上的手不自觉收紧。

季岑风从来没和她讲过，那年他们分手的时候，他到底在做什么。她只记得当时他情绪那样激动，她自己已是自顾不暇慌张惶恐，这才没在意到，也许他那时那样极端，并不仅仅是因为她和他撒了谎。

而是他那样急着回来见她的时候，出了车祸，进了ICU，差点要了他的命。一种迟来的愧疚像是涨潮的海水，袭上了司月的心头。她鼻头发酸，看着季岑风，仿佛一把沙子堵在嗓子眼里的干，说不出话。

季岑风低低地笑了起来，抱着她的那只手轻轻在她后背来回抚着，语气好像是未卜先知："看吧，我就说告诉你有什么意义。

"你伤心了，难过了，对我有什么好处？我宁愿你永远也不知道，这事就这么翻篇了。"

"怎么能永远都不知道？"司月瞪着他，眼圈却有些发红发胀，"季岑风，你就是这样！"

她开始有些气愤地翻旧账："说到底，你不信我真的爱你，在乎你。你不告诉我你受了哪些委屈，你不把我也当成你的避风港，不肯在我面前流露出你也无能为力的一面。"

她一番话说得铿锵有力，手臂不自觉圈紧季岑风的脖颈。

他偏头静静看她，看那个女人，说要做他的避风港。那个十岁时，失了避风港的男人，终于又遇见了一个要做他避风港的女人。她那样理直气壮，那样义愤填膺，要他不那么坚强。

一声短暂而又沉闷的低笑，来自季岑风的胸腔。

他再难忍耐，按着司月的后颈吻了下去，他的吻带着狠厉的味道，要叫她永远记住今天说过的话。

晚上两人没了约，季岑风在家里下了厨，司月在一旁打打下手。两人吃得少，饭后坐在花园里吹风。

季岑风给司月讲之前他在 M 国生活的三年。

"基本都是工作，没什么娱乐活动。"他神情带着些懒意，靠在椅背上。

夜风卷着潮湿的玫瑰花香，晚饭时下过一场小雨，此时空气格外凉爽。

"程先生也是你那时候认识的吗？"

"嗯。他那时刚和家里指定的联姻对象悔婚，我帮他做了点事。我们是那个时候认识的。"

"悔婚？"

"嗯。"季岑风伸手去摸她还有些微湿的头发，"他和那个女人本来就是互相利用的协议联姻，更何况只是毁了个订婚。"

"还能这样啊。"司月惊叹道，"没看出来程先生也是个蛮冷血的人啊。"

"也？"季岑风停住，倾身给她施些压迫感。

司月毫不忌惮，眨眨眼，笑道："季先生对号入座真快！"

"不过他还真不是个冷血的人，"季岑风说道，"为了个小姑娘，差点把他半辈子的名声都搭进去了。"

"为什么？"

季岑风望了她一眼,忽然说道:"司月。"

司月疑惑。

"你怎么一直问别的男人的事情?"

季岑风眉眼笑开,把她搂在自己怀里:"说说你在夏川那三年。"

司月瞥了他一眼,原话奉还:"基本都是工作,没什么娱乐活动。"

"辛苦吗?"季岑风问道。

司月看着他,他脸上不再是玩笑的神色,目光灼灼地回望她。

"辛苦的,岑风。"司月声音变小了,趴在他的肩头,"我一个人,人生地不熟。我很讨厌那里的老板,我很讨厌那里的工作。"

季岑风抱紧她。司月却忽地抬起了头,她靠他很近,一双眼睛里是毫不掩饰的情意。

"岑风,我说,我也可以做你的避风港的。"她说话间,清浅的气息打在季岑风的鼻间。

短暂的停止,她问:"岑风,那三年,你辛苦吗?"

和我分开的那三年,你也辛苦吗?

一瞬间,季岑风呼吸仿佛被攥住。

晚风盈满他的胸膛,海水无声涨潮。涨到无人知晓的水位,在破闸的那一刻,有人为他建起一座永久避风港。

季岑风低低地笑了两声,深深回望她:"怎么不辛苦呢。"

半夜,又下了一场暴雨。

雨势凶急,狂风"哐哐"吹动着卧室的窗户。司月忽然惊醒,伸手去摸,身边却没有人。床单的热气已经散了,看来枕边人离开有一段时间了。

司月思绪静了几秒,转眼去看洗手间,灯灭着。没再多想,她掀了薄被,开了床头的一盏小灯。她拿起手机,此刻是凌晨四点。

窗外暴雨倾泻,即使室内恒温,司月仍是感受到了一丝寒意。她穿了拖鞋,朝卧室外走去。

一路开了灯,季岑风不在书房,也不在楼下客厅,快走到花园门口的时候,才看见那扇虚掩的门。

被风鼓动着来回磕在门锁上,却被暴雨的声音层层掩下。

一阵卷着潮湿凉意的晚风顺着门缝爬上了司月的脚踝,她手臂不自觉起一层细密的疙瘩,缓着脚步朝外面走去。

那条长长的座椅上,他一个人坐在那里抽烟。

上面只有一块平时用来遮阳的挡板,此时却好像是格外无用的欲盖弥彰。无数雨点坠落在他的脚踝处,司月站在门口,不用去看都知道他裤脚一定已经全湿了。可他还是那样无声地看着远方,拿烟的手搭在一旁的扶手上,整个人融在这片昏暗的夜色里。

说实话,季岑风算是很少在她面前抽烟了,别的地方司月不知道,但是和她在一起的时候,他总是会克制。

司月感觉得出来,很多时候,他心里不舒畅的时候,才会抽烟。

可为什么是现在?

冷风忽地又吹进了一阵潮湿,吹得司月清醒了三分,她不再纠结这些,沿着有遮蔽的地方快步朝季岑风走了过去。

一阵窸窣的脚步声,混着雨水溅起的响声。

季岑风回头去看,眼里闪过惊讶与喜悦。

司月淋了几滴雨,走到他跟前。

季岑风仰面看着她,脸上渐渐带了些笑。

他没拿烟的那只手去环她的腰,叫她往自己膝间又靠了几分,不让她淋到雨。

"我把你吵醒了?"

司月摇摇头。

"怎么大半夜不睡觉一个人出来抽烟?"她问得直接。

季岑风目光幽深地看着她。

"做梦了。"

"噩梦?"司月语气软了几分。

"不算是。"季岑风摸摸她的手臂,"冷不冷?"

"还好。"

他点点头。

"梦到什么了?"司月低头看着季岑风。

一个落在这暴雨里的男人,无端叫人心疼。

季岑风又把她往自己怀里揽了揽,脸颊轻轻靠在了她的小腹上。

季岑风深深地嗅了一口她身上的味道,然后说道:"梦见我又回到了一个人在 M 国的时候,你在夏川,还和我生气。"

司月心软得化成了水,伸手抚住他的后脑:"我哪敢和你生气,明明是你和我生气。"

"是吗?"男人开始耍赖。

司月低低地笑他,不和他争辩。她的真丝睡裙的裙摆被风吹起,季岑风抚在腰后的手,慢慢地,慢慢地,掀开了一角。

顺着她的腰线,撩开了前面的一小片,露出她白皙的小腹。

司月怔然,不知他要做什么。

季岑风抬头看了她一眼,然后,手又轻又慎重地放在她的小腹上。倾覆而来的酥麻感,司月身子变成了无法动弹的石块,任由他轻柔地啃噬慢慢麻痹她的所有感官。

"还梦到,我们的孩子了。"季岑风低声说道。他右手掐灭了手里的烟,拉着司月坐在了他的腿上。

他手脚冰凉,被这湿气浸染了许久。他说话间有清冷的寒意,目光却是炙热的滚烫。

那天晚上,司月到底没有同意季岑风的决定,做不做手术,还会不会要孩子,司月没办法那时就做出决定。

从前是他太不谨慎,才造成那个孩子的出现,可从此再也不要孩子的决定,对季岑风是一种惩罚,对司月又何尝不是。

只是司月没想到,他心里竟留下了这样一道难以消磨的伤疤,比她以为的要深,比她以为的要重。

暴雨渐渐地停了。

司月看着他的眼睛,似是在给他安慰:"所以你是因为梦见了这个,才睡不着的吗?"

"嗯。"

"那我告诉你一个秘密吧。"司月环上他脖颈,凑到他耳边。

季岑风脸色又郑重了几分,去听。

"其实……孩子不是你的。"

司月一脸坏笑刚要浮上来,季岑风忽然把她整个人打横抱了起来往房子里走。

司月连忙抓紧他,嗔骂道:"你这人怎么恼羞成怒啊!"

季岑风低低地冷笑了一声,带着她上了楼。

他手臂往前一送,就将她整个人丢在了宽大的床上。

司月一个翻身就要往另一边爬去,季岑风却已然倾覆上来,伸手捉住她的脚踝,将她整个人又拉了回来。

一种无可抵抗的禁锢姿势,莫名叫司月感到了一种羞耻。

季岑风重重地压上来,声音响在她耳侧:"行,过去的我也就翻篇了,以后肯定不会叫你再有其他机会了。"

他说着就剥了司月的睡裙,柔软的布料是最好的束缚带,三两下束在她的手腕上。

一晚上的低沉情绪仿佛在这一刻消散无踪迹,他身上寒气尽散,翻滚着溢出了叫司月觉得滚烫的温度。

流淌的熔岩,最后将她细细拆分,吞吃入肚。

柔软的布料皱成小小的一块,散落在床尾。司月最后闭眼的时候,看见了太阳初升的金线。

只一眼,她便沉沉地,睡了过去。

这一次,两人一起睡到了中午。

季岑风先起身去了浴室洗澡,手机上有几个程怀瑾的电话,后来是一条餐厅的定位消息。

司月动作缓慢地也跟着起了床去洗澡,热气熏蒸得人过分舒爽。她换了条睡裙,动作懒散地坐在阳台上擦脸。

昨晚一场暴雨,今天天气都变得凉爽了很多。

她头发还有些湿漉漉地扎在头顶,手上认真地在擦护肤品。像一块干净的瓷器,冒着淡淡的香气,遮在半片摇曳的树影下。季岑风回了个电话后,就走到了阳台。

她身上是和他一样的气息,却还是比他更加浓郁,有些不一样的地方,是她本身的味道。

"晚上六点。"季岑风坐在了她对面的藤椅上。

司月顺势把脚踩在了他的腿上:"好呀。"

季岑风伸手抚她的脚,一阵温热的触感,忽地叫司月想起昨天晚上的情景。

她一个激灵,把脚收了回来。她回瞪他,却叫他更是笑意漾开。

两人在家里简单用了午餐,磨蹭了几个小时,终于在晚上五点半出了门。

说实话,季岑风的朋友司月一只手都数得过来,肖川算是他在黎京最好的朋友,但是他在M国的这位朋友,司月是真的一点也不了解。

车上的时候,她问了几句,季岑风只说他从前在国内教书,后来在M国待了一段时间,现在已经不教了。

"那他现在在做什么?"司月问他。

"开了家咨询公司。"季岑风在红灯前停下,腾出手去拉司月,几十秒的空当,去把玩她的手指。

"也是建筑行业的吗?"

"不是。"绿灯亮起,季岑风收了手,"他主做流体力学,以前是在学校做研究,后来不得已才放弃出来投资了咨询公司,挣了不少。"

司月看着他一副商人本性计算利益,不由得发笑:"想来能和你做朋友,他自身家底也不会差吧。"

季岑风侧目看了她一眼,笑道:"把我想得这么不堪?"

司月顿了一秒:"不对,我是个例外。"

开车的男人目光看着川流不息的街道,发出了一种低沉而又愉悦的笑声。

两人踩着点到了程怀瑾预订的餐厅,一家装修典雅复古的日式餐厅。穿着和服的服务员带着两人穿过铺着木地板的大堂,每个包间门前都有两个纸质的米黄色灯笼,里面幽幽地点着一根小蜡烛,与店里幽静的氛围极为契合。

服务员拉开了包厢的门,一股极淡的香气扑面而来,缠着人的发尖,又说不上来到底是什么味道。

藤编的榻榻米上,一个小姑娘有些激动地朝司月和季岑风招了招手:"总算见到你们啦!"

司月抬眼望去,小姑娘不过二十岁的模样,穿着一件浅蓝色针织短衫,露出极细的腰肢,两只手撑在身后,很是惬意不拘谨。一双微微朝上的眉眼,像极了勾人的小狐狸,本该是极具攻击性的美艳,却被她脸上此刻的笑意冲淡了许多。

季岑风朝她点了点头,牵着司月往里面去。

程怀瑾这才朝司月开口:"你好,我是程怀瑾。"

一种极其周全的照顾,他先同司月打招呼,而不是急着和季岑风叙旧。

司月心里本有的一些不着调的紧张在这一秒被打散,她伸出手同他相握:"司月。"

对面的那个小姑娘也甚是热情,伸手与司月握了一下:"你好,我是苏芷。"

四人坐定之后,就叫服务员点了餐。

气氛比司月想象的要好太多,苏芷性格活泼,不会叫场子冷下来,偶尔揶揄程怀瑾的时候,会叫他"程老师"。

司月趁着和季岑风出门洗手的片刻,才问他:"苏芷是程怀瑾的学生?"

季岑风垂眸笑了下:"也不算是,不过他当时从国内大学辞职,的确是因为她。"

司月讶异得张了口,随即浅浅地笑了起来。

从进门开始,她就觉得程怀瑾这人自恃而又克制,做事周到让人挑不出任何瑕疵。一种同季岑风十分相似的上位者的运筹帷幄,只多了几分知识分子的清冷感。冰泉苍竹般的性格,却偏那样不理智地为了苏芷折掉了他半辈子的名声。

想来是每个男人都有他的例外。

她是他的例外。

她也是他的例外。

一顿饭热热闹闹地吃到了快十点,季岑风和程怀瑾好久没见,两人谈了很多。最后离开的时候,苏芷不知道从哪里拿出了一个小盒子。

"司月姐,听说你们刚刚结婚,我给你们准备了一个礼物。"

司月有些惊讶,季岑风笑着搂住她:"拿着吧。"

苏芷一脸认真模样,信誓旦旦:"很有用的!都是我精心挑选出来的好东西!"

司月被她逗笑了,收了下来:"到时候你们结婚的时候,一定通知我们,我给你们回礼。"

"不用啦,"苏芷连忙摆摆手,"我不打算嫁给程怀瑾的。"

接下来的几天,司月在学校里逛了逛,虽然说已经好多年没做学生了,但是临近开学的那种紧张与兴奋却还是和很多年前一样,好在真正开学的时候她已有所准备。

季岑风这几天也去了公司,歇了这一段时间,很多事情都要上正轨。两人常常早上一起从家里走,晚上再在家里会面,倒是有几分像从前,叫司月有一种熟悉的安稳感。

正式开学前的一个星期,季岑风出差,要在那边待几天。原本计划是周五回来,谁知道前一天司月收到他的电话,说是可能要推到周日了。

"还是工作的事吗?"司月倚在阳台的藤椅上,M国此时已是傍晚,她穿一件白色短衫和短裤,头发还冒着刚洗完澡的微微湿气。

"嗯,客户这边耽误了一点时间,可能要到周日晚上才回家。"电话里,季岑风的声音有些微微的潮气,语调很轻。

"喝酒啦?"司月笑着猜道。

"你怎么知道的?"那边也笑了一声,有轻轻的脚步声,像是走到一处僻静的地方,"想我了吗?"

"不想。"司月嘴硬。

"不想还给我打电话?"

藤椅里,她嘴角已经扬到最高,声音却还是平静:"查查岗而已。"

"行,过几天到家让你好好查个够。"四处无人,他说话也开始不正经。

司月心里有粉色烟雾,层层把她围住。她才知道那种心上人离家几日就已心痒难等的磨人,更何况他在电话里那样同她说些私密话,叫她有禁忌的羞涩感。

"所以明天确定是回不来了吗?"司月敛住笑意又同他确认道。

"嗯。"季岑风说道,"下周一你开学,我肯定回去的。"

"不是说那个事。"

"那是什么?"

"没什么。"

季岑风怔了一下,眉眼低低地笑开。他站在酒店外面的草地上,一手拿着电话,一手插在口袋里,全然没有了刚刚和人谈生意的严肃模样,整个人软化在这晚风里。

"周日我尽量早点回去。"

"好啊。"司月答应得轻快。

"生气了?"季岑风问道。

"没有。"司月笑他,"你什么时候又变得这么疑神疑鬼了?"

她话一出口,又觉得是否有些不妥,本就是开玩笑,但是怕季岑风多想。

"就是想你了。"司月找补道。

她声音放软。

季岑风那边静了几秒："怎么办,我现在就想飞回去了。"他语气真有几分低沉,司月竟分不清他是不是在开玩笑。

"不用啦,你忙你的就好。"她也不想让他工作分心。

"晚上吃什么了?"司月想叫他别再纠结回来的事情。

"不记得了。"季岑风偏头看了眼酒会,人头攒动,半点不像要散的样子。

"是不是一直忙着谈事就没好好吃饭了?"

"那你过来看着我。"季岑风有几分理直气壮。

司月心头绵密地溢出难言的喜悦,嘴上回着:"想得美。"

电话那头低低地笑了起来,两人没再说话,清浅的呼吸声拂在各自的耳边。

还是司月先说出了口:"那你快去吃点吧。"

"好。"季岑风应道。

"再见。"司月说道。

"再见。"

电话握在手里,司月目光垂在膝上,半晌,也没听到挂断的声音。

"你怎么不挂?"

"你先挂。"

司月声音镇静地"哦"了一声,心头却已是炸开漫天烟花,泛起一种害羞又无处言说的喜悦。从前只听别人讲过这些情人间心动的细节,但是那时她只有陌生的疏远感。不曾被人这样从每一个展开的细节里善待过,现在却叫季岑风——填补上。

一小点明亮的焰火,把她的心堂照得好亮。

她最后的语调像是挤出的蜜,手掌按在脸颊上降温:"再见,岑风,想你。"

"我也是,司月。"

"再见。"

"再见。"

电话放下,司月掩面而笑,又在阳台上坐了一会儿,给李原去了个电话。

两人相隔的距离坐飞机其实不过一个多小时,司月下飞机的时候,看见了李原给她联系的那辆车。

季岑风原本定了周五回来,司月也不会去找他,只是现在又拖到了周一,司月有些坐不住。她知道季岑风从来不过生日,从前和他住在黎京的时候,两人关系也总是僵着,即使司月有心给他过生日,也没有这样的机会。

只是今年两人明明都在一起的,还偏偏赶上他出差。司月昨天晚上给李原去了电话,问清了季岑风今天下午五点会回酒店吃点东西,然后晚上还有其他事。

时间紧凑,半个小时就要走的。司月应了下来,问李原要了个地址。

飞机下午落地,车子开到季岑风入住的酒店时已经接近三点。李原时常会去季岑风套房拿取文件,所以也就有他套房的备用钥匙。

季岑风跟公司里的人在开会,李原才得以脱身出来给司月开门。

"麻烦你了,李助理。"司月推了一只小箱子站在门口。

李原笑了笑:"哪里的话,季先生这几天忙得连轴转只想早点回去,现在司月小姐来了,他倒是可以慢下来了。"

司月心头如尝蜜,伸手推开了门,笑道:"那还是麻烦你帮我保密。"

"没问题。"李原最后把房间的备用钥匙也留给了司月。

套房的门关上,司月稍微打量了一下房间。标准的总统套房,客厅、卧室、厨房一应俱全。她把自己的小箱子推到房间里,然后拿上备用钥匙就出了门。

原本他要是周五回到M国家里的话,一切都便利许多。只是现在她一个人飞过来,很多东西都没办法带。

好在来之前查过附近有一家大型超市,司月快速下了楼就往那里去。她买了一些做蛋糕的原材料,又迅速地返回了酒店。

厨房里工具一应俱全,司月用着也很顺手。蛋糕送入烤箱的时候,已经快四点半了。她透过光亮的烤箱门最后看了一眼,然后缓步去了客厅的沙发。

倒也是巧,这间套房的客厅里也有一个电子壁炉,很像去年过年时季岑风在夏川待过的那家。沙发前一个电子壁炉,会响起柴火"噼啪"的模拟音,有种温热的错觉。

司月去开了壁炉的开关,关上客厅的窗帘,最后只留了一盏小壁灯,人窝在沙发上,随手去看放在茶几上的书。

满篇的英文,全是晦涩难懂的哲学词汇。灯光昏黄,司月看着看着,脑海里的柴火声音越演越烈。

她有意识地强撑着,但是昨晚有些兴奋导致的失眠却在这一刻开始反噬。大脑渐渐变沉,厚厚的书本盖在了她的胸前。

意识濒临溃散的最后一秒,司月听到了刷卡的"嘀"声。

宛若一声嗡响的晨钟,震动在她的脑海,她眼眸倏地睁大,看着门口。看见那门被人打开,挺立的身形,黑色西装外套随意地搭在手肘上。眉眼凝着些许的烦躁,薄唇却警醒地收敛着情绪。

直到——

他抬眼看见司月的时候。

难以掩饰的震惊,随即而来的喜悦,那样清晰地写在他的眼眸里,不掺任何稍作准备的表演与预想。

每一分情绪都被她尽收眼底。厚重的书本"啪嗒"一声落在地毯上,司月这才回过神。她敛着笑,静静地窝在沙发上。

季岑风再也忍不住了,反手关门,大步走了进来。外套被随意丢在门厅的矮凳上,没搭好,又滑落在了地上。可谁也没心思去在意那些细枝末节,一种熟悉而又强势的气息顷刻间袭上了司月的口鼻。

他桎梏着她的身子,单膝点在沙发上,将她紧紧地抱在怀里。他身上还有浅浅的烟味,却叫她迷恋般地伸手回抱他。

她手指轻轻插进他微热的发根,察觉他的手已经抚在了她的腰处,正试图解她的拉链。

司月赶紧按住他那只要胡作非为的手。

季岑风停了下来,极近地看着她,呼吸有几分紊乱:"我还有半个小时。"

他眼睛有一种湿润的莹亮,吸引着她叫她无法拒绝。

忽地,"叮"一声脆响,把司月从他的泥潭中叫醒。她赶紧把季岑风轻推到了一边,踩着拖鞋往厨房跑。

一进厨房,一股扑面的黄油香气,司月去套手套,然后小心翼翼地开了烤箱门。避开一阵热气,里面是一个小巧圆润的芝士蛋糕。

季岑风已跟着站在厨房门口,垂眸看着司月。

她把蛋糕端了出来,手套摘了去拿蜡烛,一通翻找,忽地被人拉住了手。

司月偏头去看他,他没说话。

司月想抽手却也抽不出,有些气笑:"你还有半个小时,我们快点吃上蛋糕。"

季岑风还是不肯松手,一种无言的执拗、沉默。他不是从来没过过生日,只是岑雪死后,一切变得很没必要。可他的小姑娘,瞒着他,一个人千方百计地跑到这里来。算准这半个小时的空闲时间,要给他烤一个蛋糕。

那样满心欢喜,那样慎重对待,叫他知道,那年他为她做过同样的事,终于获得了怎样的回报。

手指慢慢地松了,季岑风去端那蛋糕:"不插蜡烛了,插满三十几根蜡烛像什么样子。"

司月心里才松口气,跟了上去,调侃他:"也对,某人三十多了。"

蛋糕放到了茶几上,季岑风伸手要用刀去切。

司月赶紧把他手拦了下来:"许个愿吧至少。"

电子壁炉散发出的跳动火光照耀在她的眼眸里,季岑风有片刻的恍惚,半晌,才说:"那我希望……"

"放心里说。"司月忙捂住他的嘴。

季岑风伸手将司月的手贴在自己胸口,不肯顺着她,声音沉稳:"我希望,你永远像现在这样陪在我身边。"

季岑风要说给司月听,他要她知道。一颗小石子,直直丢进敞亮无瑕的湖面。司月心口跳动,被他直白的言语烫到。

"可以吃了吗?司月小姐?"季岑风笑着伸手去抚她微热的脸颊。

"可以可以。"她凑到他身边,也去切蛋糕。

季岑风切了很小一块,司月望着他,期待他给出评价。谁知道他把那块蛋糕递到了司月的嘴边:"你吃第一口吧。"

"不行,"司月坚持,"今天你过生日,你得吃第一口!"

"过生日就得吃第一口吗?"

"对呀,过生日这天,你最大。"司月推推他胳膊催他快尝尝。

季岑风眉眼浅浅地笑起,一口吃了下去。

"怎么样?"司月手肘支在他膝盖上,托腮问他。

季岑风点点头:"挺好吃的,就是我有个问题。"

"什么?"

"我今天过生日,是不是可以提无理的要求?"

司月愣住,下一秒面红耳热,去看手机:"可是你只有十五分钟了。"

季岑风没说话,只看着她。

柴火爆裂了几声，仿佛真有火星子溅在了她的心上。

心跳都加速了起来。

她手被他带着往下，脸颊同那壁炉一起烧成了血红色。

司月把头深深埋在季岑风的肩窝，他双手抱紧了她。

五点半的时候，他换了身干净衣服出门。

司月站在门口送他。

"我早点回来。"

"晚点也行。"司月回得飞快。

他眼里笑意掩饰不住，伸手摸摸她脸颊，又亲了一下，才罢休。

"走了。"

司月嘴上说着"嗯"，拉着他的手却没松，补充道："生日快乐，岑风。"

季岑风静了片刻，又低头去亲了她好一会儿，语气很是无赖："你这样，我没办法专心做事了。"

司月立马抽了手，笑着回他："那我不拉你了，快走吧！"

"走吧，你快迟到了。"司月推他。

季岑风最后又看了她一眼，才不大情愿地往楼下去了。

司月关了门，朝沙发上一躺，刚压下去的羞意又翻滚着溢了上来。

片刻，手机轻响了一声，收到了一条消息，她翻身去拿手机，点开。

季岑风：【以后我每年都过生日。】

司月回他：【好啊，是不是惦记上我做的蛋糕了？】

汽车里，拿着手机看的男人挑眉笑了一下：【是，但是还有其他的。】

司月：【还有什么？】

季岑风：【还可以提无理的条件。】

季岑风原本连轴转着日夜不休能赶上周日上午回去，可是现在司月来陪他了，晚上的时间怎么也腾不出继续处理公务了。

十一点一到，司月就提醒他要早点休息了。

季岑风坐在电脑前，正和国内的合作方开视频会议。他朝司月点点头，低声同她说："马上。"

司月就窝在书房沙发上，百无聊赖地挑本书看。房间里只能听得见季岑风的声音和视频那端的声音。

他工作时极为认真，思维运转飞速，因而常常能极快地将对方自己都尚未意识到的漏洞一针见血地指出。

司月只在一旁听了不到十分钟,就已经听到了两次对方哑口支吾。她心有余悸,知晓季岑风自带压人的气势。当年被他从辰逸辞退的画面,司月现在都还记得。

她思绪有些飞走,没注意到季岑风不知何时已经结束了会议。他站在司月身边朝她伸出手拉她一把,将她抱到怀里才问她:"刚刚想什么呢,都没听见我喊你。"

司月笑了下,把书合上放回书架,跟着他往卧室走:"想到我当年被你从辰逸辞退的时候了。"

季岑风眉头微皱:"怎么还记着我的旧账呢?"

"哪能忘呢?你那时候很得意吧。"司月瞥他一眼,轻哼道,"我就是个任你揉扁搓圆的小蝼蚁,季先生一句话,我饭碗就没了。"

季岑风不肯认这个罪,留了卧室小灯后,和司月上了床:"谁叫你给那个保安求情。"

"那我该给自己求情?"司月搂着他的腰身。

季岑风把她整个人抱在怀里,下巴轻磕她头上:"为什么不呢?"

司月极其不信地笑了两声,说:"我那时叫你不要辞退我,你就不会辞退我了?"

"还是会辞退。"

季岑风捧着她脸颊低下头去,说道:"我大概会说要么离开辰逸,要么嫁给我。"

司月连哼了两声,对季某人如今的"不知廉耻"。

"我当时要真为自己求情了,季先生会说的应该是:'司月小姐,你不会以为我对你还有感情吧?'"她眉头皱起模仿得惟妙惟肖。

"嗯?是不是?"

抱着她的男人沉默了两秒,竟觉得司月比自己还了解自己。

怀里的女人非要瞧瞧他现在的表情,撑着他的身子往上动了动。可她还没来得及看清楚,季岑风低头就吻了上来,不叫她看。

司月笑着要往后躲,季岑风却不肯放过她,揽在她身后的手臂微微施力,叫她逃无可逃。

把他的"不知廉耻"彻底贯穿到底。

周日下午六点多,司月和季岑风坐飞机回了 M 国家里。

两人简单地吃了一点晚饭,司月就又去确认了一下周一的行程。

因为是开学第一周,所以并没有课,全都是一些介绍和娱乐性质的讲座与交友活动。司月挑了一些有用的,然后给自己列了一张计划表——一周五天要去参加的活动都仔细地列在了上面。

晚上两人坐在花园里乘凉,季岑风去看司月列的计划表。

"露天电影这个活动你也去?"他扫了一眼,指着这个晚上六点的活动问道,"周三晚上六点我应该不在家。"

司月知道他是说没时间陪自己的事情:"没有让你陪的意思啦,这个露天电影正好排在学院交友活动下面,我想着到时候和新交的朋友一起去看。"

季岑风轻轻"啊"一声,缓声道:"不是要跟我一起看啊。"

司月去看他吃味的脸,脸上笑意也掩不了,但还是跟季岑风提了一件事:"还有件事想和你商量一下。"

季岑风问:"什么?"

司月朝他扬了扬左手:"戒指我上学就不戴了,好吗?"

季岑风拉过她左手,也没生气,只问她原因。

"也不是什么重要的原因,一个是怕丢了,还有一个就是觉得有些太招摇了。"司月实话实说,"其实非要戴着也没什么,只是难免有人会问,有人会觉得我很有钱。我又不是有钱人,不想给别人造成这个误解。"

季岑风听她说完,右手揽过她肩膀,随意地拨弄了几下她的肩带:"好啊。"一副不在意的模样。

司月知道他哪能不在意,所以继续说道:"季先生给我买枚日常能戴的戒指吧,不用带钻石的,我平时都戴的,结婚戒指就重要的日子戴着。好不好?"

她头微微扬着,有几分哄他的意思。电脑放去了一边,她扶着他的肩膀坐在他腿上:"嗯?季小气鬼?"

季岑风眼眸静静地看着她,片刻才捏了捏她下巴:"不想戴就不戴了,结婚戒指一个就够了。"

第二天一早,季岑风陪着司月去了学校。原本不需要他特地抽时间出来,只是他坚持要陪司月参加第一天的第一个活动。某种莫名其妙的仪式感，让司月有种开学第一天被家长带着去上学的感觉。一种很珍贵的重视感，叫她心里很是满足。

但是季岑风也只是陪她听了早上的第一个讲座，然后便离开去了公司。接下来的两天就是司月一个人的战场了。她对这段生活格外重视与期待，所以不论是交友还是听讲座都十分有参与感。

周三下午那场快速熟络的交友活动，她已经认识了同院系的不少研究生。一个哥伦比亚的小哥尤为活跃，和全场人打了个照面后，拉着司月还有一群人聊了好久。

司月的口语还不能十分流畅地和外国人交流，大部分时候是在听他们聊天。一群人里面有几个国内的男生，时不时地给司月做一些俚语的翻译，也很是热心。一场快速交友活动结束后，刚刚给司月做过一些翻译的男生问她今晚的电影看不看。

"看的。"司月指了指自己打印出来的计划表。

"我们也看，到时候一起吧。"讲话的男生叫 Mark，"我和他们都去。"

Mark 指了指他身边的几个华人，两个女生还有一个男生，他们四人一开始好像就互相认识。

司月轻快地点了点头："好呀。"

"那你要不要和我们一起去 Food court（食堂）买点晚饭吃，我们正要去。"

"是啊。"Mark 身边的女生也热情邀约，"我听说那边有一家墨西哥卷饼店很好吃，一起去试试啊。"

司月想也没想就应了下来，然后收了包，和他们一起朝 Food court 去。

刚刚搭话的女生叫曲曼，她和司月一样没给自己取英文名字，一来是单个中文其实外国人大概也能发出这个音节，二来是曲曼很喜欢"曼"这个字带给自己的喜感。

"我最喜欢看到外国人听见我自我介绍时的惊讶表情了，"曲曼走在司月身边神采飞扬，"对着一个小姑娘喊'man'，真是太逗了！"

司月也跟着笑起："肯定能让他们一下就记住你名字，我打赌我今天对着新认识的外国人自我介绍完了，明天记得的肯定没几个。"

"怎么可能！"曲曼信誓旦旦，"你长得这么漂亮，怎么会有人忘记你名字！不瞒你说，昨天参观教学楼的时候我就听见有外国人在偷偷讨论你。"

"不会吧。"司月有些尴尬地笑了笑。

Mark 忽然也加入了对话："我做证。"他手指并拢朝天做发誓状，面色严肃。

司月"哈哈"笑了起来，她今天化了一点淡妆，笑起来唇红齿白。

Mark 放下手，很自然地走到司月旁边："不过你本科是哪里读的？"

"黎京。"司月答道。

"哦，我知道！"Mark 有些兴奋地应道，"我外婆家是黎京的，好巧啊。"

司月也有些意外还能遇到算是同乡的："真的蛮巧的。"

Mark 脸上笑意明显，低声说道："好有缘啊。"

四人很快走到了曲曼提到的那家墨西哥卷饼店，大家各自点了餐，然后就往晚上看电影的地方去。

一块平整宽阔的大草坪，前面有几个工作人员已经在挂幕布了，草坪上铺了很多块圆形的毯子，供五六个人围坐在一起。

司月和他们挑了一块位置在最后的毯子坐下，中间还有一个矮圆桌，大家围在一起吃晚饭。

天色很快就暗了下来，电影开始了。

一部很老的文艺片，司月有些高估了自己的英语水平，这电影不仅晦涩文艺，连英文字幕都没有。

她认真地看了一个小时，大脑从清醒变成了糨糊。

她实在撑不下去，又不好意思和曲曼他们说想先走，只能悄悄和曲曼耳语道："我去买点东西喝。"

曲曼立马问她："要我陪你吗？"

"不用啦。"司月摆手道，然后想了下又朝大家问道，"你们要喝什么吗？我去帮你们买？"

Mark 立马回了头："我跟你去吧。"

"不用不用。"司月连忙摆手，"我帮你们带就好。"她其实只想一个人出去溜达一圈，醒醒脑子。

但是 Mark 已经站起来了："我正好也想买点东西。"

司月实在没办法，只能跟着 Mark 一起走了出去。两人一离开草坪，曲曼扬着的嘴角就下不来了，笑声最开始还收着，后来越加放肆。被另一个男生提醒，她才有所收敛。

曲曼又"嘿嘿"笑了两声，朝旁边两人说道："Mark 有情况！"

"昨天就看出来了。"另一个男生同意道，"不然你看他今天下午活动那么积极给司月做翻译呢。"

"就是。"曲曼贼兮兮地朝另外两人坐过去，看见他们不远处不知何时站了个男人，白衣黑裤，两手插兜站着。曲曼扫了一眼，没太在意，又去和那两人说话，"不过 Mark 不一定能行啊，司月看起来对他好像没什么特别的意思。"

"刚认识嘛。"那个男生说道，"Mark 追人有一手的，我和你打包票，一个月。"

"真的假的？"曲曼不信，哼哼两声又挪回自己原来的位置，发现那个站在他们附近的男人好像离他们更近了一些。

她偷偷地看了几眼，居然很帅，刚要和那两人说时，就看见司月和 Mark 买了东西朝他们走来。

曲曼赶紧朝他们招招手。

司月也招手回应她，快走到毯子旁边正准备直接坐下的时候，忽然就看见了站在不远处的季岑风。

夜色已经暗了，只有草坪边缘的大灯勉强照着一点光亮。要不是季岑风穿着白衬衫，司月真有可能没看见他了。

男人显然也看到司月了，但他也没动作，还是双手插兜静静地等着。

Mark 不知司月为什么忽然停在了原地，轻轻搭了下她的肩："司月，怎么不坐？"

昏暗夜色里，季岑风嘴角意味不明地笑了一下。

司月转了身子，朝 Mark 说道："抱歉啦，我可能要先走了。"她声音不大，就身边几个人听见。

曲曼立马直起身子去看司月："你怎么忽然不看啦？"

另外几人也去看她。

司月把手里的饮料放在圆桌上："请大家喝饮料啦，我先走是因为我先生来接我了。"

晦暗的灯光下，曲曼看见她眼里有种娇羞的喜悦，连嘴角都不自觉上扬。

"先生？"Mark 疑惑道。

司月点了点头，朝季岑风指了指："我先生。"

那个一直沉默不言的男人终于朝前面多走了两步，伸出了左手，一枚银润的戒指淡淡地泛着光。

司月一只手拎起包，另一只手同他们摆了摆，然后就朝季岑风小步跑了过去。

一个满怀的拥抱，撞在他的心口，季岑风有片刻的错愕，随后立马将她抱紧。

"季先生来查岗啦！"司月松开手，笑着揶揄他。

季岑风神色舒展地牵着她往外走，一副得了便宜还卖乖的模样："其实是想看看你在看什么电影。"

"哦，原来不是为我来的。"

"也是。"

"也是？"

"只是。"

开学小半年后，司月迎来了第一个长假。

圣诞节前最后一个工作日，M 国已经进入倒数的狂欢。商场里巨大的圣诞树里三层外三层地挂上了金色的小灯，层层叠叠的小礼盒攀援而上，足有三层楼那么高。

此刻才不过下午三点，商场里已经人潮涌动。平时见不到这样的热闹景象，忽地身处其间，真有种过节的氛围。

司月进了商场没两分钟，身子就已经回暖，她掐着时间点走进了一家高级定制的西装店。

店里的小姑娘一眼认出来司月，上前和她打招呼。司月从包里拿出了那张订单，说是来取西装的。

"好的，您稍等下。"小姑娘说着就去了后面。

司月坐在沙发上，看了眼时间，不过三点二十。她嘴角低低地扬起，身子倚靠在沙发的扶手上，耐心地等着西装取出来。

这套衣服她前前后后看了好多家店。季岑风的尺寸她很清楚，只是样式一直让她犹犹豫豫。

这男人穿衣趋向于沉稳低调，样式选择的空间自然也就少了很多。终于在前段时间她无意中逛到了这家西装店，她一眼看中了一款深蓝色绣暗金线的西装，乍一眼看上去是季岑风会穿的款式，但是细看又有别出心裁的装饰，很是合司月的心，于是她偷偷把自己存的奖学金取了出来，买下了这套西装。

今天这家西装店最后一天工作日，正好把衣服取回家。

小姑娘很快就拿出了那套西装，旁边另一个服务员也帮着一起展开给司月看。很是精细的做工与针脚，质量配得上叫司月肉疼的价格。

她仔细地看了一遍，很是满意地请小姑娘帮忙包了起来。

下午四点，司月打车回到了家里。在衣柜里挑了个很是隐蔽的地方，把那套西装挂了进去。她左左右右又稍微用衣服遮了一下，才心满意足地又下了楼。

一个下午，忙得像陀螺。

临走前，司月忽然又折回更衣间，把身上的灰色短款外套换成了一件利落的黑色长大衣。腰封一扎，露出下面小半截颜色浅白的裙摆，然后踩了一双黑色的高跟鞋出了门。

出租车载着她停在了一家私人医院的门口，司月付了钱之后，就在医院门口的一条长椅上坐了下来。

这家医院的门口是一小片维护极好的草坪，上面常有附近的小孩子来玩耍。

司月又看了眼时间，然后不急不忙地靠在椅背上，望着小孩子跑来跑去。

太阳慢慢落了下来，光线从澄亮逐渐加深至浓稠的橘黄色。司月正对着落日的余晖，眼睛不禁眯起。

她低头又看了眼时间，然后站起身子走到了医院的门口。

司月双手插在大衣的口袋里，乌黑的头发散在身后，整个人纤瘦而又靓丽，像一把锋利的小刀，闪着不容忽视的光泽。她眼睛望着医院的门口，等待的第十分钟，终于等到了她要等的人。

两个男人一同走出了门口。

季岑风外面的大衣还没扣上，转身和旁边的男人握了握手。

Sam 挑眉朝他笑了笑：“你家小姑娘又来接你了。”

季岑风回头去看，司月在不远处小幅度地朝他招了招手，却并没有上前打扰他和医生的告别。

"谢谢你，Sam。"季岑风郑重地又和 Sam 说了一次。

"行吧,下次再见面希望是在酒吧里,而不是在我的诊室里。"Sam懒洋洋地伸了个懒腰。

季岑风声音愉悦:"一定。"

他说完就和Sam道了别,然后朝司月走去。

一走近,司月就把手递了过去,季岑风眉眼舒展,问她冷不冷。

"不冷啊。"司月的手被他握在掌心,"恭喜你呀,季先生,毕业快乐!"她语气轻快而又俏皮,叫季岑风忍不住盯着她直看:"什么毕业?"

司月倚着他手臂,笑得很是不收敛:"那祝你,终于结束病人身份?"

季岑风伸手去捏她下巴:"还不如上一个。"

"季先生要求好高哦。"司月揶揄他。

季岑风偏头看了她一眼:"我要求高吗?"

"是啊,这也不满意,那也不满意。"

季岑风低低地哼笑了一声,拿出车钥匙开了车锁。司月同他一起上了车,车门刚合上,就被他拉到身前。一阵熟悉的冷调松香,掺杂着些许的温热,落在她的唇间。

他手指收拢在司月的脸颊,同她慢慢加深这个吻。封闭的车厢里,听得见你来我往的纠缠。即使司月早已十分熟悉和他的深入交流,这样在车上就迫不及待还是让她有几分羞赧。

趁着季岑风还没更进一步,司月把他往外推了推,大衣里的热气往外翻腾,她脸颊也染上了些许绯红。

季岑风停了动作,却没撤回身子,他拇指轻轻擦了下司月的嘴角,身子靠近:"司月。"

"嗯?"司月回看他。他眼里像是澄澈的湖面,一览无余的纯净与诚恳。

好像真的很久没再见到从前她那双捉摸不定的眼眸了。更多的是像现在这样,他懂得如何朝司月坦白,懂得如何倾诉,所以司月同他说,毕业快乐。

这是一段季岑风曾经缺失的课程,这么多年后,用另一种方式重新学习和获取,在司月眼里,他不是一个需要治疗的病人,他只是一个重新补课的孩子。

教他如何爱己,更教他如何爱人。

"Sam说,我今天的心理评估完全正常了。"季岑风声音很低,只说给司月听。

寂静的车厢里，有他并不自然的呼吸声，缓缓地等着司月的回答。

一声轻快的笑。

司月抱上他的脖子，快速地在他脸颊亲了一下："所以我说，恭喜季先生，毕业快乐！"

司月坚持道："在我眼里，你不是病人。"

季岑风看着她，眼里慢慢也染上了笑意，一种他该有的底气，来自司月这么久以来的陪伴。

"那我们今晚出去吃？"他终于坐正了身子，去启动车。

"好呀。"

两人晚上去了一家司月之前听泰国同学介绍的泰国餐厅，说那家店的菜品和口味都是十分正宗。

两人驱车到的时候，果然附近的停车场都停满了，季岑风开着车在旁边转了好一会儿才勉强等到一个人正好要离开，他们才把车子停了进去。走进餐厅的时候，发现又要等位。果然是圣诞节前的最后一个工作日，哪里都是过节的气氛。

刚刚停车的时候，司月就有些动摇想说算了，现在看着门口等位的人，司月又去问季岑风要不要换家店或者回家好了？

倒是季岑风今天尤为耐心，他揽着司月站在店门口，偏头问她："你之前不是想来试试吗？"

"是啊，但是今天——"

"那就等等呗，反正也不着急。"季岑风声音很是惬意温和，他大衣敞开，晚风鼓动着他的衣角。

司月如今是太过享受他的偏爱，便也不再去顾及他会不会觉得这里太过吵闹，只同他点点头，然后与他一起站着聊聊天。

好在等位的时间并不长，他们很快就被叫到号，进去点了餐。

餐厅里服务员来回穿梭，热闹得很，两人点了一些热门推荐的餐品，慢悠悠地吃了快两个小时。

味道是真的很不错，只是有一些香辛料的味道，司月有些不习惯，后来也就没多吃。

两人到家的时候已经接近晚上十点，司月先去洗了澡。

家里开了很足的暖气,她头发吹到半干,就穿着睡裙走了出来。季岑风正坐在沙发上随手翻着公司的简报。

"去洗澡。"司月伸手去拉他。

季岑风笑着要把司月捉进怀里,她一下闪躲开,步子飞快地往床上去:"我洗过澡了!"

"你嫌弃我?"季岑风站起身,慢悠悠地脱衬衫。

司月笑着往被子里钻,点头:"嗯。"

司月窝在被子里,一直看着季岑风进了卧室,才轻手轻脚地下了床。她推开衣帽间的门,又慢慢地关上了。

那套西装被她仔细地放在了最里面的位置,司月把旁边的衣服推了推,给它让出了一个比较宽阔的空间。

外面的衣罩拉开,褪了下来,就是一套笔挺精细的西装。司月站在一旁看了一会儿,心里忍不住想象一会儿季岑风看到会是怎么样的表情。

难以压抑的喜悦好像被摇晃打开的气泡水,不一会儿就满溢出了司月的心头。

她手指在那西装上轻轻地抚了一下,忽然听见了开门的声音。

巨大的喜悦被她压下,司月一回头——

一阵突如其来的恶心率先涌上了司月的胃,极轻的一声干呕,让衣帽间里的两个人彻底陷入了沉默。

但是也只有一秒,季岑风大步走到司月面前,将她整个人打横抱起走回了卧室。他单膝点在床上,将她轻轻地放了上去。

"司月?"他声音有不确定的慎重。

而司月比他还疑惑,她两只眼睛看着季岑风,嘴巴半张着不知道说什么,半响,才回过神来要去拿自己的手机。

她点开记日子的软件,情不自禁地拿手指数着,数着——

"岑风……"司月迟缓出声。

季岑风也有些按捺不住了,去看她的手机:"你例假一周没来了?"

他话说完,也不等司月回答,直接往衣帽间里去拿了新的衬衫和裤子。

衣服穿到一半,他忽然又停下:"我给 Adam 打个电话。"

司月赶紧拉住他的手臂:"你要干什么?"

季岑风把她放回床上,语气并不轻松:"你在家等我,我出去一下。"

司月不肯让他走，抱住他手臂："我没怀孕！"

季岑风动作停下，去看她："你怎么知道？"

"就……"司月也有些被他吓到了，"不是一直都有做安全措施吗？怎么可能怀孕？"

"那不是百分百。"

"而且我不是刚刚忽然恶心干呕，其实是晚上吃饭的时候那道菜里放的……"

"司月，"季岑风把她手拎下来，坐在床头，难得的严肃表情，还把被子给她拉上了，"我就离开十分钟，保证不会超出这个时间。不管是不是，你让我有个确切答案，而不是这样猜。"

他嘴唇紧抿了片刻，又说道："司月，你不要吓我。"

季岑风声音很低，叫司月不忍心再说什么。

"那……那你快去快回。"她轻声说道。

"好，我现在给 Adam 打个电话，让他来楼下等着，你有事就喊他。"

"不用，你不是说十分钟吗？"司月挤出一个笑，想叫他别那么紧张。

明明前一秒她还是生龙活虎的健康人，下一秒就被他定义成了连路都不能走的病人。

"是十分钟，"季岑风去拿了外套穿上，"但是我不放心，你不用管了，在家里等我。"

他说着便朝卧室门口走去，半个身子出去了，忽然又折了回来。

司月挺直身子，听他吩咐——

"喝点水，"季岑风指了指床头的水杯，"别上厕所。"

司月："知道啦，你快走！"

季岑风果然信守承诺，十分钟不到，司月就听见了楼下的刹车声。随后是一阵急促的脚步声，司月像小学生上课一样乖乖地坐在床头一动不动。

一看见季岑风拎着袋子走进来，她还很乖巧地指指床头的空杯子："喝完了。"

季岑风被她听话的举动逗笑，但也还是没能盖过他心里的思虑。他三两下拆了一支验孕棒给司月，然后就要去扶司月下床。

"我自己能走。"司月下了床，踩了拖鞋就往洗手间里走。

她站在马桶旁边,接过了季岑风手里的避孕棒。

良久,两人都没有进一步的动作。

季岑风抬眸:"怎么不测?"

司月指指门口。

季岑风看了门口一眼,大步过去关上:"测吧。"

司月:"……你站在这里我怎么测呀?"她脸颊都有些涨红,伸手搡了他一把,"快出去。"

季岑风才知道她害羞了。

"你我什么没看过。"他坚持道,不肯出去。

司月倒没想到这男人居然这么不见外。

"不行!"她脸颊像是烧开的水,腾地沸了起来,两只手一起推着季岑风往外。

季岑风这才不得不退步,临了还在门口问她:"打湿了就拿出来给我看,不要自己一个人等结果。"

"知道啦!"

洗手间的门轻轻地关上,司月坐在马桶盖上,心潮像涨潮的海水一样,淹没了她的所有情绪。

原来,是这样的感觉啊。

原来,一个被期盼着出生的孩子,是这样的感觉啊。

他会郑重地把她抱回床上,会冲下楼去给她买验孕棒,会无比紧张地站在她的身边,会一遍遍地叮嘱她赶快把结果拿给他看。

原来是这样的感觉。

司月眼眶微微湿润,打开验孕棒。

推门出去的时候,季岑风就站在门口,他连衣服都还没有换,一看到司月出来就低头去拿那支验孕棒。

"要等十五分钟。"

"嗯。"他低头看着。

"我的意思是,先把它放一边,要等十五分钟之后才能看到结果。"司月拉着他手臂叫他别那么紧张地站在洗手间门口。

季岑风这次没再听她的,很固执地站在那个位置,一动不动。

司月鼻头发酸,心里清楚,这次的感觉和之前那一次完全不一样,她不可能怀孕了。但是季岑风这样的态度却胜过千万句承诺与保证。

她从背后抱住了季岑风，脸颊贴在他宽阔有力的背上，静静地陪他走过这一段不寻常的等待。

十分钟，十五分钟，二十分钟。

司月探头去看，白纸上干净得连一点印子都找不出来。

"啊，没怀孕。"她故作惋惜地说道。

季岑风又变换了几个角度，对着光线好的地方确认。

"真的没怀孕啦，我就是晚上吃饭的时候吃了不太合口的东西，所以刚刚才恶心的。"司月拿过他手上的验孕棒，丢进了洗手间的垃圾桶里，出来的时候，看见季岑风静默地坐在沙发上。

"不高兴吗？岑风？"司月蹲在他面前，仰头看着他。

季岑风低声道："没有，挺好的。"

平缓的语气，哪里是挺好的样子。司月太懂得这种以为得到却在下一秒失去的感觉了，更何况，她看得出来刚刚季岑风眼里转瞬即逝的失落。

"那你抱抱我好不好呀？"她站起身，要往季岑风身上去。

男人身子微微后靠，拉着她的手把她抱在怀里。司月的鼻息落在他颈间，听得见他沉缓的呼气。

"岑风。"

"嗯？"

"我给你买了一个礼物。"

季岑风这才缓过神来，淡淡地笑了一下："什么？"

"一套西装。"

"谢谢。"他说完静了几秒，要起身去看。

"等会儿再看吧。"司月知道，他现在哪里有心思去看那西装呢。

季岑风也没固执，还是靠在沙发上。

司月轻轻笑了一下，双手捧着他脸颊同他对视。

"明年圣诞节是几月几号？"

季岑风抬眼看着她："十二月二十五。"

"我那时也快毕业了，你觉得，那时我们要个孩子好不好？"

"……司月。"

司月轻轻地在他额头亲了一下，一本正经地说："因为我发现，季先生再晚点要小孩，你和小孩之间的代沟可能就有点大了。"

"……真的吗？"季岑风手臂收紧去看她——你真的想好了要给我们生一个孩子吗？

"真的啊，"司月点点头，"三十多，少说十个代沟了。"

季岑风有些无语。

算了，算了。

忍了，忍了。

认了，认了。

✦ 番外三

/

岁月温柔

司月算好了日子的。

来 M 国读书的第二个圣诞节,她的学业进入了尾声。最后不过一个大论文,而得益于她平时的勤奋,这段时间她并没有像其他人那样忙得脚不沾地。白天她窝在家里写论文,赶在圣诞节前把论文初稿交了上去,获得了能够心无旁骛过圣诞的权利。

但是季某人就没有这么好的福气了。

M 国的业务发展得比想象中要快很多,来 M 国两年,季岑风的工作量也是成倍增长。司月有时候打趣他,抹去银行卡上的余额,他也是个忙忙碌碌的打工人。

季岑风如今知道怎么叫司月吃瘪,白天任她占上风,晚上回家"收拾"她。只是司月现在闲下来,季岑风又不在家了。

十二月初他就一直在欧洲出差,说是要到平安夜当天才能坐飞机回来。

他特意叮嘱了司月不要去找他,因他此次行程在每个地方都不过多停留,怕她到时候跟着颠簸受累,不如待在家里等他。

司月也知道他工作很忙,她去了也只会让他分心,这次就乖乖地在家里等着。圣诞节前三天,她跟着 Adam 去了市场搬了一棵很大的圣诞树回家。

两个人踩着梯子装扮那棵巨大的冷杉,几十个彩球和礼物挂上去,忙活了两天才把这棵圣诞树装扮好。

距季岑风回家还有最后一天的时候,司月又去了一趟商场,买了些轻便的东西,然后便打算不再出门安心等人回家了。

家里上上下下都被收拾得干净整洁,落地的玻璃上,被司月随意地贴上了银色的雪花贴纸。她贴得并不多,害怕到时候拆起来麻烦,但是零星的点缀已然足够烘托圣诞的氛围。

更重要的,是那棵落在客厅的巨大圣诞树。浓郁的绿色树枝上是五颜六色的彩灯与礼物盒,好像一个个鲜艳欲滴的成熟果实,连同着那个坐在沙发上的女人一起,等着那个男人的采摘。

平安夜晚上十点,季岑风准时到家。

一阵再熟悉不过的电子锁开锁声,随后就是大门打开的声音。

司月好像一只听到信号的小兔子,轻快地起身,拖鞋也顾不上穿就朝门口跑了过去。推着黑色行李箱的男人,刚刚踏进家门第一步,就迎来了一个期盼已久的拥抱。

司月整个人紧紧地贴在他的身上,兴奋的冲力被他完全吸收。季岑风单手将她抱起,轻快地在原地转了一圈。

一声无法抑制的轻呼,司月稳稳落地。她情绪好像沸腾的滚水,吹响着愉悦而又鲜明的号角。她两只手捧在季岑风的脸颊上,小鹿一般湿亮的眼眸看着他。

季岑风回看她一秒,然后再无迟疑地低头吻了下去。司月身子被压着靠向了一边的墙面,小腿不经意间踢倒了黑色的行李箱。

沉闷的一声轻响,淹没在两人汹涌的情意里。

连续二十多天没见面,思念在这一刻累积到极致。像是一只越加膨胀的气球,终于在这一刻迎来那根扎破它的银针。

季岑风不满足于这个浅尝辄止的吻,抵着司月脱去了自己身上的外套,然后单手将她抱起,大步朝里面走去。

司月一阵天旋地转,随后被人倾压着落在了宽大的沙发里。

一瞬间,她便知晓他的意图。

季岑风攥着她的手腕就要往上提,却听到了司月的紧急刹车:"停停停停——"

他胸口微微地起伏,垂下一双黑亮的眼睛看她。

"嗯?"

司月忙挣脱了自己的手腕，然后抵着他的胸膛把他推了起来。

她脸颊有些缺氧的红润，眼眸里泛出一丝水光。季岑风没忍住又要上前去亲她。

"岑风，岑风！"司月赶紧捂住他嘴巴，笑他这般忍不住。

季岑风这下才彻底熄了火。

他坐在沙发上，盯了她两秒，沉沉道："我回来了。"

"嗯，我知道了。"司月也一本正经地答道。

男人阴阴地冷笑了一下，伸手捏了捏司月的下巴："不行还勾我。"说完就往门口走，去捡那外套和行李箱。

司月紧跟着也下了沙发，去帮他拿了外套往楼上去。

"先去洗澡嘛。"司月帮他把大衣挂好，然后伸手去解他领带，"我不是怕你舟车劳顿身子撑不住嘛，连着坐了十几个小时飞机回来，就想叫你多休息休息。"

季岑风微微低头看着她，忽地笑了起来。他两只手把她揽在怀里，声音低沉："有没有想我？"

"当然有啦。"司月毫不掩饰，要叫他开心，伸手拉了拉他的领带，同他额头相贴，"很想你啊，季先生。"

勾勾绕绕的气息好像一缕带着魂的青烟，缠上季岑风的心头。他轻吸一口气，一把扯下自己的领带："我自己来。"

男人三两下脱了衣服就往浴室里去。

"按照你的速度，我今晚都洗不完澡。"

季岑风洗完澡穿了一套浅灰色的长衫衫裤，有些微湿的头发落在额间，有几分散漫和随意。

客厅里的大灯被司月关了，只留了角落里的几盏壁灯。

季岑风走下楼梯的时候，司月正坐在沙发前的地毯上忙活着什么。他这才发现司月穿了一条鹅黄色的吊带裙，并不是她常穿的睡裙款式，而是收身及膝的长裙。

她双腿收在身后，呈跪坐的姿势，低头忙着包什么东西。背后看过去，是真丝裙包裹的臀线，清晰而又蛊惑。微黄的灯光落在她白皙的手臂上，一切像是浸泡在浓稠而又甜腻的蜂蜜里，叫季岑风有些心动地放慢了脚步。

季岑风走到司月身边的时候,她正好包好了那件礼物,一转身就看见季岑风走到了沙发边。

"在包什么?"

"给你的礼物。"司月伸手,借着他的力站起来,又被他拉到怀里,跟着一起坐在了沙发上。

"吃过晚饭了吧?"季岑风问她。

"吃过了,都这么晚了。"司月靠在他肩头,暗戳戳地坏笑,"飞机餐好不好吃呀?"

季岑风无感情地哼笑两声,把人揽到身前:"不怎么好吃。"

"啊,那委屈我们季先生了,头等舱的餐点都满足不了你。"

"对啊,那你应该知道什么能满足我吧。"季岑风扶着司月的腰,叫她跨坐在自己身上。

她裙摆层层叠叠堆积在大腿上,季岑风很是熟练地去抚。

"烦请季先生说清楚点呢?"司月揽着他的脖子,揣着明白装糊涂。

只她脸上笑意实在太过张狂,季岑风后倚在沙发上看着她这般不收敛地同他撒娇与玩闹。心潮澎湃地涌起,叫他时时刻刻记起这是要陪他一生一世的司月。

司月看着他这么久不答话,眼里有过分明显的笑意。

她慢慢地收了手臂,扶着他的胸膛坐正。

她轻咳一声:"季先生。"

季岑风收敛神色去听。

"我有礼物要送给你。"司月语气忽地正经,然后去拿刚刚包起来的小盒子。

季岑风接过,三两下拆了外包装。盒子很轻,他猜不到里面是什么。

正要打开盒子的时候,司月忽然按住了他的手。

"等下。"她好像想到了什么似的,皱着眉头,思索了半秒,嘴唇轻轻抿起。

然后她伸手抓住自己的裙摆,将那件鹅黄色的真丝长裙脱了下去。

季岑风微微愕然地看着她。

一套雪白的连体内衣,繁复轻透的蕾丝花边紧致地包裹着她的轮廓,鲜红的樱桃图案隐隐落在薄纱般的花纹下,并非寻常的款式。

她胸口有片刻紧张地起伏,开口道:"快开礼物盒。"

这还怎么开？

季岑风手臂停在原地，刚刚还蓄满到心口的期待一下被某种情绪猛烈冲刷。

他大腿肌肉紧绷着，一双眼睛直直地看着司月。

"待会儿再看行吗？"季岑风声音喑哑，一只手已经抚上了司月的后背。

司月笑着躲开他，伏在他胸膛上，小鸟般清脆地拒绝："不行，岑风你先看礼物。"

季岑风胸口起伏了片刻，收回了手。

"行。"他话音缓慢，大手直接将礼盒从中撕开，一个打开的药盒就掉了下来。

季岑风眼里有片刻的疑惑，下一秒，目光却迅速地凝滞在了小小的药盒上。

司月屏息，手臂也紧张地搭在他胸口，等着他的反应。

半晌，季岑风手指握紧那药盒，去看司月。

他什么话都没说，那双眼睛里的情绪司月却看得懂。

她知道，他看懂了。

那是她吃的叶酸的盒子。

去年许给季岑风的承诺，司月来给他兑现了。

此刻司月倒是有几分紧张了，她手指攥紧在季岑风的衣衫上，双腿不自觉夹紧。

"司月，你想好了？"季岑风临了还问她到底想没想好。

司月一秒破功，气笑了。

"那我现在反悔还来得及吗？"

季岑风一手按住她的后颈狠狠吻了上去，语气蛮横："反悔也来不及了。"

司月在第二年春天怀了孕。

一切出乎意料的顺利，刚知道怀孕那会儿，季岑风几乎没再去工作，整天在家里陪着司月。

奈何司月既不孕吐也没有任何手肿脚肿，整个人健康得和从前一样。季岑风的小心谨慎全然没有用武之地，成日在家看着司月认认真真地修改论文最终稿。

明明最开始是要小心呵护她度过前三个月，谁知道最后变成了有问有答的论文指导日常。

七月份的时候，论文交了上去。一些公司的实习机会也被老师们通过邮件发了出来。司月其实有过几分心动，但是看着自己日益大起来的肚子，还是迅速地打消了念头。

怀孕八个月的时候，季岑风彻底不让司月做任何事了，每天在家里陪着司月。他带着她去附近转一转，有时候去听话剧，有时候去看电影。

司月问他是不是比自己更紧张，季岑风一直都否认。

直到有一天晚上，两人上床看书的时候，司月在季岑风那侧的床头柜上，看到了一本他新买的书。

和他从前会看的那类孕期理论教学范本有很大的不同，白色的封面上，画着两个孩子的背影，一男一女。

封面的右下角写着：生日快乐。

司月心下好奇拿了过来，看见季岑风脸上有几分不自然的假淡定。她偷笑一下，才发现居然是一本儿童小说。

"哇！"司月带着些夸张地赞道，"我们季先生已经开始看这类儿童小说了吗？生日快乐？讲的什么，是讲给小朋友过生日的一百种方法吗？"

季岑风被她语气惹笑，脸上的几分不自然早已消失。他轻敲一下司月的额头，脸上却是不容玩笑的严肃。

"司月。"

"嗯？"司月去看他，"怎么了？"

季岑风眼眸里仿佛装着沉静的湖水，此刻将司月层层包裹："司月，你知道，我没能在一个健康的家庭里长大。"

他语气不是开玩笑，有要紧话要说给她听。司月平复心情，认真去听。

"所以在和你一起生活的日子之前，我付出了加倍的代价。

"季如许没教我怎么去爱人，也没教我怎么爱自己。我没能力给自己一个健康快乐的童年，但是我想给我们的孩子一个我们都没有过的童年。

"教孩子善良、正直，不卑不亢。坚定地相信自己的价值，爱自己的同时也有爱别人的能力。我们做孩子的避风港，叫孩子一辈子永远有家可回，有家可依。"

司月听着季岑风字句铿锵的话，字字砸在她心潮涌起的湖面。她鼻头瞬间发酸,又听他缓缓讲。

"这本书不是讲给小朋友过生日的一百种方法,"季岑风将司月揽在怀里,"是讲了一个叫明日香的小姑娘。"

讲她如何被家人忽视,讲她被哥哥喊着:要是没有你就好了。

无辜卷入学校里的霸凌事件,却痛苦地无法发出自己的声音。

在无助的亲情和友情夹击之下,明日香失去了说话的能力。她一个人回到了乡下的外婆家,看到了妈妈曾经也被忽视、被冷落的童年。

外公给明日香种了一棵小树,祈祷来年她的树可以开花结果。

"后来呢?有没有开花结果?"司月抱着季岑风的腰,声音里有闷沉的潮气。

季岑风摸摸她脸颊:"我还没看完。"

他两只手捧着司月的脸,语气轻柔而又郑重:"司月,我不做这样的父母,不做季如许这样的,也不做你父母那样的。我保护我们的孩子,就像我保护你,你保护我。"

司月眼里泛起浓重的雾气,她埋在季岑风的肩头:"谢谢你,岑风。谢谢你保护我,谢谢你保护我们的孩子。"

不一会儿,司月把脸抬起,伸手去翻书:"我也想看这本书。"

季岑风点点头:"好,那我陪你从头看。"

年末的时候,司月的肚子越发大了,前几个月的时候还是不显怀的,后几个月的时候肚子开始疯长。

每天晚上洗完澡,司月就叫季岑风帮着擦润肤乳,一是冬天天气干燥,二是司月有些怕长妊娠纹。季岑风最开始做不好,哪里没涂匀,哪里没涂到。司月气了两回,他才认真听话帮她一点点涂匀。

其实也不能怪他,因为医生叮嘱后三个月要小心点,所以季岑风也算是"素"了好几个月。晚上司月洗得干干净净摆在他面前,他却只能帮着擦擦润肤乳什么都不能做,实在是种煎熬。

眼下身上的位置擦好了,司月就把睡衣穿上了,靠在床头随意拣了本书看。

季岑风也掀了被子上床,手臂伸到她身后,将人揽在怀里。

"今天看的是哪本?"他手指随意地搭在司月的头发上,侧了身子去看。

她如今怀孕，吃得比从前多了，身形却并没有随着肚子一同大起来，面色却是越发红润，红唇莹亮，又刚洗过澡，整个人透着几分懒散，很是挠人心窝。

也没听清楚司月回的什么，季岑风低头亲了下去。

司月抬头回吻他一下，正准备再去看书，谁知道季岑风伸手捏住了她的下巴，不叫她这么快结束这个吻。

他细细地在外面描绘，手臂环着司月，不让自己压到她的肚子。

可是亲吻好比饮鸩止渴，季岑风撬开她唇齿没几秒，司月就拍着他的肩膀，叫他放开她了。

季岑风微微低下头，还把人圈在怀里。

司月笑着要他松手："我都快窒息啦。"

就是这样，吃又吃不到嘴里，就连亲都不能尽兴。

季岑风有些熄火般地亲了亲司月的额头，声音暗哑地念道："还有至多三周。"

司月怎么不知道他心里在想什么，笑着揶揄他："还要坐月子，再加四周。"

季岑风看她一副肆无忌惮的样子，也只能忍着不能动手，捏捏她脸颊，又低头亲了她一口才作罢："等着。"

一副恶狠狠的模样。

司月笑倒在他的怀里。

"等着等着，我等季先生一辈子呢。"

她毫无负担地说出"一辈子"三个字，叫季岑风心里漾起无声的波澜。从前多不敢碰这个词，现在却可以安然地接下。

他又把她往怀里揽紧了些。

"热不热，屋里空调开着，你还抱我这么紧。"司月有恃无恐地揶揄他。

"热你也得靠着我。"

同样的，有恃无恐，是她赋予他的安全感。

季岑风推了年末的所有活动，专心在家里陪司月待产。

离医生预计生产的日子不过三周，一切都得小心翼翼。

临近圣诞的时候，家里来了个客人。司月不方便外出，就安排了在家里吃饭。

来的不是别人，正是肖川。

司月刚怀孕那会儿，他来过M国一次，那次是陪他身边的小姑娘来M国玩，这次就是孤身一人，谈公事。

司月早上和季岑风说了半天，他才同意带她去那个东南亚市集买点东西。季岑风不大愿意带她去人多的地方，总觉得不太安全。奈何抵不住司月恳求，带着她去那里买了水果和鲜花。

"他来干吗还特意准备？"季岑风帮着她把东西拎进家，"多少年的熟人了。"

司月一手扶着肚子，一手去摘脖子上的围巾："好歹这么久没见面了，主要是我也想去热闹的地方转转，你天天只带我去人烟稀少的地方，我都快不会和人交流了。"

"和我交流不够吗？"季岑风牵着她上楼。

"久了也腻。"

"你敢。"

"不敢不敢。"司月今天刚得了便宜，不敢叫他生气，笑着跟在他后面。

下午两点的时候，季岑风开车出去了一趟，载着肖川回来的时候，差不多是下午六点了。

两人说着走进别墅里，看见司月坐在沙发上看电视。

"回来啦。"她听见声响就要站起来。

"坐着坐着。"肖川换了鞋，立马朝里面走来，"司月你坐着，你要是站起来迎我，某人要把我千刀万剐了。"

他还是一副浑不懔的模样，说话不正经。

司月就依言窝在沙发里，转头去看他们。肖川和今年早些时候相比，又有些不一样了，或者说，和几年前见到的，不一样了。

如果不是他刚刚开口说那番话，司月大概真的会以为他成熟了许多。他眉宇间有种沉稳的凝滞，看起人来也让人有莫名的压制感。只不过司月认识他太久，不会被他的外表骗了去。

季岑风也脱了大衣，朝司月那边去："饿不饿？"

司月要去拉他的手。

"我手冷，等会儿。"季岑风帮她把小毯子盖好，然后听到旁边传来一串抑制不住的"啧啧啧"。肖川一屁股坐进沙发里,瞧着季岑风现在的样子:"谁能想到季总在外面是冷面阎罗,在家里连个冷手都不敢让老婆牵呢。"

季岑风冷哼一声,坐到司月身边。

阿姨来上了热茶,就退出去了。司月把电视声音调小,倚在季岑风怀里和肖川说话。

"怎么没带你小姑娘来玩呢?"司月问道。

肖川笑笑,还问她:"哪个?"

司月看着他这副笑眯眯的模样,才觉得他越发和季岑风像了。不对,是和从前那个季岑风像了,说话叫你摸不着头脑,看不穿。

"就是你上次来M国带着的那个小姑娘。"司月提醒道。

"哦,分了。"肖川一副懒散模样靠在沙发里。

季岑风也不由得发笑,故意呛他:"我听说人家现在在M国工作,你这趟来不找她?"

肖川听言,一个冷刀子飞过去:"你故意的?"

季岑风眉尾扬起,把司月朝怀里又搂搂,一副欠揍模样:"随口问问。"

他如今一副盆满钵满的商人模样,老婆也在身边,孩子也要生了,脸上的笑意都要满溢出来了。

肖川忽然哼笑了两声,坐起身子往司月那里靠:"司月,你知道你家季先生以前喜欢射击吗?"

季岑风一听,脸色暗了几分,可是司月已经开口回了:"我知道他以前打过,但是我没见过,后来也没见他提过。"

"哦,这样啊,果然是留下心理阴影了啊。"肖川脸上得意,去瞥季岑风。

两人很久没见面,一碰上还是和以前一样。

季岑风笑笑,索性也就看肖川能说什么。

司月看着他俩一副有秘密的样子,不禁也好奇:"我没听岑风和我讲过啊。"

肖川喝口热茶,解了西装扣子靠下:"就你有一年脚崴了,还记得吗?大概就是那次之后没几天,你老公,季先生大半夜跑到一个朋友的射击场打了一晚上的枪。"

"这儿,"肖川指了指自己右胸口,"没骨折起码重度瘀青,他没告诉你?"

肖川脸上笑意盈盈地看着司月有些蒙的样子,就知道季岑风那个性子,休想叫他主动说一点自己当年的"蠢事"。

司月转过头去看季岑风,想了一会儿才想起来,那时她脚崴了在家休息,某一天季岑风忽然要带她回宜乡,然后她看到了他胸前的那一块瘀青。那时她没问出答案,后来也就忘了。没想到,还有这样一层在里面。

他也没再说过。

司月看他脸上浮着笑意,目光落在肖川身上,几分要和他秋后算账的意思。

"我晚上再拷问你。"司月拉拉季岑风的衣袖,不叫他再落面子。

"得了,还是司月心疼他。"肖川拍拍手,站起身子朝季岑风说道,"出去聊聊?"

季岑风低笑一声,亲了下司月:"他是要出去抽烟,我们一会儿就回来吃晚饭。"

"好。"

两人说着就去了外面院子。

晚上三个人一起吃了饭,饭桌上肖川还在抱怨季岑风让他抽完烟还在外面吹十分钟才准进来。

"你家季总没人性啊,大冬天差点给我吹傻了。"

司月被他笑到不行,肖川是个浑不愣的主,说起话来很是有趣。

季岑风吃味:"他来一天,你笑的次数比跟我在一起多多了。"

"季先生这都吃醋,我这心和身子,还有孩子都是你的。"司月转过头去同他耳语。

季岑风听了,心里好似一抔柔软的春水,嘴角不自觉上扬,偏还嘴硬着:"心是不是,还要时间证明。"

"那我证明给你看,陪你一辈子的。"司月靠在他身上。

他这才满意地哼笑两声,把人揽在怀里。

肖川在家里用了晚饭才走。

"对小姑娘好点。"司月把他送到门口。

肖川"嘿嘿"笑了下:"行。"

他们仨心知肚明。

季岑风叫了司机送肖川,就和司月上楼了。

时间不算太晚,但是司月洗完澡就有些困了。她躺在床上,被季岑风抱在怀里。

依着之前的习惯，留了一个小壁灯，防止司月半夜起来上厕所看不见。

她眼睛迷迷糊糊地快闭上了，忽然听见身后的男人开了口："也不问我那事了吗？"

司月意识回来，顿了几秒才想起他说的是什么事："啊，我差点忘了。"

季岑风静了几秒："我的事你也不上心了。"细听竟还有几分怨。

司月眉眼笑起，不大方便地要转身。

"别动了。"季岑风抱住她，"就这样说吧。"

司月"哦"了一声，才说："不是不上心，就是觉得有些没必要。

"肖川那是打趣你，和我说这些旧事。我晚饭的时候想了想，大概是你那时候觉得亏欠我了，又不肯说，才那样去发泄的。

"这样想起来，后来你带我去外公家，也就说得通了。"

司月说完，等着后面的人回话。

卧室里有低沉的空调声，室内很是暖和。

"你还是扶我一下吧。"司月笑说着，翻过了身子对着季岑风。

他一双黑亮的眼睛落在昏暗的灯光里，一动不动地看着她，里面有很久没再流露出的患得患失的情绪。司月这两年很少再从他的眼里看到这种情绪了。刚结婚的时候，她时常在不经意的片刻能察觉到，后来她给他越来越多的底气和信心，也就很少看到了。

肖川今天随口一说，还把他内里的情绪又勾了上来。

"我挺高兴的。"司月一边抚着他脸颊，一边说话。

"高兴什么？"

"就……你那时，也挺在乎我的吧。"她凑近，气息微微喷在他脸颊。

季岑风毫不犹豫地亲上去："在乎。"

斩钉截铁的两个字。

放在那个时候，别指望他说出口。

司月心里有融化的焦糖流过，散发出浓郁的欢愉气息："我其实，也挺喜欢听别人说你从前为了我做的那些事的。

"只是你不怎么喜欢提从前，我其实已经对那时候的痛苦没什么感觉了，好多事情都忘了。但是听到你偷偷在乎我的事情时，心里还有点高兴的。"

"真的吗？"季岑风问她。

"真的。"

安静的卧室里,季岑风犹豫了一下,说道:"我们刚结婚的时候,我很长一段时间都睡不好。"

"第一次结婚的时候。"他补充道。

"为什么?"

季岑风把怀里的她抱紧,去吻她额头,声音很轻:"因为我只有在半夜的时候,才能正大光明地抱你。"

司月:"还有吗?"

季岑风顿了片刻:"有天晚上其实我亲了你一下。"

司月:"……哪天。"

"好像不止一天。"

M国年末那天下了一场大雪。浩浩荡荡的鹅毛般的大雪从长街的暖黄灯光里落下,家门前的那条宽阔大道安静地披上了一层厚重的被子。

司月早上醒来,觉得天格外亮。

一年的最后一天,说不上什么特别的感觉,仿佛想要郑重其事地和过去的这一年告别,可是想了想,又没有什么特别要说的。所以她早早地醒来,只留一段空余的、安静的早晨,回想过去的这一年,当作一个简单却不随意的告别。

卧室里的温度暖暖地煨着司月的脸庞,她肚子这几天越发重了,整个人都很是小心翼翼。一个抱枕落在身下,帮她分担小部分的重量。

她身子不过轻轻动了一下,立马就听到了背后的声音。

"要去洗手间吗?"季岑风一碰就醒,掀开被子就下了床。

司月一句"不是"根本来不及说出口,就看见他走到了自己这侧的床边。她吞了话,看看季岑风笑了起来。

她伸手去拉他:"上床吧,我就是动下身子。"

"真的?"季岑风在床边蹲下,伸手抚着她脸颊。

他头发有几分凌乱,眼眸里有未清醒的睡意,但是动作很是熟练,毕竟做了无数回。

"真的,"司月语气郑重,继而笑道,"快点上床抱我。"

季岑风这才心安,又回去掀了被子上床。他侧身将她小心翼翼地揽进怀里,吻她发间:"今天怎么起这么早?"

司月抱着他的手臂:"不知道,看见外面下雪了,应该很漂亮。"

"一会儿出门看看?"

"好呀。"

"有没有不舒服?"季岑风一只手去摸司月的肚子。

司月知道他还是担心前几天忽然有些见红的事情,火急火燎地去了趟医院,最后说是没什么事,在家里静养等着就好。

"没有,感觉挺好的。"司月回道。

卧室里,轻轻扬着两人均匀缓和的呼吸声,半晌,司月说道:"一年又过去了。"她声音很轻,只是在感慨。

"嗯。"

"真快。"

"是。"

季岑风每句都只回一个字,司月莫名地想笑,截住他在她肚子上摸来摸去的手,"质问"他:"季先生惜字如金,能用一个字回绝不用两个字。"

身后传来了低低的笑声,他的声音卷着些晨起的懒倦:"我也觉得过得很快,好像一眨眼。"

季岑风抱着司月,思绪有片刻的游离。她随口的一句"一年又过去了",叫他觉得为何会真的这么快。

好像一眨眼就结了婚,有了孩子。那是不是之后孩子长大,他们变老也不过是一眨眼。他生出一种莫名的、他从前从不曾有过的紧迫感,好像就连当下的一秒钟都要掰开来慢慢过。

两人早上起床之后,在家后的花园里转悠了一阵。大雪已经停了,但是夜里积起的白雪盖在整片花园里,一眼望过去,有攫住人呼吸的静谧感,叫人小心翼翼地喘息,小心翼翼地欣赏。

司月只坐了小一会儿,季岑风不让她多在外面待。

一年的最后一天,两人待在家里。

吃午饭、看书、吃晚饭、看电影。

入夜,雪又下起来了。

司月窝在季岑风的怀里,这一刻叫她觉得圆满。两块奇形怪状的石头能严丝合缝地对上的那种圆满,插不进其他的任何东西,也找不到任何一处缝隙。

外面纷纷扬扬地下着大雪,家里温暖如春。

跨年钟声响起的那一刻,司月肚子疼了。

小姑娘出生的时候,没叫司月吃什么苦头。

一针无痛下去,司月还叫司机回家取了趟书。季岑风在旁边坐立难安,难得见他如此不镇定的模样。

"你晃得我眼花。"司月目光从书里抬起来看他。

季岑风西装解开,两手叉在腰上看她,一副不敢相信却又不得不信的模样。刚刚还痛得脸色惨白的司月,此刻还有闲心看书。他心上好像有几百只蚂蚁密密地爬过,根本坐不下来。

"打过止痛针就不痛啦。"司月朝他招招手,"你要不要去隔壁睡一会儿,医生说还要等等,我怕你困了。"

季岑风大步上前握住司月的手:"我现在坐都坐不下来,你叫我去隔壁睡觉?"

他眉毛皱起,就连握着司月的手都紧了几分。

半晌,他仍不确定:"真的不那么疼了吗?"

季岑风哪能不知道,止痛针下去就该不那么痛了。但是司月刚刚惨白的脸色一直在他眼前浮现,好似痛在他身上一般,叫他没办法心安理得地告诉自己,她现在已经不痛了。

"真的。"司月把书放下,看了他一眼,"要是你睡不着就陪我说说话吧。"

季岑风垂眸看着她:"算了,你看书吧,医生叫你保留体力。"

司月眼角柔和:"那你坐在我旁边陪我看书吧。"

男人不易察觉地呼了口气,搬了凳子过来:"好。"

哪里是看书呢,季岑风没几分钟就要问问司月好不好,痛不痛。

司月十分钟才将将翻了一页纸,好在后来她实在是太困了,偎着季岑风的肩膀睡了过去。

凌晨四点的时候,阵痛逐渐规律。

司月从隐痛的颤抖里醒来,睁眼的一瞬间,季岑风看见她眼眸里有薄薄的水光。

"是不是疼得厉害?"他整个人紧张到极点,大步就去找了医生。

司月嘴巴张了一下,却很快就被这阵痛感席卷,再也说不出多余的话。

季司颜出生的时候,据说是那家医院当年的第一个小宝宝,医生护士在季岑风的允许下还抱着她拍了一张照片。

司月生产的时候脱了力,医生把宝宝抱到她身上靠了一会儿,就先带出去了。

她昏昏沉沉地睡了过去,身子坠在浓稠而又黑暗的深海里,什么东西推着她静静地前行。朦胧不清的前方,有一只手紧紧地握住了她。

司月被突如其来的余痛刺醒,看见了坐在她床头的季岑风,一双皱起的眉,面色低沉,却在看见她睁眼的瞬间,又一次紧紧握住了她的手。

"司月。"季岑风声音微哑,连大声说话都不敢,半个身子倾过来,伸手去摸她的脸颊。

司月微微偏头看着他,静静地流下了一滴泪。

"我们就生一个,以后都不生了。"季岑风动作异常缓慢而又坚定地帮她擦去眼泪。

罕见地,他手脚如此冰凉,在这样温暖的病房里。

司月抓住了他的手,放在了自己的脸侧,声音虽然还很小,却并不飘忽:"岑风,我不是因为疼才哭的。"

她眼睛渐渐地泛起了一层薄雾,似乎是想到了什么:"岑风,我有没有和你讲过,失去我们的第一个孩子之后,我一直有做一个梦。"

季岑风身子定在原地,听她讲道:"一个穿着白裙子的小姑娘,走在我曾经走过的沼泽地里。她站得离我很远,不肯和我说话。

"很长一段时间,我分不清,那个小姑娘到底是我和你错过的孩子,还是那个过去的我。

"她不肯和我说话,不肯看我一眼。"

司月哽咽了一下,一滴眼泪滚落季岑风的手背,他手臂收紧:"……司月。"

"岑风,"司月忍着泪朝他轻轻笑了一下,"但是昨天晚上我看书睡着之后,有一种强烈的释然。"

"像是失而复得,像是过去的那次意外终于被重新填补和原谅。"她声音发颤,眼圈越发酸胀。

随后她半撑着身子想要坐起来，季岑风上前把她轻轻抱在怀里。

她靠在他的胸前，听得见他如雷的心跳。

司月泪流满面，偎在他的怀里。

那些结痂的旧伤，本被存放在永久遗忘的角落里。可这个孩子的到来，叫司月重新获得彻底愈合的权利。

季岑风胸口克制地起伏着，双手仍紧紧地抱着司月："司月，你现在不要太激动。"

一阵锥心的痛感从季岑风的心脏迅速蔓延，他身子僵硬而又冰冷，再也说不出更多的话，只能先稳着司月。

"司月，先不想这件事了，我们先睡一会儿好不好。"季岑风声音低低地落在司月的耳畔，双手捧着她的脸颊，去吻她的眼泪。

她瘦弱的身子不住地颤抖着，情绪犹如汹涌的潮水，一阵一阵无可抑制地袭上她的心头。

季岑风只能将她抱紧，双手一遍又一遍地去抚摸，平复她的情绪。

痛快的哭声、间断的抽泣，到最后低低的呓语，司月终于再也撑不住，沉沉地在他的肩头睡了过去。

医生和护士又进来检查了司月的情况，问他要不要去看看孩子，司月这边现在有人可以照顾。

季岑风看了睡去的司月一眼，点了点头："去看看。"

他在孩子那里只待了一刻钟，孩子很小，被稳妥地放在保温箱里。

安静的房间里，他呼吸似被堵塞，胸口肿胀难忍，最后一个人走出了医院。

凌晨五点半，M国还没有醒来。

季岑风外套落在了病房的沙发上，却没有半分意愿再上去取它。似乎是感觉不到冷，季岑风站在这条空旷的街道边，望着透不出一点光的天边。

寒冷浸染了他的身子，他伸手摸了一下口袋。

没有烟。

自从司月怀孕之后，他就不在身上带烟了。之前还去公司的时候，他偶尔才会在午休的时候抽一根。

眼下，他心里有种难言的情绪。

季岑风不敢信，他不信这世界上有这样的圆满，他不信这圆满会落在他的头上。

他何德何能，已经拥有了司月，怎么还敢再去奢求拥有孩子的圆满。

一阵冷风"猎猎"地吹过他的脸颊，他单薄的白衬衫紧贴那具绷紧的身子。猛地一个激灵，他才想起自己为何留下司月一个人。

季岑风深深地吸了一口气，转身大步走进了医院。

病房里，司月已经沉沉地睡去，他在旁边又陪了一个小时。最后，鬼使神差地，季岑风站起了身子，一个人又去了阿颜的房间。

保温箱里，她还和刚刚一样，小到他甚至不知道怎么去抱的身子紧紧地蜷缩在一起。

他怔怔地站在那里，一动不动地看着她。

陌生而又无法控制的情绪，他得不到任何来自那个孩子的反馈。到底是不是她，那些话到底算不算得上是真。

司月沉沉睡去的这个早上，季岑风陷入了无法理清的混沌情绪里。他不敢去轻易相信这份圆满，却又那样矛盾地放不下。

房间里，寂静根植在人的耳朵里。

极其细微的一声哭喊——季岑风看见孩子醒了过来。

她一双黑亮的眼睛睁开，朝他"笑"了一下。

轻轻一击，击中男人的心脏。

季岑风耳边轰然。

他手指抚在透明的玻璃罩上，所有混沌情绪在这一刻被击碎湮灭。

季岑风心口微微发颤，他知道，司月今天许他的这份圆满——他要定了。

季司颜刚出生的时候，脸被羊水泡得皱在一起，头发稀少，贴在头皮上实在说不上好看。

季岑风看着在医院拍的那张照片，左右找不出半分自己的影子，带回家养了两个月，终于才露出了白嫩的小脸。脸型和嘴巴都像司月，眼睛鼻子却很像季岑风。

"应该不用验DNA能确定是你女儿？"司月调侃他。

季岑风哼笑两声，抱着季司颜："我还真没兄弟，这么像我，肯定是我的。"

司月看着他手法娴熟地抱着小丫头，抿嘴低笑："我不和你说了，我要出门了。"

生完季司颜后的一个月，司月的身体基本就恢复到和从前差不多了。然后就在医生的建议下去做了产后修复。

做了一阵子结束之后，她又喜欢上了做普拉提，每天下午抽两个小时去，请家里的阿姨帮忙看着季司颜。

"等我，我去换下衣服。"季岑风把季司颜递给了身边的阿姨，然后牵着司月往卧室走。

"你今天要陪我去吗？不是下午还要去公司吗？"

季岑风把她带进衣帽间，伸手去拿干净衬衫："不想去了，今天就想陪你。"

"不会无聊吗？"司月抬眼去看他。他已经换了一件白色衬衫，正低头扣纽扣。

"我来吧。"司月伸手接过他的活。

季岑风也就松手，两只手落在司月身后的桌沿，身子微微下弯，懒散地低头靠在她的发间。

温热的气息洒在她的头顶，慢慢又下移，落在耳后。

司月怕痒，笑着往旁边移，伸手拍他胸膛："别乱动。"

季岑风这才又乖乖站好，两只手却慢慢地抚上了她的腰，轻薄棉质睡裙揉起层层褶皱，他目光下移，又是喜欢又是疑惑地问："怎么还是和以前一样细？"

司月终于把他最后一个扣子扣好，一手去推他："缠了腹带那么久，怎么能没一点用。"

男人低缓的气息层层将她笼罩，不肯就这样放她走。

司月双手搭在他的肩膀上，推又推不开，只能仰着身子往后让，却又正合他的心意，整个人靠上前，叫她无处可逃。

"是不是可以了？"季岑风低沉的声音响起，他抬头去看司月。

司月身子不自觉地抖了一下，连她自己都惊讶于自己的反应。

一瞬间，她脸色烧红。

季岑风狎昵地轻笑了一声。

"你也想要的，是吗？"他说着就要把司月抱起来。

双脚快要离地，司月这才从他的重重蛊惑里抽回神，推着他的肩膀落了地，有些着急地说道："不行，我约了普拉提课！"

她面色红润,眼眸分明也有几分水光,竟还能忍得住要去上那普拉提课。

季岑风心里的痒意抑制着朝外发散,动作还算克制,咬牙问她:"旷一天课不行吗?"

司月被他揽在怀里,气息被她竭力稳着,深呼吸一口气,几分求饶:"不行,今天第二次去,而且一对一,我不想叫人家落空。"

她伸手去摸了摸季岑风的脸颊,温度有片刻的灼意,好像一片燃烧的纸,蔓延到她的指尖。

司月心一跳,嘟囔道:"晚上,回家……试试吧。"她语气有些吞吐,脸埋到了季岑风的胸口。

分明也不是第一次了,只是隔了这么久,有种莫名的羞意,又有种说不出的期待。杂糅在司月的心里,她不敢去看季岑风的眼睛,怕被他笑话。

"那说好了。"谁知道季岑风一口就应下了,松手放了司月自由,转身就去帮她拿衣服,语气淡定,"穿什么出门,我去帮你拿。"

司月第一次上课的时候,季岑风那时开会,请了司机送。这次算是他第一次来看司月做普拉提。

宽敞的普拉提教室里摆了不少木质的器材,奇形怪状,他倒是没见过。

一个穿着瑜伽服的老师正坐在一侧的沙发上,和季岑风一起等司月换瑜伽服。

没一会儿,司月就换好了衣服出来。

她穿一件浅粉吊带上衣,弹性极好的瑜伽服勾勒出起伏的线条,简单而又干净的款式,下摆结束在白皙的腰际,下身是一条灰色七分瑜伽裤,走起路来,整个人修长而又轻盈。

季岑风坐在沙发上,思绪恍了片刻。直到司月走到他面前他才回神。

"发什么呆?"司月笑着拉了拉他衣袖,"我问你呢,要不要先回去,我这边要两个小时呢,很无聊的。"

季岑风抬眸看着她,头发也束起来了,眼睛里像一把洒在湖面的金子,笑起来格外明亮。

"练两个小时,这么辛苦。"三分揶揄的调笑,他伸手去拉司月,抚她纤瘦的手指,望着她。

"我说真的,"司月抽手出来,"你今天送也送了,早点回去吧,不用等我。"

"等你。"两个字,没有迟疑。

司月"噗"地轻笑了出来:"那季先生随意。"

凝着蜜的,叫人心痒的声音。

司月也就没再管他,跟着老师练了起来。

季岑风坐在沙发里,两只手放在扶手上,认真地看着司月。

纤长的四肢架在木质的器材上,身子控制着平衡去维持一个又一个动作。

极度认真。

叫季岑风看了都有几分吃味,她多久没这样把一整段时间放在他身上了。

虽然说季司颜有家里两个阿姨带着,但是司月大部分时间都是能自己带就自己带。每天晚上回到卧室后,时不时还想出去再看一眼。留给他的时间,总之都是零星的,间断的,时不时还要被季司颜的一声哭拿走。

季岑风双手交叠,面色沉凝。

反正,就是没什么完整的、专注的、只属于他的时间。

司月这节课上了一个小时,最后还是和老师商量了下,提前走了。她偷摸看了季岑风几眼,虽然男人嘴上没说一句,但是她也不忍心真叫他在这里干坐两小时。

"走了。"司月解开手套,去叫季岑风。

"不练了?"季岑风站起身子,跟着她往更衣室去。

"嗯,怕你等太久,"司月推开更衣室的门,"不忍心。"

季岑风低低地笑了起来,反手去关门。

司月打开柜子,甚至没去看后面,就说道:"不行。"

季岑风伸出的手生生被她拍下。

司月转过身子,轻推他靠过来的胸膛,小声警告他:"季先生,更衣室!不行!"

季岑风垂眸看着她的衣领,问她:"你上节课也穿的这个?"

司月仰起头,同他目光相接:"季先生现在连穿什么衣服都要管我吗?"

她身上有刚刚运动完的热意,蒸散着将她的气息送进季岑风的鼻间。

他低头去嗅:"不管你,你想穿什么穿什么。"

"就是随口问问。"

一副清白公正的模样,叫司月笑出声:"行了,我要换衣服了。"

"就套个外套吧,里面的回家再换。"季岑风伸手去拿她的外套,"反正本来也能穿出门。"

"你赶时间要回公司是吗？"司月以为他有事。

季岑风也没否认："伸手。"

他说着帮司月穿上了外套，两人一前一后下了楼。

季岑风的车就停在路边，司月上了车后，他就开了空调。座椅慢慢升了温，很是叫人舒服。

司月打了个电话问了家里的情况，季司颜睡着了。阿姨还给她发了视频和照片，司月低着头看了半天，脸上笑意盈盈。

季司颜最好的一点，就是不那么闹人，吃饱了就睡，睡醒了继续吃。她很少会"哇哇"大哭，没怎么让司月头疼过。

司月低头看了好一会儿，再抬头的时候，却发现不是回家的路。

"岑风？"她转头过去。

季岑风脱了外套放在后座上，此时只穿了一件单薄的白衬衫，袖口上卷至小臂，露出一截修长有力的肌肉。

他目视前方，声音沉稳："马上就到了。"

"我们去哪里？"司月看着前面的路，已经有些偏远了，旁边都没什么车来往。

"到了就知道了。"季岑风伸手摸了下司月的头，然后便又开始加速。

司月一路看着公路和高楼后退，慢慢地两侧变成了广阔的草地，最后车子转弯进入了一片围着栅栏的小庄园。

纯白色的绵延矮栅栏圈出了一片宽阔的草地，草坪像是被人精心修剪过，很是整齐。四周没有其他的屋子，只有中间立了一幢白色的小别墅。双层加尖顶的小阁楼，很有美式乡村的调子。

只是大门紧闭，窗户和门口的建筑材料还没有完全清理干净，看起来像是刚竣工不久，还没来得及收拾。

季岑风在别墅的旁边停了车。

司月有些惊讶地看着他："你什么时候又买的房子？"

季岑风低头，手指在她肩头摩挲："前段时间，觉得乡下安静，没事的时候可以过来住一住。"

"怎么没告诉我？"

"想给你个惊喜的，没想到今天派上了用场。"他语气里还有几分惋惜，转念又说，"不过今天也算是惊喜。"

司月被他逗笑，伸手去抚他脸颊。见他不防备，她抬头对着他的下颌轻咬了一口。

"咬重点。"季岑风捏她下巴叫她再咬。

司月不从，他直接低头又吻了下来。

与开始时不同，这一次，他带着十足的耐心，慢慢碾磨。

手指按在一侧的按钮上，后侧的车窗又合上了。一方无人打扰的空间，盛满痴迷与沉醉的海水。

他伸手抚上司月的后背，这一次，他不遗余力。

季司颜七个月的时候，司月和季岑风搬回了黎京。M 国家里收拾完东西的最后一晚，季司颜被阿姨带去了房里睡觉。

司月和季岑风两个人坐在花园里，夜色好似沉淀的雾青，清晰而浓郁地落在看不见尽头的天边。花园里有带着凉意的玫瑰花香，浮在月色流动的长河里。司月穿着一条浅黄色睡裙，靠在季岑风的身边。他身上温热，有淡淡的冷松木香。

"以后我们可以每年都回来住。"司月看着天上的月亮说道。

季岑风伸手将她搂住，手指摩挲在她圆润而又纤瘦的肩头，低声"嗯"道，喊她名字："司月。"

他垂了眉眼去看她，黑亮的头发温柔地落在肩后，眼眸里有月光。好像最开始的时候，他看见她，眼里有泪光。

总是那么莹亮，总是让人心动。

司月转过头去，笑得眼睛眯起："你要说什么？"

季岑风看着她也笑了笑，指腹摸了摸她下巴，问她："我们结婚快三年了，就想问问你，后不后悔？"

"后悔了你会和我离婚吗？"

季岑风眉尾轻挑了下，轻描淡写道："不会。"

"那你问我干吗？"司月笑着靠在他胸口。

季岑风不甚满意地把头低下来，语气有几分威慑意味，脸上倒还是笑着又说："就是问问，有什么不满意尽管提，我好改正。"

"真的？"

季岑风一听，笑意敛了去，又半信半疑地问："真有不满意的？"

司月一本正经地点了点头："就想问问以后我可以一周和阿颜睡五天吗？分你两天？"

季岑风看着她。

"嗯？"司月手臂推推他。

季岑风忽然轻笑了一声，回道："司月，你说独立这个品质是不是要从小培养？"

司月和季岑风带着季司颜回到黎京的时候，家里已经重新找了两个阿姨，虽然都是生面孔，但是好在介绍的人靠谱，阿姨做事很是认真，很快帮着把家里的一切安置妥当。

回到黎京后的第二天，司月喊了李水琴和司洵来吃饭。

在M国的两年里，只有司月和季岑风过年回去的时候能见见他们，李水琴这两年病情控制得也挺好，司洵在那个咖啡店算是安稳下来了，也没有再频繁地换工作。

下午李水琴和司洵到的时候，季司颜正开始午睡。司月从阿颜房间出来，看见阿姨在楼下已经开门了。

李水琴一只手上拎了一大袋东西，司洵手上拎了三袋。

"妈。"司月小步下了楼赶紧去帮忙，接过李水琴手里的东西，让她走路也方便点，"都说了不用准备东西，你们怪麻烦的。"

"没事，反正我在家里闲着也是闲着，前段时间包的包子还有做的一些腊肉都在这边了。"李水琴一边朝里面走着，一边问，"阿颜呢？"

"去楼上睡了。"司月把东西交给阿姨。

"那我先上楼去看看。"李水琴说着就往楼上去了。

"好。"

司月看着李水琴上了楼，才发现司洵还站在客厅。大半年没见了，又有种长大了的感觉，他眼神里没了那些飘忽不定的东西，傻笑地看着自己。

"姐。"司洵出声，挠了挠头，"你最近过得还好吗？"

司月心头有种酸涩的欣慰，很难说到底是什么，只是觉得这个司洵比从前好了，就很好。

她伸手拍了拍司洵的头："很好，你呢？"

司洵咧开嘴笑了起来:"挺好的,姐夫把那个店给我了。"

"我知道,你好好弄,不比你从前瞎折腾赚得少。"

"嗯,知道。"司洵顿了下,又说道,"姐,我想结婚了。"

司月眼睛微微瞪圆,随即惊喜地问道:"是你店里那个小姑娘吗?"

司洵点了两下头,又"嘿嘿"笑了起来。

"怪不得这两年肯安稳下来不折腾了,原来心里有人了。"司月拉着他往沙发上坐。

司洵点点头,又摇摇头:"也不是,一开始我也不想在那里长做的。"

他四下看了看,声音压低问司月:"姐夫不在家吧。"

"他去公司了还没回。"司月看他一副鬼鬼祟祟的模样,不禁笑起来,"干吗,你要说他坏话啊?"

司洵也跟着笑了起来,摸摸鼻子:"其实最开始我在那咖啡店做了一段时间,好几次不想干了就溜了,是姐夫把我捉回去的。"

"捉回去?"司月皱眉,"他亲自过去捉你的?"

"不是,"司洵摇摇头,"他找的'小混混'。"

季岑风晚上回来的时候,正巧季司颜醒了,一家人热热闹闹地吃了晚饭。

司洵在季岑风面前极为乖巧,问什么答什么,临走前还给季司颜塞了个红包。司月不要,李水琴说好歹是家里的心意,司月才收下。

两人走后,阿姨就带着季司颜去洗澡了。

司月跟着季岑风回了卧室。

他脱了衬衫往浴室去,司月跟在他后面,笑着问他:"你怎么没跟我讲过你还和'黑社会'有交情啊?"

季岑风解着衣袖纽扣,笑着看她:"谁跟你乱说的?"

司月把司洵下午和她说的告诉了他。

季岑风这才想起来,眉眼微微扬起,语气轻快:"不是什么'小混混',一些朋友而已。"

司月假装淡定地"哦"一声:"季先生找了些'小混混'去吓司洵,亏你想得出。"

"没办法。"季岑风好似真的无奈,语气淡淡,"你弟弟我不太好管,唯一记得的,是他挺怕被打的。不过只是吓唬他而已,没动真格。"

司月一时语滞，憋了半响才笑了出来，眼睛弯成一弯月亮，有轻快的情绪溢出。

"藏得真好，一点没告诉我。"

季岑风把她抱在身前："在你面前，我保持守法公民的好形象。"

随后，他又问："守法公民值得你亲一下吗？"他面色极度正经，仿佛在做什么工作面试。

司月轻哼一声："不行。"

季岑风低低地笑了一声，不管不顾地直接亲了下去。

季司颜一岁的时候，司月和季岑风一起去了一趟东问国。

之前她和阿风一直都有电话联系，知道阿风一直在念书，也知道阿野盘下了一家水果店，现在家里日子过得比从前好了。

飞机降落东问国机场的时候，多年前的那次离开，被机场外的那股热浪卷袭着朝司月的心头袭来，她克制不住地和季岑风讲着，她当时在哪里等车，在哪里下车，又是在哪里发现自己钱包和手机被偷的。

季岑风全程面无表情地听着，时不时哼笑几声，很是没有一个合格倾听者应有的热烈反应。

司月推推他胳膊："季先生今天好冷漠哦！我和你分享我第一次来的感受你都不给我回应。"

季岑风偏头看看她，冷笑两声："你要是没来这个地方，说不定季司颜都三岁了。"

司月也不甘示弱，认真地和他分析："我要是没来这个地方，季先生也不会以为我没了，也不会低下头来找我，也不会有季司颜哦。"

季岑风脸上仍是笑着，声音里透着威胁的意味："是吗？看来这地方真不是什么好地方，你一来就开始跟我算旧账了？"

"季先生无理取闹。"司月忍着笑，知道这里给他留的回忆可能真的不那么好，又软下调子哄他，"就当来旅游嘛。"

"旅游还得见见小情敌？"

司月愣了一下，惊讶于他这人如此小肚鸡肠："这都多少年前没底的事了，你还记得？"

季岑风咬牙笑笑："谁叫我记忆力好呢。"

两人还是住在了野风旅馆。几年过去，这里倒是没怎么变，只是当时司月住的那间屋子里，墙面重新刷了一遍，看不到从前那些发霉的印记了。

阿风如今长高了不少，脸蛋圆圆的，一看到司月就飞奔着扑了上来，两眼一弯，嘴巴一撇，就哭了出来，两只手将她腰抱紧，久久也不肯松。

司月哭笑不得，最后只能任由她抱了老半天。

小姑娘又哭又笑的，最后自己也不好意思地松了手，领着司月和季岑风上楼放了行李。

野风旅馆他们没有再开了，一是本来也赚不到什么钱，二是现在家里没人能一直待在这里看着了。

只是楼上房间还在，所以司月和季岑风也就住了进来。

"我哥这两天去南边进货了，要过段时间才回来。"阿风给他们送了点水果上来，"姐姐你们先休息，下午我带你们出去逛逛。"

"谢谢。"季岑风走到门口接过来，拍了拍阿风的头。不知怎的，他想到季司颜长大后，会不会也是这副模样，一种异样的喜悦涌在他的心头，脸上都不自觉地扬了几分笑意。

关上门，把水果放在桌上，季岑风站在小小的屋子中央，上下左右又打量了一番。他身形高大，狭小的屋子里，有无可忽视的存在感。

司月刚从洗手间出来，就看见他四处打量的模样，不禁觉得好笑："看什么呢？"

她刚洗过手，皮肤微凉，走过去贴在季岑风脸上。

季岑风偏头压实这触感，声音感慨："上次来睡地上，这次应该可以睡床上了。"

司月眉眼笑起，往他身前凑："地上不好睡吧？"

季岑风垂眸看着她，忽地嘴角勾起："和你一起，或许感觉会不一样。"

两人在屋子里收拾了下行李，下午就跟着阿风出去了。镇上没有什么太大的变化，阿风带着两人去了阿野新盘下的那家水果店。店面不大，但是东西齐全，紧挨着附近一家医院，人流量很是不错。

三个人在那附近又逛了逛，司月就叫阿风先回了家，她和季岑风打算去亚超买点东西再回去。两人在路边拦了一辆小车，去了镇上唯一一家华人超市。

季岑风下车付钱的时候,听见司月说:"关于这个超市,我还有一个小故事。"

季岑风瞥了她一眼,又看了看这超市:"这边也有你什么弟弟吗?"

司月语塞,随即拍他手臂,笑骂:"我哪有那么多弟弟!"

他把钱包收好,一把将人揽到身边:"那你和我说说,这间超市你又有什么故事?"

司月跟着他一起往里面去,敛了敛笑意,还真有些触景生情,语气都低了两分:"我那时候就是在这家超市门前决定要和你分开的。"

她话说完,有些小心翼翼地去看季岑风脸色。

没想到他没什么大情绪,淡淡地应了一声:"为什么?"

司月小小地松了口气,笑着说道:"没什么具体的原因,只是碰巧是在这间超市而已。"

他还是没什么大动静,伸手往推车里丢了两袋肉。最后结账的时候,季岑风让司月先去路边等车。

司月站在路口,这里还是和从前一样很少有车经过。她一边看着路上的车,一边去看季岑风。

结账结了好半天,他又和那店员不知道说了什么。最后那店员还写了张字条递给了季岑风。

司月不解,小步往超市里去,正迎面碰上拎着东西出来的男人。

"勾搭小姑娘啦?"她笑眯眯地问他,"给你写了电话号码是不是?"

季岑风嘴唇勾起,笑意凉凉:"这么聪明呢。"

"拿来看看?"

季岑风也不怯,把字条递给了司月。

司月一展开,真是一串电话号码,她转过头去看季岑风。

男人一脸无畏,把司月脸边的碎发撩至耳后,语气平缓:"要了个老板电话,问问这家店卖不卖。"

司月:"……你要买了在这儿做生意?"

季岑风道:"不,我要买了然后让它倒闭。"

司月半晌才憋出一句:"什么暴发户行为?"

季岑风轻轻笑了起来,去牵她手:"别这么说我,我有文化。"又加上一句,"而且还守法。"

季司颜七岁以前的英文名叫 Lucky，小姐妹一喊她这个名字，季司颜哪怕在十公里外也要大喊一声"到"，然后冲过去。

无他，就是因为她这个英文名比旁人随便取的那些，多了一小段故事。

季司颜问司月："Lucky 是什么意思？"

"就是幸运，阿颜你很 lucky，很幸运，也是爸爸妈妈的幸运。"

由此，季司颜就决定把这个单词用作自己的英文名，并且强迫她的所有朋友都喊她这个名字。

直到八岁的时候。

那天季司颜的学校组织去动物园，观看狗狗表演，一只叫 Lucky 的腊肠狗获得全场最佳表演奖。

那天之后，季司颜再也不准别人叫她 Lucky，谁叫咬谁的那种。

季岑风有次不小心又叫了她这英文名，小姑娘站在他背后半天没说话。

他有些纳闷地转过身去，一看，小姑娘双目瞪圆，正原地蓄力，然后一个弹跳，冲到了季岑风的怀里。

季岑风一手赶紧把她接住，还没来得及反应，就被她抬头咬了一口，正咬在下颌，用了八分的力气。倒是没破相，只是印子一时半会儿消不下去。

季岑风心头冒火，却居然发不出来，盯着季司颜问她为什么乱咬人。

季司颜又气又委屈，两眼闪现泪花，喊道："谁叫你喊我 Lucky！Lucky 是条狗啊！"

十周年结婚纪念日那天，季岑风带着司月去了当年他求婚的地方。但是那间旅馆由于经营不善已经倒闭，他们在山下重新找了一家酒店。

早上四点的时候起了床，季岑风穿了司月给他买的那件深蓝色绣暗金线的西装，内里搭一件简单的白色衬衫，整个人有种说不出的挺拔。

司月后来也给他买过不少衣服，但是季岑风对这件最珍惜，说是她送给他的第一件西装，他很喜欢。

两人牵着手走出酒店的时候，天还完全黑着。季岑风取了车，带着司月往山上去。

一路曲折绵延，零星的灯光烘着安静而又温暖的气息。汽车在无人的路上缓慢前行，司月微微闭着眼，心情像是一片柔软的纸张，静静地展开。

很快车子就到了山顶，原先放置着帐篷的地方变成了更加开阔的空地，他们找了个车位停了车。

"冷不冷？"季岑风拉了手刹，偏头问司月。

司月摇摇头："下车吧。"

"好。"

两人从后备厢拿出了两把折叠椅，然后坐在了悬崖的不远处。地上放了一个灯光微弱的手电筒，光亮照不出这片幽黑的悬崖，只照亮在他们的脚边。

一张温暖的羊毛毯，围在两个人的身边。司月偎在季岑风的怀里，被他身上的气息萦绕。

当她靠在季岑风身上的时候，就会有一种闭上眼睛，也不会觉得心慌的安定感。

耳边有轻微的风声。山间清冷的潮气扑在人的脸颊上。

她微微偏头，他就知她心意。

他低头，同她安静地接吻。

黑暗里，他们闭着眼，无声地厮磨在一个绵长而又心潮涌起的亲吻里。

不远处的天边，不知何时露出了一丝金色的光，遥远而又朦胧地穿破了这层浓重的黑暗。

司月笑了起来，转头去看天边。

逐渐有更多的光线千丝万缕地泄出，慢慢汇聚成一片明亮的晨辉。

"你那时也看到日出了吧？"司月没回头，问他。

季岑风偏头在她发间吻了一下，轻声道："嗯。"

"以后，都能两个人看了。"

"嗯。"

司月把手伸到他颈侧，温热的皮肤，感受得到沉稳的脉动。

"岑风。"

"嗯？"

"你说，我们下辈子还会遇见吗？"司月转过头。

暖黄的朝阳里，她眉眼一如多年前，澄澈、平静。悬崖边，无声起了风，吹起她的发梢。

更多的阳光穿破厚重的云层，漫长的相视间，季岑风说道："会，会比这辈子更早遇见。"

"小时候我就住在你家隔壁,看着你长大。

"你一到年纪,我们就结婚。"

司月眼角笑起,柔软而又长情的心底,泛起清澈的涟漪。

片刻,她思绪回笼,两手挽住季岑风的胳膊。天边的太阳升了,云雾翻腾着落入了下一个山头。

她声音很轻:"岑风,那你答应我。如果,我说如果。

"如果,有一天,我先走了。你不要和上次一样,好不好?"

她目光久久地看着明亮的远方,云雾很轻,缠绕在翠峦叠嶂的山间。

有风穿过他们的身边,季岑风把羊毛毯裹紧她,低低地回道:"好,我答应你。"

司月笑着转过了头,轻轻地在他额间落了一个吻。

很多很多年后,季岑风都没忘记那天司月给他的承诺。

她说:"岑风,那我们说好了。

"下辈子我们早点相遇。

"我还想和你做夫妻。"

十二月初,芬兰进入极夜。

拉普兰北边的小木屋里,一个约莫三十岁的女人支着画架在画画。不大的木屋里,有"噼里啪啦"的柴火声。

时不时有火星炸裂飞出,落在铁铸的栏杆里。

她头发有些凌乱地扎在后面,手上的画笔起起落落。一幅本快完成的画作,此刻落下了好几处犹豫的画笔。

不知从何开始,季司颜开始烦躁。

"走吗?车子来了。"林琛推着行李箱从卧室里出来,顺便拿了季司颜的外套,"画不下去就别画了。"

"谁说画不下去的。"季司颜身子没动,画笔狠狠地戳向了画布,一摊飞溅的颜料,好像她此刻的心情。

怎么可能还坐得下去。

她"砰"地把画笔丢进了盒子里,然后去接了林琛手里的大衣。

林琛一句话没说,帮她拉上了拉链:"走了,司颜。"

季司颜没说话,率先走出了屋子。铺天盖地的寒冷兜头朝季司颜袭来,她站在漆黑的夜幕下，定睛去看那淡绿色的极夜光带。

迷幻的，带着摄人魂魄的涌动。

冷风卷起季司颜的头发，她身子开始微微发抖。林琛从后抱住她，声音有片刻的不忍："司颜，我们回家了。"

黎京时间下午三点，飞机降落黎京国际机场。

林琛取了车，带着季司颜回了家。

家里只有李阿姨在，她看见季司颜的车回来，连忙出门迎接。外面寒意深重，季司颜的脸颊像被冰封般麻木，没有一丝表情。

李阿姨还没开口，看见季司颜的瞬间就红了眼眶，拉着她的手臂往家里走，嘴里念念有词："回来了，回来了。"

季司颜朝李阿姨点了点头，想开口，嗓子却是长时间未说话的干哑。她嘴唇翕动了两下，终究还是没说话。

"安排了下午五点去，你和林先生先回房间休息一下，我给你们弄点吃的。"李阿姨低头揩泪，转身去拿林琛手里的箱子。

"不用了，阿姨，我拎上去就行。"林琛拍了拍李阿姨的肩，叫她先去做事，不用管他们。

"先上楼吧，司颜。"林琛揽住季司颜的肩膀，想叫她往楼上去。

季司颜却好像和谁较劲一般定定地站在原地，她抬起头看着楼上的那个卧室，怎么也不肯走。

十几个小时的颠簸，她脸上没了平时精致明艳的妆容，衣服是走的时候林琛给她拿的外套，裤子也不是对应的款式。

头发从下了飞机后就没有重新梳过，一团扎在后面，落下好多根碎发。

这不是季司颜。

这不是那个痛经痛到手抖，吞两颗止痛药也要在冬天穿裙子的季司颜，这不是那个被老师拎着衣领拖到门外罚站还要整理装容的季司颜。

她性格乖张而又明丽，再落魄的场合里也不肯叫自己掉一分面子。

可她如今站在这台阶下面，却没有冲回自己的房间去换任何的衣服。她只是狠狠地盯着旁边那个关上房门的卧室，没有再说一句话。

身后，林琛一直没有催她。他把行李箱放在一边，静静地等着司颜。他们已经两个月没有回黎京了，上一次出发去芬兰的时候，季司颜和季岑风大吵了一架。

那天晚上季司颜怒气冲冲地回了他们的住处,林琛一直知道,季司颜的母亲去世之后,她父亲的脾气变得很差,季司颜偏偏也是个暴躁脾气,两人吵架也不是一次两次。

可是那天晚上,他看到季司颜一个人躲在公寓的洗手间里号啕大哭。季司颜不是个常哭的女人,林琛从前喜欢上她,就是喜欢她自信而又不服输的劲。因为季司颜有这个资本,她有千金散尽还复来的底气,也有骄傲恣意不服输的自信。

林琛后来知道,这一切都是来自于她的家庭。那对站在她身后的父母,以一种潜移默化的方式,教养出了这么一个有底气的女人。

从前她母亲还在的时候,季司颜常常和林琛抱怨,她父亲有多么偏心,为她能付出的真心,比不上为母亲能付出的万分之一。可她是那样娇嗔而又骄傲地同林琛抱怨,语气里从来都是一种不慌张的自嘲。

林琛第一次见到季岑风的时候,才知道季司颜同他说的一点也不夸张。那个男人对于司月的偏爱,胜过了世界上的所有,所以当司月还在的时候,那份偏爱是季司颜心头的甜如蜜。

而从司月去世的那一秒开始,那份偏爱变成了季司颜的心头刀,一把插在季岑风心上的刀,一把插在季司颜心上的刀。

她小心翼翼地去照顾着季岑风的情绪,推了一整年的画展要留在黎京陪季岑风,最后落下句:"我不会去死,我答应你妈妈了。"

季司颜那时候才知道,她那样小心地、心疼地陪着的那个人,原来想要抛下她,和妈妈一起走。

那一刻,同样失去了亲人的季司颜感受到了一种极端的分裂。从前随口可说的父亲的偏爱,在非此即彼的如今,变成了赤裸裸的选择。

而季岑风选择司月。

他不去死,只是因为答应了司月。

母亲去世的半年后,季司颜再也忍不住回了林琛的住处。这半年里,她为母亲不知哭过了多少个夜晚。

那天晚上她却躲在林琛的怀里,为自己流了泪。

一直那样有底气的季司颜第一次那样伤心地问着林琛:"我难道不值得吗?我难道不值得我爸爸为了我活下来吗?"

林琛把她紧紧地抱在怀里，无言以对。他从小失去了父母，从小就没有一切。这个拥有着他曾经最羡慕的所有的女人，此刻却这样脆弱地问他，她为何不值得？

　　林琛很难回答。从见到季司颜父亲的第一面起，他就知道这个男人性格里有些偏执。只不过被她的母亲一直把控得很好，才得以让季司颜这样快乐顺利地成长。

　　可是司月去世的这半年里，就连林琛也那样明显地察觉到，曾经可以同他们这些晚辈一起喝茶闲谈的男人，在一瞬间开始变得失控。

　　最开始，他不再外出，季司颜理解，陪着他在家里。

　　后来，他常常留在自己的房间里，季司颜想陪他出门走走，被他反问："我为什么要一个人出门？"

　　再后来，听李阿姨讲，他喜欢半夜坐在湖边的椅子上，一个人坐到第二天早上，就望着湖水，什么也不做。最后，季司颜和他大吵了一架，问他这个样子，要怎么重新开始生活。

　　季岑风抬眼看她，看这个和司月模样如此相似的女儿，告诉她："我不会去死，我答应你妈妈了。"

　　季司颜彻底崩溃，离开了季岑风的家里。

　　后来，她只是每周末回去看他，林琛陪着一起。她亲眼看着这个男人变得越来越孤僻，越来越暴躁。

　　季司颜慢慢接受了这个事实，也不再和他吵架。

　　直到司月去世的第二年春天，季岑风在家里晕倒被送进了医院。医生说手术治疗加药物治疗有很大可能让他再多活几年。

　　季司颜心如死灰，却回头看见季岑风难得地露出了笑。

　　"我不会吃药的，也不会做手术。"那个暴躁而固执的男人回了家，第一次这么心平气和地和季司颜说话。

　　季司颜站在他的面前，眼泪大颗地往下掉："我就不值得吗？我就不值得你留下来陪陪我吗？"

　　她身子急速地轻颤了起来，终于明白了他为什么笑。他不就是想死吗？只是他答应了司月，不主动去找她。如今得了病，不正好中了他的下怀。

　　季司颜眼泪连着往地上砸，质问他："你为什么就不能为了你自己为了我多活两年？"

季岑风看着她，仿佛看到了刚出生的她。那年冬天，季司颜出生，司月那时还没到预产期，两个人窝在家里看电影。

他把手抚在司月的肚子上听胎动，听着听着，听来了提前出生的季司颜。后来司月还笑着怪他："要不是你心急，我们好歹看完那电影。"

他心喜得不得了，说回家陪你重看，后来他当真陪着司月重看了一遍，他没食言。

季岑风看着如今站在他面前掉眼泪的女儿，轻轻地笑了一下："司颜，为了我自己，我没什么想活的。为了你，你如今也不需要我。

"林琛是个好孩子，他会一直陪着你的。"

季司颜声音发胀，又去乞求他："我需要你，我需要你，你能不能为了我留下来？"

这一次，季岑风直接摇了摇头："不能，司颜。

"做手术，一辈子躺床上，不能走，不能动。吃一辈子药，打一辈子针。季司颜，你要我变成那种只有一口气，然后让你天天来看我的'死人'吗？季司颜，不可能的。

"更何况，我走了，你还有林琛。但是你妈妈，她一个人在那边啊。

"她难道不想我吗？"

季司颜无话可说。那一次，她彻底知晓，那份曾经被她说起的偏爱，到底几斤几两。

她彻底放弃了劝季岑风去接受治疗，每周一次的探望，变成了每周两次、三次。她好久没再开画展，好久没再出去采风。

季岑风的身子一日比一日差，脾气也越来越暴躁。他身体痛，心里也痛。

季司颜忍着，随他发脾气，却还是在去芬兰之前，和季岑风又吵了一架。他叫她不要这样一直留在黎京，叫她该去哪里就去哪里。季司颜不肯，季岑风骂她大大在这里看得他心烦。

她不理解为什么她已经接受了父亲的选择，他还要这样苛刻地对待她。

季岑风最后直接下了逐客令，叫她以后别老来他家。狠心绝意，叫季司颜终于明白些，当年母亲随口说起的过去。说父亲从前是个冷血不留情面的，说他以前坏得很。

季司颜这么多年没信过，那天信了。他狠起心来，叫她流血流泪。

季司颜和林琛直接去了芬兰，一年的最后两个月，躲在看得见极光的拉普兰。

两人一待待了两个月，等来了季岑风的死讯。是阿姨第二天中午来的时候发现的，他倒在湖边的椅子上，发现的时候身子已经僵了。

李阿姨说，先生应该是知道自己快不行了。他穿的不是寻常的睡衣，是一套深蓝色绣暗金线的西装，内里一件白色的衬衫，纽扣整齐地扣到最上面一颗，头发被他梳得很整齐。

李阿姨说，季先生走的时候，是笑着的。

他如何不笑呢？季司颜站在那台阶下面，这一天，他等了太久太久了吧。

终于叫他等到了，终于叫他等到了。

站在楼下的女人深吸了一口气，缓慢地朝楼上走去。林琛跟着就要上去，却被季司颜拦了下来。她一个人一级一级地往上走着，走过了她住在这个房子里的每一年。

三岁的时候，季岑风在湖边给她弄了一个秋千，他会一边站着和司月聊天，一边时不时地推她一把。

十岁的时候，她要在家里办生日派对，人多混乱弄丢了妈妈的戒指。季岑风第一次朝她发了火，她吓得躲在司月的后面，才知道爸爸原来也有脾气。

十五岁的时候，她变得叛逆，逃课变成家常便饭。季岑风半夜把她从酒吧里拎出来，大冷天罚她站在湖边思过。

二十三岁的时候，她任性要去学画画，什么基础都没有只有一腔热血。司月跟她说，自己的决定自己要负责。她一口应下，又问："要是我真的最后吃不上饭了呢。"司月笑骂她："那你来家里给我们打工，你爸爸不舍得你饿死。"

二十八岁的时候，她遇到了林琛，他一无所有，她一见钟情。原以为少不了棒打鸳鸯，季岑风却说，可以先见见。

后来，这么多年，林琛一直陪在她身边。

季司颜慢慢走到了二楼。左手边，是她的卧室，右手边，是他们的房间。

房门紧紧地关上，一切好像不过是某个放学的午后，她背着书包回家，伸手去敲那门。妈妈喜欢坐在阳台上看书，爸爸会站在门口推她先去洗手。

季司颜站在那门前，呼吸慢慢停滞。

她伸手去推门，门开了。

轻轻的一声气泡炸裂声响，那个过分虚假的幻象在这一刻，灰飞烟灭。

阳台上没有看书的妈妈，门口也没有迎她的爸爸。

这里好安静。

没有人。

窒息随之而来，抽走了季司颜身子的最后一丝力气。她缓慢地挪动着步子，走进了这个后来季岑风最常待着的地方。他常常在这个房间里一待好几天，不喜欢和人说话，不想要季司颜去打扰。

季司颜只当他想要清静，从来不去过问他到底在做些什么。

可如今，那份答案清清楚楚地摆在她的面前。一个厚厚的笔记本放在卧室的书桌上。棕色皮面，书角已经磨破。

季司颜走近，翻开了第一页：给司月。

翻开每一页：给司月。

一页又一页，一页又一页。那只翻动的手从最开始的迟疑、不解，最后变成了剧烈的颤抖。一滴滚烫的眼泪从季司颜的眼眶里砸入了其中的一页，深色水渍便仿佛盛开的花朵迅速蔓延开来。

后来，季司颜终于明白，那个晚年暴躁的男人，他每日为何那样固执地待在自己的房间里。

他在给他的小月亮写信。

讲他今天做了什么，讲他今天吃了什么。有时会问司月"我那套西服去哪里了"，有时会问司月"你还记得我们十周年结婚纪念日那天做了什么吗"。

后来，也偶尔有一些抱怨。

你怎么不回我信，我一直给你写，你怎么不回我信？司月，我好想你，你也想我吗？

我今天身体好痛啊，你为什么不来看看我？

再后来，字迹变得越来越模糊，没有了长段长段的记录，每天只有寥寥几句。

最后，好多页。

只重复而又潦草地写着：小月亮，我好想你啊。

我好想你啊，司月。

我好想你。

…………

晚年那样暴躁的父亲，原来把他所有的温柔都留给了他的小月亮。卧室里,季司颜坐在地上大哭。她手里紧紧握着这本笔记本,再也说不出任何话。

林琛没在楼下再等,听见楼上的动静,他就三步并作两步跑了上来。

季司颜抬起红肿的双眼看着他,双唇颤抖。

他再没说话,蹲下将人抱了起来。

"司颜。"

这一刻,季司颜只有林琛了。

她紧紧地抱着身边的男人,犹如一根悬崖边的绳索,叫她不坠入那无尽深渊。

下午五点的时候,林琛带着季司颜一起去了殡仪馆见了季岑风最后一面。两年前送走了母亲,今天也要送走父亲。

和李阿姨说的一样,父亲走的时候,应该是快乐的。他脸上有很久未曾见过的舒展,他要去和母亲相见了。

签完了所有的文件,季司颜和林琛回到了家里。

她去洗了澡,然后换了一身干净的衣服下了楼,坐在湖边的那把椅子上。林琛要陪着她,被她拒绝了。

最后他只放了一件羽绒服在季司颜的身边,然后就离开了湖边。

落地的玻璃前,她那样瘦小的身影。林琛站在客厅的角落里,一动不动地看着她。

季司颜哭着说再也不管季岑风,要和他去芬兰的前一天,林琛接到了季岑风的电话,叫他有空一个人来家里一趟。

罕见地,只他一个人。

林琛深知这其中的意义,没有告诉季司颜。果然,那天下午他一个人到了季岑风的家里,季岑风并没有和他多说什么,只递给了他一封信。临走时,季岑风拍了拍林琛的肩膀,恳请他一定要照顾好司颜。

林琛郑重地点了点头。

他敬佩眼前的这个男人,把他当作自己的父亲。

回家后,林琛独自一人拆开了那封信。

寥寥几句,并不多。请他多包容季司颜,她脾气急,但是心地善良,是爱他的。最后,告诉林琛,他不给司颜留信,是不想给她多增挂念。他深知挂念如何叫人夜不能寐,不想叫司颜也受这痛苦折磨。

所以这封信写给他,请他多帮扶照顾司颜。这个男人,最后都在想着怎么叫季司颜不那么难过。

他如何不爱季司颜,那是他和司月的孩子,那是他和司月的圆满啊。

林琛并没有告诉季司颜这封信的存在,内容并不是什么她不得不知的东西,更多的,是对他的叮嘱。

但是他知道,在季司颜心里,季岑风怎会不爱她。

她知道的,从她出生的那一刻她就知道的。

那个男人呵护着她骄纵地长大,把最好的东西给她,教她:司颜,放手去做你想做的事情,永远不怕从头再来。大不了一无所有,但是你永远记住,你有家可回,有家可依。

——是季岑风给季司颜一辈子的承诺。

林琛静静地站在未开灯的客厅里,外面的天色暗了。他目光专注而又疼惜地落在那个独自坐在外面的女人身上,却也知道,这一关,这一晚,她须得自己过。

那天晚上,季司颜坐在那把季岑风坐过的长椅上,看了一夜的湖面。她大概也知道,父亲是知晓自己命不久矣,才叫她不要再日日待在家里。

他怕她不好受,要把她赶出去。

季司颜静静地看着那片风波皱起的湖面,记起来很小的时候,有一次老师在课堂上讲,爸爸爱妈妈,爸爸爱子女。

那时她八九岁,听到后立马举手反驳:"老师,爸爸只爱妈妈,不爱我。"

老师一愣,倒是没想到季先生家的小姑娘居然会说出这样的话,她想了想常常来接季司颜放学的季先生,觉得是不是她误会了什么。

"季司颜,为什么这么说呢?"

她记得她当时站起来,一本正经地回道:"妈妈不喜欢吃什么就不吃什么,我不喜欢吃什么,爸爸就说我挑食习惯不好,还让我多吃!"

"这个?"

"而且……"季司颜越说越上头,开始翻旧账,"每次我让爸爸来接我,要是没事爸爸都会同意,但只要妈妈有事,爸爸从来都是先去找妈妈。就连妈妈在家里午睡醒了找不着爸爸,爸爸都会半路折回家让司机来接我!"

小丫头说得面红耳赤,差点喘不过气来。

那天放学时,老师和季岑风汇报,季司颜足足在教室里长篇大论了二十分钟来证明季岑风不爱她只爱妈妈。于是放学时，季岑风坐在车子里看着试图上车的小姑娘开了几下门都没打开，笑着回她："司颜，我这车不载我不爱的人。"

小姑娘一听，"哇"的一声哭了出来。

本来季岑风也就是逗逗她，哪知道回家后司月知道了，心疼地抱着哭个不停的季司颜，更是对季岑风也没什么好脸色。晚上还被小丫头留在房里睡觉了，气得季岑风去给司月送睡衣的时候，还得强颜欢笑。

小时候的事情，好像过得太快太快了。那么多幸福美满的回忆，季司颜嘴角不自觉地扬起，眼泪却倏地地流下。

她看着灯光照拂着的幽静湖水，有那么一刹那，心头获得了片刻的安抚。

她明白的，爸爸不是不爱她，只是那个男人的爱不同。他爱季司颜，是支持她、教导她，告诉她如何做人、如何生存、如何掌握自己的命运。

但是他爱妈妈，是纯粹而不沾有任何回报的爱，她要什么，他就给什么，没有条件，没有期许。如果说真的有那么一点点的渴求，那大概就是希望妈妈能一直爱他，永远陪在他的身边。

那天晚上，季司颜在湖边的长椅上坐了一整夜。

凌晨五点半，天色变成浓重的靛蓝。

六点，远方传来微弱光线。

六点半，看见初升的太阳。

七点，是他具体离开的时间。

季司颜看着远方那片开阔的天空，仿佛看见了那个早晨，坐在这里的父亲。

那天，风很轻，云很淡。

季先生穿戴整齐，去见他的小月亮了。

✦ 番外四

季司颜

季司颜十岁生日宴会，季岑风应允她可以提一项无理要求，就好像每年季岑风生日，司月都会容许他提一个无理的要求一样。

但是从前季司颜年纪太小，季岑风一直没和她提这件事。直到今年她满十岁，季岑风觉得她勉强可以为自己的行为负责，便把这项"特权"作为附赠礼物送给十岁的季司颜。

季司颜于是立马蹬鼻子上脸，要求生日宴会当天季岑风给她跳舞助兴，被季岑风无情否决。

季司颜鼻子一皱，哭唧唧地冲到了司月的身边，双手双脚地爬到司月身上，颇有几分开嗓的模样干号了起来。

司月于是一边听着季司颜带着哭腔、逻辑清晰地大声控诉爸爸骗人，一边抬眼去看站在门口好整以暇的男人。

她努力憋住笑意，伸手去摸季司颜的头安抚道："你说爸爸不肯陪你跳舞所以你很伤心吗？"

季司颜随即把头抬起来重重地点了两下，干号过后的脸颊没有任何泪痕，但是眼睛依旧敬业十足地半闭着装作哭泣。

"他说可以提一个无理的要求，我才说的。"季司颜偏头也发现了季岑风就站在门口，声音于是变得更加委屈，"爸爸骗人！"

司月目光落在季岑风的脸上，半靠着卧室门框的男人脸上有种很是无奈的笑意,但是那笑意里又带着种娇矜的得意,像是一边无法消受,又一边觉得心满意足。

大抵是天下父母都会感受到的一种心情,季岑风如今加倍地从季司颜的身上感受。他亲手娇惯出来的女儿,就算是最后再无奈也会无法控制地产生一种满足感,源于她肆无忌惮的骄纵。

司月又轻声哄了季司颜几句,然后答应帮她好好和季岑风讨论讨论。

季司颜这才作罢,从司月的身上下来。

十岁,不过一米四的身高,还不到季岑风的胸口,走出卧室的时候,头倒是扬得很高,像是自信妈妈一定能说服爸爸。

季岑风目送着小姑娘雄赳赳气昂昂地下楼,脸上笑意更甚,而后慢悠悠地走进卧室,俯身去亲坐在沙发上的司月。

司月拉着他的手,感受到身边沙发微微凹陷。他很是自然地将手搭在司月的肩头,摸了摸她手臂,然后等着司月的问询。

然而司月却好像根本没打算和他说话般,直接又拿起了手里的书津津有味地读了起来。

季岑风等了几十秒,有些摸不透她这副气定神闲的模样:"不是要说服我吗?"

司月这才抬头看他,语气很是松快:"我认识的季先生是个很宠女儿的人,不需要我说服。"

季岑风又笑:"在她生日聚会上跳舞,我怕是真做不来。"

"做人爸爸怎么还端着架子?"司月把书合上,笑问他,"要是我请你和我跳舞,你答不答应?"

"你让我做什么都行。"他毫不犹豫地回答。

结婚多年,季岑风已经不再是那个无法将爱坦然说出口的男人,如今他已经能够十分自如地对着司月说爱。就像现在,直白毫不遮掩。

司月后颈一阵细细的酥麻,嘴角忍不住扬起,出口微微埋怨:"你这人不正经,我不和你说了。"话虽这么讲,但是眼睛也弯成了明亮的小月牙。

季岑风忍不住微微俯身去亲她,柔软的唇瓣,带着些空调房里的冷意。

而后,他一副甜蜜负担的模样淡声道:"那我再考虑考虑。"

周末的时候,季司颜的生日宴如期举行。

家里的花园被提前布置妥当,长长的白色午餐桌绕着场地围成一个半圆,上面是各式各样的自助餐点。

不到十一点，季司颜的朋友们就已经来了不少。一群人在花园里撒开了乱跑。

司月还在厨房里做蛋糕，阿姨在一旁给她打下手。

她把戒指褪下放在了卧室里，以防做蛋糕时不方便。

一个八寸的樱花芝士蛋糕，不算太难，但是需要一些熟练度才能保证不翻车。司月和季岑风结婚之后，每年都会亲手给他做一个蛋糕，所以这对她来说并不算太难。

季岑风在花园里看着季司颜疯了一会儿，就转身回了屋。

走到厨房，他看见司月正把蛋糕放回冰箱。

他走近，司月抬头和他说道："冷藏一个小时凝固一下表层就好了。"

季岑风抬手看了下时间："十二点正好可以送去。"

"我算好时间了的。"司月嘴角抿笑说道。

阿姨看见季岑风进来，这边也没她什么事便退了出去。

季岑风于是靠在流理台旁，伸手去捞司月的双手。

司月被他拉着拥在怀里，目光瞥着门口。

"小孩多。"

刚刚就有几个小孩在家里跑来跑去经过厨房门口，司月轻推他胸口叫他撒手。偏偏季岑风心里使坏，还把她抱更紧。两人对视，司月忍不住撇开视线，笑出声，随后轻声警告道："再不撒手我生气了。"

季岑风这才慢慢俯下身子，状若无辜："只是想和你练习一下怎么跳舞。"

司月目光又对上去："真的？"

"真的。"

季岑风随后便拉着司月去了卧室，房门关上可以从阳台看见和朋友们玩得正欢的季司颜。她奔跑的身影，随风飘起的粉白公主裙，和接连不断的笑声。

卧室里能听见楼下花园传来的音乐，正午明亮的日光将司月和季岑风笼罩其间，身子好像也变得轻盈，有种翩翩起舞的冲动。

司月回首，看见季岑风嘴角扬起很轻的笑。

他伸手："陪我简单练习一下？"

汽水般甜蜜的滋味从司月的心头蔓延，随后轻易溢出，她眼角弯起，伸出了自己的手："我可不太会哦。"

"没关系。"

明亮的阳台上，两个相拥的人，缓慢的脚步和轻盈欢快的音乐。

干燥温暖的日照将所有的阴暗潮湿都驱逐，心情像是大块柔软的云朵，在蓝色的天际轻轻飘摇。

和季岑风结婚的这么多年，以及往后的许多许多年，他们都很少再有争吵，从前那些泥泞的、黑暗的、无法回忆的过去，都被这些年蓬松而柔软的快乐代替。

司月轻轻地闭上了眼睛，偎在他的怀里，双手环住他的脖颈，轻轻地晃动。

不知过去了多久，司月重新睁开眼睛，世界从蓝色重新变得清晰。

她抬头看着季岑风，轻声说道："季先生跳得好好哦。"

季岑风嘴唇轻抿，低头与她接吻。

司月轻轻地后退，倚靠在阳台的一侧。季岑风也持续地深入。

直到一声熟悉的"爸爸——"！

司月吓得一把将季岑风推开，然后转头从阳台往楼下花园查看。

"爸爸——"季司颜又是一声。

司月和季岑风这才发现小家伙已经冲进了卧室。跑到阳台上的时候，两边脸颊红扑扑的，显然是十分兴奋。司月耳后发红，季岑风却已经恢复正常，他走到季司颜面前去牵她的手。

"怎么上来了？"

季司颜拽住季岑风的手就问他："爸爸，今天还跳舞吗？"

季岑风偏头看了一眼阳台上的司月，而后一把将季司颜抱起朝楼下走去："答应你的，不会骗你。"

那天中午，司月把冷藏室里冷藏成型的蛋糕端出来。季司颜最喜欢的音乐里，她被爸爸抱着在花园的正中央起舞。

司月和其他小朋友坐在花园的午餐垫上一边吃东西，一边看今天当之无愧的宇宙中心季司颜。平日里稍显冷酷的爸爸抱着她转圈，完全地配合她的所有要求。

她的两只眼睛笑得没再睁开过，后来干脆抱着季岑风的脖子"咯咯咯"

笑个不停。季司颜的个人秀结束后,更多的小朋友和她一起在草坪上随着音乐跳动了起来。

季岑风退场,来到司月的身边,侧身看司月刚刚用相机录下来的视频。

再次重温父女俩刚才的温馨时刻,司月甚至有些想哭的冲动,那些她和季岑风从来没有经历过的幸福童年,季司颜一点都没有错过。

季岑风垂眸,看见司月湿漉漉的眼眶。他知道司月为何而流泪,他不言语,只将她轻轻地揽进怀里。

小朋友吃饱喝足之后,就开始在整个花园和房子里到处乱窜。季岑风和司月也不阻碍,两人下午就在后院的湖边坐着。

日头慢慢降下去,风吹得树叶"沙沙"作响。司月随手找了本书靠在季岑风怀里消磨时间。两人慢悠悠地一起看书,时不时地讨论。

耳边听得见小孩子们疯跑时的尖叫,像是某种幸福的背景音。

晚上六点多,天色黑了。

司机将季司颜的朋友们一一送回家。

季岑风和司月回了卧室休息,两人洗了澡坐在阳台上吹风。

司月这才想起来去把戒指戴上,可是在卧室的抽屉里找了半天也没找到。季岑风随即去季司颜的卧室问她有没有看到,谁知道季司颜今天得意忘形,一边看动画片,一边轻描淡写地说她今天把戒指拿下去玩了一会儿就放回去了。

季岑风脸色瞬间就黑下去了。

奈何季司颜的注意力全在动画片上,平日里她倒是对季岑风有几分忌惮。但是今天季岑风对她实在是太过纵容了,纵容到季司颜此刻丝毫没有察觉到不妙。

于是下一秒,季司颜就被人从床上拎了起来。

实在是个太过难忘的十岁生日夜,最后以季司颜泪水涟涟地在爸爸妈妈卧室的床底找到被她失手丢下去的戒指为结局。

也叫那时刚刚十岁的季司颜彻底明白,爸爸爱妈妈胜过一切。

她不明白,不理解。直到很多很多年后,也释怀。季岑风已经给了她足够多的爱,他已是一个无比合格的父亲,但是他心里最最重要的情感,是永远不会为了任何人消减的。

季司颜后来也更加真切地感受到那个叫季岑风的男人心中最爱的,是母亲，是那个和他纠缠了那么多年终于如愿以偿和他结婚的司月，是那个和他结婚了那么多年他仍然视若珍宝的司月。

很多很多年后，季司颜回想起这些往事，脸上都会不自觉地扬起笑意。

"我爸爸这一生最爱的就是我妈妈。"

这是她这辈子，最最确信的事。